国家社科基金后期资助项目
出版说明

后期资助项目是国家社科基金设立的一类重要项目,旨在鼓励广大社科研究者潜心治学,支持基础研究多出优秀成果。它是经过严格评审,从接近完成的科研成果中遴选立项的。为扩大后期资助项目的影响,更好地推动学术发展,促进成果转化,全国哲学社会科学工作办公室按照"统一设计、统一标识、统一版式、形成系列"的总体要求,组织出版国家社科基金后期资助项目成果。

全国哲学社会科学工作办公室

国家社科基金
后期资助项目
GUOJIA SHEKE JIJIN HOUQI ZIZHU XIANGMU

《禅宗颂古联珠通集》研究

A Study on Collection of Serial Zen Songgu

张昌红 著

上海三联书店

目　　录

图表目录

绪　　论

《禅宗颂古联珠通集》四十卷,约 35 万字,是宋元时期的禅宗颂古作品总集。本专著系从文学、语言学、文献学、禅宗史等方面对其进行综合研究。

第一节　《禅宗颂古联珠通集》的文献价值与研究意义

《禅宗颂古联珠通集》(下文在必要时简称《通集》)是元代钱塘沙门普会在南宋宝鉴大师法应所编集之《禅宗颂古联珠集》的基础上续编而成的。法应禅师居池州报恩光孝禅寺,于"禅燕之暇"采辑各位禅宗大师及著名居士的颂古作品,历时三十余年,于淳熙二年(1175 年)编成。据《卍新纂续藏经》本《禅宗颂古联珠通集》所录法应大师旧序,可知《禅宗颂古联珠通集》共采辑 122 位禅师的机缘事迹 325 则,收录颂古作品 2100 首。元贞二年(1295 年)普会禅师居义乌普济山院,开始《禅宗颂古联珠集》的续辑工作,历时二十三、四年方编成。全书共增加 426 位禅师的机缘事迹 493 则,颂古作品 3050 首,并改名为《禅宗颂古联珠通集》。据普会禅师自序可知,《禅宗颂古联珠通集》编成于元仁宗延祐五年(1318 年)。其时,普会即将迁居至绍兴路天衣万寿禅寺。

《禅宗颂古联珠通集》是元代中期之前禅宗僧人颂古作品的总集。对于宋代颂古,该集几乎搜罗殆尽。颂古作为一种佛教文学体裁,也是在宋代兴起与繁盛的,所以《禅宗颂古联珠通集》是第一部全面收录禅宗颂古的专集。与后来的《宗鉴法林》《宗门拈颂汇集》等其他颂古集子相比,此集编成时间较早,内容较为可信;与同时期的其他集子,如宋代八家颂古集①相比较,此

---

① 宋代八家颂古集是指:汾阳善昭颂古,现存《汾阳无德禅师语录》中;雪窦重显颂古,现存《碧岩录》中;丹霞子淳颂古,现存《虚堂集》中;宏智正觉颂古,现存《从容庵录》中;无门慧开颂古,现存《无门关》中;虚堂智愚颂古,现存《虚堂和尚语录》中;雪庵从瑾颂古,现存《雪庵从瑾禅师颂古》中;投子义青颂古,现存《林泉老人评唱投子青和尚颂古空谷集》中。

集收录颂古作品较为全面（见表3）。所以，该集对于研究禅宗颂古具有重要意义。

据笔者统计，《禅宗颂古联珠通集》共收录457位作者的颂古作品5702首，收录320余位禅宗大师的公案1320则。[①] 颂古作者加上公案所涉僧人、居士，本集收录禅宗人物近800人。通过研究人物的相互关系，可以为宋元禅宗史研究提供更为全面的资料，也可以对禅宗各派势力及与其交往的士大夫们有更进一步的了解。通过对僧人及其所在佛寺分布情况的研究，可以了解当时禅宗发展的势力范围及整体发展进程。

《禅宗颂古联珠通集》主要由公案与颂古组成。公案，原意指官府的公牍，指用文字记录下来用以判断新案件是非曲直的已经了结的典型案例。这种以经验来判定新案件是非曲直的做法正与禅宗内部师徒间的"印可"机制相同。在禅宗内部，禅师往往用自己或其他僧人的悟道事迹来勘验学僧开悟与否。这些被拿来作为勘验材料的悟道高僧的对话、事迹、动作、表情等被以文字或口耳相传的方式固定下来，不断地用以勘验学僧，这些材料就逐渐形成了禅宗公案。简而言之，禅宗公案就是禅师用以勘验学僧开悟与否的机缘事迹。公案多形成于唐宋两代，公案文字既有描述性语言，也有当时的对话语言。描述性语言相对于对话语言来说，在形成时间上稍晚，但仍不出唐、宋两代。颂古是兴起于五代、北宋间的一种佛教文学体裁，是随着公案的形成与传播而出现并逐渐繁荣起来的新宗教表达形式。"颂"即赞颂、解说之意；"古"指古则公案。以韵语的形式对古则公案所示悟境的解说即为颂古。公案语言较多地保存了唐宋时期的白话语言材料，而颂古则较多地保留了宋元时期的白话语言材料，包括方言、谚语、俗语、习用语以及禅宗宗门语等。所以《禅宗颂古联珠通集》的语料资源对于研究唐宋俗语言具有重要意义。

《禅宗颂古联珠通集》为研究诗、禅关系提供了证据。该集收录的颂古作品，有的来自一些著名诗僧，如寂音惠洪、佛印了元等，有的来自著名居士，如张商英（无尽居士）、杨杰（无为居士）等，其中不乏文学性很强的禅诗精品。通过对这些颂古作品的系统研究，我们可以对诗、禅关系有一个更直观、更具体的认识；通过对颂古作品与当时文人诗歌作品的对比阅读，可以对颂古与传统诗歌的区别与联系有更为深入的了解。僧人既创作诗歌，也创作颂古。居士同样如此。有些居士甚至是著名的士大夫，游戏于诗、禅之

[①] 本书所用《禅宗颂古联珠通集》文本除特别列明版本信息外，皆为四十卷本，见日本株式会社国书刊行会编《卍新纂续藏经》第65册。

间。自六朝以来,中国传统诗歌受佛教的影响日趋加深,由形式到内容,由隐性到显性。但是对于文学受佛教影响的程度,我们的认识还不够全面,诠释的还不够具体。通过对禅宗颂古的系统研究,可以使我们换一个角度观照中国古代诗歌,在新的视野下对某些问题产生新的看法。我们以前对禅宗诗歌的研究主要是站在文学的角度,而对公案及颂古的研究可以使我们站在禅宗诗歌内部来看问题。

《禅宗颂古联珠通集》是《禅宗颂古联珠集》的扩充。这种情况在《禅宗颂古联珠通集》中还保留着一些痕迹。凡是后来增补的公案,《禅宗颂古联珠通集》中都标记为"增收";凡是后来增收的颂古,《禅宗颂古联珠通集》都标记为"续收"。没有标记的公案及颂古则是从《禅宗颂古联珠集》继承而来。这对于理解不同时期公案与颂古的特点,以及公案的流传程度有重要作用。

颂古研究是中国传统韵文学研究中具有开拓性的一部分,可以弥补当前文体学研究中忽视佛教文学体裁的缺点。历代留传下来的颂古作品数量十分庞大,现存收录有"颂古"的各类集子不下百家,作品数量可达数万。然而由于文学观念、历史变迁等原因,颂古并未引起文学界的重视。对于其内涵及存在意义,学界也没有系统的研究。事实上,不但因为其押韵的性质,颂古带上了中国传统诗歌的色彩,形式上具有诗歌特征,而且其内容及语言也具有相当的文学色彩。《禅宗颂古联珠通集》是元代中期以前的禅宗颂古作品总集,对它的研究可算做对当前佛教文学作品研究的一个重要补充。

颂古与公案之间具有阐释与被阐释关系,通过对颂古的解读,可以更好地理解公案。目前学界虽有几十种的禅宗公案阐释类著作,但相互之间有抵牾,而且许多著作对公案的解释不够准确,原因就是解释时没有凭依而仅仅出于臆测。在《禅宗颂古联珠通集》中,每则公案都有一首或多首颂古对其进行阐释。著名的"赵州勘婆"公案有颂古多达 72 首,是《禅宗颂古联珠通集》中拥有颂古数量最多的公案。因为每首颂古的阐释对象都指向公案,这使得我们对于公案的解释有了可靠凭依。通过对这些颂古的研究,我们可以对公案的内涵进行准确把握。

最后,通过对《禅宗颂古联珠通集》中各公案及颂古的研究,可以更好地了解禅宗各派思想及其变迁。特别是对于研究宋代以后禅宗思想的发展情况,《禅宗颂古联珠通集》具有重要的资料价值。因为对颂古的解释可以使我们知道各派禅师对同一公案的不同理解,而导致他们产生不同理解的主要原因则是各自所属禅宗派别所主张禅思想的不同。

第二节 《禅宗颂古联珠通集》的研究现状

据笔者考察，目前尚无专门针对《禅宗颂古联珠通集》的研究性著作。由于《禅宗颂古联珠通集》的内容构成主要是公案与颂古，所以一些有关禅宗公案、颂古的学术成果，对本研究有一定的参考价值。有关禅宗公案的阐释著作目前保守统计有三十种以上，其中不乏对公案解释较为准确的精品，例如周裕锴《百僧一案——参透禅门的玄机》一书，对一百则著名的禅宗公案进行了注释与讲解，其选录范围涵盖了禅宗各主要宗派，大体反映了禅宗思想状况。再如古干主编的《佛教画藏》系列丛书之《禅部·公案》部分，分三册，每册又分为上、中、下三节，由北京东方出版社于 1996 年出版。该书通过图画加文字说明的形式对禅宗历史中的重要公案进行了描述与讲解，对各则公案的内涵进行了准确揭示。其他讲解禅宗公案的优秀著作尚有很多，如陈继生《禅宗公案》（天津：天津古籍出版社，2008 年版）、陈耳东《公案百则》（北京：中华书局，2008 年版）、杜松柏《智慧的禅公案》（海口：海南出版社，2008 年版）、黄君《智者的思路——禅门公案精解百则》（北京：中国社会科学出版社，2008 年版）、刘长久《中国禅门公案》（上海：知识出版社，1993 年版）、霍甫曼博士《禅门公案秘传》（徐进夫译，台北：台湾志文出版社，1983 年版）、陈白夜《禅宗公案的现代阐释》（杭州：杭州出版社，1998 年版）、黄河涛《禅宗公案妙语录》（北京：中国言实出版社，2006 年版）、熊述隆《禅典今品》（合肥：黄山书社，2004 年版）以及台湾著名禅宗学人平实禅师的《公案拈提》系列等。另外，陈洪、杜继文、魏道儒、赖永海、麻天祥、闫孟祥、赵娜等人的相关著作中均有对偈颂、颂古、公案的精彩论述。学界对于颂古的研究与关注稍后于公案，然也有不少成果问世，特别是近十年间，颂古的受关注度有很大提升。不少学者将语言、文学、哲学研究由传统材料转向禅籍，对颂古的研究是其中的重要内容。冯学成《明月藏鹭——千首禅诗品析》对从《禅宗颂古联珠通集》中选出的近 200 首颂古进行了品析；吴言生《经典颂古》《禅宗诗歌境界》等专著对颂古的发展过程及思想内容进行了整体描述，并选析了一些著名的颂古作品。另外，河北禅学研究所于 2007 年 3 月出版了《禅宗颂古联珠通集》（上、中、下三册）标点本，然而这部书仅限内部发行，而且仅仅是做了标点工作，对内容及校勘未作任何说明与讲解。

有关公案、颂古的研究论文主要有以下几类：

首先是关注公案、颂古与文学的关系的论文。如杨维中《论诗与禅的互渗》(《西北大学学报》哲学社会科学版,1997 年第 3 期)、周裕锴《禅宗偈颂与宋诗翻案法》(《四川大学学报》哲学社会科学版,1999 年第 2 期)、周裕锴《绕路说禅:从禅的诠释到诗的表达》(《文艺研究》,2000 年第 3 期)、华方田《绕路说禅话颂古》(《竞争力》,2009 年第 3 期)、陈珏《宋代禅僧诗辑考》(硕士,复旦大学 2009)、郜林涛《禅宗公案以诗证禅刍议》(《晋阳学刊》,2005 年第 3 期)、匡信莉《禅宗公案"婆子烧庵"对文学创作的启示》(《现代语文教学》研究版,2012 年第 11 期)、吕肖奂《宋代僧人之间诗歌唱和探析》(《四川大学学报》哲学社会科学版,2014 年第 5 期)、贾素慧《雪窦显和尚颂古百则的禅诗特色》(《名作欣赏》,2014 年第 10 期)、陈小辉《全宋诗所收僧诗重出考辨》(《宁波大学学报》人文科学版,2018 年第 3 期)、范金晶《创造还是蹈袭?——重论"夺胎换骨"的渊源与影响》(《中外文化与文论》,2020 年 11 月辑)、侯本塔《临济宗与宋代诗歌研究》(博士,暨南大学 2019)等。袁贝贝《两宋颂古研究的回顾与展望》(《五邑大学学报》社会科学版,2019 年第 2 期)对颂古研究进行了总结。对颂古、偈颂等文学体裁本身的研究也取得了一些进展,如沈娜《偈颂的流变研究》(硕士,安徽大学 2014)、贾素慧《"颂古"词语释义及文体辨析》(《汉字文化》,2016 年第 4 期)、李小荣《禅宗语录"杂偈"略论》(《福州大学学报》哲学社会科学版,2019 年第 1 期)等。

其次是对公案、颂古及其所关联禅法的研究。这方面的成果主要有黄卓越《经典的设置与消解——论重显颂古的历史意义及文本策略》(《佛学研究》,1995 年 6 月辑)、吴言生《禅宗公案颂古的象征体系》(《陕西师范大学学报》哲学社会科学版,2002 年第 4 期)、陈坚《"乾屎橛"、"柏树子"——禅宗"公案"与"参公案"探赜》(《宗教学研究》,2002 年第 1 期)、宁俊伟《道元禅师与永平元和尚颂古》(《五台山研究》,2003 年第 3 期)、李丰园《碧岩录研究》(硕士,上海师范大学 2004)、[日]土屋太祐《禅宗公案的形成和公案禅的起源》(《社会科学研究》,2006 年第 5 期)、窦岳波《禅宗公案的超越性》(硕士,陕西师范大学 2009)、赵娜《北宋"文字禅"研究》(博士,西北大学 2011)、赖功欧《禅宗公案"开悟"范型的叙事文化特色》(《宜春学院学报》,2012 年第 2 期)、沈曙东《碧岩录对文字禅的贡献浅析》(《天府新论》,2012 年第 4 期)、张培锋《大慧宗杲禅师颂古创作研究》(《哈尔滨工业大学学报》社会科学版,2013 年第 6 期)、朴慧承《禅宗公案"虚言"与"实法"》(《中国宗教》,2017 年第 5 期)、吴强《大庾岭禅宗公案的文字演变及其意义》(《宁夏社会科学》,2019 年第 4 期)、刘怡凡《无门关》佛性思想研究(硕士,厦门大学 2019)、陈鸿喆《宋代咏经诗研究》(硕士,南京师范大学 2021)等。

第三是将公案、颂古作为语言材料,对其中的字词及语言现象进行研究。这类成果主要有周裕锴《禅籍俗谚管窥》(《江西社会科学》,2004 年第 2 期)、焦毓梅、于鹏《禅宗公案话语的修辞分析》(《求索》,2006 年第 12 期)、唐姿《从对格莱斯"合作原则"的违反谈禅宗公案中的语言哲学》(《怀化学院学报》,2008 年第 3 期)、王少军《对话与公案——论禅宗公案的对话言说方式》(《四川职业技术学院学报》,2011 年第 3 期)、习罡华《"真金"还是"金针"? ——"神会来参"公案语录考辨》(《江西社会科学》,2011 年第 5 期)、莫照发《禅宗公案中的语言艺术探微——以〈坛经〉为例》(《韶关学院学报》,2015 年第 1 期)、李建春《禅宗语言意符与诗意美学》(《济宁学院学报》,2017 年第 3 期)、李家傲《金元禅籍字词札记》(《语言历史论丛》,2020 年第 2 期)等。

第四是对重要禅宗人物及禅籍的研究时涉及公案与颂古。这些成果主要有闫孟祥《宋代临济禅思想的发展演变》(博士,河北大学 2005)、瞿勇《雪窦重显禅师研究》(硕士,四川省社会科学院 2008)、魏建中《圆悟克勤禅学思想研究》(博士,武汉大学 2010)、曹瑞锋《云门匡真禅师广录研究》(博士,上海大学 2011)、曾小芳《雪窦重显著述及禅法研究》(硕士,南京大学 2016)等。何宇《南宋禅宗大慧法脉写作研究》(硕士,陕西师范大学 2018)指出大慧法脉的创作形式并不都是单纯意义上的纯文学创作,而是分成了三种不同的写作倾向,既包括纯文学性的诗歌创作,又包括诗禅融合的佛教文学形式的创作和禅林笔记创作。

还有一些成果是从公案、颂古入手,作传播学、符号学、文图学、民俗学、戏剧学、心理学、道教及养生等领域的研究。如李建春《禅宗公案中的符号自我与美学意味》(《符号与传媒》,2015 年第 1 辑)、魏军《禅宗公案传播的传播者论》(《宜春学院学报》,2018 年第 7 期)、李刚《禅宗公案中的空符号》(《符号与传媒》,2021 年第 2 期)、张凯《宋代禅宗公案画初探》(《艺术探索》,2012 年第 2 期)、邓绍秋《禅宗美学视野下的文字与图像关系研究——当代图像的异化及其与禅宗公案的异趣同构》(《四川师范大学学报》社会科学版,2013 年第 4 期)、金荣华《禅宗公案与民间故事》(《民间文化论坛》,2004 年第 3 期)、杨小平《关于宗教研究中的"局内人信条"——以佛教感应故事和禅宗公案研究为例》(《五台山研究》,2018 年第 4 期)、陈传芝、赵德坤《游戏与超越:中国禅宗文本的戏剧因素》(《文艺评论》,2014 年第 8 期)、麦劲恒、范向阳《禅宗公案中的心理学元认知现象研究》(《宗教学研究》,2013 年第 1 期)、朱钧《似是而非——禅宗公案"干屎橛"与庄子"道在屎溺"辨析》(《青海社会科学》,2004 年第 3 期)、许蔚《〈先天斛食济炼幽科〉中的禅宗公案兼谈近世道教科仪编撰问题》(《宗教学研究》,2019 年第 1 期)、王若水《小谈养生之道从一则禅宗公案说起》(《医古文知识》,1995 年第 4 期)、吉广舆《禅宗公案的现代诠释》(《人文杂志》,1999 年第 2 期)等。

台湾地区有关禅宗公案、颂古的研究成果也不少。如宋隆斐《禅宗颂古联珠通集所录公案与宋朝五种颂古百则所录公案之对照研究》(博士,玄奘大学 2012)、欧阳宜璋《赵州公案语言的模棱性研究》(博士,国立政治大学 2001)、黄连忠《禅宗公案体相用思想之研究——以《景德传灯录》为中心》(博士,台湾师范大学,1999)、杨新瑛《禅宗无门关重要公案之研究》(硕士,中国文化大学 1984)、南华大学哲学系硕士班刘宏斌《禅宗不二观的深层意蕴及宗教实践意含的诠释》、台湾师范大学硕士王开府《唐代禅宗忏悔思想研究》、华梵大学东方人文思想研究所硕士李丽君《禅之探索——从印度到中国禅宗之成立》、玄奘大学宗教学系硕士彭德清《禅宗心性思想之探索》、中国文化大学中国文学研究所博士具熙卿《唐宋五种禅宗语录助词研究》、台湾师范大学国文学系博士高毓婷《禅宗心识思想研究——以唐代为中心》、台南大学社会科教育学系硕士班黄志忠《禅宗五家七宗之形成及其教育风格》、玄奘大学宗教学系硕士在职专班叶国泰《六祖慧能思想对禅宗兴革探微》、南华大学文学研究所硕士廖丹妙《宋代禅宗对诗歌的影响研究》、南华大学文学研究所硕士林彦宏《超越性与历史性——禅宗"不立文字"的语言结构及意蕴》、屏东教育大学硕士阮氏荷安《越南陈朝慧忠上士之禅学思想研究》、世新大学中国文学研究所硕士蔡秋月《禅宗棒喝教学及其现代意义》、中央大学硕士许家瑞《中国禅在慧能以后的发展:以马祖道一禅法为讨论中心》、屏东教育大学中国语文学系硕士陈佩伶《红螺山彻悟大师净土思想研究》、屏东教育大学中国语文学系硕士萧爱蓉《天如惟则〈净土或问〉之研究》、中山大学中国语文学系研究所硕士黄怀萱《〈红楼梦〉佛家思想的运用研究》、中央大学硕士初丽娟《宗教认知对修行投入时间影响之探讨》、慈济大学硕士余威德《唐代北宗禅发展研究——以玉泉神秀为中心》、中央大学中国文学系硕士曾文树《冷斋夜话文艺思想之研究》、慈济大学宗教与文化研究所硕士庄白珍《法眼文益"禅"、"教"思想研究》等。通过台湾学术文献数据库(华艺学术文献数据库)可得有价值论文 7 篇,即吴怡《禅宗公案问答的十个格式》(《鹅湖月刊》,1981 年第 69 期)、金荣华《禅宗公案与民间故事》(《玄奘人文学报》,2005 年第 4 期)、徐慧媛《试析圣严法师之公案解读》(《问学集》,2008 年第 14 期)、林世荣《禅宗公案演变探讨》(《鹅湖月刊》,2010 年第 426 期)、黄敬家《宋代禅门颂古诗的发展及语言特色》(《师大学报》语言与文学类,2016 年第 3 期)、张佳媛《无情说法谁能得闻:洞山良价禅师的"无情说法"流传》(《有凤初鸣年刊》,2020 年第 16 期)、林欣柔

《论重显〈颂古百则〉中赵州从谂公案——以"至道无难"四则为主》(《有凤初鸣年刊》,2020 年第 16 期)等。

笔者所见日本学者的相关论文主要有椎名宏雄《〈禅门拈颂集〉的资料价值》、黑丸宽之《道元禅师与宏智颂古》两篇,另有日本花园大学禅学研究所衣川贤次《祖堂集札记》、日本花园大学禅文化研究所编《禅宗俗语言》等书对本研究也有相当的参考价值。

第三节 《禅宗颂古联珠通集》叙录

颂古是参禅者对公案悟境进行诗化表达的一种佛教文学体裁。它源于偈颂,具有形式多样、语言通俗、想像奇特、意蕴丰富等特点。《禅宗颂古联珠通集》是现存最早的颂古作品总集,汇集了 1300 多则公案与 5700 多首颂古,有十卷本、二十一卷本、四十卷本三个版本系统。二十一卷本由明释净戒校补后首次入于《洪武南藏》。该集对于宋元僧诗的辑佚、禅宗公案的阐释以及唐宋语言、文学研究具有重要价值,也是了解宋代文字禅的一个窗口。

《禅宗颂古联珠通集》四十卷,约 35 万字,由宋释法应编集,元释普会续集而成。法应号宝鉴大师,淳熙间居池州报恩光孝禅寺。普会号鲁庵,钱塘人,成宗元贞年间曾居义乌普济山院。至元十三年(1277 年)至延祐五年(1318 年)间曾为绍兴路天衣万寿禅寺主持。据陈振孙《直斋书录解题》卷十二《释氏类》有关著录,及四十卷本所保存的释法应原序,可知法应原书题名为《禅宗颂古联珠集》,共一卷,是法应于南游访道之余、禅燕之暇,咨参知识,同学讨论,斟酌去取,历三十余年编集而成。该书共收公案 325 则、颂古 2100 首、宗师 122 人,淳熙二年(1175 年)编成,并由当地信徒捐资刻版于池州报恩光孝禅寺。在此基础上,元释普会续已有、补未有,自元贞二年(1295 年)至延祐五年,历二十余年编成《禅宗颂古联珠通集》,增收公案 493 则、颂古 3050 首、宗师 426 人。《禅宗颂古联珠通集》行世已久,板片散落民间。洪武二十二年(1389 年)夏,杭州中天竺住持释净戒虑其亡失,托道友收赎元刊残余板片,缺失的据印本补刻,于洪武二十五年(1392 年)补刊完毕。后因入藏需要,净戒又奉敕重校。释净戒(?—1418),字定岩,号幻居,吴兴(今浙江省湖州市)人,南京天界寺觉原慧昙法嗣,曾住杭州中天竺寺、南京鸡鸣寺、钟山灵谷寺,后升任右阐教,谥惠济禅师。

该书现存各版本可归属为三个版本系统:十卷本系统,存第一、第二、第

四、第六、第七、第九、第十,共七卷,收入《日本宫内厅书陵部藏宋元版汉籍影印丛书》第一辑;二十一卷本系统,收入《洪武南藏》(存第一、第三至十一、第十五至二十一卷)①《永乐北藏》《永乐南藏》《大正藏》《中华大藏经》等;四十卷本系统,收入《缩刻藏》《卍续藏》《嘉兴藏》《频伽藏》《中华大藏经》等。随着卷数的增加,各版本内容也多有增无减。以《卍续藏》所收四十卷本为例,《禅宗颂古联珠通集》收录唐至元代457位僧人的颂古作品达5702首、收录唐至宋代320位禅僧的公案事迹1320则。它既是一部公案汇编,也是一部名副其实的颂古作品总集。

从文本结构上来说,《禅宗颂古联珠通集》主要由公案、颂古构成。公案居前,颂古附于每则公案之后。公案按世尊机缘、菩萨机缘、大乘经偈、祖师机缘、未详承嗣的顺序依次排列。其中,祖师机缘最为详细,先列西天诸祖,次列东土诸祖,并兼及旁出,直至六祖下第二十一世。颂古则大体按颂古作者的时代顺序排列。同一时代的作者基本按年龄大小排列。此外,《禅宗颂古联珠通集》所涉僧人之间大多有明确的师承关系,这对于考察宋元禅宗历史亦具有重要价值。

《六祖坛经》之后,禅宗语录之风渐行。禅门僧人往往将高僧开示弟子及高僧间互相勘验彼此悟境时所说的话语记录下来,以作为后学者参禅时的法则。这些经典话语被称作"古则",而将高僧垂示过程及各禅师之悟道因缘称作"公案"。讨论古则、公案是唐、宋禅宗师徒间进行参禅活动的主要内容。依据禅宗丛林法则,学僧悟道与否取决于其所参访禅师的印可与否。在参学过程中,禅师与学僧往往用韵语的形式将自己对公案悟境的体验表达出来,这就是"颂古"。作为一种佛教文学体裁,颂古实际上是从传统佛教文学形式——偈颂发展而来的。偈颂四句一首、隔句押韵、句式两两相对、语言通俗、修辞多样、内涵丰富等特点都能在颂古作品中得到完美体现。颂古与一般偈颂的不同主要表现在两个方面:一是颂古的阐释对象不是佛经的"长行",而是禅宗的公案;二是颂古在形式上更为接近中国传统诗歌,在创作技巧上也更为成熟。因为早期的偈颂有许多是不押韵的,而产生相对较晚的颂古,则较多地借鉴了五、七言诗歌的技巧,基本上每首都入韵。宋代以后,禅僧与士大夫交往密切,在不断的诗文唱和中,禅僧的颂古创作也越来越诗歌化,以至《禅宗颂古联珠通集》中有许多颂古在形式上已完全等

---

① 《洪武南藏》刻于洪武五年(1372年)至洪武三十一年(1398年)间,永乐六年(1408年)板片焚毁。《洪武南藏》只印了两部,一部于永乐六年在藏书秘阁遭火焚毁,另一部赠于朱元璋的叔叔四川崇宁寺(后赐名光严禅院)僧释法仁,现藏四川省图书馆,堪称"海内孤本"。笔者所见为缩微胶片。

同于五、七言律诗或绝句。

"颂古"一词肇自汾阳善昭的《颂古百则》。汾阳之前的颂古作品皆是有其实而无其名。《禅宗颂古联珠通集》收录善昭以前诸僧人的颂古作品最初的题名都不外乎偈或颂。如唐代曹山本寂禅师颂古"枯木龙吟真见道"(《通集》卷二十五)在日本僧人玄契编的《抚州曹山本寂禅师语录》卷一中被称作"颂"、长沙景岑禅师颂古"万法一如不用拣"(《通集》卷二十一)在《五灯会元》卷四本传中称"偈"。其他如梁释傅大士颂古"希有希有佛"(《通集》卷五)在释达照整理的《梁朝傅大士夹颂金刚经》卷一中、唐代涿州克符道者"熊耳宗师葬洛阳"(《通集》卷六)等七首颂古在《天圣广灯录》卷十三本传中、五代法眼文益禅师颂古"宝剑不失"(《通集》卷五)在《景德传灯录》卷二十九本传中皆称"颂"。此外,《禅宗颂古联珠通集》所收颂古作品,在禅宗语录、《全宋诗》等其他典籍中也有不少称为"××赞"的。总之,另有别名的作品在《禅宗颂古联珠通集》中还有很多。这是颂古脱胎于偈颂的又一有力证据。

颂古的最大特点是"绕路说禅"。《佛果圆悟禅师碧岩录》卷一曰:"大凡颂古,只是绕路说禅,拈古大纲,据款结案而已。"[①]禅门"千七百则"公案归根到底都是用来引导参学者开悟成道的,其表达核心是引导参学者进入一种禅悟体验状态。所谓"绕路"就是不直接说明悟境,而是用否定的、比喻的、借代的、甚至矛盾的方式去暗示读者。读者要牢牢记住这个"绕路说禅"的基本思维方式方能自己悟出。如若仅照字面意思去理解颂古作品的话,不但不能悟出,反而如读"天书"一般,不知所云。例如"春眠不觉晓,处处闻啼鸟。夜来风雨声,花落知多少"一诗,本是唐代诗人孟浩然的绝句《春晓》,描写诗人隐居鹿门山时一个春天早晨的所见所感,表达了对春天的热爱和怜惜之情。然而,朴翁义铦禅师与或庵师体禅师分别用来作为《圆觉经》"居一切时不起妄念,于诸妄心亦不息灭。住妄想境不加了知,于无了知不辨真实"(《通集》卷五)与盘山宝积禅师"三界无法,何处求心。四大本空,佛依何住。璇玑不动,寂尔无言。觌面相呈,更无余事"(《通集》卷十二)公案的颂古。春景与佛经、公案能有什么关系呢?细细参读,方知两位禅师是借该诗来表达自己对"虚空之境"的具体体验的。"虚空"究竟是什么?《圆觉经》所说乃是不起妄念,也不息灭妄念,无知无欲无思之境,而《春晓》之诗句正好能引人体悟这种境界。不自知天已亮,不自觉鸟之啼叫,不关心有无风雨,

①　(宋)释重显颂古、释克勤评唱《佛果圆悟禅师碧岩录》:小野玄妙等人编《大正新修大藏经》,东京:日本大藏出版株式会社,1934年印行,第48册,第141a页。

也不介意花儿究竟掉落了多少,人处于无心无念之境。盘山宝积公案乃言三界虚空,什么也没有,自然也无心、无佛、无念,同样与《春晓》之文字相契。但这种对《春晓》文字的理解与常理不同,所理解的东西也不仅仅是诗句的字面意义。与其说是理解,倒不如说是一种引导,引导读者进入自我体验的了悟之境。再如鼓山士珪禅师颂古"大死底人还却活,不许夜行投明到。陈州人出许州门,翁翁八十重年少"(《通集》卷二十五),短短四句诗中,出现了四对矛盾。断尽一切妄想,舍弃一切执著的无念无作之人为什么说他还活着? 不许夜里出发,破晓又怎能到达? 身在陈州之人又怎么会从许州城门走出? 八十岁的老翁又怎么能重新变成少年? 该颂古究竟要说明什么呢?从字面意义上实在难以理解。事实上,禅宗是不讲逻辑的。这则颂古正是利用人们一般认识中的悖论来引导参读者抛弃惯常的理性思维,达到一种开悟后的无差别境界。在无知无欲、无念无思的了悟状态下,这些在理性思维中存在的矛盾都不存在了。

较之中国传统诗歌,禅宗颂古的句式也很有特点。传统诗歌句数一般为偶数句,而颂古句数奇偶不限;传统杂言诗句子不一定两两相对,颂古则继承了偈颂的方式,绝大多数句子是两两相对的;传统齐言诗以四至七言为主,杂言则没有规则,而颂古则句式灵活多变,齐言杂言界限不甚明晰。除了三至九言、十一言、十二言等完全齐言的句式之外,还有半齐言及诸多杂言句式。下举两例:"隔,穿耳胡僧眼睛黑。东院西边是赵州,观音院里安弥勒。"(《通集》卷三十四"石门慧诏")"深深深,汲古今。浅浅浅,浑成现。水莹玉壶,江澄素练。跳出桃花三级浪,戴角擎头乘快便。点额鱼马师,口下空踌躇。"(《通集》卷十"圆悟克勤")

《禅宗颂古联珠通集》是了解与研究宋代文字禅的窗口。禅宗发展到宋代,由不立文字渐变为以公案为中心,以拈古、颂古、举古、代语、别语、评唱、语录等为主要形式的文字禅。《禅宗颂古联珠通集》包含了最主要的两种形式,即公案与颂古。公案是文字禅的基础。禅宗历代相传的"千七百"则公案,《禅宗颂古联珠通集》收录了1300多则。颂古是文字禅的重要形式。《禅宗颂古联珠通集》所收颂古作品,上起唐代,下至元代,如果说其对唐五代与元代的颂古作品收集尚不完整的话,那么它对宋代颂古作品的收录则是相对完整的。公案禅的兴起并没有改变禅宗"以心传心"的基本宗旨。这就决定了文字禅的基本表达方式是"绕路说禅"。在文字禅的诸多形式中,唯有颂古是押韵的,它在形式上与中国传统诗歌没有多少差别。可以说,几乎所有的颂古都是诗。这种形式上的相同,使颂古大量借鉴了传统诗歌的艺术技巧。传统诗歌含蓄蕴藉的基本特征也在颂古中得到充分体现。颂古可谓是典型的"绕路说禅"。所以,通过对《禅宗颂古联珠通集》的研究,我们可以对宋代文字禅的基础、形式、表达方法等有一个深刻的认识。

《禅宗颂古联珠通集》为唐、宋语言研究提供了可靠的第一手资料。禅宗公案多形成于五代至宋,是随着文字禅的兴起而不断出现的。然而公案故事则大多来自唐代,是五代及宋人对唐代高僧悟道事迹的经典性慨括。在《禅宗颂古联珠通集》中,一则完整的公案一般由叙述语言与对话语言构成。虽然两种语言都不可避免地打上了时代烙印,整体上反映的是宋代语言状况,但是为了增加公案的真实效果,对话语言往往被"原汁原味"地引用,保存了唐语言的原貌。颂古是用有韵诗偈对公案进行阐释的一种佛教文学体裁。《禅宗颂古联珠通集》所收颂古以宋代为主,兼及唐五代与元代,所以颂古主要反映的是宋代的语言状况。由于禅宗僧人多生活于民间,所以公案及颂古用词亦较为民间化、口语化。《禅宗颂古联珠通集》中收录了大量唐、宋时期的口语词。如都卢、一操、将底、啰哩哩啰、大光钱、辊毬、些子、若也、措大、阿魏、巴鼻、无多子、作么生等。《禅宗颂古联珠通集》中还有大量的宗门语,即禅宗内部广为使用的词语。如阇黎、大阐提、度夏、本真、威仪、白拈贼等。此外《禅宗颂古联珠通集》中还有大量的方言语、汉译佛典新造语等。这些都对于考察唐、宋时期的社会语言状况具有重大意义。

禅宗"绕路说禅"的表达方式对宋诗的艺术技巧有直接影响。宋释惠洪《冷斋夜话》卷四中说"诗言其用不言其名。用事琢句,妙在言其用不言其名耳",[①]魏庆之《诗人玉屑》中说"言用勿言体",[②]皆是在禅宗氛围浓厚的大背景下形成的诗学理论,主张把典故、事实、道理等先融会贯通,再用自己的话表达出来。这与"绕路说禅"的思维方式一致。宋诗常用的隐语、曲喻、侧笔、活句、借喻、暗喻等手法在创作实践上也是与禅宗的"绕路说禅"相通的。周裕锴先生认为,禅宗"不道破"的言说基本原则是北宋后期诗人提倡的写作原则之一。它对于宋诗"含蓄曲折"一类诗风的形成具有重要影响。[③]

《禅宗颂古联珠通集》对于禅宗公案的准确阐释具有重要意义。禅宗公案多是唐、宋时期高僧开示弟子的经典语句及悟道事迹的简要记录,一旦脱离当时的文化及时空语境,其所传递的信息量就会大大减少。后人只能从孤立的文本入手来尽可能多地发掘其意蕴。这使得人们对于禅宗公案真实

---

① (宋)释惠洪:《冷斋夜话》,《景印文渊阁四库全书》第863册,第255页。
② (宋)魏庆之:《诗人玉屑》,《景印文渊阁四库全书》第1481册,第159页。
③ 周裕锴:《绕路说禅:从禅的诠释到诗的表达》,《文艺研究》2000年第3期,第50—55页。

悟境的准确阐释变得十分困难。《禅宗颂古联珠通集》所收颂古都是当时著名禅师及居士们对公案禅意实际体验的当下表达。对于禅门后学及普通参禅者来说,颂古不啻是漫漫黑夜里的一盏明灯。每个参禅者对同一公案的实际体验是不同的,所以同一公案下的各则颂古对公案的阐释也是多角度的。这也有效地避免了阅读者对公案意蕴理解的片面性。下以《禅宗颂古联珠通集》卷三十七所录智门光祚禅师的一则公案为例:

> 僧问:"莲华未出水时如何?"师曰:"莲华。"曰:"出水后如何?"师曰:"荷叶。"

以常人的思维来看,莲花未出水时根本不会开放,还不能叫莲花,出水后莲花开放,是真正的莲花,可又怎么能说是荷叶呢? 智门光祚的回答是不可思议的。事实上,《禅宗颂古联珠通集》在公案下方录有雪窦重显、白云守端、张商英居士、慈受怀深、长灵守卓、佛鉴慧懃、佛灯守珣、佛心本才、丹霞子淳、本觉守一、松源崇岳、虎丘云耕静、石田法熏等十三人的颂古。

> 莲花荷叶报君知,出水还同未出时。江北江南问王老,一狐疑了一狐疑。(雪窦显)莲花荷叶有由哉,泥水分时绝点埃。堪忆九龙初沐处,东西一步一花开。(白云端)莲花荷叶共池中,花叶年年绿间红。春水涟漪清彻底,一声啼鸟五更风。(张无尽)烟笼槛外差差绿,风撼池中柄柄香。多谢浣沙人不折,雨中留得盖鸳鸯。(慈受深)莲花荷叶的须分,无限清香付与君。弹指若知霄汉路,便能平地步青云。(长灵卓)香苞冷透波心月,绿叶轻摇水面风。出未出时君看取,都卢只在一池中。(佛鉴勤)泥水未分红菡苕,雨余先透碧波香。千般意路终难会,一着归根便厮当。(佛灯珣)莲花荷叶,非妙非玄。碧潭澄彻,明月初圆。最好太平无一事,尽教樵唱满江村。(佛心才)白藕未明非隐的,红花出水不当阳。游人莫用传消息,自有清风透远香。(丹霞淳)荷花荷叶为君通,问答还同箭拄锋。觌面清香来不尽,须知不在藕池中。(本觉一)出水何如未出水,莲花荷叶有来由。定光金地遥招手,智者江陵点暗头。(太源岳)荷叶团团擎翠盖,莲花灼灼斗红妆。馨香越格无人荐,又逐薰风过野塘。(云耕静)荷花荷叶,意在言前。神仙妙诀,父子不传。(石田薰)

对十三人的颂古作一小结,我们不难发现,该公案至少有三个方面的内涵:一是告诫参学者没有必要斤斤计较莲花、荷叶的分别,而应该进一步去弄懂"莲花""荷叶"之回答背后所能通达的悟境;二是指出参禅重在亲身体验、实证实修、当下开悟,不宜过多地做毫无意义的理性思考;三是证明了常人看起来不可调和的矛盾在得道者看来都是不存在的,都是自寻烦恼。很显然,对参禅者来说,开悟前与开悟后的境界确有不同。开悟前看物质世界是具体的、有差别的,看莲花是莲花,看荷叶是荷叶。开悟后具体的物质世界不存在了,世界变成一个无差别的整体,也就无莲花、荷叶之分了。智门禅师正是通过这种反常的回答,来启示学僧对超理性之悟境的体验。

《禅宗颂古联珠通集》对宋、元僧诗具有重要的辑佚价值。据笔者统计,《禅宗颂古联珠通集》可增补《全宋诗》138 位僧人及居士的诗作共 1971 首(见表1),可增补《全宋诗》未收作者 188 人,诗作 1171 首(见表2)。两者合计,《禅宗颂古联珠通集》可增补《全宋诗》未收录的僧人及居士诗达 3100 多首,可增补诗人 188 家。其中,可增补一首诗的诗人有 109 家,可增补五首以内的诗人有 195 家。吉光片羽,弥足珍贵。可增补 50 首以上的僧人有释本才、释了元、释法泉、释本逸、释超信、释守一、释元静、释善昭、释克勤、释守端、释慧懃、释仁勇等 12 人。其中,释守端、释慧懃、释仁勇三人增补超百首,分别是 114 首、118 首、118 首。今人朱刚、陈珏编辑的《宋代禅僧诗辑考》也以《禅宗颂古联珠通集》为主要辑佚用书之一。该书在首先确定作者及其法系的基础上,对《禅宗颂古联珠通集》所载而《全宋诗》未收的颂古作品进行了系统查找,辑出了大量的宋诗,可补《全宋诗》之不足。

表1 《禅宗颂古联珠通集》增补《全宋诗》已收诗人作品数量表

《通集》可补充首数	《全宋诗》所收诗人姓名 (表内仅列法名或法名后字)
1—13 (右栏不同首数的僧名间用";"号隔开,下同)	胜、鉴、达观、道印、德会、端裕、梵思、方会、广闻、慧空(东山)、慧空(中庵)、慧远、景淳、可封、了一、南雅、如琰、守仁、思慧、思岳、惟岳、惟照、心月、玄本、彦岑、有权、元聪、圆照、知诏、宗演、宗印、祖钦、祖璇、了璨、珙、赵善期;宝印、崇岳、从瑾、道川、鼎需、慧方、继成、明辩、齐岳、省念、希琏、宣能、义青、元肇、智才、自回、颜如如;德光、居简、守芝、嗣宗、昙贲、行瑛、倚遇、子淳、宗本、宗杲;法泰、善悟、延寿、元易、中仁、贤、张九成;道昌、惠方、师观、师瑞、师体、行机、择明、重显、宗鉴;道臻、梵卿、慧昌、祖心;法空、谷泉、守智;了常;道震、文准、无鉴、悟新、元佑;景祥、系南;楚圆、悟真;惟清;善果

《通集》可补充首数	《全宋诗》所收诗人姓名 （表内仅列法名或法名后字）
15—24,27—29	清远；法顺、法秀、法演；光祚；天游、义怀；可遵、慕喆、守珣、守卓；道平；妙堪、晓聪；慧南；知昺；心道；智策；守遂；彦充
31,34,36,40—42,45	义铦；智；善清、杨无为；张商英；怀深；法成、克文；惟白
50,53,55,65,74,87	本才；了元；法泉；本逸；元静；善昭
97,114,118	克勤；守端；慧懃、仁勇
说明：《通集》补充《全宋诗》已收录的 138 位诗人作品共 1971 首。	

表 2　《禅宗颂古联珠通集》增补《全宋诗》未收诗人表

未收诗首数	《全宋诗》未收诗人姓名 （只列法名，法名不全者列《通集》中原名）
1	宝相元、弁山阡、冰谷衍、成首座、道场融、德本、东野敷、独木林、甘露天、孤峰源、喝堂一、虎头上座、怀玉宣首座、惠因净、慧清、慧祚、即庵然、继彻、建隆原、竟陵海首座、九峰升、觉铁觜、觉圆明、利昱、了宗、妙高台主、南山省堂主、庆如、善登、韶禅师、少林通、绍隆（北山）、绍修、师宽、师明、嗣清、泰钦、坦堂圆、唐景遵、通彻、退庵演、万庵如、万庵显、惟政、无见、无得慈、无机惠、无境彻、西禅寂、西蜀广道者、希辩、希先、象外超、洪寿、雪屋珂、雪溪戒、一关溥、一衲戒、应干、有照、愚谷困、玉涧林、天章和尚、昭爱、正法灏、正因、至道、志添、智寂、智颖、自默恭、最乐、檇李窠
2	柏庭永、道权、道岩、法达、幻庵觉、棘田心、寂岩中、开善祖、如琬、濡泳、守俨、惟衍、文蔚、无隐鉴、雪矶纲、延庆忠、智才、中元、梓岩玉
3—4	安分、戴无为、德隆、德谦、毒庵常、洪諲、了明、全举、仁琼、如庵用、善净、希夷、云耕静；从悦、慧古、景福顺、师戒、顽石空、野牛平、义云正忠、致柔、仲谦、仲颖、宗演、宗印
5—10	慈觉、道昱、德逢、妙光、尼闲林英、普庵玉、杀六岩辉、石室辉、祖泉；崇寿、德宁、德逊、孤峰深、圭堂居士、无相范、辛庵俦、蕴聪；此山应、道源、法远、立才、惟胜、悟心、延寿慧；处南、刘兴朝、普明、庆预、投子舒、祖智；光睦、止凝、宗茂；法如、居敬、赞元、祖庆
11—21	道奇、慧觉、净罩、之善、智清、自镜；文悦、云岩因；呆堂定、启柔；戒明、齐琰、铁山仁；报恩、法宗；怀秀、了派、祖印明；可僊、善开、竹屋简、云溪恭；法云、可真
24,26,28,34,39,45,83,84	宗显；道旻；妙源；守恩；常总；妙总；超信；守一
26	阙名
说明：《通集》有而《全宋诗》未收录的作者 188 人，其诗作共 1171 首。	

表3　《禅宗颂古联珠通集》与宋代八家颂古集收录情况比较表

八家颂古集	八家颂古集各收录颂古首数	《通集》收录八家颂古首数
《汾阳无德禅师语录》（汾阳颂古）	100	87
《碧岩录》（雪窦颂古）	100	112
《虚堂集》（丹霞颂古）	100	87
《从容庵录》（宏智颂古）	100	111
《无门关》（无门颂古）	48	33
《虚堂和尚语录》（虚堂颂古）	100	87
《雪庵从瑾禅师颂古》（雪庵颂古）	35	43
《林泉老人评唱投子青和尚颂古空谷集》（投子颂古）	100	79

第一章 《禅宗颂古联珠通集》的版本

《禅宗颂古联珠通集》有十卷本、二十一卷本、四十卷本三个版本系统，是元代僧人普会在南宋僧人法应所编纂《禅宗颂古联珠集》基础上续编而成。题名增加了一个"通"字，意为所收录作品时间跨越了宋、元两代。

《禅宗颂古联珠集》是《禅宗颂古联珠通集》的前身，现已佚。据《禅宗颂古联珠通集》诸序，淳熙二年（1175 年），池州报恩光孝禅寺传法宝鉴大师释法应"于禅燕之暇，集诸颂古，咨参知识，随所闻持同学讨论，去取校定三十余年，采撷机缘三百二十五则，颂二千一百首，宗师一百二十二人，编排成帙。"①法应的《禅宗颂古联珠集》经绍兴天衣万寿禅寺沙门普会于延祐五年（1318 年）续辑之后方更名为《禅宗颂古联珠通集》。

陈振孙《直斋书录解题》卷十二《释氏类》著录为："《禅宗颂古联珠集》一卷，僧法应编。"清卢文弨校本《新订直斋书录解题》作十卷，校注曰："馆本一卷，《通考》同。"②"馆本"即四库馆臣所编《武英殿聚珍版丛书》本。"《通考》"指元代马端临的《文献通考》。该书在卷二百二十七《经籍考五十四》中著录曰："《禅宗颂古联珠集》一卷。陈氏曰：'僧法应编。'"③成书于淳熙七年（1180 年）的另一部著名私家目录《郡斋读书志》未载该书。可能是因为《直斋书录解题》所著录之书多来自江浙一带的藏书家，而法应之作亦刊之于池州（今安徽池州），《郡斋读书志》则以四川所收之书为基础，且在时间上较为靠前。淳熙二年至淳熙七年，只有五年时间，也许法应之书流传并不广，晁氏尚未见到吧。《直斋书录解题》较有学术价值的版本共有三个：元抄本、馆本和卢校本。元抄本是现存最早的版本，只有四卷残本；馆本即四库馆臣从《永乐大典》中辑出的二十二卷本；卢校本是清代著名目录家卢文弨据馆本重新整理校勘完成的五十六卷本。卢校本将《禅宗颂古联珠集》一卷改为十

---

① （宋）释法应：《禅宗颂古联珠序》，《卍新纂续藏经》第 65 册，第 476b 页。
② （宋）陈振孙撰，徐小蛮、顾美华点校：《直斋书录解题》，上海：上海古籍出版社，1987 年版，第 358 页。
③ （元）马端临：《文献通考》，北京：中华书局，1986 年版，第 1822 页。

卷,未知何据。明代杨士奇《文渊阁书目》卷十七著录曰:"《联珠通集》,一部十册""《联珠通集》,一部一册"。①虽未记卷数,但十册或即十卷。至于一册究竟是一卷,或者是经折装一册内容与十卷同,则不得而知。下面据一些材料,作如下推测:《文渊阁书目》此处未记阙残,而其他卷里记有阙残或完全字样,这说明"一部一册"即是完整的,并不是残阙本,除非有极例外的情况。《山西通志》卷一百六十曰:"觉澄号古溪,山后蔚萝人,族姓张氏,年十岁为牧童,十四从云中天晖出家,阅藏五载。从黙庵坐禅大兴隆寺。景泰三年,……往安庆看《颂古联珠集》,见赵州凌行婆机缘,往返豁然有省。……天顺五年(1461年),住金陵高座寺不复出,示寂于成化初。"②景泰三年(1452年)尚能在安庆看到法应原编的《颂古联珠集》,说明编成于正统六年(1441年)的《文渊阁书目》在开始编纂时《禅宗颂古联珠集》很可能尚在流通,"一部一册"或即法应原作。《文渊阁书目》"《联珠通集》,一部一册"或为"《联珠集》,一部一册"之误。

第一节　历代公私目录著录情况

马端临《文献通考》成书于元大德十一年(1307年),而《禅宗颂古联珠通集》成书于延祐五年(1318年),所以《文献通考》并未著录此书。首次著录此书的是《文渊阁书目》,其后《秘阁书目》《晁氏宝文堂书目》《澹生堂藏书目》《国史经籍志》等书目继有著录。它们可分为三个版本系统。

一、十卷本

十卷本《禅宗颂古联珠通集》为释普会的初刊本。证据至少有三:

其一,杨士奇《文渊阁书目》卷十七著录曰:"《联珠通集》,一部十册""《联珠通集》,一部一册"。为什么会出现此种情况呢?有三种解释,一是一部一册之本不是"《联珠通集》"而是"《联珠集》",即释法应原作。释法应原作有其他证据证明是一卷本,此"一册"或即"一卷";二是一部一册之《联珠通集》可能是经折装,未分册或卷;三是一部一册可能是十卷本(即"一部十册")《联珠通集》的一个残本。况且,《文渊阁书目》已明确记录该书书名为

---

① (明)杨士奇:《文渊阁书目》,冯惠民等选编《明代书目题跋丛刊》,北京:书目文献出版社,1993年版,第173页。

② (清)觉罗石麟等监修,储大文等编纂:《山西通志》,《景印文渊阁四库全书》第547册,台北:台湾商务印书馆,1986年版,第533—534页。

《联珠通集》，而不是《联珠集》。后者为释法应编，前者为释普会续编。

其二，据 2002 年北京线装书局影印出版的《日本宫内厅书陵部藏宋元版汉籍影印丛书》第一辑所收元版残本来看，十卷本就是普会之作《禅宗颂古联珠通集》。日本宫内厅书陵部所藏元版《禅宗颂古联珠通集》，经杨忠先生考证，全书共十卷，现存第一、第二、第四、第六、第七、第九、第十等七卷。杨忠先生说，"查日本国宫内厅书陵部藏此元代刻本卷十末页下有'徒弟比丘寿康募缘成就'一行，似普会续辑本当时已刻印完足，即为十卷。《文渊阁书目》所载多为'宋元所遗'，十册或即十卷。"①

其三，中国国家图书馆亦藏有元刊残本一册，仅存卷四。每半页 10 行，每行 20 字，白口，左右双边。仅存卷四，说明了元刊本并非只有一卷；其行款也基本符合早期元刊本的特征。所以此残本即十卷本。

此外，钱溥《秘阁书目》著录曰："《联珠通集》"十"②。晁瑮《晁氏宝文堂书目》著录曰："《颂古联珠》"③"《颂古联珠》不全"④。

二、二十一卷本

《禅宗颂古联珠通集》除了上列版本外，较早的刻本还有明刻《洪武南藏》本、《永乐南藏》本、《永乐北藏》本，皆为二十一卷。在相当长的时间内，许多学者把《洪武南藏》与《永乐南藏》看成是同一部藏经，称为"南藏"，与"北藏"（即《永乐北藏》）相对。例如在《大明三藏圣教南藏目录》及《大明三藏圣教北藏目录》中反映的就是永乐朝所刻的两部藏经。《洪武南藏》不在其列。然而这种情况在 1934 年发生了改变。人们在四川省崇庆县街子乡凤栖山上古寺中发现了一部藏经。1938 年，这部藏经被金陵刻经处所属支那内学院设在成都的分支机构发现。有关人员抄写详细目录并附上藏经样本一并寄与了历史学家吕澂（当时的支那内学院院长）。⑤ 吕澂先生研究后认为，这部藏经就是久已不闻于世的《洪武南藏》，并据以写出了著名专著《南藏初刻考》。该藏经虽然已略有残缺，并杂有部分补抄本和坊刻本在内，

① 见《日本宫内厅书陵部藏宋元版汉籍影印丛书影印说明（第一辑）》，《中国典籍与文化》，2003 年第 1 期，第 114 页。
② 钱溥《秘阁书目》，《宋元明清书目题跋丛刊》（四），北京：中华书局，2006 年版，第 268 页。
③ 晁瑮《晁氏宝文堂书目》，《宋元明清书目题跋丛刊》（四），北京：中华书局，2006 年版，第 694 页。
④ 晁瑮《晁氏宝文堂书目》，第 698 页。
⑤ 吕澂《南藏初刻考》曰："戊寅春，内院分建于蜀，设访经科。师以属之释子德潜。是年秋，于崇庆古寺得旧本，钞目摹样沩勘之，赫然明南藏初刻也。秘籍隐沈，既已五百载矣。"吕澂：《吕澂集》，黄夏年主编《近现代著名学者佛学文集》，北京：中国科学技术出版社，1995 年版，第 246 页。

但由于其不可替代的文物及版本价值,仍被北京图书馆善本部主任方广锠先生鉴定为海内孤本,列为国家一级文物。自此,"南藏"一词逐渐淡出使用,被更准确一点的《洪武南藏》或《永乐南藏》代替。明代葛寅亮《金陵梵刹志》卷四十九著录《禅宗颂古联珠集》在《南藏》(实为《永乐南藏》)中刊刻的具体情况曰:"鸡,七卷一百九十八张尾半一张;田,七卷一百八十八张尾半三张;赤,七卷一百六十二张尾半三张。"①与今天《中华大藏经》甲本(据《永乐南藏》翻印)实际情况大体相同(总卷数以及每个字号的卷数相同)。至于张数,因为《永乐南藏》为经折装,每版三十行,折成五面,每面六行,每行十七字,而《中华大藏经》翻印时并未按这种版式,加之《洪武南藏》翻刻《碛砂藏》遗留下来的题记,除少数有关校勘方面的说明在《永乐南藏》中被保留下来以外,其余的均被删去了,所以难以统计。明释智旭《阅藏知津》卷四十二记载:"《禅宗颂古联珠通集》二十一卷,前有张抡序,南(笔者按:指《永乐南藏》)鸡田赤,北(笔者按:指《永乐北藏》)缺。宋光孝寺沙门法应集,元沙门普会续集。明中天竺住山沙门净戒重校。初集机缘三百二十五则,作颂宗师一百二十二人,颂有二千一百首,续加机缘四百九十三则,作颂宗师四百二十六人,颂有三千零五十首。"②焦竑(1540—1620)《国史经籍志》卷四上"偈颂类"著录为:"《禅宗颂古联集》二十一卷"。③晁瑮《晁氏宝文堂书目》卷下著录曰:"颂古联珠。"④未记卷数。晁瑮,嘉靖二十年(1541年)进士,其书目编成应距此年不远。万历四十一年(1613年)释寂晓撰《大明释教汇目义门》卷四十一著录曰:"《禅宗颂古联珠通集》,二十一卷。"⑤张照、梁诗正、励宗万、张若霭等奉敕编《秘殿珠林》卷二十三记载:"《宗门颂古摘珠》六部;《宗门统要续集》八部;《法苑珠林》六部;《颂古联珠》三部。"⑥此虽为清代目录著作,但其所记之书以宫内所藏秘本为主,故亦可看成《禅宗颂古联珠通集》早期版本的记录。

---

① (明)葛寅亮:《金陵梵刹志》,杜洁祥主编《中国佛寺史志汇刊》(第一辑),第3—6册,台北:明文书局,1980年版,第1570页。

② (明)释智旭:《阅藏知津》,清康熙三年夏之鼎刻、四十八年朱岸登补修本,第396页。

③ (明)焦竑:《国史经籍志》,冯惠民等选编《明代书目题跋丛刊》,北京:书目文献出版社,1993年版,第341页。

④ (明)晁瑮、徐火勃:《晁氏宝文堂书目·徐氏红寸楼书目》,上海:古典文学出版社,1957年版,第208页。

⑤ (明)释寂晓:《大明释教汇目义门》,《四库未收书辑刊》第3辑第20册,北京:北京出版社,1997年版,第712页。

⑥ (清)张照、梁诗正、励宗万、张若霭等:《秘殿珠林》,《景印文渊阁四库全书》第823册,台北:台湾商务印书馆,1986年版,第732页。

三、四十卷本

祁承㸁(1563—1628)《澹生堂藏书目》卷九载有："《禅宗颂古联珠通集》八册，四十卷，沙门法应集，沙门普会续。"①万历十七年(1589 年)开雕的《嘉兴藏》收录了《禅宗颂古联珠通集》，也已是四十卷本。民国九年北京刻经处刊刻的《嘉兴藏目录》记载："鸡、田、赤，二百九函。《禅宗颂古联珠通集》(四十卷，共八本)，七钱四分四厘。"②黄虞稷(1629—1691)《千顷堂书目》卷十六"释家类"著录："普会《禅宗颂古联珠通集》四十卷。"③日本宽文九年至延宝六年(1669—1678 年)刊刻的《黄檗山宝藏院大藏经》(即《黄檗藏》)亦收录了《禅宗颂古联珠通集》，所在千字文编号为"鸡、田、赤"，共四十卷十册两函(函号 271—272)。该藏是据紫柏大师达观真可与其弟子密藏道开、幻余法本等人所共同倡始的《嘉兴藏》翻刻，内容略有增补。

《大日本校订缩刻大藏经目录》版于明治十四年(1881 年)亦收录了四十卷本《禅宗颂古联珠通集》。《大日本校订缩刻大藏经》亦称《缩刷藏》《弘教藏》，是日本最早使用活字印刷的汉文大藏经。明治十三至十八年(1880—1885 年)间，由东京弘教书院刊行。此藏以日本芝增上寺所藏之《高丽藏》为底本，再与宋、元、明三本对校，内容结构则依智旭《阅藏知津》分类为经、律、论、秘密、杂藏等五部二十五门。另外新设日本撰述部，收录日本诸宗开祖之著述。此即日本撰述入藏之嚆矢。全藏总计收录佛典 1918部、8539 卷，另有目录一卷。二十世纪初，上海频伽精舍曾经翻印此藏经，然而删去了其中之校勘部分。而且，翻印后也改名为《频伽精舍大藏经》(略称《频伽藏》)。1979 年，台湾又翻印《频伽藏》，而称之为《佛教大藏经》(第一辑)。

收录四十卷本《禅宗颂古联珠通集》的另一个重要藏经是《卍续藏经》，又称《大日本续藏经》《卍续藏》《续藏经》。明治三十八年至大正元年(1905—1912 年)间，由前田慧云、中野达慧等收录《大日本校订训点大藏经》未收之佛典编集而成。1912 年，由京都藏经书院刊行。全藏分三编，共为线装 751 册(台湾新文丰出版公司影印本为精装 150 册)，151 函，每函五

---

① (明)祁承㸁:《澹生堂藏书目》，冯惠民等选编《明代书目题跋丛刊》，北京:书目文献出版社，1993 年版，第 1013 页。
② 见《嘉兴藏目录》第 93 页，该书目为乾隆时真悦居士朱大猷所编，为日人泽田瑞穗旧藏，现藏早稻田大学风陵文库。
③ (明)黄虞稷:《千顷堂书目》，《景印文渊阁四库全书》第 676 册，第 431 页。

册,计收 950 余人之著作共 1756 部 7144 卷。① 其版式每面分上、下栏,每栏十八行,每行二十字,为线装方册本。其编目主要分二部分,即印度撰述与中国撰述,前者包括经、律、论三部,经分大小乘,大乘按华严、方等、般若、法华、涅槃之顺序;后者为中国撰述,包括大小乘释经、释律、释论、诸宗著述、史传等。此藏虽是《大日本校订训点大藏经》之续编,然以收录九百余部其他藏经所无之佛典,且绝大部分系中国佛教著述,每为研究中国佛教者所特别重视。且常被单独刊行,独立于其正编之外。1989 年,在河村孝照博士的主持下,日本株式会社国书刊行会又对《卍续藏经》进行了改版、续编,并重新命名为《卍新纂大日本续藏经》,简称为《卍新纂续藏经》或《新纂卍续藏经》。本版藏经是由《卍续藏经》《日本校订大藏经》中国撰述部及若干新增补的典籍组成。经文有 88 册,加上总目录、索引、解题,计共 90 册,由东京株式会社国书刊行会出版发行。

民国人孙殿起所撰《贩书偶记续编》卷十二著录:"《禅宗颂古联珠通集》四十卷,宋沙门法应辑,元沙门普会续集,万历丙申刊。"②万历丙申为万历二十四年(1596 年)。

从以上著录可知,《禅宗颂古联珠通集》由两部分组成,一为宋释法应原刻,一为元释普会续刻。原刻本为一卷,续刻本有十卷、二十一卷、四十卷三个版本系统。版本增多主要发生在明代。二十一卷本为明初所出,而四十卷本为明万历年间所出。

四、卷数增加的原因

关于《禅宗颂古联珠通集》卷数不断增加的原因,细究起来,有以下数端:

(一)《禅宗颂古联珠集》在元代增加为十卷,变为《禅宗颂古联珠通集》,主要是因为僧人普会的续编。据有关序文,该书更名前后其所收颂古总数由 2100 首增至 5700 余首,机缘(即公案)也成倍增加。

(二)《禅宗颂古联珠通集》在明初由十卷增加为二十一卷主要是入藏所致。具体原因有三:一是装帧方式的改变;二是版式的改变;三是分函的需要。首先,在装帧方式上,十卷本《禅宗颂古联珠通集》是册页装,而《洪武南藏》为经折装。相对于册页装,经折装较窄,每个页面(而不是版面)容纳的行数有限,所以每册不得印刷太多内容,否则整体会变得很厚,不便于装

① 一说 1659 部,或说 1660 部 6957 卷。
② 孙殿起:《贩书偶记续编》,上海:上海古籍出版社,1980 年版,第 189 页。

订,也不便于取来阅读,更不便于携带。这样就不得不把一卷内容分为数册印刷、装订。然而,人们的阅读习惯是一卷书的内容不宜分散于太多书册中,否则便有支离破碎之感。同时,这样的分裂也可能会造成实际上的阅读与理解困难。因为同卷内的文字,对读者来说有一种联系相对紧密的感觉,阅读时会互相参照。如果割裂开来,则会造成一定程度的思维混乱,丢上忘下,心情不悦。《洪武南藏》为每面六行,每行十七字。相对于中国国家图书馆所藏元刊残本每页 10 行每行 20 字的标准,《洪武南藏》每面(相当于每页)所能容纳的字数减少了近一倍。所以,也无怪乎《洪武南藏》本《禅宗颂古联珠通集》的卷数比方册装元刊本的卷数多了一倍。其次,在版式上,《洪武南藏》本《禅宗颂古联珠通集》同一行之内字与字之间的空隙较大,字体也较为工整美观。版面虽然整体上显得庄重大方,但也减少了每版所能容纳的字数,导致刻版增加,页数增多,最终不得不通过增加卷数来保持每卷的大体页数,以符合人们的日常分卷习惯。第三,分函装存导致分卷增加。《洪武南藏》本《禅宗颂古联珠通集》不同于元刻册页本的地方还在于,它是以千字文编号并分函存放的。这就把原来是一个整体的内容人为地分成了若干部分。其分卷、分函的匀衡与否就显得非常重要。若分卷不匀,必导致印成本厚薄不匀;印成本厚薄不匀,必导致分卷与分函不符;分卷与分函不符必导致无法装函,也就无法流通。分函不匀,也同样会出现目录错乱、无法装函流通的问题。拿《洪武南藏》本《禅宗颂古联珠通集》具体来说,该本分为二十一卷,分别对应三个千字文字号:贡、新、劝。每个字号又分为一至七,这样就把全书分成了二十一部分,正好一个部分对应一卷。若仍按原十卷本不进行分隔增卷,则装函问题不好解决。若分三个字号,则有一个字号必包含四卷,明显与其他两函不匀。分得四个字号似乎也不合适;分得五个字号,每号内容又太少;分得二个字号,每号内容又太多。分得一个字号,虽然能解决问题,《嘉兴藏》就是这样做的,但那又是另外一种刻版方式了。

(三)万历年间,《禅宗颂古联珠通集》由二十一卷增加至四十卷,主要是由于私人刻书者及书商以增加卷数来谋取更多利润所致。万历年间,民间刻书业发达起来,出现了许多以刻书渔利的书坊,竞相刻书渔利。有竞争就有投机取巧,一些以赢利为目的的刻书者就以增加卷数来标榜足本、善本,以求高价。明人有"束书不观"之习,惟求买书藏书,附庸风雅。对于书籍经营商来说,经营卷数多的本子,显然比经营卷数少的本子更有销路。另外,明人刻书喜欢增补内容,而以万历时期更为典型。这些都是一部书卷数增多的直接或间接原因。李一氓先生在《花间集校》书末所附《校后记——关于花间集的版本源流》一文中说:"它(指毛本)的好处是目录完备。虽然刊刻时间较晚,明末,但比起其他万历、天启本子来,还算是规矩的,没有乱分卷帙、臆改字句之处。"①"明万历庚辰(一五八○)茅一桢刊本,简称'茅本'。茅本亦是以正德覆晁本为底本的,不过他补选了李白以下四十人的七十一首词为《花间集补》。"②

五、四十卷本与二十一卷本内容之异同

四十卷本与二十一卷本,内容大体相同,然二十一卷本较为正式,错误较少,而四十卷本则字词错误及衍、脱文较多。在分卷上,以二十一卷本分卷较为完整。四十卷本则对某些禅师机缘有所割裂。具体情况见下表:

表4 《禅宗颂古联珠通集》四十与二十一卷本分卷比较表

四十卷本	二十一卷本
卷第一、卷第二、卷第三、卷第四(菩萨机缘之余:布袋和尚、跋陀尊者、维摩居士、善财菩萨、天台智者)	卷第一
卷第四(菩萨机缘之余:志公和尚;大乘经偈:经题八字、首楞严经)、卷第五	卷第二
卷第六、卷第七	卷第三
卷第八、卷第九	卷第四
卷第十、卷第十一、卷第十二(祖师机缘六祖下第三世之三:大梅法常禅师、五泄灵默禅师)	卷第五
卷第十二(祖师机缘六祖下第三世之三:盘山宝积禅师、水潦和尚、麻谷宝彻禅师、东寺如会禅师、西堂智藏禅师、大珠慧海禅师、百丈惟政禅师、泐潭法会禅师、杉山智坚禅师、石巩慧藏禅师、朗州中邑和尚)、卷第十三、卷第十四(祖师机缘六祖下第三世之五:襄州庞蕴居士)	卷第六
卷第十四(祖师机缘六祖下第三世之六:药山惟俨禅师、丹霞天然禅师)、卷第十五	卷第七
卷第十六、卷第十七	卷第八
卷第十八、卷第十九	卷第九
卷第二十、卷第二十一(祖师机缘六祖下第四世之余:五台秘魔和尚、湖南祇林和尚、河中公畿和尚)	卷第十
卷第二十一(祖师机缘六祖下第五世之一:临济义玄禅师)、卷第二十二、卷第二十三(祖师机缘六祖下第五世之三:灵云志勤禅师、金华俱胝和尚、末山尼了然禅师)	卷第十一

① (后蜀)赵崇祚辑,李一氓校:《花间集校》,北京:人民文学出版社,1981年版,第212页。
② (后蜀)赵崇祚辑,李一氓校:《花间集校》,北京:人民文学出版社,1981年版,第207页。

四十卷本	二十一卷本
卷第二十三（祖师机缘六祖下第五世之四：德山宣鉴禅师）、卷第二十四、卷第二十五（祖师机缘六祖下第五世之六：清平令遵禅师、投子大同禅师）	卷第十二
卷第二十五（祖师机缘六祖下第五世之七：仰山慧寂禅师、香严智闲禅师）、卷第二十六、卷第二十七（祖师机缘六祖下第六世之二：霍山景通禅师、南塔光涌禅师、无著文喜禅师）	卷第十三
卷第二十七（祖师机缘六祖下第六世之三：大光居诲禅师、九峰道虔禅师、凤翔石柱禅师、涌泉景欣禅师、云盖志元禅师、覆船洪荐禅师、张拙秀才、洛浦元安禅师）、卷第二十八、卷第二十九（祖师机缘六祖下第六世之五：雪峰禅师之余、高亭简禅师）	卷第十四
卷第二十九（祖师机缘六祖下第六世之五：云居道膺禅师、曹山本寂禅师）、卷第三十、卷第三十一（祖师机缘六祖下第七世之二：镇州宝寿禅师、西院思明禅师、鲁祖山教禅师、资福如宝禅师、芭蕉慧清禅师）	卷第十五
卷第三十一（祖师机缘六祖下第七世之三：瑞岩师彦禅师、罗山道闲禅师、玄沙师备禅师）、卷第三十二（祖师机缘六祖下第七世之四：长庆慧棱禅师、保福从展禅师、镜清道怤禅师、鼓山神晏国师、翠岩令参禅师、太原孚上座）	卷第十六
卷第三十二（祖师机缘六祖下第七世之四：云门文偃禅师）、卷第三十三、卷第三十四（祖师机缘六祖下第七世之余：云门禅师之余）	卷第十七
卷第三十四（祖师机缘六祖下第七世之余：谷山有缘禅师、白云善藏禅师、禾山无殷禅师、同安常察禅师、新罗泊严和尚、新罗大岭禅师、杭州佛日和尚、同安丕禅师、朱溪谦禅师、云居道简禅师、归宗怀恽禅师、新罗云住和尚、荷玉光慧禅师、育王弘通禅师、金峰从志禅师、曹山慧霞禅师、黄檗山慧禅师、护国守澄禅师、报慈藏屿禅师、广德延禅师、石门献蕴禅师、木平善道禅师）、卷第三十五、卷第三十六（祖师机缘六祖下第八世之余：洞山守初禅师、奉先深禅师、荐福承古禅师、双峰竟钦禅师；六祖下第九世之一：首山省念禅师）	卷第十八
卷第三十六（祖师机缘六祖下第九世之二：法眼文益禅师、清溪洪进禅师、龙济绍修禅师）、卷第三十七	卷第十九
卷第三十八、卷第三十九（祖师机缘六祖下第十二世之二：黄龙禅师之余、杨岐方会禅师；六祖下第十二世之余：芙蓉道楷禅师）	卷第二十
卷第三十九（祖师机缘六祖下第十三世：黄龙祖心禅师、白云守端禅师、保宁仁勇禅师、比部孙居士；六祖下第十四世：五祖法演禅师、兜率从悦禅师、法云杲禅师；六祖下第十五世：昭觉圆悟禅师、太平佛鉴禅师、龙门佛眼禅师、金陵俞道婆）、卷第四十	卷第二十一

第二节 现存各主要版本及其相互关系

《禅宗颂古联珠通集》现存十卷本(残)、二十一卷本、四十卷本三个版本系统,有《洪武南藏》本、《永乐南藏》本、《中华藏》(甲本)、《永乐北藏》本、《嘉兴藏》本、《中华藏》(乙本)、《频伽藏》、《卍续藏》等主要版本。

一、《禅宗颂古联珠通集》各主要版本

现存《禅宗颂古联珠通集》的主要版本有:

(一)中国国家图书馆藏十卷元残本。仅存卷四。每半页 10 行,每行 20 字,白口,左右双边。该本因残缺过多,只能作为版本研究的参照物或其他版本的校勘之用。

(二)日本宫内厅书陵部藏十卷元残本(缺卷三、卷五、卷八,见图 1)。前有张抡序、法应序,每半面 8 行,每行 18 字。正文半页 10 行,每行 20 字,左右双边,白口,双鱼尾。鱼尾上端有"颂古一""颂古二"字样,鱼尾下端为页数。刻版中缝偶有助刊者姓名,可知此书应为私版。2002 年由线装书局影印后,陆续在国内发行。

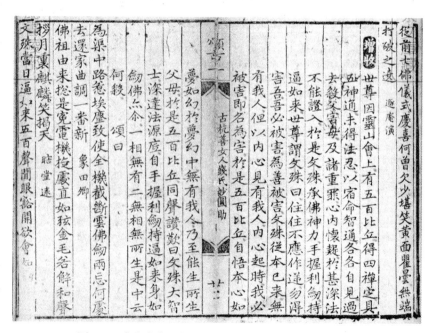

图 1 日本宫内书陵部藏元版《禅宗颂古联珠通集》卷一

（三）《洪武南藏》本。二十一卷，见图2。存十七卷（缺卷二、卷十二、卷十三、卷十四）。《洪武南藏》是宋、元刻版《碛砂藏》的覆刻本，又较《碛砂藏》新增入八十七函"诸宗要典"，成为其主要特色。因此《洪武南藏》不仅保持了《碛砂藏》集宋、元刻藏大成的优势，而且经过详细校勘，质量上乘。《禅宗颂古联珠通集》首次所入之大藏经即为此藏。根据净戒的《重刻禅宗颂古联珠通集序》可知，此版本的《禅宗颂古联珠通集》初版于洪武二十五年（1392年）；又据卷一之后的题名"僧录司左讲经兼鸡鸣禅寺住持臣僧净戒奉敕重校"可推知，此版本是经净戒在其原刊本的基础上重新校订后，又重新版刻入藏的。明释居顶《续传灯录叙》曰："洪武辛巳冬，朝廷刊大藏经律论将毕。敕僧录司，凡宗乘诸书，其切要者，各依宗系编入。"[1]洪武年间没有辛巳年，故此"洪武辛巳"应为"建文辛巳"，即建文三年（1401年）。《金陵梵刹志》卷二《钦录集》曰："永乐元年九月二十九日午时，本司官左善世道衍一同工部侍郎金忠、锦衣卫指挥赵曦于武英殿题奏：'天禧寺藏经板有人来印的，合无要他出些施利奉？'圣旨：'问他取些个，钦此。'"[2]可知，永乐元年（1403年）《洪武南藏》已经印成。所以作为宗乘之书的《禅宗颂古联珠通集》应该刻于建文三年至永乐元年之间。

图2 《洪武南藏》本《禅宗颂古联珠通集》卷十六

（四）《永乐南藏》本。二十一卷。《永乐南藏》为明永乐年间官方据《洪

---

① （明）释居顶：《续传灯录》，蓝吉富《禅宗全书》第16册，台北：文殊出版社，1988年版，第3页。

② （明）葛寅亮：《金陵梵刹志》，杜洁祥主编《中国佛寺史志汇刊》（第一辑）第3—6册，台北：明文书局，佛历2524年（1980年），第264页。

武南藏》的重刻本，然目录编集受元释庆吉祥等《至元法宝勘同总录》的影响而有较大改变，以大小乘经、大小乘律、大小乘论排序，并将唐释智昇《开元释教录》以后续入藏典籍以时间排序改作分类编集，从而为《永乐北藏》《嘉兴藏》《龙藏》的雕造所遵依。此版本的《禅宗颂古联珠通集》已收入大陆版《中华大藏经》，千字文号仍是“鸡”至“赤”，见图 3。

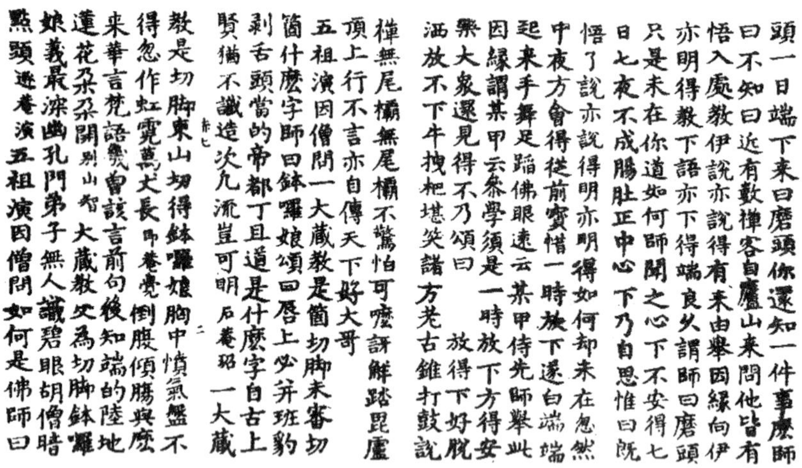
頭一日端下来曰磨頭你還知一件事麼師
曰不知曰近有數禪客自廬山来問他皆有
悟入處教伊說亦說得有来由舉因緣向伊
亦明得教下語亦下得端良久謂師曰磨頭
只是未在你道如何師聞之心下不安得七
日七夜不成腸肚正中心下乃自思惟曰既
悟了說亦說得明亦明得如何却未在忽然
中夜方會得從前寶惜一時放下遂白端端
起来手舞足蹈佛眼遠云某甲侍先師舉此
因緣謂某甲云參學須是一時放下方得安
樂大衆還見得不乃頌曰　放得下好脫
洒放不下牛拽杷堪笑諸方老古錐打鼓說
禪無尾欄無尾欄不驚怕可憐訝解踏毘盧
頂上行不言亦自傳天下好大哥
五祖演因僧問一大藏教是箇切脚未審切
箇什麼字師曰鉢囉娘頌曰唇上尖并班豹
剥舌頭當的帝都丁且道是什麼字自古上
賢猶不識造次凡流豈可明 石菴玿 一大藏
赤七　二
教是切脚東山切得鉢囉娘胸中憤氣盤不
得忽作虹霓萬丈長 即菴覺 倒腹傾腸與麼
来華言梵語幾曾該言前句後知端的陸地
蓮花朶朶開 别山智 大藏教文為切脚鉢囉
娘義最深幽孔門弟子無人識碧眼胡僧暗
點頭 遯菴演 五祖演因僧問如何是佛師曰

图 3　《永乐南藏》本《禅宗颂古联珠通集》卷二十一

（五）《永乐北藏》本。二十一卷。《永乐北藏》是继《永乐南藏》之后，明成祖刻的第二部官版藏经。参与者有释道成、释一如等。永乐十九年（1421年）在北京开雕，正统五年（1440 年）完成。《禅宗颂古联珠通集》所在位置即为“附入南藏函号著述”，千字文“鸡”至“赤”，见图 4。

（六）《嘉兴藏》本。四十卷。《嘉兴藏》又名《径山藏》，是明末清初刻选的私版藏经。万历十七年（1589 年）在山西五台山开雕。《嘉兴藏》正藏大致以《永乐北藏》为底本，略有增补。《禅宗颂古联珠通集》即收在该藏的正藏部分，所用千字文字号为《永乐南藏》补过来的“鸡、田、赤”三字，见图 5。

（七）《缩刷藏》本。四十卷。《缩刷藏》全称《大日本校订缩刷大藏经》，日本明治十三至十八年（1880—1885 年），由东京弘教书院铅字排印刊行，故亦称《弘教藏》。此藏内容结构依智旭《阅藏知津》据天台五时判教的分类方法编纂，分五部二十五门。另外新设日本撰述部，收录日本诸宗开祖之著述。全藏以《高丽藏》《资福藏》《普宁藏》和《嘉兴藏》四种版本相互对校，经文加句读，经题上附四种藏经千字文编次，32 开本，总计收经 1918 部 8539 卷，另有目录一卷，分装 418 册，40 函，千字文编次（“天”字至“霜”字）。《禅宗颂古联珠通集》所在千字文为“腾”。

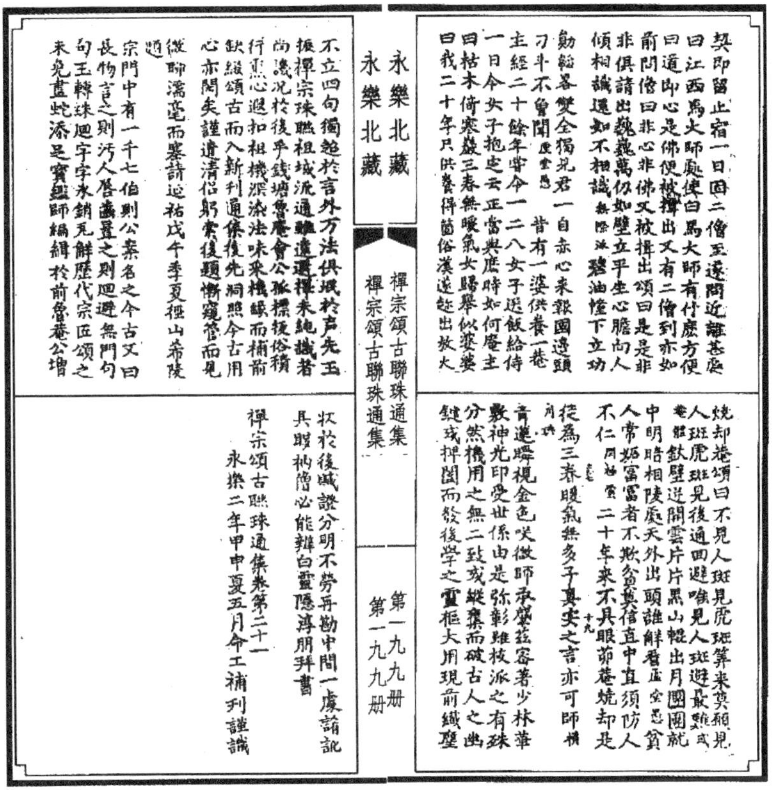
契即留止宿一日因二僧至遂問近離甚處
曰江西馬大師處使白馬大師有什麼方便
曰道即心是佛便被擯出又有二僧到亦如
前問僧曰非心非佛又被擯出頌曰是是非
非俱請出巍巍萬仞如壁立平生心膽向人
傾相識還如不相識 無際派 碧油幢下立功
勳縚畧變全獨見君一自赤心來報國邊頭
刁斗不曾聞 虚堂愚 昔有一婆供養一菴
主經二十餘年常令一二八女子送飯給侍
一日令女子抱定云正當與麽時如何菴主
曰枯木倚寒巖三春無暖氣女歸舉似婆婆
曰我二十年只供養得箇俗漢遂趁出放火
燒却菴頌曰不見人斑見虎斑算來莫賴見
人斑虎斑見後通回避喚見人斑避最難 或
菴 體欽壁迸開雲片片黑山輾出月團團就
中明暗相陵處天外出頭誰解看 虛堂愚 貧
人常妬富富者不欺貧莫信直中直須防人
不仁 同安顯 二十年來不具眼節菴燒却是
徒為三春暖氣無多子真實之言亦可師 横
青蓮瞬視金色咲微師承擘茲寄著少林華
數神光印受世係由是弥彰雖枝派之有殊
分然機用之無二致或縱棄而破古人之幽
鍵或排闥而發後學之靈樞大用現前纖壁
永樂北藏
禪宗頌古聯珠通集
第一九九册
永樂北藏
禪宗頌古聯珠通集
第一九九册
不立四句獨超於言外万法俱泯於声先玉
振禪宗珠聯祖域流通離遠擇未絕識者
尚譏況於後乎錢塘魯菴會公孤標拔俗積
行熏心遐扣祖機淵滲法味采機緣而補前
缺緝頌古而入新刊通係後先洞照今古用
心亦闊矣謹遣清侶躬賚後題慚窺管而見
微聊濡毫而塞請迺祐戊午季夏徑山希陵
題
宗門中有一千七伯則公案名之今古又曰
長物言之則汚人唇齒置之則迴避無門句
句玉轉珠廻字字冰銷瓦解歷代宗匠頌之
未免畫蛇添足寶鑑師編緝於前魯菴公增
狀於後賦證分明不勞再勸中間一虛誵訛
具眼衲僧必能辨白靈隱淳朋拜書
禪宗頌古聯珠通集卷第二十一
永樂二年甲申夏五月命工補刊謹識

图 4　《永乐北藏》本《禅宗颂古联珠通集》卷二十一

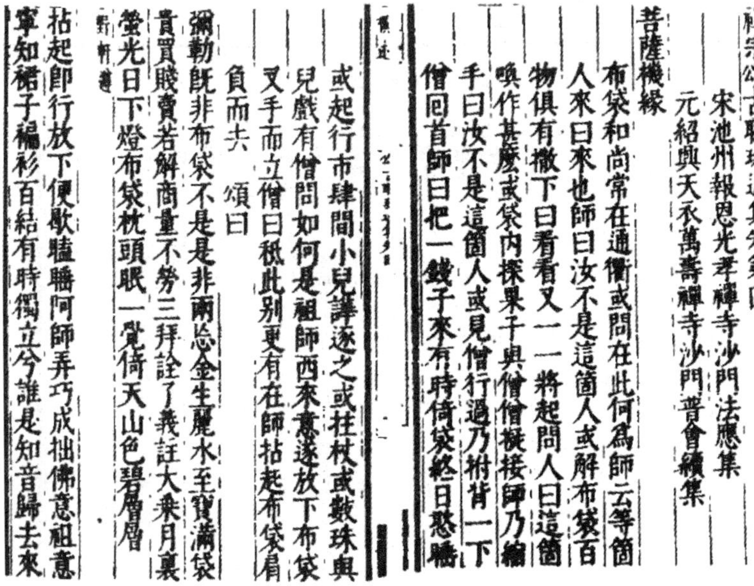
禪宗頌古聯珠通集卷第四
宋池州報恩光孝禪寺沙門法應集
元紹興天衣萬壽禪寺沙門普會續集
菩薩機緣
布袋和尚常在通衢或問在此何爲師云等箇
人來曰來也師曰汝不是這箇人或解布袋百
物俱有撒下曰看看又一一將起問人曰這箇
喚作甚麼或袋内探果子與僧僧擬接師乃縮
手曰汝不是這箇人或見僧行過乃拊背一下
僧回首師曰把一錢子來有時倚袋終日愁瞻
或起行市肆間小兒譁逐之或拄杖或數珠與
兒戲有僧問如何是祖師西來意遂放下布袋
叉手而立僧曰秖此別更有在師拈起布袋肩
負而去　頌曰
彌勒既非布袋不是是非兩忘金生麗水至寶滿袋
貴買賤賣若解商量不勞三拜註了義註大乘月裏
螢光日下燈布袋枕頭眠一覺倚天山色碧層層
野軒遵
拈起即行放下便歇瞌睡阿師弄巧成拙佛意祖意
寧知稱子褊衫百結有時獨立兮誰是知音歸去來

图 5　《嘉兴藏》本《禅宗颂古联珠通集》卷四

（八）《频伽精舍校刊大藏经》本。四十卷。《频伽精舍校刊大藏经》简称《频伽藏》，始刻于1909年，完成于1913年。以日本弘教书院编印的《缩刷藏》（又名《弘教藏》）为底本，略作取舍，以《嘉兴藏》《龙藏》和各经坊单刻的善本为校本编成。《禅宗颂古联珠通集》在该藏的函号为"腾二"至"腾三"，见图6。

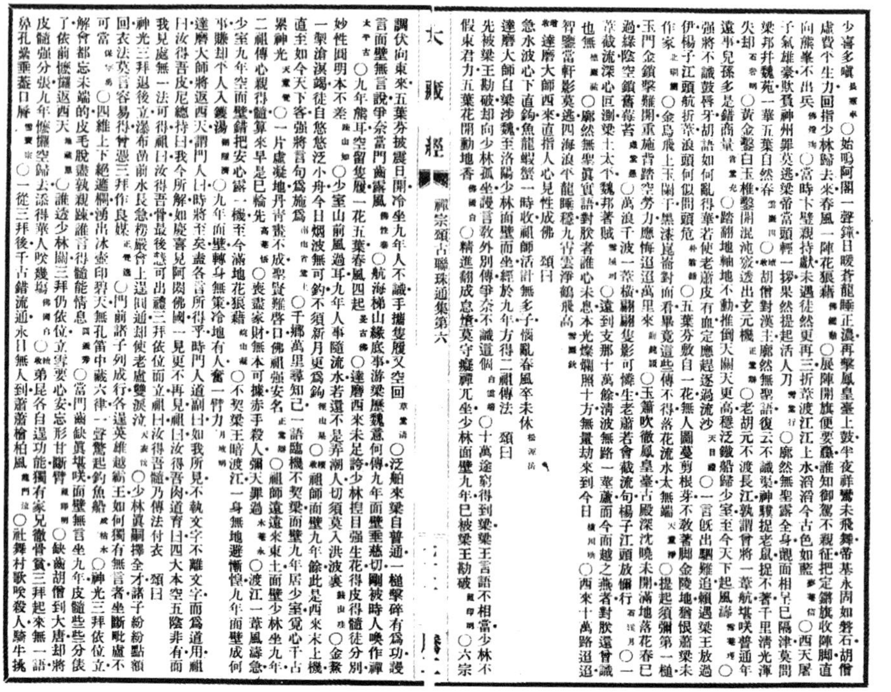

图6　《频伽藏》本《禅宗颂古联珠通集》卷六

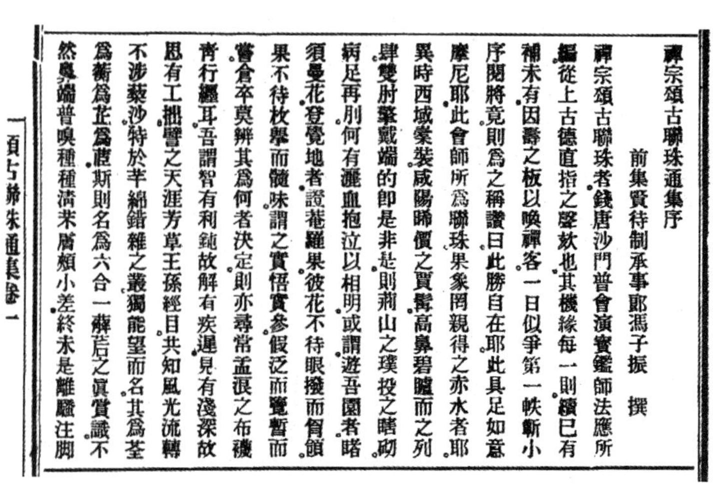

图7　新文丰版《卍续藏》本《禅宗颂古联珠通集》序

（九）《卍续藏经》本。四十卷。日本藏经书院于《卍正藏经》编印完毕后，广泛搜集中国和日本历代未入藏的佛教典籍汇编成书。内容上至六朝遗编和唐宋章疏，下迄清代著述之缺佚。《禅宗颂古联珠通集》所在位置为中国撰述之"禅宗语录别集部"，台湾新文丰版第115册，见图7。

（十）《日本黄檗山宝藏院大藏经》本。四十卷。该藏由日本山城州宇治郡黄檗山宝藏禅院沙门铁眼道光于宽文九年至延宝六年（1669—1678年）募刻，故又名《铁眼藏》。它是以早期《嘉兴藏》为底本而有所增补，版式全同。全藏分为十九个部类，734函1618部7334卷。其后于1706—1710年和1828—1836年两次据《高丽藏》校勘修订，经版现存日本京都府宇治市黄檗山万福寺。《禅宗颂古联珠通集》所在千字文为"鸡""田""赤"。

另外，据蔡运辰《二十五种藏经目录对照考释》可知现存《禅宗颂古联珠通集》较重要的版本尚有台湾《佛教大藏经》本、大陆《中华大藏经》甲本、大陆《中华大藏经》乙本、《嘉兴藏》（新文丰版）本、《新纂卍续藏》本等。各版本的主要信息如下：（1）《佛教大藏经》本：经号：No. 1997；题名及责任者：《禅宗颂古联珠通集》，宋法应集；部别：诸宗部五-禅宗；所在册数：72；总页数：307；总卷数：40。（2）《中华大藏经》甲本：经号：No. 1720；题名及责任者：《禅宗颂古联珠通集》，池州报恩寺沙门法应集，绍兴天衣禅寺住持普会续集，僧录司右阐教兼灵谷禅寺住持净戒重校；所在册数：78；总页数：622；总卷数：21；所用底本：明《永乐南藏》本。（3）《中华大藏经》乙本：经号：No. 1721；题名及责任者：《禅宗颂古联珠通集（别本）》，宋池州报恩光孝禅寺沙门法应集，元绍兴天衣万寿禅寺沙门普会续集；所在册数：78；总页数：855；总卷数：40；所用底本：明《径山藏》本。（4）《嘉兴藏》（新文丰版）本：经号：〔正藏〕No. 160；题名及责任者：《禅宗颂古联珠通集》，宋法应集；所在册数：10；总页数：367；总卷数：40。（5）《新纂卍续藏》本：经号：No. 1295；题名及责任者：《禅宗颂古联珠通集》，宋法应集，元普会续集；部别：中国撰述——诸宗著述部十二——禅宗语录通集；所在册：65；总页数：475；总卷数：40。[①]

二、《禅宗颂古联珠通集》各主要版本间的关系

现存《禅宗颂古联珠通集》各主要版本间的关系如下图所示。需要特别说明的是，本图是各藏经所收《禅宗颂古联珠通集》版本间的关系，并非指各

[①] 蔡运辰：《二十五种藏经目录对照考释》，卷中122，台北：中华佛教文化馆，新文丰出版公司，1983年版，第285页。

藏经间的关系。例如《卍续藏》并非是根据《缩刷藏》所刻,而只是选取了《缩刷藏》中的若干种经;《中华藏》也并非是根据《永乐南藏》与《嘉兴藏》所刻,而是在收录这两大藏经部分内容的同时,也大量收录了其他藏经的经典。

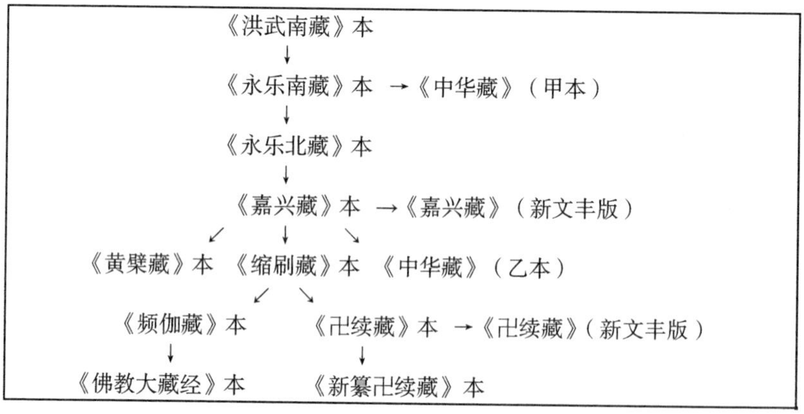

```
                《洪武南藏》本
                     ↓
        《永乐南藏》本 → 《中华藏》(甲本)
                     ↓
                《永乐北藏》本
                     ↓
        《嘉兴藏》本 → 《嘉兴藏》(新文丰版)
             ↙    ↓    ↘
《黄檗藏》本  《缩刷藏》本  《中华藏》(乙本)
     ↓            ↓
《频伽藏》本   《卍续藏》本 → 《卍续藏》(新文丰版)
     ↓            ↓
《佛教大藏经》本  《新纂卍续藏》本
```

图 8　现存《禅宗颂古联珠通集》各主要版本关系图

另外,仍需要指出的是,《卍续藏》本《禅宗颂古联珠通集》和其他经书一样选择用活字印刷。这固然是件好事,但笔者在使用该版本时发现其错字、漏字较多,单独使用时会造成麻烦与失误。所以建议研究者配合其他版本一起使用。下举数例:

《卍续藏》本《禅宗颂古联珠通集》卷六有颂古曰:"廓然无圣不须征,句后通机是眼睛。莫怪相逢不下马,奈缘各自有前程。(云汉恭)"据《永乐北藏》本校对,发现作者应该是"云溪恭"。概因繁体"汉"字与"溪"字形近而误。

据《频伽藏》可知,《禅宗颂古联珠通集》卷二十六"罚钱出院,众人皆见。有理难伸,风流满面。直饶兴化全提,未免令行一半。这一半,明眼衲僧点检看。(冶父川)"以下十三首皆应为"续收",而《卍续藏》本却标为"增收"。误,应据改。

《卍续藏》本《禅宗颂古联珠通集》卷二十九,"雪老担藤憩歇时,一僧才见便慈悲。近前拟取拦胸踏,举似长生更一椎。(石门聪)雪峰踏者僧不杀,长生扶者僧不起。可怜一束烂枯藤,狼藉至今愁满地。(西岩惠)"两首颂古,据《频伽藏》应为"续收"而不是"增收"。

《禅宗颂古联珠通集》卷三十一曰:"鼓山珪云:'五祖以拄杖子话请益白云。云曰:要会么? 多处添些子,少处减些子? 何故神仙秘诀父子不传?'白云和尚大似一钱为本万钱为利,殊不知如人善博,曰胜日贫。老禅道:'多处添些子? 少处减些子? 自然到处恰好。'者个算法极省工夫,你诸人要会么?'"乃颂曰:"多添减少休那兑,支移拆变加三倍。平生有子不须教,一回落赚自然会。《卍续藏》本标为"增收"。然而,其前面的宗师公案事迹却为:"鄞州芭蕉山慧清禅师(嗣南塔涌)上堂,拈拄杖曰:'你有拄杖子,我与你拄杖子。你无拄杖子,我夺却你拄杖子。'靠拄杖下座。"鼓山士珪禅师的公案怎么能增收于鄞州芭蕉山慧清禅师之后呢? 校之《频伽藏》可知,此处的"增收"应为"增附"。因两公案皆说的是"拄杖子"事,故附于此。此外,公案中的"曰胜日贫"亦应据《频伽藏》本改为"日胜日贫"。同样道理,校以《嘉兴藏》可知,《卍续藏》本《禅宗颂古联珠通集》卷十九公案"清凉法眼禅师举柏树子话问觉铁嘴:'承闻赵州有此话,是否?'觉曰:'先师无此语。莫谤先师好。'眼曰:'真师子儿'"及其所附的佛印元、大沩秀、白云端、正觉逸、大洪遂、真净文等六人的颂古,加上其后的"叶县省和尚"的一则公案,皆应为"增附"而不是"增收"。因为都是说的赵州"柏树子"公案,但所属宗师不同。

《卍续藏》本《禅宗颂古联珠通集》卷三十六:"楚王城畔水东流,南地禅僧北地游。眼目直教从浅辩,权衡争奈出常流。金篦为子挑除翳,驴上穿靴背打球。(翠岩真)"这是一首颂古,而不是公案,《卍续藏》本却将之标记为"增收",显误。校之《频伽藏》,可知此处应为"续收"。

《卍续藏》本《禅宗颂古联珠通集》卷十一:"南泉挥剑斩猫儿,杀活唯凭作者知。权柄一朝如在手,分明看取令行时。(尼无著总)草鞋头戴有谀讹,诸老机锋会得么。道泰不传天子令,时清休唱太平歌。"校之《嘉兴藏》本、《频伽藏》本可知,"尼无著总"下本有一个"二"字。这样第二首颂古的作者就不致于阙如了。同样道理,校之《频伽藏》,《卍续藏》本《禅宗颂古联珠通集》卷十二"活中死眼,无作有用。方寸不移,十方独弄。巧拙不到处,盐官有出身。亲言出亲口,鸡犬闹比邻。(月堂昌)因事长智,认渠遭累。反身晓行,全家富贵。竞头抬荐自埋没,逆顺是非谁出。提起是令放得行,两手扶犁水过膝"两首颂古之间的"月堂昌"三字下也有一个"二"字。

《卍续藏》本《禅宗颂古联珠通集》卷三十四:"故国清平久有年,白头犹自恋生缘。牧童却解忘功业,懒放牛儿不把鞭(古冢不为家 丹霞淳)。四十九年成露布,五千余轴尽言诠。妙明一句威音外,折角泥牛雪里眠(贝叶收不尽)。"校之《永乐北藏》本可知,"丹霞淳"三字后有一个"二"字。而且,从两首颂古的内容及形式来看,应为同一作者,即丹霞淳。

《卍续藏》本《禅宗颂古联珠通集》卷三十四:"潭州报慈藏屿禅师(嗣龙牙)僧问:'情生智隔,想变体殊,只如情未生时如何?'师曰:'隔。'曰:'情未生时隔个甚?'师曰:'这个梢郎子,未遇人在。'"前有"增收"二字,而前面的宗师却为随州护国守澄禅师的三则公案。一则为法应《禅宗颂古联珠集》原收:"护国澄因僧问:'如何是梵音相?'师曰:'河北驴鸣,河南犬吠。'"两则为普会《禅宗颂古联珠通集》增收:"护国澄因僧问:'如何是本来父母?'师曰:'头不白者。'曰:'将何奉献?'师曰:'殷勤无米饭,堂前不问亲'";"护国澄因僧问:'鹤立枯松时如何?'师曰:'地下底一场懡㦬。'问:'会昌沙汰时,护法善神向甚么处去?'师曰:'三门前两个一场懡㦬。'问:'滴水滴冻时如何?'师曰:'日出后一场懡㦬。'"两位禅师的公案事迹并无什么联系。所以此处无论是标示"增收"还是标示"增附",都不合适。校之《永乐北藏》本,方知此处未做任何标示。《卍续藏》本"增收"二字为衍文。

《卍续藏》本《禅宗颂古联珠通集》卷九有颂古曰:"马驹千里行,卷席相随逐。秋风一夜生,处处开黄菊。(石□□)"校之《永乐北藏》可知,此颂古的作者为"石碧明"。卷十五:"象王嚬呻,师子哮吼。踞地盘空,移星换斗。坐断舌头,合取狗口。一回掷地作金声,九曲黄河彻底清。(南□兴)"校之《永乐北藏》可知,此颂古的作者应为"南堂兴"。

需要说明的是,笔者在做校对时所用《禅宗颂古联珠通集》各版本的顺序是:《卍续藏》本——《频伽藏》本——《嘉兴藏》本——《永乐北藏》本。《频伽藏》本校不出的,就用《嘉兴藏》本校;《嘉兴藏》本仍校不出的,就用《永乐北藏》本校。《永乐南藏》本及《洪武南藏》本因本人得到较晚,故没有在所举例子中反映。但并不是说这两个版本不好,事实上这两个版本比之其他版本,应该更优。原因有三:一是刻成时间早;二是官方所刻,校对精审;三是内容完整无缺,为上佳足本。从以上所举诸例,我们可以大致看出《禅宗颂古联珠通集》各版本的优劣来。其他类似情况,兹不赘举。就《禅宗颂古联珠通集》来说,各版本的大体情况是在内容完整的条件下,越是刻成时间早越是善本。

综上,现存《禅宗颂古联珠通集》有十卷本、二十一卷本、四十卷本三个版本系统。十卷本为残本,仅存七卷,但具有较高的校勘价值。十卷本增为二十一卷本始于《洪武南藏》,卷数增加的原因主要是装帧方式的改变。四十卷本始于《嘉兴藏》,卷数增加的原因有二:一是刻版版式的改变,另一是刻书者有意以增加卷数来谋取更多利润。四十卷本与二十一卷本相比,内容大体相同,但质量却不及二十一卷本精审,出现了不少文字讹误、脱落、衍出的情况。

第二章 《禅宗颂古联珠通集》人物考

《禅宗颂古联珠通集》中涉及唐、宋时期公案案主252人，颂古作者457人。通过对这些禅宗人物的籍贯、字号、师承、生卒年、所在寺院、关联公案或颂古数量等方面的研究，可以对该时期的禅宗发展脉略有更清晰的认识。

第一节 《禅宗颂古联珠通集》诸序及其作者

《禅宗颂古联珠通集》正文前依次有冯子振、释普会、释净戒、张抡、释法应等人所作的五篇序，正文后依次有释希陵、释淳朋、释云岫等人所作的三篇后序。

一、诸序及其关系

《禅宗颂古联珠通集》卷一首列元代"前集贤待制承事郎"冯子振的序，然未详具体序于何时；次列延祐五年（1318年）六月旦（农历六月初一）"前往绍兴天衣万寿禅寺"钱塘沙门普会的序；再列洪武二十五年（1392年）二月杭州中天竺住山沙门净戒的序；后列"淳熙屠维大渊献"（淳熙六年，1179年）冬十一月"宁武军承宣使提举隆兴府玉隆万寿宫武功郡开国侯"张抡序，以及淳熙二年（1175年）腊八日池州"报恩光孝禅寺传法宝鉴大师"法应序等；卷尾列延祐五年（1318年）季夏径山希陵后序、延祐四年（1317年）重阳日灵隐住山淳朋后序、至治春（此表达未说明是至治几年，元英宗于公元1321年改元"至治"。未说明几年，实即为元年）天童云岫序等。其中，法应、普会、净戒之序为自序，分别介绍了《禅宗颂古联珠通集》的编写、续写及重校、重刊等方面的具体情况；冯子振、张抡、虚谷希陵、独孤淳朋、云外云岫等人的序为他序，对《禅宗颂古联珠通集》的内容、意义及编刊因缘事迹进行了评价与记录。这些序是了解《禅宗颂古联珠通集》编纂、刊刻、流传、版本等情况的重要背景资料。

法应序曰："法应自昔南游访道,禅燕之暇,集诸颂古,咨参知识,随所闻持同学讨论,去取校定三十余年,采摭机缘三百二十五则,颂二千一百首,宗师一百二十二人,编排成帙,命名《禅宗颂古联珠集》,愿与天下学般若菩萨共之。虽佛祖不传之妙,不可得而名言。初无字书,安有密语。临机直指,更不覆藏。彻见当人本来面目,故诸佛以一大事因缘出现于世,譬喻言词,说法开示,欲令众生悟佛知见。岂徒然哉? 池阳信士衷金刻板,以广见闻,为大法光明之施。淳熙二年乙未腊八日编次谨书。"①可知,法应原作名为《禅宗颂古联珠集》,"去取校定三十余年",于淳熙二年(1175 年),编次成书。以此推之,则可知《禅宗颂古联珠集》的开始编纂应该不晚于公元 1145年(高宗绍兴十五年)前后。时值宋廷南渡二十年之后,正是政治相对稳定、经济繁荣、社会承平时期。序中有"池阳信士衷金刻板,以广见闻,为大法光明之施。淳熙二年乙未腊八日编次谨书。"可知此序写成之时,正是刚编好的《禅宗颂古联珠集》在广大信士的支持下准备刊刻之时。而张抡之序则很可能是在《禅宗颂古联珠集》版片刊刻工作即将完成,准备刷印流通之前写就的。张抡时为高宗近臣,索序冠于书前,将大大有利于此书的流通。张抡之序为:"西方圣人为一大事因缘故出现于世,后以正法眼藏付嘱迦叶,传至二十七世而达磨入于中夏。设大法药,开甘露门,直接上根,不立文字,逮今六百余年,获菩提者不可胜数。虽其心以无传而传,其法以无说而说,然机缘偈颂,前后寖多,玉句金章,公案具在。池州报恩宝鉴大师法应,尝因禅悦余暇,衷集采摭。由佛世尊以至古今宗师,凡得机缘三百廿五则,颂古一百廿二人,目之《禅宗颂古联珠集》。可谓毗卢藏内全收众珍,旃檀林中莫非香木。开悟知见,利益后来,锓木流通,岂曰小补。以予夙慕宗乘,乐推法施。请为序引,不获固辞。淳熙岁在屠维大渊献,冬十一月序。"②序文中有"锓木流通,岂曰小补"一语,可知法应原作《禅宗颂古联珠集》当刊刻完成于淳熙六年(1179 年)年底。普会之前序作于延祐五年(1318 年)农历六月初一,而径山希陵的后序作于延祐五年季夏。虽未署具体日期,但普会之序更晚。这说明普会增集成书之后先自序,然后再请径山希陵赠序。作于延祐四年重阳日(即 1317 年农历九月初九)的灵隐住山淳朋后序则是在此之前索取的。

从署名可知,普会此序是作于从钱塘至绍兴的路上。而其余两序则很可能是其在钱塘为僧时或从义乌至绍兴路过钱塘时向当地名僧径山希陵与

① (宋)释法应集、(元)释普会续:《禅宗颂古联珠通集》,《卍新纂续藏经》第 65 册,第 476b 页。
② 《禅宗颂古联珠通集》,第 476a 页。

独孤淳朋索取的。普会序中有"将募板行,与后学共"之语,表明普会作序之时,《禅宗颂古联珠通集》书版尚未付刻。径山希陵后序中有"采机缘而补前阙,缀颂古而入新刊"[①]之语,亦可佐证此时尚未开始刊刻。至治元年(1321年)春天童云岫后序曰:"《联珠颂古通集》变本加丽,勾章棘句,愈出而愈多,如蜂房酿百华之蜜,蚁丝穿九曲之珠。食其蜜者念其蜂,好其珠者慕其蚁。余作是说,有客进曰:'忽遇不食蜜不好珠,不嗜语言文字者,此集又将奚为?'余曰:'病其病者,不能自病。'客惭而退。于是乎书。至治春天童云岫题。"[②]从序中介绍性文字"变本加丽,勾章棘句,愈出而愈多,如蜂房酿百华之蜜,蚁丝穿九曲之珠"可知,此时《禅宗颂古联珠通集》已镂版完毕,甚至已有试印本或初印本。天童云岫此序或为刻版将完之时所索,或为初印后又补版增入。

冯子振序曰:"《禅宗颂古联珠》者,钱唐沙门普会演宝鉴师法应所编,从上古德直指之声欸也。其机缘每一则续已有,补未有,因寿之板,以唤禅客。一日,似争第一帙,蕲小序。阅将竟,则为之称赞曰:'此胜自在耶?此具足如意摩尼耶?此会师所为联珠,果象罔亲得之赤水者耶?'……虽然掩舌摩竭,分别相空。杜口毗耶,言语道断。尊者无说,我乃无闻。他日禅林,觌面相呈。交手付与家珍,回首密在汝边。衲衣下一抖擞,满倾僧宝,人人沧海珠矣,奚联之云?书以为序。"[③]这些内容正好说明了冯子振所见之《禅宗颂古联珠通集》是别人送给他的第一帙,并要求他写一篇小序。余版或许正在刊刻,或大部分已刻完,等待小序补刻后统一印行。序文中说:"他日禅林,觌面相呈。交手付与家珍,回首密在汝边。衲衣下一抖擞,满倾僧宝,人人沧海珠矣。"这种表述也说明了刊版工作正在进行,尚未刷印流通。冯序并未标识作序时间,然据此推断,其序必定作于普会自序之后,即延祐五年(1318年)之后,而大体与天童云岫作序时间(至治元年,1321年)相当。冯序的署名为"前集贤待制承事郎冯子振",而至大四年其为尚从善《伤寒纪玄妙用集》所作序文中却署款曰"至大辛亥冬集贤待制承事郎长沙冯子振序"。[④]这表明至大辛亥(1311年)时冯子振尚在"集贤待制承事郎"任上。皇庆元年(1312年),冯子振《采石重建承天观三清殿记》中有"项尊师道,远录当涂"句,[⑤]则说明冯氏已经离任至安徽当涂。延祐元年(1314年)冯子振

---

① 《禅宗颂古联珠通集》,第 730c 页。

② 《禅宗颂古联珠通集》,第 731a 页。

③ 《禅宗颂古联珠通集》,第 475a 页。

④ (清)陆心源:《皕宋楼藏书志》,卷四十七,光绪八年十万卷楼藏版。

⑤ 李修生:《全元文》,卷六一八,南京:江苏古籍出版社,2001 年版,第 121 页。

在为杨钧《增广钟鼎篆韵》所作的序文中署款曰:"是年延祐甲寅润三月戊寅,前集贤待制承事郎冯子振序。"①延祐甲寅即延祐元年。因此,冯子振被罢官的时间应在至大四年之末或皇庆元年之初。冯子振《禅宗颂古联珠通集序》署名"前集贤待制承事郎",说明当时他已不在此任上。所以确切地说,这篇序文应该作于延祐元年(1314年)之后,至少也应该作于至大四年(1311年)之后。这也是对以上推断(冯序应作于延祐五年至至治元年前后)的一个佐证。

洪武二十五年(1392年)二月,《禅宗颂古联珠通集》版片经两年多的修补后重新面世。之后,这个版本经释净戒重校后编入了《洪武南藏》。释净戒之序曰:"佛祖葛藤,水浸不烂,火烧不坏,枝联蔓衍,流布无穷。《禅宗颂古联珠通集》者,鲁庵会公集成,锓梓行世久矣,近以他故,其板散落人间。洪武己巳夏,余虑其亡失,托道友收赎,庋藏于大慈山之幻居。实六月二十八日也。明日,旧置板处火作风烈,燎及千数百家。吁,斯亦异矣。然佛祖葛藤其果灵验如此耶? 抑神物护持而致然耶? 敬捐衣资,命工补完。用广流通,永延慧命。因书其得板所由之异,庸识岁月云。洪武壬申春二月中天竺住山沙门净戒识。"②洪武己巳(洪武二十二年,1389年)六月二十八日,净戒将早年刊刻的《禅宗颂古联珠通集》版片收集齐之后,藏于自己的居处,并请刻工进行了修补。这说明《禅宗颂古联珠通集》是一直被作为禅宗要典并藏版于禅寺中的。因此,《洪武南藏》所据之《禅宗颂古联珠通集》很可能就是上文介绍的元刊本,只是入藏时经过了重校重刻而已。这能从其版面风格及字迹上得到印证。《洪武南藏》是依据碛砂藏重刻的,附图中《碛砂藏》版《高僧传》与《洪武南藏》版《高僧传》字迹风格大体一致。《禅宗颂古联珠通集》并不在《碛砂藏》中,而是据他本刊刻入藏的,所以《洪武南藏》版《禅宗颂古联珠通集》字迹风格并不与同样来源于《洪武南藏》的《高僧传》相同,见图9。

简言之,法应原作《禅宗颂古联珠集》于绍兴十五年(1145年)前后开始编纂,于淳熙二年(1175年)编次成书,大约刊刻完成于淳熙六年(1179年)年底。普会之续作《禅宗颂古联珠通集》始作于元贞乙未(1295年)年,大体完成于延祐五年(1318年)六月至至治元年(1321年)之间。洪武二十五年二月,元版《禅宗颂古联珠通集》经两年多的修补后重新面世,后经释净戒重校,编入了《洪武南藏》。

---

① 王毅:《海粟集辑存》,长沙:岳麓书社,1990年版,第72页。
② 《禅宗颂古联珠通集》,第475c—476a页。

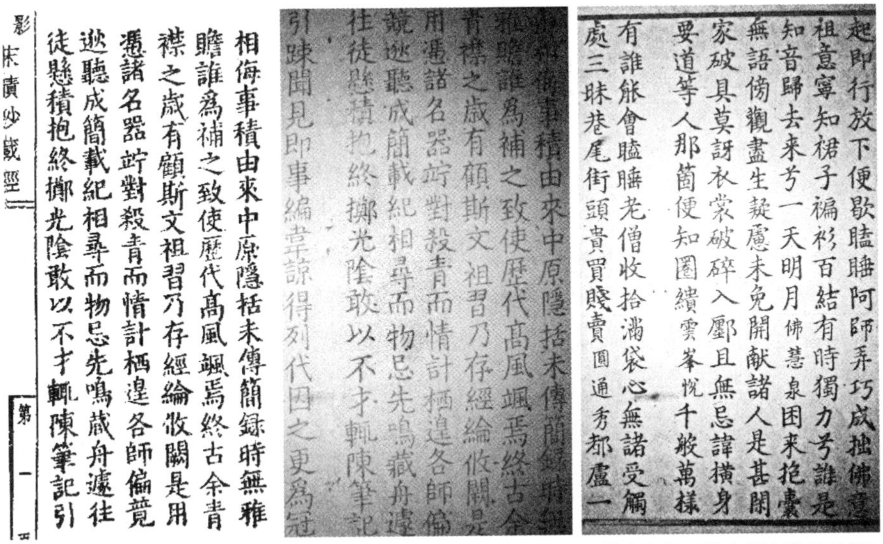

《碛砂藏·高僧传》　　　《洪武南藏·高僧传》　　　《洪武南藏·禅宗颂古联珠通集》

图9　《碛砂藏》与《洪武南藏》版式对照图

二、诸序之作者

《禅宗颂古联珠通集》前后共有八篇序,涉及八位作序者。

（一）法应。法应号宝鉴,为池州报恩光孝禅寺传法主持,主要生活于高宗、孝宗时期。序曰:"法应自昔南游访道,禅燕之暇,集诸颂古,咨参知识,随所闻持同学讨论,去取校定三十余年,……淳熙二年乙未腊八日编次谨书。"淳熙二年(1175年)上推三十年为绍兴十四年(1145年)。另据元释大訢撰《蒲室集》卷十一《池州路报恩光孝禅寺碑铭》引《秋浦志》曰:"宋崇宁二年诏郡国建崇宁万寿禅寺,政和元年改天宁万寿,绍兴七年又改报恩广孝,用追悼徽宗也。有司以同太宗徽号,请易'广'为'光',则凡江淮以南皆有报恩光孝寺者,其创易率由是云。而池报恩居郡城东北,始主僧法应作转轮藏,洪迈记之。"[①]绍兴七年(1137年),崇宁万寿禅寺经两次改名后,始称报恩光孝禅寺,第一任主持即为法应禅师。所以大体上可以说《禅宗颂古联珠集》是法应做了池州报恩光孝禅寺主持以后才开始收集材料并最后编集成书的,时间基本上是在高宗绍兴年间。光绪《贵池县志》引《江南通志》对光孝寺的沿革作了简介,其有关文字为:"乾明寺,……在城西笠山,旧志在城西里许。《池阳名胜类编》郭西禅院即乾明寺,宋改光孝寺,有铁佛二丈

---

① （元）释大訢撰:《蒲室集》,《禅门逸书初编》(第六册),台北:明文书局,1981年版,第81页。另,检《全宋文》第221册卷4911至卷4913洪迈文,未见此记。

余,绍兴时铸,故又称铁佛禅院。今仍称乾明寺。……按,寺咸丰五年兵毁,铁佛锤碎铸炮子。今仅存址。(新纂)"①

(二)张抡。张抡字才甫,号静乐居士、莲社居士,是佛教净土宗的虔诚信众,尝凿池栽莲,日率妻子课佛万遍。孝宗皇帝曾亲书"莲社"二字赐之。乾道二年(1166 年)抡作《高宗皇帝御书莲社记》,其文中曰:"臣尝读天竺书,知出世间有极乐国者。国有佛号阿弥陀,始享国履位,捐去弗居,超然独觉,悟心证圣,以大愿力普度一切。其国悉以上妙众宝庄严,地皆黄金,无山川丘谷之险。气序常春,无阴阳寒暑之变。无饥寒老病生死之苦,无五趣杂居之浊。用是种种神通,方便善导众生,忻乐起信。于日用中能发一念,念彼佛号。即此一念,清净纯熟,圆满具足,融会真如,同一法性。幻身尽时,此性不灭。一刹那顷,佛土现前,如持左契,以取寓物。臣敬闻其说,刻厉精进,无有间断。"②从这些文字,我们可以看出张抡对佛法相当精通。这也是当时的佛教界人士乐于向其请序的原因之一。例如,淳熙六年(1179 年)为《禅宗颂古联珠集》作序,淳熙癸卯(1183 年)四月望日为《大慧禅师年谱》作序。③ 张抡《禅宗颂古联珠集序》题名为:"宁武军承宣使提举隆兴府玉隆万寿宫武功郡开国侯张抡。"张抡为南宋著名词人,与曾觌、龙大渊(本名斋,古人竖写时常离开为"大""渊"两字,故以"大渊"行之)等一起是孝宗的潜邸旧人,④然史书对其生平事迹的记载却甚为简略。《四库全书总目》称其"履贯未详""亦狎客之流,然《宋史·佞幸传》仅有曾觌、龙大渊、王抃,不列抡等,则但以词章邀宠,未乱政也"。⑤《全宋词》收录张抡词 112 首,作者小传曰:"抡字才甫,开封人。绍兴间知阁门事。淳熙五年为宁武军承宣使、知阁门事、兼客省四方馆事。自号莲社居士,有《莲社词》一卷。"⑥另据钟振振《〈全宋词〉张抡小传辑补》可知:张抡生于大观四年(1110 年)至建炎二年(1128 年)年间。字亦作"材甫",门荫入仕。高宗绍兴十五年(1145 年)十一月,阶

① (清)陆延龄修,桂迓衡等纂:《光绪贵池县志》,《中国地方志集成·安徽府县志辑》(61),南京:江苏古籍出版社,1998 年版,第 159 页。
② (宋)释宗晓编:《乐邦文类》,卷三,《大正藏》第 47 册,第 188a 页。
③ (宋)释祖咏编:《大慧普觉禅师年谱》,卷一,《嘉兴藏》第 1 册,第 793a 页。
④ (宋)张端义:《贵耳集》卷下曰:"孝宗朝幸臣虽多,其读书作文,不减儒生;应制燕闲,未可轻视。当仓卒翰墨之奉,岂容宿撰。曾觌、龙大渊、张抡、徐本中、王抃、赵弗、刘弼;中贵则有甘昺、张去非、弟去为;外戚则有张说、吴琚;北人则有辛弃疾、王佐;伶人则有王喜;棋国手则有赵鄂。当时士大夫,少有不游曾、龙、张、徐之门者。"见《景印文渊阁四库全书》(第 865 册),台北:台湾商务印书馆,1986 年版,第 451 页。
⑤ (宋)张抡:《绍兴内府古器评》,《四库全书存目丛书》编纂委员会编《四库存目丛书》,子部第 77 册,济南:齐鲁书社,1995 年版,第 775 页。
⑥ 唐圭璋:《全宋词》,北京:中华书局,1963 年版,第 1409 页。

官已至忠训郎。同月,升为秉义郎。二十四年(1154 年)十月为敦武郎、贺大金国正旦国信副使。二十六年九月为武翼郎,迁武翼大夫、贵州刺史。三十年(1160 年)六月已任两浙西路马步军副都总管,权知阁门事。三十一年六月,落阶官,为文州刺史、兼客省四方馆事,假保信军节度使、领阁门事,充大金国起居称贺副使。八月,干办皇城司公事。三十二年(1162 年)充接伴副使,果州团练使,假镇东军节度使,充贺金国登位国信副使,均州防御使。八月,因奉使有辱君命而被罢官。乾道三年(1167 年)三月,仍知阁门事。六年(1170 年)六月至九年(1173 年)正月,为均州防御使,兼提点两浙东路刑狱公事,除利州观察使,知池州。淳熙二年(1175 年)正月前,已解池州知州任。^① 五年(1178 年)七月,已为宁武军承宣使,年内罢。六年(1179 年)九月,犹在知阁门事任,故其卒年不得早于此时间。^② 事实上,关于张抡的卒年,钟振振先生的考证还未到最后。也就是说,张抡的卒年还可以再往后推一些。既然淳熙癸卯(1183 年)四月望日张抡尚能为《大慧禅师年谱》作序,那么其卒年必然在淳熙十年(1183 年)四月之后。另据王应麟《玉海》卷三十六《艺文》记载,张抡尚撰有《易卦补遗》一部。^③

(三)普会。元僧,生平事迹不详。其《禅宗颂古联珠通集序》作于延祐戊午(1318 年)。序中有文字曰:"元贞乙未,叨尸义乌普济山院,事简辄事续稿,仅得一二。萍梗之踪,或出或处,随见随笔。二十三四年间,稍成次序。……"可知普会于元贞乙未年(1295 年)开始了《禅宗颂古联珠集》的续辑工作。至治元年(1321 年)前后,其续辑的《禅宗颂古联珠通集》完成了初刊。此时,普会仍应健在。

(四)冯子振。冯子振字海粟,号怪怪道人、瀛洲客,元代散曲家、诗人、书法家,原湘乡县山田街人。生于宝祐元年(1253 年),卒于至正八年(1348 年)。^④ 至元二十三年丙戌(1286 年),"三月己巳,御史台臣言:'近奉旨按察司参用南人……'帝命赍诏以往。"^⑤冯子振应在被荐举之列。至元二十四年(1287 年)应诏入大都,其《十八公赋》云:"吾以丁亥之夏,经乎房驷之躔。

---

① (清)徐松《宋会要辑稿·食货》六一之三五日:"(淳熙)二年正月十八日,诏诸路州、军管下未卖田产如当来所估未致尽实,即别委官躬诣田所,看验色额高下,从实裁减,估定实价出卖,仍开具有无增损田亩以闻,从前知池州张抡请也。"北京:中华书局,1958 年版,第 6 册,第 5891 页。

② 钟振振:《〈全宋词〉张抡小传辑补》,《汉语言文学研究》,2010 年 3 月第 1 卷第 1 期,第 20—26 页。

③ 王应麟《玉海》卷三十六《艺文·易》曰:"张抡为《易卦补遗》。"见《景印文渊阁四库全书》第 944 册,第 43 页。

④ 王毅:《冯子振年谱》,《中国文学研究》1990 年第 1 期,第 54—58 页。

⑤ (明)宋濂等《元史》,卷一四,北京:中华书局,1999 年版,第 194 页。

调凡惭邹谷之应,价下忝燕台之延。"①至元二十九年壬辰(1292 年)冯子振因桑哥事遭斥,离大都回乡。《元史纪事本末》卷七载:"二十九年五月,中书省臣言:安人冯子振为诗誉桑哥,及桑哥败,即告词臣撰碑引谕失当。国史院编修陈孚发其奸状。帝曰:词臣何罪?必以桑哥为罪,则在廷诸臣谁不誉之,朕亦尝誉之矣。"②冯子振《十八公赋》曰:"岁在庚寅,身箧上国……间一岁而壬辰,骤驿埃而决归。"③贞元元年(1295 年)冯子振第二次进入大都。其《十八公赋》曰:"俄世祖之鼎成,望桥山而歔欷。圣天子改明年之纪,楚伧父更京师之辙。"④改纪即改元,元成宗改世祖至元为贞元。楚伧父,冯子振自称也。成宗大德二年(1298 年),《冯氏族谱》载"子振于是年进士及第",似不可信。⑤冯子振盖于是年得官集贤待制。皇庆二年(1313 年),冯子振盖于是年或再前一年(即皇庆元年)免职。《冯氏族谱·墓志铭》云:"元皇庆癸丑之岁,吾祖海粟公讳子振自京师还湘。"⑥因为冯子振在还乡之前,还进行了一段时间的游历。延祐五年(1318 年)曾书写《居庸赋》,赋末云:"大德壬寅,……遂作此赋。今十六年矣,支离老倦,无复脚色,呵冻为吾静春书之。"⑦延祐七年(1320 年),冯子振曾为宋无《翠寒集》作序。末署:"延祐庚申冬孟一日,海粟冯子振序。"⑧天历二年(1329 年),冯子振曾作《显灵义勇武安英济王碑记》,末署"天历二年中秋"。⑨ 至治元年(1321 年),赵孟頫在《方外交疏》中曾记载"……处西湖之上,居多志同道合之朋"。⑩ 文后列名的所谓"志同道合之朋",便有廉希贡、仇远、冯子振等十四人。这说明冯子振此时前后正在江浙一带游历,其为《禅宗颂古联珠通集》作序的时间也应该是此时。至治三年(1323 年)春,朱泽民有《送冯海粟待制入京》诗,⑪亦可佐证冯子振复由江南返大都的史实。

(五)希陵。希陵(1247—1322),字虚谷,号西白,义乌人,俗姓何氏。

---

① 李修生:《全元文》(第 20 册),南京:江苏古籍出版社,2001 年版,第 109 页。
② (明)陈邦瞻:《元史纪事本末》,北京:中华书局,1979 年版,第 54 页。
③ 李修生:《全元文》(第 20 册),南京:江苏古籍出版社,2001 年版,第 109—110 页。
④ 李修生:《全元文》(第 20 册),南京:江苏古籍出版社,2001 年版,第 110 页。
⑤ 转引自王毅《冯子振年谱》,见《中国文学研究》1990 年第 1 期。另,据《元史》卷二十四《仁宗本纪一》载,元朝于皇庆二年(1313 年)十一月颁布行科举诏,延祐二年(1315 年)三月始正式开科会试。宋濂:《元史》,中华书局,1976 年版,第 2 册,第 558 页。
⑥ 转引自王毅《冯子振年谱》,见《中国文学研究》1990 年第 1 期。
⑦ 张文澍:《东瀛所藏元代冯子振〈居庸赋〉述略》,《文献》2008 年第 3 期,第 106 页。
⑧ (明)钱榖编:《吴都文粹续集》,卷五十五,《景印文渊阁四库全书》第 1386 册,第 662 页。
⑨ 李修生:《全元文》(第 20 册),南京:江苏古籍出版社,2001 年版,第 123 页。
⑩ 李修生:《全元文》(第 19 册),南京:江苏古籍出版社,2001 年版,第 322 页。
⑪ (元)朱德润:《存复斋文集》,卷八,《续修四库全书》第 1324 册,上海:上海古籍出版社,2002 年版,第 321 页。

年十九,薙发于东阳资寿院,受具戒。既谒虚舟远于双林,又依东叟颖于净慈,掌记室。出世仰山三十年,得法于仰山祖钦,为临济宗六祖下二十二世。后居径山六年,为径山寺第四十七代十方住持。《径山志》卷三曰:"大圆佛鉴虚谷陵禅师,时右丞相和礼霍孙言于帝曰:'江南禅丈虚谷陵者,国宾也。'一日帝师奏帝赐大圆佛鉴之号,诏住兹山。四月十二日示寂。"①另据《径山志》卷三《补遗》载大圆佛鉴虚谷陵禅师事迹曰:

> 有僧问曰:"过去心不可得,现在心不可得,未来心不可得,如何?"师云:"亲不相赠。"僧礼拜。师曰:"过去诸如来,斯门以成就;现在诸菩萨,今各入圆明,未来修学人,当依如是法。既依如是法,只如过去心不可得,现在心不可得,未来心不可得,三世既不可得,作么生依?若向这里知归,出息不涉万缘,入息不居阴界,常转如是,经百千亿万卷,只如今日檀越,请径山一千七百大众所转者,还在百千万亿卷中也无?若在其中,即取法相;若不在其中,即取非法相。故经云:'若取法相,即著我、人、众生、寿者,若取非法相,即著我、人、众生、寿者',正当怎么时,还有定夺得出者么?若定夺不出,明日来向汝说。"先是,师贫而苦学,寒暑如一。早年梦入净慈罗汉堂,至东南隅,忽一尊者指楣梁间诗示师云:"一室寥寥绝顶开,数峰如画碧于苔。等闲翻罢贝多叶,百衲袈裟自剪裁。"初不谕其意,及自仰山而陞双径,良验。盖仰山有贝多叶经,而径山有杨岐衣也。吁! 师之出处,彼应真者为之前定,非果位中人能致欤?②

《径山志》卷三《法侣》曰:"大辨希陵字西白,义乌何氏,年十九,落发东阳资寿,依东叟颖于净慈,掌内记。侍石林鞏,兼外记。后至径山,云峰高禅师尤敬之,分座说法,凛凛诸老之遗风。元世祖召见,说法称旨,赐号佛鉴。成宗加号大圆。仁宗又加号慧照。至正壬戌四月十二日手书付嘱,说偈而逝,谥大辨,塔曰宝华,有《瀑岩集》及语录行世。"③清释超永辑《五灯全书》卷五十曰:"先是,世祖召对说法称旨,赐号佛鉴禅师。大德中,加赐大圆。追主径山,加号慧照。英宗至治壬戌四月十二日,手书嘱外护,戒饬弟子,说偈诀

---

①　(明)李烨然、宋奎光等辑:《径山志》,《中国佛寺史志汇刊》(第一辑)第31—32册,第237—238页。

②　(明)李烨然、宋奎光等辑:《径山志》,第292—294页。

③　(明)李烨然、宋奎光等辑:《径山志》,第320—321页。

众,示寂于不动轩,全身瘞菖蒲田。谥大辨,塔曰宝华,世寿七十六,腊五十七。"①

（六）淳朋。独孤淳朋(1259—1336),字独孤,号普觉,曹洞宗僧,未详承嗣、法嗣。《武林灵隐寺志》卷三下曰:"独孤淳朋禅师,赐号普觉。常(尝)以定武兰亭赠赵子昂,欲与重结翰墨缘。住持灵隐。元延祐五年,奉旨断还九里松集庆占路,上表谢,其文云:'佛慧普觉大禅师、杭州路景德灵隐禅寺住持臣僧淳朋言'云云。上堂云:'寺前一片闲田地,旷大劫来无四至。今朝恢复又归来,坐断脚头并脚尾。东也是,西也是,南也北也无不是。毕竟酬恩作么生,直指堂前香一炷。'"②另据文琇《增集续传灯录》卷六《杭州灵隐独孤淳朋禅师》载,淳朋俗姓杨氏,临海人(今属浙江省)。延祐甲寅(延祐元年,1314年)住灵隐,至元丙子(至元二年,1336年)秋入寂,寿七十八,全身葬普光庵后。有上堂语曰:"晃晃焉于色尘之内而相不可觌,昭昭然于心目之间而理不可分。古人垂示处不妨明白,后人领解处多是颠倒。天宁今日矢上加尖去也。一夜落花雨,满城流水香。""因妄说真,真无自相。从真起妄,妄体本空。妄既归空,空亦不立。良久云:'荡荡一条官驿路,晨昏曾不禁人行。'""会即事同一家,不会万别千差。不会则且置,如何是事同一家?鸡寒上树,鸭寒下水。""毕钵岩前风清月白,曹溪路上浪静波平。灵鹫山中从苗辨地,三段不同收归上科。"③这些上堂语把禅宗的悟道境界表现得恰到好处。

（七）云岫。云岫(1242—1324),字云外,世称云禅师,曹洞宗僧,为四明(今浙江宁波)天童寺第四十九代住持。四明昌国李氏,依天宁直翁一举禅师得曹洞宗旨,为其法嗣,为六祖下第二十世。初住慈溪(今宁波慈溪)石门,历象山(今宁波象山)智门、天宁,后归天童。有《云外云岫禅师语录》一卷。明释文琇《增集续传灯录》卷二《四明天童云外云岫禅师》曰:

> 昌国人,身材眇小,精悍有余。师事直翁举公剃落,究明曹洞宗旨,尽其源底。出世慈溪石门,历象山智门、郡之天宁,继以三宗、四众推挽舛住天童。上堂:"闹市红尘里有闹市红尘里佛法,深山岩崖中有深山岩崖中佛法。山僧昨日出城门,闹市红尘里佛法一时忘却了也。行到二十里松云,便见深山岩崖中佛法。"大众且道:"如何是深山岩崖中佛

① (清)释超永辑:《五灯全书》,《卍新纂续藏经》第82册,第162页。
② (清)孙治、徐增等:《武林灵隐寺志》,《中国佛寺史志汇刊》(第一辑)第23册,第190—191页。
③ (明)释文琇:《增集续传灯录》,《卍新纂续藏经》第83册,第340页。

法?"良久云:"白云淡泞出没大虚之中,青萝寅缘直上寒松之顶。"谢首座、书记、藏主。……师说法能巧譬傍引,贵欲俯就学者而曲成之。至于奔轶绝尘,虽鹘眼龙睛亦无窥觑分。平生不倨傲、不贪积,得施利随与人。既寂,无余资。禅者率钱津送,葬于本山。①

另据《天童寺志》卷三《先觉考》载天童岫法系为:宏智觉—自得晖—明极祄—东谷光—直翁举—天童岫。清容居士袁桷寄诗云:"太白山高雪四围,孤峰翠织五铢衣。谁言老子寒无力,独拥红炉更下帏。"岫答诗曰:"太白峰高积翠明,老禅的的寄深情。相思沙砾惟怀琏,独立仓台近子卿。旧业久荒松露滴,浮名空悬槿朝荣。定须结社修真隐,寒月深灯了梵经。"笑隐䜣禅师《代诸方劝请师再住天童疏》云:"太阳传法,立孤犹婴杵之难;辩才出山,归者如岐邻之众。信知在德不在力,孰不有祖而有宗。惟兹貌㒉,是可忍也。和尚气养冲澹,语出浑成,胸次廓其町畦,高风激彼贪懦。长空一碧,煌煌东方之启明;诸峰四围,凛凛雪山之太白。自有神龙呵护,不为尺蠖求申。世路多歧,可以南可以北;简书相恤,式如玉式如金。更始重盟,益敦旧好。"②

（八）净戒。净戒(? —1418),字定岩,号幻居,临济宗僧,为六祖下第二十二世,吴兴(今浙江湖州)人,年十一出家,参觉源慧昙于金陵天界寺得悟,为觉源慧昙法嗣。洪武二十七年(1394年)应诏除官,初为鸡鸣寺住持,永乐二年(1404年)升任灵谷寺住持,后升右阐教,卒谥惠济禅师。《金陵梵刹志》卷三《钟山灵谷寺》"人物"条记载:"值觉源昙公住天界。昙举'桶箍爆'的公案问之。拟议,未即答。昙厉声曰:'早迟八刻了。'公于言下大悟。太祖授左觉义兼住鸡鸣。后文皇帝敕住灵谷,陞右阐教。有遗骨塔于大祠北,有牙齿、数珠不坏,藏于湖之道场。"③《新续高僧传四集》卷十九《明金陵灵谷寺沙门释道谦传》(附居顶、净戒传)曰:"又净戒定岩者,亦字幻居。吴兴人,年十一出家。后至金陵,值觉源昙住天界,命居维那。胁不暖席。一日昙举桶箍语问之。拟议,未即答。昙厉声曰:'早迟八刻了也。'言下大悟。复游东南,名流加敬。洪武丙子(洪武二十九年,1396年)授左觉义兼住鸡鸣。永乐初敕居灵谷(时为永乐二年),迁右阐教。永乐戊戌(永乐十六年,1418年)六月二日亭午,起坐索笔,书偈而逝。火后有顶骨、牙齿、数珠不

---

① 《增集续传灯录》,第285页。
② (明)张客卿等:《天童寺志》,《中国佛寺史志汇刊》(第一辑)第13—14册,第237—240页。
③ (明)葛寅亮:《金陵梵刹志》,杜洁祥主编:《中国佛寺史志汇刊》(第一辑),第3—6册,第308页。

坏。事闻,遣官致祭。宣德四年追谥惠济禅师。"①

第二节 《禅宗颂古联珠通集》公案、颂古所涉人物考

《禅宗颂古联珠通集》涉及各类人物 700 余个。要很好地理解公案及颂古,就必须对这些人有所了解。

一、颂古所涉禅僧、居士及其师承关系

为了读懂颂古,我们非常有必要对颂古的作者进行一个大体的了解。释法应之序、张抡之序及释普会之序都提到作颂宗师的人数原来是 122 人,释普会续辑之后才大量增加。释普会《禅宗颂古联珠通集序》曰:"颂古则有宝鉴大师,宋淳熙间居池阳报恩,采集佛祖至茶陵机缘凡三百二十有五则,颂古宗师一百二十有二人,颂二千一百首,目之曰《禅宗颂古联珠》。……元贞乙未,叩尸义乌普济山院,事简辄事续稿,仅得一二。萍梗之踪,或出或处,随见随笔,二十三四年间稍成次序。机缘先有者颂则续之,未有者增之加机缘。又四百九十又三则,宗师四百二十六人,颂三千丹五十首,题曰《禅宗颂古联珠通集》。"依序文所列,则《禅宗颂古联珠通集》应有颂古宗师(颂古作者)人数应为 548 人,然据笔者统计,今天通行的《卍续藏经》本《禅宗颂古联珠通集》实际收录各颂古作者仅有 457 人,尚差 91 人。而事实上,原来的 548 人之数可能是不准确的,因为笔者发现在这些人当中有一些其实是重复的。或一人而多名,或一名而多种写法。例如:"秤岩玉"与"梓岩玉"是同一个人,"梓"因形近而误为"秤";"阐提照"与"宝峰照"是同一个人,宝峰照字阐提,故有时被称为阐提照。"照"字的字形与"点"的繁体字形"點"写法相当接近,故《禅宗颂古联珠通集》中有时也将"阐提照"误为"阐提點"即"阐提点";"北塔祚"与"智门祚"也是同一个人,都是指随州智门光祚禅师;"汾源岳"是"松源岳"的误写等。这样的例子尚有许多,兹不赘举,具体见附录《颂古作者基本情况表》,457 人的相关信息及其在《禅宗颂古联珠通集》中的各种写法也在表 5 中得到反映。

禅宗发展到六祖下第四世、第五世时出现了宗内分裂,沩仰宗最先形成,之后临济宗、曹洞宗、云门宗、法眼宗相继形成,至六祖下第十二世时,临济宗分裂成黄龙派与杨岐派。这就是禅宗史上的"一花五叶""五家七宗"的

---

① 喻谦纂辑:《新续高僧传四集》(第六册),卷十九,北洋印刷局,民国十二年(1923)铅印本。

局面。青原行思门下出三家,是为青原法系。六祖慧能传青原行思,青原行思传石头希迁,石头希迁传药山惟俨,药山惟俨传云岩昙成,云岩昙成传洞山良价,洞山良价传曹山本寂。洞山良价、曹山本寂为曹洞宗宗主。石头希迁传天皇道悟,天皇道悟传龙潭崇信,龙潭崇信传德山宣鉴,德山宣鉴传雪峰义存,雪峰义存传云门文偃,是为云门宗宗主。雪峰义存传玄沙师备,玄沙师备传地藏桂琛,地藏桂琛传法眼文益,是为法眼宗宗主。南岳怀让门下出两家,是为南岳法系。六祖慧能传南岳怀让,南岳怀让传马祖道一,马祖道一传百丈怀海,百丈怀海传沩山灵祐,沩山灵祐传仰山慧寂。沩山灵祐、仰山慧寂为沩仰宗宗主。百丈怀海传黄檗希运,黄檗希运传临济义玄,是为临济宗宗主。临济义玄传兴化存奖,兴化存奖传南院慧颙,南院慧颙传风穴延沼,风穴延沼传首山省念,首山省念传汾阳善昭,汾阳善昭传石霜楚圆,石霜楚圆传黄龙慧南与杨岐方会。黄龙慧南与杨岐方会分别为临济宗黄龙派与杨岐派宗主。

在《禅宗颂古联珠通集》所有457位颂古作者中,属于五家七宗的达387人,占84.68%;在《禅宗颂古联珠通集》所有5736首(含重出34首)颂古中,属于五家七宗的达5416首,占94.42%。五家之中,沩仰宗只有颂古2首,法眼宗只有颂古19首。所以,就《禅宗颂古联珠通集》所收录的颂古作者与作品数来看,临济宗、云门宗、曹洞宗颂古之风最盛,是名副其实的颂古主体,其中犹以临济宗杨岐派为最。《禅宗颂古联珠通集》收录杨岐派颂古作者210人,颂古作品2858首,分别占总量的45.95%与49.83%,均几占半壁江山。具体见下表:

表5 五家七宗颂古作者及颂古数量表

宗派	颂古作者	数量
沩仰	六祖下第6—8世:虎头上座、芭蕉彻	作者2人 颂古2首
临济	六祖下第6—16世:克符道者、首山念、神鼎諲、石门聪、汾阳昭、石门珝、慈明圆、法华举、琅琊觉、大愚芝、浮山远、百丈政、道吾真、觉海元、泉大道、海印信、云峰悦、净照臻、西余端、翠岩真、真如喆、普融平、宝峰祥、瞒庵成、宝峰淳、怀玉宣首座、木庵琼首座、冶父川	作者28人 颂古383首
	六祖下第12—18世(黄龙派):黄龙南、佛陀逊、景福顺、三祖宗、沩山秀、雪峰圆、佛迹昱、晦堂心、黄檗胜、云盖智、云居祐、真净文、照觉总、草堂清、三圣昌、死心新、白鹿先、宝相元、开先瑛、真觉添、灵源清、道场如、罗汉南、象田卿、宝寿乐、石碞明、	作者71人 颂古873首

宗派	颂古作者	数量
	圆通仙、宝峰乾、智海清、宝华鉴、龙牙言、西蜀广道者、文殊能、兜率悦、湛堂准、洪觉范、黄龙震、通照逢、崇觉空、疏山常、典牛游、慧海仪、旻古佛、大沩智、雪巢一、佛心才、禾山方、张无尽、戏鱼静、东山空、长灵卓、育王达、疏山如、育王崇、云岩因、常庵崇、胡安国、方庵显、涂毒策、宣秘礼、广德光孝懃、梦庵信、道场林、本寂观、懒庵枢、心闻贲、慈航朴、龙华本、雪庵瑾、咦庵鉴、在庵贤	
	六祖下第12—22世（杨岐派）：杨岐会、保宁勇、白云端、上方益、崇胜珙、五祖演、开福宁、普融藏主、圆悟勤、佛鉴懃、龙门远、南堂兴、月庵果、道场融、南华昺、隐山璨、廓庵远、南岩胜、俞道婆、文殊道、龙牙才、佛灯珣、石头回、鸿福文、佛智裕、讷堂思、虎丘隆、宝峰明、佛堂仁、瞎堂远、径山杲、白杨顺、牧庵忠、鼓山珪、此庵元、佛性泰、高庵悟、雪堂行、正堂辩、穷谷琏、别峰印、简堂机、灵岩安、文殊业、随庵缘、稠岩赟、信相修、觉报清、山堂淳、湛堂深、正法灏、楚安方、退庵休、圆极岑、大沩行、或庵体、惠通旦、且庵仁、蓬庵会、复庵封、湖隐济、普云圆、万年闲、中际能、老衲证、全庵己、清凉坦、佛照光、大禅明、尼无著总、谁庵演、最庵印、应庵华、水庵一、张无垢、雁山元、野庵璇、云衲庆、开善谦、无庵全、卍庵颜、无用全、遁庵演、懒庵需、蒙庵岳、此庵净、德山清、伊庵权、痴钝颖、报恩演、肯堂充、野云南、西山亮、石庵珌、无禅才、百拙登、月林观、慈元庵、遁庵珠、笑翁堪、月窟清、别峰云、南书记、退庵奇、石鼓夷、颜如如居士、密庵杰、息庵观、简庵清、混源密、蒙庵聪、中庵空、木庵永、柏堂雅、剑门分、三峰印、孤云权、空叟印、朴翁铦、率翁琮、北磵简、铁牛印、溯翁琰、妙峰善、秀岩瑞、无际派、退谷云、高原泉、淳庵净、荆叟珏、无门开、啸岩蔚、东叟颖、无量寿、无境彻、松源岳、栢庭永、曹源生、孤峰深、呆堂定、笑庵悟、一翁如、潜庵光、大川济、东山源、弁山阡、介石朋、偃溪闻、破庵先、枯禅镜、万庵柔、皖山凝、瞎驴见、止泓鉴、寂窗照、双杉元、一衲戒、北海心、谷源道、诺庵肇、少室睦、石岩琏、即庵觉、石田薰、痴绝冲、运庵严、大歇谦、天目礼、掩室开、云巢严、无相范、无准范、虚舟度、石帆衍、觉庵真、冰谷衍、石溪月、苏台辩、雪屋珂、北山隆、虚堂愚、象潭泳、横川珙、此山应、一关溥、石林巩、别山智、绝岸湘、石室辉、环溪一、退耕宁、简翁敬、希叟昙、月坡明、雪岩钦、西岩惠、断桥伦、宝叶源、葛庐罩、闲极云、南叟茂、无机惠、高峰妙、德岩佑、独木林、绝象鉴、末宗本、雪矶纲、竹屋简、月庭忠	作者210人 颂古2858首
曹洞	六祖下第6—17世：曹山寂、药山昱、投子青、承天宗、梁山冀、大洪恩、大洪遂、宝峰照、京兆府天宁璏、丹霞淳、枯木成、石门易、大洪预、天童觉、真歇了、妙慧尼净智、善权智、石窗恭、雪窦宗、自得晖、护国钦、古岩璧、明极柞、足庵鉴、东谷光、天童净	作者26人 颂古493首

宗派	颂古作者	数量
云门	六祖下第 8—17 世：般若柔、智门宽、披云寂、福严雅、五祖戒、双泉琼、北塔祚、灵竹通、上方岳、雪窦显、洞山聪、法昌遇、西塔殊、天衣怀、云溪恭、佛印元、正觉逸、圆照本、佛日才、法云秀、野轩遵、慈云照、大中隆、刘兴朝、佛慧泉、本觉一、地藏恩、隐静俨、佛国白、东京净因佛日、乾明慧觉、月堂昌、慈受深、天衣哲、建隆原、圆觉演、照堂一、国清绍、灵岩日、痴禅妙、已庵深	作者 41 人 颂古 788 首
法眼	六祖下第 9—12 世：法眼文益、法灯钦、瑞鹿先、上方遇安、兴教寿、永明寿、灵隐本、南山省堂主、延寿慧	作者 9 人 颂古 19 首

各宗派内部以法系为主要维系纽带。不同师承、不同宗门间颂古风格也会有差异，而要进一步研究各宗门颂古风格以及更全面地了解颂古作者，就必须把各颂古作者间的师承关系搞清楚。以师承关系为经线，以各颂古作者所属法脉世系为纬线，我们可以得到以下图示（最左边为法脉世系；颂古作者间有箭头相连表示二者有师承关系；名字下划双横线表示《禅宗颂古联珠通集》中没有此人的颂古作品，但他却与《禅宗颂古联珠通集》中的颂古作者有师承关系；带方框的名字表示有法嗣且是《禅宗颂古联珠通集》中的颂古作者）。

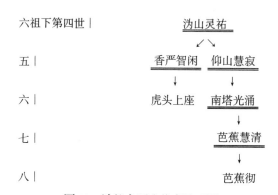

图 10　沩仰宗颂古作者法系图

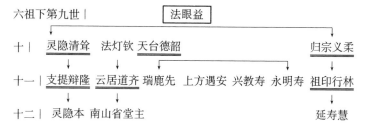

图 11　法眼宗颂古作者法系图

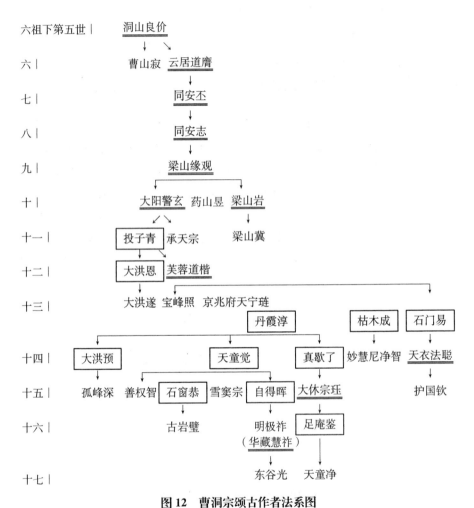

图12 曹洞宗颂古作者法系图

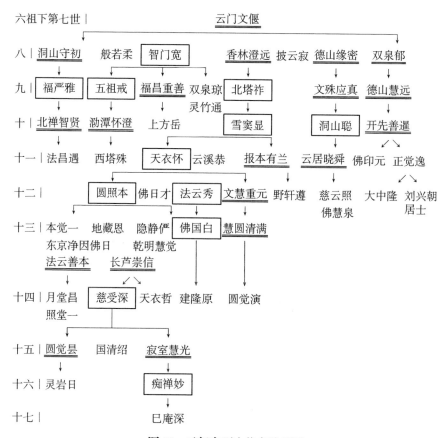

图13 云门宗颂古作者法系图

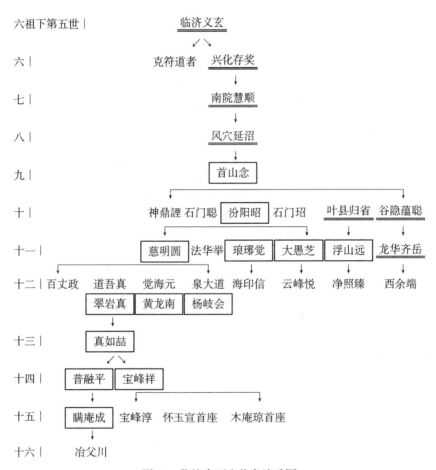

图 14　临济宗颂古作者法系图

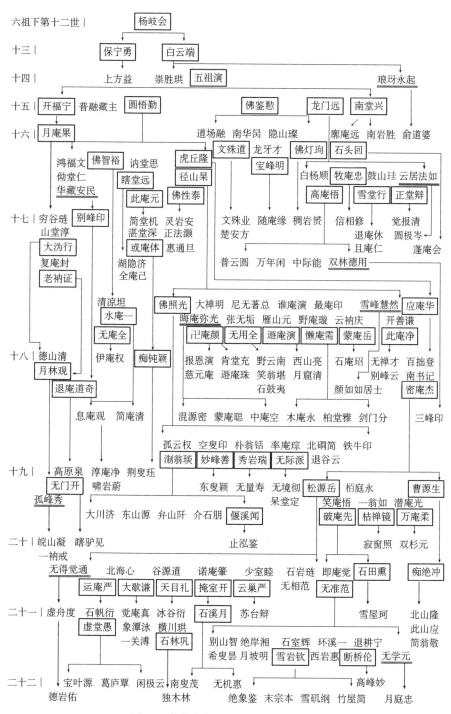

图15 临济宗杨岐派颂古作者法系图

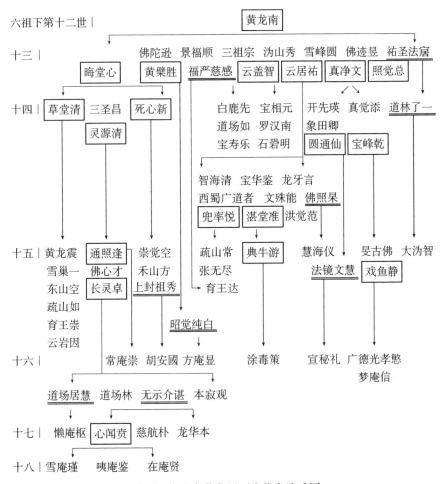

图 16 临济宗黄龙派颂古作者法系图

二、公案所涉禅僧、居士及其师承关系

《禅宗颂古联珠通集》共收录公案 1320 个,其中临济宗 187 则,曹洞宗 141 则,云门宗 118 则,沩仰宗 71 则,法眼宗 25 则;涉及禅门宗师 320 人,其中沩仰宗 13 人,临济宗 60 人(黄龙派 4 人,杨岐派 25 人),曹洞宗 39 人,云门宗 22 人,法眼宗 8 人。从机缘数量来看,五家七宗共有机缘 542 则,占《禅宗颂古联珠通集》所收录机缘总量的 40.06%,以临济宗、曹洞宗、云门宗为盛,其次为沩仰宗,法眼宗则相对来说公案机缘较少。从涉及的宗师数量来看,五家七宗共计 142 人(见表 6),占《禅宗颂古联珠通集》公案人物总数量的 44.38%,仍以临济宗、曹洞宗、云门宗为盛,其次为沩仰宗,法眼宗则相对较少。

表6　公案所涉五家七宗人物表

宗派	公案所涉宗师
沩仰	六祖下第4—8世：沩山灵祐、王敬初居士、米和尚、仰山慧寂、香严智闲、三角法遇、霍山景通、无著文喜、南塔光涌、资福如宝、芭蕉慧清、资福贞邃、芭蕉继彻
临济	六祖下第5—11世：临济义玄、襄州历村和尚、米仓禅师、云山和尚、三圣慧然、魏府大觉、定州善崔、桐峰庵主、虎溪庵主、宝寿沼禅师、兴化存奖、灌溪志闲、宝寿二世、西院思明、南院慧颙、鲁祖山教禅师、颖桥安禅师、风穴延沼、首山省念、广慧元琏、谷隐蕴聪、汾阳善昭、叶县归省、杨亿、天圣皓泰、大愚守芝、琅玡慧觉、石霜楚圆、法华全举、大道谷泉、浮山法远
临济	六祖下第12—14世（黄龙派）：黄龙慧南、黄龙祖心、法云杲、兜率从悦
临济	六祖下第12—21世（杨岐派）：杨岐方会、白云守端、保宁仁勇、比部孙居士、五祖法演、佛鉴慧懃、圆悟克勤、龙门佛眼、俞道婆、大沩善果、虎丘绍隆、大慧宗杲、正堂明辩、水庵师一、应庵昙华、佛照德光、或庵师体、伊庵有权、密庵咸杰、肯堂彦充、松源崇岳、荆叟珏、天目文礼、石溪心月、虚堂智愚
曹洞	六祖下第5—12世：洞山良价、乾峰和尚、幽栖道幽、九峰普满、天童咸启、白水本仁、钦山文邃、蚬子和尚、疏山匡仁、云居道膺、曹山本寂、龙牙居遁、广德延、石门献蕴、护国守澄、黄檗慧、报慈藏屿、荷玉光慧、育王弘通、金峰从志、曹山慧霞、新罗云住、杭州佛日、归宗怀恽、云居道简、朱溪谦、同安丕、广德义、广德周、石门慧彻、大阳慧坚、荐福思、同安志、石门绍远、云顶德敷、梁山缘观、大阳警玄、投子义青、芙蓉道楷
云门	六祖下第7—11世：云门文偃、船若启柔、巴陵颢鉴、荐福承古、双峰竟钦、洞山守初、香林澄远、德山缘密、奉先深、五祖师戒、智门光祚、南台勤、云门应真、天台祥庵主、北禅智贤、雪窦重显、云盖继鹏、洞山晓聪、玉泉承皓、法昌倚遇、天衣义怀、云居晓舜
法眼	六祖下第9—11世：法眼文益、报恩玄则、清凉泰钦、天台德韶、开山道潜、上方遇安、永明延寿、九曲庆祥

　　《禅宗颂古联珠通集》所录各则公案事迹一般都有一个中心人物，且多数情况下都在其后标注有承嗣情况。依据此标注，笔者通过仔细比对，大体列出了《禅宗颂古联珠通集》所录各公案人物间的关系图，以便能直观地考察禅宗公案的早期发展脉络。

　　（一）西天诸祖

　　迦叶尊者（初祖）……→伏驮蜜多（九祖）→胁尊者（十祖）……→龙树大士（十四祖）……→师子尊者（二十四祖）……→般若多罗（二十七祖）→菩提达磨（二十八祖，东土初祖）

　　（二）东土诸祖及其法嗣

　　菩提达磨→二祖慧可→三祖僧璨→四祖道信→五祖弘忍→六祖慧能

　　　　　　　波罗提尊者（初祖旁出）

　　四祖道信→五祖弘忍

　　牛头法融(四祖旁出)

　　牛头智威(四祖旁出)→鹤林玄素→国一道钦→鸟窠道林

五祖弘忍→六祖慧能

　　蒙山道明(五祖旁出)

　　嵩岳慧安(五祖旁出)→破灶堕和尚

　　北宗神秀(五祖旁出)→嵩山普寂→终南惟政

六祖慧能→南岳怀让→马祖道一

　　青原行思→石头希迁

　　河北智隍(六祖旁出)

　　西京慧忠(六祖旁出)

　　永嘉玄觉(六祖旁出)

(三)南岳法系

　　六祖下第一世至第二十一世法脉传承情况见下图(人名有法嗣的用方框,有法嗣但无公案的用下划线)。沩仰宗、临济宗法脉传承情况分别另图说明。

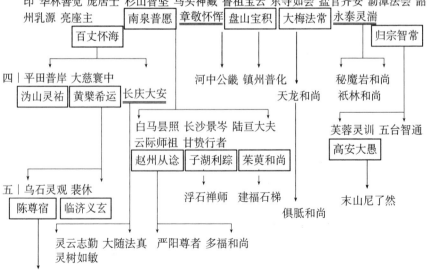

图17　公案所涉南岳法系法脉传承图

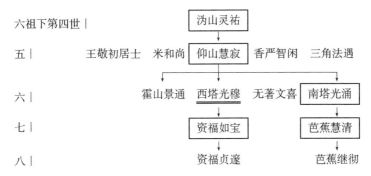

图18 公案所涉沩仰宗法脉传承图

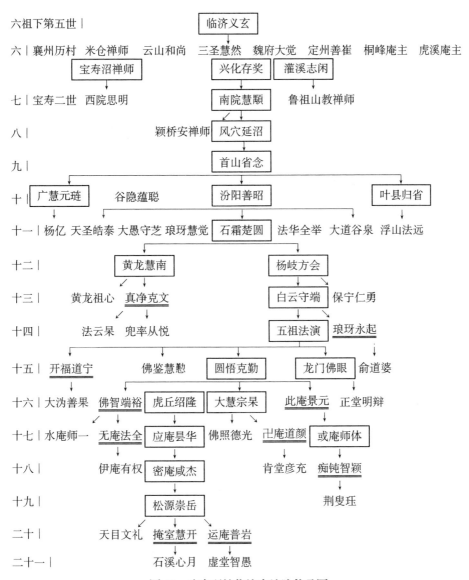

图19 公案所涉临济宗法脉传承图

（四）青原法系

六祖下第一世至第十二世法脉传承情况见下图（人名有法嗣的用方框，有法嗣但无公案的用下划线）。曹洞宗、云门宗、法眼宗传承情况分别另图说明。

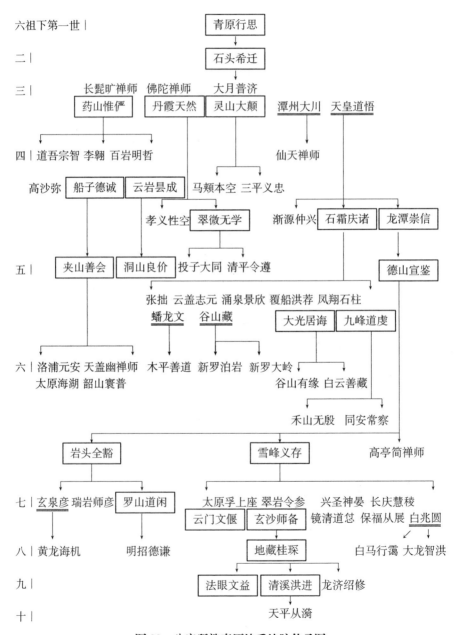

图20　公案所涉青原法系法脉传承图

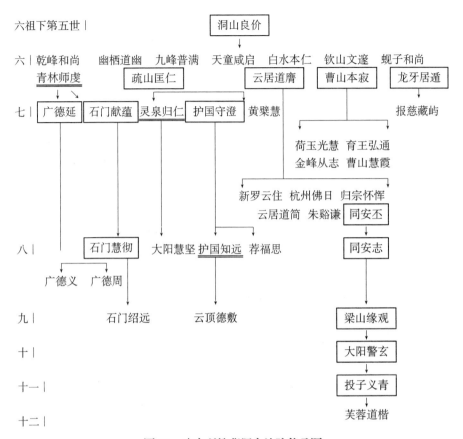

图 21 公案所涉曹洞宗法脉传承图

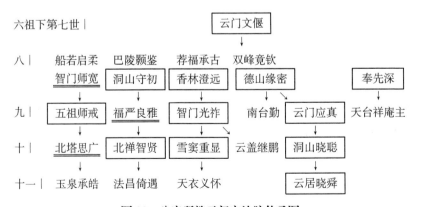

图 22 公案所涉云门宗法脉传承图

图 23　公案所涉法眼宗法脉传承图

在上面的示意图中，有两点需要特别指出。一是在图 19《公案所涉临济宗法脉传承图》中，关于六祖下第十七世或庵师体禅师的法脉文献记载有些冲突。据宋释正受编《嘉泰普灯录》卷十五、宋释普济《五灯会元》卷十九、宋释悟明集《联灯会要》卷一、明释居顶编《续传灯录》卷二十六记载，此庵景元又名护国景元，为圆悟克勤法嗣。另据《嘉泰普灯录》卷二十、《五灯会元》卷二十、《续传灯录》卷三十一、明释道忞编《禅灯世谱》卷五记载，此庵景元法嗣为或庵师体。圆悟克勤为六祖下第十五世，此庵景元为六祖下第十六世，而或庵师体应为六祖下第十七世。然而，《卍续藏经》本、《卍续藏经》新文丰版、《嘉兴藏》本、《频伽藏》本《禅宗颂古联珠通集》皆以或庵师体为六祖下第十八世，恐错。《嘉泰普灯录》卷二十载，护国景元为大鉴下第十七世，《续传灯录》卷三十一又载护国景元为大鉴下第十七世，可能是沿袭这种错误。而事实上，《嘉泰普灯录》卷二、《五灯会元》卷二十也记载了此庵景元为大鉴下第十六世。其后的痴钝智颖和荆叟如珏的世系很可能也跟着错了，这两僧应为大鉴下第十八与第十九世。

二是在图 20《公案所涉青原法系法脉传承图》中，六祖下第三世药山惟俨禅师的法脉存在争议，文献记载有冲突。《全唐文》卷五三六载唐伸《澧州药山故惟俨大师碑铭》记药山"居寂之室，垂二十年"，当是马祖门下。这一记载与《祖堂集》《宋高僧传》《景德传灯录》等禅史旧籍以药山惟俨为石头希迁门下不合。日人宇井伯寿《禅思想史研究》断定前者是大慧宗杲之后马祖后人的伪造。其理由有三：一是与旧说不合，二是无唐伸此人，三是禅师碑中不应有比附儒家道统的词语。[1] 事实上，宇井伯寿的"断定"并不可靠。葛兆光《中国禅思想史——从 6 世纪到 9 世纪》对其说法进行了一一反驳。

其实，与旧说不合并不能成为理由，就好像不能用被告证词当证据

---

① 　参见宇井伯寿：《第二禅宗史研究》，第 5 页、第 427 页，日文版，日本东京：岩波书店，1941 年版。

判原告有罪一样。唐伸并非乌有先生。《册府元龟》《唐会要》中明明记载他是中唐宝历元年贤良方正科入第三等的文人，唐敬宗诏书中也有其名[①]；说禅师碑铭不会牵惹儒家说法更是臆测之语，只要看一看唐技《智藏碑铭》中"大寂于释，若孟于孔，大觉于寂，犹孟之董"、《宋高僧传》中"神会（于慧能）若颜子之于孔门也，勤勤付嘱"[②]，就可以明白这论据实在站不住。至于其他一些论据，像碑文文字支离、碑中所记人名于《景德录》中无载等等，更不成其为理由。因为文字支离与碑文可靠与否无关，《景德录》阙载的人名也实在太多，难道非得文从字顺才能当史料而《景德录》不载就一定没有此人？[③]

第三节 禅宗僧名检索方法

禅宗僧名既遵循佛教僧名结构的一般原则，也具有自己的特点。

一、佛教僧名结构的一般原则

关于禅僧命名的一般原则，周裕锴先生已在其《谈名道字——中国古人名字中的语言文化现象考察》[④]一文"僧人的法名与表字"部分进行了详细的论述。周先生的论述是针对所有僧名的，自然也同样适用于禅宗僧人。现将其所指出的具体原则转列于下：

首先，僧人法名皆由两字组成，第一个字为出家时的行辈，即"共名"，第二个字是属于僧人自己的"殊名"。例如在惟简、惟庆、悟迁、悟清、悟文、法舟、法荣、法原三代僧人中，惟、悟、法为表明辈份的"共名"，而简、庆、迁、清、文、舟、荣、原等为僧人自己的"殊名"。

其次，僧人若是成人，也要取表字。表字一般是对法名中"殊名"的训释。如北宋著名诗僧仲殊字师利，唐代诗人王维字摩诘，皆是名与字连训之例，分别源自文殊师利与维摩诘。若僧人名与字之间的联系不紧密，也往往

---

① 见《册府元龟》卷六四四，第 7118 页，北京：中华书局，1989 年影印本；《唐会要》卷七十六，北京：中华书局，1990 年版。又可参见徐松《登科记考》卷二十，北京：中华书局，1984 年版。
② 唐技《龚公山西堂敕谥大觉禅师重修大宝光塔碑铭》见《同治赣县志》卷五十，《全唐文》未收；《宋高僧传》卷八，第 175 页，中华书局，1987 年版。
③ 葛兆光《中国禅思想史——从 6 世纪到 9 世纪》，北京：北京大学出版社，1995 年版，第 12 页。
④ 《四川大学学报》（哲学社会科学版）2008 年第 1 期，第 10—18 页。"僧人的法名与表字"为该文的第四部分。

和士人一样,通过写篇字说或字序来加以说明。

第三,僧人的法名可简称。在名前加"僧""释",或在名后加"公""师""上人""禅师"等称号。所简称之法名必须是僧人的"殊名"。比如江西诗派诗人饶节出家后,取法名为如璧,朋友吕本中称之为"璧公"或"璧上人"。

第四,僧人的表字必须全称,不能简称,在表字后可加"上人"等称号。比如诗僧道潜字参寥,苏轼常称之为"僧潜""潜师",而称其字时则用全称"参寥师""参寥上人",决无简称"寥上人"者。

第五,僧人可以连名带字一起称呼。名取简称,字取全称,名在前,字在后。如惠洪字觉范,连称为洪觉范;晓莹字仲温,连称为莹仲温。

二、禅宗僧名结构及检索方法

禅宗僧名也有自己的一些特点。笔者据自己的了解,在此作一个简要总结:

首先,僧名称谓有"寺""院"之分。院为别院,是禅宗修习者在律寺、教寺或综合性寺庙里(或者附近)某个地方开辟出的专门修禅场所。唐代常建有一首著名的《题破山寺后禅院》诗:"清晨入古寺,初日照高林。竹径通幽处,禅房花木深。山光悦鸟性,潭影空人心。万籁此都寂,但馀钟磬音。"①就是说的破山寺后面的禅院。例如智海本逸禅师,其名字全称是东京大相国寺智海禅院本逸禅师,其所居即是东京大相国寺内的智海禅院。据《禅苑清规》卷十"百丈规绳颂"条所载,禅院之设置始于唐代百丈怀海禅师,原因是禅宗的基本精神与传统教义不符,二者的僧人们不宜住在一起。其文曰:"百丈大智禅师以禅宗肇自少室,至曹溪已来多居律寺,虽则别院,然于说法住持未合轨度,故常尔介怀,乃曰:'祖宗之道欲诞布化,冀其将来永不泯者,岂当与诸部阿笈摩教为随行耶?'(旧梵语"阿含新"云"阿笈摩",即小乘教)或曰:'《瑜伽论》《璎珞经》、大乘戒律,何不依随耶?'师曰:'吾所宗非局大小乘,非异大小乘,当博约折中设于制范,务其宜也。'于是创意别立禅居。"②禅宗别于其他宗派的地方,还有它提倡不立佛殿(传统佛寺的核心),而只建立法堂(禅院的核心)。《禅苑清规》卷十"百丈规绳颂"对此的解释为:"不立佛殿,唯构法堂者,表佛祖亲受,当代为尊也。"③两宋的"寺"有两种含义,一种是指传统的佛寺,另一种是指禅寺。禅寺又称禅刹,是区别于律寺、教寺而

---

① 《全唐诗》第 144 卷第 36 首,见中华书局编辑部点校《全唐诗》(增订本)第二册,北京:中华书局,1999 年 2 月版,第 1464 页。

② (宋)释宗赜:《禅苑清规》,《禅宗全书》第 81 册,第 168 页。

③ (宋)释宗赜:《禅苑清规》,《禅宗全书》第 81 册,第 169 页。

言的。寺与院的区分有利我们加深对僧人的了解。例如南岳般若启柔禅师、泉州承天传宗禅师、杭州府净慈北磵居简禅师等称谓表明,该禅师的常居地分别为南岳般若寺、泉州承天寺、杭州净慈寺。其究竟是禅寺与否,则不得而知,除非借助更多的信息。而舒州白云山海会院守端禅师、处州慈云院修慧圆照禅师、袁州崇胜院珙禅师、汾州太子院汾阳善昭禅师、庐山罗汉院系南禅师、以及南院慧顒、西院思明等名字则一下就能让我们知道,这些僧人的常居地皆是禅院,是纯粹禅宗僧人的聚集之地。宋代佛寺改禅院的例子也很多,如元释念常撰《佛祖历代通载》卷十九载,元祐二年(1087 年)改大洪山灵峰寺为禅院。① 此外,也并不是所有的禅宗僧人都居于寺或院中,也有无山无寺,居无定所者,如布袋和尚、船子和尚等。前者常游走于街衢,后者则居于渡口,随缘度日。

其次,庵名多为虚号。在禅宗僧名里,庵即可指真实的修禅之草庵或简陋的小屋,也可指一个虚无的称号,所谓"随身丛林"。在禅宗的发展史上有过数次政府性的全国毁佛运动,武宗会昌法难时(845 年),佛寺 4600 余所被毁,僧尼 26 万余人还俗,其后幸经宣宗加以复兴。后周世宗显德二年(955 年),朝廷再度下诏毁佛,破坏寺院 3000 余所。这些行为间接导致早期禅僧提倡远离都市,到深山修行,故其庵多为实物。然而早期禅宗并不发达,给修行地取某庵之名也未成定制,多数禅僧修行地实际上并未留下具体的庵名。禅籍所见多为某某"住庵时",具体庵名则不见载。凡禅籍中出现的庵名,实际多为虚号。例如:方庵显指成都府信相寺正觉宗显禅师、蓬庵裕指明州育王寺佛智端裕禅师、拙庵光指庆元府育王寺佛照德光禅师。诸人的庵与其实际所居之地,并无什么关系。所谓某某庵,实际就是一个法号,始于北宋中期,盛行于临济宗黄龙派。宋释道融《丛林盛事》曰:"庵堂道号,前辈例无,但以所居处呼之,如南岳、青原、百丈、黄檗是也。庵堂者,始自宝觉心禅师谢事黄龙,退居晦堂,人因以称之。自后灵源、死心、草堂皆其高弟,故递相法之。真净与晦堂同出黄龙之门,故亦以云庵号之。觉范乃云庵之子,故以寂音、甘露灭自标。大抵道号有因名而召之者,有以生缘出处而号之者,有因做工夫有所契而立之者,有因所住道行而扬之者。前后皆有所据,岂苟云乎哉!今之兄弟,才入众来,未曾梦见向上一著子,早已各立道号,殊不原其本故。瞎堂远禅师因结制次,问知事云:'今夏俵扇多少?'知事曰:'五百来柄。'远曰:'又造五百所庵也。'盖禅和庵,才得柄扇子,便写个庵

---

① (元)释念常《佛祖历代通载》卷十九曰:"(丁卯)诏革大洪山灵峰寺为禅院。"见《大正藏》第 49 册,第 672 页。

名定也。闻者罔不大笑。"①得一把扇子，就可以取个庵名，当然是虚号。

第三，僧名附加称谓中隐藏着时间等信息。两宋禅宗僧名往往附加一些州（军、府）、山、寺（院）、号（自号、赠号、谥号）在法名的前面或后面。这些附加内容有时候能暗示着禅僧的生活时代、生卒年、主要活动地域等重要信息。因为两宋州、军、府的设置与废弃、寺院的更名改额、佛寺改禅寺、官方封赠高僧称号及谥号等行为一般会在史书中留下记载，可据以了解相关的时间信息。赵彦卫《云麓漫抄》卷五曰："本朝凡前代僧寺道观，多因郊赦改赐名额，或用圣节名，如承天、寿圣、天宁、乾宁之类是也。隋唐旧额鲜有不改者。后来创建寺多移古名，州郡亦逼于人情，往往曲从，岂有勅赐于彼，而臣下可移于此，特不思耳。甚至富民、功德寺皆有名额，申令两府以上得造功德寺，赐名往往无力为之，反不若富民也。"②绍兴九年（1139 年），诏令郡县设置报恩光孝禅寺，以追念徽宗。《禅宗颂古联珠通集》收录"石室辉"颂古 5 首。查资料可知石室辉全名为"绍兴府光孝石室辉禅师"，故可确定其必为南宋僧人。另有以年号称乎寺名者，如景明寺（景明四年所建）、正始寺（正始四年所建）、开元寺（开元年间所建）等。

第四，禅僧的称呼有前后颠倒的现象。特别是三字名，顺序读时可能会不认识，但倒着读反觉熟悉了。（1）名与号颠倒。或把号置于前，名置于后，或把名置于前，号置于后。例如《禅宗颂古联珠通集》中"佛心才"与"才佛心"实为同一人，"枯木成"与"成枯木"也是同一人，其他还有"云耕静"与"耕云静"，"铁牛印"与"印铁牛"，"大禅明"与"明大禅"等，皆为同一禅僧。（2）名与字颠倒。如"洪觉范"与"觉范洪"、"空叟印"与"印空叟"、"啸岩蔚"与"蔚啸岩"等。（3）庵名与法名颠倒。如"月庵善果"与"善果月庵"等。（4）姓与名颠倒。如"尼基"与"基尼"、"道仪尼"与"尼道仪"等。（5）字与号颠倒。如"凳绝天奇"与"天奇凳绝"，明释本瑞禅师，字天奇，号凳绝，嗣金陵高峰祖（即宝峰明瑄）。

第五，有少数禅师是单字法名或法名前字丢失，而以单字行世。如大沩行（大沩山行禅师）、无住本（龙华无住本禅师）、云溪恭（朗州药山云溪恭禅师）、云岩因（潭州云岩因禅师）、一衲戒（婺州双林一衲戒禅师）、延寿慧（兴国军延寿院延寿慧禅师）等。

第六，禅僧法名应该区别情况，多角度检索。由于佛教对传统文化的不断渗透，导致不唯佛教文献，即使在汉文传统文献中，也能经常见到大量的

---

① （宋）释道融撰：《丛林盛事》，卷下，《卍新纂续藏经》第 86 册，第 702a 页。
② （宋）赵彦卫：《云麓漫抄》，卷五，《景印文渊阁四库全书》第 864 册，第 305 页。

僧人姓名。许多人由于对佛教僧人姓名书写方式的不甚了解,往往以汉人姓名的方式去查检有关资料,结果不是查无所得,就是搞错了人。事实上,禅宗僧名不管是附加多少山名、寺(院)名、别号、室名、庵名、州(军、府)名、谥号等信息,其法名其实只有两个字,即"共名"与"殊名",所以多数僧名检索工具书皆是以僧人的法名为检索项目,以法名中的第一字为检索的字头。然而对于三字僧名来说,前两个字(若颠倒的话,则是后两个字)对于检索是没有意义的。若要检索三字法名,检索者必须知道僧人的法名全称才行,也就是说要知道除了附加信息之外的二字法名才行。这种情况导致许多三字僧名无法检索。幸好有些工具书对于三字法名有自己的处理方式,那就是以僧人"殊名"为检索首字,后加"禅师"二字。据此,若用工具书检索上举诸例中的僧人,则其检索名分别是行禅师、本禅师、恭禅师、因禅师、戒禅师、慧禅师。不幸的是,用此种方法检索往往无功而反,原因是这种现象尚未引起佛名工具书编纂者的足够重视,单字检索法只是二字法名检索法的补充而已。作为有益的补充,笔者建议僧名工具书的编纂者依据僧名实际上的复杂情况,采用多角度的检索方式,重视单字名的检索,并适当增加室名、别号等的检索方式。

第七,有时僧名中会夹杂着比丘、丘、释、尼、沙门等字词。这是和法名无关的称谓。释为僧姓,其他则是表明该僧人在佛教九众中的身份。[①] 尤其应该注意的是"尼"字,有时它被夹杂在复杂式僧名(法名前后附加信息很多)中很容易和僧名用字混淆。《禅宗颂古联珠通集》中有末山尼了然、尼无著总、妙慧尼净智、尼闲林英等。上举诸人之真正法名分别是了然、妙总、净智、英。"尼"字不管是出现于何处,皆是为了表明该僧的"女尼"身份,不宜与法名及其附加信息用字相混淆。

第八,以绰号行世之僧名。绰号是他人所取而得到公认的别号,是对人的刻画和形容,与禅僧的正式法名无关。禅僧绰号见于《禅宗颂古联珠通集》中的有:觉铁嘴、刘铁磨、一宿觉、岑大虫、周金刚、楮衲秀、备头陀、王老师等。

第九,禅宗僧名的组合方式也有一些规律。既然州(军、府)、山、寺(院)、庵、法名、法姓、法字、法号、谥号、别号(绰号)、赠号甚至塔名都可以出现在僧名序列中,那么总要有一个排列次序问题。归纳起来,其排序的一般

---

① 九众,指形成佛教教团之出家弟子与在家信徒。即:比丘、比丘尼、沙弥、沙弥尼、式叉摩那(学法尼)、优婆塞(男性在家信徒)、优婆夷(女性在家信徒)、近住男、近住女。另有说后二者系出家男、出家女。见星云、慈怡等编《佛光大辞典》,台北:佛光文化事业有限公司,1988年版,第144页。

原则有以下几种:(1)法名＋前缀。法名前缀大体依次序可加以下内容:州（军、府）名、山名、寺名、院名、庵名（法号）、释（尼、沙门）等。法名不可省,其他内容可以省。如绍兴云门寺沙门释允若、释弘忍、尼明悟、尼妙总、尼净智、释尼智仙等。(2)法名＋后缀。法名后缀主要有:法字、法号、谥号、赠号、禅师、师、和尚、座主、上座、首座、头、头陀、尼、上人、古佛、禅等。法名不可省,其他各项可省略。如庐山圆通道旻古佛、圆通永建上人、翊禅师、备头陀、建福寺慧湛尼、延兴寺僧基尼等。(3)前缀＋法名＋后缀。如抚州曹山本寂耽章、舒州浮山法远圆鉴禅师、舒州白云山海会院守端禅师、抚州白杨仙林禅寺法顺禅师。(4)称绰号。如王老师、刘铁磨、祥叉手、司马头陀等。南泉普愿禅师,俗姓王,常自称王老师;唐代尼姑,俗姓刘,以机锋峻峭故,人称刘铁磨;渤潭景祥禅师,常叉手夜坐,故称;刘潜,官至司马,出家后人称司马头陀。(5)称字号。如天奇绝,本瑞禅师俗姓江,字天奇,号瞽绝,全称应为"竟陵荆门天奇本瑞禅师",世称瞽绝老人。

第四节 《禅宗颂古联珠通集》所涉两宋禅寺之分布

《禅宗颂古联珠通集》记载了近 800 位禅僧的参禅活动,这些僧人所生活的场所大多是禅寺。我们可以据以考察两宋禅寺的分布情况,虽然数据具有一定的局限性,但也可以反映出禅宗活动的大致区域。一些僧人是由宋入元,如月庭忠、象潭泳、雪矶纲、觉庵梦真等,也有一些僧人是由五代入宋,如汾阳善昭、芭蕉继彻等,仍以宋僧列入。其他如傅大士、西山亮、曹山本寂、长沙景岑、觉铁嘴、克符道者、法眼文益皆卒于入宋之前,不再列入。宋代一些著名大师,一生住持好几个寺院,若同时出现在《禅宗颂古联珠通集》中就同时列入。

一、两浙路(两浙西路、两浙东路)

温州共 10 寺,先后有 11 位高僧为住持。它们是雁荡山灵峰寺(伽堂中仁禅师);雁荡山能仁寺(枯木祖元禅师);雁荡山瑞鹿寺(瑞鹿本先禅师、上方遇安禅师);本寂寺(灵光文观禅师);龙翔寺(柏堂南雅禅师);护国寺(护国钦禅师);光孝寺(巳庵深禅师);龙鸣寺(在庵贤禅师);华藏寺(瞎驴无见禅师);江心寺(石岩希逊禅师)。

越州,南宋为绍兴府,共 4 寺,先后有 6 位高僧为住持。它们是天衣寺(天衣如哲禅师、天衣义怀禅师、啸岩文蔚禅师);定水寺(宝叶妙源禅师);报恩光孝寺(石室辉禅师);象田寺(象田梵卿禅师)。

婺州共6寺,先后有7位高僧为住持。它们是义乌稠岩寺(稠岩了赟禅师);智者寺(元庵真慈禅师);承天寺(承天了宗禅师);双林寺(介石智朋禅师、一衲戒禅师);明招寺(明招德谦禅师);三峰寺(三峰印禅师)。

杭州,南宋为临安府,共13寺,先后有57位高僧为住持。它们是中天竺寺(偷堂中仁禅师、痴禅元妙禅师、萝月昙莹禅师、中竺雪屋珂禅师);径山寺(痴绝道冲禅师、蒙庵元聪禅师、别峰宝印禅师、大禅了明禅师、荆叟如珏禅师、妙喜大慧宗杲禅师、石溪心月禅师、涂毒智策禅师、无准师范禅师、照堂了一禅师、浙翁如琰禅师、虚舟普度禅师、云庵祖庆禅师、虚堂智愚禅师);崇觉寺(崇觉法空禅师);灵隐寺(高原祖泉禅师、懒庵道枢禅师、妙峰之善禅师、石鼓希夷禅师、石田法熏禅师、谁庵了演禅师、铁牛宗印禅师、笑庵了悟禅师、最庵道印禅师、瞎堂慧远禅师、东谷妙光禅师、大川普济禅师、灵隐玄本禅师、松源崇岳禅师、灵隐退耕宁禅师);天目寺(高峰原妙禅师);佛日寺(佛日智才禅师);净慈寺(净慈谷源道禅师、混源昙密禅师、水庵师一禅师、潜庵慧光禅师、石林行巩禅师、退谷义云禅师、月堂道昌禅师、偃溪广闻禅师、北磵居简禅师、东叟仲颖禅师、断桥妙伦禅师、济颠道济禅师、肯堂彦充禅师、净慈石帆衍禅师、自得慧晖禅师);兴教寺(兴教洪寿禅师);龙华寺(龙华无住本禅师);南山寺(南山省堂主);普门寺(希辩禅师);黄龙寺(无门慧开禅师);慧日寺(永明延寿智觉禅师)。

湖州南宋曾一度称为"安吉州"①,共4寺,先后有12位高僧为住持。它们是道场寺(北海悟心禅师、道场法如禅师、道场寺慧林禅师②、无庵法全禅师、运庵普岩禅师、正堂明辩禅师);何山寺(佛灯守珣禅师、月窟慧清禅师);上方寺(上方日益禅师、上方齐岳禅师、朴翁义铦禅师);西余寺(师子净端禅师)。

衢州共3寺,先后有3位高僧为住持。它们是光孝寺(百拙善登禅师);天宁寺(讷堂梵思禅师);乌巨寺(雪堂道行禅师)。

秀州,南宋为嘉兴府,共2寺,先后有2位高僧为住持。它们是天宁寺(天宁冰谷衍禅师);本觉寺(法真守一禅师)。

台州共6寺,先后有10位高僧为住持。它们是天台山宝相寺(宝相元禅师);护国寺(此庵景元禅师);国清寺(垂慈普绍禅师、简堂行机禅师);万年寺(无著道闲禅师、心闻昙贲禅师、雪巢法一禅师);瑞岩寺(佛日云巢岩禅

---

① 宝庆元年(1225年),降湖州为安吉州,至元十三年(1276年),改安吉州为湖州安抚司,隶属两浙都督府。第二年又改属湖州路。治今湖州市区。

② 据《五灯会元》卷十八(《卍新纂续藏经》第80册第383页)、《续传灯录》卷三十(《大正藏》第51册673页)可知"道场林"即"道场慧林"。

师、少室光睦禅师);鸿福寺(鸿福子文禅师)。

明州,南宋为庆元府,共 7 寺,先后有 40 位高僧为住持。它们是天宁寺(无境彻禅师);天童寺(弁山阡禅师、慈航门朴禅师、痴钝智颖禅师、别山祖智禅师、简翁敬禅师、枯禅自镜禅师、密庵咸杰禅师、天目文礼禅师、宏智正觉禅师、天童如净禅师、无际了派禅师、无用净全禅师、西岩了慧禅师、应庵昙华禅师、天童月坡明禅师、天童止泓鉴禅师、息庵达观禅师、雪庵从瑾禅师);育王寺(佛智端裕禅师、佛照德光禅师、横川如珙禅师、寂窗有照禅师、孤云权禅师、空叟宗印禅师、笑翁妙堪禅师、野堂普崇禅师、宝鉴法达禅师、秀岩师瑞禅师);雪窦寺(大歇仲谦禅师、雪窦无相范禅师、野云处南禅师、足庵智鉴禅师、雪窦嗣宗禅师、雪窦重显明觉禅师、希叟绍昙禅师);隆教寺(绝象鉴禅师);东山寺(全庵齐己禅师);瑞岩寺(石窗法恭禅师、无量崇寿禅师)。

处州共 1 寺 1 僧,即修慧圆照禅师所住持之慈云院。

润州南宋称镇江府,共 3 寺,先后有 4 位高僧为住持。它们是焦山寺(或庵师体禅师);甘露寺(诺庵若肇禅师);金山寺(退庵道奇禅师、掩室善开禅师)。

常州共 3 寺,先后有 6 位高僧为住持。它们是华藏寺(遯庵宗演禅师、明极慧祚禅师、湛堂智深禅师、伊庵有权禅师);宜兴保安寺(复庵可封禅师);常州善权寺(善权法智禅师)。

苏州,南宋为平江府,共 9 寺,先后有 12 位高僧为住持。它们是虎丘东山寺(东山道源禅师);虎丘寺(虎丘无机慧禅师、闲极法云禅师、虎丘双杉元禅师、虎丘绍隆禅师);万寿寺(月林师观禅师);穿窿寺(穿窿独木林禅师);定慧寺(海印超信禅师);宝华寺(佛慈普鉴禅师);觉报寺(觉报清禅师);承天寺(觉庵梦真禅师);资寿寺(尼无著妙总)。

二、江南东路

江宁府南宋称建康府,共 4 寺,先后有 9 位高僧为住持。它们是金陵保宁寺(保宁仁勇禅师);金陵清凉院(清凉法灯泰钦禅师、清凉南叟茂禅师、寂音慧洪禅师);金陵蒋山寺(觉海赞元禅师、佛慧法泉禅师、一翁庆如禅师、蒋山月庭忠禅师);金陵蒋山华藏寺(纯庵善净禅师)。

广德军①共 1 寺,即光孝果懋禅师所住持之光孝寺。

---

① 广德军,北宋置。太平兴国四年(979 年),升广德县为广德军(治安徽广德桃州镇),仅领广德 1 个县。属江南东路(治升州,今南京市)。至道三年(998 年),广德军改属江南路(仍治升州。仁宗时,升州升为江宁府)。天禧二年(1018 年),广德军复属江南东路(仍治江宁府)。建炎四年,广德军属江南路建康帅府(仍治今南京市)。绍兴初(约 1131 年后),广德军属江南东路(治建康府)。至元十四年(1277 年),升广德军为广德路(仍治广德)。

太平州共 1 寺,即隐静寺。先后有 3 位高僧为住持,即隐静守俨禅师、万庵致柔禅师、圆极彦岑禅师。

宣州,南宋为宁国府①,共 1 寺,即雪矶纲禅师所住持之光孝寺。

信州共 2 寺,先后有 2 位高僧为住持。它们是龟峰寺(曹源道生禅师)、怀玉寺(怀玉用宣首座)。

饶州共 1 寺,即荐福寺。先后有 2 位高僧为住持,即常庵择崇禅师与退庵休禅师。

南康军②共 8 寺,先后有 14 位高僧为住持。它们是云居寺(佛印了元禅师、高庵善悟禅师、云居元祐禅师、普云自圆禅师、蓬庵德会禅师、即庵慈觉禅师、率庵梵琮禅师);庐山开先寺(广鉴行瑛禅师);庐山罗汉院(罗汉系南禅师);庐山圆通寺(道旻古佛禅师);庐山归宗寺(归宗竹屋简禅师);庐山东林寺(照觉常总禅师);庐山圆通寺(圆通可仙禅师);庐山玉涧寺(玉涧林禅师)。

三、淮南东路、淮南西路

《禅宗颂古联珠通集》所涉淮南东路主要禅寺有:

扬州共 2 寺,先后有 2 位高僧为住持。它们是建隆寺(建隆原禅师)、石塔寺(宣秘礼禅师)。

真州共 1 寺,即长芦寺。先后有 2 位高僧为住持,即且庵守仁禅师与真歇清了禅师。

涟水军③神宗熙宁五年以后曾数度降为县,先后隶属楚州、宝应州,理宗景定三年改为安东州,共 1 寺,即万寿寺,梦庵普信禅师为住持。

楚州共 1 寺,即胜因寺,戏鱼咸静禅师为住持。

滁州共 1 寺,即琅琊山慧觉寺,慧觉广照禅师为住持。

《禅宗颂古联珠通集》所涉淮南西路主要禅寺有:

① 天宝三年(740 年)以原怀安、宁国二县地置宁国县,属宣城郡。五代十国时属宣州。北宋属宣城郡。乾道二年(1166 年)属宁国府(治宣州,今安徽宣城市宣州区)。至元十四年(1277 年),世祖忽必烈改府为路,宁国属宁国路,至正十七年(1357 年),朱元璋改路为府,宁国复属宁国府。明、清相沿。刘克庄《□□长老住宁国光孝寺并题雪矶三绝》,见《全宋诗》第 58 册,第 36557 页。

② 太宗太平兴国七年(982 年)置南康军,隶属江南东道,辖江州的都昌、洪州的建昌、江州的星子,统一管辖,以星子县为军治,隶江南路;真宗天禧四年(1020 年),江南路分东西两路,南康军属江南东路。顺帝至正十四年(1354 年),改军为路。

③ 太平兴国三年(978 年)升涟水县置涟水军,属淮南东路。熙宁五年(1072 年)五月改为涟水县,隶楚州。元祐二年(1087 年)复为军。绍定元年(1228 年),改为涟水县,属宝应州。端平元年(1234 年)复为军。景定三年(1262 年)改为安东州,涟水县为州治。

舒州南宋为安庆府,共 7 寺,先后有 7 位高僧为住持。它们是白云山海会院(白云守端禅师);法华院(法华全举禅师);太平寺(佛鉴慧懃禅师);太平兴国寺(浮山法远圆鉴禅师);龙门寺(清远佛眼禅师);投子寺(投子义青禅师);三祖寺(三祖法宗禅师)。

无为军①共 1 寺,即冶父寺,实际道川禅师为住持。

蕲州共 1 寺,即五祖寺。先后有 2 位高僧为住持,即五祖法演禅师与五祖师戒禅师。

四、荆湖南路、荆湖北路

《禅宗颂古联珠通集》所涉荆湖南路主要禅寺有:

潭州共 15 寺,先后有 20 位高僧为住持。它们是白鹿寺(白鹿希先禅师)②;石霜寺(楚圆慈明禅师);道吾寺(道吾悟真禅师);大沩山同庆寺(大圆智禅师);上封寺(佛心本才禅师);大沩寺(佛性法泰禅师、大沩怀秀禅师、峓庵鉴禅师、月庵善果禅师、大沩山行禅师);福严寺(福严良雅禅师);楚安寺(楚安慧方禅师);慧通寺(慧通清旦禅师);开福寺(开福道宁禅师);龙牙寺(龙牙梵言禅师、龙牙智才禅师);大沩山真如寺(真如慕喆禅师);云盖寺(云盖守智禅师);云岩寺(云岩因禅师);神鼎寺(神鼎洪諲禅师)。

衡州共 4 寺,先后有 4 位高僧为住持。它们是南岳般若寺(般若启柔禅师);南岳芭蕉庵(大道谷泉禅师);罗汉洞妙高台(高台此山应禅师)③;南岳云峰寺(云峰文悦禅师)。

《禅宗颂古联珠通集》所涉荆湖北路主要禅寺有:

岳州共 1 寺,即乾明寺,乾明慧觉禅师为住持。

澧州共 2 寺,先后有 2 位高僧为住持。它们是灵岩寺(灵岩仲安禅师)、

---

① 太平兴国三年(978 年),从庐州析出无为军,治巢县城口镇(今安徽无为无城镇),领巢县、庐江二县,属淮南道。《宋史》载:"无为军,同下州。太平兴国三年,以庐州巢县无为镇建为军,以巢、庐江二县来属。"至道三年(997 年),无为军改属淮南路。熙宁五年(1072 年),无为军改属淮南西路。南宋续设无为军,仍治巢县城口镇(今安徽无为无城镇),领巢、无为、庐江三县。建炎二年(1128 年),入金。不久退兵,复属南宋。淳祐二年(1242 年),改听沿江制置使节制。至元十四年(1277 年),升无为军为无为路。领无为、庐江二县,属江淮行省淮西道。

② 惠洪《石门文字禅》卷六有《游白鹿赠大希先》一首,其中有曰:"昔人隐临湘,解跨白鹿游。公来吊陈迹,但有林壑幽。"可知白鹿希先所在寺院可能就在临湘,今天隶属于湖南岳阳,宋代隶属潭州。

③ (宋)释良才等编《法演禅师语录》卷三《次韵訕高台师兄》曰:"每览嘉隐篇,清风益可爱。有时说向人,时人都不会。回首望衡岳,岳山千里外。独步立斜阳,飒飒闻秋籁。"可知此处的高台,应为妙高台,位于南岳罗汉洞。

药山寺(药山利昱禅师)。

鼎州南宋为常德府,共 3 寺,先后有 5 位高僧为住持。它们是梁山(廓庵庵远禅师、梁山善冀禅师①);药山寺(云溪恭禅师);文殊寺(文殊心道禅师、文殊思业禅师)。

江陵府②共 1 寺,即公安院,荆南府公安遯庵祖珠禅师为住持。

安州③南宋为德安府,共 1 寺,即文殊院,文殊宣能禅师为住持。

荆门军共 1 寺,即玉泉寺,穷谷宗琏禅师为住持。

五、江南西路

抚州共 5 寺,先后有 6 位高僧为住持。它们是白杨仙林禅寺(白杨法顺禅师);龙济寺(龙济绍修禅师);灵岩寺(灵岩圆日禅师);石巩寺(石巩戒明禅师);疏山寺(疏山了如禅师、疏山了常禅师)。

洪州南宋为隆兴府,共 10 寺,先后有 23 位高僧为住持。它们是宝峰寺(阐提惟照禅师、湛堂文准禅师、真净克文禅师、宝峰景祥禅师、宝峰应乾禅师、渤潭择明禅师、草堂善清禅师、山堂德淳禅师、景淳知藏);法昌寺(法昌倚遇禅师);黄龙寺(晦堂宝觉祖心禅师、黄龙慧南禅师、黄龙道震禅师、灵源惟清禅师、牧庵法忠禅师、通照德逢禅师、死心悟新禅师);百丈山(惟政禅师);翠岩寺(广化可真禅师);洪州西山慧岩寺(象潭泳禅师);洪州西山某寺(西山亮禅师);兜率寺(兜率从悦禅师);云岩寺(典牛天游禅师);石亭寺(野庵祖璇禅师)。

袁州共 3 寺,先后有 4 位高僧为住持。它们是崇胜院(琪禅师);仰山寺(简庵嗣清禅师、雪岩祖钦禅师);杨岐山普明禅院(杨岐方会禅师)。

筠州④共 3 寺,先后有 3 位高僧为住持。它们是大愚寺(大愚守芝禅

---

① 真宗大中祥符五年(1012 年),改朗州为鼎州。孝宗乾道元年(1165 年),升州为常德府,八年(1172 年)复为鼎州。

② 《宋史》志第四十一地理四:"江陵府,次府,江陵郡,荆南节度。旧领荆湖北路兵马钤辖,兼提举本路及施、夔州兵马巡检事。建炎二年,升帅府。四年,置荆南府,归峡州、荆门公安军镇抚使,绍兴五年罢。始制安抚使兼营田使,六年,为经略安抚使;七年,罢经略,止除安抚使。淳熙元年,还为荆南府。未几,复为江陵府制置使。"1977 年中华书局版《宋史》第 7 册第 2193 页。

③ 宣和元年(1119 年)升级安陆原安远军为德安府。德安府领安陆、应城、孝感、应山(今广水市)、云梦 5 县。

④ 武德七年(624 年)改米州置,以地产筠篁得名。治高安(今江西高安市)。次年即废入洪州。南唐保大十年(952 年)复置,仍治高安,领高安、上高(江西上高县)、万载(江西万载县)、清江 4 县(江西樟树市)。太平兴国六年(981 年),析高安、上高各一部置新昌县(今江西省宜丰县新昌镇)。宝庆元年(1225 年),改筠州为瑞州。

师);普利禅院(洞山晓聪禅师);黄檗寺(惟胜真觉禅师)。

吉州共 1 寺,即禾山寺,超宗惠方禅师为住持。

江州北宋时隶属江南东路,共 1 寺,即东林寺,卐庵道颜禅师为住持。

兴国军①共 1 寺,即延寿院,延寿慧禅师为住持。

六、福建路

汀州共 1 寺,即报恩寺,报恩法演禅师为住持。

福州共 9 寺,先后有 21 位高僧为住持。它们是神光寺(神光北山隆禅师);地藏寺(地藏守恩禅师);雪峰寺(东山慧空禅师、环溪惟一禅师、绝岸可湘禅师、妙湛思慧禅师、圆觉宗演禅师);大中寺(德隆海印禅师);鼓山寺(鼓山士珪禅师、晦室师明禅师、木庵安永禅师、皖山止凝禅师、石庵知珝禅师);宝寿寺(宝寿最乐禅师);西禅寺(此庵守净禅师、懒庵鼎需禅师、西禅末宗本禅师);东禅寺(蒙庵思岳禅师);中济寺(无禅立才禅师、野轩可遵禅师、中际善能禅师)。

泉州共 4 寺,先后有 4 位高僧为住持。它们是承天寺(承天传宗禅师);佛迹寺(佛迹道昱禅师);开元寺(真觉志添禅师);法石寺(中庵慧空禅师)。

南剑州②共 1 寺,即剑门寺,剑门安分庵主为住持。

建州南宋为建宁府,共 1 寺,即开善寺,先后有 2 位高僧为住持,即开善道谦禅师与木庵道琼首座。

漳州共 1 寺,即净众寺,佛真了璨禅师为住持。

兴化军共 2 寺,先后有 2 位高僧为住持。它们是兴化府华严寺(别峰云禅师)与兴化府囊山寺(孤峰德秀禅师)。

七、京西南路、京畿路、京西北路

《禅宗颂古联珠通集》所涉京西南路主要禅寺有:

随州共 3 寺,先后有 7 位高僧为住持。它们是智门寺(智门光祚禅师、智门师宽禅师);随州大洪山禅寺(大洪守遂禅师、大洪报恩禅师、大洪慧照庆预禅师、大洪老衲祖证禅师);随州双泉寺(双泉山琼禅师)。

襄州南宋为襄阳府,共 1 寺,即石门寺。先后有 3 位高僧为住持,即石门慧昭山主、石门蕴聪禅师与石门元易禅师。

---

① 太平兴国三年(978 年),改永兴军名兴国军,隶江南西道,领永兴县、通山县、大冶县 3 县。

② 南剑州,现在是福建南平市,延平区一带,位于福建省北部,地处武夷山脉北段东南侧。因传说"干将莫邪"在此"双剑化龙"而得名剑州、剑津。后为与四川剑州区别,所以又名南剑州。

郢州共 1 寺,即芭蕉山院,芭蕉继彻禅师为住持。

邓州南宋已失,共 1 寺,即丹霞寺,丹霞子淳禅师为住持。

《禅宗颂古联珠通集》所涉京畿路(南宋已失)主要禅寺有:

开封府共 7 寺,先后有 15 位高僧为住持。它们是东京天宁寺(长灵守卓禅师);东京慧林寺(佛陀德逊禅师、慈受怀深禅师、林圆照宗本禅师);东京法云寺(佛国惟白禅师、圆通法秀禅师);东京慧海禅院(慧海仪禅师);东京净因寺(蹒庵继成禅师、佛日惟岳禅师、道臻净照禅师、枯木法成禅师);东京妙慧庵(尼净智大师慧光);东京智海禅院(东京大相国寺智海禅院正觉本逸禅师、普融道平禅师、佛印智清禅师)。

《禅宗颂古联珠通集》所涉京西北路(南宋已失)主要禅寺只有 1 所,即汝州首山风穴寺,首山省念禅师为住持。

八、广南东路、河东路、永兴军路

《禅宗颂古联珠通集》所涉广南东路主要禅寺有:

南雄州共 1 寺,即大庾岭云峰寺,云峰道圆禅师为主持。

韶州共 2 寺,先后有 2 位高僧为住持。它们是南华寺(南华知昺禅师)与披云寺(披云智寂禅师)。

《禅宗颂古联珠通集》所涉河东路主要禅寺共 1 所,即汾州太子院,汾阳善昭禅师为住持。

《禅宗颂古联珠通集》所涉永兴军路①南宋已失,禅寺仅 1 所,即长安天宁寺,大用齐琏禅师为住持。

九、成都府路、梓州路(潼川府路)、夔州路

《禅宗颂古联珠通集》所涉成都府路主要禅寺有:

成都府共 4 寺,先后有 5 位高僧为住持。它们是信相寺(正觉宗显禅师、信相戒修禅师);简州南岩寺(南岩胜禅师);正法寺(正法灏禅师);昭觉寺(圆悟克勤禅师)。

彭州共 1 寺,即大随寺,南堂元静禅师为住持。②

---

① 永兴军路,庆历二年(1042 年)析陕西路东部置,治京兆府(今陕西西安市)。辖境约当今甘肃省环县、庆阳、宁县和陕西省长武、武功、户县等市县以东,陕西省米脂、吴旗等县以南,镇安、山阳、商南等县以北,山西省闻喜县、河津市以西南,河南省三门峡市以西地区。元丰元年(1078 年)与秦凤路合并为陕西路,八年复分陕西路置。金皇统二年(1142 年)改置京兆府路。

② (宋)释宗永集、元清茂续集《宗门统要正续集》卷第十九《续南岳下第十四世》载彭州南堂元静禅师为南堂兴法嗣,见《永乐北藏》第 155 册第 191 页。然据明释居顶编《续传 (转下页)

汉州共 2 寺,先后有 2 位高僧为住持。它们是三圣寺(三圣继昌禅师)与无为寺(随庵守缘禅师)。

《禅宗颂古联珠通集》所涉梓州路(乾道六年更名为潼川府路)主要禅寺即合州钓鱼台,其主持为石头自回禅师,共 1 寺 1 僧。《禅宗颂古联珠通集》所涉夔州路主要禅寺即夔州卧龙山 1 寺,其住持为破庵祖先禅师。

表7 《禅宗颂古联珠通集》所记禅寺分布表

序号	行政区划	地域范围	僧、寺规模
1	两浙路(南宋分为两浙西路、两浙东路)	温州、越州(南宋为绍兴府)、婺州、杭州(南宋为临安府)、湖州(南宋一度称为安吉州)、衢州、秀州(南宋为嘉兴府)、台州、明州(南宋为庆元府)、处州、润州(南宋为镇江府)、常州、苏州(南宋为平江府)	共 71 寺 171 僧
2	江南东路	江宁府(南宋为建康府)、广德军、太平州、宣州(南宋为宁国府)、信州、饶州、南康军	共 18 寺 32 僧
3	淮南东路	扬州、真州、涟水军、楚州、滁州	共 6 寺 7 僧
4	淮南西路	舒州(南宋为安庆府)、无为军、蕲州	共 9 寺 10 僧
5	荆湖南路	潭州、衡州	共 19 寺 24 僧
6	荆湖北路	岳州、澧州、鼎州(南宋为常德府)、江陵府、安州(南宋为德安府)、荆门军	共 9 寺 11 僧
7	江南西路	抚州、洪州(南宋为隆兴府)、袁州、筠州、吉州、江州(北宋时隶属江南东路)、兴国军	共 24 寺 39 僧
8	福建路	汀州、福州、泉州、南剑州、建州(南宋为建宁府)、漳州、兴化军	共 19 寺 32 僧
9	京西南路	随州、襄州、郢州、邓州(南宋已失)	共 6 寺 12 僧
10	京畿路(南宋已失)	开封府	共 7 寺 15 僧

(接上页)灯录》卷二十五(《大正藏》第 51 册第 637 页)、明释大建校《禅林宝训音义》卷一(《卍新纂续藏经》第 64 册 465 页)、宋释正受编《嘉泰普灯录》卷十一(《卍新纂续藏经》第 79 册第 361 页)等书记载:彭州大随南堂元静禅师,后名道兴,为五祖法演法嗣。宋释师明集《续古尊宿语要》卷三(《卍新纂续藏经》第 68 册第 415 页)载南堂兴亦为五祖法演法嗣。故可知南堂元静即南堂兴,二者本为一人,《宗门统要正续集》所载恐误。

续　表

序号	行政区划	地域范围	僧、寺规模
11	京西北路（南宋已失）	汝州	共1寺1僧
12	广南东路	南雄州、韶州	共3寺3僧
13	成都府路	成都府、彭州、汉州	共7寺8僧
14	梓州路（南宋为潼川府路）	合州	共1寺1僧
15	夔州路	夔州	共1寺1僧
16	河东路（南宋已失）	汾州	共1寺1僧
17	永兴军路（南宋已失）	京兆府	共1寺1僧

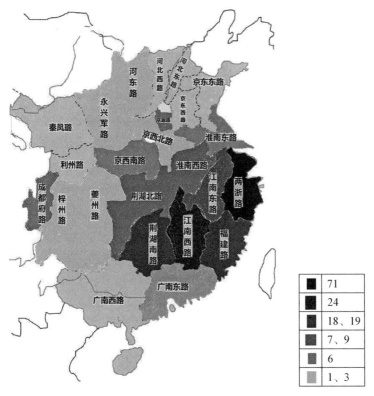

图 24 《禅宗颂古联珠通集》所记禅寺地理分布示意图

综上所述,《禅宗颂古联珠通集》是元僧普会在宋僧法应《禅宗颂古联珠集》的基础上增编而成。法应原作采录公案 325 则、颂古 2100 首、涉及颂古作者 122 人,历时 30 余年,于淳熙二年(1175 年)编成;普会续作增补公案493 则、颂古 3050 首,增补颂古作者 426 人,历时 24 年,于延祐五年(1318 年)编成。洪武二十五年(1392 年),《禅宗颂古联珠通集》雕板由释净戒收集、修补、重校后重新面世并编入了《洪武南藏》。经笔者统计,《禅宗颂古联珠通集》共收公案 1320 则,颂古 5736 首,涉及颂古作者 457 人。不管是颂古作品数量还是作者人数,临济宗杨岐派几乎占据半壁江山。禅宗僧名是以法名为核心,前面可以加寺名、庵名等前缀,后面可以加法字、法号等后缀。法名一般由二字组成,前字为共名,即辈分,后字为殊名。检索时应以殊名为关键字。《禅宗颂古联珠通集》所涉禅寺以两浙路为最多,其次是江南西路、荆湖南路、福建路、江南东路、淮南西路、荆湖北路、成都府路、京畿路等,大体相当于今天的江浙、江西、福建、湖南、湖北、安徽、成都、开封等地。

第三章 颂古及其体式

禅宗颂古大都发自禅者的内心,是其对公案的体会和禅悦的自然表露,往往使用生动的口语和灵活自由的形式,具有强烈的个性化色彩与层出不穷的创新精神,是文学百花园中的一朵奇葩。

第一节 颂古的概念与意义

颂古有专集,有大量作品,然对其概念学界却关注甚少,尚没有一个统一的、权威的表述。

一、颂古的概念

宋代之后,出现了大量禅宗语录文献,有所谓举古、拈古、颂古、征古、代古、代语、别古、别语、转语、著语、评唱、普说、法语、示众、偈颂等称呼,其他尚有赞、歌、吟、诗、疏、引、记、铭、序、跋、辞、行状、问答、书问、提语、请示等名目。颂古作为其中的一种,与其他主要体裁既有联系也有区别。颂古与举古、拈古、征古、代古(代语)、别古(别语)、转语、著语、评唱有一个共同点,即都是以阐释古则、公案为基础。其不同点则主要表现在内容与体式上。这里的"古"是指古则,即历代禅师开悟学人的事迹及其说过的具有启人开悟作用的关键话语。这些事迹与话语如果屡屡被拿出来参读以启发学人开悟,就形成了公案,而虽不以公案称呼,但对学人参禅悟道有重要指导价值的话语,被称为古则。以偈颂的形式表达自己对古则公案的参读心得即为颂古。换句话说,颂古是以偈颂表达作者对古则公案的体悟并给参读者以悟道启示的一种佛教文体。

从本质上说,颂古是佛教偈颂的一种。佛经上常有"以偈颂曰",颂是赞颂之意,故有时也说成"以偈赞曰",即把佛经中的长行(散体文字)之意蕴用韵文再复说一遍、数遍或几十、上百遍。若把赞颂对象换为古则、公案,那么这种偈颂就变成了颂古,即以偈颂赞颂古则、公案。这其实是佛教的一种传统,禅宗实际上是继承了佛教的这种有悠久历史的赞颂传统。禅宗毕竟是佛教的一支,虽然说是中国化的佛教,但它对印度佛教的一些基本传统还是有不少继承的。重视韵文,以偈颂(有韵)赞述长行(无韵)内容,注重韵散结合,即是佛经的写作传统之一。为什么必须是"赞""颂"呢? 因为佛陀传道四十九年,利度众生,解众生烦恼,能给众生带来愉悦。愉悦也是后来学禅至悟的一种体验。若仅能体验到烦恼,则为不悟。所以这里的颂或赞,确实有赞美之意。

举古就是举示古则公案。拈古就是拈出古则公案进行评论,以启发后学,又称拈提、拈则。禅宗原以教外别传、不立文字为本旨,故不依经、论等典籍,但为令后学商量、研讨言诠所不及之生死大事,乃拈提古则、公案,以举示宗门之要旨。请看下例:《大川普济禅师语录》卷一曰:"(举)五泄到石头便问:'一言相契即住,不契即去。'头据坐,泄便行。头召'阇黎',泄回首。头云:'从生至死只是这个,回头转脑作甚么?'泄于言下大悟,拗折拄杖。(拈)师云:'石头据坐,五泄便行,不妨气吞佛祖,眼盖乾坤,末后一唤便回,翻成不唧嚼,且道那里是他不唧嚼处? 山转疑无路,溪斜别有村。'懒瓒道:'世事悠悠,不如山丘。卧藤萝下,块石枕头。'雪窦云:'者般汉有甚用处,唤起了打。'师云:'雪窦吃李子,向赤边咬,宝陀若见,问他曾见谁来,待他拟开口,只向道打头不遇作家,到底翻成骨董。'"①

征古,就是找出古则、公案中的关键点,以引起参学僧人的注意。例如:"举。洛浦久为临济侍者。济尝称:'临济门下一只箭,谁敢当锋?'浦一日辞济,济问甚处去? 浦云:'南方。'济以拄杖画一画云:'过得者个便去。'浦喝,济便打。浦礼拜。济明日升堂云:'临济门下有一赤稍鲤鱼,摇头摆尾向南方去,不知向谁家齑瓮里淹杀。'征云:者便是第一个学喝底榜样,且如临济以拄杖画云'过得者个便去',合么免得他打? 及免,向人家齑瓮里淹杀。"②再如:"举。大耳三藏得他心通,朝见肃宗皇帝。帝命忠国师验之。藏见国师便礼拜,侧立于右。国师云:'汝得他心通是不?'藏云:'不敢。'国师云:'汝道老僧在甚么处?'藏云:'和尚一国之师,何得在西川看竞渡船?'国师再问:'汝道老僧即今在甚么处?'藏云:'和尚是一国之师,何得在天津桥上看弄猢狲?'国师第三问:'老僧即今在什么处?'藏罔知。国师叱云:'野狐精,他心通在什么处?'有僧问赵州:'三藏三番为甚不见国师?'州云:'在三

---

① (宋)释普济著,释元恺编:《大川普济禅师语录》,《卍新纂续藏经》第69册,第766b页。

② (明)释圆悟著,释如莹、释通云等编:《密云禅师语录》,《嘉兴藏》第10册,第50c页。

藏鼻孔上。'又问玄沙：'既在鼻孔上，为甚么不见？'沙云：'祇为太近。'后僧问海会端。端云：'国师若在三藏鼻孔上，有甚难见？殊不知在三藏眼睛里。'天童云：'三藏不见国师且置，你道国师自知下落处么？'师征云：'这一队老汉恰如盲人摸象，总未知国师下落处。在诸人还知国师下落处么？若知得国师下落处，许你他心通。'"①

代古，又称代语，指代替他人说出他人应说而未说的话。可分二种：一为禅师自代学人下语。禅师垂语后，每令学人下语；若众中所言不契，则由禅师自下语代众。二为禅师自代古人下语。禅师举古则，遇古人无语之处时，乃代之下语。《虚堂集》卷四载有京兆府永安院善静禅师的一则代语。其记载如下："京兆府永安院善静禅师谒洛浦。浦器之，容入室，乃典园务，力营众事。一日有僧辞浦。浦曰：'四面是山，阇黎向甚么处去？'僧无对。浦曰：'限汝十日，下语得即从汝去。'其僧冥搜，偶入园中。师问曰：'上座既是辞去，今何在此？'僧具陈所以，坚请代语。师曰：'竹密不妨流水过，山高那碍野云飞。'其僧喜踊。"②下再举几例："梁武帝请傅大士讲经，大士俨然。帝曰：'请大士与朕讲经，为什么不讲？'志公云：'大士讲经毕。'代云：'讲得甚好。'"③《白云守端禅师广录》卷一曰："上堂，举。金銮和尚一日在厨前见典座，便问：'典座，变生成熟即不无，典座离却木杓，道将一句来。'典座无语。后令入室僧代语，皆不契。乃自代云：'羊羹杂美，众口难调。'"④《云门匡真禅师广录》卷中曰："上堂云：'乾坤侧，日月星辰一时黑，作么生道？'代云：'好事不如无。'师因说事了，起立，以拄杖击禅床一下云：'适来如许多葛藤，贬向什么处去？灵利底即见，不灵利底著于热瞒。'代云：'雪上加霜。'"⑤

别古，又称别语，指禅僧于他人对话问答中，就他人既已回答者，另加自己之见识来回答之言语。又通常与"代语"并称为"代别"。汾阳无德禅师曰："室中请益，古人公案，未尽善者，请以代之，语不格者，请以别之，故目之为代别。"⑥未尽善者指尚有需补充说明之处，语不格者指某说法没有说到位，不太准确。"别语"一般多指于二人对话之情形，第三者基于"局外人"之立场代为叙述之语，故异于代语。禅宗诸录中，以云门语录代语最多，盖宗门之代语、别语，以云门为始。《联灯会要》卷二十五《婺州明招德谦禅师》

① （明）圆修著，门人通问等编：《天隐和尚语录》，《嘉兴藏》第25册，第553b页。
② （宋）释子淳颂古，（元）释从伦评唱：《林泉老人评唱丹霞淳禅师颂古虚堂集》（第五十六则），《卍新纂续藏经》第67册，第353b页。
③ （宋）释楚圆集：《汾阳无德禅师语录》，卷中，《大正藏》第47册，第616c页。
④ （宋）释守端著，释处凝编：《白云守端禅师广录》，《卍新纂续藏经》第69册，第309c页。
⑤ （五代）释文偃著，释守坚集：《云门匡真禅师广录》，《大正藏》第47册，第562c页。
⑥ （宋）释楚圆集：《汾阳无德禅师语录》，《大正藏》第47册，第615c页。

曰："师在招庆殿上指壁画问僧：'是甚么神？'云：'护法善神。'师云：'会昌沙汰时，甚么处去？'僧无语。师令僧问演侍者。演云：'你甚么劫中遭此难来。'僧举似师。师云：'直饶演上座他后有一千众，有甚么用处？'僧请师别语。师云：'甚么处去也？'"①《永觉和尚广录》卷第八载有一则别语曰："昔僧问保福：'龙披袈裟一缕，金翅鸟不能吞。今僧全披，因什又被虎吞却？'福作忍痛声。僧请师别语。师别云：'袈裟有时护不及。'僧云：'因甚护不及？'师云：'二祖往邺都。'"②《保宁仁勇禅师语录》卷一曰："雪峰云：'世界阔一尺，古镜阔一尺；世界阔一丈，古镜阔一丈。'玄沙指火炉云：'这个阔多少？'峰云：'如古镜阔。'师别峰云：'若不是吾，泊被子惑。'"③可见，不管是代语还是别语，作者要首先保证自己不犯锋而死，然后再回答对方的问题，做到把对方的疑难解决了，而又不伤锋犯手。这也是一种绕路说禅，和颂古不直说的道理一样。

转语，即转变参禅困境之语。于参禅者迷惑不解、进退维谷之际，禅师或同参为令其解悟而进行的简短提示。《瑞州洞山良价禅师语录》卷一曰："师与密师伯参百岩。百岩问：'甚处来？'师云：'湖南。'百岩云：'观察使姓甚么？'师云：'不得姓。'百岩云：'名甚么？'师云：'不得名。'百岩云：'还治事也无？'师云：'自有郎幕在。'百岩云：'还出入也无？'师云：'不出入。'百岩云：'岂不出入？'师拂袖便出。百岩次早入堂，召二上座云：'昨日老僧对阇黎一转语不相契，一夜不安，今请阇黎别下一转语。若惬老僧意，便开粥相伴过夏。'师云：'请和尚问？'百岩云：'岂不出入？'师云：'太尊贵生。'"④《宏智禅师广录》卷二曰："举。百丈上堂常有一老人听法，随众散去。一日不去，丈乃问：'立者何人？'老人云：'某甲于过去迦叶佛时曾住此山，有学人问："大修行底人还落因果也无？"对他道："不落因果。"堕野狐身五百生。今请和尚代一转语。'丈云：'不昧因果。'老人于言下大悟。"⑤

著语，即加评语之意，又作拣语、拣话、下语。禅林中，意为对公案、颂古等所加之短评。《拈八方珠玉集》卷中曰："举。僧问药山：'平田浅草，尘鹿成群，如何射得尘中尘？'山云：'看箭。'佛鉴著语云：'错。'僧便作倒势。山云：'侍者拖出这死汉。'佛鉴著语云：'错。'僧拂袖便出。山云：'弄泥团汉，有什么限。'佛鉴著语云：'错、错。'佛鉴复拈云：'老僧下者四错，有纵有夺，有

① （宋）释悟明集《联灯会要》，《卍新纂续藏经》第 79 册，第 222c 页。
② （明）释元贤著，释道需重编：《永觉元贤禅师广录》，《卍新纂续藏经》第 72 册，第 433c 页。
③ （宋）释仁勇著，释道胜等集：《保宁仁勇禅师语录》，《卍新纂续藏经》第 69 册，第 294a 页。
④ （唐）释良价著，（明）郭凝之编：《瑞州洞山良价禅师语录》，《大正藏》第 47 册，520c 页。
⑤ （宋）释正觉著，释集成等编：《宏智禅师广录》，《大正藏》第 48 册，19a 页。

褒有贬,诸人还点捡得出么? 若也缁素分明,许你将错就错。'正觉云:'会么?箭既离弦,无反回势。'佛海云:'药山一箭,中者必死,奈者弄泥团汉何?'"①

评唱,就是公开品评的意思。它既可以是直接对禅宗公案的解释,也可以是对颂古等解释性文字的再解释。禅宗著作中,较著名的评唱类作品有《佛果圆悟禅师碧岩录》《林泉老人评唱投子青和尚颂古空谷集》《林泉老人评唱丹霞淳禅师颂古虚堂集》《万松老人评唱天童觉和尚拈古请益录》等。下举《佛果圆悟禅师碧岩录》第五则为例:

　　垂示云:大凡扶竖宗教,须是英灵底汉。有杀人不眨眼底手脚,方可立地成佛。所以照用同时,卷舒齐唱,理事不二,权实并行。放过一着,建立第二义门,直下截断葛藤。后学初机,难为凑泊。昨日恁么,事不获已。今日又恁么,罪过弥天。若是明眼汉,一点谩他不得。其或未然,虎口里横身,不免丧身失命。试举看。

　　举。雪峰示众云(一盲引众盲,不为分外):"尽大地撮来如粟米粒大(是什么手段? 山僧从来不弄鬼眼睛),抛向面前(只恐抛不下,有什么伎俩),漆桶不会(倚势欺人,自领出去,莫谩大众好),打鼓普请看(瞎。打鼓为三军)。"

　　长庆问云门:"雪峰与么道,还有出头不得处么?"门云:"有。"庆云:"作么生?"门云:"不可总作野狐精见解。"雪峰云:"匹上不足,匹下有余,我更与尔打葛藤。"拈拄杖云:"还见雪峰么?"咄,王令稍严,不许攃夺行市。大沩喆云:"我更为诸人土上加泥。"拈拄杖云:"看看,雪峰向诸人面前放屙。"咄,为什么屎臭也不知? 雪峰示众云:"尽大地撮来如粟米粒大。"古人接物利生,有奇特处,只是不妨辛懃。三上投子,九到洞山,置漆桶木杓,到处作饭头,也只为透脱此事。及至洞山作饭头,一日洞山问雪峰:"作什么?"峰云:"淘米。"山云:"淘沙去米? 淘米去沙?"峰云:"沙米一齐去。"山云:"大众吃个什么?"峰便覆盆。山云:"子缘在德山。"指令见之,才到便问:"从上宗乘中事,学人还有分也无?"德山打一棒云:"道什么?"因此有省。后在鳌山阻雪,谓岩头云:"我当时在德山棒下如桶底脱相似。"岩头喝云:"尔不见道,从门入者不是家珍,须是自己胸中流出,盖天盖地,方有少分相应。"雪峰忽然大悟,礼拜云:"师兄今日始是鳌山成道。"如今人只管道古人特地做作,教后人依规矩,若恁么,正是谤他古人,谓之出佛身血。古人不似如今人苟且,岂以一言

---

①　(宋)释佛鉴等著,释祖庆重编:《拈八方珠玉集》,《卍新纂续藏经》第67册,653c—654a页。

半句以当平生。若扶竖宗教,续佛寿命,所以吐一言半句,自然坐断天下人舌头,无尔着意路,作情解,涉道理处。看他此个示众,盖为他曾见作家来,所以有作家钳锤。凡出一言半句,不是心机意识思量鬼窟里作活计,直是超群拔萃,坐断古今,不容拟议。他家用处,尽是如此。一日示众云:"南山有一条鳖鼻蛇,汝等诸人切须好看取。"时棱道者出众云:"恁么则今日堂中大有人丧身失命去在。"又云:"尽大地是沙门一只眼,汝等诸人,向什么处屙?"又云:"望州亭与汝相见了也,乌石岭与汝相见了也,僧堂前与汝相见了也。"时保福问鹅湖:"僧堂前即且置,如何是望州亭、乌石岭相见处?"鹅湖骤步归方丈。他常举这般语示众。只如道"尽大地撮来如粟米粒大",这个时节,且道以情识卜度得么?须是打破罗笼,得失是非一时放下,洒洒落落,自然透得他圈缋,方见他用处。且道雪峰意在什么处?人多作情解道:"心是万法之主,尽大地一时在我手里。"且喜没交涉。到这里,须是个真实汉,聊闻举着,彻骨彻髓见得透,且不落情思意想。若是个本色行脚衲子,见他怎么,已是郎当为人了也。看他雪窦颂云:

牛头没(闪电相似,蹉过了也),马头回(如击石火),曹溪镜里绝尘埃(打破镜来,与尔相见,须是打破始得),打鼓看来君不见(刺破尔眼睛,莫轻易好,漆桶有什么难见处),百花春至为谁开(法不相饶,一场狼籍,葛藤窟里出头来)。

雪窦自然见他古人,只消去他命脉上一札,与他颂出:"牛头没,马头回。"且道说个什么?见得透底,如早朝吃粥、斋时吃饭相似,只是寻常。雪窦慈悲,当头一锤击碎,一句截断。只是不妨孤峻,如击石火,似闪电光,不露锋芒,无尔凑泊处。且道向意根下摸索得么?此两句一时道尽了也。雪窦第三句却通一线道,略露些风规,早是落草。第四句直下更是落草,若向言上生言,句上生句,意上生意,作解作会,不唯带累老僧,亦乃辜负雪窦。古人句虽如此,意不如此,终不作道理系缚人。"曹溪镜里绝尘埃",多少人道"静心便是镜"。且喜没交涉。只管作计较道理,有什么了期?这个是本分说话,山僧不敢不依本分。"牛头没,马头回",雪窦分明说了也,自是人不见,所以雪窦如此郎当颂道:"打鼓看来君不见。"痴人还么?更向尔道:"百花春至为谁开?"可谓豁开户牖,与尔一时八字打开了也。及乎春来,幽谷野涧,乃至无人处,百花竞发,尔且道更为谁开?[①]

---

① (宋)释圆悟编著,许文恭译述:《碧岩录》,北京:华夏出版社,2009 年版,第 32—34 页。

对于公案与颂古,圆悟禅师都进行了详细的评讲。不但逐句解释了公案、颂古本身,还专门用两大段文字串讲了它们。只是这种串讲不是一字一句的阐释,而是对公案、颂古的评价与对参读者到达悟境的引导。

普说,谓于禅林中普集大众说法,为小参、独参的对称,即师家为一般学人开示宗乘。普说通常在寝堂或法堂举行,亦有依学人插香请求开示,而特为普说者,此称之为告香普说。《敕修百丈清规》卷二《住持章》"普说"条云:"有大众告香而请者,就据所设位坐。有檀越特请者,有住持为众开示者,则登法座。凡普说时,侍者令客头行者挂普说牌报众,铺设寝堂或法堂,粥罢,行者覆住持,缓击鼓五下,侍者出,候众集,请住持出据坐。普说与小参礼同。"①据《禅林象器笺·垂说门》所载:大慧宗杲谓一百年前本无普说,熙宁、元祐年间,真净和尚居洞山、归宗时,方有普说,大意以开悟学者为心。《虚堂智愚和尚语录》卷四《双林夏前告香普说》云:"古之宗师,为人直截,凡有所问,只就问处与之破执,初无实义,后来埃生招箭,形于语言,乃有普说。普说首出于真净和尚,三佛以来皆有普说,无非怒骂呵咄,鞭策诲励,使其大心衲子勇于进工。近世宗师间有普说,尚多文体,不见古人直截为人处。大似场屋中论策一般,乃攻其所从,乃药贴上语,不能疗人之病,徒使其末流纷纷传集秘蓄,以当本参。"②

法语,即说示正法之言语,又指佛陀之教说。在禅宗语录中,法语作为一种独立的体裁存在,专指诸祖之教示与禅师开示之机锋语。《断桥妙伦禅师语录》卷二载断桥妙伦《示哲侍者》法语曰:"石头和尚道:'千种言,万般解,只要教君长不昧。'古人如斯言论,可谓棒打石人头,嚗嚗论实事。今时丛林浩浩地,只是名字参禅学道,要觅一个半个长时不昧底人,如空中拣月。岂不见开山空照祖师,常唤主人翁,自应诺。惺惺着,诺;他时异日,莫受人瞒,诺诺。这个岂不是长时不昧底?虽然是个死蛇,弄得出来也是好笑。哲侍者在此三年,还曾解笑也未?若果未然,玄沙道底。"③

示众(垂语、垂示),指禅师为门弟子、大众等开示宗要。李遵勖编《天圣广灯录》卷二十七载"庐山栖贤宝觉院澄諟禅师"上堂示众曰:"一日示众云:'髑髅常于世界,鼻存磨触家风。古人与么道,至亲至切。虽然如此,也须子细,秪如须弥山与鼻孔相去多少?试参详看。久立。'"④

偈颂是梵语偈陀的拟吴音汉译,类于中国的传统诗歌,一般是押韵的,

---

① (元)释德辉重编:《敕修百丈清规》,《大正藏》第48册,1120d。
② (宋)释智愚著,释妙源编:《虚堂智愚和尚语录》,《大正藏》第47册,第1013c页。
③ (宋)释妙伦著,释文宝编:《断桥妙伦禅师语录》,《卍新纂续藏经》第70册,第567b页。
④ (宋)李遵勖敕编:《天圣广灯录》,《卍新纂续藏经》第78册,第562a页。

字数、句数也有规定。通常以三字乃至八字为一句,以四句为一偈。偈可分为两种,一种是经偈,一种是诗偈。前者源于佛经,后者源于僧俗人士对经偈的仿作。自汉至宋,经偈的面貌没有根本改变,而诗偈却有一个明显的诗化过程,主要表现在三个方面:一是形式上的格律化,二是语言上的典雅化,三是说理手法的间接化。禅宗偈颂已经高度诗化,读起来就像一首诗,但它与传统文人诗歌仍有差别。虽然在禅宗语录中,偈颂与颂古是并列而存的两类体裁,但相对于颂古来说,偈颂是一个更为宽泛的概念。事实上,颂古可以说是一种特殊的偈颂,是偈颂高度中国化(表现为高度诗化)的产物。偈颂与颂古的主要区别在于颂古一般要配合公案使用,而偈颂可以单独存在。

二、颂古的意义及弊端

自汾阳善昭百则颂古之后,颂古之体在禅宗丛林逐渐被推广开来,影响力逐渐变强。直至今天,颂古仍是禅宗大师们创作时经常使用的体裁之一。但颂古的发展并不是一帆风顺的,它从一开始就受到了多方面的质疑,甚至大慧宗杲一度忍痛将其老师圆悟克勤的《碧岩录》书板焚毁。然颂古本身自有存在的意义与价值,终究成为一种重要的佛教文学体裁。在众多禅宗语录文体中占有重要地位。

(一) 颂古的意义

禅宗颂古的意义与价值主要体现在以下几个方面:

其一,颂古是文字禅的重要形式之一。"文字禅"一词本为贬义,指执着于语言文字而不得真正开悟之禅,或称为"葛藤禅"。禅宗提倡"不立文字,以心传心",视语言文字为葛藤,一旦被缠绕上就难以解脱。然而禅宗发展的事实证明,正是这种文字葛藤,在禅林中愈来愈盛行。经宋僧惠洪(1071—1128)的大力提倡,到南宋时文字禅差不多发展成了一个拥有三四十种文体的佛教文学大类,与中国传统文学体裁相映生辉。"文字禅"一词在此时也由一个贬义词转变成了一个中性词。据周裕锴先生《文字禅与宋代诗学》一书介绍,文字禅从广义上讲应该包括四个方面的内容,即佛经文字的疏解、灯录语录的编纂、颂古拈古的制作、世俗诗文的吟诵;狭义的文字禅指一切禅僧所作忘情的或未忘情的诗歌,以及士大夫所作含带佛理禅机的诗歌。[①] 周先生之所以把狭义的文字禅限定为佛教诗歌,主要是因为诗歌是宋代士大夫与禅宗僧人间文学交往的最主要形式,也是当时最为流行的

---

① 周裕锴:《文字禅与宋代诗学》,北京:高等教育出版社,1998年版,第31—42页。

文字禅的形式。被称为文字禅的这类佛教诗歌主要包括三大内容:一是士大夫所作的佛理诗,二是僧人居士所作的忘情诗,三是僧人居士所作的颂古。此类诗歌创作在宋代十分繁荣,其数量惊人,这能从《全宋诗》及其各类补遗作品中得到印证。仅颂古一项,据《禅宗颂古联珠通集》所录,就多达5700余首,其中99%为宋人作品。颂古一体源于偈颂。偈颂即所谓的"忘情的诗歌",较之颂古,其数量亦更为可观。不管是广义的文字禅还是狭义的文字禅,颂古这一体裁都发挥着重要作用。在大量禅宗语录中,几乎每一部都少不了"颂古"的身影。

　　禅宗代代相传的东西本是十分隐秘的,不能言说,只能以提示的方式让学人自悟。这个自悟的实际所得即是"正法眼藏"。《五灯会元》卷一曰:

　　　　世尊曰:"吾有正法眼藏,涅槃妙心,实相无相,微妙法门,不立文字,教外别传,付嘱摩诃迦叶。"①

正法眼藏是什么呢? 就是"涅槃妙心",所以禅宗代代相传是以心传心。世尊临涅槃前把自己的涅槃妙心传于摩诃迦叶。摩诃迦叶是为禅宗初祖。这个涅槃妙心究竟是什么呢? 所谓正法眼,是指彻见真理之智慧眼;藏,指世尊用彻见真理之眼所看到的东西。正法眼藏就是佛的悟境,佛的悟境就是涅槃妙心。以心传心就是把佛之悟境一代代传下去。所谓实相无相,是说这种境界是实际存在的,但却没有具体形相,它什么也不是,不是我们已知的任何实物,也不是我们已知的任何道理。涅槃妙心为佛心之本体,本体寂灭,故称涅槃;不可思议,亦不可分别,故称妙,亦即《妙法莲华经》所说之"妙"法,实际存在,却又看不见摸不着,不可思、不可议之"物"。当然我们说它是物,已经是不得已而为之了,它实际连物也不是,它不是我们用判断句能指出的,它是我们意识之外的东西。正法眼藏一词,隋唐时代未见有载,至宋代始见于禅宗语录,应是宋代禅僧根据《涅槃经》教义所新创。禅宗是中国化的佛教。禅宗取了佛教最精华的东西,而抛弃了佛教其他无关紧要的教义、教规。佛教无非是教人摆脱烦恼,取得心灵的安静,以平常之心面对生活中的一切不如意。面对烦恼,佛教给出的答案就是涅槃。涅槃了就什么烦恼也没有了,但若说涅槃就是死——死去自然万事皆空——那估计没有几个人会信从,因为这道理太简单了,人人都懂,信不信佛教还有什么区别,佛教就没有存在意义了,所以涅槃不能简单地说成是死。涅槃只能是

---

① 《五灯会元》,第10页。

不生不死之状态,而这种状态有谁能知道呢?有谁能体验过呢?答案是没有几个人真正体验过,这就给佛教以无限的发挥空间。中国禅宗可谓得佛教涅槃理论之精髓。既然如此,我们只需讨论有无限发挥空间的佛教涅槃状态即可,其他如坐禅、戒律等,则能省就省,所以禅宗的修行也甚为简易,只要保持涅槃之心态即可,行住坐卧皆可修禅。惟其简易,便于施行,容易吸收信徒,才令禅宗在唐五代极困难的情况下传承下来,至宋代而进入盛行时期。正是这种涅槃妙心不可描述、不可思议、无形无相,而又必须把它传承下去,就只能由文字禅来担当大任了。再不可说的东西,也必须要说,不然其传承就面临大问题。这正如中国道家的"道",本无名,本不可说,只能强名之为"道",强说之以"道德"。文字禅亦是如此,虽不可说,但又不可不说,还是勉为其难地说吧,这就是颂古作为文字禅体裁之一所面临的基本状况与根本任务。

其二,颂古确能对公案的参读起到点拨启示作用。颂古对公案的阐释,只能是"点拨",而不是直说。这一点是颂古所始终应该遵循的。《宏智禅师广录》卷二《长芦觉和尚颂古拈古集序》曰:"烂成春意,东风暖而山被锦云。湛作秋容,半夜寒而水怀璧月。"①公案说春天,颂古则说春天的景象、春天的意蕴;公案说秋,颂古就说说秋景与秋意。这就是颂古,不直说,而是旁敲侧击地启示他人,让读者自己悟到公案里要说的内容。

初祖达摩至六祖慧能,禅宗传法皆是以心传心之单传,即所谓的"内传心印,外传袈裟"。慧能禅师打破了禅宗单传的传统,门下分出南岳、青原两大法系,得法弟子众多。人数既广,其传法方式也悄然发生了变化。后学者往往对得法禅师的悟道因缘甚为感兴趣,取以借鉴,似乎也理所应当;而得道禅师也往往在启发学僧时举出此前或同时期禅宗高僧的典范言行,以作为教学材料,促使后学开悟。这些材料便逐渐形成了公案。讨论公案自然也成为禅宗丛林的重要教学活动之一。笔者细检《四家语录》(马祖道一、百丈怀海、黄檗希运、临济义玄之语录)发现,已有数处讨论六祖事迹。例如:"药山惟俨禅师初参石头便问:'三乘十二分教某甲粗知,常闻南方直指人心,见性成佛,实未明了,伏望和尚慈悲指示。'"②再如:"问:'六祖不会经书,何得传衣为祖?秀上座是五百人首座,为教授师,讲得三十二本经论,云何不传衣?'"③至汾阳善昭(947—1024)时,一些公案已相当成熟。汾阳善昭禅

---

① 《宏智禅师广录》,《大正藏》,第48册,第18b页。
② 《江西马祖道一禅师语录》第15页,见日本驹泽大学图书馆藏宋刊本《四家语录》。
③ 《筠州黄檗山断际禅师传心法要》第16页,见日本驹泽大学图书馆藏宋本《四家语录》。

师首次将句式整齐的有韵偈语缀于公案之后,并名之为"颂古",目的就是表达自己对公案的理解。例如:"南泉两堂争猫儿。泉见,遂提起云:'道得即不斩。'众无对,泉便斩却。后举问赵州,州脱草鞋于头上戴出。泉云:'子若在却救得猫儿。'两堂上座未开盲,猫儿各有我须争。一刀两段南泉手,草鞋留着后人行。"①后四句即是一首颂古,意在说明之前公案蕴含的深刻禅机。"南泉斩猫"公案究竟反映了什么道理?为何赵州脱草鞋戴头上走出就能救得猫儿?汾阳善昭禅师在四句颂古中谈了自己对公案的体会。"两堂上座未开盲"是说争猫儿的两边僧人都未开悟。"猫儿各有我须争"是说如果是真正开悟的僧人,自然各自具足,不假外求,对外物没有争取之心。既然有了争猫的行为,那就证明两边僧人都是未悟者。"一刀两段南泉手"意为南泉强烈表达了禁止僧人争抢猫儿的行为,从根本上断绝了僧人们的分别、争取之心。"草鞋留着后人行"是说赵州的顶草鞋之举是正确的,正好说明了南泉不让两边僧人为外物而争,应尽自己心力去了结自己的生死大事,向自己内心修证,不要"本末倒置"的修学主张。后人应该以赵州的做法为参考,积极做好自己的参禅功夫,不要执着于外物。

再如:"台山路上有一婆子,凡有僧问:'台山路向什么处去?'婆云:'蓦直去'。僧才行,婆云:'好个阿师,又恁么去也。'赵州闻云:'我与尔勘破这婆子',遂往问。婆亦如是。州回举似大众云:'勘破婆子了也。'台山路上老婆禅,南北东西万万千。赵州勘破人难会,南北草鞋彻底穿。"②后四句为颂古。"老婆禅"是指亲切地、不厌其烦地教人人悟之禅。五台山路上的婆子每逢路人问路,就回答以"蓦直去"三字,可谓不厌其烦,苦口婆心。然而真正明白她这句话意思的人并不多。赵州勘破之后,回答自己的体悟时,也是语含机锋,同样也是懂得者寥寥。此公案与赵州的回答究竟玄机在哪里呢?其实,参此公案的关键在理解"蓦直去"三字。蓦,意为突然,蓦直去就是径直去,心无杂念地去。台山路即参禅之路、通入悟境之路。路人问如何去台山之路,在婆子看来就是问如何开悟之路。婆子回答"蓦直去",意为开悟是突然之间的事。一个僧人只要心无杂念地修习,功夫到家了,自然会顿悟成佛的。赵州勘破了婆子,但他并没有说明是如何勘破的,以及破在何处。汾阳善昭之颂古曰:"台山路上老婆禅,南北东西万万千"两句明着是说从东西南北方向来,向婆子问路去五台山的人有万万千千,实际是说参禅的人有万万千千。后两句"赵州勘破人难会,南北草鞋彻底穿"是说赵州虽然勘破了

---

① (宋)释善昭著,释楚圆集:《汾阳无德禅师语录》,《大正藏》第47册,第610b页。
② (宋)释善昭著,释楚圆集:《汾阳无德禅师语录》,《大正藏》第47册,第610b页。

婆子,但赵州本人再次呈示机锋,并未直接说出他是如何勘破婆子的,弟子们仍然不明白,仍然天南海北跑来跑去地参禅问道,而不知道向自己内心修证与体悟。事实上,婆子呈示机锋的道理与赵州呈示机锋的道理是相同的,都是不可明说的,所以赵州自然也无法说出。这个道理只有参禅者自己体悟出来,才能对其开悟起到引导作用。否则,便只能算是流于概念化的思维形式,而不能真正内心开悟。然而,不管怎么说,公案后的四句颂古对公案的内在意蕴及禅机进行了相当准确的阐释。这对于参禅者真正读懂公案具有重要意义。

其三,颂古是自我证悟的重要表达形式。既然公案所示之悟道境界不能直说,那自己了悟之后,用什么方式来表达出来呢?就是颂古。拈古、评唱等都是讲解,是试图讲道理,可是真正的悟境不是讲道理就能讲得通的,还是要借助于文学性的表达才好,毕竟文学的表现力可虚可实,可以借助于比喻、衬托等手法来说明要表达的内容。颂古正是满足了这样的要求。颂古本质上属于文学体裁之一,所以历代积累的文学表达经验皆可以用于颂古。世界各民族大多以诗歌为表达自心的最便捷的方式,中国很早就有"诗言志"的传统。颂古从体裁性质上说仍是诗,是佛教诗歌。所以,颂古可谓是表达自我证悟境界的最恰当形式。《大慧普觉禅师语录》卷十四:

> 今时参禅者,不问了得生死,了不得生死,只求速效。且要会禅,无有一个不说道理。如檀越给事见其爱说道理,遂将个没道理底因缘与渠看。"僧问云门:'如何是佛?'门云:'干屎橛。'"又恐渠作道理会,先与渠说不得云"道在屎溺""道在稊稗""道在瓦砾""即色明心,附物显理",不得道"处处真,尘尘尽是本来人"之类。渠看此话,奈何不下。用尽气力去看,终看不破。忽然一日省得此事,不可以道理通。便道我有个悟处,遂连作数颂来呈见解。一曰:"太虚寥廓强为名,任是僧繇画不成。何用寻源问端的,都无一法可当情。"又曰:"到家岂复说涂程,万木春来自向荣。若遇上流相借问,扶桑东畔日轮生。"又曰:"羚羊过后绝追寻,妙诀空传在少林。闲把无弦弹一曲,清风明月两知音。"又曰:"撒手悬崖信不虚,根尘顿尽更无余。始知佛法无多子,向外驰求转见疏。"①

有人问佛是什么,云门说是干屎橛,理性理解起来,这显然不是正确的答案,

---

① 《大慧普觉禅师语录》,《大正藏》,第 47 册,第 869a 页。

而云门为什么要这样说呢？其实云门要暗示的恰是非理性状态，无道理可讲，不要"作道理会"，才是他要说的。佛之悟境是超理性的，岂是讲道理就能讲明白的？这僧"忽然一日省得此事，不可以道理通"，那他怎么表达自己的所省呢？他用颂古。连接写了四首颂古。拿第一首来说，"太虚寥廓强为名，任是僧繇画不成"是说佛本就是一个勉强起的名字，悟境是无法言说的，也无形相可观。"何用寻源问端的，都无一法可当情"是说问佛是什么本来就是多此一举，因为谁也说不出佛究竟是什么，佛是一种境界，是语言无法描述的。《禅宗颂古联珠通集》卷三十九：

> 蕲州五祖山法演禅师（嗣白云端）初谒浮山法远和尚。远一日语师曰："吾老矣，恐虚度子光阴，可往依白云。此老虽后生，吾未识面，但见其颂临济三顿棒话，有过人处，必能了子大事。"师潸然礼辞至白云，遂举"僧问南泉摩尼珠"话请问。云叱之，师领悟，献投机偈曰："山前一片闲田地，叉手叮咛问祖翁。几度卖来还自买，为怜松竹引清风。"云特印可。①

浮山法远禅师仅凭白云守端所做之颂古就能知道他了悟的程度，相信他能开导五祖法演了悟自己之生死大事，事实正如他所料。这说明颂古是可以表达自己的证悟境界的，别人也可以通过颂古来了解作者的悟道程度。

我们需要时时提醒自己的是，颂古虽然是最有效的自证方式，但悟境以颂古说出来，已经落入第二义了。之所以这样做，实是出于不得已。第一义是自心的悟境，是超理性的存在，是无法言说的，只能在禅师话语或古则公案的引导下自证自悟。随着禅宗的发展，这种本来以其他方式启迪为主，文字启迪绝少的传法方式，变成了以文字启迪为主的文字禅。所有的文字禅都至多算第二义，文字禅的产生是传法心切、求学心切太盛使然。这也是伴随着禅宗兴盛，信徒众多的趋势而来的。然而，文字禅是一把双刃剑。事实上绝大多数僧众是不能从中得悟的，反而被这些文字引入了理性理解的歧途，倒不如不用文字提示效果更好。这是颂古等文字禅的尴尬之处。

其四，颂古的潜在影响增进了禅僧与士大夫的文化交流。唐宋科举基本上是以诗赋取仕，其间虽有诸多变革，但诗歌往往是必考内容之一。② 士

---

① 《禅宗颂古联珠通集》，《卍新纂续藏经》第 65 册，第 722c 页。

② 宋初科举基本上沿袭唐制，进士科考帖经、墨义和诗赋。王安石任参知政事后，对科举考试的内容进行了改革，取消诗赋、帖经、墨义，专以经义、论、策取士。所谓经义，大体（转下页）

大夫对诗歌的钟情与熟习自不必说。同样在禅宗内部，一直作为佛教韵文学主体的偈颂也在经历着一场重要变革。最初的偈颂只是仿照着中国传统诗歌样式从印度佛经原偈中翻译过来的类诗体裁，总体来讲还不能算作真正中国诗歌。然而在禅宗内部，偈颂就是诗歌，是僧人们的诗歌。从现存的大量佛教语录文献与著名僧人的别集来看。偈颂往往是作为其所录作品的主要体裁来出现的。尽管如此，偈颂体裁本身也在不断发生着变化。主要表现在以下几个方面：一是语言的通俗化、典雅化，二是题材的世俗化，三是体裁的格律化，四是出现了特殊的偈颂形式颂古。

　　魏晋时期的偈颂在语言上明显带有印度色彩，所用词汇也有许多是直接来自梵语的音译。随着佛教中国化进程的深入，特别是禅宗的出现，偈颂作品逐渐由翻译转向僧人自创。这导致偈颂所用外来词汇量大大降低。与此同时，偈颂中的中国传统词汇量不断增加。由于早期禅僧整体文化水平较低，所以刚摆脱印度原偈语言及体式束缚的禅宗偈颂仍与传统诗歌有较大差距。这反映在语言上就是白话偈颂的出现。在此基础上，偈颂进一步发展，开始了语言上的典雅化过程。由于创作主体及创作地域的变化，禅宗偈颂的题材也由印度人物及社会生活转为中国人物及社会生活。在格律上，虽然印度原偈是当之无愧的韵文学，但汉译之后的偈颂却并不是全部都押韵。翻译者甚至不把押韵作为汉译偈颂的必备要素，更不用说平仄与齐言了。至唐代，受强大的诗歌文化氛围所熏陶，禅宗偈颂也大量出现了严守律诗格律的作品。这些都为颂古的产生打下了基础。会昌法难之后，禅宗由都市转向丛林，由高根性（具有慧根）禅僧间的心心相印转向以语言材料为媒介的公案教学。随着公案教学在禅宗丛林的日益普及，解释公案的颂古也应运而生。虽然各首颂古具体情况有所分别，但从整体上来看，颂古无疑具备了近体诗歌的所有基本特征：齐言、押韵、对仗、平仄等。偈颂的不断诗化，使偈与诗高度相似。

　　颂古作为诗化程度最高的一类特殊偈颂，在禅宗僧人与士大夫的交往中起到了重要作用。首先，颂古是禅僧表达自己对公案理解的重要手段，是僧人们不得不学习的一种技能。由于颂古与传统诗歌的高度相似，禅僧在

（接上页）上是与策论相似的一篇短文，但只限于用经书中的语句作题目，并用经书中的意思去发挥。王安石对考试内容的改革，在于通经致用。熙宁八年，神宗下令正式废除诗赋、贴经、墨义取士，颁发王安石的《三经新义》，以策论取士，并把《易官义》《诗经》《书经》《周礼》《礼记》称为大经，《论语》《孟子》称为兼经，定为应考士子的必读书。规定进士考试为四场：一场考大经，二场考兼经，三场考论，最后一场考策。殿试仅考策，限千字以上。王安石的改革，遭到苏轼等人的反对，《三经新义》被取消，诗赋又重新成了考试的主要内容。

制作颂古与反复诵习颂古的过程中自然而然就提高了对传统诗歌的欣赏与创作能力。这使得一些禅僧在诗歌创作与欣赏方面有可能达到与士大夫相当的水平，而这必然会无形中拉近他们与文人士大夫的距离，使他们的社会文化地位得到大幅提升。其次，禅僧与士大夫的交往使禅宗容易获得官府的支持，在社会上形成一股不容忽视的力量。例如苏轼与佛印了元、圆照宗本，王安石与真净克文、蒋山赞元，黄庭坚与法云法秀、清凉惠洪等的交往，在禅宗史及文学史上都留下了许多佳话。第三，禅宗社会地位的提升会使一些有文化基础的人加入进来，使禅僧的整体文化水平不断提高。钱钟书曾指出："词章家隽句，每本禅人话头。如《五灯会元》卷三忠国师云：'三点如流水，曲似刈禾镰'；卷五投子大同云：'依稀似半月，仿佛若三星'；皆模状心字也。秦少游《南歌子》云：'天外一钩斜月带三星'，《高斋诗话》谓是为妓陶心儿作；《泊宅编》卷上极称东坡赠陶心儿词：'缺月向人舒窈窕，三星当户照绸缪'，以为善状物；盖不知有所本也。《五灯会元》卷十六法因禅师云：'天上月圆，人间月半'；吾乡邹程村衹谟《丽农词》卷下《水调歌头·中秋》则云：'刚道人间月半，天上月团圆'；死灰槁木人语，可成绝妙好词。"[1]事实上，这种借鉴是相互的。大量事实表明，禅宗僧人在创作"未忘情"（释惠洪语）之诗与颂古时，也大量参考、学习了传统文人诗歌的艺术技巧与内容。

（二）颂古的弊端

颂古本为悟者之作，是开悟的人对自己悟境的一种表达。《瘈绝老人颂古直注序》曰："禅宗颂古有四家焉，天童、雪窦、投子、丹霞是已，而寔嗣响于汾阳。夫古者，古德悟心之机缘也；颂者，鼓发心机使之宣流也。故其义或直敷其事，或引类况旨，或兴感发悟。以心源为本，成声为节，而合契所修为要。然非机轮圆转，不昧现前，起后得智之亲境不能作也。……今去古益远，受道之缘岂能尽同。且所谓颂古，已遶路之禅、挟缘之智矣，须不援余论，直抉灵源。庶古德悟心机缘，鼓发宣流，而乃可以契禅道幽微于无际。"[2]然而现实中，悟与未悟并没有明显的外部特征。许多实际未开悟之禅宗末流也创作了大量的颂古作品，甚至有人专以收录语录、创作颂古为务，而把真正的修禅之事忘却了。由于颂古作品质量良莠不齐，导致当时及以后有不少人对禅宗颂古这一形式产生了质疑。总结起来说，对颂古的非议与质疑主要来自以下几个方面：

---

① 钱钟书：《谈艺录》（第 69 则），北京：中华书局，1984 年版，第 226 页。
② （明）释本瑞直注，释道霖等编：《瘈绝老人天奇直注雪窦显和尚颂古》，《卍新纂续藏经》第 67 册，第 255a 页。

1. 颂古有误导参读者的一面

颂古能否表达出禅宗第一义是一个难以准确回答的问题。首先,许多僧人认为,从根本上说颂古等文字性的东西不可能表达出禅宗第一义。有人说释迦牟尼行世说法四十九年,离世时却说自己不曾说过一个字,足显文字之无用;也有人举德山之事迹曰:"只如德山,本是西蜀讲《金刚经》座主,闻南方禅宗大兴。他云:'南方魔子如此盛',遂罢讲散徒,擎将《疏钞》欲破禅宗。及至龙潭,言下大悟。后住德山,三日一回搜堂,凡见文字实时烧却,十二时中打风打雨。"①方回《碧岩录序》曰:"自《四十二章经》入中国,始知有佛。自达磨至六祖传衣,始有言句,曰'本来无一物'为南宗,曰'时时勤拂拭'为北宗。于是有禅宗颂古行世,其徒有翻案法,呵佛骂祖,无所不为,间有深得吾诗家'活法'者。然所谓第一义,焉用言句? 雪窦、圆悟老婆心切,大慧已一炬丙之矣。嵋中张炜明远,燃死灰,复板行,亦所谓老婆心切者欤!"②《宏智禅师广录》卷第二《长芦觉和尚颂古拈古集序》所谓"至理超名象之阶,真智出思议之外。"③《御选语录》之《御制后序》曰:"古人契证无差,每有拈、代、偈、颂以相印合。今则不然,不于契证处自了自心,但于公案上盲拈瞎颂,剽窃成语,差排牵合,为可解不可解之语,作若通若不通之文。千七百则皆可通融,百千万言无非活套。以此为拈、代、偈、颂,岂不涂污古人,误累自己。有何交涉,虚费钻研。夫讲师诠解教典,何尝不同于如来之语,而不得谓传如来之心者。以心宗非语言文字所可传,故曰教外别传。今将教外别传所有公案作文字,则是又成一教外别传之教典矣。况文字边事,欲其工妙,亦非聚数十年心力不能到家。至作得文字好,则此数十年不究本分,可知教外别传只是本分二字。安可离却而为此门庭以外事? 拈、代、偈、颂四者,颂最为后。学人于颂古切用工夫,遂渐至宗风日坠。此端一开,尽向文字边作活计。赵州所呵'枝蔓上生枝蔓',正为此辈。"④

其次,也有不少人认为通过颂古能表达出禅宗第一义,而且针对公案进行颂古创作是十分必要的。因为悟者的颂古能给正在参学路上的学僧以启发,从而大大缩短他们的修证之路,令他们早日开悟。周驰《佛果圆悟禅师碧岩录序》曰:"智者少而愚者多,已学者少未学者多。《大藏经》五千余卷,尽为未来世设。苟可以忘言,释迦老子便当闭口,何至如是叨叨。天下之

---

① (宋)释重显拈古,释克勤击节:《佛果击节录》,《卍新纂续藏经》第67册,第227a页。
② (宋)释重显颂古,释克勤评唱:《佛果圆悟禅师碧岩录》,《大正藏》第48册,第139a页。
③ (宋)释集成等编《宏智禅师广录》,《大正藏》第48册,第18b页。
④ 清世宗《御选语录》之《御制后序》,见《卍新纂续藏经》第68册,第697b页。

理,固有不离寻常之中,而超出于寻常之表。虽若易知,而实未易知者。不求之于人,则终身不可得。古者名世之人,非千人之英,则万人之杰也。"①徐琳《从容庵录序》曰:"自夫佛祖拈花,迦叶微笑,机锋云变,宗旨渊停,盖教外别传。个中真谛,殆非人世语言可形容万一,然开发后学、说法利生,则此尤易于迎机入悟。"②《云溪俍亭挺禅师语录》卷十四《好木和尚西江颂古序》曰:"丹霞、投子语录失传,独颂古尚在。自悟空、智宏而下分葱岭之余晖,继曹溪之绝响,有敲有唱,盖未尝不以歌咏相高矣。言在乎此,意形乎彼。或追琢于玄中,或游行于象外。嬉笑怒骂,皆成文章;予夺抑扬,无非佛事。……当世之人多有未可告语者,亦传之颂古而已矣。"③

　　提出颂古能否表达出禅宗第一义问题的人,其实是误解了颂古的功能。颂古并不是对公案的直接解释,而是对公案所蕴含禅机真实体验后的暗示。三教老人《碧岩录序》曰:"分明纸上张公子,尽力高声唤不应。欲观此书,先参此语。"④画上的虽然也是"张公子",但不是真正的、活生生的"张公子",真正的"张公子"在自己的体悟中。纸上的文字虽然也能反映禅宗第一义,但不是直接的反映,第一义要靠自己的真实体悟。若把公案、颂古、禅宗第一义之间的关系用图画表示,可简要做如下示意图:

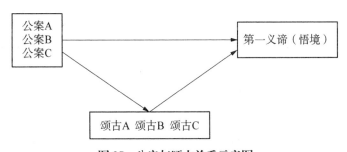

图25　公案与颂古关系示意图

　　如上图所示,虽然公案、颂古、第一义谛之间有明确的意义指向关系,但这种指向并不是仅仅停留在文字解释上,而是深入到因文字而激发的禅机及第一义谛上。所以说如果某禅僧一味强调文字的解释,那么他将迷悟自己,公案及颂古对他来说将是参禅路上的障碍与祸害。如果某禅僧能够从文字中看到深层的禅机,那么他将受到启发(即上文所引的"鼓发心机"),缩

① (宋)释重显颂古,释克勤评唱:《佛果圆悟禅师碧岩录》,《大正藏》第48册,第139a页。
② (宋)释正觉颂古,(元)释行秀评唱:《万松老人评唱天童觉和尚颂古从容庵录》,《大正藏》第48册,第226a页。
③ (清)释净挺著,弟子智淙等编:《云溪俍亭挺禅师语录》,《嘉兴藏》第33册,第790a页。
④ (宋)释重显颂古,释克勤评唱:《佛果圆悟禅师碧岩录》,《大正藏》第48册,第139b页。

短自己的禅修之路,早日开悟。

2. 颂古的传播使禅僧本末倒置,参禅之风大坏

然而毋庸讳言,颂古的流行在禅林内部确实引起过轻浮的参禅之风。末流禅僧惟以追求文字解释为务,不懂禅机以及通达第一义之玄妙之处。心闻昙贲《与张子韶书》曰:"教外别传之道至简至要,初无他说。前辈行之不疑,守之不易。天禧间,雪窦以辩博之才,美意变弄,求新琢巧,继汾阳为颂古,笼络当世学者。宗风由此一变矣。逮宣、政间,圆悟又出己意离之为《碧岩集》。彼时迈古淳全之士,如宁道者、死心、灵源、佛鉴诸老,皆莫能回其说。于是新进后生珍重其语,朝诵暮习,谓之至学,莫有悟其非者。痛哉!学者之心术坏矣。"①丛林有识之士,如大慧宗杲等,曾竭力挽救这种不正之风,然而正如覆水难收一样,秘密一旦被说穿就很难收回。总有一些轻浮禅者,不断往邪路上走,使得不少禅宗颂古作品没有真正发挥出它的作用。更有甚者,竟有一些人连'颂古是悟后所作'的基本道理都不懂,像平常作诗一样来创作颂古作品,可谓荒谬之极。《百丈丛林清规证义记》卷六记载了一则故事,曰:"古人惟以了脱生死为大事,间有拈弄文字,皆了事后游戏,以咨发后人眼目,非专以词藻为工也。乃近日僧中,竟欲以此见长,甚或留神书画,寄兴琴棋。名为风雅,全忘清修。生死到来,毫无用处。《摭古》云:峨嵋白长老作颂古千首,以压雪窦。太和山主面唾曰:'此鸦臭当风,气已触人,矧欲胜人乎?'愚庵颂曰:'为僧僧醉文字酒,参禅禅在颂千首。曾知文不在纸上,又道谈元不开口。君不见,《大藏》数千卷,书藏充二酉。文章末技耳,明道为枢纽。孔子之见温伯雪,饮光一笑无何有。秀上座,獦獠叟。一是不识丁,一为文字数,衣法是谁传不朽。雪窦百之我千之,野干鸣,狮子吼。'"②"鸦臭当风"遂成为一个讽刺毫无用处、读来令人生厌文章的词语。《永觉元贤禅师广录》卷第十三《重刻大慧禅师书问法语序》曰:"今禅家之病,视妙喜时不啻十倍,总之皆最下之症。多是师友商量,口耳传授,如天奇之注颂古,少林之讲评唱,非特不能无思,皆邪思也。非特不能无言,皆妄言也。非特不能传佛印,且佩魔王之印也。是之谓膏肓痼癖,岂世医所能愈哉!"③《灵峰蕅益大师宗论》卷四《歙西丰南仁义院普说》云:"祖师千七百则公案,皆是随机设教,解黏去缚,斩破情关识锁,直下安心,亦是至圆至顿。若不能断有漏法,即不知戒意;不能破我法二执,即不知教意;不能斩破情关识锁,即不知

---

① (宋)释净善:《禅林宝训》,《大正藏》第48册,第1036b页。

② (唐)释怀海集,(清)释仪润义义:《百丈丛林清规证义记》,《卍新纂续藏经》第63册,第444a页。

③ (明)释元贤著,弟子道霈编:《永觉元贤禅师广录》,《卍新纂续藏经》第72册,第460b页。

祖师西来意。既不知戒意、教意、祖意,纵三千威仪、八万细行、性业遮业悉皆清净,止是人天小果,有漏之因;纵三藏十二部,无不淹贯,谈说五时八教、权实本迹皆悉明了,止是贫人数他宝,身无半钱分;纵公案烂熟,机锋转语,颂古拈古,上堂普说等,一一来得祗足,长慢饰非,欺诳人天,皆所谓因地不真,果招纡曲。邪人说正法,正法亦成邪。"①《紫柏尊者全集》卷七曰:"今之缁素,不求之经而求之疏,不求之疏而求之钞,不求之钞而求之音义。……不求之机缘而求之颂古,不求之颂古而求之评唱,不求之评唱而求之秘要。呜呼,语言之为害,一至于此。而道人复示人以语言文字,岂非救火而油之也。……岂语言之为害哉,特求之者不善耳。三藏十二部千七百则葛藤,皆佛祖深远广大之心。参禅者求之于机缘,习教者求之于佛语,则语言文字乃入道之阶梯,破暗之灯烛。今乃宗教陵迟、祖道萧瑟,咎在弃本逐末,重轻轻重。"②《莲峰禅师语录》卷六《与念宗禅德》曰:"颂古之作,始自汾阳、慈明之世,盛于雪窦、大慧之时。后一代不如一代,至于流弊之甚,莫过于今也。古人发明大事之后,向水边林下养成头角,方施自家手眼播弄佛祖机权。或拈或颂,或抑或扬,是皆发挥到人而所未到,发人而所未发,不吝余波,以光后世。所以雪窦、大慧有百则之奇,道震一时,名扬千古,是皆波澜阔大,气宇超群,所致非强然也。如无尽悟德山托钵之颂,黄龙南悟赵州勘婆子之颂,亦是随机发作,非强然也。不似当今,二三初学,才入丛林,尽谓欲究明大事,立地参寻,到一期半期,钻无入头,咬无意味,便无长远之志,攒入葛藤,窠弄出汗臭气,窃别人涕唾作自己风光,不顾自瞒,珍为至宝,到处逢人即便拈出。真可谓鹤臭当风立也。兹因禅德进言,不觉切怛如此。若是过量,人必不堕斯覆辙也。"③

3. 末流颂古者对公案的误解与误颂

颂古本为帮助参禅者更好地接受公案,鼓动心机,早日开悟。然而,也有相当多的颂古并非出自悟者之手,以之作为参禅的向导,不但不能早日开悟,反而会误入歧途,终究难了生死。所以对于禅门来说,宁愿不得承嗣,也不要盲目的印可未开悟之人,应尽可能地减少未悟者颂古作品的产生与流传。不然就会以误传误,遗患丛林。历代丛林有识之士,对此不无担忧,且深恶痛绝。《无异禅师广录》卷第二十三曰:"临济至风穴,将坠于地,而得首山念,念得汾阳昭,昭得石霜圆,中兴于世。乃至国初,天如则、楚石琦光明

① （明）释智旭著,门人成时辑:《灵峰蕅益大师宗论》,《嘉兴藏》第 36 册,第 320b 页。
② （明）释真可著,释德清校:《紫柏尊者全集》,《卍新纂续藏经》第 73 册,第 200c 页。
③ （清）释超源著,门人性深等编:《莲峰禅师语录》,《嘉兴藏》第 38 册,第 356a 页。

烜赫。至于天奇绝,以四家颂古悉皆诠释,宗风由此一变,识者惜焉。盖宗乘中事,贵在心髓相符,不独在门庭相绍。故论其绝者,五宗皆绝;论其存者,五宗皆存。果得其人,则见知闻知,先后一揆,绝何尝绝?苟非其人,则乳添水而味薄,乌三写而成马,存岂真存?……宁不得人,勿授非器。不得人者,嗣虽绝而道真,自无伤于大法;授非器者,名虽传而实伪。欺于心,欺于佛,欺于天下。一盲引众盲,相牵入火坑。将来镬汤炉炭,剑树刀山,知是几多劫数。有智之士,宁可碎身如微尘,决不肯造此无间业也。"①《永觉元贤禅师广录》卷第二十七《洞上古辙》卷上曰:"至我明弘治中,有四家颂古注。嘉靖中,有《曹洞宗旨绪余》及《少林笔记》等书,悉皆谬妄,迷乱后学。又如指羊肠小蹊,僻谷荒径,为适燕之通途也。岂不哀哉!"②《会稽云门湛然圆澄禅师语录》卷八曰:

> 初不有文字,语录、评唱、颂古但向自己胸中流出,可谓一门深入矣。客曰:"若也一门深入,不拘文字,何以诸方一概提举评唱,考核古今,谓之通宗,岂复参禅一门,又成是非也?"答曰:"此皆散也,古之所谓说禅者,实无一法与人,但向方便门中委曲发明,学人于领不到处起疑参究,久久自悟。既悟之后,通身具眼,另立门庭,或棒喝交驰,或机锋峻捷,乃至竖拳竖指,瞬目扬眉,不言而会也。后人乐之,聋瞽未闻,取笑达者,天童、雪窦、投子、丹霞取以颂之。圆悟老师深嗟末法,复以评之,作法门宝镜,塞杜撰之师,为后世之良规,掩效颦之脸。岂意法久散生,万端穿凿,将十六本评唱熟读烂记,谓之参宗;禅书外学,采摭奇言,注头隐尾,谓之秘要。以之谓师师密付,以之谓以心印心,大可悲伤。学人无知,不觉遭此毒气,将破瓦盆认作琉璃宝,孜孜护持,复诳后人。"③

颂古本就是第二义。据第二义而到达第一义本就成功率很低,真正的伶俐衲僧能有几个呢?再据非直接达意的文字去领悟文字后面所暗示的门径,并能亲自体验者就少之又少了。所以大多数人读了颂古反而更易误入歧途,倒不如不读的好。本想走捷径,却陷入了泥潭。

---

① (明)释元来著,门人弘瀚编:《无异禅师广录》,《卍新纂续藏经》第72册,第327b页。
② (明)释元贤著,弟子道霈重编:《永觉元贤禅师广录》,《卍新纂续藏经》第72册,第535c页。
③ (明)释圆澄著,门人明凡等编:《湛然圆澄禅师语录》,《卍新纂续藏经》第72册,第852c页。

第二节　颂古的基本体式

　　禅宗颂古究竟是一种什么样的体裁，以前没有专门的研究成果可以参考。笔者以《禅宗颂古联珠通集》所收录的 5700 余首颂古为基础，对这一问题进行具体考察。

一、颂古的句式

　　句式是每种文学体裁都必须具备的外部特征。我们对颂古基本体式的考察自然也不能没有句式分析。与以往体裁不同的是，颂古的句式十分杂乱，既有齐言也有杂言，既有和传统诗歌类似的四言、五言、六言、七言句式，也有一言、二言、三言、八言、九言、十言、十二言等句式。据笔者统计，《禅宗颂古联珠通集》所收录之颂古，句子最长的是十二言，最短的是一言。但从总体来看，一言、二言、十二言、十言、九言、八言句并不是太常见，通常的颂古仍是以大家习见的四言、五言、七言句为主，惟三言、六言句颂古与传统诗歌有较大区别。颂古有较多的三言与六言句，而在传统诗歌中这两个句式则不占主体。除了单句的字数之外，句式还包括每首作品中各个句式的组合情况。《禅宗颂古联珠通集》各句式组合情况十分复杂，既有一种句子组成的颂古，也有两种、三种、四种、甚至五种句式组成的颂古。现将《禅宗颂古联珠通集》中拥有两首以上颂古的句式组合（全部组合有 448 种，"组合方式"一栏之数字为每句颂古的字数，余表亦同）排序并列表如下：

表 8　禅宗颂古常用句式组合排序表

序号	组合方式	首数	序号	组合方式	首数	序号	组合方式	首数
1	7777	3602	38	7777337	6	75	33555577	2
2	5555	562	39	3355	5	76	33766	2
3	4444	247	40	3377737	5	77	33777355	2
4	6666	152	41	4455	5	78	337773777	2
5	444477	109	42	44555577	5	79	337777737	2
6	33777	55	43	666677	5	80	4444444477	2
7	77777777	55	44	6777	5	81	44444499	2
8	55555555	42	45	777	5	82	444455	2

序号	组合方式	首数	序号	组合方式	首数	序号	组合方式	首数
9	555577	33	46	3377727	4	83	4444777	2
10	777777	33	47	4444337	4	84	44554477	2
11	44444444	32	48	4444444444	4	85	446677	2
12	44444477	28	49	44444455	4	86	447777	2
13	44447777	27	50	44445577	4	87	555527	2
14	5577	22	51	44446677	4	88	55553377	2
15	444444	19	52	44447	4	89	555544	2
16	555555	14	53	444477337	4	90	5555444477	2
17	5777	11	54	2777	3	91	555555555555	2
18	6677	11	55	3333	3	92	55557	2
19	77773377	11	56	3344	3	93	5555773355	2
20	555537	10	57	337337	3	94	555577377	2
21	55557777	10	58	3377733777	3	95	5566	2
22	777733777	10	59	3777	3	96	5577337	2
23	33777337	9	60	4444333377	3	97	55777	2
24	445577	9	61	444437	3	98	575777	2
25	333377	8	62	44444466	3	99	577757775777	2
26	44447737	8	63	44447744	3	100	6655	2
27	4477	8	64	555533777	3	101	666627	2
28	4777	8	65	55554477	3	102	66663377	2
29	666666	8	66	555544777	3	103	66665577	2
30	3377777	7	67	5555555555	3	104	66666677	2
31	444466	7	68	77773355	3	105	77337	2
32	44777	7	69	8877	3	106	7766	2
33	55555577	7	70	144477	2	107	7777355	2
34	777737	7	71	1777	2	108	7777377	2
35	44445555	6	72	333777	2	109	77773777	2
36	4466	6	73	334444	2			
37	66666666	6	74	334477	2			

从表中可知,《禅宗颂古联珠通集》中拥有两首以上颂古的组合共有109种,那么拥有一首颂古的组合数为339种。颂古句式的复杂多变性可见一斑。在拥有10首以上颂古的主要形式中有7777、5555、77777777、55555555及4444、6666、444444、44444444等组合形式。其中,7777、5555、77777777、55555555式也是近体诗的句式组合方式,即五、七言律诗与绝句。检《禅宗颂古联珠通集》也确能发现不少完全符合近体诗押韵规则的颂古。而在4444、6666、444444、44444444句式的颂古中,则包含了大量的四言诗与六言诗。笔者从5700余首颂古中,随机抽取150首对此情况作了具体统计,其结果如下:七绝27首,占全部150首的18%;五绝1首,约占0.6%;七律2首,约占1.3%;四言古诗1首,约占0.6%;五言古诗6首,占4%;六言古诗5首,约占3.3%;七言古诗104首,约占69.3%;杂言古诗3首,占2%;不押韵1首,约占0.6%。可见颂古的主要形式是七古,其次是七绝。这也正好与表中各组合颂古数量的统计结果基本一致。在上表中,7777式组合拥有颂古数量达3602首,约占《禅宗颂古联珠通集》所录全部颂古5736首的63%。

关于《禅宗颂古联珠通集》所录诸颂古的字数与句数,请看下表:

表9　《禅宗颂古联珠通集》单首颂古总字数统计表

字数	首数	字数	首数	字数	首数	字数	首数	字数	首数
28	3621	48	39	52	11	58	4	19	1
20	573	36	34	31	10	64	4	57	1
16	254	22	25	47	10	66	4	62	1
24	201	41	19	35	9	67	4	65	1
30	148	50	19	49	9	73	4	69	1
40	85	25	18	21	8	84	4	70	1
27	68	29	18	39	8	12	3	72	1
56	67	37	18	46	8	13	2	75	1
38	58	54	16	60	8	59	2	80	1
42	58	51	15	33	6	63	2	82	1
32	50	55	14	14	5	68	2	95	1
34	49	43	13	18	5	71	2	104	1
44	46	23	11	61	5	78	2	106	1
26	44	45	11	53	4	17	1	110	1

表10　《禅宗颂古联珠通集》单首颂古总句数统计表

句数	首数	句数	首数	句数	首数	句数	首数
4	4702	7	68	3	6	18	1
8	349	9	58	13	4	2	1
6	334	12	31	16	4	22	1
5	92	11	22	20	2		
10	68	14	8	15	1		

现再对上列表格做如下分析：

（一）颂古的句式组合十分灵活

据笔者统计《禅宗颂古联珠通集》所收录的 5700 余首颂古，其句子组合方式竟有 448 种之多。然而，仅有一首作品的颂古组合方式多达 339 种，在全部 448 种组合中，约占 76%；有两首作品的颂古组合方式有 40 种，约占 9%；有三首作品的颂古组合方式有 16 种，约占 4%。三者之和在全部 448 种颂古组合方式中约占 88%。这三种方式所拥有的颂古作品为 467 首，仅占《禅宗颂古联珠通集》所收全部颂古 5736 首的 8% 左右。也就是说，占总量 88% 的颂古组合方式，却仅拥有 8% 的颂古作品量。由此可见，禅宗颂古在句子间的组合方式上并没有十分严格的限制。禅师在创作时更多的是考虑如何表达禅意，而对于颂古作品的具体形式是相当随意的。与中国传统诗歌相比较，其对形式的要求颇类于古体诗，而与形式要求极为严格的近体诗大相径庭。

（二）颂古作品最主要的形式是七言四句，其次是五言四句

从上表可知，有百首以上颂古作品的组合方式主要有以下五种：7777 式，拥有颂古作品 3602 首；5555 式，拥有颂古作品 562 首；4444 式，拥有颂古作品 247 首；6666 式，拥有颂古作品 152 首；444477 式，拥有颂古作品 109 首。在《禅宗颂古联珠通集》中，七言四句式（即 7777 式）颂古约占全部颂古作品 5736 首的 63%；五言四句式（即 5555 式）颂古约占 10%。作为禅宗颂古的主要体裁，七言四句式与五言四句式很容易让人联想到中国传统诗歌中的五、七言诗。如果不严格考虑格律因素，禅宗颂古大体与五、七言绝句类似。而在近体诗中颇不流行的四言诗与六言诗，在禅宗颂古中却能找到大量作品。这也说明禅宗颂古与传统诗歌在体式上是颇有区别的。此外，"444477 式"的组合形式则表明了禅宗颂古除了对中国传统诗歌有所借鉴外，在形式上还拥有自己的特点。

（三）颂古以每首四句为主,其次是每首八句与每首六句

据上表统计,在《禅宗颂古联珠通集》所收录的 5736 首颂古中,四句颂古达 4702 首,约占 82％,八句颂古有 349 首,六句颂古有 334 首,分别约占该书所收录全部颂古数的 6％、5.8％。总体来讲,每首五句的颂古作品也较为常见,在《禅宗颂古联珠通集》中有 92 首。除此之外,禅宗颂古尚有多种其他样式,少则 2 句、3 句,多则 10 句左右,《禅宗颂古联珠通集》中甚至有22 句者。

（四）单首颂古以 28 字为主,其次是 20 字

据表中数据,《禅宗颂古联珠通集》中 28 字颂古多达 3621 首,约占该书所收录全部颂古总数 5736 首的 63％;《禅宗颂古联珠通集》中的 20 字颂古有 573 首,约占该书所收录全部颂古总数的 10％。此比例恰与上文所列五、七言颂古在《禅宗颂古联珠通集》所收录全部颂古总数中所占之比例相同。这更进一步说明了禅宗颂古的最基本体式是七言四句,其次是五言四句。

（五）颂古基本上都是古体诗

禅宗颂古脱胎于佛教偈颂,佛教偈颂源自印度原始教典中的伽陀(gatha)与祇夜(geya),而二者都是有韵诗歌,所以颂古从产生之初即属于诗歌之体。尽管有少量颂古在体式上符合近体诗的格律规则,例如:一轮明月照潇湘,更不逢人问故乡。自是天涯惯为客,任他猿叫断人肠。(上方日益)万里长空雨霁时,一轮明月莹清辉。浮云掩断千人目,见得嫦娥面者稀。(龙门清远)千里迢迢信不通,归来何事太匆匆。白云锁断岩前石,挂角羚羊不见踪。(枯木法成)风劲叶频落,山高日易沉。坐中人不见,窗外白云深。(长灵守卓)但这样的颂古毕竟是少数,从总体来看,颂古仍归属于古体诗的范畴。首先,虽然有些颂古在齐言与句数、字数上与近体诗相同,但严格来讲,并不是近体诗。例如:镜凹照人瘦,镜凸照人肥。不如打破镜,还我旧面皮。(懒庵道枢)赵州庭前柏,衲僧皆罔测。一堂云水僧,尽是十方客。(琅琊慧觉)其次,尽管句式组合复杂多变,但绝大多数颂古都押韵。上表 7777式、5555 式、4477 式、4466 式这些相对整齐的组合方式自然不必多言,就是一些在句式组合上参差不齐的颂古也基本都是押韵的。例如 33777 式、77337 式、44337 式、1777 式、33537 式、33555 式、5575 式、1477 式、6767 式、22666 式、33447 式、117337 式、144477 式、3535373757573377 式、454577式、555535 式、555555554545 式、4444777737 式等。现再结合作品,择要举例如下:

33777 式:得不得,传不传,归根得旨复何言。忆昔首山曾漏泄,新妇骑驴阿家牵。(黄龙慧南)33555 式:摘杨花,摘杨花,打鼓弄琵琶。昨日栽茄

子,今日种冬瓜。(讷堂梵思)22666 式:玄旨,玄旨,壁上钱财挂起。家门幸自平安,白日招神引鬼。(杨无为居士)33447 式:蝇见血,鹞提鸠。拳来踢报,胶漆相投,难提掇处转风流。(虚堂智愚)117337 式:看,看,古岸何人把针竿。云冉冉,水漫漫,明月芦花君自看。(雪窦重显)1777 式:隔,青天无云轰霹雳。丛林衲子如稻麻,不知几个仙陀客。(大中德隆)5575 式:灭度不灭度,总非吾弟子。更把双趺展示人,苦瓠连根苦。(云耕静禅师)144477 式:收,把断襟喉。风磨云拭,水冷天秋。锦鳞莫谓无滋味,钓尽沧浪月一钓。(天童正觉)555535 式:腊月火烧山,苦口是黄连。相将岁除夜,窆八布衫穿。大可怜,把手入黄泉。(卍庵道颜)4444777737 式:航海东来,黠儿落节。为法求人,自作深孽。赖遇梁王是作家,有理直教无处雪。及乎只履复西归,葱岭无端重漏泄。不漏泄,分明弄巧反成拙。(尼无著妙总)555555554545 式:一茎两茎斜,疏影动龙蛇。心疑生暗鬼,眼病见空华。三茎四茎曲,还我一丛竹。时引清风来,落叶填山谷。恁么会得,多福一丛竹。若也不会,三茎四茎曲。(无禅立才)3535373757573377 式:荐得是,移花兼蝶至。荐得非,担泉带月归。是也好,郑州梨胜青州枣。非也好,象山路入蓬莱岛。是亦没交涉,踏着秤锤硬似铁。非亦没交涉,金刚宝剑当头截。阿呵呵,会么也。知事少时烦恼少,识人多处是非多。(全庵齐己)6767 式:好笑提婆达多,入捺落十小劫波。然得三禅妙乐,吹布毛须还鸟窠。(湛堂文准)454577 式:提起笊篱,清风满寰宇。放下笊篱,黄金如粪土。可怜两个老古锥,相见何用同作舞。(涂毒智策)4477 式:张瓮(翁)李瓮(翁),各有病痛。赤眼撞着火柴头,焦砖打着连底冻;(朴翁义铦)耳里种田,满口含烟。钟馗解舞十八拍,张老乘槎上九天。(无庵法全)4466 式:学人自己,游山翫水。只知踏破草鞋,忘却来时年几;(杨无为居士)法不孤起,仗境方生。乌龟不解上壁,草鞋随人脚行。(佛灯守珣)①

二、颂古的用韵与平仄

由于《禅宗颂古联珠通集》所收录的颂古数量过于庞大,加之不同时期韵部分合情况亦较为复杂,逐一查检每首颂古的押韵及平仄情况势必用时较多,事倍功半,所以此部分内容笔者主要采用抽样研究的方式进行。考虑到禅宗五家七宗各自传承的实际情况,以及禅宗颂古本身的发展进程,笔者

---

① 以上例子分别引自《禅宗颂古联珠通集》(《卍新纂续藏经》第 65 册)第 701 页、第 583 页、第 697 页、第 605 页、第 677 页、第 692 页、第 487 页、第 620 页、第 699 页、第 509 页、第 611 页、第 706 页、第 485 页、第 562 页、第 612 页、第 581 页、第 523 页、第 509 页、第 588 页、第 524 页、第 656 页、第 699 页、第 683 页、第 612 页。

选择了以下有代表性的人物作为统计重点，以点统面，由个体到一般，从而尽可能多地揭示禅宗颂古这一佛教文学体裁在用韵及平仄上的独特之处及一般规律。所选样品情况见下表：

说明：图中箭头两端所指并非全是师徒关系，而是指在《禅宗颂古联珠通集》中有颂古作品，且属于此法系的禅师代表；名字后方括号内的数字为该禅师在《禅宗颂古联珠通集》中的颂古作品数。

图26　五家七宗颂古传承示意图

笔者通过对上列 43 位宗师的 1251 首颂古作品进行分类统计,发现禅宗颂古在用韵及平仄上具有明显的特点。

(一) 颂古的押韵特点

1. 以平声韵为主,但并不禁止仄声韵。在《禅宗颂古联珠通集》中,各则颂古虽然以押平声韵为主,但也存在一些不押韵或押仄声韵的作品。据笔者粗略统计,押仄声韵的颂古约占《禅宗颂古联珠通集》所收录全部颂古的 5%—10%。现举几首押仄声韵的颂古如下:(1)大士讲经时,挥案成注脚。一丸消众病,不假驴驼药。(慈受深)此颂古的韵脚字为"脚""药",押平水韵(下文除了特别说明是《广韵》外,皆是使用的平水韵,不再注出)十药。(2)淘金岂假披沙得,石触波澜犹费力。露柱三更忽放光,此时未审何人识。(丹霞淳)此颂古中的韵脚字为"得""力""识",押入声十三职。(3)沧海无风波浪平,烟收水色虚含月。寒光一带望何穷,谁辨个中龙退骨。(丹霞淳)此颂古中的韵脚字为"月""骨",押入声六月。(4)古人一隔,衲僧命脉。欲识一贯,两个五百。(天衣怀)此颂古中的韵脚字为"隔""脉""百",押入声十一陌。(5)却请和尚道,虎头生角出荒草。十洲春尽花凋残,珊瑚树林日杲杲。(雪窦显)此颂古中的韵脚字为"道""草""杲",押上声十九皓。

2. 存在转韵的现象。一首颂古中,有平仄韵互相转换的现象,既有仄韵转平韵的,也有平韵转仄韵的,也有平仄内部不同韵目间互转的。例如:(6)有佛处,不得住,春风荡荡飞杨絮。无佛处,急走过,一叶渔舟江面破。林里乌鹊去又来,园中桃李开还谢。舜若多神相太空,无目仙人逢暗夜。(白杨顺)在此颂古中,"得""絮"押去声六御;"过""破"押去声二十一个;"谢""夜"押去声二十二祃,属仄声互转。(7)我手何似佛手,天上南辰北斗。我脚何似驴脚,往事都来忘却。人人尽有生缘,个个足方顶圆。大愚滩头立处,孤月影射深湾。会不得,见还难,一曲渔歌下远滩。(白杨顺)在此颂古中,"手""斗"押上声二十五有;"脚""却"押入声十药;"缘""圆"押下平一先;"湾"为上平十五删,"难""滩"属上平十四寒,平水韵寒删通押。此颂几乎是两句一转韵。

3. 各韵部通押情况比较常见。例如:(8)移身换步老天衣,不惜眉毛几个知。今日若明当日事,江南日暖鹧鸪啼。(慈受深)"衣"为上平五微,"知"为上平四支,"啼"为上平八齐。此颂为上平声支、微、齐三韵部通押。(9)岑公拂袖播鸿机,问佛人多作佛稀。王主割茅亲下手,不能土上更加泥。(汾阳昭)"机"属上平四支韵部,"稀"属上平五微,"泥"属上平八齐。此颂亦为支、微、齐三韵部通押。(10)象王行处绝狐踪,象子雄雄继此风。休说二千年后事,纵尘沙劫又何穷。(保宁勇)"踪"为上平二冬,"风""穷"归上平一东。此颂古为平水韵上平声一东、二冬通押。(11)赵州庭前柏,天下走禅客。养子莫教大,大了作家贼。(慈明圆)在此颂古中,"柏""客"押平水韵入声十一陌,而"贼"字押入声十三职。"十三职"为平水韵中七个不能通押的常用韵之一,在此处却很有可能是与十一陌押韵的。原因是颂古创作大量使用方言语音入韵,很可能在当时的某方言里,十一陌与十三职是押韵的。(12)日里看山,言简语端。后进初机,切在谛观。(黄檗胜)在此颂古中,"山"属上平十五删,"端""观"属上平十四寒。平水韵中,寒、删通押。①

4. 押韵位置多变。主要表现在以下五个方面:

第一是二句组合:前句尾字与后句尾字押韵。例如翠岩可真禅师颂古:"如何是佛麻三斤,(咄)大地茫茫愁杀人。"(《通集》卷三十六)"斤"属上平十二文,"人"属上平十一真。真、文通押。

第二是三句组合:以第二句与第三句押韵为最常见。同时,三句全押、第一句与第三句押韵的情况也不少。各举例如下:松源崇岳颂古曰:"也好笑,也堪悲,耳朵元来两片皮。"(《通集》卷四十)韵脚字"悲""皮"同属于平水韵上平四支。可见,此颂古为第二句与第三句押韵的类型。大圆智颂古曰:"相逢不相避,个里聊游戏,(喝一喝)反天覆地。"(《通集》卷十三)此颂中,"避""戏""地"同押平水韵去声四寘,属三句全押韵的类型。佛印了元颂古曰:"王老明明要卖身,一时分付与傍人。可怜天下争酬价,(请续此句)"(《通集》卷十一)。第一句之"身"与第二句之"人"同押上平十一真,而与第三句句尾字"价"并不押韵。事实上,这是个四句残颂,是按四句的押韵规律押韵的。从此颂来看,它的押韵方式是第一句、第二句与第四句(即要求读者续出来的这一句)押韵。相同的例子还有《通集》卷十三死心悟新颂古:鲁祖当年不用功,逢僧面壁显家风。若遇上乘同道者,(请续此一句);《禅宗颂古联珠通集》卷四十无门慧开颂古:抬脚踏翻香水海,低头俯视四大禅。一个浑身无处着,(请续一句);《禅宗颂古联珠通集》卷三十四雪窦重显颂古:虎头虎尾一时收,凛凛威风四百州。却问不知何太险,师云:放过一着。

第三是四句组合:分为四类。第一类:4444式、5555式、6666式、7777式。此四种类似于中国传统诗歌中的绝句。一般是第一句、第二句、第四句押韵。例如:"百丈野狐,石女无夫。一回泪下,沧海干枯。"(率庵琼,《通集》卷十)在此颂古中,第一句之"狐"、第二句之"夫"、第四句之"枯"押韵,同押

---

① 上引(1)至(12)例分别见《禅宗颂古联珠通集》(《卍新纂续藏经》第65册)第492页、第645页、第662页、第692页、第530页、第583页、第718页、第53页、第607页、第716页、第571页、第505页。

平水韵上平七虞。再如："至道无难,言端语端。赵州开口,露出心肝。"(典牛游,《通集》卷十九)此颂古中,"难""端""肝"押韵,同押上平十四寒。再如:"日面月面,胡来汉现。一点灵光,万化千变。"(真净文,《通集》卷九)此颂古中,"面""现""变"押韵,同押去声十七霰。再如:"人人生缘,北律南禅。道吾舞笏,华亭撑船。"(湛堂准,《通集》卷三十八)此颂古中,"缘""禅""船"押韵,同押下平一先。再如:"狗子佛性,全提正令。才涉有无,丧身失命。"(无门开,《通集》卷十九)在此颂古中,第一句之"性"、第二句之"令"、第三句之"命"押韵,同押平水韵去声二十四敬。第二类:仅第二句与第四句押韵。此种情况在禅宗颂古中也比较常见。例如:"不会谁不会,相逢且吃茶。不寻云水路,争得到僧家。"(长灵卓,《通集》卷十二)"茶""家"同押下平六麻。"赵州老子,烂泥里刺。勘破老婆,丛林受赐。"(南堂兴,《通集》卷十八)第二句之"刺"、第四句之"赐"押韵,同押平水韵去声四寘。"荷花荷叶,意在言前。神仙妙诀,父子不传。"(石田熏,《通集》卷三十七)"前""传"同押下平一先。"快人一言,快马一鞭。停囚长智,十万八千。"(木庵永,《通集》卷二十二)"鞭""千"同押下平一先。第三类:有极少数的颂古仅第一句与第四句押韵。例如:"是谁起灭,就窠打劫。击杀乌龟,救得跛鳖。"(杀六岩辉,《通集》卷三十一)第一句之"灭"与第四句之"鳖"同押平水韵入声九屑。第二句之"劫",以今天之音读之,似是入韵的,但查《广韵》及"平水韵",皆与前两字所在韵部不协,《广韵》"劫"字属入声三十三"业"部,平水韵劫字属入声十七"洽"部。或许在当时颂古作者所在方言里,是协韵的。除此之外,我们只能认为此为颂古用韵不严的一个例子。第四类:其他形式的四句组合。其押韵方式基本是模仿上面介绍的绝句体颂古。总体来看,四句颂古仍未脱离近体诗的影响,与传统律诗、绝句押韵方式相近,只是要求上稍微宽松一些而已。

第四是五句组合:五句组合一般是四句组合的细分,即四句组合中的某一句一分为二。这种情况下,整体上虽变成了五句,但其组合的实质仍是四句。其押韵方式也基本遵循四句的规律。分析此类颂古的押韵情况,要将五句组合转为四句组合,然后再按四句组合的方式进行。五句组合又大体可分为两种情况:一为分第一句为两句,前三句完成两两相对的句子结构;二为分第三句为两句,后三句完成两两相对结构。例如:"潭不见,龙不现,亲到龙潭遭一砧。瞥然归去牙如剑,棒头撒出光焰焰。"(长灵卓,《通集》卷二十三)"苦中乐,乐中苦,赵州这僧俱欠悟。直饶顿彻根源,也是泥中洗土。"(佛照光,《通集》卷二十)皆是前三句为一韵律组合,后两句为一韵律组合。再如:"蝇见血,鹘提鸠。拳来踢报,胶漆相投,难提掇处转风流。"(虚堂愚,《通集》卷二十一)"长髭解接无根树,婆子能挑水底灯。灯烂树生真可笑,佳声千古播,乾坤讳得么。"(方庵显,《通集》卷十五)"赵州有语吃茶去,明眼衲僧皆赚举。不赚举,未相许,堪笑禾山解打鼓。"(云峰悦,《通集》卷二十)皆是前两句为一韵律组合,后三句为一韵律组合。

　　第五是六句以上组合:其押韵方式分为两种情况,第一种情况是模仿上面介绍的绝句体颂古的押韵方法,以四句组合为准绳,把分割了的句子合并起来考虑;第二种情况是以两两相对的原则进行押韵,并不一定押同一韵。第一种是受近体诗的影响,第二种是受佛教传统偈颂的影响;前者一韵到底,后者有换韵;前者注重整体性,注重一首作品之内句与句之间的声韵联系;后者注重两两相对的偈颂基本原则,前两句与后两句之间在用韵及意义上的联系并不大。以下分别举例说明之:第一种:"语不邪,笑不来。拙铺设,巧安排。猢狲将板拍,野老舞三台。"(冶父川,《通集》卷三十五)此颂古的韵脚是"来""排""台",上平九佳、十灰通押。第一、第二句为一韵律组合,第三、第四句为一韵律组合。"老清源,没缝罅。问佛法,酬米价。衲僧一粒若沾唇,拄杖横担绕天下。"(高庵悟,《通集》卷九)押韵及组合情况同上。"不是心,不是佛,不是物,通身一串金锁骨。赵州参见老南泉,解道镇州出萝卜。"(吴元昭,《通集》卷十)此颂古韵脚为"物""骨""卜"。前三句为一个韵律及意义组合。"驴觑井,井觑驴,冬瓜叶上长葫芦。会不得,莫踟蹰,定盘星上绝锱铢。"(无庵全,《通集》卷二十九)此颂古韵脚字为"驴""芦""铢",上平六鱼、七虞通押。第一、第二句为一个组合,第四、第五句为一个组合。"前得得,后不得,一贯谁知两五百。雨桧萧萧,风松瑟瑟,隔山人听鹧鸪词。错认胡笳十八拍。"(石庵珀,《通集》卷十六)此颂古韵脚为"百""拍",同押入声十一陌。据此可知,第一、第二句为一个组合,第四、第五、第六句为一个组合。"问若倾湫,答如倒岳,出草羚羊时挂角。明眼衲僧,如何卜度。尺短寸长,一任贬剥。"(投子舒,《通集》卷二十二)此颂古韵脚字为"岳""角""剥",同押入声三觉。第一、第二句为一个组合,第四、第五句为一个组合,第六、第七句为一个组合。第二种:"者个分明,有情无情。者个最亲,无处不真。一打不着,万劫沉沦。一透不破,驴牵铁磨。一朝透彻,以楔出楔。鼻安面上,口里有舌。不借不借,东说西说。要休便休,要歇便歇。无情说法有情听,有情说法无情别。不是等闲虚作解,大地山河太饶舌。人人尽有不相应,露柱灯笼向你说。"(大沩智,《通集》卷二十四)此颂古第一、第二句同韵,第三、第四句同韵,第七、第八句同韵,第九、第十句同韵。换韵情况十分明显。"明明道不落,老人何曾错。的的言不昧,百丈何曾会。不会将不错,浑然宣妙觉。不落与不昧,卓尔标正位。全机因果有来由,脱体升沉无忌讳。非自非,是谁是,言下迷宗生拟议。再问重教举一回,潜观彻底起风雷。逆风喝转雷声绝,饮气归家藏丑拙。他日如何举似人,雄峰撑破秋天月。"(灵源清,《通集》卷十)此颂古中,第一句与第二句同韵,第三句与第四句同韵,第五句与第六句同韵,第七句与第八句同韵,第十四与第十五句同韵,第十六与第十七句同韵。"一茎两茎斜,疏影动龙蛇。心疑生暗鬼,眼病见空华。三茎四茎曲,还我一丛竹。时引清风来,落叶填山谷。怎么会得,多福一丛竹。若也不会,三茎四茎曲。"(无禅才,《通集》卷二十二)"金佛不度炉,圆光烁太虚。直下便荐得,不用更踌躇。木佛不度火,院主眉毛堕。烈焰亘天虹,舍利无一颗。泥佛不度水,衲僧难下嘴。拟议隔千山,迢迢十万里。真佛内里坐,赵州休话堕。觌面便承当,抬眸即蹉过。金佛木佛泥佛,穿来掷过阎浮。更说真佛在内,无端已被涂糊。"(尼无著总,《通集》卷十八)此两颂古基本上是两两相对,中间有换韵。"山家世界别,尘世罕曾闻。只可自怡悦,不堪持赠君。持赠君,还也奇,丫角女子白头丝。"(正觉逸,《通集》卷二十五)前四句为一个组合,后三句为一个组合,二者押不同的韵。"见色心光现,闻声道已彰。掣雷光中分皂白,海潮音里辨宫商。韶阳老,慈门普,发机直用千钧弩。"(圆悟勤,《通集》卷三十二)此颂古用韵情况同上。

(二) 颂古的平仄特点

从绝对化角度来说,颂古不讲究平仄。任何位置上都可以用平声字,也可以用仄声字。但颂古本身有一个文化背景问题,它产生于唐诗取得辉煌成就之后,根植于高度诗歌化的偈颂之中,不可避免地会受到传统诗歌的强烈影响。从上列《〈禅宗颂古联珠通集〉常用句式组合排序表》的统计可知,《禅宗颂古联珠通集》最常用的四种组合方式为:第一名:7777 式(七言四句),共有颂古 3602 首,约占《禅宗颂古联珠通集》所收录之全部颂古作品(共 5736 首)的 63%;第二名:5555 式(五言四句),共有颂古 562 首,约占 10%;第三名:4444 式(四言四句),共有颂古 247 首,约占 4.3%;第四名:6666 式(六言四句),共有颂古 152 首,约占 2.6%。

在《禅宗颂古联珠通集》中,以上四种组合方式的颂古约占 80%。这正是受中国传统诗歌强烈影响的结果。所以中国传统诗歌的一些平仄特征,也会在禅宗颂古作品中得到反映。首先是一句之中平仄交错;其次是相邻两句之中,相同位置上的字平仄要有变化;第三是上句一般以仄声字收尾,下句以平声字收尾。这些平仄特征在颂古作品中都有大致反映,而以上举四大经典组合为最显著。然而和近体诗不同的是,这些特征并不是禅宗颂古所固有的本质特征,而是一种受其他文化影响的结果。也就是说,一首颂古具备或不具备这些平仄特征都没有关系,都不影响它成为优秀的作品,颂古作者(宗师)在创作颂古作品时也无需刻意遵守这些规则。所以禅宗颂古的平仄远没有近体诗那样严格。事实上,近体诗只是诗歌的一种,是诗歌创作高度文人化的产物。即使在近体诗高度发达的唐代,民间诗歌创作在平仄上也未必有那样严格,寒山诗就是个例子。颂古宗师大多生活于山林草泽之间,其颂古作品不严格遵守平仄也是情理之中的事。下举数例:金风体露复何言,大道从来绝变迁。一叶飘空天似水,临川人唤渡头船。(白杨顺)一个两个百千万,屈指寻文数不办。暂时放在暗窗前,明日与君重计算。(白云端)薄宦奔南北,长怜客路尘。蒙蒙烟雨里,深忆故园春。(延寿慧)一片初生月,蛾眉画碧空。水中鱼避钓,云外鸟防弓。(野轩遵)李下不得整冠,瓜田岂可纳履。行藏自要分明,免见傍人说你。(懒庵枢)行行月冷风高,步步山寒水深。逢人披肝露胆,见义劈腹剜心。(瞎堂远)水中盐味,色里胶清。若人辨得,天下横行。(草堂清)得人一牛,还人一马。有往有来,可知礼也。(佛性泰)一对铁槌如绵团,一双乌鸦如白鹤。忽然狭路相逢,不免将错就错。(佛鉴懃)石润非玉,水丽非金。大禹决而西溯,卞和泣而陆沉。美兮渺兮,错古砉今。(虚堂愚)[1]

(三) 颂古的字数

《禅宗颂古联珠通集》所收颂古,字数最多的为 110 字,最少的为 12 字。在所有颂古中,以 28 字颂古为最普遍,共有 3621 首,约占全部 5736 首颂古的 63%;其次为 20 字颂古,共有 573 首,约占全部颂古的 10%;再次为 16 字颂古,共有 254 首,约占全部颂古的 4.4%;再次为 24 字颂古与 30 字颂古,分别有 201 首、148 首,分别约占全部颂古的 3.5% 与 2.6%。

四句颂古有 4702 首,约占全部颂古的 82%;其次是八句颂古,共有 349 首,约占全部颂古的 6%;再次是六句颂古,共有 334 首,约占全部颂古的 5.8%。

在《禅宗颂古联珠通集》所收全部颂古中,使用最多的句子为七言句,共有 17509 个;其次为四言句、五言句与三言句,分别为 3728 个、3244 个、918 个;使用最少的句子为一言句,仅有 23 个。

三、齐言颂古之句式

在这些颂古诗中齐言诗约占八成,在形式上主要受中国传统齐言诗的影响。

(一) 七言四句式为宋代颂古诗的主流形式

据笔者统计,在 4883 首(含《通集》外补遗作品数)齐言颂古诗中,七言四句式有 3659 首,约占 74.9%,约占全部颂古诗的 62.8%。可见,七言四

---

[1]　上引例句分别见《禅宗颂古联珠通集》(《卍新纂续藏经》第 65 册)第 682 页,第 501 页,第 671 页,第 700 页,第 535 页,第 557 页,第 609 页,第 506 页,第 551 页,第 496 页。

句式是宋代颂古诗的主流形式。

　　禅林盛传善昭有颂古百首。经查《汾阳无德禅师语录》及《禅宗颂古联珠通集》发现，前者收善昭颂古 99 首，后者收善昭颂古 87 首，二者相较，去除重复，得 107 首。其中七言四句式 81 首，约占 75.7%。可见颂古作为文字禅的一种新形式开始被倡导时，在体式的选择上七言四句式就占了很大优势。善昭以后，颂古创作尤以杨岐派为盛，七言四句式颂古所占比例仍很高。在颂古作品比较多的几位禅师中，白云守端存颂古 117 首，其中 111 首为七言四句式，约占 94.9%；保宁仁勇存颂古 118 首，其中 110 首为七言四句式，约占 93.2%；本觉守一存颂古 84 首，其中 77 首为七言四句式，约占 91.7%；佛鉴慧懃存颂古 127 首，其中 75 首为七言四句式，约占 59.1%；大慧宗杲存颂古 129 首，其中 67 首为七言四句式，约占 51.9%。作为善昭之后的临济宗人，这些禅僧的颂古创作以七言四句为主要形式，应该是受到善昭的影响。

　　善昭之所以选择七言四句的形式来创作大量颂古，与其所生活的当时及之前一段时间内七言四句诗十分流行有关。中国传统诗歌发展到唐代，各体兼盛，但在初唐至晚唐的不同时期又各有特点。施子愉《唐代科举制度与五言诗的关系》（《东方杂志》第四十卷第八号）一文通过统计《全唐诗》存诗一卷以上诗人的作品发现，从初唐到晚唐，在古诗、律诗、绝句三种诗歌类型中，五、七言绝句的数量越来越多，逐渐超过了五、七言古诗，中唐以后，绝句与律诗一起成为唐诗最重要的两种表现形式。大体来说，初、盛唐时期，五律、五古在数量上占绝对优势，而中、晚唐时期，在五律仍盛行不衰的同时，七绝、七律数量大大增加，基本和五律处于平分秋色的地位。善昭是颂古的第一位公开倡导者，但未必在他之前没有颂古。事实上，生活在善昭之前的长沙景岑、曹山本寂、剋符道者、觉铁嘴、芭蕉继彻、智门师宽、法眼文益、法灯泰钦、永明延寿、上方遇安、首山省念、智门光祚等人都有颂古传世。在《禅宗颂古联珠通集》中，上举十二人共存颂古 45 首，其中七言四句式 34 首，占 75.6%。十二人所生活之时代皆在中唐以后。很显然，不管是善昭还是善昭之前的诸位颂古作者在创作颂古时都受到了当时社会流行诗歌形式——七言绝句的影响。

　　既然中、晚唐最流行的诗歌形式是五、七言律诗与七言绝句三种，那么早期颂古创作为何单单受七绝影响最大呢？原因是七绝的字数最少。一方面，字数少的诗歌创作起来更为简便易行，与禅僧普遍较低的文化水平与山林简居的生活环境较适应；另一方面，字数少的诗歌与颂古的创作目的也较契合。颂古的优劣不在于字数的多少，而在于能否起到悟道、传道的作用。

相反,为了避免把读者引入以文字解禅的歧途,在相同的情况下,颂古字数反倒越少越好。所以早期颂古作者选择七言四句这种既流行又简洁的方式来创作颂古,是理所当然的。

唐代以后,绝句有律绝与古绝之分。律绝不但押平声韵,而且要符合近体诗的平仄规则:句内平仄相间、联内平仄相对、联间平仄相粘。古绝则不受律诗格律束缚,全诗平仄没有规律,可押平声韵,也可押仄声韵。七言四句式颂古诗尽管在产生之时受近体七绝影响较大,但并不意味着所有的七言四句颂古诗都是七绝。事实上,宋代的七言四句颂古诗包含了以上两种基本类型,即七言律绝与七言古绝。例如七言律绝:"老妇低垂事舅姑,起来争兔面模糊。强将云髻高高绾,遮得傍人眼也无。"(白云端,《通集》628a)"日里看山也是常,西来祖意谩商量。金毛狮子希逢有,多是狐狸唤作狼。"(北塔祚,《通集》679a)七言古绝:"昨夜三更失却牛,天明起来失却火。腰未系兮鞋未穿,面不洗兮头不裹。"(保宁勇,《通集》535a)"朝打三千未为多,暮打八百未为少。钵里饭兮桶里水,人前切忌无分晓。"(白云端,《通集》680c)

(二)颂古诗句式多样,但四句形式的诗占绝对优势

颂古句式多样,每句字数三至七言不等,全诗句数有四句、六句、八句、十句、十二句、十四句、十六句等,皆为偶数句。它们之间有多种组合方式,例如三言四句:"有中有,无中无。细中细,粗中粗。"(五祖演,《通集》493a)五言六句:"五彩画牛头,黄金为点额。春晴二月初,农人皆取则。寒食贺新正,铁钱三五百。"(福岩雅,《通集》700a)六言四句:"李下不得整冠,瓜田岂可纳履。行藏自要分明,免见傍人说你。"(懒庵枢,《通集》535a)全部组合方式多达 24 种,具体情况见下表:

表 11　宋代齐言颂古句式组合情况表

颂古句式	数量(首)	颂古句式	数量(首)	颂古句式	数量(首)
七言四句	3659	四言六句	18	六言十句	1
五言四句	577	五言六句	13	六言十四句	1
四言四句	254	六言六句	8	七言十句	1
六言四句	154	六言八句	7	七言十二句	1
七言八句	57	四言十句	4	三言十二句	1
五言八句	51	五言十句	3	三言六句	1
七言六句	34	三言四句	3	四言十二句	1
四言八句	31	五言十二句	2	四言十六句	1

此表数据说明,齐言颂古诗句式组合虽然多样,但四句形式的诗占绝对优势。在 4883 首齐言颂古诗中,四句诗有 4647 首,约占 95.2%。即使不把数量上占绝对优势的七言四句诗计算在内,在剩余的 1224 首齐言颂古诗中,四句诗仍是最多的,有 988 首,约占 80.7%。

五言诗与七言诗作为传统诗歌的主流,都在宋代颂古诗中留下了鲜明印记。宋代颂古诗中,五言四句诗仅次于七言四句诗,在数量上处于第二位,亦有律绝与古绝之分。五言律绝如"檐头雨滴声,历历太分明。若是未归客,徒劳侧耳听。"(白杨顺,《通集》675a)"不向东山久,蔷薇几度花。白云他自散,明月落谁家。"(正堂辩,《通集》532b)五言古绝如"一文大光钱,买得个油糍。吃向肚里了,当下便不饥。"(白云端,《通集》704a)"赵州庭前柏,天下走禅客。养子莫教大,大了作家贼。"(慈明圆,《通集》587b)然而,尽管七言四句式与五言四句式颂古在数量上分别居于第一与第二位,但它们之间的数量差别却很大。前者有 3659 首,后者仅有 577 首。主要原因在于善昭颂古的潜在影响及七言四句诗在当时的流行地位。

颂古文字,不必求多,故五、七言律诗形式的颂古在宋代并不流行。颂古之意义在于通过文字引导与点拨,使参读者在迷茫之中找到通达开悟的正途。太多的文字反而事倍功半,甚至起到相反的作用。圆悟克勤正是不经意间犯了这样的错误,导致收录其颂古诗的《碧岩录》印版被大慧宗杲一把火烧掉。大慧批评克勤误了学僧的参学之路,是有现实依据的。克勤有颂古 106 首,其中简洁的齐言诗仅有 22 首,分别是四言四句诗 3 首,五言四句诗 3 首,五言八句诗 2 首,六言四句诗 5 首,七言四句诗 8 首,六言十四句诗 1 首。其余 84 首,都是用韵语的形式对公案进行较为复杂的描述与解说。这就使得整首颂古诗文字较多,容易导致参学者误入努力理解文字本身含义的歧途上来。请看下面三首颂古:"大冶烹金,忽雷惊春。草木秀发,光辉日新。不费纤毫力,擒下天麒麟。全威杀活得自在,千古照耀同冰轮。话作两橛,句中眼活。龙头蛇尾,以指喻指。撞着露柱瞎衲僧,塞断咽喉无出气。拟议寻思隔万山,咶嚓舌头三千里。"(圆悟勤,《通集》619a)"罔明弹指也寻常,岂是文殊智不长。因忆江南二三月,鹧鸪啼处百花香。"(佛印元,《通集》487c)"一亩之地,三蛇九鼠。子细看来,是何面嘴。"(佛县光,《通集》488b)它们的颂古对象都是"女子出定"公案。据《禅宗颂古联珠通集》,该公案共有颂古 44 首。字数最少的是 4444 式,共 16 字。28 字以下的有 38 首,38 字以上的只有 6 首。字数最多的就是上引圆悟克勤的一首,达 71 字。

(三) 颂古诗的特有形式——"省略末后句"

宋代齐言颂古诗,也有一些特殊句式,数量虽然不多,但却代表着一种

接受传统影响的新形式。有些颂古诗故意省略最后一句,自己不说出来,而
让参读者续出或在心里暗自体会,即是特殊句式的一种。下举数例:"王老
明明要卖身,一时分付与傍人。可怜天下争酬价,请续此句。"(佛印元,《通
集》536b)"鲁祖当年不用功,逢僧面壁显家风。若遇上乘同道者,请续此一
句。"(黄龙新,《通集》548c)"抬脚踏翻香水海,低头俯视四大禅。一个浑身
无处著,请续一句。"(无门开,《通集》727c)"何必不必,绵绵密密。觌面当
机。有人续得末后句,许你亲见二尊宿。"(大慧杲,《通集》655c)最后一句也
叫"末后句",重在点明禅机,或者一语道破。但禅宗悟道是一种全身心的自
然而然的了悟,是全然不觉地进入某种状态,不是语言上的透彻理解,也不
能用语言来直接指明,所以这道破的一句是不便说出的,也是不能说出的。
说出来了,就会让参读者流于对语言本身的理解与把握,而不能真正悟入。
正是前面做了铺垫,而后面又不明确说出,才会让参读者自己在已知语境的
引导下,不自觉地进入悟境,从而达到以颂古明道、传道的目的。以上举佛
印了元颂古为例,其所颂公案见《禅宗颂古联珠通集》卷十一:

　　　南泉示众曰:"王老师要卖身,阿谁要买?"一僧出曰:"某甲买。"师
　　曰:"他不作贵价,不作贱价,汝作么生买?"僧无对。①

南泉普愿作为开堂传法的得道禅师,自然希望通过开导能让弟子们自我了
悟,让弟子们知道真正悟道就不能执着于自身,不是买了老师的身体就能悟
道。真正的悟道者岂能为肉身所累,他们其实是感觉不到自己肉身的真实
存在的,自然也给不出价格。了元禅师颂古在"可怜天下争酬价"后本应该
表达这层意思,却戛然而止,让读者自行续出,实际是引导读者在接续"末后
句"的过程中截断言语,直达悟境。

　　这种形式的颂古诗与宋代民间流行的"十七字诗"颇为近似,在结构与
句法上都借鉴了十七字诗。把全诗的重点与效用都集中在最后一句是它们
的共同之处。十七字诗的结构表现为 5552 式,三个五字句在形式上相当于
一首五言绝句的前三句,两字句相当于最后一句,仍以平声收尾且押前韵,
但字数减为两个,造成了突兀而出的效果。在内容上,前三句主要是为最后
一句做铺垫并积累势能,使最后一句说出时既出人意料又合情合理。阮阅
《诗话总龟》前集卷四十一引《王直方诗话》记载了一则有关十七字诗的
故事:

---

　　① 《禅宗颂古联珠通集》,第 536 页。

吴贺迪吉者，抚州人，一日载酒来余家，并召刘夷季、洪龟父、饶次守辈，酒酣颇纷纷。龟父先归，作一绝题于余书室曰："再为城南游，百花已狂飞。更堪逢恶客，骑马风中归。"次守既醒，作十七字和云："当时为举首，满意望龙飞。而今已报罢，且归。"盖龟父是年自洪州首荐，自今上初即位，无廷试也。①

饶次守所作即是一首十七字诗。吴贺、刘夷季、洪龟父、饶次守等人来王直方家宴饮，酒酣，洪龟父归，题诗称同饮之人为"恶客"，出言不逊在先。饶次守酒醒后和诗反击，讽刺他虽取得了举人第一名，只要再参加一次殿试就可以取得进士身份，但运气不好，朝廷今年未举行殿试，他的愿望落空了。最后一句只有"且归"两字，但它与前三句的描述形成了巨大反差，造成了很强的讽刺效果。

省略末后句的颂古诗创造性地吸收了十七字诗的结构特征与内在逻辑。主要表现在三个方面。首先，颂古诗将十七字诗前三句的555句式改成了777式、444式，或沿用555式不变，而以改为777式为主。其次，颂古诗将十七字诗最后一句的两个字干脆省略掉了。第三，十七字诗前三句的情绪积聚在最后一句得以爆发，前三句的逻辑前提也在最后一句得出结论。颂古诗前三句旁敲侧击地提醒与设问，目的就是启发读者进入禅悟的境地。颂古的第四句可以说出，也可以不说出，只要参读者心有了悟即可，在效果上也算是一种情智的爆发与逻辑的终结。

四、杂言颂古之句式

在4883首齐言颂古诗外，尚有948首杂言颂古诗，约占总数的16.3%。这些颂古诗尽管在形式上不拘一格，但仍具有以下特点：

（一）以"双句"为基本构成单位

约有一半的杂言颂古诗以"双句"为基本构成单位。又分为两种情况：一是两句字数相同，二是两句字数不同。在两句字数相同的情况下，每句字数有三至九言不等。前后两句是对偶或对偶且押韵的关系。整首颂古就是由这些"双句"的不同组合构成的。例如："担板汉，没拘束。饿死首阳山，誓不食周粟。"（虚堂愚，《通集》626c）"良玉不雕，美言不文。烟村三月里，别是一家春。"（息庵观，《通集》609b）"张瓮李瓮，各有病痛。赤眼撞着火柴头，焦

---

① （宋）阮阅《诗话总龟·前集》，北京：人民文学出版社，1987年版，第399页。

砖打着连底冻。"（朴翁铦，《通集》656c）"一对铁槌如绵团，一双乌鸦如白鹤。忽然狭路相逢，不免将错就错。"（佛鉴懃，《通集》551a）"没踪迹，断消息。白云无根，清风何色。散乾盖而非心，持坤与而有力。洞千古之渊源，造万象之模则。刹尘逆会也处处普贤，楼阁门开也头头弥勒。"（天童觉，《通集》704c）"学人自己，游山玩水。只知踏破草鞋，忘却来时年几。"（杨无为，《通集》683c）

在两句字数不同的情况下，前后两句是押韵的关系，或者不押韵但有逻辑关联。例如："隔，穿耳胡僧眼睛黑。东院西边是赵州，观音院里安弥勒。"（石门诏，《通集》692c）"脱得驴头载马头，东家西家卒未休。问君还有几多愁，恰似一江春水向东流。"（懒庵枢，《通集》599a）"第一义，廓兮零兮超象帝。不把多年历日看，争辨春分并夏至。辽东白鹤去无踪，三山半落青天外。"（上方益，《通集》507c）"却请和尚道，千人万人所不到。杲日曚昽海面红，清风凛凛霜天晓。"（佛鉴懃，《通集》530b）"宝寿作街坊，闹市中荐得。父母未生前，怎么无面目。最奇特，大用现前无轨则。"（圆悟勤，《通集》666c）

造成这种现象的直接原因是禅林骈句及韵语传统的影响，更深层的原因则是唐宋民间盛行的骈体文风。以骈句来进行问答在唐宋禅林十分盛行。这在禅宗语录文献中有大量的遗存。举凡上堂、小参、举唱、问答等场合，不管是学僧的提问，还是禅师的回答，皆习惯用骈句说出。例如：

师晚参示众云："有时夺人不夺境，有时夺境不夺人。有时人境俱夺，有时人境俱不夺。"时有僧问："如何是夺人不夺境？"师云："煦日发生铺地锦，璎孩垂发白如丝。"僧云："如何是夺境不夺人？"师云："王令已行天下遍，将军塞外绝烟尘。"僧云："如何是人境两俱夺？"师云："并汾绝信，独处一方。"僧云："如何是人境俱不夺？"师云："王登宝殿，野老讴歌。"①

问："灵山一会，迦叶亲闻。今日一会，什么人闻？"师云："不因升宝座，争显六师能。"问："师唱谁家曲，宗风嗣阿谁？"师云："不历僧祇劫，直出古皇前。""恁么则郡城有望。"师云："五岳峰峦秀。四海尽归朝。"问："无业堂前师子吼，空王殿里事如何？"师云："石塔楞层当宇宙，金铃摇捥动人天。""莫便是和尚为人处也无？"师云："人天皆罔措，直下要

---

① （唐）释慧然编集《镇州临济慧照禅师语录》，《大正新修大藏经》刊行会编《大正新修大藏经》，第 47 册，东京：大藏出版株式会社，1988 年版，第 497 页。

分明。"①

在正式场合能够出口成章是禅师的基本素质之一。正是这些似乎是随口说出的骈语,一方面显示了禅师较高的文化水平,使其能在学僧中树立威信;另一方面也使师徒之间的学习具有一定的仪式感,有别于日常生活间的普通对话。

同样是师徒间的问答或各自说法,有时说出的两句话是押韵的。这种情况在禅宗语录中也很普遍,一般被称为"韵语"或"有韵法语"。例如:

问:"承教有言,一切诸佛及诸佛法皆从此经出。如何是此经?"师曰:"长时转不停,非义亦非声。"②

僧问:"未有无心境,曾无无境心,境忘心自灭,心灭境无侵时如何?"师云:"霜天月落夜将半,谁共澄潭照影寒。"进云:"不因紫陌花开早,争得黄莺下柳条。"师云:"切忌乱针锥。"③

僧问:"沩仰当时相见处插锹叉手,意如何?"师云:"两眼对两眼。"进云:"没弦琴上知音少,父子弹来格调高。"师云:"尔且道,在插锹处在叉手处?"④

禅林喜用韵语的习惯反映在颂古中就表现为尽管有些颂古诗的"双句"结构前后句字数不同,用词也不讲究,但往往是押韵的。这实际上是颂古作者的长期韵语习惯在不自觉状态下的一种自然反映。

押韵也好,对偶也好,归根结底都是受骈体文风的潜在影响。双句对语之俗,始盛于梁代。唐刘知几《史通·杂说下》曰:"自梁室云季,雕虫道长。平头上尾,尤忌于时;对语俪辞,盛行于俗。"⑤晚唐五代,骈体文盛行,出现了李商隐、温庭筠等骈文大家,延至宋初,杨亿、刘筠、钱惟演等倡导"西昆体",骈体文风仍弥漫文坛。唐宋时期尽管有"八大家"的散文改革,但骈体文始终没有彻底退出舞台。这是因为唐宋古文运动虽然在士人中有较大影响,但在民间却收效甚微。唐宋民间行文仍推崇骈体,以彰显作者的学问,标明他们与众不同。禅宗在晚唐五代以来逐步发展壮大,正值骈语风行天下之

---

① (宋)释楚圆编集《汾阳无德禅师语录》,《大正新修大藏经》,第47册,第595页。
② (宋)释道原纂《景德传灯录》,《大正新修大藏经》,第51册,第422页。
③ (宋)释师明集《续古尊宿语要》,《卍新纂大日本续藏经》,第68册,第468页。
④ (宋)释蕴闻编《大慧普觉禅师语录》,《大正新修大藏经》,第47册,第813页。
⑤ (清)浦起龙《史通通释》,上海:上海古籍出版社,1978年版,第512页。

时,流风波及禅林,故禅师在授徒讲学之时于言语之间形成了以骈语为主的风气。

颂古多用俗语,颂古作者也多出身下层,颂古基本上是一种俗文学。禅僧们这种喜用骈句的习惯同时也贯穿于他们的颂古创作之中。除了一些特殊句式外,杂言颂古基本都是由一些工整的或者不工整的骈句构成的。因为在民间,骈句之风虽然盛行,却未必工整。所以在颂古中,前后两句字数不同、不对偶、不押韵的情况都有存在,有些时候甚至称不上是骈句,但不可否认,颂古的这种以"双句"为基本构成单位的情况确实是受到了骈句传统的影响。它们不是严格的骈句,但保留了骈句的"骈"的特征,即两句为一个基本单位。

需要指出的是,第一,颂古的"双句"未必都是颂古作者的自作诗或引诗,也有一些是把咒语或文章中的句子改造成双句结构而入颂古的。例如:"弟应兄呼,有礼有义。虎咬大虫,蛇吞鳖鼻。倒却门前刹竿着,唵苏噜苏噜悉唎悉唎。"(退庵奇,《通集》506a)"骂他还自骂,瞋他还自瞋。戒之,慎之。出乎尔者,反乎尔者也。"(卍庵颜,《通集》703a)"三人同行,必有我师焉。择其善者而从之,其不善者而改之。"(翠岩真,《通集》536c)第二,在483首"双句"杂言诗中,444477式颂古诗有110首,约占22.8%,应引起重视。就其结构来说,这种形式的颂古诗应是由四言四句诗加骈句构成。而四言四句诗在中国传统文人诗中并不流行,反倒是四言四句偈很普遍。所以这种句式的颂古极有可能是受四言四句偈的影响,而"77"两句骈语,则是颂古作者对之前所作偈语的强调或评价。

(二) 337 与 33777 民歌句式对颂古有很大影响

337 与 33777 句式在宋代杂言颂古诗中十分流行,有 190 首之多,约占全部杂言颂古诗的 20%。下举数例:"也好笑,也堪悲,耳朵元来两片皮。"(松源岳,《通集》728c)"密传分半座,正好蓦面唾。不与么,且放过,子孙未免遭殃祸。"(海印信,《通集》486c)"溪东去,溪西去,难免官家苗税赋。直饶随分供输,未解牵牛去住。"(杨无为,《通集》539a)"一不作,二不休,宾主互换有来由。焦砖打着连底冻,赤眼撞着火柴头。"(松源岳,《通集》610a)"也大奇,也大奇,长沙画虎却成狸。南泉一去无消息,空使行人说是非。"(佛鉴懃,《通集》572a)"有时笑,有时哭。悲喜交并暗催促。此理如何举向人,断弦须是鸾胶续。"(径山杲,《通集》530a)"离四句,绝百非,西来祖意太离披。藏头白,海头黑,叵耐马师这老贼。千古万古黑漫漫,填沟塞壑无人识。"(无禅才,《通集》527c)"苏州有,常州有。须信亲言出亲口。赵州古佛岂徒然,世界坏时渠不朽。若能于此究根源,决定面南看北斗。"(雪窦显,《通集》

597b)"驴觑井,井觑驴。冬瓜叶上长葫芦。会不得,莫踟蹰。定盘星上绝锱铢。"(无庵全,《通集》658c)以上所引,或用 337、33777 句式,或是这两种句式与骈句的组合。

337 及 33777 句式由于句子长短不一,诵读时的抑扬顿挫感十分强烈,所以很早就被使用在民歌中,并且一直沿用不断,具有很强的生命力。例如:"君乘车,我带笠,它日相逢下车辑。君檐簦,我跨马,它日相逢为君下。"①(《越谣》)"张吾弓,射东墙,前至沙丘当灭亡。"②(秦谣)"平陵东,松柏桐,不知何人劫义公。劫义公,(在)高堂下,交钱百万两走马。两走马,亦诚难,顾见追吏心中恻。心中恻,血出漉,归告我家卖黄犊。"③(汉乐府《平陵东》)"侯非侯,王非王,千乘万骑上北芒。"④(灵帝末童谣)"二月末,三月初,桑生襄蓄柳叶舒。荆笔杨版行诏书,宫中大马几作驴。"⑤(惠帝永熙中童谣)"一片火,两片火,绯衣小儿当殿坐。"⑥(唐无名氏《裴炎谣》)唐代以后,一些文人仿民歌作品中也有这种句式。李白《白云歌送刘十六归山》中有"湘水上,女萝衣,白云堪卧君早归"句,⑦实际就是对民歌 337 句式的模仿。再如唐柳氏答韩翃诗《杨柳枝》"杨柳枝,芳菲节,可恨年年赠离别。一叶随风忽报秋,纵使君来岂堪折。"⑧宋开宝中,江南翁媪醉歌"蓝采禾,蓝采禾,尘世纷纷事更多。争如卖药沽酒饮,归去深崖拍手歌。"⑨都是模仿民歌的 33777 句式。337 句式只有三句,比较适合自发产生的民歌。经文人加工或仿作的民歌在句数上会更多,而 33777 句式有五句,比传统的四句诗还多一句,正适应了文人仿民歌或文人加工后民歌的要求,所以唐代以后 33777 句式成为事实上的民歌标志性句式之一。

337、33777 句式在唐五代民歌中的流行,也可从这个时期大量的敦煌曲辞中得到印证。敦煌卷子中无名氏《五更转·南宗赞》五首、无名氏《维摩五更转》五首、寰中《佛说楞伽经禅门悉谈章》八首、《俗流悉谈章》八首、《禅门十二时》十二首、《维摩十二时》十一首,以及《捣练子》《秋吟》《潇湘神》《步虚词》《赤枣子》《解红》《望远行》《章台柳》等词作,皆含有 33777 句式;而词

① (宋)郭茂倩编:《乐府诗集》,北京:中华书局,1979 年版,第 1222 页。
② (刘宋)刘敬叔:《异苑》,清乾隆敕辑《文渊阁四库全书》,第 1042 册,台北:台湾商务印书馆,1986 年版,第 514 页。
③ (宋)郭茂倩编:《乐府诗集》,北京:中华书局,1979 年版,第 410 页。
④ (刘宋)范晔:《后汉书》,北京:中华书局,1965 年版,第 3284 页。
⑤ (唐)房玄龄等:《晋书》,北京:中华书局,1974 年版,第 844 页。
⑥ (清)彭定求等编:《全唐诗》,北京:中华书局,1960 年版,第 9942 页。
⑦ (清)彭定求等编:《全唐诗》,北京:中华书局,1960 年版,第 1721 页。
⑧ (清)彭定求等编:《全唐诗》,北京:中华书局,1960 年版,第 8998 页。
⑨ 北京大学古文献研究所编:《全宋诗》第 1 册,北京:北京大学出版社,1991 年版,第 46 页。

牌为《天仙子》《鱼歌子》《渔歌子》《渔父》《拨棹歌》《拨棹子》《应天长》《木兰花》《一叶落》《乐游曲》《梧桐树》等的词作,皆含有 337 句式。

特别是《五更转》《十二时》不同时期句式的变化更能说明问题。一般来说,一个曲牌在定格之前都有若干种句式。这些句式是在曲词创作时作者为了适应传唱习惯及某种情感的表达而制定的。一首曲子经过一段时间的传唱,往往能形成一种相对固定的句式,这个就是定格。定格以后的曲牌,创作者都按这种定格来创作,一般较少出现出格的情况。定格以后又出现的与定格不同的曲辞句式,一般被称为变体,而称定格为正体。例如船子和尚《拨棹歌》共计 39 首,其中七言绝句三首为变体,其余 36 首与《渔歌子》的句式相同,是正体。《渔父》词以张志和《西塞山前白鹭飞》为正体,而投子义青《渔父》词二首句式皆为 77737 式,是变体。现存最早的五更曲为南朝伏知道《从军五更转》五首,其一曰:“二更愁未央,高城寒夜长。试将弓学月,聊持剑比霜。”①南朝傅翕《五章词》则为最早的佛教五更体,其一曰:“一更始,心香遍界起。敬礼无上尊,心心已无已。”②两首五更体作品产生时间相距不远,然其句式却发生了改变,由五言四句齐言句式变成了 3555 长短句式。敦煌曲《叹五更》句式则再次变化,由 3555 式变化成了 3777 式:“一更初,自恨长养枉生躯。耶娘小来不教授,如今争识文与书。二更深,《孝经》一卷不曾寻。之乎者也都不识,如今嗟叹始悲吟。……”③在敦煌卷子中,《五更转》与《十二时》的最初句式都是 3777 式,但随着它们在民间的持续流行,对句式进行适度改造的情况很多。如敦煌无名氏《太子五更转》五首,两首为最初常用的 3777 式,两首改造成了 3877 式,一首改造成了 3778 式,甚至有人改造成了齐言式(见无名氏《五更转》十首),而《维摩五更转》《五更转(南宗赞)》则改成了 33777 式。总体来看,敦煌卷子中有完整《五更转》作品共 47 首。其中 3777 式 24 首,33777 式十首,3877 式两首,3778 式一首,7777 式九首,777777 式一首。除最先采用的 3777 句式外,《五更转》各种句式变化达五种 23 首。在这些变化中,33777 式变化共十首,占比最高,是句式变化的主要方向。与《五更转》同样性质的,还有另一种民歌《十二时》。唐五代《十二时》作品完整者共 265 首。其中 3777 式 82 首,3877 式一首,3555 式 24 首,3797 式一首,33777 式 157 首。相对于最初的 3777 式,句式发生变化的共 183 首。33777 式变化仍占比最高。可见不管是《五更转》还

①　(宋)郭茂倩编:《乐府诗集》,北京:中华书局,1979 年版,第 491 页。

②　陈尚君辑校:《全唐诗补编》,北京:中华书局,1992 年版,第 1715 页。

③　曾昭岷等编:《全唐五代词》,北京:中华书局,1999 年版,第 1272 页。

是《十二时》,33777式都是变化句式的目标句式。这也再次证明了民间俗歌中337与33777句式的流行。正是对这种流行的追从,才使《五更转》《十二时》的主流句式由3777式转向33777式。

这种流行也影响到了唐宋时期的佛教诗歌领域。朱刚《宋代禅僧诗辑考》收录宋代禅僧诗较全,笔者检视发现,标题如《知见谣》《牧牛歌》《白云曲》《无价香歌》《还乡谣》《歌会方首座》《继颂永嘉真觉禅师证道歌》《行脚歌》《不出院歌》《自庆歌》《德学歌》《玩珠歌》《住山歌》《广智歌》《了义经歌》《是非歌》《拄杖歌》《一字歌》《赞深沙神》《屏风歌》《兹有歌》《山僧歌》《性水歌》《方丈素壁歌》《牧童歌》《大道歌》《落魄歌》《禅将交锋歌》《纲宗歌》《快活歌》者,皆含有33777句式,并且这些标题基本上涵盖了其所收录的禅僧"歌""谣""曲"的全部。换句话说,在宋代禅林,凡标题有"歌""谣""曲"等仿民歌性质的禅僧诗,基本都含有33777句式。这正是唐五代民间曲辞中33777句式强大影响力的反映。颂古诗中有大量的俗诗,其较多采用当时流行的33777句式是十分自然的。

值得一提的是,宋代颂古诗中有一些与337相似的句式,如335、117、447、557、224、115等,可视为对337句式的仿作。下举数例:"咄这憨皮袋,眉粗兼眼大。终日在街头,市行无买卖。阿呵呵,归去来,典钱还却债。"(保宁勇,《通集》493c)"须弥倒卓,海水逆流。同参相访,作尽冤雠。休,休,明日黄花蝶也愁。"(雪庵瑾,《通集》637c)"问若倾湫,答如倒岳,出草羚羊时挂角。明眼衲僧,如何卜度。尺短寸长,一任贬剥。"(投子舒,《通集》609b)"初生孩子始徒然,六识聪明心性巧。急流水上打球子,出出没没人不晓。既为掌上珠,须作家中宝,好老赵州恁么道。"(佛鉴懃,《通集》597b)"一室萧然,六窗廓尔。中邑仰山,自作自起。拈弄一个猢狲,作出千般举止。浣盆,浣盆,我识得你。"(皖山凝,《通集》547c)"出门便是草,闲杀龙门老。北去礼文殊,南来登五老。鬓发已苍浪,言归恨不早。独立秋风前,思量望江岛。好,好,不用更寻讨。"(龙门远,《通集》621b)

五、颂古的其他体式特征

除了以上所列之外,禅宗颂古尚有以下特征:

(一)加衬语

所加衬语可以是语气词,也可以是动作描述;可以在句前、句中,也可以在句后。

1. 咄、嘘、咦。例如:如何是佛麻三斤,(咄)大地茫茫愁杀人。(翠岩可真)那一通你问我,玄关倒插无须锁。等闲一掣掣得开,三个老婆相对坐

（咄）。（断桥妙伦）满树桃花，行人竞折。灵云悟后了无疑，更有玄沙言未彻。嘘。（石巩戒明）水断流山突兀，为君放出辽天鹘。拟欲风前瞬息时，抬眸已是成窠窟。非窠窟，咄咄咄。（涂毒智策）经入藏，禅归海。唯有普愿，独超物外。（咄）只有照璧月，且无吹叶风。（照觉常总）蓦别相逢铁面皮，浑家丧尽唤孩儿。翻身师子施牙爪，犹落渠侬第二机。咦，且道渠是阿谁？（涂毒智策）

2. 喝一喝、良久。例如：相逢不相避，个里聊游戏。（喝一喝）反天覆地。（大圆智）玉转珠回着眼看，有相干处没相干。只将此个以为主，（喝一喝云）一剑倚天星斗寒。（石溪心月）沩山得体，仰山得用。体用俱全，梦中说梦（喝一喝）。（谁庵了演）谁有单于调，换取假银城。（良久）曾被雪霜苦，杨花落也惊。（天衣义怀）

3. 各类动作的描述。例如：灵树面皮多葛怛，韶阳板齿上生毛。（拍右膝）会得国清才子贵，（拍左膝）不会家富小儿娇。（此庵景元）野鸭子，知何许，马祖见来相共语。话尽山云海月情，依前不会还飞去。却把住，道、道。（雪窦重显）针头扎去几人知，妇儿女子莫猜疑。圣凡命脉果何在，（以拂子击禅床角云）向此须明上上机。（长灵守卓）不是心，不是佛，不是物，（以拂子击禅床）为君击碎精灵窟。天上人间知不知，鼻孔依前空突兀。（谁庵了演）遍身是，通身是，净洁浑身淴却屎。搜来露出猛风吹，谁教背手摸枕子。复打三棒。（无庵法全）

4. 切要之言。颂古中的所谓"切要"之言，就是指那些对理解颂古极为重要，不可舍弃之语。虽是禅师随口之语，但经长期流传，已变为颂古的一部分。例如：唇上必并班豹剥，舌头当的帝都丁。（且道是什么字）自古上贤犹不识，造次凡流岂可明。（石庵知玿）巨岳何曾乏寸土，演若迷头狂未回。参寻喜有得力句，突晓途中眼未开。且居门外。（石溪心月）佛祖垂慈实有权，言言不离此经宣。此经出处还相委，便向云中驾铁船。切忌错会。（冶父道川）[①]

（二）关于"末后句"

禅宗有"末后句"之说，这在颂古中也有反映。所谓末后句，就是能让人直达悟境之语，当然位置一般也在句子的末尾。乐普元安禅师曰："末后一

---

① 上引例句分别见宋释法应集、元释普会续集《禅宗颂古联珠通集》《卍新纂续藏经》第 65 册）第 700 页，第 484 页，第 615 页，第 701 页，第 526 页，第 726 页，第 553 页，第 527 页，第 564 页，第 493 页，第 613 页，第 529 页，第 649 页，第 534 页，第 577 页，第 723 页，第 643 页，第 502 页。

句,始到牢关,锁断要津,不通凡圣。"①浮山圆鉴禅师之语曰:"末后一句始到牢关,指南之旨不在言诠。"②皆到大悟彻底之极处,吐至极之语。此处锁断凡圣,不容通过,使人到无情识、无理性之境界,故曰牢关。从广义来讲,好的颂古皆为悟后之极语,都可以称作"末后句"。事实上,颂古之中既有平常之句,也有极则之句,也并不是所有颂古都能让人直达悟境。所以狭义的末后句系指让人直达悟境的极则之句。它可以是实有之句子,也可以是没有说出口的虚有之句。例如:"八十婆婆学画眉,痴心欲比少年时。一朝打破当台镜,始信从前万事非。"(慈受怀深,《通集》卷二十)此颂古前三句皆平常之语,最后一句才是启发学人之语。故最后一句可以称作实有之末后句。再如:"王老明明要卖身,一时分付与傍人。可怜天下争酬价,(请续此句)"(佛印了元,《通集》卷十一);"鲁祖当年不用功,逢僧面壁显家风。若遇上乘同道者,(请续此一句)"(黄龙悟新,《通集》卷十三);"抬脚踏翻香水海。低头俯视四大禅。一个浑身无处着。(请续一句)"(无门慧开,《通集》卷四十);"虎头虎尾一时收,凛凛威风四百州。却问不知何太险,师云:放过一着。"(雪窦重显,《通集》卷三十四)此四颂皆少最关键的末后一句,而让参学者自悟自续,明白者可由此达于牢关,不明白者则从此纠结于心,真的要寻思着续出此句,那就是真的不懂末后句了。此处乃虚有之末后句。

(三)包容性强

颂古可援引诗、文、词,也可将诗、文、词略作改变作为颂古的一部分或全部。下举例说明之:

1. 以"文"入颂古。例如"仁者见之谓之仁,智者见之谓之智。寒时向火,热时乘凉。健即经行,困即打睡。仰面看天,开口取气。"(保宁仁勇,《通集》卷五)此颂古中,"仁者见之谓之仁,智者见之谓之智"改换自《周易·系辞》"仁者见之谓之仁,知者见之谓之知"。③ 再如"三人同行,必有我师焉。择其善者而从之,其不善者而改之。"(翠岩可真,《通集》卷十一)此颂古完全是引自《论语·述而》中的原文,④仅将"三人行"改称为"三人同行"而已。再如"之乎者也,衲僧鼻孔大头向下。禅人若也不会,问取东村王大姐。"(湛堂文准,《通集》卷十九)此颂古中,"衲僧鼻孔大头向下"是散文语言。再如"巧

---

① (宋)释道原:《景德传灯录》,《大正藏》第51册,第331a页。
② 弘学等整理:《圆悟克勤禅师——碧岩录·心要·语录》,成都:巴蜀书社,2006年版,第32页。
③ 《十三经注疏》整理委员会整理,李学勤主编:《十三经注疏·周易正义》,北京:北京大学出版社,2000年版,第317页。
④ (清)阮元校刻:《十三经注疏·论语注疏》,北京:中华书局,1980年版,第2483页。

笑倩兮,美目盼兮,素以为绚兮。夫是之谓大年翁与广慧师也。"(宝叶妙源,《通集》卷三十八)此颂古中"巧笑倩兮,美目盼兮,素以为绚兮"出自《论语·八佾》,①虽然是讨论《诗经》中的句子,但在此引文中仍是散体。

2. 以"诗"入颂古。例如"色空明暗,各不相知。行到水穷处,坐看云起时。"(北磵居简,《通集》卷四)此颂古中的第三、第四句"行到水穷处,坐看云起时"是引自王维的《终南别业》。②再如"客舍并州已十霜,归心日夜忆咸阳。无端又渡桑干水,却望并州是故乡。"(北磵居简,《通集》卷四)全诗引用唐代贾岛《渡桑干》诗,③仅将"更渡"变成"又渡"而已。再如"湖光潋滟晴偏好,山色溟蒙雨亦奇。若把西湖比西子,淡妆浓抹总相宜。"(佛灯守珣,《通集》卷二十六)此颂古是苏轼《饮湖上初晴后雨》的仿作。苏轼原作为:"水光潋滟晴方好,山色空蒙雨亦奇。若把西湖比西子,淡妆浓抹总相宜。"④再如"煮豆燃豆萁,豆在釜中泣。本是同根生,相煎何太急。"(云庵祖庆,《通集》卷六)此颂古节引自曹植的《七步诗》:"煮豆持作羹,漉豉以为汁。萁在釜下然,豆在釜中泣。本自同根生,相煎何太急。"⑤

3. 以"赋"入颂古。例如《禅宗颂古联珠通集》卷三十八偃溪广闻禅师颂古:"春草碧色,春水绿波。送君南浦,伤如之何。"该颂古中四句全引自江淹的《别赋》。⑥

4. 以"词"入颂古。例如《禅宗颂古联珠通集》卷二十懒庵道枢禅师颂古曰:"脱得驴头载马头,东家西家卒未休。问君还有几多愁,恰似一江春水向东流。"第三、第四句引自南唐后主李煜的著名词作《虞美人》,唯将"能"字改换成了"还"字。⑦

5. 以"咒语"与梵音入颂古。例如"啰哩哩啰":"涅槃老子顺风吹,啰哩哩啰争得知。隔岭几多人错听,一时唤作鹧鸪词。"(白云守端,《通集》卷十二)"相骂饶汝接嘴,相唾饶汝泼水。等闲摸着蛇头,拍手啰啰哩哩。"(卍庵道颜,《通集》卷三十一)再如"唵苏嚧悉哩萨婆诃":"朝三暮四一何少,暮四朝三何太多。多少未能知数量,有无从此见诐讹。不诐讹,唵苏嚧悉哩萨婆诃。"(佛性法泰,《通集》卷三十四)

①　(清)阮元校刻:《十三经注疏·论语注疏》,北京:中华书局,1980 年版,第 2466 页。
②　中华书局编辑部点校:《全唐诗》(增订本),北京:中华书局,1999 年版,第 1276 页。
③　中华书局编辑部点校:《全唐诗》(增订本),北京:中华书局,1999 年版,第 6736 页。
④　北京大学古文献研究所:《全宋诗》(第 14 册),北京:北京大学出版社,1993 年版,第 9172 页。
⑤　逯钦立辑校:《先秦汉魏晋南北朝诗》,北京:中华书局,1983 年 9 月版,第 460 页。
⑥　(梁)萧统编,(唐)李善注:《文选》,北京:中华书局,1977 年版,第 239 页。
⑦　杨敏如:《南唐二主词新释辑评》,北京:中国书店,2003 年版,第 113 页。

6. 以"日常语"入颂古。例如"是什么物恁么来，此中何假拂尘埃。瞪目看时还不见，谩将明镜挂高台。"（大洪报恩，《通集》卷九）再如"达磨九年面壁，坐深雪之中。得一个，得一个，森罗万象平分破。"（尼无著总，《通集》卷七）再如"骂他还自骂，瞋他还自瞋。戒之慎之，出乎尔者，反乎尔者也。"（卍庵道颜，《通集》卷三十六）再如"圣谛廓然，何当辨的。对朕者谁，还云不识。因兹暗渡江，岂免生荆棘。盍国人追不再来，千古万古空相忆。休相忆，清风匝地有何极。师顾示左右云：这里还有祖师么，唤来与老僧洗脚。"（雪窦重显，《通集》卷六）

（四）仿作甚多

《禅宗颂古联珠通集》卷十九雪窦重显颂古曰："至道无难，言端语端。一有多种，二无两般。天际日上月下，槛前山深水寒。髑髅识尽喜何立，枯木龙吟消未干。难，难，拣择明白君自看。"整体读来也颇像一首词，或某首词的一部分。这样的情况在《禅宗颂古联珠通集》中是很多的。例如："玄旨，玄旨，壁上钱财挂起。家门幸自平安，白日招神引鬼。"（杨无为，《通集》卷三十五）此颂古之句式与唐韦应物的一首《调笑令》前部分相同。该首小令为："胡马，胡马，远放燕支山下。跑沙跑雪独嘶，东望西望路迷。迷路，迷路，边草无穷日暮。"①去掉后三句，与所举颂古句式相同。再如："有句无句，如藤倚树。玄沙斫牌，禾山打鼓。君不见雪窦有语兮，要与人天为师，面前端的是虎。"（尼无著总）"有主有宾，有礼有乐。得失是非，如何摸索。才摸索，无上醍醐成毒药。君不见，大鹏展翼盖十洲，投窗之物空啾啾。"（石庵知招）两首皆有明显的模仿古诗句法的特点。

第三节　颂古之体并非汾阳善昭首创

颂古就是以偈赞颂古则、公案。偈即偈颂，是佛经的构成文体之一。古就是古则或公案，就是前代禅师的悟道机缘，二者很容易结合而形成颂古。

一、善昭之前已有颂古

汾阳善昭并不是禅宗颂古的首创者，在他之前已有颂古。颂古之颂与偈颂之颂在本质上是一样的，所以颂古的产生时间与公案的产生时间有很大关系。关于公案的产生时间，学界目前说法并不统一。唐释慧然编集《镇

---

① 曾昭岷、王兆鹏等：《全唐五代词》，北京：中华书局，1999年版，第22页。

州临济慧照禅师语录》卷一已有学僧问临济义玄禅师"祖师西来意""佛法大意"等记载：

> 赵州行脚时参师，遇师洗脚次。州便问："如何是祖师西来意？"师云："恰值老僧洗脚。"州近前作听势。师云："更要第二杓恶水泼在。"州便下去。有定上座到参。问："如何是佛法大意？"师下绳床，擒住与一掌便托开。定伫立。傍僧云："定上座何不礼拜？"定方礼拜，忽然大悟。①

这说明在当时这两个问题已被广泛参求，已完全具有了公案性质。成书于南唐保大十年(952年)的《祖堂集》(初名《古今诸方法要》)中也有对"祖师西来意旨"等禅宗经典公案的记载。《祖堂集》卷三"老安国师"条载：

> 坦然禅师问："如何是祖师西来意旨？"师曰："何不问自家意旨？问他意旨作什么？"进曰："如何是坦然意旨？"师曰："汝须密作用。"师闭目又开目。坦然禅师便悟。②

《祖堂集》所载"祖师西来意"的问法与答法与《镇州临济慧照禅师语录》所载赵州与临济、定上座的问法与答法基本一致。可见，以"祖师西来意"为代表的一批禅宗经典公案早在唐代就形成了。同样，在《镇州临济慧照禅师语录》中，也有类似禅宗颂古的"颂"的出现：

> (师)到凤林。林问："有事相借问，得么？"师云："何得剜肉作疮。"林云："海月澄无影，游鱼独自迷。"师云："海月既无影，游鱼何得迷？"凤林云："观风知浪起，翫水野帆飘。"师云："孤轮独照江山静，自笑一声天地惊。"林云："任将三寸辉天地，一句临机试道看。"师云："路逢剑客须呈剑，不是诗人莫献诗。"凤林便休。师乃有颂："大道绝同，任向西东。石火莫及，电光罔通。"③

从临济与凤林禅师的对答中，我们能知道，在唐代丛林教学中禅师与学僧已

---

① （唐)释慧然集：《镇州临济慧照禅师语录》，《大正藏》第47册，第504a页。
② （南唐)静、筠禅师编纂，孙昌武、（日)衣川贤次、（日)西口芳男点校：《祖堂集》，北京：中华书局，2007年版，第153页。
③ （唐)释慧然：《镇州临济慧照禅师语录》，《大正藏》第47册，第506b页。

广泛地采用了"对句"及韵语的说法方式。凤林之问语"海月澄无影,游鱼独自迷""观风知浪起,酙水野帆飘""任将三寸辉天地,一句临机试道看"及临济之答语"海月既无影,游鱼何得迷""孤轮独照江山静,自笑一声天地惊""路逢剑客须呈剑,不是诗人莫献诗"等都是整齐的对语;而临济之颂"大道绝同,任向西东。石火莫及,电光罔通"在格式上更是与后来的有韵颂古没啥两样。既然构成禅宗颂古的"颂"与"古"都已在唐代出现,所以我们有理由认为禅宗颂古至少在唐代就已经出现了,绝对不是汾阳善昭的首创。巧合的是,上举较早的公案与较早的"颂"的例子皆出自《镇州临济慧照禅师语录》。在现存《江西马祖道一禅师语录》《洪州百丈山大智禅师语录》《黄檗山断际禅师传心法要》《镇州临济慧照禅师语录》等属禅宗早期文献的《四家语录》中,[①]也唯有《镇州临济慧照禅师语录》中出现了"颂"这一语言形式。这也许预示着临济宗将在后来的禅宗颂古中扮演着重要作用。汾阳善昭将颂古发扬光大,而他正是临济宗中人。在宋、元两代禅宗颂古中,也以临济宗风气最盛、作品最多、所出著名颂古宗师也最多。汾阳之后,临济宗渐分为黄龙与杨岐两派,法脉绵延不绝,终宋、元两代,皆是临济颂古的天下。

从宏观来看,唐末五代时期禅宗内部兴起行脚之风,僧人们扮演着信息传递者的角色,使得不同系统、不同地域的禅师可以对同一则富有启发意义的话语进行解读。可以说,这种行为一方面促使了禅宗公案的定型——南唐静、筠二位禅师编纂的《祖堂集》可谓是最早的公案集;另一方面也使得禅宗颂古之风渐入人心,为宋代文字禅的兴起埋下了伏笔。杨曾文《宋元禅宗史》也认为"善昭并非颂古的肇始者。在唐末五代丛林间,已经有颂古出现。"[②]

《禅宗颂古联珠通集》所收录汾阳善昭之前僧人颂古的情况正好验证了以上论证过程及结论。《禅宗颂古联珠通集》收录有傅大士、长沙景岑、曹山本寂、克符道者、觉铁嘴、芭蕉继彻、智门师宽、法眼文益、法灯泰钦、永明延寿、上方遇安、首山省念、智门光祚等十三位宗师的颂古作品共 41 首,其创作时间皆在汾阳善昭之前。此外,《禅宗颂古联珠通集》还收录有石门蕴聪、石门慧珏、神鼎洪諲的颂古作品共 10 首。三位禅师与汾阳善昭一样,也是首山省念的弟子,其颂古创作也不能说全部晚于汾阳善昭;另有文殊应真禅师法嗣洞山晓聪禅师,卒于公元 1030 年,比汾阳善昭卒年公元 1024 年仅晚六年,《禅宗颂古联珠通集》所收录其 21 首颂古作品,也不当全晚于汾阳善昭。以上各位宗师颂古创作的具体情况见下表:

---

① 笔者所见为日本驹泽大学图书馆藏刻本《四家语录》。
② 杨曾文:《宋元禅宗史》,北京:中国社会科学出版社,2006 年,第 287 页。

表 12 《禅宗颂古联珠通集》收录善昭之前颂古作品情况表

序号	颂古作者	生卒年	师承	颂古数	类别	所颂公案	宗派
1	傅大士	497—569	嵩头陀	1	增收	金刚般若经	
2	长沙景岑	788—868	南泉普愿	2	续收	临济无位真人	
					增收	石霜百尺竿头	
3	曹山本寂	840—901	洞山良价	1	增收	如何是道	曹洞
4	克符道者	唐末	临济义玄 ？—867	7	增收	灌溪沤麻池	临济
					增收	达摩只履归西	
					续收	大士讲经	
					续收	四祖百鸟衔花	
					续收	鸟窠布毛示法	
					续收	鲁祖面壁	
					续收	临济棒喝	
5	觉铁嘴	赵州侍者 唐末	赵州从谂 778—897	1	续收	法眼汝是惠超	临济
6	芭蕉继彻	五代后唐	芭蕉慧清	1	原收	沩山水牯牛	沩仰
7	智门师宽	890—955	云门文偃	1	增收	龙牙师子反掷	云门
8	法眼文益	885—958	罗汉桂琛	2	增收	法华经	法眼
					续收	金刚般若经	
9	法灯泰钦	？—974	法眼文益	1	续收	石巩张弓	法眼
10	永明延寿	904—975	天台德韶	4	原收	师子断首	法眼
					续收	鲁祖面壁	
					续收	玄沙三种病人	
					续收	玄沙汝虎	
11	上方遇安	924—995	天台德韶	1	原收	首楞严经	法眼
12	首山省念	926—993	风穴延沼	2	原收	志勤桃花悟道	临济
13	北塔祚	928—998	香林澄远	17		原收 13:文殊白槌；赵州石桥；大随大千俱坏、骨里皮；兴化酬宝；雪峰辊球；云门顾鉴咦、门前读书、日里看山、剑云门、大地药、沙门行；洞山麻三斤。增收 4:南泉无生、打王老师；长庆林下一人、众手淘金。	云门

序号	颂古作者	生卒年	师承	颂古数	类别	所颂公案	宗派
14	汾阳善昭	947—1024	首山省念	87		原收 67,续收 2,增收 18。	临济
15	石门蕴聪	965—1032	首山省念	6	原收	首山火把子	临济
					续收	药山看经	
					续收	火后一茎茅	
					续收	雪峰负藤	
					增收	玄沙触目菩提	
					增收	仰山不用人	
16	石门慧诏	宋	首山省念	1	续收	报慈情未生	临济
17	神鼎洪諲	宋	首山省念	3	原收	云际摩尼珠	临济
					原收	志勤桃花悟道	
					原收	首山新妇	
18	洞山晓聪	?—1030	文殊应真	21		原收 14:世尊初降生;秘魔木杈;投子月圆;仰山破镜、仰山红柿;三角示宝;兴化中间底;雪峰少打我;道闲珍重;云门不起一念、云门正法眼;慧彻教外句;颛鉴落井;首山风吹。续收 2:李翱访药山;庆诸遍界不藏。增收 5:沩山露地白牛;投子露地白牛;大觉本来身;保福殿里底;绍远布袋乌龟。	云门
	合计:颂古宗师 17 人;颂古数 72 首;所颂公案 68 则;所涉宗派 5 家。						

按照"公案早于颂古"的原则,笔者对以上颂古一一进行了检查,没有发现公案出现时间在后,而颂古作者生活时间居前的情况。表中所列颂古皆是可信的。

二、颂古与汾阳善昭的关系

颂古是文字禅的重要形式之一,而汾阳善昭是文字禅的倡导者。禅宗颂古自汾阳善昭始得到普及推广,作品大量增加,构成此后禅宗典籍的一个重要组成部分。

(一)文字禅推动了禅宗的迅速发展

汉传佛教自唐武宗"会昌法难"(842—845 年)之后,逐渐趋于衰退。然而,禅宗却一枝独秀,经五代不断发展,至宋代达到极盛。禅僧们拈槌竖拂、机锋棒喝、参公案、看话头,为中国佛教史谱写了辉煌的一页。其间临济宗的汾阳善昭、圆悟克勤及云门宗的雪窦重显倡导并弘扬的文字禅功不可没。在禅宗诸语录中,以云门语录代语、别语最多,而颂古、拈古以临济为最多,盖宗门之代语、别语以云门为始,而颂古、拈古以临济为始。

代别、颂古、拈古和评唱是文字禅的四大形式。代别是针对古人公案与宗师之语的,颂古与拈古是针对古则公案的,而评唱是针对公案、颂古与代别的。在四种形式中,评唱是以前三种为基础。它是对代别、颂古、拈古的再解释。而在代别、颂古、拈古这三种基本形式中,以颂古的影响最大。原因主要有以下三点:第一,相对于代别来说,颂古的篇幅更大,容量更多。代别是对古则公案的简要解释与回答,往往直截了当地以一两句话说出自己的悟心之语即可。颂古则要在语言上渲染一番,往往以书面语代替口语,透出一股"书卷气",比代别更正式、更严肃一些。正如圆悟克勤所说,颂古的核心理念是"绕路说禅",是对公案的间接说明与阐释。这是颂古有别于代别的地方之一,也是其为什么所用文字较多,篇幅更长的原因。在《禅宗颂古联珠通集》中,百字以上的颂古有五首,最长的一则颂古字数竟然达110字。一般来说,颂古的字数也在28字左右,而代别、拈古则相对较简短。请看以下诸例:

举。药山问:"僧什么处来?"僧云:"湖南来。"山云:"洞庭湖水满也未?"僧云:"未满。"山云:"许多时雨水,为什么未满?"云岩代云:"湛湛地。"洞山代云:"什么劫中曾欠少?"师云:"只在这里。"①(《云门匡真禅师广录》卷二)

举。僧辞石霜。石霜问:"船去?陆去?"僧云:"遇船即船,遇陆即陆。"石霜云:"我道半途稍难。"僧无语。师代云:"三十年后此话大行。"又云:"临行一句,永劫不忘。"②(《〈五家语录〉选录》卷二)

雪峰上问讯。师云:"入门来须有语,不得道早个入了也。"雪峰云:"某甲无口。"师云:"无口且从还我眼来。"雪峰无语。云居膺别前语云:"待某甲有口即道。"长庆稜别云:"恁么则某甲谨退。"③(《瑞州洞山良价禅师语录》卷一)

① (宋)释守坚集:《云门匡真禅师广录》,《大正藏》第47册,第556c页。
② (唐)慧然集,(明)郭凝之重订:《五家语录》(选录),《嘉兴藏》第23册,第548b页。
③ (明)郭凝之编集:《瑞州洞山良价禅师语录》,《大正藏》第47册,第521b页。

钦山与岩头、雪峰坐次。师行茶来,钦山乃闭目。师云:"什么处去来?"钦山云:"入定来。"师云:"定本无门,从何而入?"老宿代云:"大有人与么会。"雪窦显别云:"当时但指岩头、雪峰云:与这两个瞌睡汉茶吃。"①(《瑞州洞山良价禅师语录》卷一)

襄州庞蕴居士初谒石头,乃问:"不与万法为侣者是甚么人?"头以手掩其口。豁然有省。后参马祖问曰:"不与万法为侣者是甚么人?"祖曰:"待汝一口吸尽西江水即向汝道。"士于言下顿领玄旨。颂曰:一口吸尽西江水,万古千今无一滴。要知觉理不觉亲,马祖可惜口门窄。(白云端)风吹日炙露尸骸,泣问仙人觅地埋。忍俊不禁多口老,阴阳无处可安排。(保宁勇)吸尽西江向汝道,马师家风不草草。截流一棹破烟寒,天水同秋清渺渺。(天童觉)②(《通集》卷十四)

第二,颂古更容易为上层人士所接受。相对于拈古来说,颂古是押韵的,文学性更强,更具有感染力。七言四句与五言四句颂古占颂古的主流,而这种体式与中国传统文人所钟情的五、七诗颇为类似。所以,颂古更容易获得上层士人的喜爱。同时,颂古的创作实践也使禅僧具有了相当的文化水平。他们可以以诗文创作为媒介结交一些上层官员,而上层官员的支持也使禅宗很容易获得朝廷的青睐。随着禅宗传法对象的知识化,越来越多的官员成了在家居士,名义上也就成了禅宗的外护。这一方面使禅宗的社会地位越来越稳固,另一方面也使颂古创作成了亦偈亦诗的一种文学体裁,获得了僧俗两方的喜爱。汾阳善昭的百首颂古打下了文字禅的基础,昭示了一代禅风的启动,也为颂古这一体裁在宋、元两代获得大发展埋下了伏笔。第三,颂古体现了文字禅的根本精神。汾阳善昭在《颂古百则》之后的《都颂》中,就其颂古的选材、作用和目的,作了言简意赅的说明:"先贤一百则,天下录来传。难知与易会,汾阳颂皎然。空花结空果,非后亦非先。普告诸开士,同明第一玄。"先贤的一百则悟道机缘,无有难易之分,也没有重要与不重要之别,都是为了启示参读者对禅宗第一义的领悟。读者不必拘泥于颂古字面的意思,而应该透过文字障碍,直达本源。所谓"得鱼忘筌""到岸弃舟",悟得禅宗妙旨以后,一切过程都变得不复存在。颂古既能引导开悟,又不是直接说出禅宗第一义,而是让参读者以颂古为媒介自己悟出,这正是文字禅的根本精神。汾阳善昭所倡导的文字禅并没有背离禅宗"不立文字,教

---

① (明)郭凝之编集:《瑞州洞山良价禅师语录》,《大正藏》第47册,第523a页。

② 《禅宗颂古联珠通集》,第554a—554b页。

外别传""自证自悟"的根本宗旨。教、禅一致是佛教的本来面目,汾阳善昭大力主张的透过文字把握禅理的思想,并非离经叛道。可以说善昭倡导的文字禅所代表的禅风,是对达磨祖师"藉教悟宗"的回归。

(二) 汾阳善昭是颂古的倡导者

汾阳善昭可谓是临济宗的功臣,其倡导的文字禅对临济宗乃至整个禅宗的发展具有重要意义,而颂古是文字禅的重要形式之一。通过对相关材料的分析,笔者认为,善昭倡导文字禅的原因主要有以下几个方面:

第一,光大宗门,解决承嗣问题。宗教的兴盛与否,终究要取决于信众的多少。唐末五代,恰逢乱世,社会经济遭到极大破坏,流民很多。禅宗僧众聚集山林,修心养性,对食不果腹的贫苦人来说,确是一个不小的诱惑。入宋以后,社会渐趋稳定,社会经济得以不断恢复,禅宗对民众的吸引力大大降低。加之,禅宗教义主要靠自证自悟,对于根机不纯之人来说,能够真正开悟也确有很大难度。所以禅宗各派都出现了承嗣难找的问题。《五灯会元》卷十一曰:"(省念)一日侍立次,(风)穴乃垂涕告之曰:'不幸临济之道,至吾将坠于地矣。'师曰:'观此一众,岂无人邪。'穴曰:'聪明者多,见性者少。'"①汾阳善昭倡导的文字禅,是在不损害禅宗根本宗旨的前提下对传法方式的一次改革。此举把毫无把鼻的修心自悟,变成了有文字可依的参玄活动。一方面给正在修行路上的禅僧以尽可能的点拨,另一方面也拉近了禅僧与一般民众的距离,一定程度上消除了禅宗原来具有的宗教神秘性。这对于争取信众大大有利。据宋释悟明《联灯会要》卷十一、宋释普济《五灯会元》卷十一、元释念常《佛祖历代通载》卷十八、元释觉岸《释氏稽古略》等典籍记载:汾阳善昭禅师(947—1024)俗姓俞氏,太原人,年仅十四岁便父母双亡,不得已出家为沙门。虚心向学,先后参访了七十一位禅师,熟悉各派禅法,然并无开山授徒之意。行脚至襄州时,太守刘昌言曾力荐其主持寺庙,境内的四大禅刹可任选其一,被禅师婉言谢绝。善昭之师首山省念于淳化四年(993 年)十二月示寂。首山省念之师为风穴延沼,风穴延沼之师为南院慧颙,南院慧颙之师为兴化存奖,兴化存奖之师为临济义玄,临济义玄之师为黄檗希运,黄檗希运之师为百丈怀海,百丈怀海之师为马祖道一,马祖道一之师为南岳怀让,南岳怀让为曹溪嫡子。因省念禅师为临济宗第五代传人(曹溪第十代传人),门下弟子对振兴临济宗感到责任重大。于是,汾阳民众派遣善昭的师弟契聪前来迎请他回乡住持汾州太子禅院。然善昭闭关高枕,拒不见客。契聪禅师破门而入,曰:"佛法大事,靖退小节。风穴惧

---

① (宋)释普济:《五灯会元》,《卍新纂续藏经》第 80 册,第 232a 页。

应谶,忧宗旨坠灭,幸而有先师。先师已弃世,汝有力荷担如来大法者,今何时而欲安眠哉?"善昭骤起,握聪手曰:"非公不闻此语,趋办严吾行矣。"①

第二,佛法传播的需要。唐五代时期已形成了大量的公案,禅宗传法方式也由原来的"随机利物"——学人通过禅师的言行去"各自解悟"——渐变为以举示公案为主;原来的拈拂弄槌、扬眉瞬目等以动作为主的训导方式也渐变为以讲解公案为主的口语说教。这就使得禅宗的具体训导方式由对禅师日常动作、行为的自悟,转向了对禅师所说语言文字的参读。毫无疑问,这种以语言文字为媒介的教学方式,会大大促进禅宗教义的传播。为了更好地解释公案、传播公案,汾阳善昭选择了当时常用的经典公案——进行文字解释。这就是善昭禅师著名的"汾阳无德禅师颂古一百首""汾阳无德禅师代别一百首"。这种形式既解释了公案,又对公案的内涵进行了一定程度的固定。此举有利于人们更好地理解公案、接触公案,无形中扩大了禅宗的社会影响。这种解释与限定公案意蕴的"代别""颂古"与"拈古""评唱"一起构成了宋代文字禅的主要形态。善昭以代别、颂古为主要表达形式的文字禅实践,获得了当时禅宗内部有识之士的大力支持。云门宗的云门文偃、雪窦重显,临济宗黄龙派的寂音惠洪、杨岐派的大慧宗杲,曹洞宗的丹霞天然、投子义青,法眼宗的清凉文益、永明延寿,沩仰宗的仰山慧寂等一大批支持者,或进行文字禅的创作实践,留下大量颂古、拈古、评唱等作品,或进行文字禅的理论建设。针对人们的质疑,惠洪在《题隆道人僧宝传》中指出:"禅宗学者,自元丰以来师法大坏,诸方以拨去文字为禅,以口耳受授为妙。"(《石门文字禅》卷二十六)②从正面解说语言文字与禅法大道的关系,认为禅法的传播离不开语言文字。慧洪曰:"心之妙不可以语言传,而可以语言见。盖语言者,心之缘、道之标帜也。标帜审则心契,故学者每以语言为得道浅深之侯。"(《石门文字禅》卷二十五)③虽然不能用语言来传递心的神妙,但是语言是可以表现心境的。隐秘的心境可以表现为外在标识的语言。对外在标识明白了,也就自然可以契会心境了,故高明的禅师可以从学僧的语言中来衡量其得道与否。

第三,文字禅是可以宏扬佛法的恰当形式。首先,文字禅从根本上来说并没有偏离禅宗的根本教义。然而,它却解决了当时禅宗面临的法嗣难找、远离人们视线、传法对象减少等问题。为了维系禅法"不可言说"的核心部

---

① (元)释念常:《佛祖历代通载》,《大正藏》第49册,第661c页。
② (宋)释惠洪:《石门文字禅》,《四库全书》第1116册,第501页。
③ (宋)释惠洪:《题让和尚传》,载《石门文字禅》卷二十五,《嘉兴藏》第23册,700a页。

分,保持明心见性的顿悟法门,北宋在唐末五代以身势、动作取代语言的基础上,提出了"玄言"之说,即采取了较为折中的方法表述心法与公案。不说破佛法真谛,又对后学有所启示。所谓"玄言",具体地说就是指"文字禅"。其次,文字禅使禅宗仍然保持着一定的神秘性。其表述的宗教意旨,并不是一眼就能知道,而是要通过认真的文字领悟,在自身受到切实启发的前提下,方能证得禅门第一义。同时,禅门第一义也并不会受到语言文字的束缚。无论语言怎么表达,第一义是不会随之改变的。禅门中,经常被举用的公案为"祖师西来意",在各类禅宗语录中与此问题有关的记录就有 230 余则,然而各问的具体答语并不相同。因为禅的根本法,是超越一切的无生法,所以无碍自在,绝不受语言文字束缚。宇宙万有,一切有为、无为之法,皆存在于西来意之中。佛法遍天遍地,任取一物,无不是西来意。再次,提倡文字禅,并不是让人执着于文字,而是让参学者在文字中得到启发。"夫参玄大士,与义学不同。顿开一性之门,直出万机之路。入总持之林苑,薝卜为香。扇古佛之嘉猷,心明是道。怀冰霜而洁白,真玉无瑕。蕴金石而坚贞,骊珠有照。绍迦叶之正宗,传曹溪之密印。自省者不论尊幼,玄通者岂碍贤愚。是僧俗以同遵,乃圣凡而共凑。心明则言垂展示,智达则语必投机。了万法于一言,截众流于四海。"①善昭的诸多机法,只是为参禅学人提供了参禅的方法,而禅境却是无法传授的。所以当学僧问及"如何是向上一路"时,善昭答曰:"千圣不传。"最后,文字禅的负面影响并不影响其历史功绩。入宋之后,"不立文字"的禅宗一变而为"不离文字"的禅宗。禅师们评唱公案,参悟话头,着意在语言文字上用功夫,使原有禅风为之大变。从"说似一物即不中",到"了万法于一言",文字禅的出现和发展演变,使禅宗走上了追求华丽辞藻来表达禅境的道路,缩小了禅宗的受众,引发对禅法的误解,为禅宗的衰落埋下隐患。然而,我们也应该看到,禅宗的原创性思想在唐五代时期基本完备,北宋时期禅宗从发展规模和影响上虽达到了兴盛,但思想上的创新明显存在着内在动力不足的窘境。文字禅维系了禅宗的生存,扩大了禅宗的规模和影响力,体现出禅宗在不同时代的创新性和教化的多样性,其进步意义是毋庸置疑的。

(三) 汾阳善昭之前的颂古多为追记

《禅宗颂古联珠通集》收录颂古与公案的方式共有四种:原收、续收、增收、增附。原收可适用于公案与颂古;续收只适用于颂古;增收及增附只适用于公案。原收是指南宋宝鉴大师法应所编《禅宗颂古联珠集》中收录的公

---

① 　(宋)释楚圆集:《汾阳无德禅师语录》,《大正藏》第 47 册,第 619b 页。

案与颂古,但并不在文中标明,而是默认为空白;续收、增收、增附是元代禅僧普会所续编《禅宗颂古联珠通集》中的公案与颂古。为了与法应原作区别开来,保持法应原作的面貌,普会所增加的部分,分别按类别标记为续收、增收、增附。这种情况翻开普会《禅宗颂古联珠通集》,一眼便知。

《禅宗颂古联珠通集》共收录汾阳善昭颂古 87 首,其中原收 67,续收 2首,增收 18 首。原收颂古数占该集所录汾阳善昭总颂古数的 77%。《禅宗颂古联珠通集》收录汾阳善昭之前的颂古约 41 首,其中原收 17 首,增收 12首,续收 12 首。原收比例仅占 40%,续收与增收比例约占 60%。这表明,汾阳善昭之前的颂古多为普会的追记。在《禅宗颂古联珠通集》之外,这些作品或称颂、或称赞、或称偈,没有一首是称作"颂古"的。具体情况见下表:

表 13 《禅宗颂古联珠通集》所收善昭以前颂古来源表

宗师	颂古	出处	原称
傅大士	希有希有佛,妙理极泥洹。云何降伏住,降伏信为难。二仪法中妙,三乘教喻宽。善哉今谛听,六贼免遮拦。	梁朝傅大士夹颂金刚经	颂
长沙景岑	万法一如不用拣,一如谁拣谁不拣。即今生死本菩提,三世如来同个眼。	景德传灯录	偈
	百尺竿头坐底人,虽然得入未为真。百尺竿头须进步,十方世界现全身。	联灯会要	偈
曹山本寂	枯木龙吟真是道,髑髅无识眼初明。喜识尽时消息尽,当人那辨浊中清。	抚州曹山本寂禅师语录	颂
克符道者	"身受龙华三会主,槌开凤阁九重城。梁王筑倒金刚佛,更问如何不讲经"等七首	天圣广灯录	颂
觉铁嘴	惠超问佛佛何遥,机就机兮答惠超。到此直须挥剑刃,不然渔父便栖巢。	禅宗颂古联珠通集	颂古
芭蕉继彻	不是沩山不是牛,一身两号实难酬。离却两头应须道,如何道得出常流。	五灯会元	偈
智门师宽	众兽之中师子儿,善能哮吼震全威。纵横妙用能返掷,争奈文殊坐着伊。于阗国王牵不住,善财童子却生疑。将谓世界无过者,也被六尘吞着时。	禅宗颂古联珠通集	颂古
法眼文益	呪咀毒药,形声之逆。眼耳若通,本人何失。	云卧纪谭	颂
	宝剑不失,虚舟不刻。不失不刻,彼此为得。倚待不堪,孤然仍则。鸟迹虚空,有无弥忒。思之。	景德传灯录	颂

宗师	颂古	出处	原称
法灯钦	古有石巩师,架弓箭而坐。如斯三十年,知音无一个。三平中的去,父子相投和。子细返思量,元伊是箭垛。	佛果圆悟禅师碧岩录	颂
永明延寿	尊者理非谬,玄沙语甚奇。首随锋刃落,彼此没毫厘。	指月录	颂
	鲁祖见僧面壁,此理何妨径直。时人更莫斟量,祇者不劳心力。中间或闻一类,强言正是相为。非唯谤他古人,亦乃困于上智。会得祖师现前,不会也难逃避。	禅宗颂古联珠通集	颂古
	"欲知三种人,应用理常新。未有纤毫法,能为中外尘"等二首。	玄沙师备禅师语录	颂
上方遇安	不是岭头携得事,岂从鸡足付将来。自古圣贤皆若此,非吾今日为君裁。	景德传灯录	偈
首山省念	"分明历世三十春,因悟桃花色转新。人人尽得灵云意,不识灵云是何人"等二首。	古尊宿语录	偈颂
智门光祚	"文殊白槌报众知,法王法令合如斯。会中若有仙陁客,不待眉间毫相辉"等十六首。	古尊宿语录	颂
	药病相治事可嗟,如何于此堕群邪。未语已前谁辨的,泊乎开口见萌芽。不在思惟休卜度,徒劳管见强纷拏。世上多有如斯者,不知羞耻数如麻。	天圣广灯录	颂

从表中可知在汾阳善昭之前,许多颂古作品并不是以"颂古"之名来称呼的,它们或被称为"偈"、或被称为"颂",而以称"颂"的作品为最多。这一事实使我们产生四点认识:第一,早期的"颂古"其实就是"颂",只不过其颂的对象是"古则公案"而已。不颂"古则公案"的"颂"在佛教典籍中大量存在,而以"古则公案"为对象的"颂"则被称为"颂古"。第二,颂与偈是有细微区别的。颂在押韵、吟唱、齐言等方面的要求似乎比偈严格些。第三,颂的产生时间比颂古早的多。仅从表中即可得知,在傅大士所在的梁代就有了。第四,"颂古"之名始于汾阳善昭。从现存典籍来看,最早使用"颂古"这一名称的就是汾阳善昭。然而,总体来看,善昭本人并无意于创造什么新体裁,也无意于重新命名一个新体裁。善昭只是把当时司空见惯的一个表达形式"颂"用之于古则公案,并大量创作而已。

综上,颂古是以偈颂表达作者对古则公案的体悟并给参读者以悟道启示的一种佛教文体。禅宗诸语录中,以云门语录代语最多,盖宗门之代别,以云门为始。颂古则倡于临济宗之汾阳善昭,而以杨岐派为盛。颂古的意义在于表达悟道体验,所以颂古常被禅师用于勘验学僧开悟与否,好的颂古能令公案参读者茅塞顿开,直达悟境,不啻为参禅之路上的灯塔。颂古是文字禅的重要表达形式之一,对于宋代禅宗的繁荣与稳定具有重要推动作用。颂古是一把双刃剑,一面对参禅者具有启发作用,另一面也极易将根机较浅之人引入理性思维的迷途。《禅宗颂古联珠通集》所录颂古以七言四句为基本体式,其次是五言四句,最主要原因是受到了五、七言近体诗流行趋势的影响。颂古基本上都是古体诗,不追求格律,用韵自由,而偏重于对禅宗悟道境界的表达。杂言颂古诗约占六分之一,形式上以双句为基本构成单位,原因是受到了骈体文风的潜在影响。颂古对"三三七"民歌句式也有借鉴。颂古之体并非汾阳善昭首创,善昭之前已有颂古,但颂古之名却是汾阳善昭最早使用。

第四章 公案的参读

历代禅僧之悟道机缘及具有启发性的言行被记录下来,作为后世众多学人参禅时的指引,这些悟道机缘与言行记录即为公案。换句话说,公案是用以勘验学禅者开悟与否的历代高僧悟道机缘与典型事例。公案始于唐代,至宋代临济宗大慧宗杲倡看话禅而大行于世。《禅宗颂古联珠通集》载公案1300余则,涉及佛世尊、菩萨、西天及东土诸祖、历代禅宗高僧、得道居士及重要禅宗典籍等。禅宗五家七宗皆有公案,其中临济宗187则,曹洞宗141则,云门宗118则,沩仰宗71则,法眼宗25则。

禅林有1700则公案之说,而实际常用的公案约500则,其余或重复,或启示性不强,没有多少参究价值。公案最早是出现于语录中,如唐代裴休所编《黄檗断际禅师宛陵录》就有禅师要求学僧参"公案"的记载:

> 劝尔兄弟家,趁色力康健时讨取个分晓处,不被人瞒底一段大事。遮些关棙子甚是容易,自是尔不肯去下死志做工夫,只管道难了又难好。教尔知那得树上自生底木杓,尔也须自去做个转变始得。若是个丈夫汉,看个公案:"僧问赵州:'狗子还有佛性也无?'州云:'无。'"但去二六时中看个无字。昼参夜参,行住坐卧,着衣吃饭处,阿屎放尿处,心心相顾,猛着精彩。守个无字,日久月深打成一片,忽然心花顿发,悟佛祖之机,便不被天下老和尚舌头瞒,便会开大口。达摩西来无风起浪,世尊拈花一场败缺。到这里,说甚么阎罗老子,千圣尚不奈尔何。[①]

黄檗希运禅师劝学僧们要用功参学,最好把赵州"狗子无佛性"公案拿来参读,重点是一个"无"字,日积月累,必能忽然开悟。

禅宗最初仅有独家语录,只记录一位禅师的言行事迹,其后语录之书渐多,遂有专门编选、汇辑公案之书,如《碧岩录》《从容录》《无门关》《正法眼

---

① (唐)裴休编:《黄檗断际禅师宛陵录》,《大正藏》,第48册,第387a页。

藏》《景德传灯录》《人天眼目》《指月录》《续指月录》等。此外，公案中大多有一个字或一句话供学人参究之用者，称为"话头"，如上举"狗子无佛性"公案之"无"字。参禅时，对公案之话头下工夫，称为参话头。这种禅风即为看话禅，与曹洞宗之宏智正觉禅师所倡导沉默专心坐禅之默照禅相对。

第一节　公案的参读方法

公案的参读方法多种多样，因人而异。这里仅介绍一些最基本的方法，比如识得机锋语、应对机锋、了解佛性、体验悟境、借助颂古等。

一、机锋及其应对

机锋又称禅机。机，指受教法所激发而活动的心之作用，或指契合真理之关键、机宜；锋，指活用禅机之敏锐状态。禅僧与他人对机或接化学人时，常以寄意深刻、无迹象可寻，乃至非逻辑性之言语来表现一己之境界或考验对方，这些言语就是机锋语。读颂古要留意机锋语，方能读懂。机锋语少则一句，多则数句。

（一）有些公案机锋并不险峻，也可以说没有机锋

这样的公案比较容易参读，但也有一个坏处，就是很难受其启示而开悟。《禅宗颂古联珠通集》卷六有关达磨面壁的公案："达磨大师自梁涉魏，至洛阳少林面壁而坐。经于九年，方得二祖传法。"(508b)这一公案中，学人找不到明显的机锋语，只是略讲了达磨面壁的故事。没有入处，自然也难以从中受到启示。读了庐山圆通道旻禅师的颂古，学人方才会有一些启示，那就是"默不作声"。禅宗既然以心传心，就无法用言语表达。这首颂古为："九年熊耳，空留只履。一花五叶，春风四起。"(508c)再如《禅宗颂古联珠通集》卷六：

> 达磨大师既葬熊耳山。后三岁，魏宋云使西域，回遇祖于葱岭。手携只履，翩翩独逝。云问："师何往？"祖曰："西天去。"又谓云曰："汝主已厌世。"云闻之茫然，别祖东迈暨复命，即明帝已登遐矣。追启圹，惟空棺，一只革履存焉。举朝为之惊叹。奉诏取遗履，于少林寺供养。(509b)

克符道者颂曰："熊耳宗师葬洛阳，龙城天子泣千行。回担只履葱山上，惊杀

梁王与魏王。"(509c)琅琊慧觉禅师颂曰:"师眼兮深,师鼻兮大。师耳兮穿,师舌兮快。师身兮墨,师心兮戴。手携只履返流沙,熊耳石塔今犹在。"(509c)可见,不管是公案还是颂古都只是叙述故事,未见明显的机锋语存在,惟有达磨在万里之外能知北魏孝明帝元诩已亡有神异色彩,涉及悟道成佛之六神通之事,然对于如何悟道,却没有很好的启示作用。所谓六神通是指得道者的六种超人间而自由无碍之力,即神足通、天眼通、天耳通、他心通、宿命通、漏尽通。

(二)反常的举动往往是机锋所在

《禅宗颂古联珠通集》卷八:"国师一日唤侍者。者应诺。如是三召,皆应诺。师曰:'将谓吾孤负汝,却是汝孤负吾。'"(519b)南阳慧忠国师三次呼喊弟子,弟子每次都答应了。既然每次都答应了,为什么还会呼喊这么多次呢?这就是机锋所在。老师正常情况下呼喊一次就行了,侍者答应后,老师将要说的话说给他,这就是日常之事。可是老师却连喊了三次,这就是反常的举动了。侍者应该从中悟到些什么,可是侍者并未明白老师的良苦用心,三次都是以平常语答之。所以慧忠国师说,不是我辜负了你,而是你辜负了我呀。这位侍者在慧忠国师身边三十余年,尚未开悟,这是国师感觉辜负侍者之处。这次一连三次呼喊侍者的名字,实际就是启发他,让他感受自己的佛性,佛性在自心。呼喊学人名字是引发其"自心即佛"体验的有效办法之一,在其他学人身上屡试不爽。可是这位侍者像木头一样,只把老师的呼喊当成平常之事,一次平常,两次还平常吗,两次平常,三次还算平常吗? 只能说侍者一点儿寻找机锋的意识都没有,完全把参禅悟道,自己的生死大事给忘却了,只顾一天天殷勤的做些杂务。所以,不是老师辜负了弟子,不传禅法给弟子,而是老师传禅法时,弟子根本无动于衷,是弟子辜负了老师呀。可见,在禅林,成佛做祖也不是容易的事儿,百千弟子里,真正开悟的可谓少之又少。

(三)公案中述及现实生活中不存在的事物,往往是机锋所在

《禅宗颂古联珠通集》卷八记载"无缝塔"公案如下:

> 国师化缘将毕,乃辞唐代宗。帝曰:"师灭度后,弟子将何所记?"师曰:"告檀越,造取一所无缝塔。"曰:"就师请取塔样。"师良久曰:"会么?"曰:"不会。"师曰:"贫道去后,有侍者应真却知此事。"师迁化后,帝诏应真问此意如何。真述偈:"湘之南,潭之北,中有黄金充一国。无影树下合同船,琉璃殿上无知识。"(520b)

南阳慧忠既是国师，唐代宗以弟子自居。代宗问老师涅槃之后，弟子该如何记得老师的形象，如何纪念老师呢？慧忠国师当然不能以寻常之语回答，不然自己与寻常之人何异？那么忠国师当示世以佛的形象，还是以人的形象呢？忠国师既已悟道，当以佛身自居。国师的回答是让"弟子"造一座"无缝塔"以作为记念的对象。何为"无缝塔"？人间有没有缝的塔吗？没有。此处显然是机锋语。那么，无缝塔究竟是什么呢？湘之南，潭之北，这是个根本就不存在的地方，怎么可能会有黄金？世间怎么可能会有无影树？光亮透明的殿宇里没有一个认识的人或东西。这是什么？很显然，这说的是悟境，也就是涅槃境界。住世高僧涅槃之后就成了佛。所以还是回到开头，南阳慧忠国师想让唐代宗以佛的形象来怀念他，记住他。可是佛的形象是无法具体地、写实性地描摹的，所以才说到了无缝塔——这种人间没有之物。无缝塔之设，向代宗启示的是悟境，即成佛后的境界。白云守端颂曰："无缝塔从谁手造，虽然有样不堪传。如何强写无层级，永向琉璃殿上悬。"（520c）罗汉系南颂曰："窣堵无缝立还危，宝铎玲珑八面垂。千手大悲扪不着，百重关锁下金槌。"（520c）本觉守一颂曰："欲建南阳无缝塔，般输下手实应难。本来成现何须作，到处巍然著眼看。"（520c）从三首颂古也能看出无缝塔暗示的是佛，特别是第三首，本来是现成的，何须再造一座塔呢？这个现成就是悟境，了悟之人都有，就是自己的开悟之心，所以不用新造。可见，找到了"无缝塔"这个机锋语就算从公案中找到了一个悟人之处。

（四）有时机锋表现为类比式的启发

《禅宗颂古联珠通集》卷九："清源因僧问：'如何是佛法大意？'师曰：'庐陵米作么价？'"（523c）此公案能带给参读者多种悟入方式，类比式的启发是其中之一途。黄龙慧南颂曰："庐陵米价逐年新，道听虚传未必真。大意不须歧路问，高低宜见本来人。"（523c）僧问佛法大意，清源行思禅师反问他庐陵米什么价位？吉州庐陵米价每年不一样，具体是什么价，要亲自到市上问问才知道，不能道听途说。同样道理，佛法也不能道听途说，而应该自悟。靠问别人了解的佛法，不是真正的佛法，只是概念上的，语言上的佛法，是假的佛法，真佛法要自己去体悟。天童宏智正觉颂曰："太平治业无象，野老家风至淳。只管村歌社饮，那知舜德尧仁。"（523c）天下太平就是各自安居乐业，自由自在地生活，不需要什么特别的景象。子民们只顾欢乐地饮酒作歌，哪里还有心思管是舜的天下，还是尧的天下呢。显然，这首颂古也是暗示了佛法要靠自证自悟，佛在自心，不在身外，不必着意地追求，要向内心参求，使自心不受蒙蔽，最终得以完全显现，即算到达悟境，而不必向外寻求。

（五）与所问问题毫不相干的回答往往是机锋语

《禅宗颂古联珠通集》卷三十三："云门示众曰：'古佛与露柱相交是第几机？'僧无语。师曰：'你问。我与你道。'僧遂问。师曰：'一条绦三十文。'曰：'如何是一条绦三十文？'师曰：'打与。'自代前语云：'南山起云，北山下雨。'"（686a）云门文偃禅师问众僧，古佛与露柱相比较，应该是属于第几机？机，禅师开悟他人时自心之作用，是超言语，绝思虑的。此作用施加于受教者之心，故受启发之人必须与禅师之心相应，是为投机。禅机所启示的那个不可言说的东西（其实连"东西"也不是），即为禅宗第一义谛。殿里古佛朝夕受人礼拜，门外露柱早晚日晒雨淋，它们皆为木石所造，却有两般境遇，是何道理？答案本应该是第一机，即让人明白那不可言说的禅宗第一义谛。然而，第一义谛是超语言的，是不可言说的，可这里毕竟说是"古佛"呀，古佛是两个字呀，又不算超语言了，而且既是两个字，就不算不可言说，倒是可言说的了，应该归入第二义谛，即凭借语言文字等善巧方便，使人悟得第一义谛。可见这个问题，无法避免文字葛藤，难以回答"古佛"究竟是属于第一义，还是第二义。有这感觉，就对了，这正是云门禅师的暗自用意之处。他的机锋在于暗示学僧，像这样不能回答的问题还有很多，用正常的理性思维，是根本无法解决的。那怎么办呢？要害在于，你干嘛费力思考着试图回答一个根本无法回答的问题呢？这样的思考，恰恰是与了悟之途背道而驰的。悟境里是没有区别、没有思考的，也不是思考能得来的，要达悟境，恰恰是需要截断这种思考，一点儿都不能思考。所以，当僧反问云门究竟该如何回答这一问题时，云门回答的是一句与所问问题毫不相干的话。目的就是让学僧完全截断对这个问题的思考，使他们有一种失去思考意识的瞬时体验，也是了悟的体验。

再如《禅宗颂古联珠通集》卷三十四："云门上堂，因闻钟声乃曰：'世界与么广阔，为甚么向钟声披七条？'僧无语。师曰：'七里滩头多蛤子。'"（687a）《禅宗颂古联珠通集》卷三十五："石门彻因僧问：'如何是三乘教外别传一句？'师曰：'东村王老夜烧钱。'"（697a）亦是问与答毫不相干。《禅宗颂古联珠通集》卷三十八：

> 自洞山如武昌行乞，首谒刘公居士家。士高行为时所敬，意所与夺，莫不从之。师时年少，不知其饱参，颇易之。士曰："老汉有一问，若相契，即开疏，如不契，即请还山。"遂问："古镜未磨时如何？"师曰："黑似漆。"曰："磨后如何？"师曰："照天照地。"士长揖曰："且请上人还山。"拂袖入宅。师憏憏还洞山。山问其故，师具言其事。山曰："你问我，我

与你道。"师理前问。山曰："此去汉阳不远。"师进后语。山曰："黄鹤楼前鹦鹉洲。"师于言下大悟机锋不可触。（716b）

云居晓舜行乞至武昌刘居士家，刘居士说你若能回答好我的一个问题，我就让你讲经，给你供养之物，如若不能回答好，就请您回山吧。居士问古镜未磨时如何，师答以黑似漆；问磨后如何，师答以照天照地。对于古镜未磨时与已磨时意味着什么，双方心里都清楚，前者隐喻未开悟时，后者隐喻已经开悟。若以理性思维看待，云居晓舜的回答还算当行，不算大错。问题就出在对方是一位饱参之士，并不满足于这种较为浅显的回答。他要更参进一层，要更契合悟境的答案。云居晓舜的破绽之处在于，他以第二义谛的语言文字去直接说属于第一义谛的悟境。显然是言不达意的，况且第一义谛也是无法直接言说的，只能暗示。一旦直接言说，就堕入第二义谛了，一旦执于语言文字所塑造的概念之悟境，就远离了真悟境。作为云居晓舜的老师，洞山晓聪禅师的回答与悟境非常契合。不管第一问之答语，还是第二问之答语，都与所问问题毫不相干，意在暗示无有思议，才能真正契合了悟之境。这种看似与所问问题毫不相干的答语，实际却具有强烈的启发性。

（六）自相矛盾或二难之选往往是机锋所在

《禅宗颂古联珠通集》卷三十六："首山拈竹篦示众曰：'汝诸人，若唤作竹篦则触，不唤作竹篦则背。汝诸人且道唤作甚么？速道、速道。'"（702c）抵触与背离都不是恰当的称呼方式，那唤作什么才是最恰当的呢？以正常思维逻辑来看，竹篦只有两种称呼方式，一是叫它竹篦，一种不叫它竹篦，而是叫它别的任何一种名称。可是这两种方式都被首山省念禅师排除了。那么，这个问题就变成了无解，无法回答了。事实上，省念禅师是在暗示启发学人，一定要抛弃理性思维与正常逻辑，放弃思考，才是正确的参读之路。无怪乎禅师命令"速说、速说"，正是不给学人以思考的时间。只有放弃思考了，才可能有个入处，因为放弃思考的体验与悟道的体验是有相同之处的。悟道之境界就是无知无识，无欲无求，无有分别与差异的境界。

《禅宗颂古联珠通集》卷三十九："五祖演问僧曰：'倩女离魂，那个是真底？'（王宙欲娶倩娘为妻。倩父母不许。倩遂卧病在家。王宙将欲远行，月下见倩来，同舟而去。三年后遂生一子，倩遂归父母家。才到门，家中有一倩娘，出来相见。两人遂合成一身）"（724a）高明的五祖法演禅师借唐传奇小说《倩女离魂》的故事发挥禅理，启发后学。哪个才是真倩娘呢？有魂无身，有身无魂，都不能算真正的倩娘。这个问题同样是无解的。无解就要思变，就要考虑到这里是机锋语，恰是启人悟道之处。无解就要放下，心无芥蒂,不执着于任何一事一物,跳出逻辑思维的藩篱,方能有了悟之体验。《禅宗颂古联珠通集》卷三十九:"五祖演垂语曰:'路逢达道人,不将语默对,且道将甚么对?'"(724a)路上逢人,你不能跟他说话,也不能不跟他说话,那你该怎么办呢?还好,你逢的是得道之人,这是一重要提示。既然选择怎么做都不对,那就不要试图做出选择了,抛弃这种理性的逻辑思维吧,这样反而能跟这位得道之人十分契合了。这则公案参读的关键点就是发现"不将语默对"这一矛盾表达,这里是机锋所在,也是悟入之处。

(七)不能恰当应对机锋即为不悟

机锋语是公案的十分关键之处,若不能发现机锋语,或者发现了却不能恰当地应对,那就是没有参透公案。没有参透公案,就相当于没有找到体验禅悟的入口之处。这样的学人,相对于悟道来说就是门外汉、漆桶汉。《禅宗颂古联珠通集》卷二十六:

> 沧州米仓禅师(嗣临济)问僧:"近离甚处?"曰:"冀州太湖。"师曰:"阇黎来时,太湖向你道甚么?"曰:"知道米仓路峻。"师曰:"到这里又作么生?"曰:"不异发足时道路。"师曰:"阇黎已孤太湖去在。"曰:"某甲亦不肯和尚恁么道。"师曰:"来时路峻,如今路平。"曰:"不妨和尚此路。"师曰:"漆桶里汉,有甚么限?"(639c)

米仓禅师问学僧是哪位禅师把他介绍到自己这边来的,当知道是太湖禅师介绍时就问这僧:临出发时,太湖禅师告诉你什么话没有?这僧的回答是老师曾提示到米仓之路不好走,路途险峻。米仓禅师一听就明白,太湖禅师所说之险峻,是指的禅风,是参禅的道路,不是指现实的道路。这是一机锋语,不过不太明显,不容易看出。米仓禅师问这僧:那么你来到了,感觉路途到底险峻不险峻呢?这僧回答说未见险峻之处,与出发时的路没啥两样。这僧压根未知太湖禅师与米仓禅师话语之机锋,只是以常语作答,故米仓禅师说他辜负了太湖禅师的殷切提示。可是,这僧却不以为然。米仓禅师只好再次提携,在明明知道来去之路没有两样的情况下,仍然说来时路峻,如今路平,明显是机锋语。这僧仍然未知是机锋,仍以常语附和说来时路途如何,禅师你就不用关心了,到这里的路确实是平坦的,没啥难走。米仓禅师见他又未识机锋,仍以常语作答,斥其为参禅根机极差的漆桶汉,并说我与你是机锋问答,谈的是禅悟,与你来时走过的道路有什么关系呢?这僧先是未识太湖禅师的机锋语,后来又不理会米仓禅师的提示,米仓禅师再次设机锋语来问,这僧仍是不识机锋,只以常语作答。不管米仓如何提示、启发,这僧始终不在机锋语的语言环境里，直是门外汉，离悟道可谓是十万八千里呀。

禅宗之教法与主张皆具有较强的思辩性，是具有一定思维能力的文化人的游戏，动的是大脑不是手脚，一味儿的勤苦劳作，未必能悟道。动手的同时，还要动脑，这是禅宗对士大夫有吸引力之处。两宋士人多有某某居士之号，正是亲近禅宗的表现。对于知识尚浅，以勤苦为秉性的学僧，行脚参禅几十年，始终未能悟道的不在少数。

（八）机锋应对要朝非逻辑思维处设语

逻辑不通之处才是异于常人之处，才是机锋语，才是悟道之"入处"。若按正常思维逻辑应对机锋，终不能到达悟境。因为悟境里是无思维现象的，也是无逻辑现象的。以常语应机，就始终只是常人，与开悟无缘。《禅宗颂古联珠通集》卷二十四：

> 洞山因僧问："寒暑到来如何回避？"师曰："何不向无寒暑处去？"曰："如何是无寒暑处？"师曰："寒时寒杀阇黎，热时热杀阇黎。"（621c）

僧问洞山良价如何回避寒暑，良价禅师说向没有寒暑的地方去。那什么地方才是没有寒暑的地方呢？自然是涅槃之境，所以洞山回答说是热时热死你之处，寒时冻死你之处。若照常人思维逻辑，热的时候应该到凉快的地方，冷的时候应该到暖和的地方，这才是躲避寒暑呀。但这只是俗人的理解，执于此思维逻辑，终不能悟。针对此公案，佛灯守珣禅师颂曰："无寒暑处洞山语，多少禅人迷处所。寒时向火热乘凉，一生免得避寒暑。"（622a）洞山的话，使多少禅人陷入了迷惑呀！但是若寒时向火，热时乘凉，就会一生处于寒暑交替之中，不能真正回避寒暑。

《长灵守卓禅师语录》卷一针对道吾禅师"生也不道死也不道"公案（道吾与渐源至一檀越家吊慰。源拍棺云：生邪，死邪？吾云：生也不道，死也不道。源问为什么不道，吾云：不道不道），长灵守卓颂曰"木人把板云中唱，石女穿靴水上行。生死死生休更问，从来日午打三更。"[1]木人怎会唱歌，又怎会在云中歌；石女怎么穿靴，又怎会行走于水上；正午时分怎么会听到三更天的打更声。这些都是不合乎逻辑的表达，然而也只有这样，才能契合公案所说的非生非死的涅槃境界。在世俗人眼里，人活百年，终究是有生死的，但在悟道者看来，却并非如此。《心经》曰"色不异空，空不异色，色即是

空,空即是色",①又曰"不生不灭,不垢不净,不增不减"。② 对于悟道之人来说是不存在生死的对立的,死不异生,生不异死,死即是生,生即是死。天皇道吾(悟)禅师意在借这次吊慰活动来启发学僧,故面对渐源的提问时回答说不能道生,也不能道死,因为悟道之境是超生死的。

《禅宗颂古联珠通集》卷二十五:"投子因僧问:'劫火洞然时如何?'师曰:'寒凛凛地。'"(629b)若按正常思维逻辑,大火焚烧一切时,难道人不是感觉到热吗? 怎么反倒感觉冷嗖嗖的呢? 然而正是这种非逻辑性的回答,才能启人悟道。

《禅宗颂古联珠通集》卷二十六:"王常侍参睦州。一日师问:'何故入院迟?'公曰:'看马打球,所以来迟。'州云:'人打球? 马打球?'公曰:'人打球。'州云:'人困么?'公曰:'困。'曰:'马困么?'公曰:'困。'曰:'露柱困么?'公茫然无对。归至私第,中夜忽有省。明日见州曰:'某会得昨日事也。'州云:'露柱困么?'公曰:'困。'州遂肯之。"(635a)前面的对话都很正常,到"露柱困么"一句,出现逻辑不通。露柱为露在外面之柱,指法堂或佛殿外正面之圆柱,与瓦砾、墙壁、灯笼等俱属无生命之物,怎么会感觉困呢? 故王敬初常侍茫然无对。待其有省之后,始以非逻辑之语答之,所以获得睦州禅师印可。

(九)悟道者之间常互为机锋问答

悟道者之间出于勘验、明心、明法、互参等目的,常常互为机锋问答,是为"斗机锋"或"法战"。《禅宗颂古联珠通集》卷八:

> 永嘉真觉玄觉禅师精天台止观圆妙法门,四威仪中常冥禅观,后因左溪朗激励,与东阳策同诣曹溪。初到,振锡携瓶,绕祖三匝。祖曰:"夫沙门者,具三千威仪,八万细行。大德自何方而来? 生大我慢。"师曰:"生死事大,无常迅速。"祖曰:"何不体取无生,了无速乎?"师曰:"体即无生,了本无速。"祖曰:"如是,如是。"时大众无不愕然,师方具威仪参礼。须臾告辞,祖曰:"返太速乎?"师曰:"本自非动,岂有速耶?"祖曰:"谁知非动?"师曰:"仁者自生分别。"祖曰:"汝甚得无生之意。"师曰:"无生岂有意耶?"祖曰:"无意谁当分别?"师曰:"分别亦非意。"祖叹曰:"善哉,善哉。"留一宿。时谓一宿觉。(521b)

---

① 《金刚经·心经》,陈秋平译注,赖永海主编:《佛教十三经》,北京:中华书局,第127页。
② 《金刚经·心经》,陈秋平译注,赖永海主编:《佛教十三经》,北京:中华书局,第129页。

此为永嘉玄觉禅师参六祖慧能的故事。玄觉禅师修止观法门,与慧能之顿悟法门殊途而同归。停止于第一义谛不动,止息任何妄念,是为止;观智通达,契会真如,是为观。初见六祖,玄觉有振锡之举,故六祖斥其自高自大,执于一己之我。玄觉说非我自大,实是生死事大,无常迅速,我来参生死之事,所以显得有些严肃了。六祖说那你何不体悟涅槃之真理,如如如一,就没有生死烦恼了。玄觉说我本来即如此,何用体悟? 因对答无有破绽,故获六祖印可,为六祖嗣法弟子之一。及辞别,六祖以常语说,你这样就走有点太匆忙了吧。玄觉仍以机锋语答之,说自己法身本来就没有动。六祖复问如何见得没有动呢? 玄觉说动与不动,只是你自己的感觉,在我这里没有这个问题,同样也无分别之意。永嘉玄觉禅师与六祖问答,可谓针锋相对,且滴水不漏。这就是悟者之间的机锋对决。

《禅宗颂古联珠通集》卷九:"清源问石头:'汝什么处来?'曰:'曹溪。'师乃举拂子曰:'曹溪还有这个么?'曰:'非但曹溪,西天亦无。'师曰:'子莫曾到西天否?'曰:'若到,即有也。'师曰:'未在,更道。'曰:'和尚也须道取一半,莫全靠学人。'师曰:'不辞向汝道,恐已后无人承当。'"(523b)清源行思问石头希迁从何处来,本是一句俗常的问候,当他拿起拂子又问,就不是平常问话了,就是在呈示机锋了。拂,暗示佛。禅宗虽人人发愿成佛,但却不能有成佛之念,更不能说出来,不然作为归宿之佛,就变成了观念之佛了。石头应机说不但曹溪没有这种观念之佛,就是西天也没有。清源问莫非你到过西天么,你怎么知道西天没有呢? 石头说若是我真到了西天了,那我就成佛了,就是有佛了。道理虽然如此,但这句话毕竟是用语言表达的,是第二义谛,仍不是第一义谛之真佛。第一义谛不能直说,只能暗示。所以清源说未在悟境,请重新再说。石头请老师再提示一下,说出一半来,清源解释说:不是我不告诉你,而是禅道要靠自悟,若说出来了,恐以后就再无学僧能够自悟了。这是师徒的日常问答,其时石头已悟道,双方问答的关键点在于不要说出那个"佛"字,说出来自己就是门外汉了。再如《禅宗颂古联珠通集》卷三十九:

> 金陵俞道婆市油餐为业,参琅琊起和尚。起以临济无位真人话示之。一日闻丐者唱《莲华乐》云:"不因柳毅传书信,何缘得到洞庭湖。"忽大悟,以餐盘投地。夫曰:"你颠邪?"婆掌曰:"非汝境界。"往见琅琊,琊望之知其造诣。问:"那个是无位真人?"婆应声曰:"有一无位人,六臂三头努力瞋。一擘华山分两路,万年流水不知春。"琊印可之。凡有僧至,则曰:"儿儿。"僧拟议,即掩门。佛灯珣和尚往勘之。婆如前所

问,珣曰:"爷在甚处?"婆转身拜露柱。珣即踏倒曰:"将谓有多少奇特。"便出。婆蹶起曰:"儿儿来,惜你则个。"珣竟不顾。安首座至。婆问:"甚处来?"曰:"德山。"婆曰:"德山泰乃老婆儿子。"曰:"婆是甚人儿子。"婆曰:"被上座一问,直得立地放屎。"(725c)

俞道婆应答"无位真人"话头,说无位真人是六臂三头,眼睛怒视,力擘华山,无知无识,万年长存,显然不是世间之人,算是对佛道有了初步体验,虽获琅玡永起禅师印可,但是否彻悟,尚需勘验。婆见僧即说是其儿子,对方拟议,即关门不语,是为了截断这僧的思议,是启人开悟的方式之一。可见俞道婆开悟后已经在传法接人了,希望自己有个法嗣。佛灯守珣禅师去勘验,道婆呼守珣为儿子,守珣反问你自己能生儿子吗?你的丈夫在哪里呢?这是平常之语,但道婆却不能以平常之语答之,否则就算没有开悟的普通人一个。道婆说露柱就是自己的丈夫,应机还算合适。安首座至,又是问答交锋。婆说德山佛性法泰禅师是她的儿子,安首座问道婆:你是谁人儿子?显然若依正常思维逻辑,安首座把道婆说成是男人,是儿子,道婆应该解释说自己是女人,但道婆答以立地放屎,是不动思议地顺着问话来答的,暗示自己就是男人,所以才立地放屎。话虽粗鄙,却也是恰当的应机之语。道婆确是已经悟道。

二、熟悉禅宗基本思想

中国禅宗产生之初就已经把成佛之路大大简化。禅宗在实质上与其之前的印度与中土早期佛教并无二致,即寻求自我解脱,但它简化了修行方式,很多时候以思辩代替了实证,以言说交流代替了因戒生慧。既然禅宗重视思辩,那总得有思辩的基础。这个基础就是禅宗的基本思想。

(一) 真悟不能"说破"

从世尊传摩诃迦叶开始,禅宗世代相传之心印,实际就是佛内心之悟境,即"正法眼藏",它是一种无意识的了悟状态。没有意识,自然也没有语言,这个了悟境界自然也是无法言说的。若非要说出,那说出的实际已经不是那个境界了,所以,真悟是一种体验,不能说破。

《禅宗颂古联珠通集》卷七:"六祖示众曰:'吾有一物,非青黄赤白男女等相,还有人识得么?'时有沙弥神会出曰:'某甲识得。'祖曰:'你唤作什么?'曰:'是诸佛之本源,神会之佛性。'祖便打曰:'我唤作一物尚自不中,更唤作本源佛性。'"(515a)佛性即成佛之种子,乃是一切众生之烦恼身中所隐藏之本来清净的如来法身。佛性决定了众生成佛之可能性。佛性又叫"如来藏"，虽覆藏于烦恼中，却不为烦恼所污，具足本来绝对清净而永远不变之本性。《大般涅槃经》卷七认为"一切众生悉有佛性"，①凡夫以烦恼遮蔽而无法显现，若断烦恼即显佛性。佛性的内质是如来之法身，不管佛出世及不出世，常住不动，无有变易，清净虚空，周遍法界。这本是一个无法言说的，超语言的存在。六祖之所以称之为"一物"，也是因为传法需要，不得已而为之。当称之为一物时，实际就不是真正的佛性了，而是观念中的佛性、文字表达中的佛性。文字表达既然不能说清楚，那么其意义何在呢？事实上，文字表达的意义在于对参读者的暗示与启发，引导参读者亲身体会那个不可言说的悟境，所以公案参读者千万不要执着于文字表达本身，而应该看重公案的启发意义。

《禅宗颂古联珠通集》卷二："世尊临入涅槃，文殊请佛再转法轮。世尊咄云：'吾四十九年住世，未尝说一字，汝请吾再转法轮，是吾曾转法轮邪？'"（487a）这些传说虽然都是后人写就，但禅宗之根本思想正是通过这些或虚或实的公案事迹表达出来的。所以，我们不必强求公案故事的真假，而是通过公案故事体悟蕴含在其中的禅宗思想。世尊为何说他四十九年传法未尝说一字呢？很显然是在突出所传之法为一种亲身体验，文字只是一个媒介，并不是要传的佛法本身，所以世尊不希望人们只记住语言文字之法，迷恋语言文字之法，而没有体悟到真正的佛法。请再看下面的几则公案：

　　药山书佛字，问道吾："是什么字？"曰："佛字。"师曰："多口阿师。"（《通集》卷十四，558a）
　　白云上堂，举一则公案，布施大众。良久云："口只堪吃饭。"（《通集》卷三十九，722b）
　　五祖演因僧问："如何是佛？"师曰："口是祸门。"（《通集》卷三十九，723b）
　　五祖演每遇僧来请益，只曰："无这闲工夫。"（《通集》卷三十九，724c）

面对学僧对佛或佛法的询问，禅师的回答是"多口阿师""口只堪吃饭""口是祸门""无这闲工夫"等，都是在暗示佛法不可言说。再如《禅宗颂古联珠通集》卷六：

---

① （北凉）昙无谶译：《大般涅槃经》，《大正新修大藏经》第12册，第405a页。

　　达磨大师将返西天,谓门人曰:"时将至矣,盍各言所得乎?"时门人道副曰:"如我所见,不执文字,不离文字,而为道用。"祖曰:"汝得吾皮。"尼总持曰:"我今所解,如庆喜见阿閦佛国,一见更不再见。"祖曰:"汝得吾肉。"道育曰:"四大本空,五阴非有,而我见处无一法可得。"祖曰:"汝得吾骨。"最后慧可出礼三拜,依位而立。祖曰:"汝得吾髓。"乃传法付衣。(509a)

在这一则著名的禅宗公案中,慧可之做法深得达磨祖师之认可,故达磨传法给他,是为中土禅宗二祖。慧可什么也没有说,方得禅悟之精髓。道副所得,乃为道用。它只是对道体的描述,还没有涉及禅悟本身,只能算是皮毛。尼总持所说虽涉及道体,但仍存"见"与"不见"之意识,不算真正得道;道育"无一法可得",虽在语言层面上达到了对禅"道"的最恰当表达,但缺点是仍未摆脱对语言的凭借,较慧可之"依位而立",无有言语,无有意识,一切皆无,高下立判。

　　《禅宗颂古联珠通集》卷十六:"子湖因僧问:'自古上贤还达真正理否?'师曰:'达。'僧曰:'真正理作么生达?'师曰:'霍光当时卖银城与单于,契书是什么人作?'其僧无语。"(572b)"真正理"就是真理,就是禅悟,而禅悟之境界是不可言说的。子湖利踪禅师所举霍光卖银城(今榆林神木市)与单于之事,本就是禅宗典籍的虚构,就更不会有什么契书存在了,问契书为什么人所作,自然是无法回答的。而子湖禅师之目的正是暗示学僧,你所问的问题"不可言说"。不说或说不出就是对所问问题的回应,它只是一个启发,真正的答案要靠提问者自己体会。

　　(二) 对法身与佛性的种种暗示

　　佛之法身广大无边,且恒久不变,古今一体,无形无智,无生无死。《景德传灯录》卷三曰:"在胎为身,处世名人。在眼曰见,在耳曰闻。在鼻辨香,在口谈论。在手执捉,在足运奔。遍现俱该沙界,收摄在一微尘。识者知是佛性,不识唤作精魂。"(218b)《禅宗颂古联珠通集》卷七:

　　六祖谓门人曰:"吾欲归新州,汝等速治舟楫。"门人曰:"师从此去,早晚却回?"祖曰:"叶落归根,来时无口。"法云秀云:"非但来时无口,去时亦无鼻孔。"(515b)

六祖欲归新州老家,叶落归根,意为想亡化于老家。门人问何时回来? 六祖此时既回答了"叶落归根",在他看来,他的肉身肯定是不回来了,暗示回来的只能是法身,所以无口。法身虚空,哪里还会有嘴呢。东京法云寺圆通法秀禅师拈曰:不仅来时无口,去的时候也无鼻孔,同样也是在暗示六祖之法身。法身乃佛之真身,六祖既已成佛,故去时亦无鼻孔。虚堂智愚禅师颂曰:"兴在天南天尽头,未行先已到新州。来时无口去无伴,那更萧萧黄叶秋。"(515b)颂古所描述的正是法身之情形。法身周遍天地,故未行先已到新州,故去时无伴;法身虚空,故来时无口。《禅宗颂古联珠通集》卷八:

> 国师因肃宗又问曰:"如何是无诤三昧?"师曰:"檀越踏毗卢顶上行。"曰:"此意如何?"师曰:"莫认自己清净法身。"又问师,师都不视之。曰:"朕是大唐天子,师何以殊不顾视?"师曰:"还见虚空么?"曰:"见。"师曰:"他还眨眼视陛下否?"(518c)

为了启发唐肃宗体验无诤三昧,南阳慧忠国师直接以虚空之法身示之。法身无形,当然不能眨眼、顾视。所谓无诤三昧,是指住于空理而与他无诤之三昧,止心一处,不令散乱,保持安静,能达佛之境界。入于此三昧的途径就是让自己处于虚空清净之法身状态,而又不能心里总想着达到这种状态。

《禅宗颂古联珠通集》卷四十杜顺和尚《法身颂》曰:"怀州牛吃禾(慈明著语云'河沙世界。'竹庵珪著语云'怀州牛吃禾'),益州马腹胀(慈明云'蚁衔椀走。'竹庵云'益州马腹胀')。天下觅医人(慈明云'驴生马角。'竹庵云'天下觅医人'),炙猪左膊上(慈明云'画虎成狸。'竹庵云'炙猪左膊上')。"(728b)法身佛无智无识,无有理性思维,也无正常逻辑可言。怀州之牛吃禾,饱的却是益州之马的肚子;到处找医生给人看病,医生却把针扎在了猪腿上。石霜楚圆禅师之著语说蚂蚁衔着碗走,驴子生出马角也都是不合逻辑之事,与杜顺和尚《法身颂》内容暗通。另一位禅师竹庵士珪之著语从头到尾与杜顺和尚原作一样,是无有思维、不动思议的结果,与法身之无智无识也是暗合的。

《禅宗颂古联珠通集》卷二:"世尊未离兜率,已降王宫。未出母胎,度人已毕。"(482b)圆悟克勤颂曰:"大象本无形,至虚包万有。末后已太过,面南看北斗。王宫兜率度生出胎,始终一贯初无去来。扫踪灭迹除根蒂,火里莲华处处开。"(482c)世尊之所以具有公案中所述之异行,是佛性本就如此,圆悟禅师在颂古中对此作了解答。佛之真身是无形的、虚空的、恒久的、遍在的、无意识的,所以火里可以生莲,面南可看北斗。《禅宗颂古联珠通集》卷三载宾头卢尊者赴阿育王宫大会,阿育王行香之时作礼问曰:听说尊者亲见佛来是真的吗? 尊者以手策起眉毛说:你明白吗? 阿耨达(无热恼)池龙王请佛吃斋,我也在场。佛照德光禅师颂曰:"尊者亲曾见佛来,双眉策起笑颜开。古今不隔丝毫许,天上人间孰可陪。"(490b)可见,不管是宾头卢尊者,还是佛世尊,都具有古今如一、恒久不变之法身。《禅宗颂古联珠通集》卷四载金陵志公和尚令人传语南岳思大云:"何不下山教化众生,一向目视云霄作么?"思大云:"三世诸佛被我一口吞尽,何处更有众生可度?"尼闲林英颂曰:"佛与众生一口吞,纤毫不立道方存。杖头日月才挑起,鼓动三千海岳昏。"(495c)可见佛之法身以至虚包罗万有。

佛之法身可与物、人同体,万物之实质皆为虚空,皆为佛之法身。佛之法身与万物是即而不离的关系,犹如中国传统道家所说之"道"。道生万物,道无处不在,而万物各有自德。《禅宗颂古联珠通集》卷三:

> 殃崛摩罗既出家为沙门,因持钵入城,至一长者家,值其妇产难,子母未分。长者云:"瞿昙弟子,汝为至圣,当有何法能免产难?"殃崛曰:"我乍入道,未知此法,当去问佛,却来相报。"遽返白佛,具陈上事。佛告曰:"汝速去说,我自从贤圣法来未曾杀生。"殃崛往告,其妇人闻之,当时分娩,母子平安。(491a)

这则公案关键是佛所说的一句"我自从贤圣法来未曾杀生"。佛之法身遍布万物,妇人也不例外,故佛能如此说。大慧宗杲颂曰:"华阴山前百尺井,中有寒泉彻骨冷。谁家女子来照影,不照其余照斜领。"(491a)此颂古中的女子类比为公案中的妇人。此女子井水中照影,却不能照到人,只能照到斜着的衣领,提示参读者联想到佛之法身,法身虚空,故不能照到人。同样道理,分娩时难产的妇人能够顺利生产,是因为佛说他不杀生,也能启示参读者想到妇女即是佛之法身。天目文礼颂曰:"贤圣中来不杀生,其家子母自团圆。阴阳造化初无迹,春在花枝特地妍。"(491b)阴阳造化之无迹,能启示参读者明白佛之法身遍大千世界而又了无踪迹。《禅宗颂古联珠通集》卷四:

> 善财历百十城,参五十三位善知识,后到毗卢楼阁前曰"是解空无相无作之所住处"(云云)。见楼阁门闭,善财暂时敛念曰:"大慈大悲愿楼阁门开,令我得入。"寻时弥勒领诸眷属,至善财前,弹指一下,楼阁门开,善财得入,入已还闭,见百千万亿楼阁,一一楼阁有一弥勒领诸眷属,并有一善财面在前立。弥勒复弹指云:"善男子起,法性如是。"(495a)

弥勒佛之所以能同时现百千万亿身,是法性如此。所谓法性,就是宇宙一切现象所具有之真实不变之本性;之所以具有真实不变之本性,是因为万物之真实不虚之体皆为法身。古德云:"青青翠竹,尽是法身;郁郁黄花,无非般若。"①弥勒虔敬弹指,入于悟境,故得以法身示现。

《禅宗颂古联珠通集》卷三也记载了同样的情形:"昔城东有一老姥,与佛同生,而不欲见佛。每见佛来,即便回避。虽然如此,回顾东西,总皆是佛。遂以手掩面,于十指掌中亦总是佛。"(492a)掩室慧开禅师颂曰:"开眼也著,合眼也著。回避无门,将错就错。祥麟只有一只角。"(492b)虚堂智愚禅师颂曰:"城东圣姥坐莲台,大地众生正眼开。与佛同生嫌见佛,一身难作二如来。"(492b)两颂古之末后句"祥麟只有一只角""一身难作二如来"隐指的正是无处不在的佛之法身。《禅宗颂古联珠通集》卷三:"傅大士见梁武帝不起,群臣曰:'大士见王,为甚不起?'士曰:'法地一动,一切不安。'"(492c)佛之法身与万物合而为一,法身动,万物自然不安。

《禅宗颂古联珠通集》卷十六:"湖南长沙景岑招贤禅师(嗣南泉)。师一日游山归,首座问:'和尚甚处去来?'师曰:'游山来。'座曰:'到甚么处?'师曰:'始从芳草去,又逐落花回。'座曰:'大似春意。'师曰:'也胜秋露滴芙蕖。'"(570a)首座以常语询问,景岑以机锋语答之,暗示自己之法身与芳草、落花即而不离,合而不显。首座说你的回答很像春天来了的样子,这句是暗含机锋的,如果景岑说确实像春天,就是把事实确认了,就是具体的情形了,就由第一义谛堕入第二义谛了,就"话堕"了。景岑禅师的回答很巧妙,一方面没有直接确认春天与否,另一方面回答一句具体的事物,以与自己的回答形成对比。秋天的露水滴在荷花上,是十分具体的事情,也是现实中存在的情形;而自己方才所说"始随芳草去,又逐落花回",虽然听起来像是春天景象,但细究起来,并不是真实的场景,相对于秋露滴芙蕖更符合对无逻辑、无理性状态之禅悟的描述。针对此公案,上方日益禅师颂曰:"拂拂山香满路飞,野花零落草离披。春风无限深深意,不得黄莺说向谁。"(570a)佛鉴慧懃禅师颂曰:"独步曾无语,逢人口便开。始随芳草去,又逐落花回。薄雾筛红日,轻烟衬绿苔。若将诗句会,埋没法王才。"(570a)两首颂古所隐喻的内容与公案所启发的内容是相通的,那就是法身与万物同体而又不自显,借万物之自性而显现。春深而无语,借黄莺而显之;悟道如春至,借"芳草""落花"而启发之。春无声无形,吾人如何知道春已至? 答案是凭借草长树高、花开花落、气温升高等外在表征来判断。那么春与花、树、气温的关系就类似于佛之法身与万物的关系。春借花、树而显,法身借万物而显。

---

① 《大慧普觉禅师语录》,《大正藏》,第 47 册,第 874 页。

(三) 无智无慧，不执于物，方得悟境

了悟之境本不可描述，若强为描述便是处于整体无差别状态。在这种状态下，无有注意力，无有区别心，无有思考、议论、知识，无有是非，无有喜乐哀伤。《禅宗颂古联珠通集》卷三：

> 文殊问庵提遮女云："生以何为义？"女云："生以不生生为生义。"殊云："如何是生以不生生为生义？"女云："若能明知地水火风四缘，未尝自得有所和合，而能随其所宜，以为生义。"殊又问："死以何为义？"女云："死以不死死为死义。"殊云："如何是死以不死死为死义？"女云："若能明知地水火风四缘，未尝自得有所离散，而能随其所宜，以为死义。"（489a）

何为生？何为死？佛教认为，地火水风和合而成一切物质的东西，人也不例外。若人生不能感觉到四大和合，死不能感觉到四大离散，是为真生真死，或曰不生不死，是为涅槃之境，亦即了悟之境。

《禅宗颂古联珠通集》卷七："六祖因僧问：'黄梅衣钵是何人得？'祖云：'会佛法者得。'僧曰：'和尚还得不？'祖曰：'不得。'僧曰：'因甚不得？'祖曰：'我不会佛法。'"（514c）会不会佛法，不能只停留在语言叙说层面，而要真正的亲身体悟。六祖可说别人会佛法，但不能承认自己会佛法，因为一旦把注意力集中到会不会佛法上，恰是不会佛法的表现。学人一旦对佛法有了执念，就只能仅停留在智识层面的探讨上，就走入歧途了，探讨愈是深入，离真正开悟也就愈远。

《禅宗颂古联珠通集》卷二："世尊因外道问云：'不问有言，不问无言。'世尊据坐。外道赞曰：'世尊大慈大悲，开我迷云，令我得入。'作礼而去。后阿难问佛：'外道有何所证而言得入？'世尊曰：'如世良马，见鞭影而行。'"（484a）有言与无言之分，是理性认识范围内的东西，而超出理性认识范围方能得悟。这里不说世尊无言，而是说世尊据坐，正是避开有言、无言之区分。一旦有了区分，就落入第二义谛了。世尊回答"良马见鞭影而行"，而不是听到人的号令或挨鞭子才行动，是为了引导参学者体验无智无识之了悟状态。净照道臻禅师颂曰："特地殷勤问有无，因风应不费工夫。迷云纵得开令入，未免区区在半途。"（484b）"因风应不费工夫"意为顺风而行，不费气力，隐喻没有自己的判断，无有理性意识，但外道并未做到绝对如此，因其尚有"有言"与"无言"之分别心，故在净照道臻禅师看来仍未彻悟。

《禅宗颂古联珠通集》卷二："世尊因调达谤佛生身陷地狱。佛敕阿难传

问云:'汝在地狱中安否?'云:'我虽在地狱,如三禅天乐。'佛又令阿难传问:'你还求出不?'云:'我待世尊来便出。'阿难云:'佛是三界大师,岂有入地狱分?'云:'佛既无入地狱分,我岂有出地狱分。'"(485a)松源崇岳禅师颂曰:"地狱天堂八字打开,谁知无去亦无来。若言已得三禅乐,未免将身自活埋。"(485a)若真的意识到自己有三禅妙乐,那也就是没有摆脱语言思维等意识活动的束缚,并未真正到达悟境。

悟境无有分别,如如平等,着意分别即落入第二义谛。《禅宗颂古联珠通集》卷三:

> 文殊师利令善财童子采药。云:"是药者,采将来。"善财遍采,无不是药,却来白云:"无不是者。"殊云:"是药者采将来。"善财拈一枝草度与殊,殊接得示众云:"此药能杀人,亦能活人。"(489a)

文殊师利菩萨让善财童子采药,善财为何药与非药都一起采来呢? 善财以无分别意识之了悟状态来应之,所以什么都是药,统统都采来了。文殊分明要的是药,善财却拈一枝草递与文殊,文殊为什么亦说是药? 也是因为无分别意识。可见,不管是文殊还是善财之举动,都是为了启发参学之人要有无分别之心,体验到无分别状态方能得悟。《禅宗颂古联珠通集》卷四:

> 布袋和尚常在通衢。或问:"在此何为?"师云:"等个人来。"曰:"来也。"师曰:"汝不是这个人。"或解布袋,百物俱有,撒下曰:"看看。"又一一将起问人曰:"这个唤作甚么?"(493b)

布袋和尚在通衢等人来,是为了等自己的法嗣。如何才能引人注意并选择法嗣呢? 要有异于常人之处方可。和尚既是悟者,便以了悟者之状态示人,悟境无有分别心,故和尚一一捡起地上之物并问人是什么,因为他自己没有分别意识,并不知道这是何物。

了悟之境也是不思议、不思量之境。《禅宗颂古联珠通集》卷五:"《圆觉经》:'居一切时不起妄念,于诸妄心亦不息灭。住妄想境不加了知,于无了知不辨真实。'"(499a)不起妄念,也不息灭妄心,因为一旦试图息灭妄心,就算起妄念了。住妄想之境而不试图了解它、于无了知之处也不试图辨别它的真假,没有摆脱无了知状态的意图。这实质上就是悟境的基本状态,不思议、无智识、无分别。晦堂祖心禅师颂曰:"黄花烂烂,翠竹珊珊。江南地暖,塞北天寒。游人去后无消息,留得溪山到老看。"(499a)黄花、翠竹之别,与江南、塞北之别一样是一种自然存在，各有各的属性，无需思议，对于它们来说，思议是没有意义的。这正如悟境一样，如如平等，无有思议的存在。密庵咸杰禅师颂曰："生铁铸牛头，牵犁还拽耙。智者笑忻忻，愚人惊怪差。古往今来几百年，更向鬼门重贴卦。"(499b)生铁铸成的牛头，还能牵犁拽耙吗？这是一种暗喻，实是无有思议的意思。聪明人能从中受到启发，愚人以为是一种奇闻怪事。佛堂中仁禅师颂曰："庭前栽莴苣，莴苣生火筯。火筯生莲花，莲花结木瓜。木瓜才擘破，撒出白油麻。"(499b)所举四事，皆是不可思议之事，颂古的目的也正是启示学人朝不思议处体会。烦恼即菩提，生死即涅槃，火里生莲，隐含之意思都一样，就是不起我、法二执。《禅宗颂古联珠通集》卷三十五：

> 同安志因僧问："凡有言句，尽落今时。学人上来，请师直指。"师曰："目前不说，句后不迷。"又问："如何是向上事？"师曰："迥然不换，标的即乖。"(696c)

学僧问同安志禅师，凡有言句可以表明的，今天就请老师都对我说了吧。同安志说今天不说，是为了让你日后不被言句迷惑而误入歧途。学僧又问向上之事，禅师说虽然万别千差，但不能有分别之念。雪岩祖钦禅师颂曰："天黑云深飞莫鸦，鹭鸶立雪对芦花。幸然不属今时事，句后声前会即差。"(696c)悟境就如黑天里的乌鸦，雪地里的芦花一样，虽然二者差异很大，但整体来看是无差别的。黑天与乌鸦一样黑，雪地与芦花一样白。愈是试图分别，愈是不得开悟。

有时禅师故意答非所问，以启发学人不要对其所问问题苦苦追寻答案，不思议，放下心里的执着之念，方能有个入处。《禅宗颂古联珠通集》卷三十七："文殊真因僧问：'古人垂一足意旨如何？'师曰：'坐久成劳。'"(707a)面对学僧的提问，文殊应真禅师并没有顺着他的问题去思考答案，而是故意说一些与问题毫不相干的话作为答案，目的就是启示学人体验放弃思考时的状态。"垂一足"是得道高僧向学人示现的一种方式，目的在于启发接引学人，并非是因为疲惫而伸腿。《禅宗颂古联珠通集》卷二十："赵州因僧问：'万法归一，一归何所？'师曰：'老僧在青州作得一领布衫，重七斤。'"(595b)在学僧看来，他所问的是一个十分严肃的问题，可赵州所答却是放下必须回答之执念，另起炉灶，说起布衫重量之事，显得十分随意。事实上，赵州意在启发学人不要思考，愈是把问题回答得十分严谨、十分有逻辑性，愈是不能悟道。因为这个"一"即如如之境（契合绝对真理之境），不是言语可以表达的,是超语言的。运庵普岩禅师颂曰:"等闲提起七斤衫,多少禅流着意参。尽向青州作窠窟,不知春色在江南。"(595b)若有学人真的去参读布衫重量的问题,那就大错而特错了,误会赵州之意了。《禅宗颂古联珠通集》卷三十七:"南岳南台勤禅师(嗣德山密)。僧问:'如何是祖师西来意?'师曰:'一寸龟毛重七斤。'"(707a)南台勤禅师在答非所问的基础上更进一层启发学僧。问祖师西来意,答龟毛有多重,本就是与问题毫不相干。然而,乌龟有毛吗?何来一寸龟毛能重七斤之说呢?这就更加启示学僧不要试图以理性思维来解决问题。禅悟是体验,不是知识,不是通过问答就能学得来的。相反,这种体验是无知识的、无意识的、非理性的。《禅宗颂古联珠通集》卷十八:

> 赵州一日问南泉曰:"如何是道?"泉曰:"平常心是道。"师曰:"还可趣向也无?"泉曰:"拟向即乖。"师曰:"不拟争知是道?"泉曰:"道不属知,不属不知。知是妄觉,不知无记。若真达不疑之道,犹如太虚,廓然荡豁,岂可强是非耶?"师于言下悟理。(581b)

南泉普愿回答赵州所问可谓直截了当,指出禅道不是知识所能涵盖,若真达悟境,乃是虚空所在,无有是非,无有智识。悟道者只以一颗平常心生活,心间无有任何挂碍。

禅师也常常以重复答话的方式来启示学人不要思考。《禅宗颂古联珠通集》卷三十七:"金陵清凉泰钦法灯禅师(嗣法眼)。师问僧:'如何是祖师西来意?'僧曰:'不东不西。'师不肯。僧却问:'如何是祖师西来意?'师曰:'不东不西。'僧遂领旨。"(712a)第一个"不东不西"是学僧所答,不是东,也不是西,跳出二元思维,回答不能算错。但清凉泰钦禅师担心此僧是执于理性思维,仅是把禅悟当成了知识来学习、记忆了,所以不肯。第二个"不东不西"是禅师所答,重复学僧先前之回答,意在启发学僧,不要有任何思议,更不能把学禅停留在知识层面,而要切身体悟。

(四)自心即佛

禅宗认为人人皆具佛性,只要不断修持自心,除却蒙蔽,就可以成就佛道,但这只是语言表述,真悟必须去除自心之执念,寻求"向上一路",不能只在语言概念上探讨。《禅宗颂古联珠通集》卷九:

> 江西道一禅师,时号马祖(嗣南岳让)。示众曰:"汝等诸人,各信自心是佛,此心即是佛心。达磨南天竺国来至中华,传上乘一心之法,令汝等开悟。"有僧问云:"和尚为什么说即心即佛。"祖曰:"为止小儿啼。"

僧曰："啼止后如何?"祖曰："非心非佛。"僧曰："除此一种,人来如何指示?"祖曰："向伊道不是物。"曰："忽遇其中人来时如何?"祖曰："且教伊体会大道。"(524b)

"自心即佛"是对禅宗第一义谛的较为直接的表述,本是把不可言说的东西说出来了,实是出于权宜之计,所以若处置不当,对参学之人的害处是很大的。它让学人很容易流于对语言文字表述的理解,在第二义谛中打圈圈,根本无法成就大道。马祖显然深知此弊,所以说即心即佛的说法只是止小儿啼,即应付初学佛法者的提问而已,要想有个入处,就必须放弃这种语言表达,而转入到亲身体验中来。

"自心即佛"的思想在慧能之前的公案中已有提及。《禅宗颂古联珠通集》卷四:

志公曰："终日拈香择火,不知身是道场。"玄沙曰："终日拈香择火,不知真个道场。"玄觉征云："只如此二尊者语,还有亲疏也无?"雪窦显云："一对无孔铁锤。"圆悟勤云："终日拈香择火,不知拈香择火。"(495c)

金陵志公和尚说身是道场,玄沙以为太过直露,改为"不知真个道场",雪窦重显禅师认为志公与玄沙都太直露了,第一义谛不能直接言说,出言即为第二义。圆悟克勤禅师隐喻无心是道,认为心虽是道场,但这个心不能直接说出来,它是无意识的。永嘉玄觉所问,答案显然是无有亲疏,有亲疏就是有区别意识,是不悟的表现。本觉守一禅师颂曰:"五蕴山头古佛堂,拈香择火好承当。何须向外求贤圣,终日无非是道场。"(496a)五蕴山头即指自身,自身即是佛之道场,何必向外寻求呢。《禅宗颂古联珠通集》卷六:

九祖伏驮蜜多尊者问八祖佛驮难提:"父母非我亲,谁是最亲者?诸佛非我道,谁是最道者?"八祖以偈答:"汝言与心亲,父母非可比。汝行与道合,诸佛心即是。外求有相佛,与汝不相似。欲识汝本心,非合亦非离。"(506a)

八祖的答偈已经明说自心即佛。佛慧法泉禅师颂曰:"闲却年光半百春,可怜嫌富不嫌贫。祖佛非道求何道,父母不亲谁更亲。七步岂劳莲捧足,无言须信鉴生尘。禅门自古牢关钥,漏泄家风是此人。"(506a)佛慧法泉禅师认为八祖直说"心即佛"是漏泄家风。因为自心即佛只能证悟,不能言说。禅师为接引学人不得已而言说,只是一种提示,学人切不可拘泥于文字表达。《禅宗颂古联珠通集》卷三:"傅大士颂云:'夜夜抱佛眠,朝朝还共起。起坐镇相随,如形影相似。欲识佛去处,只者语声是。'"(492c)佛大士所说的佛就是自心。

三、凭借颂古、拈古、评唱等参透公案

颂古、拈古、评唱的对象都是古则公案,是对古则公案的个性化说明,所以学人可以借助它们来参读公案。《禅宗颂古联珠通集》卷十九:

> 赵州因僧问:"如何是祖师西来意?"师曰:"庭前柏树子。"曰:"和尚莫将境示人。"师曰:"我不将境示人。"曰:"如何是祖师西来意?"师曰:"庭前柏树子。"(587b)

"柏树子"就是柏树,祖师西来意与柏树何干呢?参读此公案有多种方法,比如先行了解赵州从谂禅师的禅学思想再细读公案、听得道高僧讲解、自读自参等,但通过此公案的颂古、拈古、评唱来参读是比较可靠且快捷的方式。首先,颂古、拈古、评唱使参读有所依据,指出了一定的参读范围与方向,总比天马行空,无所傍依更容易些;二是颂古、拈古、评唱是语言文字,是思想的记录,它把深不可测、难以言说的公案第一义谛转化成了可以理解的第二义谛。若把参读公案比喻为登高远眺,颂古、拈古、评唱相当于登高的阶梯。但是,也要提醒参读者的是,第二义谛总归不是公案的最终旨归,而只是激发参读者找到入于悟境之路的手段,故切不可仅从文字含义上理解颂古、拈古与评唱。因为拘泥于文字理解,恰是颂古、拈古、评唱等文字禅的弊病。我们且看颂古对上述公案的阐释:

汾阳善昭颂曰:"庭前柏树地中生,不假牛犁岭上耕。正示西来千种路,郁密稠林是眼睛。"(587b)柏树是从地中所生,不是人为犁地种植的,这正如悟道的千种法门一样,都是学人各自悟得的,无需向外寻求。

海印超信颂曰:"人问庭前柏,予是岭南客。反忆腊月天,雪里梅花拆。"(587c)一个岭南人,反而回忆起雪里梅花,是不合乎逻辑事实的。颂古以此在启发参读者放弃对问题的寻讨,转而体验非理性的境界。公案中学僧问祖师西来意,赵州答与问题毫不相干的庭前柏树子,也是启发学人放弃理性追寻。颂古与公案暗通,读懂颂古就能参透公案。

承天了宗颂曰:"一兔横身当古路,苍鹰才见便生擒。后来猎犬无灵性,

空向枯桩旧处寻。"(588b)颂古暗示悟道在当下,在顷刻之间,在自身体验,而不是听凭他人解说,所以一味儿地去冥想赵州禅师之答语"庭前柏树子"与问话的逻辑联系是没有意义的,也是不能从中得悟的,要跳出理性的窠臼。

我们再看一下拈古对公案的阐释。《宗门拈古汇集》卷二十二:

> 扬州光孝慧觉禅师。到崇寿法眼。眼问:"近离甚处?"觉曰:"赵州。"眼曰:"承闻赵州有柏树子话是否?"觉曰:"无。"眼曰:"往来皆谓僧问如何是祖师西来意,州曰庭前柏树子,上座何得道无?"觉曰:"先师实无此语,和尚莫谤先师好。"径山杲云:"若道有此语,错过觉铁嘴。若道无此语,又错过法眼。若两边俱不涉,又错过赵州。直饶总不恁么,别有透脱一路,入地狱如箭射。"鼓山珪云:"觉铁嘴名不虚得,只是不曾梦见赵州。"天宁琦云:"祖师西来意,庭前柏树子。此话已遍天下了也。因甚觉铁嘴却道先师无此语?众中往往商量道,赵州只是一期方便,不可作实解,所以道无。与么乱统,谤他古佛不少。"妙喜云:"若道有此语,蹉过觉铁嘴。若道无此语,蹉过法眼。若道两边俱不涉,又蹉过赵州。今日烟波无可钓,不须新月更为钩。"笑岩宝云:"法眼当时失却一只眼,觉公与么道亦扶赵州不起。"愚庵盂云:"衲子竞头纷纭柏树子话,则所尚者岂非话柄。纵你识得赵州意,还须知有觉铁嘴者一门坎在,乃卓拄杖一下云:'今日要与光孝相见者试道看。'"一僧才出,庵便打。僧掀翻香案,庵直打趁出院。①

扬州光孝慧觉禅师即觉铁嘴,乃赵州从谂禅师法嗣。赵州有柏树子话,天下皆知,觉铁嘴为啥不承认赵州有此话呢?要参读这一则公案,我们不妨从拈古入手。径山宗杲云,若说赵州有此话,则觉铁嘴有错,若说赵州无此话,则法眼文益有错,若压根未知柏树子之事,与觉铁嘴与法眼均无交涉,那么又错过了赵州的一片苦心。如若认为别有一途,则入地狱如箭。径山宗杲之意在于暗示参学者,不要困于二难思维当中,不要执于思维活动,无思维活动便无从评价对错,直下体验,即是入处。鼓山士珪禅师认为,慧觉禅师之"铁嘴"名不虚传,只是不承认有柏树子话,是不是赵州本意呢?觉铁嘴的反应,事实上不但是赵州本意,而且恰当地表达了柏树子话对学僧的启发之处,那就是不要与理性思维关联,而去体验一种超理性思维的境界。天宁梵

---

① 《宗门拈古汇集》,《卍续藏》,第 66 册,第 129—130 页。

琦禅师云,大家乱猜觉铁嘴不承认赵州有柏树子话的原因,反而是没有真正理解柏树子话,辜负了赵州禅师的苦心。妙喜禅师再次以"以新月为钩"之非理性之语来启示学人只有放弃理性寻讨,方能参透公案。笑岩德宝禅师认为法眼当时失却了一只慧眼,没有了探寻悟道之路的途径,觉铁嘴即使承认柏树子话是赵州所说,法眼也不会参透的。愚庵盂禅师认为不管赵州有无此话,此话却得大行于世,纵使学人真的参透赵州柏树子话,那还要考虑觉铁嘴此话的暗示才对。总之,不要拟议,放下思维,方是正途。可见,拈古对公案的提示作用与颂古差不多,只不过前者是散体对话,后者是有韵诗偈而已。

至于评唱,则相当于进行了再创作,就其效果来说,可谓是一把双刃剑,一方面评唱能帮助学人参读公案,另一方面评唱的繁琐解说可能又会给参读者造成新的困惑。例如《碧岩录》第三则:

垂示云:一机一境,一言一句,且图有个入处。好肉上剜疮,成窠成窟,大用现前,不存轨则,且图知有向上事,盖天盖地又摸索不着。怎么也得,不怎么也得,太廉纤生;怎么也不得,不怎么也不得,太孤危生。不涉二涂,如何即是?请试举看。

举。马大师不安(这汉漏逗不少,带累别人去也),院主问:"和尚近日尊候如何(四百四病一时发,三日后不送亡僧是好手,仁义道中)?"大师云:"日面佛,月面佛(可杀新鲜,养子之缘)。"

马大师不安,院主问:"和尚近日尊候如何?"大师云:"日面佛,月面佛。"祖师若不以本分事相见,如何得此道光辉?此个公案,若知落处便独步丹霄;若不知落处,往往枯木岩前差路去在。若是本分人到这里,须是有驱耕夫之牛,夺饥人之食底手脚,方见马大师为人处。如今多有人道马大师接院主,且喜没交涉,如今众中多错会瞠眼云。在这里,左眼是日面,右眼是月面,有什么交涉?驴年未梦见在,只管蹉过古人事。只如马大师如此道,意在什么处?有底云"点平胃散一盏来",有什么巴鼻?到这里作么生得平稳去?所以道,向上一路,千圣不传。学者劳形,如猿捉影。只这日面佛,月面佛,极是难见。雪窦到此,亦是难颂,却为他见得透,用尽平生工夫指注他。诸人要见雪窦么?看取下文。

日面佛,月面佛(开口见胆,如两面镜相照,于中无影像),五帝三皇是何物(太高生?莫谩他好,可贵可贱?)二十年来曾苦辛(自是尔落草,不干山僧事。哑子吃苦瓜),为君几下苍龙窟(何消怎么?莫错用心好,也莫道无奇特),屈(愁杀人。愁人莫向愁人说)堪述(向阿谁说?说与愁人愁杀人),明眼衲僧莫轻忽(更须子细。咄,倒退三千)。

　　神宗在位时,自谓此颂讽国,所以不肯入藏。雪窦先拈云:"日面佛,月面佛。"一拈了,却云:"五帝三皇是何物?"且道,他意作么生?适来已说了也,直下注他。所以道垂钩四海,只钓狞龙。只此一句已了,后面雪窦自颂他平生所以用心参寻,二十年来曾苦辛,为君几下苍龙窟,似个什么?一似人入苍龙窟里取珠相似。后来打破漆桶,将谓多少奇特,元来只消得个五帝三皇是何物。且道雪窦语落在什么处?须是自家退步看,方始见得他落处。岂不见兴阳剖侍者答远录公问:"婆竭出海乾坤震,觌面相呈事若何?"剖云:"金翅鸟王当宇宙,个中谁是出头人?"远云:"忽遇出头,又作么生?"剖云:"似鹘捉鸠。君不信,髑髅前验始知真。"远云:"恁么则屈节当胸,退身三步。"剖云:"须弥座下乌龟子,莫待重遭点额回。"所以三皇五帝亦是何物,人多不见雪窦意,只管道讽国。若恁么会,只是情见。此乃禅月《题公子行》云:"锦衣鲜华手擎鹘,闲行气貌多轻忽。稼穑艰难总不知,五帝三皇是何物。"雪窦道,屈堪述,明眼衲僧莫轻忽。多少人向苍龙窟里作活计,直饶是顶门具眼,肘后有符。明眼衲僧,照破四天下。到这里,也莫轻忽,须是子细始得。[①]

评唱花费了太多的文字在说明无关紧要的东西,反而令人对公案之旨更加疑惑。评唱可谓是文字禅的末流,文字启示的作用既已不甚明显,那它的负面作用就大大增加了。就这则评唱来说,上文阐释了那么多,参读者对公案之旨却仍不甚明了,反而被新增加的文字分散了注意力。相反,颂古却对公案的阐释更为直接、有效一些。例如,针对上述公案,佛鉴慧懃禅师颂曰:"东街柳色拖烟翠,西巷桃华相暎红。左顾右盼看不足,一时分付与春风。"(526c)不管日面佛还是月面佛,都是佛,不要纠结于日面月面,悟道成佛才是公案要表达的。金陵俞道婆颂曰:"日面月面,虚空闪电。虽然截断天下衲僧舌头,分明也只道得一半。"(527a)日面佛寿长一千八百岁,月面佛寿长一昼夜,都是成佛,却有如此不同,究竟选择哪一个呢?如果这样考虑,就算陷入了第二义谛的怪圈。公案之旨在于启发学人放弃对这一问题的思考,而体验无差别的境界。马祖虽然以此截断天下衲僧舌头,但毕竟还是以第二义谛之语言文字为凭依,所以只能算是道得一半。典牛天游禅师颂曰:"打杀黄莺儿,莫教枝上啼。几回惊妾梦,不得到辽西。"(527a)入梦即是入悟,日面月面只是设辞,并不是悟境,它们对悟境来说是多余的存在,它们只

---

① 《佛果圆悟禅师碧岩录》,《大正藏》第 48 册,第 142—143 页。

是激发参学者开悟的手段。马祖不亏为禅林作家，生病了还不忘借院主问病来开悟后学。

四、获禅师印可，方为悟道

禅宗传法乃是以心传心，即世尊把自己的悟境传与大迦叶，是为禅宗初祖，大迦叶把自己的悟境传与阿难，是为禅宗二祖。禅宗以此种方式流传下来，直至中土。弟子能否得法，全靠禅师的传授；弟子是否开悟，也要靠禅师的确认。一般情况下，僧人成为哪位禅师的法嗣取决于两种情况，一是哪位禅师开导了该禅僧并使其悟道，二是哪位禅师首先确认了该禅僧已经悟道。对于禅僧来说，一旦有禅师承认自己开悟，就意味着自己可以开山收徒，另立门户，可以以禅师自居，可以与其他禅师交流禅法。这种确认，禅林称之为"印可"。禅僧得到禅师印可，方为真正悟道。所以，禅林有超佛越祖之风，却对自己老师表现的非常尊重。禅僧敢于呵佛骂祖，却不能怠慢传法给自己的禅师。我们先看第一种情况，《禅宗颂古联珠通集》卷十四：

> 药山首造石头之室便问："三乘十二分教某甲粗知，尝闻南方直指人心，见性成佛，实未明了，伏望和尚慈悲指示。"曰："恁么也不得，不恁么也不得，恁么不恁么总不得，子作么生？"师罔措。曰："子因缘不在此，且往马大师处去。"师禀命恭礼马祖，仍伸前问。祖曰："我有时教伊扬眉瞬目，有时不教伊扬眉瞬目。有时扬眉瞬目者是，有时扬眉瞬目者不是。子作么生？"师于言下契悟，便礼拜。祖曰："你见甚么道理便礼拜？"师曰："某甲在石头处，如蚊子上铁牛。"祖曰："汝既如是，善自护持。"(557a)

药山惟俨向石头希迁禅师请教直指人心、见性成佛之道，希望得到石头的开导。石头以二难之问题启示之，以启发药山抛弃理性思维，体验超理性、绝思维的了悟之境。然而，药山并不能立即得到启发，故石头说其因缘不在此，建议他到马祖道一禅师那里受教。药山到马祖处仍问相同的问题，马祖予以启发，药山自觉开悟，马祖复勘验，承认其已开悟。所谓蚊子上铁牛，明说无有插嘴之处，暗指无有言语，正是悟境之体验，故获马祖认可。若按后世禅林的嗣法规矩，药山惟俨应为马祖道一禅师的法嗣，因其最先在马祖处开悟，最先获得马祖印可，况且石头禅师已说其因缘不在此。然而，药山惟俨却是石头希迁法嗣，原因有三：一是药山惟俨长期呆在石头处，获马祖认可后又返回石头身边；二是促使其开悟之机缘是石头最先所设，马祖只是帮石头旁敲侧击地启发了一下而已；三是药山回石头处之后，复获石头禅师的印可。《禅宗颂古联珠通集》卷十四："师辞马祖返石头。一日在石上坐次，头问曰：'汝在这里作么？'师曰：'一切不为。'曰：'恁么即闲坐也。'师曰：'若闲坐即为也。'曰：'汝道不为，且不为个什么？'师曰：'千圣亦不识。'头以偈赞曰：'从来共住不知名，任运相将只么行。自古上贤犹不识，造次凡流岂可明。'"（556c）通过师徒间的对话，石头已确知药山已经开悟，故以偈赞之，算是对药山的正式印可。药山惟俨两处获得印可，故在禅宗史上具有重要地位，是联系马祖禅系和石头禅系的重要禅师。

在承嗣问题上，药山算是特例，绝大多数情况下禅僧在哪位禅师处获得印可即是该禅师的嗣法弟子。《禅宗颂古联珠通集》卷十七：

> 龙潭因天皇曰："汝昔崇福善，今信吾言，可名崇信。"由是服勤左右。一日问曰："某自到来，不蒙指示心要。"皇曰："自汝到来，吾未尝不指汝心要。"师曰："何处指示？"曰："汝擎茶来，吾为汝接。汝行食来，吾为汝受。汝和南时，吾便低首。何处不指示心要？"师低头良久。皇曰："见则直下便见，拟思即差。"师当下开解，复问："如何保任？"皇曰："任性逍遥，随缘放旷。但尽凡心，别无圣解。"（575c）

龙潭崇信在天皇道悟处开悟，并获得天皇道悟的认可，自然是天皇道悟之法嗣。天皇道悟答其如何保任之问，就算是承认了龙潭已经开悟。《禅宗颂古联珠通集》卷十八：

> 赵州因僧侍次，遂指火问曰："这个是火，你不得唤作火。老僧道了也。"僧无对。复策起火曰："会么？"曰："不会。"师曰："此去舒州，有投子和尚，汝往礼拜，问之必为汝说。因缘相契，不用更来。不相契，却来。"其僧到投子。子问："近离甚处？"曰："赵州。"子曰："赵州有何言句？"僧举前话。子曰："汝会么？"曰："不会，乞师指示。"子下禅床行三步，却坐，问曰："会么？"曰："不会。"子曰："你归举似赵州。"其僧却回，举似师。师曰："还会么？"曰："不会。"师曰："投子与么不较多也。"（587a）

僧跟随赵州学佛，赵州启发未果，建议他去舒州找投子大同禅师，并说如果因缘相契，获得投子的印可，就不用回来了，意思是你若在投子处开悟，就留在投子处，为投子的法嗣吧。可该学僧在投子处亦未开悟，所以赵州感慨说

投子给你的启示并不多呀,并没有使你开悟。《禅宗颂古联珠通集》卷二十:

> 镇州普化和尚(嗣盘山)。师初于盘山处密受真诀,而佯狂,出言无度。暨盘山顺世,乃于北地行化。或城市,或冢间振铎曰:"明头来,明头打。暗头来,暗头打。四方八面来,旋风打。虚空来,连架打。"一日临济令僧捉住曰:"总不恁么来时如何?"师拓开曰:"来日大悲院里有斋。"僧回举似临济。济曰:"我从来疑着这汉。"(599c)

普化和尚既已获得盘山宝积禅师印可,故佯狂顺世,逍遥自在。然而,临济义玄一直怀疑他是否真的开悟,故让人再次勘验。问其问题,答非所问,果是悟道者所为,临济之疑虑可以消除了。《禅宗颂古联珠通集》卷二十四:

> 澧州夹山善会禅师(嗣船子)初住京口寺,因僧问:"如何是法身?"师曰:"法身无相。"又问:"如何是法眼?"师曰:"法眼无瑕。"时道吾失笑。师遂请益,后散众参船子,省发后归聚徒。道吾令僧往问:"如何是法身?"师曰:"法身无相。"又问:"如何是法眼?"师曰:"法眼无瑕。"僧回举似吾。吾曰:"者汉此回方彻。"(625c)

夹山善会两次回答天皇道吾(悟)的问题,内容一模一样,为什么仅第二次的回答获得道吾禅师的认可呢? 对于夹山善会的第一次回答,道吾认为是停留于第二义谛,仅是语言上的解释,并不是开悟之语,待参船子德诚禅师得道之后,第二次的回答是不动思议,无有思考之禅悟境界的表现,故获得道吾认可。

第二节　颂古对公案的阐释

　　颂古是文字禅。文字禅就是用文字来表达禅悟之境界。公案与颂古都是可以通过分析、理解文字来打开悟道之路的。参学之人不要有禅只能以意会不可言传,言传即失去意义的想法。这也是文字禅走向繁荣的基础。
　　颂古就是用来阐释公案的,但是这种阐释不是直接阐明、陈述、解释,而是一种引导与启发。这种阐释是有效的。换句话说,公案颂古所指向的禅悟境界是可以通过语言文字来引领学人达到的。这样,禅宗一直以来的以心传心、不立文字、不能言说的传法传统,终于被文字禅打破了。实践证明,好的文字禅完全可以更快地引禅僧走向开悟。这就是公案、颂古、拈古、评唱等文字禅存在的价值与产生的背景。所以,提到"文字禅"并不都意味着贬义,它对禅宗的发展壮大也确有重要贡献。然而需要提出的是,末流"作家"与一些比较糟糕的禅林风气也使文字禅出现了越来越多的负面影响。一些只讲文字不讲禅,只重形式不重禅意的作品,使颂古等文字禅获得了不少的贬义评价。

除了直接参读公案以外,学人亦可通过颂古来理解公案的意蕴,并藉以达到禅悟之境界。颂古是悟者之语,未悟者即使创作再多的颂古也与公案不相干,所谓"鸦臭当风"也。只有悟者之颂古才能准确的阐释公案。所以,在文字禅兴起之后,颂古既是学僧表明自己悟境的手段,也是各位禅师勘验学僧开悟与否的凭借之一。《禅宗颂古联珠通集》所收之颂古,除极少量是来自学僧、居士外,主要是来自禅宗各个派别的著名禅师。可以说,他们的颂古作品是对禅宗公案的最好阐释。《大慧普觉禅师语录》卷十四引临济和尚语曰:"有一般瞎秃兵,向教乘中取意度,商量成于句义,如将屎块子口中含了,却吐与别人,直是叵耐。元昭初见如此说,心中虽疑,口头甚硬,尚对山僧冷笑。当晚来室中,只问渠个狗子无佛性话,便去不得,方始知道参禅要悟。在长乐住十日,二十遍到室中,呈尽伎俩,奈何不得,方始著忙。山僧实向渠道,不须呈伎俩,直须㘞地折,嚗地断,方敌得生死,呈伎俩有甚了期?仍向渠道,不须著忙,今生参不得,后世参。遂乃相信,便辞去。隔十余日忽然寄书来,并颂古十首,皆山僧室中问渠底因缘。"①吴伟明居士,字元昭,福建邵武人,崇宁五年(1106 年)进士,绍兴九年(1139 年)为应天府提点刑狱,为大慧宗杲之在家得法弟子。禅道不在于读多少经典,而在于切身体悟。元昭开始不明此理,将信将疑,听了狗子无佛性话头后方才相信,可十日内并未参透此话。离开十余日后,给大慧来信并作了十首颂古,以呈示心迹,其颂古所颂因缘都是大慧之前在室内说给他的。因缘就是公案,元昭自觉已经参透了大慧所说公案,就作了十首颂古为证。元昭悟道与否,在于他是否参透了公案,而是否参透了公案,读一读其所作颂古便知。可见,颂古是阐释公案的有效方式。

一、颂古的类型

从根本上说,颂古对公案的阐释不是表现在字词训释上,而是表现在悟道境界与内在意蕴上,但这并不是说颂古与公案不可以有文字相同。事实

---

① 《大慧普觉禅师语录》,《大正藏》第 47 册,第 868 页。

上,颂古对公案的阐释有两个切入点:一个是选取公案中的一句话或一两个字词,进而表达自己对公案的理解;二是直接表达自己由公案激发而达到的禅悟境界。为了叙述的方便,我们不妨以切入点的不同,将颂古分为三类,即间接性颂古、直接性颂古与描述性颂古。

(一)间接性颂古

间接性颂古表现为颂古与公案有文字相同,就公案中的某一说法深入下去,或回答公案中提出的问题,或借助公案语句表达自己的悟境,或对公案之禅学意蕴提出自己的理解与看法。例如:"南院问僧:'名什么?'僧曰:'普参。'师曰:'忽遇屎撅时如何?'曰:'不审。'师便打。颂曰:两个屎撅,合作一团。熏天炙地谁能嗅,千古丛林作话端。"①(西山亮,《通集》卷三十)南院慧颙禅师问旁边的一个僧人叫什么名字,僧人回答说叫"普参"。普参,遍参诸宿也。南院复以此意义设机锋开示僧人曰:"你普参时忽然遇到屎橛怎么办呀?"若僧人回答为"避开""不喜欢臭味""不乐意闻"等语,则表明他仍是个"俗人",尚未开悟。而僧人的回答却是"不审",即没有察觉到之意,表明他已开悟了,已到了绝情识的境地,故南院打他离开。西山亮禅师的颂古从"屎橛臭不臭"这一机锋入手,表达了他对公案的参读结果。他认为既然僧人已开悟,那他就和南院禅师一样,可以随缘任运,即使两人都是屎橛,也不会互相闻到对方的臭味,而他们的"熏天炙地"之臭味,只有未悟的俗人才能感觉得到。丛林学僧可以通过参读这个话头,以达到有目无睹、有耳不闻、有鼻不嗅的禅悟境界。

再如:"琅琊觉云:'有句无句,如藤倚树。树倒藤枯,好一堆烂柴。颂曰:布单酬价见明招,滴水如今未合消。不是咸通年后事,住山争得有柴烧。(张无尽居士)领得沩山笑里刀,方知不枉到明招。元来树倒藤枯后,了得三年五载烧。"(石林巩,《通集》卷三十)②张无尽居士及石林行巩禅师皆从"烧柴"入手,对公案中的"树倒藤枯""变为烂柴"等说法进行自己的阐释。张无尽居士颂古之意为:疏山匡仁(一名光仁)禅师卖掉布单作为路费千里迢迢找到大沩安(福州长庆大安,又号懒安)禅师,大沩安没有告诉他什么,只是让他去找明招德谦禅师。在明招德谦禅师的帮助下,匡仁禅师终于悟到了"有句无句,如藤倚树。忽然树倒藤枯,句归何处"这一公案的境界,于是一直困惑他的"藤树"忽然变得无所谓了,如同一钱不值的柴草。石林行巩禅师颂古意思与此略同。原来二人的颂古是基于抚州疏山匡仁禅师的一段因

---

① (宋)释法应集、(元)释普会续集:《禅宗颂古联珠通集》,《卍新纂续藏经》第65册,665b页。
② 《禅宗颂古联珠通集》,661a页。

缘。《禅宗颂古联珠通集》卷三十曰：

> 　　抚州疏山匡仁禅师（嗣洞山）闻福州大沩安和尚示众曰："有句无句，如藤倚树。"师特入岭到彼，值沩泥壁。便问："承闻和尚道有句无句，如藤倚树，是否？"曰："是。"师曰："忽然树倒藤枯，句归何处？"沩放下泥盘，呵呵大笑归方丈。师曰："某甲三千里卖却布单，特为此事而来，何得相弄？"沩唤侍者取二百钱与这上座去，遂嘱曰："向后有独眼龙为子点破在。"后闻婺州明招谦和尚出世，径往礼拜。招问："甚处来？"师曰："闽中来。"招曰："曾到大沩否？"曰："到。"招曰："有何言句？"师举前话。招曰："沩山可谓头正尾正，只是不遇知音。"师亦不省，复问"树倒藤枯，句归何处？"招曰："却使沩山笑转新。"师于言下大悟，乃曰"沩山元来笑里有刀"。遥礼悔过。①

可见，张无尽居士颂古与石林行巩禅师颂古皆是借这一因缘故事而发表自己看法的，是典型的间接性颂古。

　　"同头颂古"为间接性颂古的一种特殊形式。与同头诗一样，各首颂古的头一字或头一句是相同的，然后再各自发表对同一公案看法，或表示自己的悟道境界。例如《禅宗颂古联珠通集》卷七载慧能"风动幡动"公案下有如下颂古：不是风兮不是幡，黑花猫子面门斑。夜行人只贪明月，不觉和衣渡水寒。（法昌遇）不是风兮不是幡，斯言形已播人间。要会老卢端的意，天台南岳万重山。（天衣怀）不是风兮不是幡，于斯明得悟心难。胡言汉语休寻觅，刹竿头上等闲看。（圆通秀）不是风兮不是幡，白云依旧覆青山。年来老大浑无力，偷得忙中些子闲。（雪峰圆）不是风兮不是幡，清霄何事撼琅玕。明时不用论公道，自有闲人正眼看。（圆通仙）不是风兮不是幡，寥寥千古竞头看。彻见始知无处所，祖庭谁共夜堂寒。（通照逢）不是风兮不是幡，认为心者亦颠顸。风吹碧落浮云尽，月上青山玉一团。（疏山常）不是风兮不是幡，几人北斗面南看。祖师直下无窠臼，眼绽皮穿较不难。（佛灯珣）不是风兮不是幡，一重山后一重山。青春雨过无余事，独倚危楼望刹竿。（佛性泰）不是风兮不是幡，多口阇黎莫可诠。若将巧语求玄会，特地千山隔万山。（琅琊觉）不是风兮不是幡，碧天云静月团团。几多乞巧痴男女，犹向床头瓮里看。（水庵一）不是风兮不是幡，入泥入水与人看。莫把是非来辨我，浮生穿凿不相干。（月林观）不是风兮不是幡，白云尽处见青山。可怜无限英灵

汉,开眼堂堂入死关。(淳庵净)不是风兮不是幡,分明裂破万重关。谁知用尽腕头力,惹得闲名落世间。(松源岳)不是风兮不是幡,将军骑马出潼关。安南塞北都归了,时复挑灯把剑看。(天目礼)①

(二) 直接性颂古

直接性颂古无需凭依公案里的字句,直接表达出自己的悟境或看法,从而完成对公案的阐释。这种阐释方式虽然内容上不凭依公案,但却不能与公案分开。因为一旦与公案分开,颂古的启发性就会变得难以把握。请看下例:

> 清源因僧问:"如何是佛法大意?"师曰:"庐陵米作么价?"颂曰:乌龟三眼赤,祥麟一角尖。腾云生暮雨,溪月夜明帘。(法昌遇)太平治业无象,野老家风至淳。只管村歌社饮,那知舜德尧仁。(天童觉)冲开碧落松千尺,截断红尘水一溪。饱食高眠人不到,日从东出又沉西。(无准范)②

佛法大意是禅宗初学者经常询问的问题,但似乎都没有得到明确的答复。事实上,在禅宗看来,佛法大意是不能用寻常言句形容的。它是一种亲身体验,只有体验者本人知道,一旦形诸语言,就不是真正的佛法大意了。所以禅师在面对这类问题时,往往随机采取合适的方式,截断学僧向外求佛的诉求,让他认识到自身自具自足,无需外求,只要把握好当下,随缘任运即可。求佛之心愈切,成佛之路愈远。直接性颂古与公案的关联是隐性的。从字面来看,法昌遇、天童觉、无准范三禅师的颂古和公案毫不相干。如果不是附于这一特定公案之后,读者将难以明白这些颂古的真正含义,其对读者的启发也难以奏效。若和公案联系起来,我们不难发现它们对公案意蕴之阐释还是十分准确的。法昌倚遇禅师的颂古强调本来如此、当下即是。通灵的乌龟有三只眼、吉祥的麒麟有一只角、白天看到腾云夜晚就要下雨、水月交映能把窗户照亮,这些都是在人们日常生活中本来存在的东西。佛法也与此一样,存在于每个悟道者的当下生活中。天童宏智正觉禅师的颂古与无准师范禅师的颂古大体表达的也是这个意思,即佛法不离现实生活,把握当下。参禅者应无忧无虑,任运自在,"只管村歌社饮""饱食高眠",不必费尽心机,问东问西。

---

① 《禅宗颂古联珠通集》,第 513b—514c 页。
② 《禅宗颂古联珠通集》,第 523c—524a 页。

下面再举一例,以方便我们对直接性颂古与间接性颂古作一比较。《禅宗颂古联珠通集》卷六:

> 迦叶因阿难问:"世尊传金襕外,别传何物?"迦叶召阿难,难应诺。
> 迦叶曰:"倒却门前刹竿著。"(505b)

下有颂古曰:影略门前倒刹竿,个中消息授传难。玲珑侍者能相委,盘走明珠珠走盘。(天童觉)金襕付外有何传,倒却门前旧刹竿。不取一时为上瑞,百千年后与人看。(草堂清)金襕传外更瞒顸,漏泄天机倒刹竿。东震西乾扶不起,至今殃祸及儿孙。(照觉总)头陀饮光,多闻庆喜。合掌擎拳,难兄难弟。一朝狭路两相逢,裂转双睛无处避。便向门前倒刹竿,丈夫自有冲天志。(慈受深)提起金襕,惹倒刹竿。步步蹋着,绿水青山。(旻古佛)心心相照始相知,金色头陀别是非。五里牌从郭外看,当人不肯怨它谁。(道场如)凤毛麟角一般奇,弟应兄呼岂不知。堪笑灵源春雨后,落花流水自相宜。(开先瑛)家家门口透长安,不见纤毫眼界宽。无法无人谁付嘱,难兄难弟自相谩。(雪庵瑾)花叶联芳信有期,饮光抗召划芬披。而今莫问当时事,路上行人口是碑。(正觉逸)象王行处绝狐踪,象子雄雄继此风。休说二千年后事,纵尘沙劫又何穷。(保宁勇)[1]公案之意在于说明禅宗传法的原则是内传心印,外传袈裟。"倒却门前刹竿"隐喻心印已传,由佛入禅之意。刹者土田之义,以表梵刹。长竿之上以金铜造宝珠焰形,立于寺前。刹竿是佛寺的象征物,后来渐渐转化为浮图,即佛塔。第一至第五则颂古句中或有"倒刹竿",或有"金襕"之词,皆引自公案,然后从不同的角度启发参读者明白禅宗"以心传心"的道理或境界。第六至第十则颂古则没有文字和公案相同,直接表达看法与悟境。二者的区别是前者更容易参读一些,因为后者往往使参读者感觉到不知所以,不知从何入手,也就是宗门常说的没有"把鼻"。所以,直接性颂古在离开公案之后,就更不容易理解了,然而直接性颂古也有优点,那就是描写的境界较间接性颂古更为圆满,一旦参透,将一通百通,永生受益。

(三) 描述性颂古

除了直接性颂古、间接性颂古,《禅宗颂古联珠通集》中还有对公案作另一种阐释的颂古,那就是描述性颂古。描述性颂古主要对公案内容进行描述,并没有对公案意蕴做进一步探求,而是通过对公案的解释重新设置机

---

[1] 《禅宗颂古联珠通集》,第 505b—506a 页。

锋,让学僧自己去理解。严格地讲,这类颂古实际上并没有真正对公案作出有效阐释,启人悟道的作用并不明显。例如:

> 东土初祖菩提达磨大师初至金陵见梁武帝。帝问曰:"如何是圣谛第一义?"师曰:"廓然无圣。"曰:"对朕者谁?"师曰:"不识。"帝不领悟。师遂折芦渡江至魏。后帝举问志公。公曰:"陛下识此人不?"曰:"不识。"志曰:"此是观音大士传佛心印。"曰:"当遣使诏之。"志曰:"莫道陛下诏,尽国人去,它亦不回。"颂曰:廓然绝圣犹方便,不识天颜今对面。对面不契渡长江,北去少林方眷恋。(觉海元,《通集》卷六)

觉海赞元禅师颂古只是把公案中的事实又重新述说了一遍,没有对公案的境界设计有效的指引。类似的例子在《禅宗颂古联珠通集》中还有很多:

> 达磨大师将返西天,谓门人曰:"时将至矣,盍各言所得乎。"时门人道副曰:"如我所见,不执文字,不离文字,而为道用。"祖曰:"汝得吾皮。"尼总持曰:"我今所解,如庆喜见阿閦佛国,一见更不再见。"祖曰:"汝得吾肉。"道育曰:"四大本空,五阴非有,而我见处无一法可得。"祖曰:"汝得吾骨。"最后慧可出,礼三拜,依位而立。祖曰:"汝得吾髓。"乃传法付衣。颂曰:弟昆各自逞功能,独有家兄彻骨贫。三拜起来无一语,鼻孔累垂盖口唇。(雪窦宗,《通集》卷六)
>
> 杭州鸟窠道林禅师(嗣国一)初诣长安西明寺学华严。唐代宗诏国一禅师至阙,乃谒之得法,归于西湖秦望山。有长松枝叶繁茂,盘屈如盖,遂栖止其上,故以为名。有侍者会通,乃唐德宗六宫使,弃官从师落发,伏勤数年未蒙印授。一日告辞,师曰:"往甚处?"通曰:"往诸方学佛法去。"师曰:"若是佛法,老僧亦有少许。"曰:"如何是和尚佛法?"师拈起布毛吹一吹。通于言下大悟,更不复他游。乃居左右,后开法为的嗣,或号布毛侍者。颂曰:鸟窠拈起布毛吹,一道寒光对落晖。虽是老婆心意切,悟来由在半途归。(石门易,《通集》卷八)①

二、颂古阐释公案的方式

颂古对公案的阐释具有不确定性。面对相同的公案,各则颂古对它的

---

① 上引达磨见梁武帝、大磨将返西天、鸟窠道林三例分别出自《禅宗颂古联珠通集》第507b—507c页,第509a—509b页,第517a页。

阐释却并不统一,甚至有截然相反的看法。

(一) 多角度切入

虽然面对相同的公案,但各颂古作者受到启发的方式却可以是多角度的,故其颂古的切入点也不尽相同。况且,禅悟也有深浅之分,这也会在颂古中有所反映。现在以"南泉斩猫"公案及其颂古为例,对这种现象略加说明。《禅宗颂古联珠通集》卷十一载这则公案为:

> 南泉因东西两堂各争猫儿。师遇之,白众曰:"道得即救取猫儿,道不得即斩却也。"众无对,师便斩之。赵州自外归,师举前语示之,州乃脱草履安头上而出。师曰:"汝适来若在,即救得猫儿也。"[①]

《禅宗颂古联珠通集》于此公案下共收录了 31 位禅师的 39 则颂古。各则颂古大体是按作者生活的时间顺序排列的,从宋初的汾阳善昭(947—1024)一直到元初的横川如珙(1222—1289)。此 39 则颂古对公案的阐释情况可分为四类:

一是强调未悟。强调两堂僧人皆未开悟,是该公案下面所附颂古的主题之一。例如:两堂上座未开盲,猫儿各有我须争。一刀两段南泉手,草鞋留着后人行。(汾阳昭)两堂俱是杜禅和,拨动烟尘不奈何。赖得南泉能举令,一刀两段任偏颇。(雪窦显)手握乾坤杀活机,纵横施设在临时。满堂兔马非龙象,大用堂堂总不知。(胡文定公安国)"未开盲""杜禅和""兔马非龙象"等词清楚地表明,颂古之意为强调两堂僧人皆是未悟者这一事实。因僧人的未悟,尚有向外驰求之心,故发生了争猫与斩猫之事。

二是责怪南泉。南泉斩猫的目的是为了斩断两堂僧人向外索求的基础,督促他们尽快开悟,但其做法却是可商榷的,因为其所作所为并没有达到预期的效果。激发僧人开悟要讲究机缘,巧妙地设置机锋,以使学僧更容易受到激发,而南泉所为,几无机锋可言,与正常行为无异。下面三首颂古就是从不同的角度,对南泉提出了责备:斩了猫儿问谂师,草鞋头戴自知时。两堂不是无言对,只要全提向上机。(疏山如)放去若雷奔,收来如掣电。不识李将军,徒学穿杨箭。(南堂兴)一刀成两段,释得二僧争。草鞋头戴出,猫儿无再生。(横川珙)疏山了如禅师的颂古责备南泉没有很好地设置机锋;南堂兴禅师的颂古则责备南泉没有把握好启发学人的时机;横川如珙禅师的颂古则责备南泉杀生无益。

---

① 《禅宗颂古联珠通集》,第 535a 页。

三是强调自悟。每个禅悟者最终都要靠自悟,别人的点拨只是起到促进激发作用。颂古一方面说两堂僧人并没有从"南泉斩猫"行为中获得启发,另一方面说即使赵州的顶鞋行为也有很多僧人不明白。当禅师及外人的启发不起作用时,僧人能否开悟主要依靠他自己,所以南泉的斩猫行为就似乎变得很多余。即使斩了猫,也没有救得了两堂之盲僧。下举三例:南泉一刀斩了,赵州戴履摩挲。虽然子承父业,满地老鼠奈何。(典牛游)手按吹毛岂易为,两堂要活死猫儿。赵州上树安身法,多少傍人眼搭睐。(别峰印)安国安家不在兵,鲁连一箭亦多情。三千剑客今何在,独许将军建太平。(龙门远)典牛天游颂古认为虽然赵州救得了猫儿,但毕竟只有赵州一人明白,两堂僧人并没有因南泉的斩猫行为而开悟。别峰宝印禅师颂古认为赵州之举对南堂僧人来说,仍是一个谜,并没有起到启示作用。学僧开悟仍要靠自己。龙门禅师之颂古则旨在明确强调自悟的重要性。

四是赞赏南泉。在此则公案所附颂古中,也有几首是对南泉斩猫行为表示赞赏的。例如:伯牙之弦,鸾胶可续。调古风淳,霜月可掬。南泉南泉,龙象继踵。(佛心才)尽力提持只一刀,狸奴从此脱皮毛。血流满地成狼籍,暗为春风染小桃。(无准范)[1]佛心本才禅师之颂古赞赏南泉为禅门龙象,而无准师范禅师的颂古则着眼于南泉斩猫行为的影响。他认为南泉的行为就像春风无声地使桃子成熟一样,必将对两堂僧人产生很大影响。虽然这种影响不是立即呈现的,但它最终会显示出来。

(二)"翻案法"

所谓"翻案"是指针对前人成句或原意,反其意而用之,或以此为基础做更进一步的发挥。晋代名士刘伶以旷达著称,常携酒乘鹿车而游,让人荷锸相随,说死便随处埋葬。苏轼《和顿教授见寄》诗反用其典云:"既死何用埋,此身同夜旦。"[2]苏轼认为人之生死如昼夜交替,极为自然,连埋也不用埋了。又如《庄子·达生》谓醉汉坠车不惊,"乘亦不知也,坠亦不知也,死生惊惧不入乎其胸中。"[3]苏轼《和陶饮酒二十首并叙》之十三在此基础上更进一层:"醉中虽可乐,犹是生灭境;云何得此身,不醉亦不醒。"[4]诗家"翻案"法不仅是形式与技巧的问题,而且还有一种豁然大悟的思想境界。所有这些,都和禅宗的悟道表达方式有一定渊源。钱锺书《谈艺录》六九指出:"禅宗破壁斩

---

① 《禅宗颂古联珠通集》,第 526b—535b 页。
② 张志烈等校注:《苏轼全集校注》,石家庄:河北人民出版社,2010 年版,第 1261 页。
③ (清)郭庆藩:《庄子集释》,王孝鱼点校,北京:中华书局,第 636 页。
④ 张志烈等校注:《苏轼全集校注》,石家庄:河北人民出版社,2010 年版,第 3998 页。

关,宜其善翻案。"①禅宗机锋敏捷,出奇制胜,擅长翻案,据《坛经·机缘品》记载,卧轮禅师有一首偈子:"卧轮有伎俩,能断百思想;对境心不起,菩提日日长。"慧能反其意而作偈曰:"慧能没伎俩,不断百思想;对境心数起,菩提作么长?"②卧轮偈强调从理介入,渐进而悟。慧能偈则直以悟境示出,强调没伎俩,没思想,如如平等之无差别境界,方是本来面目。禅宗所谓"非心非佛"其实也是对"即心即佛"的翻案。六祖慧能大师的"菩提本无树"偈也是著名的翻案之作。③

翻案法也是颂古创作的方法之一。同一个公案,有的正说,有的反说,后来的颂古不断否定前面颂古的说法。《禅宗颂古联珠通集》中也有许多颂古是翻案之作,同一公案下的颂古大致按时间顺序排列,后面的作者往往对前面作者的颂古作品不认同,从而提出不同的看法。例如"女子出定"公案诸颂古中,就有不断翻案与被翻案作品的存在。天衣义怀颂曰:"文殊托上梵天,罔明轻轻弹指。女子黄面瞿昙,看他一倒一起。"天衣义怀之作虽然是一首描述性颂古,但也间接承认了文殊不能使女子出定,而罔明却能使女子出定的事实。然佛印了元禅师对此说存有疑义,其颂古为:"罔明弹指也寻常,岂是文殊智不长。因忆江南二三月,鹧鸪啼处百华香。"佛印了元认为罔明弹指乃是寻常之举,文殊不能使女子出定,也并非因为智慧欠缺。女子出定与否,与二人实际无甚关系。接下来,惠洪的颂古印证了佛印了元之说:"出定只消弹指,佛法岂用工夫。我今要用便用,不管罔明文殊。"枯木法成禅师颂古曰"文殊用尽平生力,罔明弹指便回来。不是老胡深有意,双眸未肯为渠开",认为女子出定与否,完全是世尊的密意。然而月庵善果与鼓山士珪却有不同的看法,二位禅师的颂古分别为:"女子与瞿昙,自起还自倒。无眼傍观人,投身入荒草。""不假文殊神通,休要罔明弹指。尔时灵山会中,女子从定而起。"④强调女子出定与否取决于女子自己,与罔明、文殊、世尊无关。再如"磨砖作镜"公案:

让和尚居南岳。时马祖住传法院,常日坐禅。师知是法器,往问曰:"大德坐禅图什么?"曰:"图作佛。"师一日乃取一砖于彼庵前磨。

---

① 钱钟书:《谈艺录》,北京:生活·读书·新知三联书店,2007年版,第562页。
② 魏道儒:《坛经译注》,北京:中华书局,2010年版,第141—142页。
③ 慧能偈"菩提本无树,明镜亦非台。本来无一物,何处惹尘埃"是对神秀偈"身是菩提树,心如明镜台。时时勤拂拭,勿使惹尘埃"的翻案。两偈出自《坛经·行由品第一》,见魏道儒《坛经译注》,北京:中华书局,2010年版,第15页,第22页。
④ 《禅宗颂古联珠通集》,第487c—488a页。

曰:"磨此何为?"师曰:"磨作镜。"曰:"磨砖岂得成镜?"师曰:"坐禅岂得成佛?"曰:"如何即是?"师曰:"如人驾车,车若不行,打车即是? 打牛即是?"于是悟旨于言下。遂印心传法。①

很明显,该公案是强调"磨砖不能成镜",从而类比"坐禅不能成佛"。然佛印了元禅师却反其意而用之,其颂古曰:"磨砖作镜不为难,忽地生光照大千。堪笑坐禅求佛者,至今牛上更加鞭。"颂古认为"磨砖成镜"并非难事,隐喻禅僧只要坚持修行,终有一天会突然开悟的,即"忽地生光照大千",那时候砖也真的可以成为镜了。

(三) 对前人诗句的袭用

北宋中期以后,虽然颂古创作规模更大,作家、作品数量更多,但颂古作品的创造性和语言活力却有下降,模仿和引用前辈大师的作品逐渐增多,现实生活中的鲜活语言逐渐减少。例如《禅宗颂古联珠通集》卷九马祖"止小儿啼"公案翠岩可真禅师颂曰:"百万雄兵出,将军猎渭城。不闲弓矢力,斜汉月初生。"(524b)其中"将军猎渭城"即引自王维的《观猎》。

颂古还有"点化"文人诗的现象。所谓点化,就是把文人诗歌注入禅意,从而把它改造成颂古。具体可分为四种情况:一是把整首诗拿来直接当颂古使用,一字不改;二是把整首诗略加修改后拿来当颂古使用;三是截取整首诗中的一部分当颂古使用,一字不改或稍加改动;四是引用文人诗句入颂古,成为颂古的一部分。现各举一例如下:

表 14 颂古点化文人诗类型表

颂古及其作者	文人诗及其作者、诗题	点化类型
煮豆燃豆萁,豆在釜中泣。本是同根生,相煎何太急。②(云衲祖庆)	煮豆燃豆萁,豆在釜中泣。本是同根生,相煎何太急。③(曹植《七步诗》)	直接使用
千山鸟飞灭,万里人迹绝。扁舟蓑笠翁,独钓寒江雪。④(肯堂彦充)	千山鸟飞绝,万径人踪灭。孤舟蓑笠翁,独钓寒江雪。⑤(柳宗元《江雪》)	修改使用

① 《禅宗颂古联珠通集》,第 522a 页。
② (宋)释法应集,(元)释普会续集:《禅宗颂古联珠通集》,第 506a 页。
③ (魏)曹植著,赵幼文校注:《曹植集校注》,北京:中华书局,2016 年版,第 413 页。
④ (宋)释法应集,(元)释普会续集:《禅宗颂古联珠通集》,第 497c 页。
⑤ (唐)柳宗元著:《柳宗元集》,北京:中华书局,1979 年版,第 1221 页。

颂古及其作者	文人诗及其作者、诗题	点化类型
挽弓须挽强，用镞须用长。射人先射马，擒贼先擒王。①（北磵居简）	挽弓当挽强，用箭当用长。射人先射马，擒寇先擒王。杀人亦有限，列国自有疆。苟能制侵陵，岂在多杀伤。②（杜甫《前出塞九首》其六）	截取使用
色空明暗，各不相知。行到水穷处，坐看云起时。③（北磵居简）	中岁颇好道，晚家南山陲。兴来每独往，胜事空自知。行到水穷处，坐看云起时。偶然值林叟，谈笑无还期。④（王维《终南别业》）	句子引用

特别是第一种，原诗照抄，在常人看来是不可想象的，但在颂古中却很普遍。原因在于虽然是引用别人的诗，但这诗变成颂古之后，其原来的含义就发生了变化，就被注入了一种禅意，或者说不再是原来的诗了，所以不算抄袭。例如或庵师体禅师颂古"春眠不觉晓，处处闻啼鸟。夜来风雨声，花落知多少"，⑤直接使用了孟浩然《春晓》诗。诗意与颂古之意是否一致呢？答案是否定的。该颂古所颂公案为：

> 盘山示众曰："三界无法，何处求心？四大本空，佛依何住？璇玑不动，寂尔无言。觌面相呈，更无余事。珍重。"（《通集》卷十二）

禅宗称父母未生以前，无有意识、无有物质、一切皆无的状态为璇玑不动。在这种状态下，哪里还有心？哪里还有佛？心、佛只不过是求佛之人的执念而已，去除执念，方能真正体悟到成佛之境。以孟浩然《春晓》为颂古，强调的正是这种无言、无物的"不觉"之境：不知道天晓；不希望有，也不希望没有鸟鸣，有就有吧；花是开是落，落了多少，都无所谓，在"我"这里没有任何意识。这与《春晓》作为文人诗歌描绘春天早晨绚丽图景的原本意境是完全不同的。

再如佛灯守珣禅师颂古"湖光潋滟晴偏好，山色溟蒙雨亦奇。若把西湖比西子，淡妆浓抹总相宜"，⑥由苏轼《饮湖上初晴后雨》诗修改而成。该颂古所颂公案为：

---

① （宋）释法应集，（元）释普会续集：《禅宗颂古联珠通集》，第498a页。
② 萧涤非主编：《杜甫全集校注》，北京：人民文学出版社，2014年版，第250页。
③ （宋）释法应集，（元）释普会续集：《禅宗颂古联珠通集》，第497页。
④ （唐）王维撰，陈铁民校注：《王维集校注》，北京：中华书局，1997年版，第191页。
⑤ （宋）释法应集，（元）释普会续集：《禅宗颂古联珠通集》，第543页。
⑥ （宋）释法应集，（元）释普会续集：《禅宗颂古联珠通集》，第638页。

镇州三圣院慧然禅师(嗣临济)住后上堂曰:"我逢人则出,出则不为人。"便下座。兴化云:"我逢人则不出,出则便为人。"(《通集》卷二十六)

这里的"我"指真我,即人人所具之真如佛性。所谓"出""不出""为人""不为人",切不可作理性地理解,不可执着于文字本身。公案之启发意义正在于此。所以,颂古所强调的是后两句"若把西湖比西子,淡妆浓抹总相宜",即不执着、不拘泥之意,而不是像苏轼诗歌强调西湖雨后天晴之景色。再如孤峰慧深禅师颂古"长安一片月,万户捣衣声。西风吹不断,总是玉关情",①截取了李白《子夜吴歌·秋歌》中的四句,仅改"秋风吹不尽"为"西风吹不断"。该颂古所颂为著名的"风吹幡动"公案:

六祖受法辞五祖,令隐于怀集、四会之间。届南海,遇印宗法师于法性寺。暮夜,风扬刹幡,闻二僧对论。一云幡动,一云风动,往复酬答,曾未契理。祖曰:"可容俗流辄预高论否?直以风幡非动,动自心耳。"印宗闻语,竦然异之,遂问其由。祖实告之。印宗于是集众,请开东山法门。祖遂落发披衣受戒,即广州天宁寺也。(《通集》卷七)

公案启发参读者修禅一定要守住本心,即自己本来之真如佛性。真如妙境具有常住一相,量等虚空,不迁不变,无灭无生之特点,所以真正的修禅者应该视风幡为未见。两僧论争风动幡动,实是未能守住本心,他们的本心被外界蒙蔽了,随外界而动了。颂古"西风吹不断,总是玉关情"两句与公案有异曲同工之妙,都是由风吹而关联到内心。显然,这与李白此诗妻子思念征夫的主题完全不同。这样的例子还有很多,甚至有同一首文人诗被多位僧人改造为颂古的情况。如金昌绪《春怨》(一作《伊州歌》)"打起黄莺儿,莫教枝上啼。啼时惊妾梦,不得到辽西"②,被典牛天游、正堂明辨改造成了不同的颂古。贾岛《渡桑干》(一说刘皂《旅次朔方》,文字略有差异)"客舍并州已十霜,归心日夜忆咸阳。无端更渡桑干水,却望并州是故乡"③,被北磵居简、圆极彦岑两位禅师改造成了不同的颂古。

除了文人诗,文人词、赋甚至文章中的句子也可被注入禅意,改造成颂

---

① (宋)释法应集,(元)释普会续集:《禅宗颂古联珠通集》,第 514 页。
② 中华书局编辑部点校:《全唐诗》,北京:中华书局,1999 年版,第 8813 页。
③ 中华书局编辑部点校:《全唐诗》,第 6736 页。

古的一部分。例如翠岩可真禅师颂古"三人同行，必有我师焉。择其善者而从之，其不善者而改之"①完全是引自《论语·述而》中的原文，仅将"三人行"改称为"三人同行"而已。偃溪广闻禅师颂古"春草碧色，春水绿波。送君南浦，伤如之何"②四句全引自江淹《别赋》，一字未改。懒庵道枢禅师颂古"脱得驴头载马头，东家西家卒未休。问君还有几多愁，恰似一江春水向东流"③第三、四句引自南唐后主李煜的著名词作《虞美人》，唯将"能"字改换成了"还"字。

借用前人颂古作品现成句子的情况也很普遍。下举一例：

> 二十四祖师子尊者因罽宾国王秉剑于前曰："师得蕴空不？"祖曰："已得蕴空。"曰："离生死不？"祖曰："已离生死。"曰："既离生死，可施我头？"祖曰："身非我有，何吝于头？"王即挥刃断尊者首，涌白乳高数尺，王之右臂旋亦堕地。（《通集》卷六，506c）

针对此公案，孤峰慧深禅师颂古曰："遇着山中人，便说山中话。六月卖松风，人间恐无价。"④凡人与成佛者不同，佛有法身、报身、应身三身，而凡人只有一个肉身。法身指存在于每个人心中的佛性，代表着绝对真理，不以具体形象显现。报身乃修行成佛后之一种客观存在相，时隐时现。应身又称应化身、化身，佛为教化众生，应众生之根机而变化显现之身，可现为六道众生，以各种生命形式显现。师子尊者被罽宾国王砍断的只是其应身之首，无碍于其仍以其他化身继续行教；罽宾国王被断右臂，流血不止，七日而亡。人、佛迥殊，无有可比性。正如颂古所说：十里不同风，百里不同俗，遇到山里的人，就应该说山里人听得懂的话。六月酷热天，哪里会有清凉的松风呢，这风一定是另外一个世界吹来的吧。在一个境界里司空见惯的东西，在另一个境界里却是无价之宝。这首颂古在《指月录》卷三、《教外别传》卷二里也有出现，略改动为"本是山中人，爱说山中话。五月卖松风，人间恐无价"，作者仍是孤峰慧深禅师。《禅宗颂古联珠通集》卷十八：

> 赵州因僧游五台，问一婆子曰："台山路向甚么处去？"婆曰："蓦直去。"僧便去。婆曰："好个师僧，又恁么去。"后有僧举似师，师曰："待我

---

① （宋）释法应集，（元）释普会续集：《禅宗颂古联珠通集》，第536页。
② （宋）释法应集，（元）释普会续集：《禅宗颂古联珠通集》，第717页。
③ （宋）释法应集，（元）释普会续集：《禅宗颂古联珠通集》，第599页。
④ （宋）释法应集，（元）释普会续集：《禅宗颂古联珠通集》，第507页。

去勘过。"明日师便去,问:"台山路向甚么处去?"婆曰:"蓦直去。"师便去。婆曰:"好个师僧,又恁么去。"师归院,谓僧曰:"台山婆子为汝勘破了也。"(584c)

蒙庵思岳禅师颂古曰"本是山中人,爱说山中话。五月卖松风,人间恐无价"(586c),与上引孤峰慧深颂古无异,《嘉泰普灯录》卷二十八、《指月录》卷十一、《优婆夷志》卷一、《宗鉴法林》卷十七亦皆载此颂古为蒙庵思岳所作,借用之迹甚明。其中,"六月卖松风,人间恐无价"两句见于《偃溪广闻禅师语录》卷一、《石田法熏禅师语录》卷二、《剑关子益禅师语录》卷一、《月江正印禅师语录》卷一,被借用次数更多。

(四) 绕路说禅

颂古的基本表达方式是"绕路说禅"。这与中国诗歌"诗言志"的传统可谓大相径庭。圆悟克勤禅师认为颂古简直和舞剑相似,"向虚空中盘礴,自然不犯锋芒。若是无这般手段,才拈着便见伤锋犯手。"①舞剑要向虚空中舞,否则剑锋会伤人。颂古要遵循"不说破"的原则,说破了就不是悟道之人了,就是门外汉,与剑锋伤人无异。颂古旨在启发读者自悟,不能表达太明,表达太明就是解释了,就不是启发了,参读者就无法自悟了,离了悟就越来越远了。所以,颂古不能说破,一定要绕来绕去,围绕悟境极尽启发之能事。悟境如何,要靠各人自己体会,一旦用语言表达出来,就不是真正的悟境了。实际上,悟境是无法言说的,是排斥语言的,是语言形成前的那个状态,一旦用语言说出来,也就出了悟境了。所以,颂古作者必须用巧妙的语言把"第一义谛"绕过去,要启发参学者自己去体验。

为了阐发公案中的"机锋语",有时颂古中也会出现不入理路,不讲逻辑的语言。所谓"机锋语",就是通过不合理、不平常,甚至自相矛盾的语言来促使参读者放弃理性的追寻,而进入非理性境界的一段表达。请看下例:

举。德山示众云:"今夜不答话。问话者三十棒。"时有僧出礼拜,德山便打。僧云:"某甲话也未问,和尚因甚么打某甲?"德山云:"汝是甚处人?"云:"新罗人。"德山云:"未跨船舷,好与三十棒。"师云:"大小德山,话作两橛。"②

---

① 释重显颂古,释克勤评唱:《佛果圆悟禅师碧岩录》,《大正新修大藏经》第48册,第141页。
② (明)释语风圆信、郭凝之编:《金陵清凉院文益禅师语录》,《大正新修大藏经》第47册,第593页。

德山禅师先说了有理性的话"今夜不答话。问话者三十棒",后又示以无理性的行为——礼拜即遭打,并且暗示对方不要以理性思维对待他的问话,理性回答即遭打。无理性的打人与问话都是在设置机锋,正是通过这种理性与非理性的强烈对比,来启发学僧离开理性的思维。再如船子和尚覆船入水而逝前对弟子夹山善会说的一段话:"汝向去,直须藏身处没踪迹,没踪迹处莫藏身。吾三十年在药山,只明斯事。"①一方面说要藏身在没有踪迹的地方,另一方面又说没有踪迹的地方不要藏身,显然前后是矛盾的,而正是这种矛盾,才能够启发参读者悟入"不二法门",促使其离开非此即彼、非对即错的理性思维。只有悟入无彼此之别的"不二"境界,才是真入佛境。颂古中之所以出现矛盾、不合逻辑等非理性语言,就是为了把公案的机锋呈现出来。机锋语是非理性的,所以颂古中相应的表达也只能是非理性的。请看下例:

> 南泉与归宗、麻谷同去参礼南阳国师,先于路上画一圆相,曰:"道得即去。"宗便于圆相中坐,谷作女人拜。师曰:"与么则不去也。"宗曰:"是什么心行?"师乃相唤曰:"不去礼国师。"②

对于此公案,保宁仁勇禅师有颂古曰:"漫漫大地盈尺雪,江湖一片难分别。渔父披蓑月下归,谁道夜行人路绝。"(《通集》卷十一)前两句说天下大雪,茫茫一片,分不清哪里有路,后两句又说渔父夜归,不是没有路,其表达方式显然是矛盾的,却正是在矛盾中引人发悟。此颂古之所以如此作法,是因为它阐发的公案正是以矛盾来呈现机锋的。南泉所画之圆相象征真如实相,即众生本具之佛性。这是无法言说的,是机锋语,只能用动作或间接性的语言来发表见解,否则就会因"伤锋犯手"而在这场宗门辩论中出局。归宗智常坐圆相中,表示自具真如佛性;麻谷作女人拜,表示自己已跳出俗世,也间接表达了自心即佛的意思。两位禅师都正确地"道得"了圆相的意蕴。按正常逻辑,南泉应该践行自己之前所说"道得即去"的诺言,同意三人同去参礼南阳慧忠国师。可是,如果这样做就太理性了,南泉自己就处于机锋所设意境之外了。三人一起斗机锋,其他两人都过了关,而设置机锋的人却处于机锋之外,显然不合适。所以,南泉只能矛盾地、反逻辑地说"与么则不去也",以证明自己仍处于非理性的斗机锋状态。圆悟克勤评唱曰:"尔若作心行会,

---

① (宋)释普济著,苏渊雷点校:《五灯会元》,北京:中华书局,1984年版,第276页。
② 《禅宗颂古联珠通集》,《卍新纂大日本续藏经》第65册,第536页。

则没交涉。古人转变得好,到这里,不得不恁么,须是有杀有活。"①意思是说,你若作理性地理解,则该公案对你没有任何启发意义,所以要理解公案的意蕴就得转变思维方式,出入于理性与非理性之间。再如,针对"狗子无佛性"公案,五祖法演禅师有颂古曰:"赵州露刀剑,寒霜光焰焰。更拟问如何?分身作数段。"②疏山了如禅师有颂古曰:"狗子无佛性,慈悲似海深。寻言逐句者,埋没丈夫心。"③所谓"更拟问如何",所谓"寻言逐句者",说明二则颂古讲的是同一个道理,即面对机锋,万不能理性地追问,一追问就会"死于句下"④。颂古如此作法,正与该公案所呈现之机锋相适应。在赵州从谂禅师看来,狗子有无佛性不重要,重要的是学僧不能执着于"狗子有无佛性"这个问题本身。一旦执着于这个问题,就进入了理性探求的思维怪圈,就不可能悟道了。

三、相同的颂古,不同的公案

同一首颂古可能被用来阐释不同的公案。这种情况下,这两则公案所暗示给学人的东西,往往是相同的。《禅宗颂古联珠通集》卷三十一:"郢州芭蕉山慧清禅师(嗣南塔涌)上堂,拈拄杖曰:'你有拄杖子,我与你拄杖子。你无拄杖子,我夺却你拄杖子。'靠拄杖下座。"(667a)卍庵道颜禅师颂曰:"相骂饶汝接嘴,相唾饶汝泼水。等闲摸着蛇头,拍手啰啰哩哩。"(667b)《禅宗颂古联珠通集》卷四十:"明州天童昙华应庵禅师(嗣虎丘隆)示众曰:'尽力道不得底句,不在天台,定在南岳。'"(726c)肯堂彦充禅师颂曰:"相骂饶汝接嘴,相唾饶汝泼水。蓦然摸着蛇头,拍手啰啰哩哩。"(726c)慧清禅师示众之语是在暗示非理性思维。若按理性思维,对方有拄杖,就不需要拄杖了,你也就无需再给他拄杖了;同样道理,对方没有拄杖时,正是需要有人给他拄杖的时候,这时候你不但不给他拄杖,还要夺取他的拄杖。他本就没有拄杖,你如何能夺取他的拄杖呢。可见,这是理路不通的,是超越理性思维的。只有悟境,才超越理性思维,所以公案所示是悟境。卍庵道颜禅师颂古说的什么呢? 相骂的时候任你骂,相唾的时候任你唾,任运逍遥,无有烦恼,正是开悟之状态。这首颂古对公案的阐释还是很到位的。而这首颂古又被肯堂彦充禅师用来阐释另一公案,其阐释效果如何呢。我们先看公案之意。

---

① (宋)释重显颂古,(宋)释克勤评唱:《佛果圆悟禅师碧岩录》,第198页。
② (宋)释惟庆编:《法演禅师语录》,《大正新修大藏经》第47册,第666页。
③ (宋)释法应集,(元)释普会续集:《禅宗颂古联珠通集》,第593页。
④ (宋)释子淳颂古,(元)释从伦评唱:《林泉老人评唱丹霞淳禅师颂古虚堂集》,《卍新纂大日本续藏经》第67册,第337页。

应庵昙华禅师示众说：尽力说不出来的话，不在天台山，就在南岳衡山。尽力说不出来，为什么说不出来呢，无有思想意识，故说不出来。所以，此公案是暗示悟境。肯堂颜充禅师颂古与卍庵道颜禅师颂古，虽然字句基本相同，但并不算抄袭，因为两首颂古在阐释不同的公案。就颂古对公案的阐释来说，两首颂古都是成功的。

《禅宗颂古联珠通集》卷十六："陆大夫问南泉曰：'肇法师也甚奇怪，解道天地同根，万物一体。'泉指庭前牡丹曰：'大夫，时人见此一株花，如梦相似。'"（573c）正堂明辩禅师颂曰："玉洞玄关道路长，蟠桃岂是等闲芳。遮藏不许人间见，只恐春风漏泄香。"（574a）《禅宗颂古联珠通集》卷二十一："临济后居大名府兴化寺东堂，咸通八年丁亥四月十日将示灭，说传法偈曰：'沿流不止问如何，真照无边说似他。离相离名人不禀，吹毛用了急须磨。'复谓众曰：'吾灭后，不得灭却吾正法眼藏。'三圣出曰：'争敢灭却和尚正法眼藏。'师曰：'已后有人问你，向他道甚么？'圣便喝。师曰：'谁知吾正法眼藏向这瞎驴边灭却。'"（606c）上方日益禅师颂曰："玉洞玄关道路长，蟠桃不是等闲芳。遮藏不许时人见，只恐春风漏泄香。"（607a）僧肇所论，天地同根，万物一体，实是了悟之境。南泉普愿禅师进一步阐释这种境界，说时人见眼前之花如在梦里。梦里无有思维、判断，只是一味儿地场景显现，与悟境相似。这其实是南泉禅师在启发陆亘大夫。南泉所谈与僧肇所论其实是一个内容，只是表达方式不同而已，都是指了悟之境界。正堂明辩禅师颂古说蟠桃不是等闲之物，穿过长长的玉洞玄关才能看到，平常人是难得一见的，然而蟠桃的香气却泄漏了它的位置所在。平常人难以到达了悟之境，然而可以在禅师的启示下到达这个境界。禅师的启示好比蟠桃的一缕清香，而悟境就是蟠桃。上方益禅师颂古与此颂古基本相同，只是字词有细微差别。其所颂公案意蕴如何呢？临济义玄禅师传法偈是说学人渴求悟道，为此提出了各种各样的问题，就像源源不断的流水一样，禅师的解答也在通过各种善巧方便提示学人接近那个悟境。但无论禅师如何解说，相对于悟境来说，最多只能达到"似"的程度。因为悟境是超越语言的，是语言所不能表达的，用语言解说悟境，只是起到对学人的提示启发作用。悟境究竟如何，还需要学人自悟，自己体验。"真照无边"即是悟境无边。悟境是离名离相的，也即是没有名字，没有形相，也不是人能够理解或想像得到的。"吹毛用了急须磨"意为禅师或者学人通过第二义谛的启发如愿证得了第一义谛，不能从此就放弃修行，还要勤勉而为，争取得到更多的启发与体悟。说到底，临济传法偈说的仍是悟境问题。正法眼藏即是悟境，是第一义谛，不能言说，所以三圣慧然只是喝，喝断情识思维，方得悟境。这也是临济宗的一贯宗风。被询到第一义谛时,以喝作答在临济宗本是寻常之事,然而此时临济一反常态,这从其心平气和说出传法偈可知,平时临济义玄是何等雷厉风行之人,绝不会如此绵密地去设置善巧机关。此时的临济已经不满足于以善巧方便等第二义谛的东西来启示第一义谛,所以三圣之喝,反不如沉默,喝也是第二义谛,而临济问的是第一义谛。当然,从整体上看,也许这是临济临迁化之前最后对弟子的启发。公案在谈的仍是悟境,与上方益禅师颂古之阐释暗合。可见,相同的颂古虽然阐释的公案不同,但学人通过公案所获得之启发是大体相同的,可谓殊途而同归。

《禅宗颂古联珠通集》卷十二:"湖南东寺如会禅师(嗣马祖)尝患门徒以即心即佛之谈诵忆不已,且谓佛于何住而曰即心,心如画师而曰即佛。遂示众曰:'心不是佛,智不是道。剑去久矣,汝方刻舟。'"(545a)大慧宗杲禅师颂曰:"雨散云收后,崔嵬数十峰。倚阑频顾望,回首与谁同。"(545b)《禅宗颂古联珠通集》卷二十六:"灌溪参临济,济搊住师。师曰:'领,领。'济拓开。"(639b)秀岩师瑞禅师颂曰:"雨散云收后,崔嵬数十峰。倚阑频顾望,回首与谁同。"(639b)即心即佛只是一个语言启示,一个让参禅学人体悟自性的启示,其本身并不是终极真理。学人若执于此,这句话就失去了启示作用,故如会禅师说此做法不啻为刻舟求剑,终不能达成目的。公案之意蕴在于告诉学人不要执着于任何语言与实物,那都不是悟境。大慧宗杲颂古说云雨散后,看到了几十座山峰,频频回头,一个人也没有看见,意思是说自己没有赶上云雨之境,处于云雨境之外,而这个云雨之境即是悟境之隐喻说法。此颂古很好地对公案意蕴进行了阐释。我们再看看这首颂古阐释的另一则公案,灌溪志闲参临济义玄,临济一把抓住其胸口衣服欲打他,志闲连忙说领子、领子,临济才松手。临济之宗风就是通过棒打与力喝而使参禅学人不要有求佛求法之想法与意识,以免学人执着于语言文字之解说而失去对禅悟的真正体验。正要挨打之际,灌溪禅师说衣领、衣领,并没有说参禅之事,也没有抱怨反问自己参禅为何被打,总之其回答与参禅无关,没有任何求佛求法之念想,所以临济才松手,没有打他。就处于悟境之外这一点来说,颂古之暗示正与公案同。

《禅宗颂古联珠通集》卷十六:"鄂州茱萸山和尚(嗣南泉)问僧曰:'阇黎为复是游山玩水,为复是问道参禅?'曰:'和尚试道看。'师曰:'雕蚶镂蛤,不渗之泥,劳君远至。'曰:'浑身是铁,犹被一槌。'师曰:'降将不斩。'"(572b)保宁仁勇禅师颂曰:"游山玩水事寻常,早晚归来鬓似霜。踏破草鞋回首看,数声猿叫白云乡。"(572c)《禅宗颂古联珠通集》卷三十三:"云门因僧问:'如何是学人自己?'师曰:'游山玩水。'曰:'如何是和尚自己。'师曰:'赖遇维那不在。'"(683b)开福道宁禅师颂曰:"游山斟水事寻常,早晚归来鬓欲霜。踏破草鞋回首看,数声猿叫白云乡。"(683c)茱萸山和尚所问意在提起机锋,问学僧是游山玩水,还是问道参禅。如果学僧回答游山玩水,有不务正业之嫌;若回答问道参禅,有执于语言表达之嫌。因这个问题不太好回答,学僧就转给了禅师。学僧能识破此问含有机锋,也不是一般的学僧,或业已悟道,这从其后面的回答可以证明。茱萸山和尚说雕蚶镂蛤这类精美的食物是不渗杂有泥土的,暗示悟境绝言语、绝思虑、无差别,如如等一,无所谓参禅问道与游山玩水。学僧说自己浑身是铁,暗示已经了悟,尽管自认为无有破绽,还是被禅师打了一槌即被问的无法回答。茱萸禅师说了句降将不斩,二人的对话即告结束。可见这位学僧作为来参者,是相当谦虚而客气的。保宁仁勇禅师颂古说游山玩水是寻常之事,但却不是参禅的正途,等踏破草鞋、两鬓斑白时,自己仍将处于未悟之俗境。颂古之意蕴与公案所强调之不执着于语言表达与而应亲自证悟之意相通,颂古对公案的阐释十分有效。开福道宁禅师用此颂古来阐释另一公案。学僧问云门文偃,其本来面目是什么,这是第一义谛,无法言语说明,也不能言语触及,所以云门回答游山玩水。相对于上一则公案,此处从相反的角度使用了游山玩水一词,同样是强调其与禅悟无关的一面。那么,云门的本来面目又是什么呢? 同样这是个无法言语回答的问题,云门只好顾左右而言他了。他说因为维那不在,所以院里只有自己一个人在,与学僧所问本来面目之"自己"毫无关联。开福道宁之颂古同样可以阐释此公案,只是相对于对第一则公案的阐释,更为直接一点儿而已。

由此可见,相同的颂古虽然有时被用来阐释不同的公案,但其对学人的启示效果是相同的。因为公案虽不同,但其所引导或暗示的境界是大体相同的。

四、相同的公案,不同的颂古

公案多是禅宗师徒悟道机缘的记录。有时这种公案归于禅师名下,有时则归于弟子名下,有时禅师名下有该公案,弟子名下亦有该公案。然而,针对该公案的颂古却并不相同。例如洞山良价与龙牙居遁禅师名下即有一则相同的公案。《禅宗颂古联珠通集》卷二十四:"洞山因龙牙问:'如何是祖师西来意?'师曰:'待洞水逆流即向汝道。'"(622c)横川如珙禅师颂曰:"洞水无缘会逆流,见他苦切故相酬。西来祖意竟无意,妄想狂心歇便休。"(623a)《禅宗颂古联珠通集》卷三十:"湖南龙牙山居遁禅师(嗣洞山)初参洞山,一日问:'如何是祖师西来意?'山曰:'待洞水逆流即向汝道。'师始悟厥旨。"(659a)汾阳善昭禅师颂曰:"龙牙未息狂心地,遍问诸师不肯休。先达愍他亲意切,直言洞水逆须流。"(659a)祖师西来意即传承佛之正法眼藏,是不可言说的,所以洞山说出一种不可能出现的事情,以暗示不可言说,那就是洞水逆流。洞水不会逆流,所以洞山之意在暗示龙牙所问是无法用言语回答的。横川如珙禅师颂古亦说洞水无缘会逆流,洞山之所以说出洞水逆流的条件,是因为龙牙求佛心切,不忍直接拒绝。龙牙所问祖师西来意实际是不存在的,因为正法眼藏是超语言的,也是超意识的。汾阳昭禅师颂古则直接说龙牙未息向外求佛之妄心,洞山怜其虔诚之心,故以洞水逆流提点于他。两位禅师之颂古内容高度相同。

《禅宗颂古联珠通集》卷二十五:"仰山向火次,有僧参。师曰:'一言说尽山河大地。'僧问:'如何是一言?'师以火箸插向炉中,又移向旧处。颂曰:'一句称提万象分,肯同摩竭掩重门。夕阳影里风涛急,不觉移舟下渡昏。'"(632a)《禅宗颂古联珠通集》卷二十七:"南塔涌向火次,有僧来参。师曰:'一言说尽山河。'僧便问:'如何是一言?'师以火箸插向炉边,却收旧处。"(640c)投子义青禅师颂曰:"一句称提万象分,摩竭空自掩重门。当初衲子微开眼,插箸炉边当火焚。"(640c)"一言说尽山河大地"之一言是什么呢?就是涅槃,浴火重生。仰山慧寂禅师以火箸为喻,插向火中,又拿回旧处,意在说明浴火重生,从而暗示涅槃。仰山颂古之意为,既然一言能说尽山河万象,那么我岂肯杜绝引你开悟的法门呢。只不过,这个法门非言语可以说出,也不能用言语说出,不动思议,方能到达悟境。投子义青颂古则与仰山之颂古字句略有不同,开头两句系从反向来引导,意为既然一言能说尽万象,那么杜绝种种立于第二义谛之所谓法门又有何意,还不如伶俐学僧之自悟呢。因为真正的悟境,也即涅槃之境,是不依赖于第二义谛之语言的,是超语言的。两首颂古讲的都是涅槃之事,对学人的启发是大体相同的。

《禅宗颂古联珠通集》卷十五:"沩山问僧:'甚处来?'曰:'西京来。'师曰:'还得西京主人公书来么?'曰:'不敢妄通消息。'师曰:'作家师僧天然犹在。'曰:'残羹馊饭,谁人吃之?'师曰:'独有阇黎不吃。'僧作呕吐势。师曰:'扶出者病僧著。'僧便出去。"(568a)懒庵鼎枢禅师颂曰:"莫怪相逢无信息,谁能长作置书邮。直饶说尽千般事,那个心中得到头。"(568a)《禅宗颂古联珠通集》卷二十六:"云山和尚(嗣临济)问僧:'甚处来?'曰:'西京来。'师曰:'将得西京主人书来么?'曰:'不敢通消息。'师曰:'作家师僧天然有在。'曰:'残羹馊饭,谁人肯吃?'师曰:'独有阇黎不肯吃。'僧便作吐势。师唤侍者:'扶出这病僧。'"(639c)木庵安永禅师颂曰:"这僧掩耳偷铃,云山将错就错。若是碧眼胡儿,别有反身一着。"(640a)西京主人公是谁? 西京主人公书又是什么？现实中是没有的，所以沩山明显是在主动设置机锋，以开示学僧。西京主人公暗示佛。这位学僧有一定的觉悟，回答说不敢妄通消息，暗示佛境无意识，自己也不敢动成佛之思议。沩山说你不用直接说成佛之事，大可以像其他作家禅师一样立于第二义谛，通过善巧方便来暗示佛境。学僧认为那些所谓的善巧方便都是残羹馊饭，自己不愿意使用。沩山说也只有你不使用吧。懒庵枢颂古说，不要责怪学僧没有以第二义谛暗示第一义谛，因为第二义谛本身就是双刃剑。它一方面能启示学人，另一方面也可能引人进入迷途，就更加难以开悟了。纵然千说万说，能够从中受到启发而悟道的学人则少之又少。木庵永禅师颂古认为这位学僧的行为简直是掩耳盗铃，行为矛盾。这僧一方面反对立于第二义谛来暗示第一义谛，另一方面又利用第二义谛，说了句不敢妄通消息。这不是第二义谛是什么？云山和尚将错就错，顺势而为，既然残羹馊饭令人作呕，就命人扶出这病僧。两首颂古都是从第二义谛入手来阐释公案的，内涵大体相同。

可见，归于禅师与其法嗣名下的相同公案，其颂古虽然作者与作品皆不相同，但基于这则公案的不同颂古所蕴含之禅理基本相同。

五、颂古对公案的阐释具有不确定性

之所以颂古从多个角度来阐释公案，既有阐释学本身的原因，也有阐释对象及阐释者的原因。阐释本身即具有创新性和不确定性，所谓一人传实，十人传虚、郢烛赵书等皆是这个道理。至于作为阐释对象的公案与作为阐释者的颂古作者，都具有特殊的背景，也是出现颂古对公案多元阐释现象的主要原因。

（一）公案原有语境的丧失

首先是主动丧失。禅宗公案来源于之前参禅者的悟道机缘。机缘之所以成为公案是由于机缘本身对未悟禅僧来说具有很大的启示性。然而由于长时间的流传，公案原有的语境信息逐渐丧失，主要表现为时代靠后的公案对前代相同公案"无关"文字信息的删减，逐渐减少了公案的背景信息。因为作为参禅材料的公案，必须给参读者提供广阔的自由想像空间。例如襄州洞山守初禅师的一则公案，在《碧岩录》《空谷集》《禅宗颂古联珠通集》中背景信息即在逐渐减少。现将这则公案分别引录如下：

> 洞山初参云门。门问："近离甚处？"山云："渣渡。"门云："夏在甚么处？"山云："湖南报慈。"门云："几时离彼中。"山云："八月二十五。"门云："放尔三顿棒，参堂去。"师晚间入室，亲近问云："某甲过在什么处？"

门云："饭袋子。江西湖南便恁么去。"洞山于言下豁然大悟,遂云："某甲他日向无人烟处卓个庵子,不蓄一粒米,不种一茎菜,常接待往来十方大善知识。尽与伊抽却钉、拔却楔、拈却膞脂帽子、脱却鹘臭布衫,各令洒洒落落地作个无事人去。"门云："身如椰子大,开得许大口。"洞山便辞去。①(《碧岩录》第十二则)

　　初参云门。门问："近离甚么处?"师曰："查渡。"门曰："夏在甚么处?"曰："湖南报慈。"云："几时离彼?"曰："八月二十五。"云："放汝三顿棒。"师至明日却上问讯:"昨日蒙和尚放三顿棒,不知过在甚么处?"云："饭袋子。江西湖南便恁么去。"师于言下大悟。遂曰:"他后向无人烟处,不畜一粒米,不种一茎菜,接待十方往来。尽与伊抽钉拔楔,拈却炙脂帽子、脱却鹘臭布衫,教伊洒洒地作个无事衲僧,岂不快哉?"门云："你身如椰子大,开得如许大口。"师便礼拜。②(《空谷集》卷六"第八十八则")

　　初参云门。门问："近离甚么处?"师曰："槎度。"门曰："夏在什么处?"师曰："湖南。"曰:"什么时离湖南?"师曰："去秋。"曰："放汝三十棒。"师曰;"过在什么处?"曰:"江西湖南便恁么。"师于言下顿省。③(《禅宗颂古联珠通集》卷三十六"襄州洞山守初")

《空谷集》较之《碧岩录》少了 15 字,省去了"参堂去"、晚间入室问讯、"卓个庵子"接待"大善知识"等内容,并将当天的晚参询问变成了明日上堂询问。《禅宗颂古联珠通集》较之《空谷集》少了 99 字,省去了"八月二十五"、上堂问询、"饭袋子"、恁么"去"及"大悟"之后的内容,并将"八月二十五"改成了"去秋"。这些信息的丧失,使这则公案的不确定因素逐渐增多,无形中加大了参读的难度。然而,这样的做法扩大了参读者想像的空间,使公案由死变活,适用性得到加强。

　　再如云门文偃禅师的一则颂古,也经历了内容的简化过程。现移录于下:

　　　问:"如何是云门一曲?"师云："腊月二十五。"进云："唱者如何?"师

---

① (宋)释重显颂古,释克勤评唱:《佛果圆悟禅师碧岩录》,《大正藏》第 48 册,第 153a 页。
② (宋)释义青颂古,(元)释从伦评唱:《林泉老人评唱投子青和尚颂古空谷集》,《卍新纂续藏经》第 67 册,第 314c 页。
③ 《禅宗颂古联珠通集》,《卍新纂续藏经》第 65 册,第 699c 页。

云："且缓缓。"①(《云门匡真禅师广录》卷一)

举。僧问云门："如何是云门一曲?"门云："腊月二十五。"②(《续古尊宿语要》卷一《长灵卓和尚》)

云门因僧问："如何是云门一句?"师曰："腊月二十五。"③(《通集》卷三十三)

此公案在两传之后,由"云门一曲",变成了"云门一句",且丢掉了对"云门一曲"唱法的问答过程。这些信息的缺失,势必引起理解的障碍,故而产生不同理解倾向的颂古作品。

其次是被动丧失。事实上,即使公案的文字没有发生简化,仍保持原有的内容,在某些情况下其语境也会丧失。那就是公案所处的时空环境发生了变化。因为时代在变,阐释者所在的地域在变,这些都会对同一公案的不同颂古创作产生间接影响。

(二) 阐释者对禅法的理解不同

首先是宗派不同。由于所持有禅学思想不同,各个宗派、各个时期针对同一公案的颂古作品也会有很大差异。《禅宗颂古联珠通集》所收录的颂古分别取自不同时期、不同地域、不同禅师的创作。一般是先列公案于上,然后依作者生卒顺序列出各则颂古作品。这些颂古作者可以来自不同的禅学宗派。例如《禅宗颂古联珠通集》卷十五载沩山灵祐禅师公案曰："沩山与仰山摘茶次。师谓仰曰:'终日摘茶,只闻子声,不见子形,请现本形相见。'仰撼茶树。师曰:'子只得其用,不得其体。'曰:'未审和尚如何?'师良久。仰曰:'和尚只得其体,不得其用。'师曰:'放子三十棒。'(《五灯会元》于此下又云)仰曰:'和尚棒某甲吃,某甲棒教谁吃?'师曰:'放子三十棒'。玄觉云:'且道过在甚么处?'"此公案下有十则颂古:

摘茶更莫别思量,处处分明是道场。体用共推真应物,禅流顿觉雨前香。(汾阳昭)体用全彰用不难,当时沩仰自相谩。禅流若具金刚眼,互换机锋子细看。(佛印元)龙生龙子斗全威,霹雳声中掣电机。雨过云收何处去,沩山千古独巍巍。(野轩遵)体用俱非,乌飞兔走。撼树默然,天长地久。三十挂杖令虽严,也是怜儿不觉丑。(佛慧泉)春暖相呼

---

① (宋)释守坚集:《云门匡真禅师广录》,《大正藏》第47册,第545b页。
② (宋)释师明集:《续古尊宿语要》,《卍新纂续藏经》第68册,第367b页。
③ 《禅宗颂古联珠通集》,《卍新纂续藏经》第65册,第680c页。

出翠微,时行时坐几忘归。黄昏一阵东风雨,未免浑身透湿衣。(保宁勇)只闻子声不见子形,茶株撼处太分明。要知寂子惺惺处,便乃徐徐著眼听。(慈受深)家丑不可外扬,父子体用全彰。父夺子机犹可,子夺父机无良。(大沩智)张翁作与李公友,待罚李公一盏酒。倒被李公罚一杯,好手手中无好手。(佛鉴懃)沩山得体,仰山得用。体用俱全,梦中说梦(喝一喝)。(谁庵演)闻声不见形,撼树却惺惺。体用何须论,归家落日明。(横川珙)①

汾阳善昭属临济宗,佛印了元、野轩可遵、佛慧法泉、慈受怀深等四人属云门宗,保宁仁勇、佛鉴慧懃、谁庵宗演、横川如珙等四人属临济宗杨岐派,大沩智禅师属临济宗黄龙派。其颂古风格也因此而略有不同。云门宗强调"一切现成",无心无智,方能解脱。这在颂古中也得到了印证。除了佛慧法泉的颂古之外,云门宗的另外三首皆没有表明观点,而是让参读者自己去体悟,正是云门宗"一切现成",不动思议禅学思想的反映,佛印了元强调"互换机锋子细看",野轩可遵描画了一种自然的境界,慈受怀深主张"徐徐著眼听"。临济宗诸颂古则表现出了"佛性全体之用",以了悟之状态示人的思想,如"处处分明是道场""时行时坐几忘归""父子体用全彰""倒被李公罚一杯""体用俱全""体用何须论"等句。

其次是个体差异。即使是同一时期、同一地域空间、同一宗派的人,也会因禅学基础及对公案体悟程度的不同而创作出不同内容倾向的颂古作品。此外,颂古创作者对公案的着眼点不同以及创作时"切入"方式的不同也会导致颂古作品的整体差异。《禅宗颂古联珠通集》卷八:

> 杭州径山国一道钦禅师(嗣鹤林素)因马祖遣人送书到,书中作一圆相。师发缄见,遂于圆相中著一画,却封回。忠国师闻得乃曰:"钦师犹被马祖惑。"颂曰:"马祖当时见径山,同风微露密机关。无端却被南阳老,平地坑人似等闲。"(佛印元)"被惑之言事有由,神交千里芥针投。谁知解使云通信,我不然兮石点头。"(照觉总)"自南自北,自西自东。溪山虽异,云月还同。何事南阳老倒,令人扰扰匆匆。"(地藏恩,516c)"马师仲冬严寒,钦师孟夏渐热。虽然寒热不同,彼此不失时节。"(径山杲,517a)

---

① 《禅宗颂古联珠通集》,《卍新纂续藏经》第 65 册,第 563c~564a 页。

禅宗之圆相象征真如、法性、实相,或众生本具之佛性等,马祖送圆相来是想勘验一下道钦禅师的悟道境界。道钦禅师于圆相中一画,暗示自己已经悟道。南阳慧忠认为道钦禅师虽然识得了圆相,但仍然被马祖迷惑了。圆相属于第二义谛,是借以体悟第一义谛的。看到了,受到启发了即可,中间再著一画,犹是第二义谛,并不能真正表明自己的了悟之境。这是执于第二义谛,尚未了悟真理的表现。这则公案下面有四首颂古,分别对公案意蕴进行了阐释。佛印了元颂古认为马祖与道钦是"同风",承认马祖与道钦都是悟道者。他们之间的圆相往来是在探讨佛法,微设机关是为了使探讨更深入,不存在被迷惑之事。照觉常总禅师颂古认为道钦如此回应是有原因的,因为此圆相与龙树大士端给来访者提婆大士的一碗水相似,满碗水象征着龙树的智慧圆满无缺,提婆投一根针入水暗示自己已经深深地探得了龙树的智慧。龙树设难,提婆应对,二人是在论道。道钦禅师受此影响,也认为自己是在与马祖论道,并不认为马祖是在勘验他,所以他的回应是从论道的角度出发的,而不是应对机锋的角度。如果云能通信,把马祖的初衷告知于道钦,道钦也就不会这么回应了。地藏守恩颂古认为从南到北,从西到东,山水虽异,云月还同。道钦对马祖的正常回应,慧忠国师为何非要加进自己的判断,导致天下禅人多被扰动,不能享受太平呢。大慧宗杲禅师颂古认为不管是马祖,还是道钦,都是悟道者,只是表达方式与初衷不同而已,并不像慧忠国师所说道钦是被马祖迷惑了。

针对同一公案的四首颂古,佛印了元、地藏守恩、大慧宗杲颂古认为道钦未被马祖迷惑,不同意慧忠国师的观点。照觉常总颂古认为道钦确被马祖迷惑了,但是是有原因的,并不是因为道钦不悟,在同意慧忠国师观点的基础上进行了进一步解释。

(三) 颂古属于再创作

阐释是一种再创作。因为任何阐释都是主观性的,都需要阐释者大脑思想意识的参与。禅宗颂古对公案的阐释也不例外。颂古作者在理解公案的同时,也运用了自己已有的知识,依赖于自己的悟性。西方现代阐释学与接受美学基本上都是在强调阐释的主观性,例如德国哲学家海德格尔就认为:我们理解任何东西,都不是用空白的头脑去被动地接受,而是用活动的意识去积极参与。阐释以我们已经先有(Vorhabe)、先见(Vorsicht)、先把握(Vorgriff)的东西为基础。[①] 虽然面对的是同一公案,但颂古者却难以摆

---

① [德]海德格尔:《存在与时间》,陈嘉映、王庆节译,北京:生活·读书·新知三联书店,2006年版,第175—176页。

脱当下的社会历史条件对他们的不同限制与影响,所以颂古作品必然带上当代特征,而这些特征也许是公案及其作者所不具有的。张隆溪《道与逻各斯》引德国哲学家施莱尔马赫(Friedrich Schleiermacher,1768—1843)的观点认为:"解释者能够比作者更好地理解文本,不仅因为作者对自己所说的话懵无所知,而且也因为文本的意义并没有一劳永逸地被作者敲定,相反却必须在与特定语言的总体结构相关的阐释过程中去予以交涉。"①虽然也有许多颂古,只是把公案的事实或文字内容重新述说,就放给读者参读,看似没有新的内容,但其毕竟是用不同的文字予以重新表达,这其实也算是一种创作。

六、颂古的优劣

颂古有优劣之分吗? 理论上说是没有的,因为不管什么样的颂古,最后都会引导参读者走向开悟,但事实却并非如此。这有两个原因:第一是并非所有的公案都能引导参读者走入悟境。有些公案即使参透了也只是明白了一些佛法道理,并非一下即可开悟。如果公案都不能使参读者开悟,那么禅师们对公案的颂古自然也是隔靴搔痒,不得要领。第二是并非所有的颂古都能达到和公案一样的效果。即使是一则能达悟境的公案,也并非参读它的所有颂古都能有和参读它一样的悟道效果。因为有些颂古作者只是逞一时口舌之快,博得个声名而已,其实并不是悟者。这样的颂古又如何能引人开悟? 以上两种情况必然引出一对矛盾,那就是要么承认颂古有优劣之分,要么承认未悟者所作之颂古并非真正的颂古,只是假借颂古之名而已。事实上,这类不达悟境的颂古大量存在于现存颂古作品中,所以从现实情况来看,颂古是有优劣之分的。《永觉元贤禅师广录》卷三十曰:"世所传四家颂古,当以雪窦为最,天童次之。雪窦如单刀直入,立斩渠魁。天童则必排大阵,费力甚矣。盖天童学甚赡博,辞必典雅,然反为所累,故多不得自在也。"②可见,颂古未必有多么华丽的词藻,作者也不需有太多的学问,反以单刀直入,直来直去为上,这与传统文学作品的评价标准是不同的。既然如此,如果真要给颂古一个评价标准的话,那么好的颂古应具有如下特点:

(一) 彻悟禅道者所作

颂古的目的是阐释公案,公案的目的是引人悟道。所以只有参透公案的悟道者,才能洞悉悟境的入口所在,并以颂古启发学人。如果连他自己都

---

① 张隆溪:《道与逻各斯》,成都:四川人民出版社,1997 年版,第 48—49 页。
② 释道霈重编:《永觉元贤禅师广录》,《卍新纂大日本续藏经》,第 72 册,第 572c 页。

没有参透公案,或者误参了公案,那他的颂古也很难对学人起到良好的启发引导作用。作得颂古,并不能说就是悟了。《辟妄救略说》卷六:"世传妙喜大悟一十八遍,小悟不记其数。汉月等借为口实,遂有参而求悟,悟而求大悟之说,暗刺老僧坐在一悟。是盖不知妙喜初年周旋曹洞家,尽得功勋五位、偏正回互宗旨,臂香授受,不可谓悟;逮至湛堂会下,理会也理会得,说也说得,做拈古、颂古、小参、普说也做得,只是有一事未在,不可谓悟。即如狗子话,潜庵大加称赏,冬瓜印子毒如砒霜,妙喜悟后骂其实法与人。正谓轻易放过,无驱耕夺食手段也。"①《大慧普觉禅师宗门武库》卷一对此事也有相似的记载:

> 一日问曰:"杲上座,我这里禅尔一时理会得,教尔说也说得,教尔做拈古、颂古、小参、普说,尔也做得。只是有一件事未在,尔还知么?"对曰:"甚么事?"湛堂曰:"尔只欠这一解在。囡若尔不得这一解,我方丈与尔说时便有禅,才出方丈便无了;惺惺思量时便有禅,才睡着便无了。若如此,如何敌得生死?"②

湛堂文准认为大慧宗杲虽然能说禅理,能作颂古等,但尚未真正悟道,只是有了一点学禅心得而已。虽然此时也做得颂古,只是其所作颂古对学人的启发意义不大,所以颂古有优劣之分,彻悟者所作之颂古方为上品。再如《普觉宗杲禅师语录》卷一:

> 峨眉山白长老常云:"雪窦有颂古百余首,其词意不甚出人,何乃浪得大名于世。"遂作颂千首,以多为胜,自编成集,妄意他日名高雪窦,到处求人赏音。有大和山主,遍见当代有道尊宿,得法于法昌遇禅师。不出世,住大和称山主,气吞诸方,不妄许可。白携颂谒之,求一言之证,欲取信后学。大和一见,唾云:"此颂如人患鹲臭,当风立地,其气不可闻。"自此不敢出示人。后黄鲁直至其寺,书于壁云:"峨眉山白老,千颂自成集。大和曾有言,鹲臭当风立。"③

悟道者看未悟者之颂古,一眼便知有无门径,是优是劣。颂古不以数量胜,

---

①　(明)释圆悟著,释真启编:《辟妄救略说》,《卍新纂续藏经》第65册,第151c页。
②　(宋)释道谦编:《大慧普觉禅师宗门武库》,《大正藏》第47册,第953a页。
③　(宋)释法宏、道谦编:《普觉宗杲禅师语录》,《卍新纂续藏经》第69册,第622a页。

不以词藻胜,唯看是否能给学人指点一条悟道之门径。要想做好,必须在透参机缘的基础之上,为参读之学人提供一条悟道之法门,引导其进入悟道之体验。

(二)富有启发性,能使人了悟

颂古之任务与目的在于通过阐释公案的方式启发学人悟道,所以优秀的颂古作品必须在禅悟方面富于启发性。相反,无有启发性的颂古犹如毒药,参读这样的颂古尚不如不读,因为它是语言层面的文字禅,属于第二义谛。它的存在就是为了引导启发学人到达第一义谛,若它不能起到这样的作用,便是多余的了,便会使人误入迷途,多走弯路。《大慧普觉禅师语录》卷十四:

> 山僧向渠道:"作得颂也好,说得道理也是,只是去道转远。"渠不甘,又作一颂曰:"切忌谈玄说妙,那堪随声逐色。和这一橛扫除,大家都无见识。"又有书来云:"看此话,直得言语道断,心行处灭,无言可说,无理可伸,不起纤毫修学心,百不知,百不会,不涉思惟,不入理路,直是安乐。"山僧又向渠道:"这个是出格底道理。"①

山僧先是未肯大慧悟道,大慧心有不甘,作一颂古,言把一切谈说、声色和这干屎橛一样全部扫除干净,无有情识、思维。这确是悟境之语,若能亲证,必达悟境,故获得山僧认可。所谓出格,即指超出常人理识,正是悟境之所在。

佛世尊四十九年说法,临终却说没有说过一个字,所以真正的悟道是无有语言文字的。颂古只是一个悟道的凭借,颂古必须能启人了悟,否则就失去了存在的意义。明释德清《憨山老人梦游集》卷六《示参禅切要》曰:"从上佛祖,只是教人了悟自心,识得自己而已,向未有公案、话头之说。及南岳、青原而下,诸祖随宜开示,多就疑处敲击,令人回头转脑便休。即有不会者,虽下钳锤,也只任他时节因缘。至黄蘗始教人看话头,直到大慧禅师,方才极力主张教学人参一则古人公案,以为巴鼻。"②早期禅林,是没有颂古的,直接教人了悟自心,所以颂古对于禅悟来说,并不是必须的。它要想在禅林有一席之地,就必须起到它的启人悟道之作用。

颂古如何才能有启发性呢?汾阳善昭之后,颂古逐渐成为宣示佛理与悟境的重要手段之一。颂古既然要用文字表达出难以言说的禅悟境界,其

---

① (宋)释蕴闻编:《大慧普觉禅师语录》,《大正藏》第47册,第869b页。
② (明)释通炯辑:《憨山老人梦游集》,《卍新纂续藏经》第73册,第498c页。

所用的方式就必然是间接的。颂古的目的与公案一样,主要是起到启发(或者说激发)作用,从而引导参读者自己去体悟那种难以明说的禅悟境界。颂古与公案都是参禅者解悟禅法的媒介,所以颂古的不同并不影响参禅者对他们的共同归宿即禅宗第一义的解悟。需要指出的是,此处的"解悟"并不是指"理解"。它是一种超理性、超情识的行为。《禅宗颂古联珠通集》卷十载南泉普愿禅师有公案曰:"示众曰:'唤作如如,早是变了也。今时师僧须向异类中行。'归宗闻曰:'虽行畜生行,不得畜生报。'师曰:'孟八郎又恁么去也。'"(533a)对于难以言说的佛境,称其为"如如"已经不是真正的它了。所谓向异类中行,是引导参禅师僧进入一种无情无识、无忧无虑的禅悟境界。然而归宗智常禅师却说"虽行畜生行,不得畜生报",又堕入了理性思维的范畴。所以南泉普愿禅师骂他又走向斜路去了。

以超出常人之思维入颂古,也能使颂古具有启发性,因为禅悟之境就是超理性的,无思维的。《大慧普觉禅师宗门武库》卷一:"端和尚尝颂古,有一句云'日出东方夜落西',圆通改夜字作定字。端笑而从之。"[1]夜落西是自然之理,而定落西杂有人为的判断,若颂古的作者白云守端禅师与之理论一番,圆通所改之字则未必妥当。既是悟者,哪能纠结于此,故端禅师同意改字。这说明颂古的创作者要站在了悟之境的高度,不能纠结于理性思维,要跳出传统逻辑思维的牵绊。如果讲道理,就不是禅悟了,颂古创作的状态也应是没有道理可言,而是凭一种直觉,一种自然,以一种超出理性思维的状态为之。

一味做颂古,并不能证明自己开悟了,还要破除文字禅的执念才行。《大慧普觉禅师宗门武库》卷一:"师初游方从之,请益雪窦拈古颂古。琏令看因缘,皆要自见自说,不假其言语。师洞达先圣之微旨。"[2]大慧宗杲向宣州明寂琏禅师参学时,请益雪窦拈古、颂古,而琏禅师却让其看因缘,且不要凭借拈古、颂古之言语。这从反面证明了颂古的启发引导作用。直接参透公案能达悟境,颂古是对公案的阐释,通过颂古之启发引导也能到达悟境。然而,不好的颂古会使参读者执于颂古之文字,这也是琏禅师令大慧放弃颂古,直接参读公案的原因。

(三) 优秀颂古应具有的其他特点

首先是语言通俗,没有文字障碍。颂古语言以通俗为尚。人们阅读颂古,并不是为了欣赏其文字华美,而是为了悟道。颂古的阅读与传播对象也

---

① (宋)释道谦编:《大慧普觉禅师宗门武库》,《大正藏》第 47 册,第 956a 页。
② 《大慧普觉禅师宗门武库》,第 953a 页。

多以普通民众为主,所以优秀颂古中有大量的俗语词汇,民间性很强。当然,随着颂古与中国传统诗歌的不断融合,以及居士颂古的增多,也出现了一些语言较为典雅的颂古作品,但这并不意味着颂古语言不通俗,这里的通俗主要是指没有文字障碍,特别是疑难词汇障碍。颂古中用典极少,也不崇尚用典;颂古创作不需要广博的知识,所以颂古中疑难词汇也极少;颂古不需要铺排,所以颂古中用词以常用词为主。这些既是颂古语言通俗性的决定因素,也是对优秀颂古创作提出的要求。我们只要随机读几首颂古作品就能感受到它的通俗语言风格。例如《禅宗颂古联珠通集》卷七栽松道人公案下的两则颂古:"好个栽松道者,临老无端打野。不识从本爷娘,负累周家小姐。浊港(巷)浸他不杀,养大便成奸猾。鼓弄黄梅七百僧,成群逐队争衣钵。"(朴翁铦,512b)"栽遍满山松,暗地翻身转。虽然得信衣,何曾识爷面。"(石田薰,512b)不但"打野""爷娘""鼓弄"等方言俗语词接地气,而且"好个""负累""养大""成群逐队"等词也容易理解,能给人以亲近感。

其次是形式简洁,要言不繁。从《禅宗颂古联珠通集》所收录颂古作品来看,以简洁的四句体式为主,在 5700 余首颂古中,7777 句式有 3602 首,5555 句式有 562 首,4444 句式有 247 首,6666 句式有 152 首,四种句式共有颂古 4563 首,约占该书所收录颂古数量的八成。这既是事实,也是宋、元时代颂古作品基本句式标准的体现。

颂古本就是文字禅,是第二义谛,是悟境之外的东西。同等条件下,颂古文字愈多,读者受语言葛藤的牵绊就愈重,所以颂古在保证具有启发性的前提下,文字愈少愈好。《禅林宝训》卷四载临济宗心闻昙贲禅师于《与张子韶书》中谈及大慧宗杲碎毁其师圆悟克勤所著《碧岩录》刻板之事云:

> 教外别传之道,至简至要,初无他说。前辈行之不疑,守之不易。天禧间,雪窦以辩博之才,美意变弄,求新琢巧,继汾阳为颂古,笼络当世学者。宗风由此一变矣。逮宣、政间,圆悟又出己意,离之为《碧岩集》。彼时迈古淳全之士如宁道者、死心、灵源、佛鉴诸老,皆莫能回其说。于是新进后生,珍重其语,朝诵暮习,谓之至学,莫有悟其非者,痛哉!学者之心术坏矣。绍兴初,佛日入闽,见学者牵之不返,日驰月骛,浸渍成弊,即碎其板、辟其说,以至祛迷援溺,剔繁拨剧,摧邪显正,特然而振之。衲子稍知其非而不复慕。然非佛日高明远见,乘悲愿力,救末法之弊,则丛林大有可畏者矣。①

---

① (宋)释净善集:《禅林宝训》,《大正藏》第 48 册,第 1036b 页。

雪窦重显之颂古虽盛名远扬,但字数也比较多,一首颂古有多达 90 字者,所谓美意变弄,求新琢巧,实是对颂古的侵害,加之圆悟又百般解说,导致学人对于颂古由心悟变为言解。此非颂古之正途。在文字禅的背景下,颂古之言句还是简洁一点为好,不然这些组成颂古的文字就喧宾夺主了。

综上,参读公案除了解以心传心、不立文字、教外别传、正法眼藏、不执于物等基本禅学知识外,还需要对公案中的机锋语特别关注。一般来说,公案中出现反常的举动、现实中不存在的事物、答非所问、自相矛盾、无逻辑性等情况的地方往往是机锋所在。公案可直接参读,参透即可悟道,也可以凭借颂古、拈古、评唱等中介性文字来参读。这些中介性文字对参读者来说是一把双刃剑,它可以是悟道之路上的捷径,也可以使人误入迷途。是否参透了公案不是由参读者自己判定,而是由得道禅师判定。一般来说,禅师印可了哪位学僧,这位学僧就是该禅师的法嗣。颂古是阐释公案的有效形式,以阐释时切入方式的不同,颂古可分为间接性颂古、直接性颂古和描述性颂古三类。颂古可以通过翻案法、多角度理解、借用他人现成句子乃至整诗等方式来阐释公案。颂古的基本表达方式是"绕路说禅",与传统的"诗言志"不同。由于公案语境的丧失、颂古再创作的性质以及颂古作者属于不同的宗派等原因,颂古对公案的阐释具有不确定性。一个公案可以有多首颂古,一首颂古也可以用来阐释多个公案。优秀的颂古作品以启人悟道为目的与归宿,不讲求形式与文采。

第五章　从公案、颂古看禅门五家宗风

《禅宗颂古联珠通集》共收公案 1320 则(含重出 9 则,实收 1311 则),涉及有姓名可考的公案宗师 320 人,收录颂古作品 5736 首(含重出 34 首,实收 5702 首),颂古作者 457 人。具体见下表:

表 15　五家七宗公案、宗师、颂古及颂古作者情况表

禅宗派别	公案		宗师		颂古作者		颂古作品	
	个数	占比(%)	人数	占比(%)	人数	占比(%)	首数	占比(%)
临济宗	187	14.17	60	18.75	309	67.62	4114	71.72
(黄龙派)	10	0.76	4	1.25	71	15.54	873	15.22
(杨岐派)	64	4.85	25	7.81	210	45.95	2858	49.83
云门宗	118	8.94	22	6.88	41	8.97	788	13.74
曹洞宗	141	10.68	39	12.19	26	5.69	493	8.59
法眼宗	25	1.89	8	2.5	9	1.97	19	0.33
沩仰宗	71	5.38	13	4.06	2	0.44	2	0.03

从以上数据可知,不管是公案数量、颂古数量、还是涉及的宗师及颂古作者数量,临济宗都是最主要的。在临济宗黄龙、杨岐两派比较中,杨岐派占了绝大多数。所以就公案、颂古的流行程度来说,临济宗杨岐派是最流行的。

其次为云门宗与曹洞宗,整体来看,两宗公案、颂古流行程度不相上下。若论颂古,云门宗更盛,若论机缘,则曹洞宗为多。

处于第三层次的是法眼宗与沩仰宗。若论公案机缘,沩仰宗尚能保持正常的数量,然颂古创作在该宗并不流行。法眼宗则公案与颂古都不怎么流行。

第一节　公案、颂古中的临济宗风

临济宗共有公案机缘 187 则,涉及临济义玄等宗师 60 人,六祖下第五世至第二十一世。其中黄龙派有公案机缘 10 则,涉及黄龙慧南、黄龙祖心、法云杲、兜率从悦等宗师 4 人,六祖下第十二世至第十四世;杨岐派有公案机缘 64 则,涉及杨岐方会、白云守端、五祖法演等宗师 25 人,六祖下第十二世至第二十一世。临济宗共有颂古作者 309 人,六祖下第六世、第九世至第二十二世,有颂古作品 4114 首。其中,黄龙派有颂古作者 71 人,六祖下第十二世至第十八世,颂古作品 873 首;杨岐派有颂古作者 210 人,六祖下第十二世至第二十二世,有颂古作品 2858 首。临济宗公案数量与颂古数量在禅宗五家中均居第一。

临济宗属南岳法系,"四宾主""四料简"与"四照用"为本宗经常使用之教学方法。"四宾主"乃通过主宾问答之方法,衡量双方悟境之深浅。"宾看主"即学人透知禅师之机略,"主看宾"即禅师能透知学人之内心,"主看主"即具有禅机禅眼者相见,"宾看宾"即不具眼目之两学人相见。"四料简""四照用"则是针对悟境程度(对我、法之态度)之不同,对参学者进行说教的四种规则。四料简即夺人不夺境(破除我执)、夺境不夺人(破除法执)、人境俱夺(破除我执与法执)、人境俱不夺(主客观皆肯定)。"四照用"(先照后用、先用后照、照用同时、照用不同时)指接待参禅者之四种方式,照指禅机问答,用指打、喝等动作。此宗接引学人之方法,往往单刀直入,机锋峻烈。

一、临济宗风的具体表现

不管是喝打、提出难以回答的问题,还是自身以不动思议的状态应对机锋,临济义玄弟子及再传弟子们基本继承了临济的棒喝之风,以"不动思议"启示学人,巧设机锋。

(一)棒喝交加,不动思议

临济义玄主要是以棒喝示徒,以截断学人任何可能的思考。《禅宗颂古联珠通集》卷二十一:"临济出世后唯以棒喝示徒,凡见僧入门便喝。"(603a)棒喝的目的就是不让学人思考,不动思议,不给学人以任何思考的机会,以此来启发学人亲身体验超理性、超言语的了悟状态。《禅宗颂古联珠通集》卷二十一:

> 临济升堂,有僧出,师便喝。僧亦喝,便礼拜,师便打。又有僧来,举起拂子,僧礼拜,师便打。又有僧来,师亦举拂子。僧不顾,师亦打。又有僧来参,师举拂子。僧曰:"谢和尚指示。"师亦打。(605a)

临济升堂说法,有僧出列,肯定是想问一些与佛法有关的问题,临济之喝在于截断该僧的思考,使其体验到话语之前、思议之前的状态。这已经是在引导这僧了,所以这僧礼拜临济。临济为何又打他呢,是因为他还有礼拜之事,他为什么礼拜呢,他一定是又动了思议。第二僧来,临济举起拂子,意味着又要说法,所以这僧表示感谢并期待老师对自己的提携,礼拜临济,既然动了思议,故遭打。第三僧来,临济又举起拂子,这僧吸取了第二僧的经验,不再礼拜,可临济以为他又动了思议或即将动思议,所以打他。第四僧来,临济照例举拂子,这僧虽然不礼拜,但他想总要对老师的说法之举有所感谢吧。问题还是出在动思议上,故也遭打。可见,临济义玄是多么耐心地开导学人呀,一遍一遍地截断学人思维,一次一次地启发学人,引导他们朝超越语言的方向体验。《禅宗颂古联珠通集》卷三十:

> 南院上堂:"赤肉团上壁立千仞。"僧问:"赤肉团上壁立千仞,岂不是和尚道?"师曰:"是。"僧便掀倒禅床。师曰:"这瞎驴乱作。"僧拟议,师便打。(665b)

学僧掀倒禅床,做法虽然鲁莽,但也表达了禅悟不依文字、无需解说、解说即是给人施以毒药的思想。这应是南院慧颙禅师的一惯家风,所以南院慧颙虽然骂学僧乱来,但内心是认可的。当学僧"拟议"申辩时,南院打他是因为不想让他动思议,让他保持当下的了悟状态。《禅宗颂古联珠通集》卷三十八:

> 慈明室中插剑一口,以草鞋一纳,水一盆,置剑边。每见入室即曰:"看、看。"有至剑边拟议者。师曰:"险。丧身失命了也。"便喝出。(713a)

石霜楚圆禅师喝入室之僧的目的同样是截断其思议之心,但比起临济义玄来,毕竟缓和了许多。临济见僧,往往是不做任何话说,直接就喝打,或者自己刚一上堂,就棒喝,以此来截断学人任何可能的思议。从临济发展到楚圆,不让学人动思议的风格没有改变,只是峻烈程度稍减了些,方式也有了一些改变。慈明楚圆不再直接棒呵,而是让来参的学僧看剑,实际上也是不让学僧动思议。学僧入室即被招呼看剑,及至剑边,尚未来得及发问就被喝出丈室。总之,不能有想,不能有问,慈明楚圆以此手段来截断参学之僧的思议之心。剑,只是一个借口与教学工具,学僧距离剑近并不会"丧身失命",真正令他们丧身失命的是思议之心。

(二) 以了悟之状态示人

为了呈露机锋,临济宗公案中常常出现以悟者自居的情形。不记得之前已经发生的任何事,也不思考明天及将来要做什么事,只是一切放下,心无挂念地活在当下。《禅宗颂古联珠通集》卷二十一:

> 临济到京行化,至一家门首曰:"家常添钵。"有婆曰:"太无厌生?"师曰:"饭也未曾得,何言太无厌生?"婆便闭却门。(605a)

临济义玄在京城化斋,若是第一次去,婆不会说他是贪得无厌。婆子之所以如此说,是因为临济总去她家化斋,或者是一天之内已经来了一次了,这是第二次。可是,临济义玄却说他今天并没有在这里得到过饭。既然临济不讲道理,婆子只有闭门不出了。正是临济的这种似乎说不通的行为,才能启发学人。临济说这些话,实际是表明自己处于不思考、不动思议、忘记以前也不思考以后的了悟状态。《禅宗颂古联珠通集》卷二十六:

> 兴化因僧问:"四方八面来时如何?"师曰:"打中间底。"僧便礼拜。师曰:"昨日是个村斋,中途遇一阵卒风暴雨,却向古庙里躲避得过。"(636a)

僧问兴化存奖禅师烦恼从四面八方侵来时该怎么应对,兴化教学僧不要试图解决它,思考它,而是躲避它,就像天上下雨,人根本无法避开,除非找个地方躲避一下一样。既然四面八方都来,那就避开四面八方,只打中间的。不动思议,自然也就没有烦恼,断除所有烦恼,其实就是了悟。宝寿沼禅师也有类似的公案。《禅宗颂古联珠通集》卷二十六:"镇州宝寿(第一世)沼禅师(嗣临济)因僧问:'万境来侵时如何?'师曰:'莫管他'。"(637c)面对相似的提问,宝寿沼与兴化存奖禅师的回答都是不思考,无有思议。再如《禅宗颂古联珠通集》卷二十六:

> 虎溪庵主(嗣临济)因僧问:"庵主在这里多少年也?"师曰:"只见冬

涸夏长,年代总不记得。"曰:"大好不记得。"师曰:"汝道我在这里得多少年也?"曰:"冬涸夏长聻。"师曰:"闹市里虎。"(639b)

禅师与弟子都在强调不记忆、忘记,只知目前事,不考虑以往事与身后事。学僧问虎溪庵主在这里居庵多少年了,学僧明白庵主的答话以后,庵主复用同样的问题来勘验,对学僧的回答是满意的,并最后作了总结。所谓"闹市里虎"意为何曾见到,见不到,是指一种无知无识的境界或状态。这实际是一种了悟的状态。针对上举公案,琅玡慧觉禅师颂曰:"闹市中心虎,能歌不能舞。命值木星君,不遇罗睺主。"(639c)草堂善清禅师颂古曰:"虎溪老住庵,年深都不记。闹市心中虎,四边如鼎沸。"(639c)两首颂古大意为闹市中的老虎对四周一无所知,不像山林里的百兽之王了,只能把命运交给主吉的木星与主凶的罗睺星了。

(三)以"二难"问答启发人

所谓"二难",就是矛盾的两个方面,选择哪一个方面都不正确。这样的问题往往令人难以回答。既然难以回答,那为何非要回答呢?不去思考,不回答问题,就什么烦恼都没有了,岂不是已达了悟之境?公案中提出这样的问题,正是为了启发学人摆脱二难思维,从而引导学人体悟超理性的状态。这种状态正是了悟之体验。《禅宗颂古联珠通集》卷二十一:

> 临济示众曰:"有一人论劫,在途中不离家舍。有一人论劫,离家舍不在途中。且道那一人合受人天供养?"(606a)

"劫"意为分别时分。现实生活中哪里有明明在途中却还没有离开家的人呢?哪里有没有离开家却已在途中的人呢?从理性角度来看,这两种情况都是不存在的,更无法回答出哪一种情况是正确的。既然这样,那理性思考还有什么意义。唯有不去思考,跳出二难思维的圈子,才能彻底摆脱窘境。学人若摆脱这种窘境了,也就开悟了。

黄龙祖心禅师则是用提出矛盾问题的方法来开悟学人,达到放弃理性思维的目的。这与临济义玄以提出不能理性思考与回答的问题让学人回答作法类似,只是更简洁,更明确了,明确是一个二元对立中求统一的问题,正常思维根本不可能真正回答出来。《禅宗颂古联珠通集》卷三十九:"晦堂室中竖拳示僧曰:'唤作拳头则触,不唤作拳头则背,未审唤作什么?'"(722a)一对矛盾,怎么都不行,目的在于启发学人跳出常人的理性思维,从此悟入无差别境界。

（四）强调"第一义谛"不可言说

禅宗第一义谛不能触碰，不能解说，也不能思考，只能引导学人去亲身体验。所谓第一义谛，即了悟之境，又称胜义谛、真谛、圣谛、涅槃、真如、实相、中道、法界等，是绝对不可思议之境界。《禅宗颂古联珠通集》卷三十五：

> 风穴因僧问："如何是道？"师曰："五凤楼前。"曰："如何是道中人？"师曰："问取城隍使。"（694c）

学僧问的是禅道之道，而风穴延沼禅师回答的却是道路之道。风穴禅师是故意这样说的，因为所谓禅道，属第一义谛，是不能用语言阐释的，只能引导学僧，让其自己去体验。学僧又问道中人如何，即得道之人如何，同样也是不能直接回答的问题。风穴禅师让这僧去问城隍使，自然也是故意岔开话题，引导学僧不要触碰第一义谛，让学僧明白第一义谛不是语言能够说得清的，要放弃追问。我们常说，得道之人就是涅槃状态，但这个"涅槃"二字，却只是一个词汇，一个语言概念，并不是真正的那个得道的了悟状态。所以，就此意义上来看，凡是对第一义谛的提问，都不宜直接回答。禅师正是通过这种不直接的回答，来引导学僧去自悟的，以让其明白开悟不在言语，而在体验。《禅宗颂古联珠通集》卷三十七：

> 汾州太子院善昭禅师（嗣首山）。僧问："如何是祖师西来意？"师曰："青绢扇子足风凉。"（708b）

汾阳善昭禅师的回答在不思议的基础上又往前推进了一步。学僧问祖师西来意，而善昭禅师的回答与此并无半点关系。这显然是在暗示该学僧你这样问是无意义的，也是无法回答的，你不要有这样的思考。同时，也借助转移话题的霎那时间，让学僧体悟一下摆脱问话、超语言思维的了悟状态。

二、黄龙派、杨岐派之禅风

黄龙慧南继承了临济宗不让学人动思议的基本做法，而又有所发展，不再以棒喝为主要提示手段，而改以言语道断，以转移话题的方式使学人无暇顾及原来的思考，不得不放弃对原话题的追问，同样也达到了让学人不动思议的目的。《禅宗颂古联珠通集》卷三十八：

> 隆兴府黄龙慧南禅师（嗣慈明圆）室中常问僧曰："人人尽有生缘，

上座生缘在何处?"正当问答交锋,却复伸手曰:"我手何似佛手?"又问诸方参请宗师所得,却复垂脚曰:"我脚何似驴脚?"三十余年,示此三问。学者莫有契其旨。脱有酬者,师未尝可否。丛林目之为"黄龙三关"。庐山圆通旻古佛云:"昔见广辩首座收南禅师亲笔三关颂,讽诵无遗。近见诸方传录不全,又多讹舛,故兹注出。'我手佛手兼举,禅人直下荐取。不动干戈道出,当处超佛越祖。''我脚驴脚并行,步步踏着无生。会得云收日卷,方知此道纵横。''生缘有语人皆识,水母何曾离得虾。但见日头东畔上,谁能更吃赵州茶。'复总颂曰:'生缘断处伸驴脚,驴脚伸时佛手开。为报五湖参学者,三关一一透将来。'"(717c)

慧南禅师先是问学人是从哪里来的,这本就是个不好回答的问题,学僧少不了要费一番思量,可是正当思量着,禅师又突然问他的手跟佛手一样吗,更是一个无解的问题。学人只有放弃对问题的回答,放弃思考,以无差别之心面对,才能摆脱束缚。第三关是问学僧在别处都向哪些宗师参学过,有何所得? 似乎是一个比较缓和的问题,但同样不待回答即被打断来回答禅师之脚与驴脚是否相同的问题。总之,不管是难以回答的问题也好,容易回答的问题也好,禅师都不会让学僧去动思议,从而引导学僧体悟到一种超理性、超语言的无差别之境。那就是以如如之境对待,不思议生缘,人脚驴脚莫辨,人手佛手无异,方为真正过关。

临济宗杨岐派公案、颂古都很盛行,然其基本风格仍是继承了临济义玄的以"不动思议"、超理性思维来启发学人。《禅宗颂古联珠通集》卷三十九:

> 袁州杨岐方会禅师(嗣慈明)。僧问:"如何是佛?"师曰:"三脚驴子弄蹄行。"曰:"莫只这便是?"师曰:"湖南长老。"(720a)

僧问如何是佛,属第一义谛,无以言说。方会禅师回答说是三足驴子弄蹄而行,什么意思呢? 少一只脚的驴子是无法走路的,更别说弄蹄行了。很显然这是不存在的现象。正是这种超现实性的回答,或者说是矛盾的回答,才暗示学人不要执着于理性思维,而要超出它,方能获得解脱。方会禅师的第二个回答更是不可思议,直接答非所问,暗示学人别指望从这里得到答案,你所问的是一个不能以理性思维回答的问题。佛不是语言描述,而是真实的体证与了悟。

杨岐派也有涉及在二元对立中求统一的公案,与黄龙派略同。《禅宗颂古联珠通集》卷三十九:

　　五祖演垂语曰："路逢达道人，不将语默对，且道将甚么对?"颂曰："来说是非者，便是是非人。诚哉是言也，弄物不知名。(月林观)路逢达道人，不将语默对。拦腮擘面拳，直下会便会。(无门开)"(724b)

　　五祖法演禅师说，路上遇到悟道之僧，不能说话打招呼，也不能不说话，应该怎样与这位高僧交流呢? 这是个矛盾的问题，非此即彼，二元对立，理性思维是难以回答的。月林师观与无门慧开两位禅师的看法相同，都是不予回答，认为这是理性思维的一套，于开悟无益。因为真正的悟道是超出理性思维的。说是说非，反而令自己走上终究不能了悟的迷途。无门慧开禅师认为上去打一拳，就什么都解决了，用的仍是临济义玄拳打棒喝以截断学僧思议的方法。

　　杨岐派也有公案是通过表明禅宗"第一义谛"不能触碰来启发学人悟道的。不能言说，也不能思议，触及即丧失失命。《禅宗颂古联珠通集》卷三十九："舒州太平慧勲佛鉴禅师(嗣五祖演)。僧问:'如何是佛?'师曰:'吃饭咬着砂。'"(725b)饭里有砂，自然不能咬着它;如何是佛是属第一义谛，就像饭里的沙一样，是不能口说的。切忌道着，要绕着说方可，或者不回答。

　　另外，杨岐派也有不少公案涉及对"本来面目""自心即佛""人人自具佛性"等禅宗核心问题的讨论，并以此引导学人。《禅宗颂古联珠通集》卷三十九:

　　　　舒州龙门清远佛眼禅师(嗣五祖演)尝请益五祖，凡有所问，演即曰:"我不如你，你自会得好。"或曰:"我不会，我不如你。"师愈疑，遂咨决于元礼首座。礼以手引师耳，绕围炉数匝，行且语曰:"你自会得好。"师曰:"有冀开发，乃尔相戏耶?"礼曰:"你他后悟去，方知今日曲折耳。"(725b)

　　人人本具佛性，不假外求。外人之解说，都不是根本，最多起到启发引导作用，所以，要想真正悟道，必须靠自己，还是自己悟得为好。至于"我不会""我不如你"之答语，则是五祖法演以悟道者自居，心中无有分别识见，故不会，在知识讲解方面尚不如未开悟的清远禅师，待清远禅师开悟后，自然就明白五祖法演禅师答话的目的所在了。

　　临济宗风以"不动思议"为核心，具体表现为四个方面:一是棒喝交加，不动思议;二是以了悟之状态示人;三是以"二难"问答启人悟道;四是强调

"第一义谛"不可言说。以黄龙慧南禅师为首的临济宗黄龙派继承了义玄以来的"不动思议"风格而又有所发展,不再以棒喝为主要手段,而改以言语道断,转移话题为主要手段。临济宗杨岐派对于义玄以来的"不动思议"、摆脱"二难"思维、"第一义谛不可言说"等宗风都有继承,通过讨论"本来面目""自心即佛"等佛性问题来启人悟道是杨岐派的另一风格。

第二节 公案、颂古中的云门宗风

云门宗共有公案机缘 118 则,涉及云门文偃等宗师 22 人,六祖下第七世至第十一世。云门宗共有颂古作者 41 人,六祖下第八世至第十七世,有颂古作品 788 首。云门宗公案数量在禅宗五家中居第三,颂古数量在五家中居第二。

云门宗属南宗青原法系。文偃住韶州云门山光泰禅院,初参睦州道明,后参雪峰义存得宗印。道明之宗风峭峻,不容拟议;雪峰之宗风温密,可探玄奥。文偃自由融合此两种风格,故机锋险绝玄奥,语句直捷简要。云门宗接引学人有八个特点,即所谓"云门八要":玄(非言语思量能知)、从(依学人根机深浅而接化)、真要(立足悟境且要言不繁)、夺(不容学人拟议)、或(言语活泼无碍)、过(接化方式严峻且不许学人回避)、丧(脱离执著己见与不识自性之谬见)、出(采取自由接化之方式)。

一、强调无差别境界

宇宙万物虽然千差万别,但其本性是相同的,如水波之样式各异,而其本质都是水。这个共同的本性就是真如。万物在真如本性这一层次上是无差别的。真如乃是遍布于宇宙中之真实本体,为一切万有之根源,恒常如此,不变不异,不生不灭,不增不减,不垢不净,也是一切众生的自性清净心,亦称佛性、法身、如来藏、实相、法界、法性、圆成实性等。《大乘起信论》卷一曰:"所谓心性不生不灭,一切诸法唯依妄念而有差别,若离妄念则无一切境界之相。是故一切法从本已来,离言说相、离名字相、离心缘相,毕竟平等、无有变异、不可破坏,唯是一心,故名真如。"①《禅宗颂古联珠通集》卷三十二:

---

① 马鸣菩萨造,(梁)西印度三藏法师真谛译:《大乘起信论》,《大正藏》第 32 册,第 576a 页。

云门示众曰:"十五日已前不问汝,十五日已后道将一句来。"众无对。自代曰:"日日是好日。"(678a)

每天都是好日子,因为在无差别境界里,没有好坏之分,没有思想意识,故看待每一天都一样,没有烦恼,每一天都是参禅悟道的好日子。一切现成,该是什么就是什么,绝无思虑。《禅宗颂古联珠通集》卷三十三:"云门示众曰:'药病相治,尽大地是药,那个是自己?'"(684c)既然尽大地都是药了,显然是以了悟之无差别境界来说的,这时当然也没有自己的意识了。此乃通过无差别来引导学人体悟了悟之境界。再如《禅宗颂古联珠通集》卷三十四:"云门示众曰:'拄杖子化为龙,吞却乾坤了也,山河大地甚处得来。'"(686c)拄杖子既已吞却乾坤,何来山河大地呢?其引导之手段,与前例同,即让学人自己体验到如如一体,整体无差别的了悟境界。《禅宗颂古联珠通集》卷三十八:"洪州法昌倚遇禅师(嗣北禅贤)垂语曰:'我要一个不会禅底作国师。'"(717a)真正的悟道状态是无差别境界,禅法、知识等就无法凸显出来了。这个"不会禅"的国师,实际上是已经悟道的高僧。既然要请来作国师,自然不是真的不会禅的学僧。

二、强调"第一义谛"不可言说

"第一义谛"为"世俗谛"之对称,指深妙无上之真理,又称胜义谛、真谛、圣谛、涅槃、真如、实相、中道、法界。禅林多用第一义来诠显绝对不可思议之境界。第一义又称向上门、正位,第二义则称向下门、偏位。既然不可思议,故第一义切忌道着,道着即丧身失命。《禅宗颂古联珠通集》卷三十三:

云门曰:"三家村里卖卜。东卜西卜,忽然卜着也不定。"僧便问:"忽然卜着时如何?"师曰:"伏惟。"(685c)

在偏僻的小山村里占卜,实际是说禅僧在人烟稀少的山林中参禅悟道。东卜西卜,还真有可能占卜到某事某物,实际是说禅僧经过长时间的努力有可能参透禅道。真的悟道时禅僧本人会怎么样呢?云门只说了"伏惟"两字,意思是希望如此吧。云门并没有真正回答学僧的提问,正是因为禅道的不可言说性。《禅宗颂古联珠通集》卷三十四:

云门问僧:"近离甚处?"曰:"西禅。"师曰:"西禅有何言句?"僧展两手。师与一掌。曰:"某甲话在。"师却展两手,僧无语。师又打。

（686c）

这里的关键一句是学僧所说的"某甲话在"，否则就不知道这位学僧要表达什么了。现在我们知道学僧虽然没有说话，但他的这种行为是话头公案。云门打他，展手让他说，他就是不说，显然是因为他所接受的内容不可言说。实际上，他也是在回答云门的提问呢。《禅宗颂古联珠通集》卷三十五：

> 益州青城香林院澄远禅师（嗣云门）。僧问："如何是西来的的意？"师曰："坐久成劳。"曰："便回转时如何？"师曰："堕落深坑。"（698b）

祖师西来是为了传佛心印，即正法眼藏，实相无相，不可言说，切忌道着。所以香林禅师只是无话找话，并没有涉及问题的真正答案。达磨祖师坐久了，所以来东土转转，就是不说传法之事；"堕落深坑"暗指达磨亡化于东土，亦不提涅槃之事。《禅宗颂古联珠通集》卷三十六：

> 饶州荐福承古禅师（嗣云门，即古塔主）。僧问："如何是佛？"师曰："莫莫。"又问："如何是祖师西来意？"师曰："莫莫。"（701b）

不管是第一问，还是第二问，都涉及第一义谛，是不能直接回答的，故古塔主皆以莫莫二字回答，也起到了暗示学僧此问题不能言说而需要自悟的作用。

三、答非所问，不动思议

通过答非所问，错开话题，使学人不动思议，引导其悟入。《禅宗颂古联珠通集》卷三十五："岳州巴陵新开院颢鉴禅师（嗣云门）。僧问：'如何是道？'师曰：'明眼人落井。'"（697c）道是什么，不能直接说。明眼人怎么会落井呢？显然是不能这样理性地思考的。巴陵颢鉴禅师正是以此来暗示学人要摆脱思考，不动思议，方能悟道。

"云门三句"之"截断众流句"就是针对此种手段而说的。《禅宗颂古联珠通集》卷三十三："云门因僧问：'如何是超佛越祖之谈？'师曰：'餬饼。'"（681b）学僧所问与云门所答，风马牛不相及。云门正是通过这样的回答来引开学僧对其所提问题的思考。因为超佛越祖之谈本就是超思维的，超语言的，仅停留在讨论状态，是永远也不会开悟的。不思考，不思议，反而能有机会切入悟境，所以云门将学僧朝不思议方向引导。相反，如果有执念，就算有思议，就是不悟。《禅宗颂古联珠通集》卷三十三："云门因僧问：'不起一念还有过也无?'师曰:'须弥山。'"(682c)学僧问云门修行到"不起一念"
的地步是不是就算开悟了,云门回答他说你离开悟还差得远呢,你的过错像
须弥山一样大。过在何处呢? 过在真正的"不起一念"是不会说出来让人评
价的,说出来让人评价就是起了念了,动了思议了。《禅宗颂古联珠通集》卷
三十四:

> 云门因僧问:"如何是祖师西来意?"师曰:"没即道。"或曰:"长连床
> 上有粥有饭。"或曰:"山河大地。"(687b)

云门的三种回答,后两种都是答非所问。目的就是截断学人思维。之所以
答非所问,是因为第一种回答虽然直接,但在启人悟道方面也比第二、第三
种回答强不了多少。没,就是身心寂灭。身心寂灭即为悟道。这倒是一个
十分正面的回答,但什么是身心寂灭呢? 实际上就是涅槃,就是不动思议。
再如《禅宗颂古联珠通集》卷三十六:"洞山初因僧问:'如何是佛?'师曰:'麻
三斤。'"(700a)"洞山初因僧问:'如何是正法眼?'师曰:'纸捻无油。'"
(701a)皆是答非所问,目的就是截断学人思维。

　　"云门三句"之"随波逐浪句"也能达到答非所问的效果。与"截断众流
句"相同的是这种回答也不是对学僧所提问题给出的真正答案,严格地讲也
属于答非所问;两者不同的是随波逐浪句是就问题中的一些说法,引申开
来,引到一个和问题答案并无直接关联的解释上去。《禅宗颂古联珠通集》
卷三十三:"云门因僧问:'生死到来如何排遣?'师展手曰:'还我生死来。'"
(685b)了悟了就没有生死了,而是处于非生非死的涅槃状态。此僧问生死
之事,而对于悟道者来说,并无生死,所以云门说:你认为人有生死,所以才
问我生死之事,而我无生死,那么请把我的生死还给我吧。云门从学僧所问
的生事之事引出话题,而给出一个富有启发性的回答,以截断其对所问问题
的思议。《禅宗颂古联珠通集》卷三十三:

> 云门因僧问:"如何是法身向上事?"师曰:"向上与汝道即不难,作
> 么生会法身?"曰:"请和尚鉴。"师曰:"鉴即且置,作么生会法身?"曰:
> "与么、与么。"师曰:"这个是长连床上学得底。我且问你:'法身还解吃
> 饭么?'"僧无对。(685b)

云门就学僧所提问题,一步一步追问,越问离问题答案就越明晰,所追问的
问题也越具有启发性。虽然云门并没有直接回答该僧所提问题,但该僧能

从环环相扣的问话中受到悟道之启发,而把原来他自己提出的问题忘到一边了。"与么"原为宋代之俗语,意即这么、如此,此处相当于"这个",是法身、佛性的隐喻性表达。

四、妙解法身、佛性、自心即佛等问题

通过对法身、佛性、自心即佛等禅宗重要概念的巧妙解释,引导学人开悟。这些都属于第一义谛,不能通过字面文字含义来解释,必须让读者明白文字背后的隐性表达,并启发其悟入佛境。这需要禅师有高超的文字表达能力与彻底悟道的境界。《禅宗颂古联珠通集》卷三十三:"云门因僧问:'如何是法身?'师曰:'六不收。'"(681b)"六不收"意为六种外界刺激都接受不到。眼、耳、鼻、舌、身、意六根为人们接受视、听、嗅、味、触、思等刺激的通道。法身没有六根,不存在接收外界刺激的机会;反过来,学僧只要悟得"六不收",就能体验到法身之状态。《禅宗颂古联珠通集》卷三十二:

> (云门宗主)韶州云门文偃禅师(嗣雪峰)示众曰:"人人自有光明在,看时不见暗昏昏,作么生是诸人自己光明?"自代云:"厨库三门。"又云:"好事不如无。"(677b)

云门所问问题之答案就是人人本具之佛性,然这不能流于语言层面的解释说明,而是要引导学人亲身体悟。"厨库三门"暗示本来面目即如此,"好事不如无"暗示不要蒙蔽这个本来面目。《禅宗颂古联珠通集》卷三十七:"蕲州五祖师戒禅师(嗣双泉宽)。僧问:'如何是佛?'师曰:'踏着秤锤硬似铁。'"(707b)秤锤铁做的,当然硬似铁,暗示的亦是本来面目,而人之本来面目就是佛性。《禅宗颂古联珠通集》卷三十八:"天衣示众曰:'百骸俱溃散,一物镇长灵。百骸溃散皆归土,一物长灵甚处安?'"(716c)这个"镇长灵"的一物就是人人本具之真如佛性。《禅宗颂古联珠通集》卷三十七:

> 雪窦颂曰:"三分光阴二早过,灵台一点不揩磨。区区日逐贪生去,唤不回头争奈何。"(711a)

雪窦重显此颂在于暗示学僧尽早发现自身的佛性,了却生死大事,不要每天做无谓的事儿,把大好光阴都耽误了。所谓灵台一点,就是人人心中之佛性。俗人贪恋世俗生活,但这种世俗生活并不能解决人的终身大事,即生死问题。

《禅宗颂古联珠通集》卷三十四:"云门上堂,因闻钟声乃曰:'世界与么广阔,为甚么向钟声,披七条?'僧无语。师曰:'七里滩头多蛤子。'"(687a)此例中,云门问学僧们为何听钟参禅、披七条之僧衣。学僧无人回答,云门自己给出的答案是七里滩头多蛤子。此公案意在引导学僧证悟自心。成佛不以色见音声而求,佛在自心,自己修为即可,不必向外寻求。蛤子聚于滩头,不必到处游动;学僧求证自身佛性,不必满世界行脚,晨钟暮鼓,粗衣疏食即可。

五、问答简捷,禅风高峻

《禅宗颂古联珠通集》共收云门宗之公案 118 则,其中云门文偃公案 61 则,所以云门宗风以云门文偃禅风为代表。云门宗之机缘问答大多较为简捷,往往用一句话或一个字直接地、正面地回答学人提问,但却不太容易参透。这是其一大特点,有所谓"云门一句""云门一字"之说。《禅宗颂古联珠通集》卷三十三:

> 云门因僧问:"如何是云门一句?"师曰:"腊月二十五。"(《五灯会元》作:如何是云门一曲?师曰:"腊月二十五。"曰:"唱者如何?"师曰:"且缓缓。")①

云门曲原为我国古乐曲之名,曲调艰深,歌者难以咏唱,闻者亦难以领受。禅林转指云门宗风之艰深玄奥,机锋高峻,常人难以参透。学僧问云门文偃禅师什么是云门一句,云门回答说腊月二十五。乍一读此公案,觉得云门的回答让人摸不着头脑,参读起来没有把鼻。该怎么参读此公案呢?我们先看什么是云门一句。《古尊宿语录》卷三十八:"如何是云门一句?"师云:"天下人咬不着。"云:"还当得生死也无?"师云:"是何生死。"②可见云门一句是指的一句直达悟境的话,参读者切忌道着,不动思议,一下子让人无法理解与把握,正是其表达特点。那么对于"腊月二十五"这一回答,我们又该怎么理解呢?针对此公案,庐山圆通可仙禅师颂曰:"忆昔云门老古锥,曾将今日示当机。奇哉二百年来事,长作胡筋曲调吹。"(《通集》,681a)颂古中的"今日"一语道出云门回答学僧这句话时,正值腊月二十五当天。不管学僧问的是云门一句还是云门一曲,云门的这个回答都是适用的,其实质就是一句能

---

① 《禅宗颂古联珠通集》,《卍新纂续藏经》第 65 册,第 680c 页。
② 《古尊宿语录》,《卍新纂续藏经》第 68 册,第 251a 页。

令人直达悟境的话。学僧既然问的是如何一句话直达悟境的问题,那么云门禅师就以一句直达悟境的话回答之。如何理解这句话令人直达悟境呢?云门正是用这句与学僧所问问题毫无关联的话来激发学僧,不让他有思议的空间,不让他找到问题与答语间的逻辑关系,希望学僧能一下悟入平等无差别、无有逻辑思维的得道境界。这个腊月二十五的回答是比较随意的。黄龙慧南颂曰:"云门一曲二十五,不涉宫商角徵羽。有人问我曲因由,南山起云北山雨。"(《通集》,681a)颂古说出此曲之因由就是无因由,与所问问题无逻辑上的关联,正如南山起云却在北山下雨一样。《古尊宿语录》卷四十三:

> 上堂,举。僧问云门:"如何是云门一曲?"门云:"腊月二十五。"忽有人问归宗:"如何是归宗一曲?"但向伊道:"五月二十五。"且道归宗与云门意作么生,今之与古相去几何? 又云:"唱者如何?"门云:"且缓缓。"忽有人问归宗:"唱者如何?"向他道:"莫错,莫错。"且道归宗是,云门非? 云门是,归宗非? 乃喝一喝。云:"是非总去却,是非里荐取。"①

真净克文禅师住庐山归宗寺时有此举话,其"五月二十五"之说与云门之"腊月二十五"情况正同,都是随口说出,问答之间无逻辑关联。这样回答的目的就是引导学僧体悟到无差别、无理性思维的境界。

无准师范禅师颂此公案曰:"云门一曲,从来无谱。韵出五音,调高千古。就中妙旨许谁知,几拟黄金铸子期。"(《通集》,681b)意为参透此公案的人像伯牙遇钟子期一样机缘难得,可见云门禅风之高峻是禅林的共识。

"云门三句"之"涵盖乾坤句"也多以简捷、直接著称。《禅宗颂古联珠通集》卷三十三:"云门因僧问:'杀父杀母,佛前忏悔,杀佛杀祖,甚处忏悔?'师曰:'露。'"(683c)杀佛杀祖指超越对佛祖之执著。杀,指破除执著。杀佛杀祖即是悟道涅槃。对涅槃者来说,法身遍大千,无有遮避,故曰"露"。《禅宗颂古联珠通集》卷三十三:"云门因僧问:'如何是正法眼?'师曰:'普。'"(684a)正法眼即为佛之悟境,如如等一,整体无差别,所以云门所回答之"普"字对学僧有一定的提示启发作用。为何云门禅师针对学僧提问之答语非要如此简短呢? 是因为这些问题都是不能言说的问题,越用多的文字直接解释越会引起误会,让学人沉溺于文字解说当中而无法自己体验;正是文字较少,少到只有一个字,才对学僧有更大的启示作用,同时又不算是泄漏

---

① 《古尊宿语录》,《卍新纂续藏经》第 68 册,第 285c 页。

禅机。

概而言之,云门宗风有如下特点:一是机锋峻烈。禅林普遍承认云门宗之公案较难参读,但真的参透之后悟道也比较彻底。二是立足悟境。禅师回答学僧的提问往往从整体无差别境界、佛性、法身、自心即佛、涅槃等悟道境界入手,巧妙设辞,以求学人速悟。三是简捷而高效。云门宗之教学活动极为务实,学人提问题多涉及第一义谛,禅师之回答也十分简洁,文字不多,往往只有一句话甚至一个字,但于悟道却十分便捷有效,能令参读者直达本源。四是不容拟议。通过强调第一义谛的不可言说性,切忌道着,不让参读者有思考的机会;或者直接给出与所问问题毫不相干的回答,让参读者摸不着头脑,没有把鼻,以破除其理性思维。

第三节　公案、颂古中的曹洞宗风

曹洞宗共有公案机缘 141 则,涉及曹山本寂、洞山良价等宗师 39 人,六祖下第五世至第十二世。曹洞宗共有颂古作者 26 人,六祖下第六世、第十世至第十七世,有颂古作品 493 首。曹洞宗公案数量在禅宗五家中居第二,颂古数量在五家中居第三。

曹洞宗属青原法系,盛行于六祖下第六、七、八世。盛不及云门、临济,衰不若沩仰、法眼。曹洞宗以"坐禅办道"勤开向上一路,以探究学人心地为接机之法,有所谓"曹洞用敲唱"。敲,指学人叩禅师之门以问道;唱,指禅师回答学人以接引之。曹洞禅风讲求默念不动,稍失泼辣禅机,故当临济宗大行于权门右族之时,主要施教于边陲士庶之中。教义上承希迁之"即事而真"(所触之事皆真),差别现象之事相即为常住平等之真理(佛性),真理非离现实而别有之。理、事相互干涉,事理不二,体用无碍,有"君臣五位"之说。真理立为正位,事物立为偏位,依偏正回互之理,立五位:正中偏(君视臣,背理就事)、偏中正(臣向君,舍事入理)、正中来(君位,本来无物之空界)、偏中至(臣位,万象有形之色界)、兼中到(君臣道合,事理不二之悟境)。

一、强调人人本具佛性,即心即佛

谈论人心及佛性,从而引导学人证悟,在曹洞宗众机缘中占相当高的比例。《华严经》卷十:"如心佛亦尔,如佛众生然。心、佛及众生,是三无差别。"[①]心、

---

① 　(东晋)佛驮跋陀罗译:《大方广佛华严经》,《大正藏》第 9 册,第 465c 页。

佛、众生，三者无有差别，这是即心即佛思想的由来。《傅大士心王铭》曰："了本识心，识心见佛。是心是佛，是佛是心。念念佛心，佛心念佛。欲得早成，戒心自律。净律净心，心即是佛。除此心王，更无别佛。欲求成佛，莫染一物。心性虽空，贪嗔体实。入此法门，端坐成佛。到彼岸已，得波罗蜜。慕道真士，自观自心。知佛在内，不向外寻。即心即佛，即佛即心。心明识佛，晓了识心。离心非佛，离佛非心。"①自禅宗而言，启发学僧体验即心即佛，是较早的、最基本的，也是最直接的引人开悟之方法。禅门五家七宗公案与颂古，都或多或少地运用了此方法。《禅宗颂古联珠通集》卷二十四：

> 筠州洞山良价悟本禅师（嗣云岩）因辞云岩，临行问："百年后忽有人问：还邈得师真否，如何抵对？"岩良久曰："只这是。"师沉吟。岩曰："价阇黎，承当个事，大须审细。"师犹涉疑。（620b）

洞山良价问老师云岩昙成，百年后有人问老师真身如何，该怎么回答呢？云岩昙成回答"这个就是"。这个是什么呢？有两种理解，一种是理解为老师的肉身，即对老师的相貌进行描述；另一种就是佛身，老师本就是一尊佛。既是问真身，就不是肉身模样，所以不能说相貌如何如何。况且后一种回答也不需要再描述什么，因为人人本具佛性，只要自己能证悟即可。云岩见良价不甚明白，复提醒他要仔细理解刚才的答语，不要太粗心而误解了自己的话。因为人人本具佛性这话，是不能明说的，要靠自悟，真要说出来就只是一个概念而已，与真相隔山隔水了。《禅宗颂古联珠通集》卷二十四：

> 洞山因过水睹影，大悟前旨。有偈曰："切忌从他觅，迢迢与我疏。我今独自往，处处得逢渠。渠今正是我，我今不是渠。应须恁么会，方得契如如。"（620c）

洞山过水睹影，知道自己佛性随身。平日不可得见，乃是因为自己尚未参透禅，尚未到达如如常在，平等无差别之悟境。《禅宗颂古联珠通集》卷二十四：

> 洞山首谒南泉，值马祖忌，修斋次。泉曰："未审马祖还来应供否？"众无对。师出云："待有伴即来。"泉曰："此子虽后生，却堪雕琢。"师曰："莫压良为贱。"（621a）

---

① （宋）释子升，释如佑录：《禅门诸祖师偈颂》，《卍新纂续藏经》第66册，第744a页。

在禅宗看来,马祖虽肉身离世,但真身还在,所以南泉说马祖会来品享供奉吗? 洞山回应两语,很好地证明了自心即佛,人人本具的言说,只不过这个说法需要证悟,不然就仅是言说而已。洞山第一次回应说马祖不是不来,是没有伴,有伴即来。这个伴是谁呢? 即马祖之肉身,肉身已无,所以马祖不能来。第二次回应说谁要你雕琢,我自身就有佛性,亲证得悟是早晚的事儿,不必外求于你。《禅宗颂古联珠通集》卷二十四:

> 洞山因看病僧。僧曰:"火风离散时如何?"师曰:"来时无一物,去亦任从伊。"曰:"争奈羸瘵何?"师曰:"须知有不病者。"僧曰:"如何是不病者?"师曰:"悟则无分寸,不悟隔山坡。"僧曰:"前程还许卜度也无?"师曰:"虽然黑似漆,成立在今时。"(623b)

佛不会生病,万古长存。病僧内心有佛,所以内心有不病的。这个不病的,就是指佛(佛性)。然而,究竟何为不病者呢? 洞山禅师说了悟即是,不了悟则无从知道。病僧又问自己有什么前程,意思是自己肉身灭亡后,究竟会归宿到哪里? 洞山说出了他的归宿,那就是虽然目前前路黑暗,但马上就会得道解脱了。

二、强调佛性无情识、无分别意识

禅宗认为一切众生皆有佛性,一切众生皆得成佛。[①] 佛性和法性、实相、如来藏等实同而名异。佛性无有情识,无有分别意识。这类机缘在曹洞宗占很高的比例。《禅宗颂古联珠通集》卷二十四:

> 洞山参沩山。问曰:"顷闻南阳忠国师有无情说法话,某甲未究其微。"沩曰:"我这里亦有,只是罕遇其人。"师曰:"乞师指示。"沩曰:"父母所生口,终不为子说。"师曰:"还有与师同时慕道者否?"沩曰:"此去澧陵攸县石室相连,有云岩道人。若能拨草瞻风,必为子之所重。"师既到云岩,问:"无情说法甚么人得闻?"岩曰:"无情得闻。"师曰:"和尚闻否?"曰:"我若闻,汝即不闻吾说法也。"师曰:"某甲为甚么不闻?"岩竖拂子曰:"还闻么?"师曰:"不闻。"曰:"我说法汝尚不闻,况无情说法

---

① 华严宗认为众生之佛性圆满具一切因果性相,然称有情众生具足成佛之可能性为佛性,称非情众生具有之真如之理为法性,以相区别,故主张成佛仅限于有情众生。密宗认为森罗万象悉是大日如来之法身,众生悉有佛性。

乎?"师曰:"无情说法该何典教?"曰:"岂不见《弥陀经》云:'水鸟树林,悉皆念佛念法。'"师于是有省,述偈曰:"也大奇,也大奇,无情说法不思议。若将耳听终难会,眼处闻时方得知。"(621a)

此公案意在反复暗示悟道之后的无有情识状态。要听得无情说法,必须了悟。佛性遍大千,与万物即而不离,无有分别,故可谓万物皆念佛念法。《禅宗颂古联珠通集》卷二十九:

> 洪州云居道膺禅师(嗣洞山)。因僧在房内念经,师隔窗问:"阇黎念者是什么经?"曰:《维摩经》。师曰:"不问《维摩经》,念者是什么经?"其僧从此得入。(655a)

云居道膺禅师之所以这样问学僧,实际上是有意设置机锋,以开示与提携学僧。其以悟道者自居,无有差别观念,所以什么经呀、人呀,在道膺的境界里是不去区别它们的。念经者是学僧,是人,但是在禅师的境界里与经是无差别的。正是这句机锋语,才对学僧有很大的启发引导作用。《禅宗颂古联珠通集》卷二十九:

> 曹山因僧问:"朗月当空时如何?"师曰:"犹是阶下汉。"曰:"请师接上阶。"师曰:"月落后来相见。"(657b)

有僧问曹山本寂,欲问了悟之境界,不能直接问,就以朗月当空为喻。《禅宗颂古联珠通集》卷二十七张拙秀才有语曰"光明寂照遍河沙"(644b),这句似乎与之相似,然曹山禅师认为仅凭这句并不能说明已经悟道,故说"犹是阶下汉",那么怎么说才算悟道之语呢?"朗月当空"与张拙秀才那句偈"光明寂照遍河沙"不同之处在于有个月亮,张拙只说光明,未说光明来自哪里。曹山的启示之语是月落之后再来相见。显然有个月亮就是分别意识尚存,月落之后一团黑,正是如如等一之境界。但是,这只是引导启发之语,以让学僧体验无差别境界。真正的悟境是光明的,不是黑暗的,还是张拙秀才那句说的恰当些,曹山此处意在引导学僧。《禅宗颂古联珠通集》卷二十九:

> 曹山问强上座曰:"佛真法身,犹若虚空,应物现形,如水中月,作么生说个应底道理?"曰:"如驴觑井。"师曰:"道则太煞道,只道得八成。"曰:"和尚又如何?"师曰:"如井觑驴。"(658b)

法身是无情识的，无感觉的，而强上座将法身对应于驴，不甚合适，所以曹山禅师说他只道得八成，改成"井觑驴"就妥帖了，因为井是没有情识的。《禅宗颂古联珠通集》卷三十五：

> 同安志因僧问："凡有言句，尽落今时。学人上来，请师直指。"师曰："目前不说，句后不迷。"又问："如何是向上事？"师曰："迥然不换。标的即乖。"（696c）

刚入山学禅之僧，往往误以为学佛与学习其他知识技艺一样，想通过老师的大量讲解来悟道。殊不知，禅宗的了悟之道，重在启发，不在讲解。讲解的多了，反而会令学人更为迷茫，悟道更难。所以面对学僧急于听解的提问，同安志禅师却说，眼下不能给你讲解，因为讲解了会令你更加迷妄。因为一切讲解都是有分别的理性思维的结果，而禅悟境界却是非理性、无差别的。所谓标的即乖，就是学僧一旦有了明确的学习目标，就是有了分别意识，离悟道就会愈远，日后启发开导起来也会更难。

三、善于运用"奇特句"

通过"奇特句"（非理性的表达）来引导学人体验超理性的了悟状态。《禅宗颂古联珠通集》卷二十四："洞山有颂云：'五台山上云蒸饭，佛殿阶前狗尿天。旛竿头上煎餬子，三个胡孙夜簸钱。'"（622c）四句都是奇特句，都是理性思维下不可能实现的事情。云不能蒸饭，狗不能往天上尿，旗竿上不能煎糖球，三只猴子不会玩簸钱游戏。簸钱又称打钱、掷钱、摊钱。参与者先持钱在手中颠簸，然后掷在台阶或地上，依次摊平，以钱正反面的多寡决定胜负。洞山禅师以这些不可能的情况来引导学人体验超理性的状态。《禅宗颂古联珠通集》卷三十：

> 疏山因灵泉问："枯木生花始与他合，是这边，是那边句？"师曰："亦是这边句。"曰："如何是那边句？"师曰："石牛吐出三春雾，灵雀不栖无影林。"（662b）

"这边"犹俗境，"那边"犹悟境。不合情理的句子才是那边句，合理性的句子是这边句。所谓非理性表达，就是按常情常理不可能出现的事情却偏偏出现了。枯木生花是完全有可能的，尽管已经很罕见了，但还不足够奇特。只要是能够理性解释得通的，就不算奇特。疏山匡仁禅师所举两例就算奇特，才是那边句。因为它们能对学人有非理性思维的启示作用。石牛不可能吐雾，更别说吐出三春之雾了。三春之雾明明是大自然的造化，与石牛无关。树林没有影子，也是不可能的。没有阳光普照，树林还怎么存活呢？《禅宗颂古联珠通集》卷三十：

> 乾峰因僧问："十方薄伽梵，一路涅槃门。未审路头在甚么处？"师以拄杖划云："在这里。"僧后请益云门，门拈起扇子云："扇子蹦跳上三十三天，筑着帝释鼻孔。东海鲤鱼打一棒，雨似倾盆。会么？"(663b)

薄伽梵为佛之尊号，代指佛。十方诸佛，个个涅槃，不知哪里才是个入处呀？乾峰回答较为直截了当，拄杖点画一下即是。是什么呢？是虚空。佛与涅槃皆是虚空，可是这不能明说，只能暗示。可是这样的暗示太不容易理解了，对学僧来说太没有启发性了。因为这样会让学僧没有把鼻，即没有任何可以依据其启发而了悟的东西。云门大师所举就算有把鼻一些，毕竟给了学僧参学的空间。尽管理路不通，而这正是悟道之入处之一，即摆脱理性思维，体验非理性状态。一把扇子怎么可能会跳向三十三天，并且打住帝释的鼻子呢；鲤鱼怎么会打棒呢，怎么可能鲤鱼一打棒就会大雨倾盆呢。这些显然是理路不通的表达。学僧若依常理，自然不会，而正是这个不会，才是入处。

四、强调"第一义谛"不可言说

第一义谛不可说，切忌道着。禅林教学重在引导学人自悟，禅师一般会尽可能减少文字性解说。《禅宗颂古联珠通集》卷二十四："洞山因老宿拈袈裟角问云：'父母未生时还有这个么？'师曰：'只今岂是有耶。'宿摇手。"(622c)"这个"就是佛性，即人之本来面目。这里无法回答有或没有，因为一旦这样回答就落入了"第二义谛"即语言文字层面。洞山良价禅师的回答是非常巧妙的，他说别说父母未生时了，就是今天你有"这个"吗？把问题简化了，也更具有启发性了。人人本具佛性不是嘴说的，是靠悟的。今天参读禅籍时，我们为了交流的方便，不得已才这样说，而在公案中，或者在当时的禅林，这是不能明说的，是要旁敲侧击地引导学人自悟的。《禅宗颂古联珠通集》卷二十四："洞山因龙牙问：'如何是祖师西来意？'师曰：'待洞水逆流，即向汝道。'"(622c)在良价禅师看来，洞水不可能逆流，所以我也不会给你说，你别指望了，你问的这个问题根本就是不可言说的，是不可"道着"的内容。《禅宗颂古联珠通集》卷二十九：

　　曹山问金峰志曰："作甚么来?"曰："盖屋来。"师曰："了也未?"曰:
"这边则了。"师曰："那边事作么生?"曰："候下工日白和尚。"师曰："如
是如是。"(657c)

"那边事"即悟境,是不可言说的,道着即丧身失命。金峰志的回答巧妙地避
开了不可言说的悟境,意思是等工程完成时再告诉和尚,获得了曹山本寂的
肯定。可见禅林的机锋问答具有很强的思辨性。《禅宗颂古联珠通集》卷
三十:

　　龙牙因僧问:"如何是祖师西来意?"师曰:"待石乌龟解语即向汝
道。"曰:"石乌龟语也。"师曰:"向汝道什么?"(659c)

对于学僧所问的问题,涉及第一义谛时,禅师都是绕路说禅,切忌道着。石
乌龟什么时候也不会说话,也听不懂人说话,所以龙牙的意思是什么时候都
不会给你这个问题的答案,你还是自悟吧。然而学僧追问,究竟这个问题的
答案是什么,龙牙禅师反问"给你说什么呢?"看似随意答出,实际这也是一
个充满启发性的回答。祖师西来,目的就是传佛心印,即正法眼藏。这是佛
的悟境,是超语言的,虚空的,所以龙牙禅师回答学僧:有什么可说的呢?
《禅宗颂古联珠通集》卷三十:

　　疏山问僧:"甚处来?"僧曰:"雪峰来。"师曰:"我已前到时,是事不
足,如今足也未?"曰:"如今足也。"师曰:"粥足? 饭足?"僧无对。
(662b)

疏山所问是什么事呢? 是成佛之事。学僧也知是成佛之事。然此事不能直
接说,学僧也是知道的,所以他才没有回答疏山匡仁禅师的第二次问话。既
是不能道着之事,疏山故意错开话题,说是粥足呢,还是饭足呢? 以此来勘
验学僧之悟道是灵光一现,还是可持续保任的,以及悟道彻底不彻底。互相
反复勘验,是禅林师徒间及禅师相逢的主要谈资之一。切磋琢磨,成就
大道。

五、强调不动思议,不起差别

　　在禅林教学中,禅师自己不动思议,或者不让学人动思议,以此来引导

学人体验无有思考,不起差别的悟道状态。《禅宗颂古联珠通集》卷三十:

> 京兆府蚬子和尚(嗣洞山)混俗闽川,不蓄道具,不循律仪,冬夏一衲,逐日沿江岸采掇鰕蚬充腹,暮即宿东山白马庙纸钱中。居民目为蚬子和尚。华严静禅师闻之,欲决真假,先潜入纸钱中。深夜师归,严把住曰:"如何是祖师西来意?"师遽答曰:"神前酒台盘。"严放手曰:"不虚与我同根生。"(664b)

悟道与否是可以勘验的,这也是禅林常有之事。怎么样才能勘验出来呢,显然趁对方不注意时效果最好。不动思议情况下的下意识反应最能体现出被勘验者的悟道水平。华严休静禅师与蚬子和尚同为洞山良价法嗣,故曰同根而生。如何是祖师西来意是个学僧常问的问题,没有明确答案,关键是回答时不能迟疑,若迟疑思考,即为门外汉。至于回答个什么,倒是第二位的,只要不道着不该说的第一义谛就好。《禅宗颂古联珠通集》卷三十四:

> 云居山第二世道简禅师(嗣云居)。僧问:"孤峰独宿时如何?"师曰:"闲着七间僧堂不宿,阿谁教你孤峰独宿?"(690b)

学僧之问,意在设法寻求禅师的启示,所以问题不妨有些奇特。云居道简禅师顺势而为,回答既自然,又充满启发。道简禅师表面上是批评学僧独宿孤峰的想法,实际上是暗示他无风起浪,妄动思议。不动思议处,即是此公案启发学僧了悟之真正入处。

总体来说,曹洞宗禅风绵密、稳健、亲切。不管是学僧所提问题,还是禅师的答语,都较为日常化,比较易懂,这使得禅师与学僧间的心理距离被无形中拉近了。曹洞宗启人悟道的切入点与云门、临济差别不大,诸如强调人人本具佛性、即心即佛、佛性无情识、整体无差别、第一义谛不可言说、不动思议等。善于运用奇特句是曹洞宗较有特色的一点,通过非理性表达的荒谬可笑,让学僧很自然地悟到只有放弃理性思维,才能体验到悟道之境界。

第四节　公案、颂古中的沩仰宗风

沩仰宗共有公案机缘 71 则,涉及沩山灵祐等宗师 13 人,六祖下第四世至第八世。沩仰宗共有颂古作者 2 人,六祖下第六世、第八世,有颂古作品 2

首。沩仰宗公案数量在禅宗五家中居第四,颂古数量在五家中居末位。

沩仰宗属南岳法系,盛行于唐末五代,入宋渐趋绝迹。沩仰宗将主观与客观世界分为三种生,即想生、相生、流注生,并一一加以否定。想生指主观思维,谓所有能思之心皆为杂乱之尘垢;必须远离,方得解脱。相生指客观世界。流注生乃谓主观与客观世界变化无常,微细流注,从无间断;若能直视而伏断之,则能证得圆明之智而达自在之境。其修行理论上承道一、怀海"理事如如"之旨,认为万物有情,皆具佛性,人若明心见性,即可成佛。理事如如谓一切现象与理体都是如如不动的。沩仰禅风方圆默契,父慈子孝,上令下从,常用九十七种(一说九十六种)圆相接引后学。

一、强调无心是道,不要有分别心

无心是道谓不要动思议,心里的一切主观认识都是妄想,等彻底没有主观认识了也就得道了。巧设机锋,引导学人体验无分别心的了悟状态。《禅宗颂古联珠通集》卷十五:

> 沩山问仰山:"从何处归?"曰:"田中归。"师曰:"禾好刈也未?"曰:"好刈。"师曰:"作青见,作黄见? 作不青不黄见?"曰:"和尚背后是甚么?"师曰:"子还见么?"仰拈起禾穗曰:"和尚何曾问这个?"师曰:"此是鹅王择乳。"(564a)

沩山问禾穗颜色,本是形而下的平常之事,仰山答以了悟之境,故沩山说他是鹅王择乳,会自己选择更好的东西。对于俗事缠身,烦恼不断的世人来说,没有比开悟更好的归宿了。沩山问禾穗颜色是青色,是黄色,还是不青不黄色,实际是机锋语,目的是勘验仰山是否有分别心,有分别心就不算开悟。仰山的回答避开了选择哪一种颜色,因为不管选择哪一种颜色,都是有分别心,都是俗世的识见。仰山反问老师背后是什么,意思是悟境广大如一,遍大千世界,老师背后的与老师所问的是同一的,至于是什么,就不用弟子回答了。老师继续设机锋问仰山:我背后的东西你看见了吗? 仰山不管是回答看见了,还是没有看见,都算是有了分别心。仰山回避了这些陷阱,回答说:您并没有问禾穗颜色。一语双关,既回答了世俗层面的询问(禾穗什么颜色),也巧妙地回应了老师所设的机锋(没有分别心)。《禅宗颂古联珠通集》卷十五:

> 沩山冬月问仰山:"天寒? 人寒?"曰:"大家在这里。"师曰:"何不直

说。"曰:"适来也不曲。和尚如何?"师曰:"直须随流。"(564a)

沩山禅师问仰山是天冷还是人冷,仰山没有直接回答,因为直接回答就是有分别意识。老师的提问明明是设置机锋,如果说是天冷或者人冷,自己就是未开悟之门外汉了。大家在这里,就是佛在自心,所以自己无分别之见。仰山反问老师应该如何回答,沩山答以随流,实际仍是无有分别心的另一种表达。《禅宗颂古联珠通集》卷十五:

> 沩山方丈内坐次,仰山入来。师曰:"寂子,近日宗门令嗣作么生?"曰:"大有人疑着此事。"师曰:"寂子作么生?"曰:"慧寂只管困来合眼,健即坐禅,所以未曾说着在。"师曰:"到这田地也难得。"曰:"据慧寂所见祇如此,一句也著不得。"师曰:"汝为一人也不得。"曰:"自古圣人尽皆如此。"师曰:"大有人笑汝怎么祇对。"曰:"解笑者是慧寂同参。"师曰:"出头事作么生?"仰绕禅床一匝。师曰:"裂破古今。"(566a)

沩山问仰山近日学僧们修习情况如何,仰山回答说怀疑能否得道成佛的学僧大有人在。沩山又问:寂子,你本人修习的怎么样了呢?答曰:慧寂只管困了就睡,起来就坐禅,不曾想过成佛之事。"未曾说着"就是没有说到过、没有想过的意思,是"无心"的表现。修禅讲求无心是道,仰山只管过自己的日常生活,不去特别地想佛法之事,这实质就是不起分别心,是已经悟道的境地。沩山说你能到这个境地也是很难得的,想再确认一下仰山的悟道境地。仰山回答说我达到的境地就是这样的情况,无有思想意识,一句也说不得。沩山说你的回答仍然有"我"字,要悟道就要无我。仰山说从上得道之人都是这样的境地呀。沩山说:你这样回答,笑你未悟的大有人在。仰山曰:笑我未悟的人算是有分别意识,那他也就跟我一样未悟。沩山问那真正悟道了会是什么样呢?仰山什么也没有说,默默绕禅床一匝。出头事指解脱之事,即悟道。静默不语,合于悟道之表现,绕禅床是表示敬师,也是悟道的一种表示。沩山最后说了句古今恒一,算是认可了仰山的悟境。这算是师徒间的机锋对语,两人都已悟道,在问答中千方百计地避开语言陷阱,即是否在对话中表现出了分别心。有分别心,就不算悟道。这就是文字禅,其实是一种具有高度思辨性的语言对决。《禅宗颂古联珠通集》卷十五:

> 沩山因僧问:"如何是道?"师曰:"无心是道。"曰:"某甲不会。"师曰:"会取不会底好。"曰:"如何是不会底?"师曰:"只汝是,不是别人。"

复曰："今时人但直下体取不会底，正是汝心，正是汝佛。若向外得，一
知一解将为禅道且没交涉，名运粪入，不名运粪出，污汝心田，所以道不
是道。"（566c）

"会"即理解，为思想所到之处。无有思想意识之处即是佛境，佛境与思想意
识无关，越是知解，越与佛境无交涉。知解是为有心，无知解是无心，无知解
处是道，无知解就无差别。有差别之知解与情识皆与佛性无交涉，且对佛性
有污染，佛性受污染即不悟。你接受的知解就像粪土一样进入了你的内心，
而你只会向外求知解，不能荡涤自心，摒弃杂念，不能将这些粪土排解出来，
佛性当然受污。《禅宗颂古联珠通集》卷十五：

> 沩山问僧："甚处来？"曰："西京来？"师曰："还得西京主人公书来
> 么？"曰："不敢妄通消息。"师曰："作家师僧，天然犹在。"曰："残羹馊饭
> 谁人吃之？"师曰："独有阇黎不吃。"僧作呕吐势。师曰："扶出者病僧
> 着。"僧便出去。（568a）

沩山问学僧从哪里来，学僧说从西京来。这是寒暄之语，随即二人对话转为
机锋问答。沩山问：你带西京主人公的书信了吗？西京主人公是谁？为啥
要带书信？都没头没脑，这句显然是机锋语。主人公指人人本具之佛性，书
信指知见与分别意识。无心是道，有分别心即是未悟。学僧回答说不敢与
主人公妄通消息，以表明自己没有知见与分别心。沩山赞学僧尚保持天然
之状态，未被外界知见所污染，可为禅林作家、禅师。这实际是又设了一个
机锋，学僧只要视之为夸赞，不管接受还是谦虚推辞，都表示有了分别心。
好在学僧话题一转，避免了两难之回答，说谁愿意吃残羹馊饭呢。对悟者来
说，语言的开示实际上就不需要了，所谓得鱼而忘筌，这时候的语言开示就
相当于残羹馊饭。沩山知其已经了悟，进一步勘验说只有你能分辨出这是
"残羹馊饭"啊，这仍然是夸赞之语，是更深一层的机锋。学僧仍然视之为残
羹馊饭，故作呕吐状以应之。沩山说扶出这病僧。两人的机锋问答，始终未
露破绽，即沩山始终未验出学僧有分别心。二人问答完美结束。

二、跳出"二难"思维，在矛盾中求解脱

通过提出二难或矛盾之选择，引导学人放弃非此即彼的思维方式，以体
验无思维、无分别的了悟之境。《禅宗颂古联珠通集》卷十五：

> 沩山示众曰:"老僧百年后,向山下作一头水牯牛。左胁书五字,
> 曰:'沩山僧某甲。'此时唤作沩山僧,又是水牯牛。唤作水牯牛,又是沩
> 山僧。唤作甚么即得?"(564b)

如何参读该公案呢? 我们不妨先读几首颂古:不是沩山不是牛,一身两号实
难酬。离却两头应须道,如何道得出常流。(芭蕉彻,564c)不道沩山不道
牛,酌然何处辨踪由。丝毫差却来时路,万劫无由得出头。(白云端,564c)
改却形容换却头,当阳难隐个踪由。驴名马字虽呼唤,多少傍观满面羞。
(保宁勇,565a)山上山僧山下牛,披毛戴角混同流。普天成佛兼成祖,独有
沩山作水牛。(佛国白,565a)蹄角分明触处周,不劳管带不劳收。但知不犯
他苗稼,水草随缘得自由。(真如喆,565a)沩山山上老禅翁,山下作牛而已
矣。是非些子不能消,说甚参禅明自己。(宝峰祥,565a)沩山业已悟道成
佛,肉身只是外壳,不管化作水牯牛与否,其真身都是佛之法身,所以叫他水
牯牛也好,叫他沩山僧也好,都只是一个代号,因为牛与所书字都是虚妄不
实的。公案着眼于引导学僧不要被眼前的矛盾事物所迷惑,要跳出非此即
彼二元对立的思维方式,体验平等无差别的悟道境界。悟境绝思维,无知
识,了无分别,不好回答的"二难"问题也就不存在了。《禅宗颂古联珠通集》
卷二十五:

> 仰山住东平时,沩山送书并镜与师。师上堂提起示众曰:"且道是
> 沩山镜? 东平镜? 若道是东平镜,又是沩山送来。若道是沩山镜,又在
> 东平手里。道得则留取,道不得则扑破去也。"众无语,师遂扑破。
> (630a)

这个问题,若以理性思维回答,是无法得出答案的。说是沩山镜也行,说是
东平镜也行。这是理性的、逻辑性的语言所造成的迷惑。所以,这样的思维
方式是不靠谱的,很容易陷入二元对立无法决择的境地。在禅宗看来,世界
是不存在二元对立的,是如如一体,无差别存在的,也是超理性、超语言的。
仰山以矛盾的、难以回答的"二难"问题来启示学僧:修禅一定要跳出理性思
维,才能走向如如平等的悟道之境。《禅宗颂古联珠通集》卷二十五:

> 仰山同陆侍御入僧堂,公乃问:"如许多师僧,为复是吃粥吃饭僧?
> 为复是参禅僧?"师曰:"亦不是吃粥饭僧,亦不是参禅僧。"公曰:"在此
> 作什么?"师曰:"侍御自问取他。"(633a)

此看似平常对话,实含有机锋语。仰山先设置机锋,"既不是粥饭僧,也不是参禅僧",意在暗示陆侍御放弃非此即彼的理性思维,是入佛境之一途。可惜的是,这位陆侍御并没有意识到这是机锋语,仅以常语做了回应:"那他们在此做什么呢?"仰山的回答仍含机锋,让侍御自己去问,有启人体悟"本自具足,不假外求"境界之意。

三、以"圆相"开示学人

以九十七种(一说九十六种)圆相论禅道,亦接引学人。圆相之作,始于南阳慧忠国师,慧忠传侍者耽源,耽源传仰山,遂为沩仰家风。圆形图案象征真如、法性、实相、佛性等。圆相中文字或记号,表示开悟之过程。《禅宗颂古联珠通集》卷十五:

> 沩山因僧问:"如何是祖师西来意?"师竖起拂子。后有僧到王常侍处举前话。王曰:"彼中兄弟如何商量?"曰:"即色明心,附物显理。"理(王)曰:"不是这个道理,上座快归沩山去。某甲寄一封书与和尚。"僧得书,驰上师。师开书见一圆相,相中书日字。师曰:"谁知千里外有个知音。"仰山侍立,乃曰:"虽然如是,也只是个俗汉。"师曰:"子又作么生?"仰作圆相,于中书日字,以脚抹却。师乃大笑。(566b)

竖起拂子意为说法,沩山不言,也是在说法。祖师西来,意在传承正法眼藏。即色明心,附物显理,实质是说佛与众法是即而不离的关系。就好像是中国传统哲学中的道。道生万物,万物离不开道。万物各有自己的德,但在更高层次的道上是统一的。所以,沩山会中众兄弟所商量之结果"即色明心,附物显理",从理论上不能算错。但问题的关键是正法眼藏不是理论概念,而是佛之悟境,这个是超语言的,是不能言说的,言说即失。这其实也和道家之道一样,道可道,非常道。从人口里说出来的道,已经不是那个恒久存在之真正的道了。那怎么才能更好地解决呢? 就是圆相。圆相隐喻真如之境,就是悟境;圆相中书日字,代表佛之悟境,也即是正法眼藏。这个表达,始终无有语言,情识,无有分别心,比起用语言说明,确实离真谛更进了一层。然仰山却不认可,他的做法是让圆相只显示在心中,而不是画出来,肉眼可见,那还有什么悟境可言? 确实,仰山之做法比王常侍更接近真谛了一层。以语言、图画暗示悟境,也只能如此了。禅僧每以拂子、如意、拄杖或手指等,于大地或空中画一圆相,有时亦以笔墨书写此类圆相,表示真理之绝对性。《禅宗颂古联珠通集》卷二十五:

> 仰山在洪州石亭,粥后坐次,有僧问:"和尚还识字否?"师曰:"随分。"僧乃右旋一匝云:"是甚么字?"师于地上书个十字。僧又左旋一匝云:"是甚字?"师改十字作卍字。僧画一圆相,两手托如修罗擎日月势云:"是甚么字。"师乃画圆相,围却卍字。僧乃作楼至势。师云:"如是如是。此是诸佛之所护念。汝亦如是,吾亦如是,善自护持。"其僧礼拜,腾空而去。(631b)

右旋表示尊敬,师书十字,表示十字纵横,隐喻指佛法之用,即悟道者之机用,纵横无限。左旋为解界,右旋为结界。卍字为火的象征,本非文字,因其与俗体'万'字形相似而意相近,遂通称为万,寓有'幸运吉祥'之义。这僧像修罗擎日月一样两手托着一个圆相,圆相象征真如、法性、实相,因涉第一义谛,仰山禅师亦画圆相回应之。把卍围却,表示开悟成佛。楼至乃贤劫最后成佛者,楼至势即隐喻成佛。《禅宗颂古联珠通集》卷二十五:

> 仰山因梵僧来参,师于地上画半月相。僧近前添作一圆相,以脚抹却。师展两手,僧拂袖便去。(632c)

本觉守一禅师颂曰:"寂子偶逢穿耳客,曾将半月示伊家。僧添半月反然去,却道亲逢小释迦。"(632c)仰山画半月相设机锋,以勘验梵僧悟道与否。梵僧示以圆月之相,暗示自己已是开悟之僧,以脚抹却,表示悟在自心,画出来只是手段而已。显然,这位梵僧不但识得圆相,而且已经彻悟。师展两手,表示希望梵僧进一步解说,实际上也是在进一步勘验。梵僧无语,拂袖而去,因为第一义谛是无法言说的,所以"无语"也是应机手段,自慧可时就开始被采用了。这则公案记录了仰山与梵僧机锋对决时的真实场景,亦具有启人悟道之典范性。

四、强调人人本具佛性,自心即佛

引导学人不执于言说及典教,要靠自悟,自我修证。自性本来具足,什么也不缺,学人只需去除蒙蔽,寻得本来的自己就可以得道成佛。所以,证悟禅道不需向外寻求,而是要亲自体验本自具足的佛性,证得佛性就进入了悟道之境。证悟者就成了觉行圆满的佛陀。《禅宗颂古联珠通集》卷十五:

> 潭州沩山灵祐禅师(嗣百丈)一日侍立。百丈问:"谁?"师曰:"灵

祐。"丈曰："汝拨炉中有火否?"师拨曰："无火。"丈躬起深拨,得少火,举以示之曰："此不是火?"师发悟礼谢,陈其所解。丈曰："此乃暂时岐路耳。经曰:'欲见佛性,当观时节因缘。'时节既至,如迷忽悟,如忘忽忆,方省己物不从他得。故祖师云:'悟了同未悟,无心亦无法。'只是无虚妄凡圣等心,本来心法元自备足。汝今既尔,善自护持。"(563a)

百丈以炉灰中之残火为机锋,启发沩山灵祐开悟。炉中火,还是无火,其实是一个相对的概念。怎么算有火,怎么算无火,又需要有一个特别的限定。由此可见,所谓相对观念,二元对立,实质都是人为设立的,并非是事物的本来面目。这是一个十分不经意的日常小事,若不作机锋来看,沩山说有火也好,说无火也好,都说得过去,也无关紧要。百丈以此为机锋,是很高明的,也很巧妙。这种情况下,机锋的启发性也比较强。所以沩山当场就开悟了。公案强调"己物不从他得""心法元自备足",就是暗示学僧人人皆有佛性,本性具足,不假外求。同时,要想知道事物的本来面目,包括自己的本来面目,就要超脱出这种人为设立的非此即彼的思维方式,体验到无差别之境。正是因为悟境的整体无差别,无有思议、情识,所以悟了同未悟,无心亦无法。《禅宗颂古联珠通集》卷二十五:

> 邓州香严智闲禅师(嗣沩山)因百丈迁化,遂参沩山。沩问："我闻汝在百丈处问一答十,问十答百。此是汝聪明伶俐,意解识想生死根本。父母未生时试道一句看。"师茫然归寮,将平日看过底文字,寻一句酬对竟不得,乃叹曰："画饼不可充饥。"屡乞沩说破。沩曰："我若说似汝,汝已后骂我去。我说底终不干汝事。"师遂焚平昔所看文字曰："此生不学佛法也,且作个长行粥饭僧,免役心神。"泣辞沩山,抵南阳忠国师遗迹憩止。一日芟除草木,偶抛瓦砾击竹作声,忽然省悟,遽归沐浴,焚香遥礼沩山。赞曰："和尚大慈,恩踰父母。当时若为我说破,何有今日之事?"述颂曰："一击忘所知,更不假修持。动容扬古路,不堕悄然机。处处无踪迹,声色外威仪。诸方达道者,咸言上上机。"沩山闻得,谓仰山曰："此子彻也。"仰曰："此是心机意识著述得成,待慧寂亲自勘道。"(633a)

香严看书多,口齿伶俐,但却道不得父母未生时。为何呢? 香严所学所知,皆是后天的知识积累,并不是其本来面目。由于佛即自心,不假外求,所以香严翻遍往日所看经籍,仍无法回答沩山之问。尽管香严屡乞沩山为其说破,但沩山并未答应他,并说听我解说与你悟道没有干系。这里强调的是自证、自悟。香严击竹,声从何来,若不击中,还有声吗? 正是瓦砾击竹作声,香严才从此悟入,因为这个声音使香严想到了自己的本心。本心之外的知见、说教都是虚妄不实的。识得本心,自然能体悟大道。《禅宗颂古联珠通集》卷二十六:

> 王常侍与临济至僧堂,乃问:"这一堂僧,还看经也无?"济云:"不看经。"公曰:"还习禅也无?"济云:"不习禅。"公曰:"经又不看,禅又不习,究竟作什么?"济云:"总教成佛作祖去。"公曰:"金屑虽贵,落眼成翳,又作么生?"济曰:"我将谓你是个俗汉。"(634c)

王敬初常侍前面的提问,似是个未悟道者,总以为僧人就得念经,才能进步。后面一句令临济义玄刮目相看,承认王常侍对禅悟还是比较了解的。何以见得? 金屑虽然价值很高,但也不能弄到眼里面呀,弄眼里面眼就看不清东西了,意思是说看经虽然好,但对于禅悟来说,反而是有害的。因为知识愈多,愈容易误入岐途。

五、以神通之行启人悟道

悟道者有神异之行与自由无碍之力。禅师以"六神通"(神境通、天眼通、天耳通、他心通、宿命通、漏尽通)及悟道者所具有的其他种种特异、神通之行来启发学人。《禅宗颂古联珠通集》卷二十五:

> 仰山问僧:"近离甚处?"曰:"庐山。"师曰:"曾到五老峰么?"曰:"不曾到。"师曰:"阇黎不曾游山。"云门云:"此语皆为慈悲之故,有落草之谈。"(631c)

悟道之人,法身广大无边,既去庐山,怎么会不到五老峰呢? 除非是未悟道之俗人,走到哪儿看到哪儿。此公案又见《碧岩录》第三十四则,圆悟克勤禅师评唱曰:"当时待他道曾到五老峰么,这僧若是个汉,但云祸事,却道不曾到。这僧既不作家,仰山何不据令而行,免见后面许多葛藤,却云阇黎不曾游山。所以云门道:'此语皆为慈悲之故,有落草之谈。'若是出草之谈,则不怎么。"[1]圆悟禅师这段话重在解释云门文偃之语。云门为什么说"阇黎不曾

---

① 《佛果圆悟禅师碧岩录》,《大正藏》第48册,第172c页。

游山"的回答是慈悲的,且是落草之谈呢?"慈悲"就是详细解说,用学人听得懂的话,也即无机锋的话,来开导学人悟道。实质上,这样的开导恰是适得其反,越是解说详细易懂,学人越不能悟道,因为这些话里没有机锋,也就没有启发性。"落草之谈"指俗人间的交谈,未有机锋语,不能启人之悟。事实上,这则仰山与学僧间的问答是有机锋语的,就是仰山的那句"阇黎不曾游山"。未到五老峰,就不曾游庐山吗?显然逻辑不通,这是机锋语无疑。云门之意是将"曾到五老峰么"作为机锋语,相当于说"曾到那个么","那个"暗指佛或成佛。不能直说,也不能想到,道着即是漏泄家风,即是门外汉,所以说到佛或成佛,每以"祸事"代过。学僧回答不曾到,不曾到哪里呢?不曾到五老峰。学僧既已"道着"五老峰(佛),以常语回答,显然是未识机锋。仰山可"据款结案",判学僧为未悟,却又说"阇黎不曾游山",是十分多余的,所以云门说是"慈悲",说是"落草之谈"。《禅宗颂古联珠通集》卷二十七:

> 杭州无著文喜禅师(嗣仰山)往五台华严寺,至金刚窟礼谒,遇老翁牵牛行。邀师入寺。翁曰:"近自何来?"师曰:"南方。"曰:"南方佛法如何住持?"师曰:"末法比丘,少奉戒律。"曰:"多少众?"师曰:"或三百或五百。"师却问:"此间佛法如何住持?"曰:"龙蛇混杂,凡圣同居。"师曰:"多少众?"曰:"前三三,后三三。"日晚,遂问翁:"拟投一宿得否?"曰:"汝有执心在,不得宿。"师曰:"文喜无执心。"曰:"汝曾受戒否?"师曰:"受戒久矣?"曰:"汝若无执心,何用受戒?"师辞退。翁令童子相送。师问童子:"前三三后三三是多少?"童召大德。师应诺。童曰:"是多少。"师复问:"此为何处?"曰:"此金刚窟般若寺也。"师凄然悟彼翁者是文殊也,不可再见,即稽首童子,愿乞一言为别。童说偈曰:"面上无瞋供养具,口里无瞋吐妙香,心里无瞋是珍宝,无垢无染是真常。"言讫,均提童子与寺俱隐。(640c)

只有前三三后三三,无有多少之意识,无受戒之约束,很显然是个悟道之人,加之有隐显之功,最后道出是文殊菩萨,也就再正常不过了。以文喜禅师之修行,尚不能望其项背,何况学人呢?至于"前三三后三三"是多少,是无需回答的,也是回答不出来的。这是一个机锋语,这样回答的目的就是开示无著文喜,不让他有"多少众"之执念。前面对话中提到老翁认为无著文喜有执念,文喜辩驳,老翁仍坚持认为他有执念,因为曾受戒。受戒就是为了成佛,这就有了成佛之执念。此间有多少众呢?前面三三得九,后面三三得九,中间多少不知道,总数当然是无法计算的。九为数之极,表示很多,前面很多，后面也很多，究竟有多少，不知道。还是没有执念为好，不回答为好，不回答就不会为难了。无有执念，发现本心，就了悟了。可惜无著文喜当时并未意识到这是机锋语，一直想知道是多少，试图从均提童子处得到答案。童子的提示才启发了他，截断思维，体悟自心，即心即佛，心境即佛境。

沩仰宗公案教学步步推进，反复勘验或者反复启发，宗风整体上显示出温和、绵密的特点，不像云门宗之断崖式问答，一句到底，没有任何过渡与铺垫。云门宗多是学僧问禅师，禅师回答，一句而终；而沩仰宗与多是禅师问学僧，学僧回答，禅师再问，学僧再回答，反复多次。沩仰宗启发学人可归纳为三种方式：一是截断学人的分别心与逻辑思维意识，强调无心是道，跳出"二难"境地，展示得道者不可思议的神通之行等；二是强调人人本具佛性，自心即佛，不必向外寻求；三是借助"圆相"实现对禅宗"第一义谛"的探讨，并以此启发学人。第一义谛不可说，但可以以圆相表示，圆相是无言的。但是，以圆相为中介来探讨第一义谛，终究还是想到了不可言说的第一义谛，想着也算"道着"，这样是不能成佛的。所以，仰山慧寂在得到圆相后把它们都烧了，只记在心里；公案中之梵僧在向仰山展示完圆相后把它用脚抹掉了。

第五节　公案、颂古中的法眼宗风

法眼宗共有公案机缘 25 则，涉及法眼文益等宗师 8 人，六祖下第九世至第十一世。法眼宗共有颂古作者 9 人，六祖下第九世至第十二世，有颂古作品 19 首。法眼宗公案数量在禅宗五家中居末位，颂古数量在五家中居第四。

法眼宗属青原法系，是禅宗五家中最后创立的宗派，隆盛于宋初，后逐渐衰微，宋中叶法脉断绝。法眼文益提出明事不二、贵在圆融与不著他求、尽由心造的主张，永明延寿提倡禅净共修。法眼宗禅师喜欢拈弄古则公案，每每于个人著作中附上对古则之著语，接化学人随顺学人之根机，恳切提撕，对病施药，削除情解。

一、断绝情识、不动思议

开悟即是证见真理，断除烦恼，所以禅师教学的目的就是引导学人体验无有烦恼、不动思议的了悟境界。《禅宗颂古联珠通集》卷三十六：

升州清凉院法眼文益禅师（嗣罗汉琛）行脚次，值天雨忽作，溪流暴涨，暂寓城西地藏院。因参琛和尚。琛问曰："上座何往？"曰："迤逦行脚去。"曰："行脚事作么生？"师曰："不知。"曰："不知最亲切。"师豁然开悟。（703b）

参透此公案的关键是这一句"不知最亲切"。禅宗历代相传之正法眼藏，也就是佛之悟境，达此即可成佛，然而悟境是排斥语言文字的，任何言说都是对它的损害，所谓以心传心，不立文字。禅师以文字禅接引学人，实在是不得已而为之，故常说一些启发性的话，而不是开门见山地直说。文益禅师干脆说不知道，最亲切，不用绕来绕去了，也不用动思议了。没有成佛之执念方能成佛，"不知道"所以没有执念。再如《禅宗颂古联珠通集》卷三十六："法眼因僧惠超问：'如何是佛？'师曰：'汝是惠超。'僧于是悟入。"（703c）法眼的回答直接截断了惠超对如何是佛答案的期待，使其不再做有佛之想，而是多关注自身，自身即佛。《禅宗颂古联珠通集》卷三十六："法眼因僧问：'如何是曹源一滴水？'师曰：'是曹源一滴水。'"（704b）学僧之问，与禅师之答内容相同，并不是禅师不动脑筋。禅师顺其话而答，是故意设置了一个机锋，以引导学僧体验不思考、无情识、如如等一的状态。《禅宗颂古联珠通集》卷三十六：

法眼问修山主："毫厘有差，天地悬隔。兄作么生会？"修曰："毫厘有差，天地悬隔。"师曰："与么道又争得？"曰："某甲只与么，师兄作么生？"师曰："毫厘有差，天地悬隔。"修遂礼拜。（704c）

既然毫厘有差即导致天地悬隔，就不能随意作解会，故三处问答，皆相同，以此来引导学人朝不动思议处体悟。《禅宗颂古联珠通集》卷三十七：

金陵清凉泰钦法灯禅师（嗣法眼）。师问僧："如何是祖师西来意？"僧曰："不东不西。"师不肯。僧却问："如何是祖师西来意？"师曰："不东不西。"僧遂领旨。（712a）

虽然文字一样，但清凉泰钦禅师之回答与学僧之回答，效果是不一样的。学僧之回答在于抛弃二元对立的理性思维，进入如如等一之境；而泰钦禅师之意在学僧所强调抛弃二元对立的基础上，又增加了不动思议之境。《禅宗颂古联珠通集》卷三十八：

> 智觉因二僧来参。师问参头曰："曾到此间不?"曰："曾到。"又问第二上座曰："曾到此间不?"曰："不曾到。"师曰："一得一失。"少顷侍者问："适来二僧,未审那个得,那个失?"师曰："你曾识这二僧也无?"者曰："不识。"师曰："同坑无异土。"(717b)

到这间与否不是关键,关键是智觉禅师所说的"一得一失",意思是有了分别之心。以此来看,二僧之回答皆有分别之心。侍者又问哪个是得,哪个是失,也无怪乎智觉禅师说三人是"同坑无异土"了。"此间"是机锋语,指佛境,可惜参头与第二上座皆未识,皆以常语答之。然而,第二上座之答语"不曾到"并未话堕,也就是说他这样回答勉强也是符合禅法的,所以永明延寿(赐号"智觉")禅师说二人一得一失。参头失,第二上座得。实际上,第二上座是歪打正着,无心插柳柳成荫,他也是有分别心的。延寿禅师又用同样的机锋问侍者认识这两个禅僧吗?侍者回答识与不识,都是有分别心。他应该以岔开话题的方式回应此机锋。

二、强调实相无相、佛性本具、诸法性空

通过悟境之实相无相、无有古今及自我证得,不假外求等特点来引导学人,使学人自证自悟,从此得入。《禅宗颂古联珠通集》卷三十六:

> 法眼因僧问:"承教有言,从无住本立一切法。如何是无住本?"师曰:"形兴未质,名起未名。"(704c)

《大方广佛华严经》卷八:"于一切法而不取相,一切诸法无自性故。"[①]一切诸法无自性(自有不变不改之性),故无所住,随缘而起。无住即实相、性空,乃万有之本。僧肇《注维摩诘经·观众生品》曰:"法无自性,缘感而起。当其未起,莫知所寄。莫知所寄,故无所住。无所住故,则非有无。非有无,而为有无之本。无住则穷其原更无所出,故曰无本。无本而为物之本,故言立一切法也。"[②]诸法均处于因缘联系与生灭无常之中,所以是虚妄不实的。此公案意在引导学人证悟万物本来面目即为虚空、万物生于真如的真实之相。宏智正觉颂曰:"没踪迹,断消息。白云无根,清风何色。散乾盖而非心,持

---

① (东晋)佛驮跋陀罗译:《大方广佛华严经》,《大正藏》第9册,第449b页。
② (后秦)僧肇:《注维摩诘经》,《大正藏》第38册,第386b页。

坤舆而有力。洞千古之渊源,造万象之模则。刹尘逆会也处处普贤,楼阁门开也头头弥勒。"(704c)没踪迹,没消息,白云自在地飘,清风轻轻地吹,天空笼罩大地,大地承载万物,古今为一,万象同宗,普贤、弥勒时时出现,这其实就是悟境,也是终极真理与本来面目,万法平等,如如等一。《禅宗颂古联珠通集》卷三十六:"法眼因僧问:'如何是尘劫来事?'师曰:'尽在于今。'"(705b)法眼禅师之所以说尽在于今,是因为悟境无时间观念,故也无古无今。这不是只能停留在语言概念上,而是一种实实在在的体验,需要禅师引导学人去亲证亲悟。《禅宗颂古联珠通集》卷三十七:

> 天台山德韶国师(嗣法眼)示众曰:"青萝夤缘,直上寒松之顶。白云淡竚,出没太虚之中。万法本闲,唯人自闹。"(711c)

这则公案的关键点是"万法本闲,唯人自闹"一句,意为各种现象及事物本来是静静地存在着的,只有人非要对它们有知见、情识,遂生出无限烦恼。悟境无情识,万法一如,无有思想意识,所以一切解说都是不存在的。对于开悟来说,语言解说仅能起到启发作用,最终要靠学人自悟,不能直接帮学人开悟。禅师解说的越明白,就越是老婆心切,学人就越不能开悟。这则公案的问题就在于此,最关键的这句"万法本闲,唯人自闹"只是知识解说,算不上机锋,虽然也具有启发性,但启发程度上没有机锋语强。《禅宗颂古联珠通集》卷三十七:

> 金陵报恩院玄则禅师(嗣法眼)初问青峰:"如何是学人自己?"峰曰:"丙丁童子来求火?"后谒法眼。眼问:"甚处来?"师曰:"青峰。"眼曰:"青峰有何言句?"师举前话。眼曰:"上座作么生会?"师曰:"丙丁属火,而更求火。如将自己求自己。"眼曰:"与么会又争得?"师曰:"某甲祇与么,未审和尚如何?"眼曰:"你问我,我与你道。"师问:"如何是学人自己?"眼曰:"丙丁童子来求火。"师于言下顿悟。(712b)

玄则禅师问自己的本来面目。青峰传楚禅师说你这是以火求火,佛法不在外面,而在于自心。但是为了防止学僧止于语言层面来理解本来面目,法眼禅师又再行提携暗示。"本来面目"就是没有被外界事物干扰的自己的本心。即心即佛,人人本具佛性,只要发见了自己的本心,人人皆可成佛。本公案的机锋语就是青峰传楚与法眼文益禅师作一样回答的"丙丁童子来求火",玄则开始仅理解了字面意思,就是"将自己求自己",经法眼再一次强调后方悟到自心即佛,不假外求的境界。

法眼宗公案短的似云门,长的似曹洞,但总体来看机锋较为平缓,有些甚至于没有机锋或者有机锋但启发性不强。公案教学的着眼点主要集中于截断学人情识、令其不动思议、断绝成佛之执念以及强调实相无相、人人本具佛性、诸法性空等方面。学僧多是后来的得道禅师,无名学僧很少出现,所以禅林师生间活泼的机锋问答较少。

禅门五家宗风中,临济宗风峻烈、云门宗风高峻,曹洞宗风绵密、沩仰宗风温和、法眼宗风平缓。临济宗风之峻烈体现在两个方面,一是棒喝交加,现场气氛热烈;二是截断学人思议,不容学人辩驳或发表看法,直接一剑封喉。上根之学人现场即悟,不能现场得悟的学人退下后继续参学,学有心得时再呈与禅师,禅师则给以勘验。云门宗风之高峻体现在公案较难参透,有三个原因导致这一情况的产生。一是禅师答语较短,往往只有一句话甚至一个字。虽然文字禅并不提倡文字越多越好,但也不能文字太少了,否则会给参学之人摸不着头脑的感觉,没有任何可以依据的东西。二是机锋设置较为突然、直接,缺乏过渡,直达本源,并且较为正面,与旁敲侧击者不同,参透则能大悟,但参不透的时候为多。三是机锋较为隐蔽,设置机锋语较为随意、自然,很难让人意识到,一语两用的情况也比较多,有时一句话既是寻常答语,又是机锋语。曹洞宗风之绵密体现在禅师与学人间的反复问答上。通过一环扣一环的提问,禅师一步步引导学人接近禅道的实质,离悟境越来越近,学人多数能当场悟道。沩仰宗风之温和体现在反复勘验与利用圆相上。在师生反复问答方面与曹洞宗有些相近,但也有明显的本宗特色,那就是禅师对学人的多轮勘验。经第一次勘验后,学人回答即使合乎禅法,禅师也不会就此停止对话,给予印可,而是再设置机锋继续勘问一到两次,以确认学人是否真的悟道。用“圆相”代替文字问答是沩仰宗风的一大特色,而且也比较合理,因为禅僧所修证的终极真理是排斥语言的,而又不得不提及,正好可以用圆相来表示,不然这种情况就只能用“这个”“那个”“这边”“那边”等隐喻性词语来暗示了。法眼宗风之平缓一方面体现在禅师与学人间的多轮问答上,另一方面体现在机锋设置缺乏启示性上。个别机锋甚至流于只是对第一义谛进行文字解释,没有直击心灵的提问。学僧对机锋的回应很容易变成对句意的疏解,从中受到启发的渴求程度无形中降低了。

禅门五宗之具体施教方法,可归纳为四个方面。一是不动思议。禅师千方百计地引导、启发学人不要思考,不要议论。因为禅宗修证之真理即正法眼藏是超语言的、无情识的、非理性的存在,学人的思考与议论并不能触及真理。真理需要学人亲身体验。禅师对学人棒打、声喝、提出"二难"问题、强调"第一义谛"不可言说、言语道断、答非所问、示以"圆相"等手段都是为了截断学人思议，使其体验万法一如的悟道境界。二是以了悟状态示人。禅师直接以悟道者自居，做出一些常人无法理解的举动，或者其他得道者向学人示以某些神通之行，以此来启发学人体悟到那个同样的能力或举动。三是向内寻求。禅师引导学人向自身寻找自己的本来面目，暗示即心即佛、人人本具佛性。四是直接暗示悟境。禅师通过非逻辑性的"奇特句"、对法身神奇性的解说等各种手段向学人暗示整体无差别、无有情识、无有分别意识、无有理性思维、实相无相、诸法性空等了悟境界。

第六章　禅宗颂古与世俗诗歌的关系

禅宗颂古与世俗诗歌既有联系又有区别。颂古以阐释公案为宗旨,而世俗诗歌以"言志"为宗旨,这是二者的根本区别。至于体式、语言、风格等,二者相互影响,相互激荡,但总体来讲,世俗诗歌对禅宗颂古的改变更为明显,也就是说影响更大一些。颂古虽然脱胎于偈颂,但到了宋代,颂古的面貌与早期之偈颂已经有很大区别了。

第一节　颂古的产生与发展

禅宗颂古实际上是介于诗与偈之间的一种体裁。它一方面属于偈颂的阵营,另一方面又大量吸收了中国传统诗歌的创作技巧。其产生与发展受诸多因素的影响,主要有佛偈的分化、颂体的渐趋独立、公案的产生、文学的繁荣等。

一、经偈与诗偈

偈,又称偈子、偈颂、偈赞、偈语、偈诵、偈言、偈文等,是一种佛教文学体裁,一般统称为偈颂。然根据其来源不同,偈可分为两类,一类是经偈,一类是诗偈。前者源于佛经,后者源于僧俗人士对经偈的仿作。

在汉译之前,佛经一般由三种文体组成,即修多罗、伽陀与祇夜。修多罗(梵语罗马拼音 su͂tra)是指佛经中的长行部分,不押韵,不限定字数,句式也不整齐,类似于中国传统文学体裁中的散文;祇夜(梵语罗马拼音 geya)又作岐夜、祇夜经、重颂、重颂偈、应颂等,指以韵文形式重复前面长行内容的诗体文字;伽陀(梵语罗马拼音 ga͂tha͂)又作伽他、偈佗、偈,意译为讽诵、讽颂、造颂、偈颂、颂、孤起颂、不重颂偈,指以韵文形式直接宣说佛教教义的诗体文字。祇夜与伽陀的差别在于祇夜虽也是诗体文字,但它重复长行之内容并和长行有一定程度的互补性,而伽陀则和长行没有关系,单独构成佛经文本。汉译之后,伽陀与祇夜在名字上的区别几近消失,统一被称为偈颂。这类偈颂其实就是经偈,因为伽陀与祇夜皆直接来源于佛经。

关于经偈的具体形式,中土著述中多有涉及。智者大师《妙法莲华经玄义》卷六曰:"祇夜者,诸经中偈四五七九言,句少多不定,重颂上者,皆名祇夜也。……伽陀者,一切四言五言七九等偈,不重颂者,皆名伽陀也。"①吉藏撰《中观论疏》卷一曰:"偈有二种:一是首卢偈,谓胡人数经法也,则是通偈。言通偈者,莫问长行、偈颂,但令数满三十二字,则是偈也。二者别偈,谓结句为偈,莫问四言、五言、六言、七言,但令四句满便是偈也。"②《大明三藏法数》卷二十六曰:"梵语祇夜,华言应颂,又云重颂,或云偈,谓应前长行之文重宣其义也,或二句、四句、六句、八句,乃至多句等,皆名为颂。"③可知不管是祇夜还是伽陀,在句数多少以及每句字数上都没有严格的限定,而以四句三十二言之偈为最普遍。梵文是拼音文字,由短音与长音构成。经偈的韵律是由每句短音、长音交错排列的规律性而产生的,其中第一句与第三句韵律相同,第二句与第四句相同。所以一首常见经偈的句式可以表示为ABAB,也可以理解为第三句与第四句重复第一句与第二句的韵律。

虽然在印度的诗学系统中祇夜与伽陀是不折不扣的诗歌,但由于梵汉语言文字的差异,汉译之后的经偈与诗可谓是大相径庭。如果拿祇夜与伽陀来与中国传统诗歌相比较,我们大概只能找到两处类似,一是韵律感,二是齐言。对于翻译者来说,第二条不难做到,可是祇夜与伽陀的韵律感却很难在汉译经偈中得到体现。所以汉译之后的经偈与中国传统诗歌的相似度又进一步降低了。事实上,经偈远非严格意义上的中国诗。它只是在形式上采用了若干诗歌元素,有点像诗而已,如分行排列、两句为一个韵律单位以及两句、四句或更多句的齐言等。就内在规定性来讲,中国传统诗歌有三个基本要求,一是内容要抒发感情,二是形式上要押韵,三是语言要凝练。经偈的内容主要是阐发佛理。对于经偈的翻译者来说,他想的更多的是如何把祇夜与伽陀所讲的佛理完整地表达出来,而不是如何抒发自己的思想感情。其次,经偈在汉译前与汉译后都是不押韵的。祇夜与伽陀的韵律只能勉强算作中国传统诗歌中的音步,而不能算作押韵。众所周知,中国传统诗歌要求句尾押韵。其所谓"韵"其实就是指韵部。归属于相同韵部的字才能互相押韵,而韵部则来自反切下字的归并。所以,中国诗歌的押韵并不是

①　(隋)释智顗:《妙法莲华经玄义》,《大正藏》第33册,第753a页。
②　(隋)释吉藏:《中观论疏》,《大正藏》第42册,第1a页。
③　(明)释一如等纂:《大明三藏法数》,《永乐北藏》第182册,北京:线装书局,2000年版,第470页。

一个简单的事,而是有一整套的音韵学理论系统在支撑,而这个系统在拼音文字的梵文世界里是不存在的。再者,经偈的语言与中国传统诗歌语言也相差太远。这一点从我们读经偈的第一感觉上就能知道。阅读经偈时人们往往能感觉到一种浓浓的外来文学意味。对其语言的陌生感以及对其词汇组织方式的不熟悉是造成这种现象的重要原因之一。汉译经偈包含大量的佛教专有词汇。这些词汇大多是梵文音译过来的,如三摩地、般若、涅槃、优婆塞、阿耨多罗三藐三菩提、摩诃、波罗蜜等。如果没有相应佛教知识,也没有相应的上下文环境的话,人们是很难知道这些术语的涵义的。因为这些词汇尚没有来得及融入汉语的语言系统而被人们所广泛接受。在词汇的组织方式上,虽然翻译者克服了大量的汉、梵语法差异方面的困难,但其所译经偈仍显生硬。在语法差异及佛教术语大量出现的情况下,经偈的语言也很难做到凝练。

自汉至宋,经偈的面貌没有根本改变。东晋竺法雅、康法朗、僧肇、慧远等人曾尝试采用“格义”“连类”的方法翻译佛经,以人们熟悉的道家、儒家词汇来阐释佛理。然此法终因道安、鸠摩罗什的先后反对而被废止。此外,不少佛偈的翻译者在经偈的词藻加工上也进行过努力。慧皎《高僧传》评价支谦译经曰:“曲得圣义,辞旨文雅。”①《出三藏记集》评价支谦译经曰“故其出经,颇从文丽”②,评价鸠摩罗什译经曰“手执胡经,口译秦语。曲从方言,而趣不乖本。”③然而佛经翻译的根本目的是传播佛法道理,翻译者不可能在形式上走的太远。当形式与内容出现矛盾时,翻译者势必将内容放在第一位。祇夜与伽陀是梵文诗,它们与中国传统诗歌是不同的两种诗歌体裁。经偈是祇夜与伽陀的汉译,自然应趋同于祇夜与伽陀。这也是经偈自开始就模仿中国诗歌,而最终也没有真正成为中国诗歌的原因。正如鸠摩罗什所说:“改梵为秦,失其藻蔚,虽得大意,殊隔文体。”④历代经偈的翻译也许在表达佛理方面不断趋于精准,但在诗化程度上却没有太大改观。下举数例:“非空非海中,非入山石间。无有地方所,脱之不受死。”⑤(东汉安世高译《佛说婆罗门避死经》)“憍慢既来此,不善更增慢。向以义故来,应转增其义。”⑥(刘宋求那跋陀罗译《杂阿含经》)“有信精进学,受食知节限。恭敬于长老,

---

① (梁)释慧皎著,汤用彤校注,汤一玄整理:《高僧传》,北京:中华书局,1992年版,第15页。
② (梁)释僧佑撰,苏晋仁、萧炼子点校:《出三藏记集》,北京:中华书局,1995年版,第270页。
③ (梁)释僧佑撰,苏晋仁、萧炼子点校:《出三藏记集》,北京:中华书局,1995年版,第306页。
④ (梁)释慧皎著,汤用彤校注,汤一玄整理:《高僧传》,北京:中华书局,1992年版,第53页。
⑤ (汉)安世高译:《佛说婆罗门避死经》,《大正藏》第2册,第854b页。
⑥ (刘宋)求那跋陀罗译:《杂阿含经》,《大正藏》第2册,第24a页。

是行佛称誉。如此十一法，比丘学是者。昼夜定心意，六年得罗汉。"①（后秦鸠摩罗什译《佛说放牛经》）"天人龙神所供养，十方菩萨皆来奉。闻救世有大功德，唯愿受我最胜供。"②（唐玄奘译《大乘大集地藏十轮经》）

　　经偈之外的偈颂，统称为诗偈。诗偈是僧俗人士仿照经偈而作的偈颂。它大体上包括自创的佛理偈颂、有韵法语、禅宗颂古等。诗偈与经偈一样，是居于祇夜、伽陀与中国传统诗歌之间的一种文体。然二者不同的是，经偈整体上偏向于祇夜与伽陀，而诗偈整体上偏向于中国传统诗歌。诗偈的根本任务仍是阐发佛理，但相对于经偈来说，在语言的使用上更为自由，也更为本土化，形式上也更加接近中国传统诗歌。简而言之，诗偈具有偈的内涵与诗的外表。和经偈一样，诗偈也被人们笼统地称为偈或偈颂。它具有如下特征：第一它是一种创作而不是翻译。僧人、居士、文人皆有创作，而以僧人创作较多，其次是居士。这也表明了诗偈为佛教文学的性质。第二它是以阐发佛理为主要内容。诗偈仍然是偈，只是形式上更像诗而已。所以诗偈的核心内容仍是阐发佛理，至少要描述与佛教有关的内容。第三它比经偈有更多的诗歌元素，如押韵、齐言、韵律感以及语言的通俗、凝练等，但这些元素不一定在某首诗偈中全部具备。第四它一般没有题目或题目不反映实质内容。有些诗偈或者以"偈""颂""偈颂"为题，或者以"某某偈""某某吟""某某歌"为题，也有一些诗偈以首句为题，不过这些题目其实是诗偈编集者为指称的方便而后加的。概言之，偈颂——特别是禅宗偈颂——往往寓有深刻的佛法道理，需要读者仔细玩味、体悟才能读懂，而不是开篇即点破。这与禅宗"不说破"的基本原则有关，因为禅宗偈颂是诗偈的主体。下举数例："吾本来兹土，传法救迷情。一华开五叶，结果自然成。"③（菩提达磨传法偈）"菩提本无树，明镜亦非台。本来无一物，何处惹尘埃？"④（慧能明道偈）"我师一念登初地，佛国笙歌两度来。唯有门前古槐树，枝低祇为挂金台。"⑤（偈赞）"知公胆气大如天，愿结西方十万缘。不为一身求活计，大家齐上渡头船。"⑥（颂赞）"空生初请问，善逝应机酬。先答云何住，次教如是修。胎生卵湿化，咸令悲智收。若起众生见，还同著相求。"⑦（傅大士《金刚经》

① （后秦）鸠摩罗什译：《佛说放牛经》，《大正藏》第 2 册，第 547a 页。
② （唐）玄奘译：《大乘大集地藏十轮经》，《大正藏》第 13 册，第 726a 页。
③ （宋）释延寿集：《宗镜录》，卷九十七，《大正藏》第 48 册，939c 页。
④ （元）释宗宝编：《六祖大师法宝坛经》，卷一，《大正藏》第 48 册，348c 页。
⑤ （宋）释宗晓编：《乐邦遗稿》，卷二，《大正藏》第 47 册，241c 页。
⑥ （元）释普度编：《庐山莲宗宝鉴》，卷四，《大正藏》第 47 册，325c 页。
⑦ 释达照整理：《梁朝傅大士颂金刚经》，卷一，《藏外佛教文献》第 9 册，106a 页。

颂)"飒飒凉风景,同人访寂寥。煮茶山上水,烧鼎洞中樵。"①(石霜楚圆上堂语)

二、颂与颂古

从文体方面来说,"颂"与"颂古"关系十分密切。以古则公案为阐释对象创作的颂,是"颂古"得以命名的原因之一。那么"颂"究竟是一种什么样的文体呢?笔者在下文中将综合两个方面对这一问题进行解答。一为佛教文体学角度;另一为中国传统文体学角度。

"颂"字之本义为仪容。《说文·页部》:"颂,皃也。"②段玉裁注曰:"古作'颂皃',今作'容皃',古今字之异也。"③"皃"即古体的"貌"字,所以颂之本义是指容貌。《汉书·儒林传·毛公》曰:"汉兴,鲁高堂生传《士礼》十七篇,而鲁徐生善为颂。孝文时,徐生以颂为礼官大夫,传子至孙延、襄。襄,其资性善为颂,不能通经;延颇能,未善也。襄亦以颂为大夫,至广陵内史。"颜师古注曰:"苏林曰:'《汉旧仪》有二郎为此颂貌威仪事。有徐氏,徐氏后有张氏,不知经,但能盘辟为礼容。天下郡国有容史,皆诣鲁学之。'颜师古曰:'颂读与容同。'"④王观国《学林·容颂》曰:"字书颂字亦音容,而颂亦作额,有形容之义。故《诗序》曰:'颂者,美盛德之形容。'《史记》用'容'字,《汉书》用'颂'字,其义一也。"⑤

作为《诗经》六义之一的"颂",其实是颂之本义的延伸,并渐变为一种文体。《诗》之"颂"包括《周颂》《鲁颂》《商颂》,均为庙堂祭祀时用的舞曲歌辞。《诗大序》曰:"故诗有六义焉:一曰风,二曰赋,三曰比,四曰兴,五曰雅,六曰颂……颂者,美盛德之形容,以其成功,告于神明者也。"⑥朱熹《诗集传·颂四》曰:"颂者,宗庙之乐歌,《大序》所谓'美盛德之形容,以其成功,告于神明者也。'"⑦阮元《释颂》曰:"《诗》分风、雅、颂,颂之训为美盛德者,余义也;颂之训为形容者,本义也。且颂字即容字也……风雅,但弦歌笙间,宾主及歌

---

① (宋)释绍昙记:《五家正宗赞》,卷二,《卍新纂续藏经》第 78 册,590a 页。

② (汉)许慎撰,清段玉裁注:《说文解字注》,上海:上海古籍出版社,1981 年版,第 416 页。

③ (汉)许慎撰,(清)段玉裁注,许惟贤整理:《说文解字注》,南京:凤凰出版社,2007 年版,第 728 页。

④ (汉)班固撰,(唐)颜师古注:《汉书》,北京:中华书局,1962 年版,第 3614—3615 页。

⑤ (宋)王观国撰,田瑞娟点校:《学林》,北京:中华书局,1988 年版,第 28 页。

⑥ 《十三经注疏》整理委员会整理,李学勤主编:《毛诗正义》,北京:北京大学出版社,2000 年版,第 13—21 页。

⑦ (宋)朱熹撰:《朱子全书》(第一册),上海:上海古籍出版社,合肥:安徽教育出版社,2002 年版,第 722 页。

者皆不必因此而为舞容。惟三《颂》各章，皆是舞容，故称为颂。"①可见作为《诗经》"六义"之一的颂已经具有赞美之义了，并且具有了文体的属性。其后屈原作《橘颂》，仍是赞美之义的延伸。屈原通过盛赞橘树坚贞不移的品格，来体现自己忠于楚国、至死不渝的精神。橘树不仅外形漂亮，"精色内白""文章烂兮"，而且它有着非常珍贵的内涵，比如它天生不可移植，只肯生长在南国，这是一种一心一意的坚贞和忠诚，再如它"深固难徙，廓其无求""苏世独立，横而不流"，这使得它能坚定自己的操守，使其公正无私的品格得以保持。

若从文体内涵上分析，屈原之颂与《诗经》之颂有许多共性，一是对所颂对象进行赞美性描述；二是以韵文行文；三是下情上达，有所寄托；四是严肃而庄重。然而屈原之颂有别于《诗经》之颂的最大之处是他把"颂"字写入了篇名，使"颂"首次成了真正意义上的一类文体。虽然王逸在其《楚辞章句》卷八中说"屈原怀忠贞之性而被谗邪，伤君暗蔽，国将危亡，乃援天地之数，列人形之要，而作《九歌》《九章》之颂，以讽谏怀王，明已所言与天地合度，可履而行也"，②仍把屈原的系列作品（而不是单篇作品）称作"颂"——这和《诗经》称一类作品为"颂"一样，但是"颂"作为一个独立的体裁出现已经势不可挡。其后"颂"很快成了魏晋时期的一个重要文体。《扬子云集》有颂二首，分别是《赵充国颂》与《竹颂》（已佚）；《蔡中郎集》有颂十首，分别是《东巡颂》《南巡颂》《陈留太守行小黄县颂》《考城县颂》《五灵颂》《麟颂》《祖德颂》《太尉桥公碑颂》（桥玄）《胡广黄琼颂》及《京兆樊惠渠颂》；《曹子建集》有颂九首，分别是《母仪颂》《学宫颂》《孔庙颂》《社颂》《皇子生颂》《明贤颂》《玄俗颂》《宜男花颂》《冬至献花颂》；《陆士龙集》（陆云）有颂四首，分别是《登遐颂》《盛德颂》《祖考颂》《张二侯颂》；《鲍明远集》中有颂两首，分别是《河清颂》《佛影颂》；《江文通集》有《闽中草木颂》等十五首。陆机《文赋》将颂列为当时的八大文体之一。

然而，"颂"作为一种文体在不断发展中也变生了微妙变化，其寄托、上达功能渐渐淡化，其肃穆庄重程度也有所降低，而其对创作对象的赞誉性描述功能，以及用韵文行文的创作方式却渐渐被固定下来。例如："殷汤令妃，有莘之女。仁教内修，度义以处。清谧后宫，九嫔有序。伊为腰臣，遂作元辅。"③（曹子建《母仪颂》）"曰若稽古，在汉迪哲。聿修厥德，宪章丕烈。翱六

---

① （清）阮元著，邓经元点校：《揅经室集》，北京：中华书局，1993年版，第18页。
② 黄灵庚：《楚辞章句疏证》，北京：中华书局，2007年版，第569页。
③ （魏）曹植：《曹子建集》，卷七，《四部丛刊》本。

龙,较五辂。齐百僚,陶质素。命南重以司历,厥中月之六辰。备天官之列卫,盛舆服而东巡。"①(蔡邕《东巡颂》)陆机《文赋》曰:"颂优游以彬蔚,论精微而朗畅。"李善注曰:"颂以褒述功美,以辞为主,故优游彬蔚。"②刘勰《文心雕龙·颂赞》曰:"原夫颂惟典雅,辞必清铄,敷写似赋,而不入华侈之区;敬慎如铭,而异乎规戒之域。"③在刘勰之语中,我们能找到作为"颂"文最早特征的"庄严""描写""辞美"等关键词,而"颂"本来具有的寄托情思、将己意上达于天神(也可指统治者等)之功能,茫然间消失了。姚华《论文后编·目录上》:"是古颂以扬励休功,而美述盛德,其始也必告于神明,其变也徒颂功德而已。王褒以来,于文有颂(《圣主得贤臣颂》)。颂之似者曰赞,扬言明事,而嗟叹以助词也。"④以颂赞功能为基础,颂文的进一步发展,形成了若干种文体分支:一为咏物颂,二为碑颂,三为赠颂,四为赞颂。赞颂大体上为"颂"体原来赞美功能的延续,而物颂、碑颂与赠颂则较之原来的颂赞功能发生了妙微的变化。赠颂之赞美已流于形式,而碑颂之功能更是向礼仪化的方向迈进,离原来的质实庄重的特点愈来愈远。《礼记》曰"颂而无诌,谏而无骄"⑤,意为称颂别人不要近于献谄,向别人建议某事,不要自高自大,藐视对方。事实上,随着颂体的发展,真情实感之颂几乎已不复存在,谄媚阿谀之虚词充斥于文中。韩愈《送许郢州序》曰:"愈于使君非燕游一朝之好也,故其赠行,不以颂而以规。"⑥可见,韩愈已耻于为长期交往的好友写颂了,他似乎认为"颂"只是交往不深的朋友间的奉承之作。

在佛教领域,颂与偈常常被并列提起,称为"偈颂"。学界一般认为偈颂来源于佛经中"伽陀"与"祇夜"。二者在汉译之后被统称为"偈颂"。在多数学者的印象里,偈颂是一切佛偈的统称。然而,对于为什么称为偈颂,偈与颂究竟有没有区别,并没有多少人去认真探究。在使用或介绍"偈颂"这一概念时,大家一般都因袭成说。

依《汉语大词典》的解释,颂等于偈颂,偈颂等于偈佗,偈佗等于偈,所以颂即是偈,偈即是颂,都是指佛经中的唱颂词。而佛经中的唱颂词实际是包

---

① (东汉)蔡邕:《蔡中郎集》,(明)张溥辑:《汉魏六朝百三名家集》,卷十八,光绪己卯(1879年)彭氏信述堂重刻本。
② 《文选》第十七卷《文赋》曰:"诗缘情而绮靡,赋体物而浏亮。碑披文以相质,诔缠绵而凄怆。铭博约而温润,箴顿挫而清壮。颂优游以彬蔚,论精微而朗畅。"(梁)萧统、(唐)李善注:《文选》,北京:中华书局,1977年版,第241页。
③ (梁)刘勰撰,范文澜注:《文心雕龙注》,北京:人民文学出版社,1962年版,第158页。
④ (清)姚华撰:《弗堂类稿》,上海:中华书局,民国十九年(1930年)版,第8页。
⑤ 《十三经注疏》整理委员会整理,李学勤主编:《礼记正义》,卷三十五《少仪》,北京:北京大学出版社,2000年版,第1195页。
⑥ 屈守元、常思春主编:《韩愈全集校注》,成都:四川大学出版社,1996年版,第1606页。

含伽陀与祇夜两部分的。汉译之后,两者往往被混在一起。同样的文字,有时候被称为偈,有时候被称为颂。尽管如此,笔者从大量的佛教典籍,特别是禅宗典籍中发现,随着时间推移以及中国化程度的加深,偈与颂之间是有细微差别的,并非完全等同。偈、颂之间的区别也不断被重新认知。这在佛经的汉译与僧人的创作中都有反映。

首先,从总体来看"颂"比"偈"的唱赞特色更明显,意义也更为连贯。《长阿含经》卷三曰:"佛告诸比丘曰:'汝等且止,勿怀忧悲。天地人物,无生不终。欲使有为不变易者,无有是处。我亦先说恩爱无常,合会有离,身非己有,命不久存。'尔时,世尊以偈颂曰:'我今自在,到安隐处;和合大众,为说此义。吾年老矣,余命无几;所作已办,今当舍寿。念无放逸,比丘戒具;自摄定意,守护其心。若于我法,无放逸者;能灭苦本,尽生老死。'"①《过去现在因果经》卷一曰:"尔时菩萨观降胎时至,即乘六牙白象,发兜率宫;无量诸天,作诸伎乐,烧众名香,散天妙花,随从菩萨,满虚空中,放大光明,普照十方;以四月八日明星出时,降神母胎。于时摩耶夫人,于眠寤之际,见菩萨乘六牙白象腾虚而来,从右胁入,影现于外如处琉璃;夫人体安快乐,如服甘露,顾见自身,如日月照,心大欢喜,踊跃无量。见此相已,豁然而觉,生希有心,即便往至白净王所,而白王言:'我于向者眠寤之际,其状如梦,见诸瑞相,极为奇特。'王即答言:'我向亦见有大光明,又复觉汝颜貌异常,汝可为说所见瑞相。'夫人即便具说上事,以偈颂曰:'见有乘白象,皎净如日月;释梵诸天众,皆悉执宝幢,烧香散天花,并作众伎乐;充满虚空中,围绕而来下。来入我右胁,犹如处琉璃;今以现大王,此为何瑞相?'"②从此两例中,我们能看出,"偈"的体裁特征更明显些,而"颂"的意义特征更明显些。所以有些书,干脆把"偈"说成是"数经"之单位,③每够三十二字就算是一偈,完全不管其意义如何。相反,"颂"则较多地考虑意义的连贯与否,以及所表达出的情感色彩。释道宣《戒疏记》卷二曰:"又寻翻经,古译则云'偈他颂',今云'伽陀颂'。斯则伽、偈两声相近,省略本故。后所出者,但云偈言,故知偈他翻

---

① （后秦）佛陀耶舍共竺佛念译:《长阿含经》,《大正藏》第 1 册,16c 页。
② （刘宋）求那跋陀罗译:《过去现在因果经》,《大正藏》第 3 册,第 624a 页。
③ 《一切经音义》卷十七曰:"首卢,亦名室路迦;或言输卢迦波,印度数经皆以三十二字为一输卢迦;或名伽陀。"释元（玄）应撰,庄炘、钱坫、孙星衍校:《一切经音义》,王云五主编:《丛书集成初编》本,第 787 页。唐释遁伦集撰《瑜伽论记》卷五上曰:"若八字生是处中句,此即四句三十二字名室路迦。经专著章,多依此数。无问长行及偈颂,但满三十二字,旧名首卢。"见《大正藏》第 42 册,第 403 页。

为颂也。故今所翻无序之'颂',则云'伽陀',有序之文,便为'颂曰',可以分也。"①道宣之意,亦是为了表明意义连贯之韵文称为颂,而意义无序之韵文称为偈。

其次,"颂"比"偈"与创作对象的关连性更强。颂多是针对某个对象而作,而偈多是自我生发。这种情况往往在诗偈中表现更为明显。我们在小说、戏曲中经常遇到尘外高人说偈的例子,皆是对故事结局的一种预示。这些偈在被说出时,并没有什么针对性,往往在作品结束时,读者方能悟得其真正含义。例如《红楼梦》中的《青埂峰偈》:"无材可去补苍天,枉入红尘若许年。此系身前身后事,倩谁记去作奇传?"②它其实就是对整本书所要写的贾宝玉一生不求仕进、不为当政者所用、在大观园中枉费青春、性格与社会流俗所趋格格不入等关键内容的兆示。颂多是对某一对象的说明与描述,或是赞美、或是论说。在禅宗典籍中,"示颂""说颂""颂曰"之词经常出现,之前往往是学僧的问话、公案、佛教原始经典等,之后就是颂的内容,是针对以上事实的评论或解读。下举两例:

> 潭州太守王尚书参长沙和尚。书才入门,师乃召:"尚书"。书应喏。师曰:"不是尚书本命。"书曰:"离却即今祇对,莫别有第二主人公也?"师曰:"唤尚书作今上得么?"书曰:"恁么则见祇对,是弟子主人公去也。"师曰:"此是无始劫来识神。"书乃罔措。师有颂曰:"学道之人不悟真,只为从前认识神。无始劫来生死本,痴人唤作本来人。"③(《禅门诸祖师偈颂》卷一)

> 僧问:"和尚违和,还有不病者也无?"师曰:"有。"云:"不病者还看和尚否?"师曰:"老僧看他有分。"云:"未审和尚如何看他?"师曰:"老僧看时不见有病。"师复问僧:"离壳漏子,向甚么处与吾相见?"僧无对。遂示颂曰:"学者恒沙无一悟,过在寻他舌头路。欲得忘形泯踪迹,努力殷懃空里步。"④(《筠州洞山悟本禅师语录》卷一)

通过以上分析,笔者有这样的印象:"偈"为"伽陀"之译称,而颂为"祇夜"之译称。尽管二者在实际使用中时时被混淆,但也确有大量的事例证明

---

① (唐)释道宣撰,(宋)释元照述:《四分律含注戒本疏行宗记》,《卍新纂续藏经》第39册,第742c页。

② (清)曹雪芹、高鹗:《红楼梦》,北京:人民文学出版社,1982年版,第4页。

③ (宋)释子升、如佑录:《禅门诸祖师偈颂》,《卍新纂续藏经》第66册,第730a页。

④ [日]释慧印校订:《筠州洞山悟本禅师语录》,《大正藏》第47册,第514c页。

"颂"与"祇夜"更为接近。佛经中有许多很明显的表述,如"欲重宣此义,说颂曰""重说颂曰""复重颂曰""重颂曰"等,相当清晰地表明了"祇夜"与"颂"的互相关联且汉译时互相照应的关系。下举一例:《大宝积经》卷三十五曰:"尔时世尊告贤守长者曰:'长者当知:我观世间一切众生,为十苦事之所逼迫。何谓为十? 一者生苦逼迫,二者老苦逼迫,三者病苦逼迫,四者死苦逼迫,五者愁苦逼迫,六者怨恨逼迫,七者苦受逼迫,八者忧受逼迫,九者痛恼逼迫,十者生死流转大苦之所逼迫。长者,我见如是十种苦事逼迫众生,为得阿耨多罗三藐三菩提,出离如是逼迫事故,以净信心舍释氏家,趣无上道。'尔时,世尊欲重宣此义而说颂曰:'我观诸凡夫,闭流转牢狱。常为生老病,众苦所逼迫。愁忧及怨恨,死苦等所牵。为除牢狱怖,令欣出离法。'"①颂的主要特点是它的对象性,或重宣前义,或发表看法,皆是针对某个对象而创作。这除了受"祇夜"固有的"重复经文长行内容"特点的内在影响外,还在一定程度上受中国固有之"颂"文注重赞誉性描述特点的影响。所以当"颂"的对象变为"古则公案"时,它也就顺理成章地被称为"颂古"了。

中国传统文体中的"颂"是属于"文"的范畴,佛教汉译之"颂"一直是属于"诗"的范畴,所以禅宗颂古这一体裁中也不乏二者的影子。它从佛教诗歌体系中继承了"两两相对"的做法,而从中国传统颂文中继承了对象性、赞誉性的特征;至于其要求押韵、注重文辞等特征,则是中国传统颂文与佛教诗偈所共同具有的。

三、颂古的发展

自汾阳善昭大量创作并隆重推介之后,作为文字禅重要形式之一的禅宗颂古在宋、元两代获得了迅速发展。这主要表现在以下几个方面:一是颂古创作量增加,影响增大,有人说它"风靡丛林",亦不为过;二是作为佛教偈颂的具体形式之一,在其诗化进程中扮演重要角色;三是正式成为一种文体,在禅宗典籍中占有一席之地;四是功能固定为对禅宗公案的阐释;五是由悟道之表达渐变为附庸风雅。这些变化在之前或之后的章节中多有涉及,此不赘述。下面仅对其发展过程中产生的"类词化"现象作一简要说明。

禅宗颂古在诗歌化进程中,也有对诗歌外体裁的借鉴。禅宗颂古的不断诗化与其对传统诗歌体裁的借鉴密不可分,其对诗歌以外的体裁同样也有借鉴。然而,需要说明的是,这种借鉴是潜在的,而不是明显的;是无意的而不是有意的。以《禅宗颂古联珠通集》所收录之颂古作品为例,其中既有

---

① 　(唐)释玄奘奉诏译:《大宝积经》,《大正藏》第 11 册,第 196a 页。

标准的四言、五言、七言诗,也有难以归类的类似于诗歌的作品。这些作品虽然不占多数,但也代表着禅宗颂古发展过程中的一个场景。在这些属于非正规诗歌体裁的作品中,与词曲类似的作品占多数。它们句式长短不一、用词俚俗,被阅读时,也有一定的韵律,这些都与传统词曲,特别是宋词类似。在《禅宗颂古联珠通集》所收录的5700余首颂古作品中,虽然标准的词作不是太多,但许多作品的风格颇类于词。加之颂古获得大发展的时期,也正是宋词繁荣的时期。所以我们有理由相信,禅宗颂古的创作者,或自觉或不自觉地运用了宋词的创作手法。下举若干例子:其一,句式暗合《渔父》(又名《渔歌子》《渔父词》《渔父乐》《渔家傲》)。《渔父》单调二十七字五句四平韵,以张志和《渔歌子》为定体:

  ㊣仄平平㋻仄平(西塞山前白鹭飞),

  ㊣平㊣仄仄平平(桃花流水鳜鱼肥)。

  ㊣㋻仄(青箬笠),

  ㋻㊒平(绿蓑衣),

  ㊣平㋻仄仄平平(斜风细雨不须归)。①

“平”表示平声,“仄”表示仄声,“㊣、㋻”表示可平可仄。宋代之前的词牌体式不太固定,一般有很多变体。此调第一句句格可以与第二句交换,结句也可以改作仄起句“㋻仄平平㋻仄平”,两个三言句多用对仗,首句偶有作平起仄收句式的。李煜《渔父》就是变体之一例:

  浪花有意千重雪(仄平仄仄平平仄),
  桃李无言一队春(平仄平平仄仄平)。
  一壶酒(仄平仄),
  一竿身(仄平平),
  世上如侬有几人(仄仄平平仄仄平)?

此词除首句仄收出韵外,基本符合《渔父》变体之格律。现将与此词牌类似的禅宗颂古举例如下。《禅宗颂古联珠通集》卷二十海印超信颂古(600a):

---

①　陈明源:《常用词牌详介》,北京:人民日报出版社,1987年版,第7—8页。

明暗俱打夸无上(平仄仄仄平平仄)，

擒住方知无伎俩(仄仄平平平仄仄)。

伎俩无(仄仄平)，

乱称呼(平仄仄)，

至今谁解辨真虚(仄平平仄仄平平)。

再如《禅宗颂古联珠通集》卷二十云峰文悦颂古(594b)：

赵州有语吃茶去(仄平仄仄平平仄)，

明眼衲僧皆赚举(平仄仄平平仄仄)。

不赚举(仄平仄)，

未相许(仄平仄)，

堪笑禾山解打鼓(平仄平平仄仄仄)。

可见，不管是《渔父》词牌格律的正体还是变体，上举两首颂古都没有很好地遵循。但是在句式上，两首颂古却与该词牌完全相同。这至少说明两点：一是禅师在进行颂古创作时有意无意地采用了宋词的表达方式；二是禅宗颂古在体式上确实是极为自由，不受任何格律的束缚。其二，句式暗合《卜算子》(单阕)词牌，例如《禅宗颂古联珠通集》卷二云耕静禅师颂古："灭度不灭度，总非吾弟子。更把双趺展示人，苦瓠连根苦。"(487a)与陆游《卜算子·咏梅》单阕句式相同。陆游词作曰："驿外断桥边，寂寞开无主。已是黄昏独自愁，更著风和雨。无意苦争春，一任群芳妒。零落成泥辗作尘，只有香如故。"[1]其三，句式暗合《捣练子》词。此句式在《禅宗颂古联珠通集》中多达55首，例如卷三十六象田梵卿禅师颂古"一不是，二不成，落花流水里啼莺。闲庭雨散夜将半，片月还从海底生"(705a)，卷九杨无为居士颂古"日面佛，月面佛，夜夜朝朝好风物。马驹踏杀天下人，轩辕照破精灵窟"(526b)。《白香词谱》所录李煜《捣练子》作品"深院静，小庭空，断续寒砧断续风。无奈夜长人不寐，数声和月到帘栊"[2]与所举颂古句式完全相同。其四，句式暗合《踏莎行》(单阕)。《禅宗颂古联珠通集》卷三十七慈受怀深颂古"玉兔怀胎，蚌含明月，乘时正在中秋节。一颗明珠转玉盘，彻底无瑕光皎洁"(708a)，与寇准《踏莎行春暮》"春色将阑，莺声渐老，红英落尽青梅小。画堂人静雨濛

---

① 王双启编：《陆游词新释辑评》，北京：中国书店，2001年版，第236页。

② (清)梦舒兰撰：《白香词谱》，上海：上海古籍出版社，2001年版，第3页。

濛,屏山半掩余香裊。　　密约沉沉,离情杳杳,菱花尘满慵将照。倚楼无语欲销魂,长空暗淡连芳草"①之单阕句式相同。其五,句式暗合《十六字令》(又名《苍梧谣》《归梧谣》《归字谣》)。《禅宗颂古联珠通集》卷三十二南岩胜禅师颂古"禅,禅。郑十三娘握玉鞭。正法眼,更参三十年"(674b),与张孝祥《苍梧谣·饯刘恭父》"归。猎猎薰风飐绣旗。拦教住,重举送行杯"②句式基本相同。

　　然而有必要指出的是,《禅宗颂古联珠通集》虽然号称"通集",却仍有一些遗漏。在宋词的诸多词牌中,有一个词牌常常被僧人及居士们用来创作颂古。这个词牌就是《渔家傲》(又称《渔父词》),或称作"颂古渔父词"。现在最早的颂古类《渔父词》是黄庭坚的《渔家傲》四首,现录两首如下:

> 万水千山来此土,本提心印传梁武。对朕者谁浑不顾,成死语,江头暗折长芦渡。　　面壁九年看二祖,一花五叶亲分付。只履提归葱岭去,君知否,分明忘却来时路。

> 三十年来无孔窍,几回得眼还迷照。一见桃花参学了。呈法要,无弦琴上单于调。　　摘叶寻枝虚半老,拈花特地重年少。今后水云人欲晓,非玄妙,灵云合破桃花笑。③

第一首写的是禅宗初祖菩提达磨,第二首写的是灵云志勤禅师。词中的达磨东来、达磨见梁武帝、一苇渡江、九年面壁、一花五叶、只履西归、桃花悟道等故事都来自《景德传灯录》。据周裕锴《宋代禅宗渔父词》一文统计,黄庭坚以后的宋代颂古类《渔父词》创作情况如下:惠洪 8 首、李彭 10 首、慧远 4首、无际道人 1 首,④兹不赘述。

第二节　诗化的偈与偈化的诗

　　佛教偈颂与传统诗歌很早就有密切的联系。东晋时出现的玄言诗、山水诗以及不断有佳作出现的哲理诗,都或多或少地受到佛教思想及佛教文

---

①　(清)梦舒兰撰:《白香词谱》,上海:上海古籍出版社,2001 年版,第 64 页。

②　唐圭璋编:《全宋词》,北京:中华书局,1965 年版,第 1713 页。

③　(宋)黄庭坚:《山谷琴趣外篇》,卷三,《四部丛刊三编》本。

④　周裕锴:《宋代禅宗渔父词》,《中国俗文化研究》(第一辑),成都:巴蜀书社,2003 年版,第 38—55 页。

学的影响。同时,偈颂也随着佛教中国化程度的加深而不断诗化。宋代风靡丛林的禅宗颂古就是二者互相作用的结果。

一、偈颂的诗化

偈颂作为一种佛教文学体裁,本与中国传统诗歌没有多少瓜葛,然随着偈颂的诗化,二者的相似性也越来越强。人们对于诗、偈关系的看法开始出现矛盾,一方面不承认偈颂是诗,另一方面又不彻底否认偈颂不是诗。唐代僧人拾得有偈曰:"我诗也是诗,有人唤作偈。诗偈总一般,读时须子细。缓缓细披寻,不得生容易。依引学修行,大有可笑事。"[①]可见当时人们对于诗、偈的文体属性就有争议了。这种争议一直持续至今。《四库总目提要》卷一百九十《御定全唐诗》提要曰:"释氏偈颂,多至二十八卷,本非诗歌之体,伤于冗杂者,咸为删削,义例乃极谨严。"[②]可见清代官修《全唐诗》是不把偈颂作为诗的。陈尚君《全唐诗补编》认为《全唐诗》不收偈颂不是因为其"本非歌诗之流",而是因为其内容的非世俗性。然其在该书前言谈到偈颂的收录标准时却认为"四言赞颂"与"不押韵者"非诗,故不予收录。[③]总体看来,二书对偈颂的看法仍是有矛盾的。然而,事实上自汉至宋虽然经偈的面貌没有根本改变,而诗偈却有一个明显的诗化过程,[④]主要体现在以下三个方面:形式上的格律化、语言上的典雅化、说理手法的间接化。

(一) 形式上的格律化

中国传统诗歌的格律一般包括四个内容,即用韵、平仄、对仗、字数。古体诗每首可用一个韵,也可以用两个或两个以上的韵,允许换韵;近体诗每首只能用一个韵,即使是长达数十句的排律也不能换韵。古体诗可以在偶数句押韵,也可以奇数、偶数句都押韵。近体诗只在偶数句押韵,除了第一句可押可不押外,其余的奇数句都不能押韵;古体诗可用平声韵,也可用仄声韵;近体诗一般只用平声韵。古、近体诗最大的区别是古体不讲平仄,而近体讲究平仄。唐以后,古体也有讲究平仄,不过大多为仿古作品。对仗可使诗词在形式及意义上显得整齐匀称,给人以美感,是汉语所特有的艺术手段。格律诗的对仗大体遵循两个规则:一是出句和对句的平仄是相对立的,二是出句的字和对句的字不能重复。古体诗每句字数不定,四言、五言、六

---

① 项楚:《寒山诗注》(附拾得诗注),北京:中华书局,2000 年版,第 844 页。
② (清)永瑢、纪昀:《钦定四库全书总目》,《景印文渊阁四库全书》(第 5 册),台北:商务印书馆,1986 年版,第 94 页。
③ 陈尚君:《全唐诗补编》,北京:中华书局,1992 年版,第 4—5 页。
④ 经偈与诗偈的分类标准请参见本章开头部分。

言、七言乃至杂言都有,每首的句数也不定,少则两句,多则几十、几百句。近体只有五言、七言两种,律诗规定为八句,绝句规定为四句,多于八句的为排律(长律)。

偈颂的诗化过程非常缓慢,自汉代开始佛偈的中国化程度不断加深,然而直到宋代禅宗颂古的流行,才大体在形式上与中国传统诗歌达成一致。一些早期诗偈甚至做不到押韵,更不用说平仄与对仗了,仅仅在字数上做到了齐言。例如:"本端竟何从,起灭有无际。一微涉动境,成此颓山势。惑想更相乘,触理自生滞。因缘虽无主,开途非一世。时无悟宗匠,谁将握玄契。来问尚悠悠,相与期暮岁。"①(慧远偈)"城外土馒头,馅草在城里。一人吃一个,莫嫌没滋味。"②(王梵志诗)随着时间的发展,也逐渐有一些诗偈能勉强做到押韵与齐言。例如:"凡读我诗者,心中须护净。悭贪继日廉,谄曲登时正。"③(寒山诗)"生前大愚痴,不为今日悟。今日如许贫,总是前生作。今生又不修,来生还如故。两岸各无船,渺渺难济渡。"④(寒山诗)也有少量诗偈能做到押韵、齐言与平仄。例如:"劝君莫杀命,背面被生嗔。吃他他吃你,循环作主人。"⑤(王梵志诗)"长绳不见系空虚,半偈传心亦未疏。推倒我山无一事,莫将文字缚真如。"⑥(司空图偈)由于受格律诗的影响,佛教诗偈自唐代以后,格律化程度不断提高。唐宋时代虽然仍有大量不合格律的诗偈存在,但也确实出现了许多完全符合近体诗格律要求的诗偈作品。例如:"徒闭蓬门坐,频经石火迁。唯闻人作鬼,不见鹤成仙。念此那堪说,随缘须自怜。回瞻郊郭外,古墓犁为田。"⑦(寒山诗)"万丈寒潭彻底清,锦鳞夜静向光行。和竿一掣随钩上,水面茫茫散月明。"⑧(白云守端颂古)张伯伟教授也称丹霞子淳禅师"长江澄澈印蟾华,满目清光未是家。借问渔舟何处去? 夜深依旧宿芦花"一偈"格律、意境均属于典型的七绝。"⑨从上举例证可知,东晋慧远的诗偈还保持着大体与经偈类似的风貌,基本不押韵,韵律感不强。然而当发展到宋代禅宗颂古阶段时,我们就很难找到不押韵的诗偈了。

---

① (梁)释慧皎著,朱恒夫、王学钧、赵益注译:《高僧传》,西安:陕西人民出版社,2009 年版,第 285 页。
② (唐)王梵志著,项楚校注:《王梵志诗校注》,上海:上海古籍出版社,1991 年版,第 758 页。
③ (唐)寒山著,项楚注:《寒山诗注》(附拾得诗注),北京:中华书局,2000 年版,第 15 页。
④ (唐)寒山著,项楚注:《寒山诗注》(附拾得诗注),北京:中华书局,2000 年版,第 112 页。
⑤ (唐)王梵志著,项楚校注:《王梵志诗校注》,上海:上海古籍出版社,1991 年版,第 753 页。
⑥ (唐)司空图《与伏牛长老偈二首》其二,见中华书局编辑部点校《全唐诗》(增订本)第十册卷六三三,北京:中华书局,1999 年版,第 7317 页。
⑦ (唐)寒山著,项楚注:《寒山诗注》(附拾得诗注),北京:中华书局,2000 年版,第 564 页。
⑧ (宋)释法应集,元普会续集:《禅宗颂古联珠通集》,《卍新纂续藏经》第 65 册,第 484 页。
⑨ 张伯伟:《禅与诗学》,北京:人民文学出版社,2008 年版,第 109 页。

（二）语言的典雅化

在语言方面，早期诗偈较为古拙，佛教术语较多。如支通的《八关斋诗》："建意营法斋，里人契朋俦。相与期良辰，沐浴造闲丘。穆穆升堂贤，皎皎清心修。窈窕八关客，无楗自绸缪。寂寞五习真，叠叠励心柔。法鼓进三劝，激切清训流。凄怆愿弘济，阖堂皆同舟。明明玄表圣，应此童蒙求。存诚夹室里，三界赞清修。嘉祥归宰相，霭若庆云浮。"①诗中接连用了"法斋""清心修""五习真""法鼓""夹室""三界"等宗教术语。然而在不断的诗化过程中，诗偈中的术语渐趋减少。虽然在宋代颂古作品中仍有许多宗教术语出现，但那些要么是禅宗内部产生的新宗教术语，要么是已经被汉民族语言融合了的常用佛教经典语。与经偈相比，那种语言上的强烈陌生感已经大大减少了。事实上，随着禅宗的兴起，一些僧侣与居士曾长期使用通俗的白话语言进行诗偈创作，对中国文学产生了深刻影响。项楚先生称之为"白话诗派"，并指出该诗派是以僧侣创作为主的佛教文学流派。然而在唐代甚至唐代之后的很长时间里，诗偈是不被人们当作诗歌看待的。这除了其内容的宗教性之外，语言的浅俗也是重要原因之一。正如项楚所说："传统的文学观点历来轻视甚至排斥通俗的白话文学。"②由于早期禅宗的农禅性质，其传播对象主要是广大的下层人民，所以白话诗偈盛行一时。会昌法难之后，随着在佛教各派中主导地位的确立，禅宗开始在上层人士中传播。禅僧与士大夫的交往也日渐密切，他们经常出入于宫庭及达官贵胄之家，诗文唱和，相互熏陶，整体文化水平不断提高。在唐、宋时代，也有不少大诗人成了佛门居士，加入了诗偈的创作队伍，如白居易（香山居士）、苏轼（东坡居士）、张商英（无尽居士）等。这些都促使诗偈的面貌渐渐从通俗走向典雅。诗与偈在语言、形式上趋于合流，以致有不少诗偈作品与唐诗、宋诗相比毫不逊色。例如唐释大梅法常偈："一池荷叶衣无尽，数树松花食有余。刚被世人知住处，又移茅舍入深居。"③宋释白杨法顺颂古："香火绵绵五百年，孤猿野鹤老松巅。人传妙道回南岭，我礼浮图向半天。前后真身无觅处，古今灵迹尚依然。若人问我东山事，峰顶池中有白莲。"④

（三）说理手法的间接化

同样是阐发佛理，早期的诗偈显得较为质直。魏晋时期的佛理诗偈以及入唐后开始兴盛的白话诗偈，都是以直接说理为主，往往给人以说教、劝

---

① 逯钦立：《先秦汉魏晋南北朝诗》，北京：中华书局，1983 年版，第 1079 页。
② 项楚等：《唐代白话诗派研究》，成都：巴蜀书社，2005 年版，第 14 页。
③ （清）释性音重编：《禅宗杂毒海》，《卍新纂续藏经》第 65 册，94b 页。
④ （宋）释法应集，元释普会续集：《禅宗颂古联珠通集》，《卍新纂续藏经》第 65 册，512b 页。

诚的印象。例如唐释神赞偈:"空门不肯出,投窗也大痴。百年钻故纸,何日出头时。"①唐释丰干偈:"本来无一物,亦无尘可拂。若能了达此,不用坐兀兀。"②后期诗偈,特别是禅宗颂古则吸收了传统诗歌含蓄蕴藉的优点,通过意象、修辞等手法较为间接地宣扬佛理。在禅宗颂古中,溪、山、云、花、风、鸟、雪、月、松等意象非常普遍。这是因为寺庙多建在山里的缘故。罗大经《鹤林玉露》录某尼悟道诗曰:"尽日寻春不见春,芒鞋踏遍陇头云。归来笑拈梅花嗅,春在枝头已十分。"③撇开禅理,作为一首单纯的写景诗,也是一篇佳作。再如佛鉴慧懃禅师颂古"美如西子离金阙,娇似杨妃下玉楼。犹把琵琶半遮面,不令人见转风流"④与石帆惟衍禅师颂古"金鸭香消更漏长,沉沉玉殿紫苔生。高空有月千门照,大道无人独自行"⑤,除了阐释各自的公案外,也是很好的格律诗。

关于偈颂的诗化,周裕锴《禅宗语言》一书中也表达了类似看法:"大约从中唐开始,一批富有诗意的诗偈出现了,如大梅法常的"摧残枯木"偈。不仅平仄韵律完全符合近体诗格律,而且全用比兴。再没有早期禅偈中菩提树、心地等佛经文本里的意象。这些作品完全脱离印度伽陀的母体,成了地道的中国诗。"⑥

二、佛教偈颂对传统诗歌体裁的影响

然而随着佛典翻译的不断进行,作为佛典重要构成部分的偈颂也大量为人们所知。偈颂的内容与形式特征也对中国传统诗歌产生了重要影响。在内容方面,佛教偈颂促进了中国传统诗歌在一定程度上偏离了原来的抒情主题,分化出了山水诗、宫体诗、叙事诗、哲理诗等。在形式方面,佛教偈颂的"两两相对"结构与押韵方式对中国近体诗的产生具有促进作用。佛教偈颂对中国传统诗歌的具体影响机制,简要概括起来,主要有以下几点:

(一)情感因素的淡化——佛教偈颂与玄言、山水、叙事诗

佛教偈颂是为了解说佛经,而佛经是为了宣扬佛理。所以佛教偈颂的根本目的是宣扬佛理,而不是抒发创作者内心的情感。在佛教势力发展迅速的魏晋时期,此种情况使人们对中国传统诗歌抒情性质有了重新认识。

---

① (元)释道泰集:《禅林类聚》,《卍新纂续藏经》第 67 册,50a 页。
② (唐)释丰干《壁上诗二首》其二,见中华书局编辑部点校《全唐诗》(增订本)第十册卷八〇七,北京:中华书局,1999 年版,第 9193 页。
③ (宋)罗大经著,王瑞来点校《鹤林玉露》,北京:中华书局,1983 年版,第 346 页。
④ (宋)释法应集,(元)释普会续集:《禅宗颂古联珠通集》,《卍新纂续藏经》第 65 册,482a 页。
⑤ (宋)释法应集,(元)释普会续集:《禅宗颂古联珠通集》,《卍新纂续藏经》第 65 册,574b 页。
⑥ 周裕锴:《禅宗语言》,杭州:浙江人民出版社,1999 年版,第 97—98 页。

虽然抒情性仍是中国诗歌的主要特征,但是在此影响下也产生了情感因素较为淡化的玄言、山水、叙事、哲理等新诗体。这些新诗体的出现自有其社会经济及文学内部的原因,但佛教思想及佛教偈颂对它们的影响也是毋庸讳言的。

1. 佛教偈颂与魏晋玄言诗

玄言诗是一种以阐释《老》《庄》和佛教哲理为主要内容的诗歌。玄言诗主要是在魏晋玄学的影响下产生与发展的,而魏晋玄学实际是外来佛学与本土的"老庄"之学共同作用的结果。所以玄言诗和佛教偈颂有着深层的、千丝万缕的联系。首先,玄言诗与佛教偈颂的创作宗旨高度相似。玄言诗的特点是以玄理入诗,以表达"贵无贱有"的玄深思想为主旨,而非自然的感物情怀,所谓"诗必柱下之旨归,赋乃漆园之义疏"[①]"理过其辞,淡乎寡味"也。[②] 这与佛教偈颂以表达涅槃、清净为主的根本宗旨何其相似。魏晋佛学为玄学的支流,同时它也对于玄学的形成与发展起到了促进作用。作为外来思想的佛教要通过与本土思想的结合来发展自己的势力,而老庄哲学与之具有天然的相似性,二者的结合是必然趋势。老庄主张得意忘言、"得鱼忘筌",佛教亦主张得意忘相、得意忘言。佛教偈颂,特别是禅宗颂古,亦是注重表达佛理而不拘泥于文字。其次,佛教偈颂的"忘情之语"为玄言诗提供了创作的典范。为了传播的方便,佛教偈颂的翻译者自开始就千方百计地想以一种中国人熟悉的诗歌面貌出现。虽然把原始印度教典中的偈颂翻译成中国诗歌并没有想像的那样简单,但译者还是在形式上大体做到了与中国传统诗歌相似。当佛教偈颂与中国传统诗歌在同一个时空环境下出现时,人们对二者的比较与仿效是情理之中的事了。第三,表达对象的变化导致玄言诗的出现,部分玄言诗甚至就是偈颂。中国传统的诗歌理论是"诗言志",若从广义来讲,此语适合于中国诗歌的各个阶段。若从狭义来讲,则因各个时期诗歌所言之"志"的不同而各有特色。魏晋时期,中国传统诗歌的抒情之"志"逐渐变成了说理之"志",也就是说诗歌的表达对象由"情"变成了"理"。此"理"可以是纯粹的佛教教义,也可以是佛与儒、道结合后的"玄理"。既然佛教思想已内植于魏晋玄学之中,所以在一定程度上说,玄言诗就是一种特殊的偈颂。拿玄言诗的重要代表人物陈留人支遁来说,有人将其诗歌分为两类:一类是演绎玄理而未及佛理者,一类是以玄言演绎佛理者。事实上,玄理也有佛理的成分,或是佛理的变说。在支遁笔下,释迦真

---

① 范文澜:《文心雕龙注》,北京:人民文学出版社,1962 年版,第 675 页。
② 曹旭:《诗品集注》,上海:上海古籍出版社,1994 年版,第 24 页。

佛与玄学家所讲的"真人""至人""神人"多有相同之处。所以佛教典籍收支遁之诗,每标以偈或颂。

2. 佛教偈颂与六朝山水诗

山水诗的出现打破了玄言诗的统治地位,给诗坛带来了清新的气息。佛家的悟性与山水的灵性相得益彰。佛教偈颂通过体悟山水而参禅悟道,山水诗因蕴含禅意而显得空灵、飘逸,言有尽而意无穷。二者的共通之处有二:一是穷形尽相地描写山水风物;二是藉景言理。

六朝"山水诗"之名出现之前,中国并不乏描写山水景物的诗歌。但或者篇幅短小,或者一笔掠过,或者加入浓浓的人文气息。总之,给人的印象是浮光掠影,人们并不把它们当成专门描写山水的作品。六朝译经很多(参看表16),佛经中有许多描写山水景物的偈颂,而且并非单纯的描写,最终会说明某些佛教道理。这无异给玄言诗笼罩下的魏晋诗坛吹来一股清风。既然偈颂能"藉景言理",中国传统诗歌自然也能"藉景谈玄"。偈颂山水景物描写的技法已相当成熟,行文较为细致、具体。这对中国山水诗"穷形尽相"的写作方式显然是有影响的。佛教偈颂与六朝山水诗的相似之处,可以下例说明。西晋竺法护译《正法华经·药草品》以深水形容如来所说深法,"雨水"遍洒时,所有草木皆茂盛生长,以此形容佛陀说法乃应众生根器之异,使各得增长。其中描写雨水浸润草木的情形曰:"譬如纯黑云,踊出升虚空,普雨佛世界,遍覆于土地。又放大电燿,周匝有水气,而复震雷声,人民皆欢喜。阴蔽于日月,除热令阴凉。欲放雨水故,时布现在上。彼时普等雨,水下无偏党,滂流于佛土,泽洽众堰域。应时而降雨,激灌一切地,旱涸枯溪涧,一切得浸渍。惠泽无不到,众源皆涌溢。深谷诸广野,林麓楛幽数。萌叶用青仓,药草无数生。樛木诸丛林,滋长大小树。众药咸茂殖,茎干华实繁。"①再看谢灵运等人的诗:"羁心积秋晨,晨积展游眺。孤客伤逝湍,徒然苦奔峭。石浅水潺湲,日落山照耀。荒林纷沃若,哀禽相叫啸。遭物悼迁斥,存期得要妙。既秉上皇心,岂屑末代诮。目睹严子濑,想属任公钓。谁谓古今殊,异代可同调。"(谢灵运《七里濑》)"日落泛澄瀛,星罗游轻桡。憩树面曲汜,临流对回潮。辍策共骈筵,并坐相招要。哀鸿鸣沙渚,悲猿响山椒。亭亭映江月,浏浏出谷飙。斐斐气幕岫,泫泫露盈条。近瞩祛幽蕴,远视荡喧嚣。晤言不知罢,从夕至清朝。"(谢惠连《泛湖归出楼中玩月一首》)②可见,不管是佛偈还是谢氏的山水诗,都对周围景物描写得十分具体、独到。

---

① (西晋)竺法护译:《正法华经》,《大正藏》第9册,第83c页。
② 东方文化学院东京研究院藏明嘉靖中刊本《谢康乐集》(一卷,与谢惠连合册)

再者,若以山水诗中普遍"未能忘兴谕"的特点而论,①其与汉译偈颂旨在"藉景言理"的典型风格上实是一致的。二者之间,除了与之相关的佛教背景及写景体物的穷形尽相风格有极大雷同外,在时间的前后上也较为契合。在山水诗兴起前的汉译佛典中,已有许多体物入微的偈颂。所以我们似乎无法完全否定二者之间的关连性。

3. 佛教偈颂与长篇叙事诗

关于中国长篇叙事诗与佛教偈颂的关系,在上世纪学界曾有过一次关于《孔雀东南飞》是否受印度《佛本行赞》影响的讨论。该讨论首先由梁启超发起,胡适、黄节、陆侃如、刘大白、张为骐、古直等文学史专家都参与其中。1920 年,梁启超作《翻译文学与佛典》,于《翻译文学之影响于一般文学》一节中称,自鸠摩罗什诸经论出,"然后我国之翻译文学完全成立,盖有外来'语趣'输入,则文学内容之扩大,而其素质乃起一大变化",众多佛教经典"不特为我思想界辟一新天地,即文学界之影响亦至巨焉"。马鸣所造《佛本行赞》,"实一首三万余言之长歌,今译本虽不用韵,然吾辈读之,犹觉其与《孔雀东南飞》等古乐府相仿佛","此等富于文学性的经典,复经译家宗匠以极优美之国语为之移写,社会上人人嗜读……故想像力不期而增进,诠写法不期而革新,其影响乃直接表现于一般文艺。"②尽管梁启超一再强调自己别无其他证据,可疑问一旦发出,立刻引起连锁反应,质疑之声不断。胡适也写了一篇题为《〈孔雀东南飞〉的年代》的文章,论述该诗之作应当在佛教盛行中国之前,即建安以后不远。胡适认为:第一,全诗没有一点佛教思想影响的痕迹,像这样一件生死离别的大悲剧,如果在佛教盛行以后,至少有来生、轮回、往生一类的希望;第二,《佛本行赞》《普曜经》等长篇故事译出后,并未造成多大影响,梁启超之语"译成华文以后也是风靡一时,六朝名士几于人人共读",其实"是毫无根据的话"。③二十世纪三十年代,陈寅恪一系列有关魏晋佛教与文学关系的专著把话题引向了深入。他在专著《三国志曹冲华佗传与佛教故事》里指出,"曹冲称象"乃是附会北魏《杂宝藏经》里的佛经故事,因为象在当时并非中原的动物。《杂宝藏经》的汉译虽在此后,但这故事却早已传入中土。"华佗"一语乃是古天竺语 agada,意为"药",其种种神奇医术,都是民间比附印度的神话故事而来。竹林七贤的所谓"竹林",也

---

① (唐)白居易著,朱金城笺校:《白居易集笺校》卷七《闲适三》,上海:上海古籍出版社,1988 年版,第 369 页。
② 梁启超:《佛学研究十八篇》,长沙:岳麓书社,2009 年版,第 156 页,第 169 页。
③ 胡适:《〈孔雀东南飞〉的年代》,发表于《现代评论》,1928 年第 6 期,第 149 页。

是假托佛教名词"Velu"或"Veluvana"的译语,是指释迦牟尼说法的地方。①如此说来,胡适以时间为主要证据对梁启超设想的驳论,也未必成立。因为佛教的影响并不一定全部依据成文的经典翻译,民间口头传说也是一大媒介,毕竟通达西域、天竺之路自汉代就开辟了。

台湾中正大学李立信教授在1996年发表的《七言诗起源考》(收于台湾清华大学主办《国科会人文计划成果发表会专著集》)一文中再次论及《孔雀东南飞》的创作问题,认为如此长篇的叙事诗出现,是与当时的佛教语言与社会环境分不开的。其指导的佛学弟子王晴慧博士也在其博士专著《六朝汉译佛典偈颂与诗歌之研究》中对佛教偈颂对中国古代长篇叙事诗的影响作了具体论述。她认为:大抵而言,汉译偈颂的篇幅较为长卷者,其内容性质多半为"叙事性",此可说是其特色。可见佛典偈颂中,叙事内容好以长篇形式搭配之,以达铺陈效果。而中国传统诗歌中,无论是古体诗或近体诗,篇幅超过百句者,并不多见。再者,中国诗歌的叙事性色彩向来不发达,长篇叙事诗更是零星,要寻找如《孔雀东南飞》及《木兰诗》的长篇叙事诗,实极罕见。在此两篇之前,几乎除了先秦时的《离骚》及东汉时的《悲愤诗》之外,再无其余。然自东汉以至六朝,汉译偈颂往往有长篇巨制的形式,几至不胜枚举。那么,在《佛所行赞》的汉译本出现后及六朝其他汉译佛典中,在常态性频繁展现的长篇叙事偈颂下,我们事实上很难否定在这些大量的长篇叙事偈颂环境中,《孔雀东南飞》与《木兰诗》等长篇叙事诗的成型,完全没有受到汉译长篇偈颂、乃至汉译长篇叙事偈颂丝毫的影响。但必须说明的是,长篇叙事偈颂与中土长篇叙事诗的关连性,与其说是内容上的转移,倒不如说是形式上的转移,更具文学史上的意义。②

(二)对女性身体的细致描写——佛教偈颂与宫体诗

关于"宫体诗"之命名有以下三种说法:一是《梁书·徐摛传》所说:"(摛)……转家令,兼掌管记,寻带领直。摛文体既别,春坊尽学之,'宫体'之号,自斯而起。"③二是《梁书·简文帝本纪》所说:"(帝)雅好题诗,其序云:'余七岁有诗癖,长而不倦。'然伤于轻艳,当时号曰'宫体'。"④三是《隋书·经籍志四》所说:"梁简文之在东宫,亦好篇什,清辞巧制,止乎衽席之间;雕

---

① 陈寅恪:《陈寅恪先生全集》,台北:里仁书局,1979年版,第1119—1122页。
② 王晴慧:《六朝汉译佛典偈颂与诗歌之研究》(上),台北:花木兰文化出版社,2006年版,第82页,第83页,第123页,第129页。
③ (唐)姚思廉撰:《梁书》,北京:中华书局,1973年版,第447页。
④ (唐)姚思廉撰:《梁书》,北京:中华书局,1973年版,第109页。

琢蔓藻,思极闺闱之内。后生好事,递相放习,朝野纷纷,号为'宫体'。"①可见,宫体诗的得名有三个关键词:宫中、轻艳、仿效。宫体诗作于宫中,宫外仿效,遂称之为"宫体"。而宫中的文人集团究竟为什么创作这些作品,学界则说法不一。笔者之所以说佛教偈颂对宫体诗形成有一定的影响,主要基于以下两个事实:一是在之前的中土文学中此类诗数量不多。此前虽然有宋玉的《登徒子好色赋》《讽赋》《神女赋》以及司马相如的《美人赋》等详细描写女色的作品,但这些都是赋体。属于诗体的作品,如《诗经·硕人》《楚辞·招魂》等描写都相当简略,多属礼赞性质,与宫体诗的强烈性暗示大不相同,所以能真正称得上艳情诗的并不多。为便于作对比验证,现择要录出所举例证中的有关文字如下:"手如柔荑,肤如凝脂,领如蝤蛴,齿如瓠犀,螓首蛾眉。巧笑倩兮,美目盼兮。"②(《硕人》)"蛾眉曼睩,目腾光些。靡颜腻理,遗视矊些。……美人既醉,朱颜酡些。娭光眇视,目曾波些。"③(《招魂》)"东家之子,增之一分则太长,减之一分则太短;著粉则太白,施朱则太赤;眉如翠羽,肌如白雪,腰如束素,齿如含贝。嫣然一笑,惑阳城,迷下蔡。"④(《登徒子好色赋》)与此相反的是,在汉译佛教偈颂中反倒有不少性挑逗式的描写,与宫体诗相比,颇有相通之处。二是宫体诗的肇始者大多是虔诚的佛教徒,其在佛教偈颂的影响下进行文学创作是很自然的事。在南朝诸帝中,梁武帝萧衍和简文帝萧纲都以崇佛著称。《魏书·萧衍传》曰:"(梁武帝)令其王侯子弟皆受佛戒,有事佛精苦者,辄加以菩萨之号。"⑤齐梁之际,寺庙、僧尼激增。由于政府的优惠和扶持,上等僧侣甚至过着豪奢的生活。

所谓宫体诗是指以南朝梁简文帝萧纲为太子时的东宫,以及陈后主、隋炀帝等几个宫廷为中心的诗歌。"宫体"既指一种描写宫廷生活的诗体,又指在宫廷所形成的一种诗风,始于梁简文帝萧纲。萧纲为太子时,常与文人墨客在东宫相互唱和。其内容多是宫廷生活及男女私情,形式上则追求词藻靡丽。后来因称艳情诗为宫体诗。佛经中对女性的描写直白、详尽、夸张,这与宫体非常近似。下将宫体诗与偈颂各举两则例证,以便加以对比:"北窗聊就枕,南檐日未斜。攀钩落绮障,插捩举琵琶。梦笑开娇靥,眠鬟压落花。簟文生玉腕,香汗浸红纱。夫婿恒相伴,莫误是倡家。"⑥(萧纲《咏内

① (唐)魏征、令狐德棻撰:《隋书》,北京:中华书局,1973年版,第1090页。
② 《十三经注疏》整理委员会:《毛诗正义》,北京:北京大学出版社,2000年版,第262—264页。
③ 黄灵庚:《楚辞章句疏证》,北京:中华书局,2007年版,第2031—2065页。
④ (梁)萧统编,(唐)李善注:《文选》,北京:中华书局,1977年版,第269页。
⑤ (北齐)魏收撰:《魏书》,北京:中华书局,1974年版,第2187页。
⑥ 逯钦立辑校:《先秦汉魏晋南北朝诗》,北京:中华书局,1983年版,第1940—1941页。

人昼眠》）"朝来户前照镜，含笑盈盈自看。眉心浓黛直点，额角轻黄细安。只疑落花漫去，复道春色不还。少年唯有欢乐，饮酒那得留残。"①（庾信《舞媚娘》）《佛所行赞》卷一《离欲品第四》曰：

> 太子入园林，众女来奉迎。并生希遇想，竞媚进幽诚。各尽伎姿态，供侍随所宜。或有执手足，或遍摩其身。或复对言笑，或现忧戚容。规以悦太子，令生爱乐心。众女见太子，光颜状天身。不假诸饰好，素体踰庄严。一切皆瞻仰，谓月天子来。……更互相顾视，抱愧寂无言。……聪明多技术，色力亦不常。兼解诸世间，隐秘随欲方。容色世希有，状如玉女形。天见舍妃后，神仙为之倾。……往到太子前，各进种种术。歌舞或言笑，扬眉露白齿。美目相眄睐，轻衣现素身。妖摇而徐步，诈亲渐习近。情欲实其心，兼奉大王旨。慢形媟隐陋，忘其惭愧情。……太子在园林，围绕亦如是。或为整衣服，或为洗手足。或以香涂身，或以华严饰。或为贯璎珞，或有扶抱身。或为安枕席，或倾身密语。或世俗调戏，或说众欲事。或作诸欲形，规以动其心。……始知诸女人，欲心盛如是。②

魔女诱惑菩萨破戒也是佛经中女色描写的内容之一。《方广大庄严经》卷九曰：

> 于是魔女诣菩提树，在菩萨前，绮言妖姿三十二种媚惑菩萨：一者扬眉不语，二者褰裳前进，三者低颜含笑，四者更相戏弄，五者如有恋慕，六者互相瞻视，七者掩敛唇口，八者媚眼斜眄，九者嫈嫇细视，十者更相谒拜，十一以衣覆头，十二递相拈招，十三侧耳佯听，十四迎前蹀躞，十五露现髀膝，十六或现胸臆，十七念忆昔时恩爱戏笑眠寝之事而示欲相，十八或如对镜自矜姿态，十九动转遗光，二十乍喜乍悲，二十一或起或坐，二十二或时作气似不可干，二十三涂香芬烈，二十四手执璎珞，二十五或覆藏项领，二十六示如幽闲，二十七前却而行瞻顾菩萨，二十八开目闭目如有所察，二十九回步直往佯如不见，三十嗟叹欲事，三十一美目谛视，三十二顾步流眄。有如是等媚惑因缘，复以歌咏言词娆

① （明）张燮辑：《七十二家集·庾开府集》，北京图书馆藏明末刻本，《续修四库全书》第1588册，第128页。

② 马鸣菩萨造，（北凉）昙无谶译：《佛所行赞》，《大正藏》第4册，第6—7页。

鼓菩萨,而说偈曰:"初春和暖好时节,众草林木尽敷荣。丈夫为乐宜及时,一弃盛年难可再。仁虽端正美颜色,世间五欲亦难求。对斯胜境可欢娱,何为乐彼菩提法?我等诸女受天报,其身微妙咸可观。如是天身不可求,仁今果报宜应受。诸仙见我犹生染,况复人能无染心?修彼禅定竟何为? 菩提之法甚悬远。"①

需要说明的是,佛典本是述说佛理,以探究实践宇宙人生真谛的典籍,佛典中有一些淫艳情态的铺写,例如《普曜经·降魔品》《佛所行赞·离欲品》《佛本行经·与众婇女游居品》等,乃是欲藉此讲述、书写世间淫艳情态的面相,以说明或衬托出梵行清净者的自在庄严及不修佛道、纵情五蕴者的招致恶报。

(三) 两两相对的结构与隔句押韵——佛教偈颂与近体诗

印度佛教原典中的偈颂多由梵文写成。梵文是音节字母,只有长短,没有四声,无法用平仄来表达节奏。"梵文诗的节奏一般是利用音节的长短来表达,极少数用音节瞬间的数目(笔者按:即音量)。……梵文诗歌每一偈有四个音步(笔者按:即四句)。……最著名、使用最广的诗体叫输洛迦(śloka),每音步八个音节。"②季羡林先生在其主编的《印度古代文学史》中谈及《罗摩衍那》的诗律时说:"印度古代的诗,不讲平仄,不讲轻重音,不押尾韵。它的表现形式是诗节(stanza),每一诗节分为四个音步。组成音步的方式有两种:一种是按照音节数目,一种是按照音节瞬间(mātrā)的数目。第一种术语叫做婆哩陀(vṛtta),第二种术语叫做阇底(jāti)。在第一种中,要区别长短音。所谓长音就是指用长元音、二合元音或三合元音组成的音节。此外,还有一种所谓诗律长元音。就是在鼻化音(anusvāra)或送气音(visarga)前面的短元音,以及在复辅音前面的短元音,都算做长元音。第一种婆哩陀又分为三类:第一类是音步全相同的;第二类是音步一半相同的,也就是第一音步和第三音步全相同,第二音步和第四音步全相同;第三类是四个音步全不相同的。……输洛迦属于上面说的第一种婆哩陀,是按音节的数目和长短来计算的。它有四个音步,每个音步八个音节,共三十二个音节。"③为方便说明起见,现将季羡林先生所举《罗摩衍那》中的一首输洛迦转录如下:

---

① 中天竺国沙门地婆诃罗奉诏译:《方广大庄严经》,《大正藏》第3册,592b页。
② 季羡林:《东方文学研究的范围和特点》,见《比较文学与民间文学》,北京:北京大学出版社,1991年版,第302—303页。
③ 季羡林主编:《印度古代文学史》,北京:北京大学出版社,1991年版,第87—88页。

mā niṣāda pratiṣṭhām tvaī—/（你永远不会，尼沙陀！）

magamaḥ śāśvatīḥ|　　　　　　（享盛名获得善果；）

yatkrauñcamit hunāde/　　　　（一双麻鹬耽乐交欢，）

kamavadhīḥ kāmamohitam ‖　（你竟杀死其中一个。）①

若用"—"代表长音，"∨"代表短音，上面这首诗的韵律可表示如下：

第一句：— ∨ — — ∨ — — ∨

第二句：∨ ∨ — — ∨ — ∨ —

第三句：— — ∨ ∨ ∨ — — ∨

第四句：∨ ∨ — — ∨ — ∨ —

梵文是音节文字，它只有长短，没有四声，无法像汉语一样用声调来表达节奏，也不要求押尾韵。长短元音的排列自有不同的规律，这种排列规则即构成诗律。诗律不是按音节的数目，而是按音节瞬间的数目来计算。如常用的圣净律即属此类诗律。不过，梵语中最常见的诗律是随颂律，它规定每偈一般为四句，亦可写成两大行，共 32 个音节，每句 8 个音节。每句的第五个音节必须是短音节，第六个音节必须是长音节，一、三两句的第七个音节要长，二、四两句的第七个音节要短。再次是三赞律，它由四个音步组成，每个音步有 11 个音节。不论哪种梵文诗律，不管其音步如何变化，每一偈的音步数目一般都为四。这就是汉译佛经偈颂主要为四句偈的成因所在。

　　可以看出，此首输洛迦大体属于婆哩陀三种类型中的第二种。第一句与第三句韵律相同，第二句与第四句韵律相同，每句之中长短音交错出现。由于输洛迦是佛教偈颂中最流行的诗体形式，所以汉译之后的偈颂也大体遵循了这样的规律。首先，印度原偈中的长短音交替大体上对应了中国近体诗格律当中的平仄。一句之中平声字与仄声字交错出现，这样的诗歌读起来才朗朗上口，有明显的韵律感。然而需要指出的是，在中国诗歌传统中，平仄的概念是在齐梁年间汉字的四声规律被发现之后才慢慢被总结出来的。此前的中国古诗虽然大多也暗合了此规律，但也仅限于暗合，因为它并不是诗歌创作者的有意行为。论诗者对诗句声律上的衡量标准也是模糊

---

① 季羡林：《比较文学与民间文学》，《季羡林文集》（第八卷），南昌：江西教育出版社，1996 年版，第 347—348 页。

的,往往用"抑扬""顿挫""收放"等词语概括描述之。其次,印度原偈中的第一句与第三句韵律相同,第二句与第四句韵律相同大体对应了近体诗格律当中"粘"和"对"。第三,印度原偈以四句为一个诗节也大体与中国近体诗以四句为最小单位的实际情况相符。第四,虽然印度原偈不讲究形式上的对仗,但其格律也为汉译偈颂的对仗准备了条件。婆哩陀的第一种类型即四句音步全相同,与近体诗的对仗也有高度相似性。在印度原偈中,第一句与第二句音步相同,意味着两句有了配对的基础。这在汉译时,是必须考虑的,而与之最相近的汉语表达方式就是对仗。

(四)言近旨远——佛教偈颂与哲理诗

中国文学中的哲理诗可以分为两大类:原创性哲理诗与阐释性哲理诗。前者出于诗歌创作者的本意;后者出于诗歌阅读者的理解。前者诗意往往极为明显,诗歌的创作目的即是阐明某个道理,而其他用途居于其次;后者诗意往往不甚明显,诗作亦别有用途,对哲理的阐发居于其次。虽然二者之间会有因对诗歌作品理解程度的不同而产生的争议与误判,但这丝毫不影响我们以此为基础对哲理诗作进一步的说明与论证。阐释性哲理诗主要是由于后人对作品的理解与阐释而具有了哲理性,是阐释者以自己的人生体验与心智能力为基础进行"二次创作"的结果,与诗歌原作者的创作本意不一定有密切关联。例如陆游的名句"山重水复疑无路,柳暗花明又一村"本是表达山回路转的情景的。从全诗来看,并无宣扬哲理的意思。读者对其进行哲理化阐释之后,这两句诗具有了"在逆境中蕴涵着无限的希望"的含义。不论前路多么难行,只要坚定信念,勇于开拓,就能绝处逢生。原创性哲理诗是作者借用诗歌对人生、宗教、客观规律等哲理的表达,与社会思想领域有较大的关联。佛教作为中国三大思想库之一,对中国诗歌哲理化进程的影响是不言而喻的。这种影响大体可分为两个阶段:由最初对佛理的专注,发展到对范围更广的哲理的关注。下面笔者从偈颂的角度对此过程作一简要论述:

1.佛理诗阶段

佛教偈颂与佛理诗之间就广义而言是无甚区别的,其区别主要在于二者的文体属性不同。佛教偈颂的创作者主要是僧人与居士,佛理诗则僧俗皆可操笔。对僧人而言,由创作宣扬佛理的偈到创作宣扬佛理的诗,其间的过渡是十分自然的。对文人而言,由于受佛教的浸染,其思想上的信从必然导致语言上的跟从,进行佛理诗创作也是顺理成章之事。魏晋六朝是中国佛教的第一个高潮,佛理诗也于此时期兴盛起来。汉译偈颂于内容上的表现,无论是说理、励志、劝诫、赞颂及宣誓等,皆可于佛理诗中见其仿效。可以说，六朝佛理诗不仅在"说理精神"上与汉译偈颂相通，而且在内容、形式上亦皆与之密切相关。总体而言，六朝佛理诗，或径以佛教名相入诗、或援引佛教典故入诗，这些现象都与汉译偈颂不谋而合。此种兴发佛理的诗歌内容，在东晋以前几乎见不到，可知诗人创作佛理诗主要是在佛教传入之后。这在中国本土文学中，也可以说是纯粹中国式佛教文学的创举。然而受时代风气的影响，我们于东晋佛理诗中仍可看出其玄佛交糅的面貌。除此之外，南北朝的佛理诗则与汉译偈颂惯以佛教名相充斥于字里行间的风格相近。此正说明汉译偈颂中通篇陈述佛理的内容特质对中土佛理诗偈颂化的面貌具有显著的促进作用。

首先，僧人与文士的交往，使文人诗浸染于佛教的氛围中，不免沾上佛理色彩。六朝佛教之昌隆自不待言，这从杨衒之《洛阳伽蓝记》及杜牧《江南春》绝句中可见一斑。[①] 南朝何尚之《答宋文帝赞扬佛教事》谈到文人与僧侣往来的盛况时曰："渡江以来，则王导、周颛，宰辅之冠盖；王濛、谢尚，人伦之羽仪；郗超、王坦、王恭、王谧，或号绝伦，或称独步，韶气贞情，又为物表；郭文、谢敷、戴逵等，皆置心天人之际，抗身烟霞之间；亡高祖兄弟，以清识轨世；王元琳昆季，以才华冠朝。其余范汪、孙绰、张玄、殷觊，略数十人，靡非时俊。又炳论所列诸沙门等，帛、昙、邃者其下辈也，所与比对，则庾元规。自邃以上，护、兰诸公，皆将亚迹黄中，或不测人也。"[②]可见当时文人名士多与僧人有交往，而这种交往势必会影响其诗文创作。

其次，僧人的佛理诗与文人的佛理诗区别不大。下举两例：《高僧传》卷四《竺僧度传》记载了东晋高僧竺僧度的一首《答苕华》诗，是写给其未婚妻的。其诗曰："机运无停住，倏忽岁月过。巨石会当竭，芥子岂云多。良由去不息，故令川上嗟。不闻荣启期，皓首发清歌。罪福良由己，宁云己恤他。"[③]从诗中流露的时命无常之感可证此诗为佛理诗。谢灵运《登石室饭僧诗》曰："迎旭凌绝嶝，映泫归溆浦。钻燧断山木，掩岸墐石户。结架非丹甍，藉田资宿莽。同游息心客，暧然若可睹。清霄扬浮烟，空林响法鼓。忘怀狎鸥

① （北魏）杨衒之《洛阳伽蓝记》按照城内、城东、城南、城西、城北的次序，以四十多所名寺院为纲，兼顾所在里巷、方位以至名胜古迹，同时叙述相关事迹，记述佛寺七十余处。对洛阳的佛教盛况进行了详细记载。杜牧诗曰："千里莺啼绿映红，水村山郭酒旗风。南朝四百八十寺，多少楼台烟雨中。"

② （梁）释僧佑：《弘明集》，卷十一，《四部丛刊初编》本，第136页。

③ （梁）释慧皎著，朱恒夫、王学钧、赵益注译：《高僧传》，西安：陕西人民出版社，2009年版，第237页。

鳅，摄生驯咒虎。望岭眷灵鹫，延心念净土。若乘四等观，永拔三界苦。"①二诗皆为佛理诗，前者似乎更世俗一些，而后者所用佛教词汇反而更多，仅从诗中难以判断出这是出自一僧一俗的作品。

2. 哲理诗阶段

六朝佛理诗发展到唐代，艺术技巧已趋于成熟。说理手法由靠嵌入佛教词语转为对切实感悟的描述。其题材范围也已不限于佛理，举凡人生感悟、宗教理想、客观事物等皆可入于诗。特别是宋代，以禅宗公案、颂古为核心内容的文字禅风靡丛林的同时，也对一般人的社会生活产生了巨大影响。后来人们社会生活中的日常词汇有许多是直接来自于禅宗公案与禅宗事迹。在宋代产生的禅宗典籍中，也能屡屡遇到一般老百姓的身影。巧合的是，文人的哲理诗创作亦在此时期达到高峰。这种巧合，使我们完全有理由对二者的关系进行大胆假设，并深入研究。因为二者有着共同的精神内质，即"言近旨远"的表达方式。虽然"哲理诗"的概念并非中国首创，但这种类型的诗歌在中国传统诗歌中是一直存在的，只是人们对它的关注程度不同而已。这些转变与巧合无疑拉近了佛教偈颂与哲理诗的关系。

首先，由生硬的说教转为亲身的体验与深刻的感悟。下举数例作一对比：王梵志《观影元非有》诗曰："观影元非有，观身一是空。如采水底月，似捉树头风。揽之不可见，寻之不可穷。众生随业转，恰似梦寐中！"②此诗在于说明人的身体与人的影子一样，是虚幻不实的，是由四大、五蕴构成。劝戒世人不要执着于外界万物，而应早日参禅悟道。王维《胡居士卧病遗米因赠》曰："了观四大因，根性何所有。妄计苟不生，是身孰休咎。色声何谓客，阴界复谁守。徒言莲花目，岂恶杨枝肘。既饱香积饭，不醉声闻酒。有无断常见，生灭幻梦受。即病即实相，趋空定狂走。无有一法真，无有一法垢。居士素通达，随宜善抖擞。床上无毡卧，镉中有粥否。斋时不乞食，定应空漱口。聊持数斗米，且救浮生取。"③此诗一口气用了"了观""四大""根性""色声""阴界""莲花目""香积饭""声闻""断常见""生灭""实相""空""幻梦""法真""法垢""居士""斋""浮生"等近二十个佛教词汇，其寓意可谓不言自明。再看二首："不知香积寺，数里入云峰。古木无人径，深山何处钟。泉声咽危石，日色冷青松。薄暮空潭曲，安禅制毒龙。"（王维《过香积寺》）"荆溪

---

① （晋）谢灵运：《谢康乐集》，（明）张溥辑：《汉魏六朝百三家集》，卷六十五，光绪五年己卯（1897 年）彭氏信述堂刻本。

② （唐）王梵志著，项楚校注：《王梵志诗校注》，上海：上海古籍出版社，1991 年版，第 265 页。

③ （唐）王维撰，（清）赵殿成笺注：《王右丞集笺注》，上海：上海古籍出版社，1984 年新 1 版，第 30 页。

白石出,天寒红叶稀。山路元无雨,空翠湿人衣。"(王维《山中》)①同样是表达佛理,后两首诗显然较前两首更为圆转,更哲理化一些。

其次,由单纯的宣扬佛理转为对生活智慧与思想精华的表达。成熟的哲理诗,篇幅短小精悍,语言质朴自然,创见独特,角度新颖,寓意深刻。下举数例:"朱雀桥边野草花,乌衣巷口夕阳斜。旧时王谢堂前燕,飞入寻常百姓家。"(刘禹锡《乌衣巷》)②"泾溪石险人兢慎,终岁不闻倾覆人。却是平流无石处,时时闻说有沉沦。"(杜荀鹤《泾溪》)"对面不相见,用心同用兵。算人常欲杀,顾己自贪生。得势侵吞远,乘危打劫赢。有时逢敌手,当局到深更。"(杜荀鹤《观棋》)③"若言琴上有琴声,放在匣中何不鸣?若言声在指头上,何不于君指上听?"(苏轼《琴诗》)"横看成岭侧成峰,远近高低各不同。不识庐山真面目,只缘身在此山中。"(苏轼《题西林壁》)④"半亩方塘一鉴开,天光云影共徘徊。问渠哪得清如许?为有源头活水来。"(朱熹《观书有感》)⑤"一夜山中雨,林端风怒号。不知溪水长,只觉钓船高。"(契逊《山雨》)⑥"雨过山洗容,云来山入梦。云雨自往来,青山原不动。"(袁枚《雨过》)⑦

表 16　历代佛经翻译数量表

朝代	有译部数/卷数	失译部数/卷数	共计部数/卷数
1. 后汉	35 部 52 卷	18 部 29 卷	53 部 81 卷
2—3. 魏吴	32 部 57 卷	11 部 13 卷	43 部 70 卷
4. 西晋	96 部 237 卷	56 部 58 卷	152 部 295 卷
5. 东晋	19 部 197 卷	36 部 43 卷	55 部 240 卷
6—8. 三秦	69 部 582 卷	24 部 72 卷	93 部 654 卷
9—10. 凉	16 部 179 卷	7 部 18 卷	23 部 197 卷

① 《王右丞集笺注》,第 131 页,第 271 页。

② (唐)刘禹锡著,《刘禹锡集》整理组点校,卞孝萱校订:《刘禹锡集》,北京:中华书局,1990 年版,第 310 页。

③ (清)彭定求等编:《全唐诗》(第 20 册),北京:中华书局,1960 年版,第 7981 页,第 7947 页。

④ (宋)苏轼著,(清)王文诰辑注,孔凡礼点校:《苏轼诗集》,北京:中华书局,1982 年版,第 1219 页。

⑤ 北京大学古文献研究所编:《全宋诗》第 44 册,北京:北京大学出版社,1998 年版,第 27500 页。

⑥ (清)朱彝尊纂:《明诗综》,卷九十四,《景印文渊阁四库全书》(第 1460 册),台北:商务印书馆,1986 年版,第 864 页。

⑦ 王英志主编:《袁枚全集》,南京:江苏古籍出版社,1993 年版,第 66 页。

朝代		有译部数/卷数	失译部数/卷数	共计部数/卷数
11—17. 南北朝		169 部 653 卷	19 部 19 卷	188 部 672 卷
18. 隋		57 部 258 卷	——	57 部 258 卷
19. 唐		373 部 2160 卷	3 部 3 卷	376 部 2163 卷
20. 宋		284 部 758 卷	——	284 部 758 卷
21. 辽		5 部 9 卷	——	5 部 9 卷
22. 元		8 部 9 卷	——	8 部 9 卷
23. 明		——	1 部 1 卷	1 部 1 卷
24. 清		2 部 2 卷	——	2 部 2 卷
25.（时代不明）		——	180 部 216 卷	180 部 216 卷
总计	二十四代	1165 部 5153 卷	355 部 472 卷	1520 部 5625 卷

笔者按：此表中《大宝积经》一种以 49 部计算。有关数据摘录自《佛教与中国文化》，北京：宗教文化出版社，1999 年版。

第三节　颂古与一般僧诗的区别

偈是一种外来的文学形式。最初的偈为了翻译的需要，不得不削足适履，与传统的中国诗歌对接。慧能以前的付法偈，若依近体诗格律来衡量，这些偈虽然注意到了四声的规律，但尚未能避免八病，有四首偈犯平头，平仄粘对亦都不合律。慧能以后的大量佛偈仍保留着这样的风格。这也再次说明诗与偈是分属于两个不同的诗学系统，二者只有交叉，不可能重合。诗与偈的区别是长久存在的，不会因偈颂的诗化而消失。僧人在偈颂之外也经常创作一些吟咏情性的世俗类诗歌。僧人皎然在其《赠李舍人使君书》中说"昼于文章、理心之外，或有所作，意在适情性，乐云泉"①，明确指出自己在修心悟理之余，也作一些流连光景、怡悦情性的诗。这类作品是名副其实的僧诗。它们除了内容略嫌狭窄之外，与中国传统诗歌并无二致。颂古虽然诗化程度很高，却并不被看作真正的诗。因为偈与诗来自不同的诗学系统，各有各的发展空间，只是在外延上有所交叉而已。以惠洪《石门文字禅》为例，该集共三十卷，其中各类诗歌十六卷，偈一卷，列于诗歌之后。诗与偈虽

---

① （唐）释皎然：《杼山集》，《禅门逸书初编》（第 2 册），台北：明文书局，1981 年版，第 97 页。

然同为僧人创作的诗体文字,但它们之间也有不少区别。禅宗颂古虽然已高度诗化,但它与传统诗歌在创作理念、宗旨、形式、语言、意象等方面仍有明显不同。当然从广义上讲,这种区别也适用于偈颂与中国传统诗歌。

一、创作理念不同

颂古之创作理念是阐释公案,通过阐释公案来引导参学之人到达开悟之境。一般僧诗之创作理念乃是表达内心波澜,仍属于以诗言志的范畴,除内容偏于佛教外,与传统文人诗没有太大区别。

(一)禅宗颂古与"绕路说禅"

颂古更应该含蓄表达,由参读者自己去了悟。其所悟并非是偈本身的文字意义,而是被偈引导到了一个可以证实的悟境。《碧岩录》卷一曰:"大凡颂古只是绕路说禅,拈古大纲,据款结案而已。"①"绕路说禅"可谓是对禅宗颂古核心创作理念的准确表述。所谓"绕路",就是间接,而"说禅"则规定了颂古的目的。一切颂古的最终目的都是为了表明禅意,而与颂古的字面意义无关。钱锺书《谈艺录》第六十九则"说理诗与偈子"条曰:"偈子句每俚浅,而意甚悠渺,不易索解,待人冥思自悟。"②所以读偈颂作品时,常常会遇到每个字词都能理解,但却无法把握作品整体含义的情况。禅宗颂古之所以以间接的方式来表达禅意,主要原因是禅宗第一义是不可言说的。它是一种悟境,只有亲身感受了才能知道,所谓"如人饮水,冷暖自知"。而公案与颂古的最终目的是为了引导参读者体悟到禅宗第一义。不管如何"绕路",能引导、启发参读者开悟是对颂古创作的最基本要求。至于如何"绕路",禅宗颂古主要采用"遮诠"与暗示的方式进行。遮诠与表诠并称,通用于佛教各宗派。于华严宗,二者被特称为"遮情表德",是指语言中的两种表达方式。遮诠是从反面作否定之表述,排除对象不具有之属性,以诠释事物之义者;表诠乃从正面作肯定之表述,以显示事物自身之属性而论释其义者。《宗镜录》卷三十四曰:"遮,谓遣其所非;表,谓显其所是。又遮者,拣却诸余;表者,直示当体。如诸经所说真如妙性,每云'不生不灭,不垢不净,无因无果,无相无为,非凡非圣,非性非相'等,皆是遮诠;遣非荡迹,绝想祛情,若云'知见觉照,灵鉴光明,朗朗昭昭,堂堂寂寂'等,皆是表诠。"③至于暗示的表达方式,禅宗颂古主要通过其语言的隐喻系统加以实现。颂古语言大

---

① (宋)释重显颂古,释克勤评唱:《佛果圆悟禅师碧岩录》,《大正藏》第48册,141a页。
② 钱锺书:《谈艺录》(补订本),北京:中华书局,1984年版,第233页。
③ (宋)释延寿集:《宗镜录》,《大正藏》第48册,第616a页。

体分为两类,即承担启悟功能的机锋语与承担说明、叙事功能的日常语。公案及颂古的机锋主要是靠文字语言的隐喻系统来支撑。在机锋语的语言环境中,禅师之扬眉瞬目、举手投足、一言一行、声咳嗟叹都会有特别的意义。参读者若不知此,则公案与颂古对其均没有多大意义。《庐山天然禅师语录》卷十二《青原嫡唱序》曰:"《颂古联珠》,历代知识借他人酒杯,洗自己垒块,同一醉态而婆婆和和,各为吞吐。虽语不成文,傍观者亦自可以意得。故诗与偈不同者,诗见情乎辞中,偈发悟于言外。辞不妙则情难见,言弗巧则悟不真。"①"同一醉态"即指悟境,"语不成文"指不执着于文字,"以意得"即通过接收暗示的方式理解。

（二）传统诗歌与"以诗言志"

中国传统诗歌与禅宗颂古在创作理念上正好相反。它要直接表明的不是一个固定不变的主题"禅悟",而是存在于自我认识之中、与广阔社会生活有密切联系的"志"。总体来说,"志"是心智的复合体,既包括思想、感情,也包括知识、认识等。但是,由于受外界社会生活的影响,中国传统诗歌在各个时期所要表达的"志"也是不一样的。也就是说,每个时代"诗言志"的侧重点是不一样的。这也是中国传统诗歌与禅宗颂古大不相同的地方。然而,各个时代的文艺批评者,为了论述的方便,是将"志"与"情"分开的。志是志,情是情,志中不含情,情中没有志。此意义的"志",只能说是狭义的志了。既然如此,笔者也从狭义出发,对中国传统诗歌的"言志"与"言情"传统作一简要论述。

"诗言志"之说源自《尚书·尧典》。② 此时的"志"中,可能并无明确的"情"的因素,而主要强调思想内容。然随着这一诗学本质论被不断阐释,其意义及侧重点也在不断发生着变化。也就是说,各个时期阐释者对"志"所包含范围的理解是不相同的。班固在《汉书·艺文志》中用"哀乐之心感,而歌咏之声发"来解释"诗言志,歌咏言",③表明了他对这一问题的看法是:志因情而动,志离不开情。《礼记·乐记》认为"诗,言其志也。歌,咏其声也。舞,动其容也。三者本于心,然后乐器从之"④,志与情是同根同源的,都来源于自心对外界的感发。相传毛苌传《诗经》,收集前人及当时人对《诗经》的

---

① （明）释函昰说,门人今辩重编:《庐山天然禅师语录》,《嘉兴藏》第38册,第197a页。
② 帝曰:"夔!命汝典乐,教胄子,直而温,宽而栗,刚而无虐,简而无傲。诗言志,歌永言,声依永,律和声。八音克谐,无相夺伦,神人以和。"夔曰:"于!击石拊石,百兽率舞。"见嘉靖中福建刊本《十三经注疏》之《尚书注疏》卷第三《舜典第二》,第35页。
③ （汉）班固撰:《汉书》,卷三十,北京:中华书局,1962年版,第1708页。
④ 《十三经注疏》整理委员会整理,李学勤主编:《十三经注疏·礼记正义(上、中、下)》,北京:北京大学出版社,1999年版,第1111—1112页。

评价,其序文被称为《毛诗序》。"情志统一"是《毛诗序》继承了先秦"诗言志"诗歌本质观并吸收了《乐记》对音乐本质的论述所提出来的一个诗论观点,它包括"志之所之"和"吟咏情性"两方面。也就是说《毛诗序》首次正式将"诗言志"的内涵扩大到了"情"。《毛诗序》称:"诗者,志之所之也,在心为志,发言为诗。情动于中而形于言,言之不足,故嗟叹之,嗟叹之不足,故永歌之,永歌之不足,不知手之舞之、足之蹈之也。"①这段话揭示了诗产生的心理原因,指出诗是"情动于中而形于言"的产物。从这里可以看出《毛诗序》是承认诗歌是抒情言志的,把情与志统一了起来。相对于"言志"说,"诗缘情"是从诗的特征上强调了诗的艺术本质。此语出于陆机《文赋》。陆机认为:"诗缘情而绮靡,赋体物而浏亮。"②诗歌因情而生,所以要求文词美丽,首次明确指出"诗主情"的观点。其实,早在屈原时代,与"诗言志"相比照的"抒情"之说就已产生,如《楚辞·惜诵》中说"惜诵以致愍兮,发愤以抒情"。③这是最早提及诗歌"发愤抒情"的艺术功能,是对传统的"诗言志"的一次突破。然而处在七雄纷争的战国后期的楚国,处在"百家争鸣"的学术氛围中,"抒情"之说难以"独尊"。汉代董仲舒提倡"独尊儒术,罢黜百家","抒情"之论几无立足之地。魏晋时期的"诗缘情"说是对儒家正统文学观的冲击与突破,使诗歌得以摆脱经学附庸的地位。从"诗言志"到"诗缘情"既是"诗言志"说发展演进的历史必然,又是人们的诗学观念不断发展成熟的必然趋势。

二、宗旨、形式、语言、意象使用不同

偈颂类作品表达的内容基本都是佛教思想,形式也不拘一格,较为自由,几乎不受格律约束,或者说格律对偈颂来说并不是一个硬性要求。

(一)创作宗旨不同

偈颂重在阐发佛理,而诗重在抒发情性。唐代僧人齐己在其《龙牙和尚偈颂序》中说:"禅门所传偈颂,自二十八祖止于六祖,已降则亡,厥后诸方老宿亦多为之,盖以吟畅玄旨也,非格外之学,莫将以名句拟议矣。洎咸通初,有新丰、白崖二大师所作,多流散于禅林。虽体同于诗,厥旨非诗也。"④虽然有人为了研究的方便将偈的内容分为说理、励志、劝诫、赞颂、宣誓、叙事等

① 《十三经注疏》整理委员会整理,李学勤主编:《十三经注疏·毛诗正义(上、中、下)》,北京:北京大学出版社,1999年版,第6页。
② (梁)萧统编,(唐)李善注:《文选》,北京:中华书局,1977年版,第241页。
③ 黄灵庚:《楚辞章句疏证》,北京:中华书局,2007年版,第1263—1264页。
④ (宋)释子升、释如佑:《禅门诸祖师偈颂》,《卍新纂续藏经》第66册,第726c页。

部分,但大体都是宣说佛理。从最初的汉译经偈到魏晋佛理偈、唐代白话偈、有韵法语,再到宋代禅宗颂古,偈颂的这一根本宗旨一直没有改变,而诗的宗旨是言志,是对人内心世界的阐发。《四库全书》寒山子诗集提要曰:"今观所作,皆信手拈弄,全作禅门偈语,不可复以诗格绳之。而机趣横溢,多足以资劝戒。且专集传自唐时,行世已久,今仍著之于录,以释氏文字之一种焉。"①寒山诗集虽被收之于别集类中,但馆臣对之颇有微词,并不承认它是真正的诗。

（二）形式要求不同

偈颂对形式要求极为自由。最初的汉译经偈在形式上几乎没有要求,只要做到大体齐言即可。在之后的诗化过程中,虽然不断的增加诗歌元素,但与同时期的传统诗歌相比,偈颂在对形式的要求上仍较宽松。即使在格律诗高度发达的唐代,大多数偈颂作品仍是不守格律的。有研究者统计,在寒山现存 300 余首诗偈中,只有 69 首押平声韵,其中完全符合粘对规则的只有 54 首。拿诗化程度最高的颂古作品来说,笔者通过对《禅宗颂古联珠通集》的考察,发现大部分的颂古是押的仄声韵,而且整首颂古不齐言的现象也相当普遍,如圆悟克勤颂古:"深深深,汲古今。浅浅浅,浑成现。水莹玉壶,江澄素练。跳出桃花三级浪,戴角擎头乘快便。点额鱼马师,口下空蹰躇。"②这种句式,在宋诗中是极为罕见的。再如无准师范禅师上堂语:"十四十五,贱如泥土。十六十七,贵如金璧。此意分明说向谁,天上人间惟我知。"③不但不齐言,押韵也是勉强。可见,格律并不是偈颂的本质要求。所以对造偈者来说,守格律与不守格律是自由选择的。而且偈颂可以允许半偈(即两句偈)的独立存在,如著名的"兴衰法偈":"夫生辄死,此灭为乐。"④此外,偈一般没有题目,而诗则一般要有题目。偈没有题目读者仍能看明白,而诗没有题目则会引起误会,或不可解。文学史上的许多《无题》诗,其用意如何,至今仍是一个个谜团。

（三）对语言的原创性要求不同

与诗歌相比,偈颂语言的原创性不强。对于经偈及前期诗偈来说,它们使用了较多的宗教术语,而这些术语多翻自佛经;对于后期诗偈,特别是禅宗颂古来说,它们则较多地借用了别人的现成诗句。有的略作改动,也有的

---

① （清）永瑢、纪昀:《钦定四库全书总目》,《景印文渊阁四库全书》(第 4 册),台北:台湾商务印书馆,1986 年版,第 25 页。
② （宋）释法应集,(元)释普会续集:《禅宗颂古联珠通集》,《卍新纂续藏经》第 65 册,533c 页。
③ 门人释宗会等编:《无准师范禅师语录》,《卍新纂续藏经》第 70 册,221c 页。
④ （唐）释湛然述:《止观辅行传弘决》,《大正藏》第 46 册,368c 页。

一字不改。周裕锴《禅宗语言》一书对禅宗语言的"递创性"作了较详细的说明,并将递创的具体方法归纳为三种,即翻案法、点化法、借用法。翻案法就是"用否定语势颠覆前人的言句",如慧能改神秀的"身是菩提树"为"菩提本无树"。点化法就是"用一两句话或一两个字改动参禅学人的原话,使内容顿见精彩,由俗境进入禅境";借用法就是借用别人的诗句,不作任何文字改动,然而在新的语言环境中,这些诗句具有了新的内涵。① 他的归纳同样适用于偈颂对别人现成诗句的引用与改造。如佛灯守珣颂古"一物不将来,两手提不起。直下要承当,浑是自家底。"②就是改自释弥光的诗"一物不将来,两肩担不起。直下便承当,坐在屎窖里。"③事实上,许多唐诗名句直接被嵌在偈颂里使用。如王维的"行到水穷处,坐看云起时"、孟郊的"春风得意马蹄疾,一日看尽长安花"、韦应物的"野渡无人舟自横"等。还有一种情况,就是偈颂对一些著名诗篇的整体借用,在一定的语言环境或上下文中赋于其新的意义。"春眠不觉晓,处处闻啼鸟。夜来风雨声,花落知多少"一诗,本是唐代诗人孟浩然的绝句《春晓》,描写诗人隐居鹿门山时一个春天早晨的所见所感,表达了对春天的热爱和怜惜之情。朴翁义铦与或庵师体禅师却分别借来作为颂古,表达自己对虚空之境的具体体验。类似的例子还有:"煮豆燃豆萁,豆在釜中泣。本是同根生,相煎何太急。"④(云庵祖庆颂古,借用曹植诗)"客舍并州已十霜,归心日夜忆咸阳。无端又渡桑干水,却望并州是故乡。"⑤(北磵居简颂古,借用贾岛诗)"打起黄莺儿,莫教枝上啼。几回惊妾梦,不得到辽西。"⑥(正堂明辩颂古,借用唐盖嘉运诗)偈颂的这些做法不是个别现象,而是一种普遍行为,所谓"点铁成金"也。虽然宋诗也提倡"无一字无来历",但大范围引用其他作品原句的情况毕竟是少数。

(四) 对意象的使用方法不同

相同的物象在偈与诗中可以形成不同的意象。偈赋于物象的是佛理,而诗赋于物象的是思想感情。山、水、溪、柳、月、云、花、树等意象在诗与偈中往往具有不同的内涵。在诗中,水的意象代表着流动、清纯、柔弱、强大等,而在偈中它还能代表着佛性、永恒、智慧以及构成世界的原物质等。月在诗中是有圆缺的,而在偈的意象中则是永远圆满光明。"月映万川"在诗

---

① 周裕锴:《禅宗语言》,杭州:浙江人民出版社,1999 年版,第 350—351 页。
② (宋)释法应集,(元)释普会续集:《禅宗颂古联珠通集》,《卍新纂续藏经》第 65 册,610c 页。
③ 北京大学古文献研究所编:《全宋诗》第 32 册,北京:北京大学出版社,1997 年版,第 20437 页。
④ 《禅宗颂古联珠通集》,第 506a 页。
⑤ 《禅宗颂古联珠通集》,第 498a 页。
⑥ 《禅宗颂古联珠通集》,第 623a 页。

歌中可能意味着美好的景色,皎洁的夜空,而在偈颂中则是一个具有深刻禅意的哲学表述。这也是佛教偈颂词浅而意深、难以理解的原因之一。在小说中,一首开篇即写出来的偈子,往往要等到我们读完全书时才能彻底明白。在意象的组合方式上,诗与偈也有很大不同。诗歌的意象组合逻辑性强,意象之间的联系紧密,而偈的意象组合逻辑性差,意象之间的联系不明显。偈颂给读者的第一印象往往是糊模的。虽然每个字词都认识,但不得其要领,不知其所云。事实上,偈颂正是利用反常的,甚至矛盾的逻辑来引导参禅者进入悟境的。肯堂彦充有颂古曰:"重叠峰峦俱锁断,知谁深入到桃源。行人只见一溪水,流出桃花片片鲜。"[①]各条路都不通,谁又能走进桃花源里去呢? 其实该偈讲的是"自心即佛,不假外求"的道理。再如傅大士的偈子:"空手把锄头,步行骑水牛。人从桥上过,桥流水不流。"[②]也是以矛盾的意象来说明佛居心中、自性即佛之意。

三、颂古须和公案一同呈现

颂古的对象是公案,而且颂古对公案的阐释是以暗示、启发为主,所以二者不能分开,颂古必须要配合公案共同呈现于读者面前。不然参读者根本不知道颂古之所以然,也不能正确地理解颂古之意蕴。普会《颂古联珠通集序》曰:"机缘先有者颂则续之,未有者增之加机缘。"(475b)可见,机缘与颂古是必不可分的。特别是直接性颂古,不依凭公案之字句,直接通过颂古启发学人到达悟境。对于间接性颂古与描述性颂古来说,这些颂古文字与公案都有或多或少的关联,若是对禅宗公案非常熟悉的读者,或许可以知道颂古所针对的是哪一则公案。然而,如果在读者对公案不熟悉或者颂古与公案文字的联系非常少的情况下,即使间接性颂古与描述性颂古读者也是很难读懂的。不附录公案,读者是很难读懂颂古的。下举数例:

> 一轮明月映天心,四海生灵荷照临。何必西风撼丹桂,碧霄重送九秋音。(佛鉴懃,《通集》卷二 483c)
>
> 经过遇夜宿荒草,开得眼来天大晓。空心赤脚唱歌归,路上行人已不少。(保宁勇,《通集》卷二 484b)
>
> 世尊恰似青铜镜,挂向虚空秋月静。表里无私照胆寒。高低一一皆相映。(佛鉴懃,《通集》卷二 484b)

---

① 《禅宗颂古联珠通集》,第 557b 页。
② 《禅宗颂古联珠通集》,第 493a 页。

大隐居廛,小隐居山。各得其所,随分安闲。何必更来论出入,人生在处有余欢。(别峰云,《通集》卷二 485a)

荷叶团团团似镜,菱角尖尖尖似锥。风吹柳絮毛球走,雨打梨花蛱蝶飞。(径山杲,《通集》卷五 499a)

身世悠悠不系舟,得随流处且随流。今朝有酒今朝醉,明日无钱明日愁。(石庵玿,《通集》卷五 499b)

入林不动草,入水不动波。镬汤无冷处,合眼跳黄河。(鼓山珪,《通集》卷五 501a)

独坐许谁知,青山对落晖。花须连夜发,不待晓风吹。(径山杲,《通集》卷五 501a)

春有百花秋有月,夏有凉风冬有雪。若无闲事在心头,便是人间好时节。(讷堂思,《通集》卷五 501b)

映林映日一般红,吹落吹开总是风。可惜撷芳人不见,一时分付与游蜂。(心闻贲,《通集》卷五 502a)

这些颂古若离开公案,其意蕴往往变得十分浅薄,要么是写风月雪花、春夏秋冬,要么写丹桂荒草、荷叶菱角,要么写柳絮梨花、青山落晖,要么写行人、蛱蝶等寻常景象,基本没有什么实际意义。在上引颂古中,唯有《禅宗颂古联珠通集》卷二别峰云禅师颂古尚有几分表达隐逸之情的味道,以及同书卷五石庵知玿禅师颂古有一些身世飘零,及时行乐之感。况且,表达这些意蕴并不是颂古之目的,颂古之目的是引人悟道。可是,离开公案这些颂古哪里还有什么禅意?所以颂古必须要和其所颂赞的公案一起出现,方是真正的存在,这也是禅宗颂古不同于一般僧诗的地方。

综上,佛教偈颂简称"偈",汉译佛偈可分为经偈与诗偈,经偈是有韵佛经经文的汉译,诗偈是文学创作。颂古属于诗偈。偈颂之"颂",本意为夸赞,引申为阐释。为引人悟道而对古则公案进行的阐释称为颂古。相对于经偈来说,诗偈受中国传统诗歌影响更大,主要体现在形式上的格律化、语言上的典雅化及说理手法的间接化。反过来,佛偈促进了传统诗歌在一定程度上偏离了原来的抒情主题,分化出了山水诗、宫体诗、叙事诗、哲理诗等。颂古在形式上对传统文人诗歌、民歌及经典词作均有借鉴。相对于僧诗等佛教诗歌,颂古有明显的个性特征,如绕路说禅、以阐发公案为目的、不受格律约束、原创性要求不高、意象具有暗示性、必须附在公案之后等。

第七章　公案、颂古中的隐喻性表达

禅宗公案、颂古的语言大体可分为两大类：一类为承担正常叙事或说明功能的世俗语，一类为承担引导读者开悟功能的机锋语。由于"第一义"的不可言说性，禅宗僧人往往采用隐喻性语言来示机应机，谈禅说理。这些语言所表示的实际意义与其所具有的字面意义之间存在着一层隐喻关系，如对"佛"的称谓有一系列专门的词语；为免于仅停留在概念思维上，禅师对"开悟""佛法""自心即佛"等禅宗核心内容的表达亦是通过一系列隐喻性语句，以曲折的方式实现的；禅师对学僧示以机锋也多是通过动作、暗示性语言等间接的方式进行的；随身方便、就势接引一直是禅宗大师较为推崇的传法技巧。事实上，这些象征性的表达都是通过隐喻性的语言来实现的。所有隐喻关系的总和构成了一个基本的隐喻系统。读懂禅宗公案、颂古的关键就是参透其隐喻系统。虽然禅师接引学僧的方法不拘一格，然这些方法都是间接地以隐喻系统为基础的。只有熟悉了这些隐喻关系，参读者方具备正确理解公案、颂古的条件，从而少犯错误，避免盲目参禅，早日悟道。

禅僧的悟道与否是以自己的亲身体验为主的。常言道：如人饮水，冷暖自知。禅师们应时应机来接引学人，决不是照本宣科，而是充满智慧与能动性。佛、菩提、涅槃、般若、佛性、如来藏这些名目对修行者来说似乎是理想、是目的，也是高高的、远远的、可望而不可及的存在。禅者的修行是日复一日的，总得有个入处，忽然顿悟也离不了日常所打的基础。"是心作佛""即心即佛"这类说法，虽为大乘经典的常谈，而在佛教界，不管是法师也好、禅师也好，都把"心即佛"看作崇高与伟大的理想，自己只能随分修学而已，从不敢有轻而易得的想法。依《坛经》所说，菩提也好、般若也好，都在禅者自己的身心中，直截了当地把日常修行渠道指示了出来。于是佛不再是高远的理想，而是当下可以体验的。这就是曹溪禅的卓越处，从宗教的信仰，而到达宗教的自证。然慧能所说，不离经说，一切文句还是经中固有的。禅门只不过是找到了一个成佛捷径而已。菩提、般若、佛、定慧、三昧，在修学者心目中，极容易引起尊贵的、不平凡的感觉，而成为自己所求得的对象，而一旦成佛的目的变为一种追求对象,那就使修行者走上了邪路,永远也到达不了彼岸,永远也成不了佛。让成佛成了自己追求的对象,实际上是离成佛之境愈来愈远。慧能的聪明之处在于,他把经中的固有术语在日常生活中尽量地减少,加以含混化,或者加以轻毁,而另成"祖师西来意""本分事""本来人""本来身""本来面目""无位真人""这个""那个""白牯牛"等一类的术语,拉近了禅者修行与成佛间的距离,去掉对象化的过程,而直接到达目的。自此,禅宗一花五叶,五家分宗,野蛮生长,连达磨祖师也在被轻呵之列了。特别是扬眉、瞬目、擎拳、竖拂、叉手、推倒禅床、踢翻净瓶、画圆相、拨虚空、棒打、口喝、脚踢以及斩蛇、杀猫、放火、斫手指、打落水去等行为,以活泼的、象征的、暗示的、启发的形式去接引学人,使禅宗走向一枝独秀的地位。

除棒打口喝外,禅师接引学人主要还是靠语言开示。禅师在这种情况下所用的语言往往是反诘的、暗示的、意在言外的、或是无意味的,都不宜"依言取义"。禅师之语句愈来愈平常,愈来愈难解,变成自成一套说不完、参不透的公案与禅偈。其实,禅宗所修仍然是"如来藏"禅,所不同的是,慧能把成佛之路从高远引向了平实,后人又从平实引向深秘,需要专门索解才行。此外,身体动作的表示,如以手托出、用手指拨虚空、前进又后退、向左又向右走、身体绕一个圈子、站起、坐下、放下脚、礼拜等,都可看作一种暗示。拿起拂子、放下拂子、把拄杖丢向后面、头上的笠子、脚下的鞋子,信手拈来,都可以运用于公案机锋中。种菜、锄草、采茶、吃饭、泡茶等一切的日常行为,都可以用为当前表达的方法。这些可说是石头与洪州门下共通的方便。禅师接引学人的另一特殊手段就是圆相,把难以言说的内容用一系列图像表示出来。

第一节　公案、颂古中存在大量隐喻性语言的原因

在对禅籍的阅读与研究中,我们不难发现一些词句具有很强的隐喻性。其在上下文中的意思并非该词句的字面含义,而是字面含义之外的"隐喻义"。需要说明的是,这种隐喻并非严格的作为比喻之一种的修辞学概念,而是指存在于禅宗典籍,特别是公案与颂古作品中的意义指代关系。例如灵云志勤"桃花悟道"偈曰:"三十年来寻剑客,几回落叶又抽枝。自从一见桃花后,直至如今更不疑。"① 志勤禅师所要寻找的剑客并不是什么仗义疏

---

① 释蕴闻编:《大慧普觉禅师语录》,《大正藏》第 47 册,第 915a 页。

财、义薄云天的江湖侠士,而是指能帮助他斩断尘世间一切烦恼,引导他开悟的人或事物。这类语句广泛散布在禅宗语录的对机、上堂、小参、示众、垂语、代别、颂古、机缘、拈古、升座、提唱、法语、诗偈、赞语中,是造成禅宗语录难读的重要原因之一。大量的隐喻性语句分层次、分类别地汇集到一起,可视为一个隐喻系统。这些语句表面上平淡无奇,并没有难懂的语词或文字,但却承担着一些极为重要内容的表达。读者要想真正读懂公案、颂古,就必须先弄懂这套隐喻系统。

公案、颂古中之所以会有大量隐喻性语言,主要有三个原因。第一,禅宗第一义谛的不可言说性。禅宗的最高宗旨在于证悟正法眼藏,即依彻见真理之智慧眼(正法眼),透见万德秘藏之法(藏),亦即佛内心之悟境。禅宗视这种悟境为最根本、最深奥之智慧,即第一义。修行的目的就是为了达到这种智慧。然而这种智慧本身是不可以用语言直接描述的,它从根本上说是超语言的、超理性的、超现实的。所以凡是和第一义谛有关的表达皆要回避,否则便会误导学人执着于语言文字本身,从而走上了与开悟相反的道路。回避的方式有二种:一种是默而不言,一种是隐喻性表达,即通过隐喻性语言或动作来引导学人实现对第一义谛的证悟。随着禅宗公案教学的发展与普及,这类语言不断得到丰富与完善,逐渐形成了一套存在于公案、颂古中的隐喻系统。学人只有参透了这层隐喻系统方能到达禅门第一义。在禅宗看来,宇宙万象的真实样子是一种无差别的存在。在悟境中,一切能够使世界产生差别的东西——精神的也好,物质的也好——都是不存在的。很显然,在这种境界中,我们在今天的世界里习以为常的东西,诸如颜色、美丑、是非、道德、法律、语言、逻辑、形象等都是不存在的。既然这些有差别的东西都不存在,那么当我们需要通过语言、动作来表达这种境界时,就陷入了深深的困境。也就是说,我们用我们当前所拥有的语言表达方式是无法很好地表达出禅悟境界的。所以,最好的表达就是不表达,什么也不说,而用语言表达禅悟之境界,即所谓文字禅,只是一种不得已而求其次的手段。在禅宗看来,语言是表现现有差别事物的有力工具之一,它天然上就是不能准确表达无差别的禅悟境界的,所以,这种禅悟境界的获得,只能靠修禅者的自我体会,即所谓"如人饮水,冷暖自知"。在这种情况下,语言的作用正在于引导修禅者进入自我体会的状态。既然不能言说,所以这种语言只能是隐喻的、充满暗示的。

第二,禅宗"以心传心"的独特传法方式。释迦牟尼将自己的悟境传给迦叶尊者,又辗转传至菩提达磨,达磨又传至六祖慧能。这是禅宗的传法世系。西天二十八传,东土六传,皆是内传心印,外传袈裟等信物。所谓"以心传心"，就是将内心的悟境传授下去。由师父之心传至弟子之心，一代接一代。然而，如何才能实现以心传心呢？我们先来看看禅宗第一传，即释迦牟尼将心印传授给迦叶尊者的情形：

> 世尊在灵山会上，拈华示众。是时众皆默然，唯迦叶尊者破颜微笑。世尊曰："吾有正法眼藏，涅槃妙心，实相无相，微妙法门，不立文字，教外别传，付嘱摩诃迦叶。"①

世尊拈花，迦叶微笑，传法即告完毕。世尊只有一个拈花动作，未对所传之法做任何解说，迦叶只是一个微笑，对所接授之法未提出任何疑问。世尊对于是否传法成功，即迦叶是否真正获得了自己的悟境，未表现出任何怀疑，迦叶仅凭一个微笑即获得了世尊的充分信任。既然传法的内容非语言能够表达，传法的形式也无需语言的帮助。这样一代一代传下来，整个传法过程就都与语言无关。相反，后代的禅师们愈是对所传之悟境不厌其烦地解说，学人就愈是迷惑。学人愈是迷惑，所提疑问也就愈多。学人所提疑问愈多，禅师愈是加强勘验，不轻易印可——即承认传法成功。这样一发而不可收拾，最后禅师与学人间的问答构成了禅宗语录的主体。在此种情况下，如果禅宗语录仅是停留在一般的解释、说明、描述等理性表达上，根据禅宗不立文字，教外别传的传法传统，这些语录文字从根本上说都是不必要的。所以，禅宗语录主要是公案、颂古中有相当一部分为非理性的机锋语，通过暗示性语言来引导参读者进入对禅悟境界的体验。《虚堂和尚语录》卷三：

> 长生问灵云："混沌未分时如何？"云云："露柱怀胎。"生云："分后如何？"云云："如片云点太清。"②

"长生"疑为"长庆"，灵云志勤为长庆大安法嗣。露柱指法堂或佛殿正面之圆柱，与瓦砾、墙壁、灯笼等俱属无生命之物。以理性思维来看，露柱是不可能怀胎的，可公案偏要这样说，目的就是引导参读者放弃理性思维，进入禅悟的亲身体验之中。"混沌未分"意为无有分别，如果读者拘泥于"露柱怎么会怀胎呢"这样的问题，那就是有分别之心。"露柱怀胎"一语正是用来暗示不要有分别之心的，否则就无法理解"混沌未分"之问了。

---

① 释普济：《五灯会元》，苏渊雷点校，北京：中华书局，1984 年版，第 10 页。
② 释妙源编：《虚堂和尚语录》，《大正藏》第 47 册，第 1007a 页。

　　第三,禅宗内部长期的语言习惯。既然悟境及机锋语的隐喻性表达在禅宗内部已经形成了共识,那么长期以来这种语言习惯势必会不断扩大其应用范围。也就是说,禅宗语言中隐喻性词句的运用范围随着时间的推移逐渐由对悟境的暗示及机锋语的设置扩大到对更多内容的表达。例如用龟毛、兔角来隐喻有名无实的情况,或表示现实生活中根本不存在的事物。同时,这种语言习惯也导致公案、颂古中出现较多的有隐喻义的世俗词句。这包括两个方面:一是词句本身就具有约定俗成的隐喻义,另一个方面是本不具有隐喻义的词句禅僧在使用时给其赋予了隐喻义。例如"回互"一词,本为世俗词语,意为回环交错或曲折婉转,在公案、颂古中被赋予新意,乃指事物间相互涉入,无有区别;"不回互"一词则指事物各有自性,独立存在。"拈提"一词,本为人们拿起东西的动作,禅宗则借来表示举出古则、公案之义。在世俗语中,"际"字有边界、中间、时候等义,而在公案、颂古里"前际"指过去,"后际"指未来,"断际"意为截断过去与未来之间的相对性,可见"际"字被赋予了新的内涵。再如"闲人"一词,意为闲着没有事的人或与事无关的人,而在公案、颂古里一般是指有闲暇可修行佛道之人,与世俗意义相反。此外,禅师接引学人决不是以《坛经》《楞伽经》《金刚经》等为范本而照本宣科的,相反他们过着一种洒脱自然、真实具体的生活。他们生活中经常充满着一种不拘章句、不泥于句读训诂的活泼思维。这种思维既能使禅僧们过着悠游自在的生活,又能帮助他们完成传法接嗣的任务。三论宗以为,佛说八万四千法门是为了适应学人不同的根机。既然每个学人的根机不同,那么禅师在导引学人开悟时就不能千篇一律,而应随时随地地施设方便。禅师在点拨学人时多依自己的成长背景与文化知识而便宜说法。这是造成大量世俗词语进入公案、颂古并被赋予某种隐喻义的重要原因。

第二节　公案、颂古中隐喻性语言的分类

　　《禅宗颂古联珠通集》中的隐喻性词句按内容大体可分为以下十三类。

一、佛

　　对于禅宗学人来说,佛并不只是一个概念,而是切实修行的最终目的。学人一旦执着于观念之佛,就难以真正超脱。因为学人所要修成之佛与用语言表达出来的佛并不是一回事。前者为真佛,后者为存在于人们思想观念中的概念之佛。《云门匡真禅师广录》卷二曰:"世尊初生下,一手指天一

手指地,周行七步,目顾四方云:'天上天下唯我独尊。'师云:'我当时若见,一棒打杀与狗子吃却,贵图天下太平。'"①作为佛家弟子的云门文偃之所以敢打杀世尊,就是因为他认为公案中的世尊并非真正的世尊。它只是学人思想观念中的佛而已。如果禅僧整天想着成为神通广大之佛,那他就永远也成不了真佛。所以在禅籍中,对佛的称谓是用一系列其他词语来代替的。

(一)大家、老胡、黄面老、象王、鹅王、金毛师子

"大家"一般是指宫中近臣或后妃对皇帝,或者奴仆对主人的称呼。禅籍里有时用为佛的代称。《潭州沩山灵祐禅师语录》卷一曰:

> 沩山冬月问仰山:"天寒? 人寒?"曰:"大家在这里。"师曰:"何不直说?"曰:"适来也不曲。和尚如何?"师曰:"直须随流。"②

沩山灵祐问弟子仰山慧寂冬天是天冷呢,还是人冷呢? 仰山回答心中有佛,自然不觉得冷,间接地回答了老师的问题。针对此公案,无际可派禅师颂曰:"大家在这里,两手扶不起。放下近前看,是什么面嘴。"③佛之法身无有实相,故无法用手扶起,亦无从观其面貌。

秦汉以前中国称印度为胡,历代沿袭,故称印度释迦牟尼与菩提达磨为老胡,又以释迦牟尼为金色之身,故称黄面老。另据《胜天王般若波罗蜜经》卷七载佛有八十种好,进止如象王,行步如鹅王,容仪如狮子王,故以象王、鹅王、狮子王来譬喻佛。既然师(狮)子可指代佛,那么弄师子隐喻修行佛法就好理解了。《禅宗颂古联珠通集》卷十七:

> 云岩因药山问:"闻汝解弄师子是否?"师曰:"是。"曰:"弄得几出?"师曰:"弄得六出。"曰:"我亦弄得。"师曰:"和尚弄得几出?"曰:"我弄得一出。"师曰:"一即六,六即一。"后到沩山。沩问:"承闻长老在药山弄师子是否?"师曰:"是。"曰:"长弄? 有置时?"师曰:"要弄即弄,要置即置。"曰:"置时师子在甚么处?"师曰:"置也,置也。"④

懒庵鼎枢颂曰:"放出金毛师子,百兽不见踪由。要得爪牙全露,直须自把绳

---

① 释守坚集:《云门匡真禅师广录》,《大正藏》第 47 册,第 560b 页。
② 释圆信、郭凝之编集:《潭州沩山灵祐禅师语录》,《大正藏》第 47 册,第 578c 页。
③ 释法应集、释普会续集:《禅宗颂古联珠通集》,《卍新纂续藏经》第 65 册,第 564b 页。
④ 《禅宗颂古联珠通集》,第 577b 页。

头。"①字面是耍弄狮子，实际隐喻修行佛法。《楞严经》卷六曰"一根既返源，六根成解脱"②，谓眼、耳、鼻、舌、身、意等六根之中，若有一根返回真性，则其余五根亦皆得解脱。所以云岩曰"一即六，六即一"。若要金毛狮子爪牙全露，就得自把绳头，实际是说若要佛性全彰，就需自己真正开悟。此外，佛之座席往往被称为师(狮)子座，佛之说法被称为师(狮)子吼。

(二) 渠、这个、那个

"渠"意为他或它，与"这个""那个"一样，在公案、颂古中常被用来代指佛。《禅宗颂古联珠通集》卷十七：

> 道吾因沩山问："甚么处去来？"师曰："看病来。"山曰："有几人病？"师曰："有病底，有不病底。"山曰："不病底莫是智头陀么？"师曰："病与不病，总不干他事。速道速道。"山曰："道得也与他没交涉。"颂曰："妙药何曾过口，神医莫能捉手。若存也渠本非无，至虚也渠本非有。不灭而生，不亡而寿。全起威音之前，独步劫空之后。成平也天盖地擎，运转也乌飞兔走。"(天童觉)③

这里的渠、他都是指代佛。佛境已泯灭了差别，所以不存在病与不病，也不存在有与无。佛性不生不灭，遍布大千世界。

白云守端禅师为"达磨大师西来，直指人心，见性成佛"公案所作颂曰："先被梁王勘破，却向少林孤坐。谩言教外别传，争奈不识这个。"④中华禅宗初祖达磨见梁武帝传法不契，渡江而北，于少林寺面壁九年，方成功传法给二祖。颂古中的"这个"即指佛。有一则关于药山惟俨禅师的公案曰："遵布衲浴佛，师曰：'这个从汝浴，还浴得那个么？'遵曰：'把将那个来，师便休。'"⑤在此公案中，"这个"指佛像，"那个"指真佛。遵布衲所浴为佛像，真佛虚空无相，当然不能拿出来。

二、禅僧

相对于密宗等其他佛教派别，禅宗的修行方式较为自由，行、住、坐、卧

① 《禅宗颂古联珠通集》，第577c页。
② 赖永海、杨维中译注：《楞严经》，赖永海主编《佛教十三经》，北京：中华书局，2010年版，第223页。
③ 《禅宗颂古联珠通集》，第576b页。
④ 释守端：《白云守端禅师语录》，《卍新纂续藏》第69册，第296b页。
⑤ 释道霈重编：《永觉元贤禅师广录》，《卍新纂续藏》第72册，第549a页。

皆是禅，传法方式也较为活泼。禅师、弟子、学僧、居士间往往不是直呼其名，而是用一些生动形象，人所共知，且富有启发性或评价性的词语来代替，从而使他们之间的对话变得亲近、随和、富有张力。

（一）栓索（拴索）、傀儡（鼻孔自来粗、鼻孔被穿）、黄金骨（金锁骨）

这些词和高僧遗骸及僧人的生活方式有关，在公案、颂古中常被用以指代禅师本人，或用以暗示其生活方式，使人联想到禅师本人。《禅宗颂古联珠通集》卷八：

> 国师因肃宗又问曰："如何是无诤三昧？"师曰："檀越踏毗卢顶上行。"曰："此意如何？"师曰："莫认自己清净法身。"又问师，师都不视之。曰："朕是大唐天子，师何以殊不顾视？"师曰："还见虚空么？"曰："见。"师曰："他还眨眼视陛下否？"[1]

雪窦重显颂曰："铁槌打碎黄金骨，天地之间更何物。三千刹海夜澄澄，不知谁入苍龙窟。"[2]所谓"无诤"是指住于空理而与他人没有诤讼。既然入此境界，那么檀越在头顶上行与否，都无所谓了。忠国师既已悟道成佛，那么他的国师之号，就只不过是一个临时用的名字而已。高僧成佛之后，除了肉身遗留在世上之外，就没有什么有形之物了，就归于虚空了，所以虚空是不会眨眼的。

"拴索本指傀儡戏中连络木偶肢体的木钉和绳索"[3]，是木偶的重要组成部分。一件木偶一般是由栓索、木头、白土、颜料、毛发、服饰等组成。栓索从内部连接木偶的头与四肢，并且引出长线供表演者提拉。栓索被用以指代高僧骸骨主要基于二者的以下相似之处：第一，木偶的内在构成部分是栓索，一旦去掉外面的木头等材料，一个木偶就只剩下了栓索；高僧一般都比较瘦，愈老愈瘦，其去世时的遗骸就像皮肉落尽后的一尊枯骨一样。枯骨相互勾连，如同木偶的栓索。第二，木偶是无生命的，无意识的，一举一动都受人摆布；高僧平时以佛自居，一举一动都出自无意识，与木偶无异。第三，高僧常称自己为傀儡，实际就是木偶，自无心智，随缘自任。《禅宗颂古联珠通集》卷六：

---

① 《禅宗颂古联珠通集》，第518c页。
② 《禅宗颂古联珠通集》，第519a页。
③ 周裕锴：《拴索·傀儡·锁骨——关于一个独特词汇的宗教寓意的考察》，《宗教学研究》2011年第3期（第9期），第74—79页。

二十四祖师子尊者因罽宾国王秉剑于前曰:"师得蕴空不?"祖曰:"已得蕴空。"曰:"离生死不?"祖曰:"已离生死。"曰:"既离生死,可施我头?"祖曰:"身非我有,何吝于头?"王即挥刃断尊者首,涌白乳高数尺,王之右臂旋亦堕地。①

得道高僧皆有"身非我有"之体验,实际就是因已达佛智而自然产生的无意识、无差别境界。

黄金骨本指仙骨,用以指代高僧遗骸,取成仙、成佛俱是"得道"之义。至于金锁骨,乃指得道之人联结如锁状的骨节,其对高僧骸骨的隐喻,应与一则佛教典故有关:

昔延州有妇人,白晳,颇有姿貌,年可二十四五。孤行城市,年少之子悉与之游,狎昵荐枕,一无所却。数年而殁,州人莫不悲惜,共醵丧具为之葬焉。以其无家,瘗于道左。大历中,忽有胡僧自西域来,见墓,遂跌坐具,敬礼焚香,围绕赞叹数日。人见谓曰:"此一淫纵女子,人尽夫也,以其无属,故瘗于此。和尚何敬邪?"僧曰:"非檀越所知,斯乃大圣,慈悲喜舍,世俗之欲,无不徇焉。此即锁骨菩萨,顺缘已尽,圣者云耳,不信即启以验之。"众人即开墓,视遍身之骨,钩结如锁状,果如僧言。州人异之,为设大斋,起塔焉。②

鼻孔自来粗、鼻孔被穿亦是傀儡之意,意味着被控制。相反,无鼻孔则意为不被控制,还称不上是傀儡,也意味着未断尽自我意识。《禅宗颂古联珠通集》卷二十二:

益州大随法真禅师因僧问。劫火洞然,大千俱坏,未审这个坏不坏? 师曰:"坏。"曰:"恁么则随他去也。"师曰:"随他去。"僧不肯,后到投子举前话。子装香遥礼曰:"西川古佛出世。"谓其僧曰:"汝速回去忏悔。"僧回大随,师已迁化。③

---

① 《禅宗颂古联珠通集》,第 506c 页。
② 李复言:《续玄怪录》,林宪亮译注:《玄怪录·续玄怪录》,北京:中华书局,2019 年版,第 479 页。
③ 《禅宗颂古联珠通集》,第 611b 页。

地藏守恩禅师颂曰:"劫火洞然大千坏,面前鼻孔镇长在。只为随他一句言,腰间失却个皮袋。"①"鼻孔镇长在"意为已经成佛,一句"随他去",自己的肉身也坏了,随他而去了。另外,"鼻孔大头垂""鼻孔撩天"亦是鼻孔粗之意,暗示已经成佛。

(二) 作家(老作、作者)、行家(当行家)、老古锥

作家原意指善于创作文学作品的人。禅师以语言、动作、图像、对象等随时随地启发学人,与文学作品之创作过程类似,特别是颂古、偈赞等本身就是文学作品,故得道禅僧被称为作家是十分恰当的。行家、当行家乃是"当行的作家"的简称。《禅宗颂古联珠通集》卷十八:

> 赵州因参百丈。丈问"甚处来?"师曰"南泉来。"曰:"南泉近日有何言句示徒?"师曰"无事之人直须悄然去。"曰"悄然一句且致,忙然一句作么生道?"师进前三步,丈便喝,师作缩身势。丈曰"大好悄然。"师便出去。颂曰:"作家相见,彼此难构。忙然悄然,进前缩后。捏不成,塑不就。大路不行草里走。"(佛鉴懃)②

赵州从谂为南泉普愿弟子,南泉普愿与百丈怀海俱得法于马祖道一。赵州参百丈,百丈当然有提携之义。赵州从谂亦为著名得道高僧,所以在佛鉴慧懃看来,他们都是当行的作家。再如庞居士以其家业尽投湘水,他的女儿灵照只好每天在集市上卖笊篱为生。圆照宗本颂曰:"鬙角堆云美态娇,笊篱数柄杖头挑。入廛宁可无人问,撞着行家定不饶。"③对灵照来说,卖不出去笊篱没关系,但若遇到当行的禅师,会对她进行一番勘验,万一勘验不过,那她的终身大事(悟道)就无法实现了。

一些高僧被称作"老古锥"是因为他们想方设法的接引学人,使学人自心保持清醒,不被迷妄的世界所蒙蔽,好比是拿着尖尖的锥子,到处锥刺学人一样。面对禅师设置的机锋,学人必须清醒地应对,就像被锥刺一样;同时,禅师又像古代的医者,用针锥治病救人。锥子长期使用就会变秃,所以老古锥常用作嫌词或对高僧的戏称,比喻机锋迟钝不锐利。《禅宗颂古联珠通集》卷十九:

---

① 《禅宗颂古联珠通集》,第611c页。
② 《禅宗颂古联珠通集》,第583c页。
③ 《禅宗颂古联珠通集》,第556a页。

赵州与文远论义曰:"斗劣不斗胜,胜者输果子。"远曰:"请和尚立义。"师曰:"我道一头驴。"远曰:"我是驴胃。"师曰:"我是驴粪。"远曰:"我是粪中虫。"师曰:"你在彼中作甚么?"远曰:"我在彼中过夏。"师曰:"把将果子来。"①

南堂道兴颂曰:"赵州老古锥,家风继金粟。文远小厮儿,窟中师子属。共抚无弦琴,同唱还乡曲。花簇簇,锦簇簇。一片好良田,瞥尔生荆棘。赤脚汉趁兔,着靴人吃肉。"②赵州耐心的与侍者文远打赌,其实就是在点拨文远。他们在说日常生活中的卑下之事,文远却想到了度夏之修行,说明他没有完全把此事忘却,是执于修行,反而不是真正的修行,所以文远输却了果子。

三、师徒关系

禅宗师徒关系有两种,第一种是法嗣,师徒间是传法与得法的关系;第二种是一般的师徒关系,即老师被称为禅师,学人则以弟子自居。第二种关系的一个重要特点是学人在此老师处并未开悟。一般来说,一个禅僧只有一个得法老师,尽管在得法之前,他可能参访过多位禅师,这些禅师也许是著名的得道高僧,但这位学僧未必真能在这些高僧的启发下开悟。也就是说二人机缘未随。这种情况下,受访禅师要么留学僧多呆些时间,继续寻找契合二人的机缘;要么就建议学僧到别的禅师处参访。从禅师这边来说,他可能同时有多位弟子,但只有那些在他的启发下得法开悟的弟子才是他的法嗣。

(一) 父子、象王象子、师子儿

"父子"多用来指代禅师与其法嗣的关系。马祖道一某日升堂讲法,还未开口,百丈怀海却把自己面前的席子卷起来了,马祖便下座。无准师范颂曰:"一柄无情雪刃刀,当锋谁敢犯秋毫。马师父子亲提掇,血喷千山风怒号。"③马祖要开堂说法,其高足百丈怀海卷起席子就走,暗示法不必说,法不可说。师徒皆为悟道者,配合默契。这番景象对于一旁的未悟学僧来说,可谓是一堂别开生面的说法。所以,马祖不是没有说法,而是在百丈的帮助下使这堂说法变得更为生动,也更有启发性。保宁仁勇禅师对"世尊传金襕外,别传何物"公案颂曰:"象王行处绝狐踪,象子雄雄继此风。休说二千年后事,纵尘沙劫又何穷。"④此颂中,"象王"指世尊,"象子"指世尊弟子摩诃

---

① 《禅宗颂古联珠通集》,第590c页。
② 《禅宗颂古联珠通集》,第591a页。
③ 释宗会等编:《无准师范禅师语录》,《卍新纂续藏》第70册,第265a页。
④ 《禅宗颂古联珠通集》,第505b页。

迦叶。

既然"师子"一词指代佛,师子儿就是佛之子,所以公案、颂古中常被用来指悟道高僧的上首弟子。《景德传灯录》卷十七载曹山本寂与弟子的对话如下:

> 问:"如何是佛法大意?"曰:"填沟塞壑。"问:"如何是师子?"师曰:"众兽近不得。"曰:"如何是师子儿?"师曰:"能吞父母。"曰:"既是众兽近不得,为什么被儿吞?"师曰:"子若哮吼,祖父母俱尽。"曰:"只如祖父母还尽也无?"师曰:"亦尽。"曰:"尽后如何?"师曰:"全身归父。"①

佛法大意只能亲证,不能通过问询来了解,通过问询了解的佛法大意只是语言概念,所以要摒弃。能吞父母、祖父母的师子儿自然是已经悟道的师子儿。既然师子儿能吞父母,那么祖父母就会被得道之父所吞。这里有芥子纳须弥的道理在里面,得道者与万物为一体。再如法眼文益举柏树子话问觉铁嘴曰:"承闻赵州有此话,是否?"觉曰:"先师无此语,莫谤先师好。"眼曰:"真师子儿。"②觉铁嘴为赵州从谂的悟道高足,当然可堪师子儿之称。他之所以不承认赵州有柏树子话,是因为法眼的问话包含机锋,如果如实回答,就会因不识机锋而死于句下,不但表明自己是佛法的门外汉,还连累了老师的名声。既然赵州被称为古佛,已经泯灭了差别与认知,怎么会说出"柏树子话"呢。岂不闻,世尊传法四十九年,未尝说一字。

(二) 撒沙(抛沙)、撒土

撒沙、抛沙、撒土意思相同,指对禅宗第一义谛进行毫无启发意义的解说,一般用作禅师对学人的自谦之词。禅宗认为人人本具佛性,俗人之所以不能成佛,是因为自心被蒙蔽了。禅师对第一义谛的解说,本意是为了启发学人开悟。然而,学人若不能受到启发而开悟,甚至被禅师的解说弄得更迷茫了,则禅师的解说变得毫无意义,就像往学人的自心上撒土撒沙一样,使学人之心更加被蒙蔽了,更难开悟了。《禅宗颂古联珠通集》卷三十二:

> 长庆因僧问:"如何是正法眼?"师曰:"有愿不撒沙。"保福云:"不可更撒也。"颂曰:"愿力山高岂足夸,藏身露影数如麻。若非保福亲曾见,

---

① 释道原:《景德传灯录译注》,顾宏义译注,上海:上海书店出版社,2010 年版,第 1229 页。
② 《禅宗颂古联珠通集》,第 588c 页。

谁信棱公更撒沙。"(宝叶源)[1]

学僧问佛之悟境,这当然是不可言说的。长庆慧棱说我曾经发愿不再说东说西,误了学人的参禅之路。这其实是一句以自谦之词出现的机锋语,表面上是说我的解答不重要,不足以对你有指导作用,实际上是暗示学人明白:你所问的"正法眼"(即正法眼藏)不是用言语可以解说的,要靠你的亲身体悟,一切解说言语对于最终悟道来说都是糟粕。保福从展禅师"不可更撒"意思是说:既然正法眼藏不可言说,您就沉默不说好了。可您却说了。您对学僧如此回答,也是对学僧自心的一种新蒙蔽呀。保福之语属于拈古,是对长庆所设机锋语的辅助说明,目的仍是启发学人不执于任何解说,去亲身体悟正法眼藏。

四、成佛之事

禅僧对自己修行的最终目的人人心知肚明,那就是见性成佛。可如果每次都这样直来直去地说,反而是一种执念,也是对自己成佛之路的一种轻蔑,所以他们一般不明说此事。在长期的发展交流中,他们往往随口用一些各人都明白的常用词语代替。

(一) 本分事、大事、极则事、密事

得道成佛是禅僧修行的最终目的,也是行事为人的最高准则。禅僧出家后的一切活动都以是否有助于成佛为取舍标准。禅宗认为人人本具佛性,皆可成佛。禅僧出家后要做的最大的事就是自我证悟。成佛在我,不由他人。他人所起的作用仅在于通过某些言语、动作等启发自己。悟境究竟如何,要靠学人自己去体验。所以禅僧修行也较为自由,不要求一定坐禅,只要不忘记自己的本分事,平平淡淡的日常生活也是修行。至于密事,乃是就人人本性圆明,自我修行,不假外求之义来说的。《万松老人评唱天童觉和尚拈古请益录》卷一:

> 石梯问侍者什么处去。者云:"上堂斋去。"梯云:"我岂不知汝上堂斋去?"者云:"除此之外,别道什么?"梯云:"我只问汝本分事。"者云:"若问本分事,某甲实是上堂斋去。"梯云:"不谬为吾侍者。"[2]

---

①　《禅宗颂古联珠通集》,第 673a 页。

②　释正觉拈古、行秀评唱:《万松老人评唱天童觉和尚拈古请益录》,《卍新纂续藏》第 67 册,第 479a 页。

建福石梯禅师所问"甚处去"实是从侍者的修行目的角度来问的,是在日常状态下忽然问了一句机锋语,而侍者开始显然是没有意识到这是机锋,仅仅用平常语言进行了回答。石梯禅师只好提示说问的是你的"本分事"。侍者的第二次回答很好地应对了机锋,所谓"切忌道着",真正的本分事不能说出口,所以禅师予以了肯定。

(二) 衲衣下事、纸衣下事

僧人之常服是衲衣,衲衣之下,就是身体。所谓衲衣下事就是自身最终何去何从之事。对禅僧来说,身体的最终归宿就是涅槃成佛。有僧问香林澄远:"如何是衲衣下事?"师曰:"腊月火烧山。"①香林的回答正是依涅槃来设辞的。腊月本来就干燥,到处枯木树叶,这时若有山火,可想而知是多么的熊熊燃烧,而这正是禅僧肉身的归宿,即火化。纸衣即纸制之衣服,古时穷人多穿之。禅僧以山居为主,亦有穿纸衣的习惯。《文房四谱·纸谱》记载:"山居者常以纸为衣,盖遵释氏云'不衣蚕口衣'者也。"②

五、肉身与法身

公案、颂古中对于僧人肉身与法身的表达也是通过一系列替代词来实现的。

(一) 大小世尊、大小德山

禅籍中的大小某某,有两种基本含义,一种是指师徒关系,另一种是指肉身与法身,以第二种含义较为普遍。肉身为小,法身为大。禅宗二十四祖师子尊者因罽宾国王断其首,玄沙云:"大小师子尊者,头也不解作得主。"③大小师子尊者同指二十四祖。《禅宗颂古联珠通集》卷十六:

> 黄檗一日辞南泉。泉门送,提起师笠曰:"长老身材没量大,笠子太小生?"师曰:"虽然如此,大千世界总在里许。"泉曰:"王老师呢?"师戴笠便行。④

南泉说黄檗身材没量大,显然是指黄檗的法身。黄檗为得道之高僧,所以有大小二身。关于法身之特点,再请看如下材料:

---

① 惟盖竺编:《明觉禅师语录》,《大正藏》第 47 册,第 687a 页。
② 苏易简:《文房四谱》,朱学博校点《文房四谱:外十七种》,上海:上海书店出版社,2015 年版,第 58 页。
③ 释道泰编:《禅林类聚》,《卍新纂续藏》第 67 册,第 2b 页。
④ 《禅宗颂古联珠通集》,第 568c 页。

师（洞山）看病僧。僧云："火风离散时如何？"师曰："来时无一物，去亦任从伊。"云："争奈赢瘵何？"师曰："须知有不病者。"云："如何是不病者？"师曰："悟则无分寸，不悟则隔山坡。"云："前程还许卜度也无？"师曰："虽然黑似漆，成立在今时。"①

这里的"不病者"即是法身。法身不灭，故不病。《禅宗颂古联珠通集》卷二十四：

洞山参兴平便礼拜。兴曰："莫礼老朽。"师曰："礼不老朽者。"兴曰："渠不受礼。"师曰："渠不曾礼。"②

这里的"不老朽者""渠"亦是指的法身。法身佛常住不变，故"不曾礼"。傅大士有颂云："空手把锄头，步行骑水牛。人从桥上过，桥流水不流。"③之所以出现这种情形，是因为该诗是从法身的角度来描述的。我们的肉身等于房子，而佛性才是住在里面的真人。这首偈就是提醒我们认识"大我"与"小我"，大我与万物同体同质。

（二）作舞、露地白牛、皮袋（皮囊）、形山

"作舞""露地白牛"两词皆为法身的暗示语。作舞是指身体处于自由自在的状态，暗示自己因证悟自性而异于常人。《禅宗颂古联珠通集》卷十二：

中邑因仰山问"如何得见性去？"师曰："譬如一室有六窗，内其一猕猴，外有猕猴从东边唤狌狌，猕猴即应。如是六窗，俱唤俱应。"山作礼曰："适来蒙和尚譬喻，无不了知。更有一事，只如内猕猴瞌睡，外猕猴欲相见时如何？"师下绳床捉山手作舞曰："狌狌，我与汝相见了也。"④

内猕猴就是佛性，外猕猴比喻外界的变化。从不同的窗户喊都能叫起内猕猴，说明佛性是唯一的，一体而多用。中邑和尚下绳床作舞，是暗示自己处于法身状态，与内猕猴所代表的佛性无异，故即算相见。

露地为门外之空地，喻为平安无事之场所；白牛意指清净之牛。露地白

---

① 释慧印校订：《筠州洞山悟本禅师语录》，《大正藏》第47册，第511a页。
② 《禅宗颂古联珠通集》，第623c页。
③ 释慧洪撰：《智证传》，《卍新纂续藏》第63册，第180a页。
④ 《禅宗颂古联珠通集》，第547b页。

牛与作舞一样,隐喻处于自由自在的法身状态。《汾阳无德禅师语录》卷二:

> 僧问德山:"如何是露地白牛?"云:"叱叱。"云:"饮啖何物?"山云:
> "吃吃。"①

白牛是何面貌,啖喂何物,都是看不到的。沩山灵祐禅师只是做出了驱牛与喂牛的动作与声音而已。露地白牛隐喻法身,故看不到,禅师只能通过暗示的方式表明它的存在。

皮袋、皮囊、形山皆为肉身的暗示语。人的肉体犹如于皮袋中藏入一切骨肉脏物等,故又作臭皮袋、臭皮囊。肉体之所以有形山之称是因为对佛性的宝贵。宝物多藏于深山之中,而佛性藏于人的肉体之中,故以肉体为山,以"秘在形山"一语指人人所具之佛性。

六、佛性

人人本具之佛性是一种内在体验,本可以不说出口,但在有些情况下,比如请求印可、接引学僧、应对机锋等,又不能不说。面对这种情况,禅僧往往用间接的方式加以表达。

(一)家私(家珍)、自家底、自家宝藏、明珠

自释迦牟尼以来,所谓成佛,所谓开悟,实际上就是指回归本心,使本心不受外界的任何干扰,用本心去体察万物,达到与万物即而不离的境界。早期佛教徒达到此种境界是靠禅定,禅宗不要求信徒必须坐禅,通过富有启发性的思辨过程也能发见自心,智慧地观照万事万物,即为开悟。人之佛性圆满具足,不假外求,犹如自己家的宝贝一样,所以有家私、家珍、自家底、自家宝藏之代称。《联灯会要》卷六:

> 士(庞蕴)问石头:"不与万法为侣者是甚么人?"头以手掩士口。士于此有省。后问马大师。大师云:"待汝一口吸尽西江水,即向汝道。"士于言下大悟。②

"侣"意为陪伴。不与万法为侣的是佛性。佛性空寂无相,无有差别,故不与万物共存。可是这种境界是无法用言语表达出来的,就是佛性二字也仅是

---

① 释楚圆集:《汾阳无德禅师语录》,《大正藏》第47册,第610a页。
② 释悟明集:《联灯会要》,《卍新纂续藏》第79册,第55b页。

一个概念,而不是实质。就像中国历史上的"白马非马"之论一样,白马仅仅是一个语言文字范畴内的概念,而不是真的马。真的马有四肢,白马仅是白与马两个字的组合体而已,当然不可能有四肢,所以白马非马。佛、佛性的概念与此同类。既然不能通过言说解决问题,石头希迁禅师就"掩其口",暗示庞居士向内体验。面对同样的问题,马祖的回答是"待汝一口吸尽西江水,即向汝道",庞居士不可能一口吸尽西江水,所以也别指望马祖能道出答案。五祖法演颂曰:"一口吸尽西江水,洛阳牡丹新吐药。簸土扬尘勿处寻,抬头撞着自家底。"①正如五祖演所说,这个不与万法为侣者正是自家的,是人人具有的佛性。

明珠有使浊水变清之功效,且暗中发光,惹人喜爱,用来隐喻佛性,正是着眼于其清净、光亮、宝贵的特点。《袁州仰山慧寂禅师语录》卷一:

> 东寺问仰山:"汝是甚处人?"师云:"广南人。"东寺云:"我闻广南有镇海明珠,是否?"师云:"是。"东寺云:"此珠如何?"师云:"黑月即隐,白月即现。"东寺云:"还将得来也无?"师云:"将得来。"东寺云:"何不呈似老僧?"师叉手近前,云:"昨到沩山亦被索此珠,直得无言可对、无理可伸。"东寺云:"真师子儿,善能哮吼。"②

此明珠实相无相,无法言说,无有理性,很显然隐喻的是佛性。然而,用明珠隐喻佛性并不是禅宗内部常用的譬喻,仰山慧寂禅师只是在被问及时便宜说法而已,所以东寺如会禅师称赞仰山善哮吼,就是善于说法。

(二) 主人(主人公、主人翁)、屋里、本来面目、无位真人

佛教认为万物是由四大构成,即坚性的地、湿性的水、暖性的火、动性的风,皆为虚妄之相。四大在本质上亦为空假,故万法归一于空寂。人的肉体是虚妄的,真正支配肉体的是真实存在的佛性。所以,人人本具之佛性被称为主人、主人公、主人翁等。禅悟者各守自家之佛性,所需一任具有,故不需与外人有交涉。此种情况下,禅悟者之间的关系正如俗语所说的"焦砖打着连底冻,赤眼撞着火柴头"一样,各自是平等的。所以在公案、颂古中,许多被印可的学僧在离开求法禅师时并不表现出感恩之情,竟是扬长而去,头也不回。

屋里又作屋里主人翁、屋里主人公,指人人本具之佛性。盖以屋子喻身体,以主人喻佛性。无位真人本指彻见本来面目,业已得悟解脱之人。在公

---

① 释师明集:《续古尊宿语要》,《卍新纂续藏》第68册,第414c页。
② 释圆信、郭凝之编:《袁州仰山慧寂禅师语录》,《大正藏》第47册,第585a页。

案、颂古中转指佛性。《镇州临济慧照禅师语录》卷一：

> （临济）上堂云："赤肉团上有一无位真人，常从汝等诸人面门出入，未证据者看看。"时有僧出问："如何是无位真人？"师下禅床把住，云："道道。"其僧拟议，师托开，云："无位真人是什么干屎橛？"便归方丈。①

临济骤然把住学僧，逼其说什么是无位真人，欲使学僧处于无意识状态而诱导其开悟。学僧一旦拟议，即回复到理性状态了，所以临济连忙转开话题，不希望学僧执着于"无位真人"，真的去思考何为无位真人的问题，因为这样的思考于开悟是徒劳的，且适得其反。

（三）水中盐味，色里胶青

禅宗认为佛性是实际存在的，但其本体却是虚空的，即所谓的实相无相。佛性与万物是即而不离的关系。万物皆有佛性，是为体；万物各有差别，是为用。这个道理使用譬喻更容易说明白一些，"水中盐味，色里胶青"一语即是。胶青又叫胶清，是一种流动性较大而没有杂质的胶，也指用这种胶制成的颜料或染料。水中放盐后，水有盐味，却从水中看不到盐；色里放胶青，色有粘性，却从色里看不到胶。水与盐、色与胶的关系正与佛与万物即而不离的关系相似。知道了这种关系，对于理解禅籍中的一些表达很有帮助。圆悟克勤《送圆首座西归》曰："得道之士，立处既孤危峭绝，不与一法作对，行时不动纤尘。岂止入林不动草，入水不动波。"②以世俗思维来看，入林不动草，入水不动波根本是不可能的事情。然而对于已经悟道之人，这样的事是很平常的。因为佛体与万物是即而不离的关系，也就是说得道成佛之人，本来就是和万物在一起的。在得道者内外俱寂，翛然自得，无忧无虑的悟境中，是无所谓纤尘、水波或林木的，一切视而不见。

七、开悟与未悟

禅僧开悟与否除了取决于禅师的印可之外，还取决于他自己的言行。在公案、颂古中，有许多词语是间接地表达开悟与未悟的。

（一）到（到家、在）、不到（未到家、不在）；具眼（眼有睛）、不具眼（失却眼睛）

这些词语都是一部分说的开悟，另一部分说的未悟。《禅宗颂古联珠通

---

① 释慧然集：《镇州临济慧照禅师语录》，《大正藏》第 47 册，第 496c 页。

② 《圆悟佛果禅师语录》，第 781a 页。

集》卷九：

> 让和尚因马大师阐化江西。师问众曰："道一为众说法否？"众曰：
> "已为众说法。"师曰："总未见人持个消息来。"众无对。因遣一僧去云：
> "待伊上堂时但问作么生，伊道底言语记将来。"僧去，一如师旨，回谓师
> 曰："马师云：自从胡乱后三十年，不曾缺盐酱吃。"师然之。①

胡乱指唐代的安史之乱，不缺盐酱是暗示自己悟道之后于生活中不曾断绝
对佛性的护持。僧人日常生活中常吃白粥，盐酱是可加可不加的，富裕了就
加，不富裕时就不加。这与僧人于行住坐卧的日常生活中悟道相类，有人悟
道了，算是白粥中加了盐酱；有人没有悟道，生活也照样继续，白粥照吃，只
是少了盐酱。针对此公案，木庵安永颂曰："石火光中验正邪，等闲拈却眼中
沙。自从不曾少盐酱，敢保渠侬未到家。"②到家就是开悟。敢，意为岂敢。
一句不曾少盐酱，谁敢说马大师没有开悟呢。《禅宗颂古联珠通集》卷三
十八：

> 南岳芭蕉庵大道谷泉禅师。……同参慈明。明问："白云横谷口，
> 道人何处来？"师左右顾视曰："夜来何处火？烧出古人坟。"明曰："未
> 在，更道。"师作虎声。明以坐具便掫。师接住，推明置禅床上。明却作
> 虎声。师大笑曰："我见七十余员善知识，今日始遇作家。"③

"不在"意为不在悟境，没有悟道之义。开始见面，慈明视谷泉为悟道者，谷
泉便以悟道之状态应对，眼中无有他人，把对话之场所说成坟场。慈明认为
这不是真正的悟境，让谷泉重新再说。泉不再说了，并视己为虎，作虎声；慈
明为截断其哮吼（言语），以坐具便打。谷泉唯我独尊，反打慈明。慈明也只
好作虎声。如此设机、应机，两个都是作家。《禅宗颂古联珠通集》卷三
十六：

> 法眼问觉上座："船来陆来？"曰："船来。"师曰："船在甚么处？"曰：
> "船在河里。"觉退。师却问傍僧曰："你道适来这僧具眼不具眼？"④

---

① 《禅宗颂古联珠通集》，第 522b 页。
② 《禅宗颂古联珠通集》，第 522c 页。
③ 《禅宗颂古联珠通集》，第 715a 页。
④ 《禅宗颂古联珠通集》，第 704c 页。

禅宗称能透见宇宙万物之实相者为具眼,即具顶门眼。可见,具眼者即是开悟者。法眼一句船在什么处,是暗含机锋的。觉上座若以悟道者自居,则他的悟境中是没有船的。他可顾左右而言他,或随便说一个地方。而他的回答是船在河里,这导致法眼问了最后一句。然细想,船不在河里,会在哪里呢? 他的回答等于没有回答,当然是符合二人之间对于悟境的预设的。这句回答很巧妙,法眼很欣赏,也是法眼所以有最后一问的第二个原因。

(二) 红炉一点雪、咬破铁馂馅、现全机

"红炉一点雪"意为烧红的炉子上放一点儿雪,一下子就无影无踪了,什么都看不见了。以此来启发学人对于开悟过程的真实体验。《古尊宿语录》卷二十二:

> 石头问长髭:"什么处来?"髭云:"岭南来。"石头云:"大庾岭头一铺功德成就也未?"髭云:"成就久矣,只欠点眼在。"石头云:"莫要点眼么?"髭云:"便请。"石头垂下一足,髭便礼拜。石头云:"你见个什么道理便礼拜?"髭云:"如红炉上一点雪。"①

在公案、颂古中,垂一足乃是指得道高僧于无相之中为了接引学人忽然现出实相的行为。红炉中一点雪,眼见着化为无有。二者在给人的感觉上是相似的,只不过一个是从悟境到现实,一个是从现实到悟境。

"咬破铁馂馅"隐喻开悟。馂馅,一种包馅的面食。它若是铁制的,有谁能咬得动呢,所以常用来指不可能完成之事,以此隐喻难透之禅关。可是,若某人真的是咬破了铁馂馅,那就隐喻着他透过了禅关,开悟了。月庵善果颂曰:"白云铁馂馅,衲僧难下口。忽然咬得破,大作师子吼。"②佛在大众之中演说佛法,心中毫无怖畏,有如师子作吼。在公案、颂古中,狮子吼一般隐喻为开悟之僧的说法。

"全机"乃指禅者自在无碍之活动。只有开悟之僧,方能达到此种境地,所以现全机隐喻处在悟境或者开悟。《五家正宗赞》卷一:

> 师(黄檗)在盐官殿上礼佛次。时唐宣宗为沙弥,问云:"不着佛求,不着法求,不着僧求,长老礼拜当何所为?"师曰:"不着佛求,不着法求,

---

① 赜藏主:《古尊宿语录》,萧萐父、吕有祥点校,北京:中华书局,1994 年版,第 418 页。
② 《禅宗颂古联珠通集》,第 723a 页。

不着僧求,常礼如是事。"弥曰:"用礼奚为?"师掌弥。弥曰:"太粗生!"师曰:"这里是什么所在,说粗说细。"随后又掌。①

黄檗禅师之所以敢两次掌打宣宗皇帝,是因为他已全机显现,是在悟境之中。所以当宣宗第一次被打提出异议时,黄檗禅师反问他这里是甚么所在?意思是说咱们现在是在悟境之中,是无差别的,无所谓粗与细。东山道源颂曰:"黄金殿上显全机,争似扬眉瞬目时。三度爪牙亲弄处,干戈中立太平基。"②

(三) 狐狸、眼里有花(翳)、漆桶、野狐精

狐狸本性多疑,常犹豫不决,禅宗用以隐喻未悟之态。密庵咸杰禅师"德山托钵"颂曰:"斫却月中桂,清光转更多。狐狸俱屏迹,狮子奋金毛。"③颂古中的狐狸指未悟者,师子为已悟者。

"眼里花(翳)"指妨碍开悟的障碍,眼里有花即是没有开悟。《白云守端禅师语录》卷二:

> 云盖继鹏禅师初谒双泉雅禅师。泉令充侍者,示以芭蕉拄杖话。经久无省发。一日泉向火次。师侍立。泉忽问:"拄杖子话试举来,与子商量。"师拟举:"泉拈火箸便摵。"师豁然大悟。与夺双行验正邪,才争拄杖便亡家。蓦然铁棒如风疾,失却从前眼里花。④

云盖禅师拟说出自己的见解,被双泉打止,暗示他道不在言说,而在自心。失却眼里花意为不再为外界事物或蒙蔽,证得了自性,开悟了。

佛教认为众生痴暗愚昧,如处暗室,见不到智慧的阳光。禅宗把无明暗室或无明长夜比喻为密不透风的黑漆桶,用"桶底脱"隐喻智光透入,豁然大悟的境界。郢州芭蕉山慧清禅师上堂,拈拄杖曰:"你有拄杖子,我与你拄杖子;你无拄杖子,我夺却你拄杖子。"⑤靠拄杖下座。径山宗杲颂曰:"十字街道,见成行货。拟欲商量,漆桶蹉过。"⑥对方有拄杖子,就不需要拄仗子了,你却又给他拄杖子,不甚合乎情理,但尚能说得过去;对方无拄杖子,你到哪

---

① 释绍昙:《五家正宗赞》,《卍新纂续藏》第78册,第580c页。
② 《禅宗颂古联珠通集》,第568b页。
③ 释崇岳等编:《密庵和尚语录》,《大正藏》第47册,第976b页。
④ 《白云守端禅师语录》,第302bc页。
⑤ 赜藏主:《古尊宿语录》,萧萐父、吕有祥点校,北京:中华书局,1994年,第966页。
⑥ 释蕴闻编:《大慧普觉禅师语录》,《大正藏》第47册,第855a页。

里去夺他的拄杖子呢？殊不合情理。我们如果这样去理解这则公案，就错过开悟的机缘了。慧清禅师正是通过这些不合情理的话来暗示学人不要执着于理性思维的。一旦跳出理性思维，有朝一日你会如"桶底脱"一样，豁然开悟的。

"野狐精"原指野狐之精魅，能作变幻欺诳他人，禅宗用以隐喻自称已见性悟道而实际未悟者。在公案中，自称悟道却又不能圆满应对机锋的禅僧往往被斥为野狐精。《正法眼藏》卷二：

> 乌石观和尚常闭门独坐，一日雪峰敲门，便开。峰扭住云："是凡是圣？"观乃唾云："遮野狐精。"推出，复闭却门。峰云："也只要识老兄。"①

雪峰之行为及问话明显是呈机锋。若乌石观和尚回答凡或圣，即是有分别，便不能算是悟道者。然而乌石观和尚转念一想，雪峰既然提出此问，自己必然已有分别，故唾骂其为野狐精。当然不是真骂，只是应机手段。

（四）石人、木鸡、木人、石女、木马、泥牛、石师子、木女儿、铁牛、刍狗

这些词语暗示修禅者进入了无心无念的解脱之境。在公案、颂古中，没有情识的它们却能够做出有情识之事。这实际是暗示学僧放弃理性思维，去体验一种非理性的了悟状态。本觉守一"南泉异类中行"颂曰："涅槃寂灭本无名，唤作如如早变生。若问经中何极则，石人夜听木鸡鸣。"②长灵守卓"渐源打先师"颂曰："木人把板云中唱，石女穿靴水上行。生死死生休更问，从来日午打三更。"③复庵可封"睦州见成公案"颂曰："公案已见成，放汝棒三十。木马走似烟，泥牛赶不及。"④《拈八方珠玉集》卷二：

> 有僧为长髭点茶。三巡后僧问："不负从上诸圣，如何是长髭第一句？"髭云："有口不能言。"曰："为什么有口不能言？"髭乃有颂云："石师子，木女儿。第一句，诸佛机。言不得，也大奇。直下是，莫狐疑。"⑤

长髭禅师之颂很好地回答了学僧的提问。石狮与木女皆为无情识之物，故不能言，隐喻佛境是超越语言的。既然有口不能言，就不要问为什么不能言

---

① 释宗杲集：《正法眼藏》，《卍新纂续藏》第 67 册，第 596b 页。
② 集云堂编：《宗鉴法林》，《卍新纂续藏》第 66 册，第 344b 页。
③ 释介谌编：《长灵守卓禅师语录》，《卍新纂续藏》第 69 册，第 267a 页。
④ 《禅宗颂古联珠通集》，第 608a 页。
⑤ 释祖庆重编：《拈八方珠玉集》，《卍新纂续藏》第 67 册，第 655c 页。

了。要问佛境究竟如何，当下处于言语之前的状态即是，快去证悟吧。

庞居士尝作偈曰："本自无心于万物，何妨万物常围绕。铁牛不怕狮子吼，恰似木人见花鸟。木人体本是无情，花鸟逢人亦不惊。心境如如只者是，何虑菩提道不成。"①庞居士用铁牛不怕狮子吼、花鸟不怕木人惊为喻，暗示了无物无情、如如不动的解脱之境。

《圆觉经》曰："如是我闻。一时婆伽婆入于神通大光明藏，三昧正受，一切如来光严住持，是诸众生清净觉地，身心寂灭，平等本际，圆满十方，不二随顺。"②冶父道川颂曰："东西南北水茫茫，无角铁牛入海藏。千眼大悲寻不见，倒骑佛殿入僧堂。"③清净觉地，身心寂灭，平等本际，圆满十方，不二随顺等语是对悟境的描述。冶父道川之颂也描述了大体相同的了悟状态。"头角"意味着烦恼，无角铁牛意味着无烦恼、无情识、非理性，这也正是了悟之状态。

风穴因僧问："古曲无音韵，如何和得齐？"师曰："木鸡啼子夜，刍狗吠天明。"④和无声之曲、木鸡夜啼、刍狗吠叫都是非理性思维。学僧之提问若按正常思维理解是无法回答的。这实际是启发人悟道的机锋语，这在已经悟道的风穴延沼禅师眼里，当然不是什么难题。

八、悟境与未悟之境

禅悟之境整体无差别，无法用语言进行直接描述，只能采取间接的暗示，引学人自己去实际体验。《景德传灯录》载大珠慧海与马祖的一段对话：

> 祖问曰："从何处来？"曰："越州大云寺来。"祖曰："来此拟须何事？"曰："来求佛法。"祖曰："自家宝藏不顾，抛家散走作什么？我遮里一物也无，求什么佛法？"⑤

马祖说他这里什么也没有，就是以悟境为表达对象而说的。一般来说，悟境澄明虚静、整体无差别、即而不离、自具自足、自由无碍，当然不会有什么概念上的佛法。这情形，马祖是把自己当成了一个悟道者，通过言语来启发慧

---

①　释元浩等编：《古林清茂禅师语录》卷一，《卍新纂续藏》第71册，第214a页。
②　佛陀多罗译：《大方广圆觉修多罗了义经》，《大正藏》第17册，第913a页。
③　《禅宗颂古联珠通集》，第498c页。
④　李遵勖编：《天圣广灯录》，《卍新纂续藏》第78册，第489a页。
⑤　释道原：《景德传灯录译注》，顾宏义译注，上海：上海书店出版社，2010年版，第384页。

海。在公案、颂古中，有不少隐喻性词语与对悟境的暗示有关。

（一）黑白未分、黑豆未生芽、寒（冷）、暖（春风）、向上一路（向上事）、向下、这边（此间）、那边（彼间）

黑白未分之时、黑豆未生芽之时，正是整体上尚未显露出差别之时，以此来隐喻整体无差别的悟境十分恰当。类似的表达还有阴阳未分以前、天地未开以前、朕兆未萌以前等。月庵善果禅师"世尊初降生"颂曰："黑白未分全体妙，才彰文彩便成乖。因兹漏泄家风甚，末代儿孙鼻孔喎。"①黑白未分之时世界整体无差别，是最美好的时刻，一旦有了山河大地、长幼尊卑等区别，清净之境就变成三千大千娑婆世界了，众生不得不忍受各种烦恼。

冷与暖常用来暗示未悟之境与已悟之境。松源崇岳《维摩颂》曰："深入不二门，巧尽反成拙。一默定千差，常说炽然说。说，拙，万古清风寒彻骨。"②据《维摩经》载：

> 三十二菩萨各说不二法门。至文殊云："于一切法，无言无说，无示无识，离诸问答，是为入不二法门。"殊又问维摩，摩默然。殊叹曰："乃至无有文字语言，是真入不二法门。"③

不二就是无分别，一切现象如如平等，没有彼此差别。文殊菩萨认为什么也不回答，什么也不表示就是不二法门，可是他还是用语言把这层意思说出来了，有了语言与一如之实相的区别，不是真正的不二。文殊这样说反而是弄巧成拙。说的越多，就越拙。维摩默然不应，才是真正的不二。我们再看以暖隐喻悟境的例子：

> 睦州因僧问："以一重去一重即不问，不以一重去一重时如何？"师曰："昨朝栽茄子，今日种冬瓜。"颂曰："重重去尽自平常，春暖风和日渐长。户外鸟啼声细碎，岩花狼藉满山房。"（自得晖）④

修禅如修道，"为学日益，为道日损。损之又损，以至于无为"⑤，也即是这里

---

① 《禅宗颂古联珠通集》，第 482a 页。
② 释善开等录：《松源崇岳禅师语录》，《卍新纂续藏》第 70 册，第 105a 页。
③ 赖永海、高永旺译注：《维摩诘经》，赖永海主编：《佛教十三经》，北京：中华书局，2010 年版，第 154 页。
④ 《禅宗颂古联珠通集》，第 609b 页。
⑤ 陈鼓应：《老子注译及评介》，北京：中华书局，1984 年版，第 250 页。

的"以一重去一重"。若不如此，就是昨栽茄子，今种冬瓜，行为没有连续性，不会朝深入的方向走，不是正确的修行方向。只有在正确的方向上修行，才能终达悟境。

向上一路，言语道断，方入悟境，所以该词常隐喻悟境。此与形而上不同，形而上是指精神层面，而向上一路则是居于精神之上，不须思维，超出言语心念，直达本源之寂静真如本体。《禅宗颂古联珠通集》卷三十三：

> 云门因僧问："如何是法身向上事？"师曰："向上与汝道即不难，作么生会法身？"曰："请和尚鉴。"师曰："鉴即且置，作么生会法身？"曰："与么与么。"师曰："这个是长连床上学得底。我且问你法身还解吃饭么？"僧无对。①

南堂道兴颂曰："未识云门向上机，只寻向下转生疑。通身是饭如何吃，无口从来亦不饥。"②云门向学僧屡次强调法身，实际上就是在回答他的"向上事"之问。法身即佛之真身，广大无边，与万物即而不离。饭即是佛，佛如何再吃饭？

"向下"与"向上"对称，指从本至末，隐喻自悟境入迷境。《禅宗颂古联珠通集》卷三十：

> 南院因僧问："寒暑到来时如何？"师曰："紫罗抹额绣腰裙。"曰："上上之机今已晓，向下之机事若何？"师曰："炭库里藏身。"③

向上之机乃入于悟境，无寒无暑，原来穿什么还是穿什么，不会因季节而变换穿戴；向下之机入于俗境，处于未悟之状态，遇到寒冷天气，当然要烧炭取暖。

在隐喻意义上，禅籍中的"这边""此间"一般指的是俗境，而"那边""彼间"指的是悟境。《抚州曹山本寂禅师语录》卷一：

> 师(本寂)问金峰志曰："作甚么来？"金峰云："盖屋来。"师曰："了也未？"金峰云："这边则了。"师曰："那边事作么生？"④

---

① 《禅宗颂古联珠通集》，第685b页。
② 《禅宗颂古联珠通集》，第685c页。
③ 《禅宗颂古联珠通集》，第665b页。
④ 释玄契编：《抚州曹山本寂禅师语录》，《大正藏》第47册，第537b页。

这边事为实,指盖屋;那边事为虚,指悟境。盖屋事了,尘缘未了,如何了却尘缘,进入开悟之境呢?《丹霞子淳禅师语录》卷二:

> 涌泉欣禅师因唐武宗废教在院看牛。时有强、德二禅客到。于路次,见师骑牛,不识。乃云:"蹄角甚分明,争奈骑者不识。"师骤牛而去。二禅客相次憩于树下煎茶。师回,下牛,近前问讯,与坐吃茶。师乃问:"二禅客近离甚处?"云:"那边。"师曰:"那边事作么生?"禅客提起茶盏。师曰:"此犹是这边,那边事作么生?"二人无对。师曰:"莫道骑牛者不识好。"①

这实际是一次双方斗法的过程。禅客一语双关,一层意思说不认识涌泉景欣禅师,另一层意思说涌泉景欣禅师不懂佛法。景欣禅师问那边事,是挑起机锋,把禅客引入到悟境的话题上去。禅客提起茶盏,或意味着道在日常生活中,或意味着道之如何不容拟议,总之对悟境的暗示不太明确,不能获得景欣禅师的认可。禅师要求二禅客重新说,禅客应对不上,落败。禅师最后之语意为:莫说我不懂佛法。

(二) 一色边事、作女人拜、水不洗水(金不博金)

"一色"乃纯一、绝对之意。一色边事隐喻超越差别与相对观念、平等清净之禅悟境界。《禅宗颂古联珠通集》卷二十七:

> 九峰因石霜迁化,众请首座住持。师时为侍者,白众问首座曰:"先师道休去、歇去、冷啾啾去、一条白练去、古庙香炉去、一念万年去,明什么边事?会得即住持,会不得不可。"首座对曰:"明一色边事。"师曰:"与么则不会先师意在。"座曰:"但装香来,香烟断处若去得,即会先师意,若去不得即不会。"师遂焚香,香炷未断,座遂脱去。师拊首座背曰:"坐脱立亡即不无,先师意未梦见在。"②

首座以死相争,终究未获得九峰道虔禅师的认可。问题就出在他不该明言"明一色边事",即悟境之事。这样的回答实际上是只停留在了语言文字层面,由理性推得,是死句。把话说明确了,对学僧来说就没有启发与想象空

---

① 释庆预校:《丹霞子淳禅师语录》,《卍新纂续藏》第 71 册,第 765c 页。
② 《禅宗颂古联珠通集》,第 642b 页。

间了。他倒不如默然不应，或者道一句"着甚死急"对学僧更有启发意义。首座能够坐脱立亡，可见坐禅功力了得，然禅宗至宋代实际上已发展为文字禅，讲求的是思辨功夫。首座不能随机设巧，方便学僧，无怪乎九峰不认可他当住持。

男人作女人拜，是反理性的行为。禅僧正是通过这样的动作来表明自己处于非理性状态，即悟境之中。《禅宗颂古联珠通集》卷十五：

> 沩山坐次，仰山入来。师以两手握拳相交示之。仰作女人拜。师曰："如是如是。"颂曰："仰山自外才方入，两手相交复握拳。寂子深深女人拜，谢师特为老婆禅。（本觉一）"①

沩山为接引仰山，示仰山以悟境，以得道成佛者自居，以两手握拳相交，暗示仰山遇佛应该行叉手礼。仰山自然也必须得以悟境响应，所以只能作不合理性的女人拜。仰山若作男人拜，则是未悟禅机，沩山就不会说"如是如是"予以肯定了。

"水不洗水，金不博金"隐喻悟境。黄金只能换取除黄金以外的其他东西，水能洗净污物却不能洗净自身，这是因为前后一体之故。了悟之境亦是如此，天地同根，万物一体，视物为己。《大慧普觉禅师语录》卷五：

> 僧问："大梅即心是佛，马祖非心非佛，阿那个是?"师云："两个俱是，两个俱不。"进云："金不博金，水不洗水。"师云："尔作么生会?"进云："千古垂芳孰共知，清风匝地有何极。"②

在上引语句中，心与佛皆是名相，如果执着于名相，于悟道成佛是没有真正实效的，所以即心即佛与非心非佛之间，无所谓对错。万物如如一体，无所谓佛，无所谓心，佛与心是一体无差别的。金不能自赎，水不能自洗，了悟之境万物皆处于一体之中，像清风吹地，无处不在，却又无形无影。

（三）故国、壶中、这里、第二月

悟道之僧常处世间接引学人，故视悟境为故国。《禅宗颂古联珠通集》卷九：

---

① 《禅宗颂古联珠通集》，第 566a 页。
② 《大慧普觉禅师语录》，第 830b 页。

> 清源因石头问:"和尚出岭多少时?"师曰:"我却不知汝早晚离曹溪。"曰:"希迁不从曹溪来。"师曰:"我亦知汝去处也。"曰:"和尚幸是大人,莫造次。"颂曰:"木人来问青霄路,石女年尊似不闻。携手相将归故国,暮山岌岌锁重云。(丹霞淳)"①

石头希迁问老师青原行思悟道多久了,老师说我连你什么时候离开曹溪的都不知道呢,更不会知道我自己悟道多久了,以表明禅悟之后是断绝思虑的。石头一句我不从曹溪来,亦是悟道之语。他从自我了悟的悟境中来,最后还要回到悟境中去。故丹霞子淳颂曰"携手相将归故国"。师徒都是悟道者。

"壶中"意为壶中自有天地,源于汉代小吏汝南费长房的神奇故事,后被道教用来指仙境。故事最早见于葛洪《神仙传》卷九《壶公》,后又见于范晔《后汉书》卷八十二《费长房传》。葛洪、范晔之书应该是受到了康僧会所译《旧杂譬喻经》梵志吐壶情节的影响。在公案、颂古中"壶中"一语常常被藉以隐喻悟境。《禅宗颂古联珠通集》卷二十四:

> 夹山示众云:"目前无法,意在目前。不是目前法,非耳目之所到。"颂曰:"九转灵丹难却易,一锤便当易还难。相逢话尽壶中事,重把仙书子细看。"(长灵卓)②

长灵守卓颂古明说仙境,实说的是悟境。心里执念于"意",眼就看不到"法"。这里的法指的是万物保持其自性,与《老子》道德一词中的"德"相似。这个法不是眼睛直接看到的,也不是耳朵直接听到的,而是悟境中有的,即悟境中的万法归于一如之法,其在悟境中显现的是一如之法,无有差别之法。

"这里"一词,有时也隐喻悟境。《指月录》卷九:

> 士(庞居士)见丹霞,霞作走势。士曰:"犹是抛身势,作么生是嚬呻势?"霞便坐。士以拄杖划地作七字,霞于下划个一字。士曰:"因七见一,见一忘七。"霞便起去。士曰:"更坐少时,犹有第二句在。"霞曰:"向

---

① 《禅宗颂古联珠通集》,第 523ab 页。
② 《禅宗颂古联珠通集》,第 626c 页。

这里著语得么?"士遂哭出去。①

"抛身势""聱(嗯)呻势"分别指以动作、语言谈论禅理。庞居士一见丹霞就与之谈论禅理。庞居士"因七见一,见一忘七"之语意在向丹霞暗示他正处于无思虑的非理性状态,似有与丹霞切磋比勘禅悟体验之意。谁知丹霞一句反问,立即让居士无法应对。悟境里绝情识、绝思虑,当然是无法著语的。

"第二月"隐喻未悟之境,泛指似有非有之事物,犹如眼翳之人望真月时,幻见二月,即以为天上有两个月亮。禅宗指某人以为自己悟了其实他未悟,他体悟到的只是第二月而已,并非真正的月亮。杨无为居士"百丈卷席"颂曰:"野鸭飞,鼻头裂,卷席更来呈丑拙。直饶独坐大雄峰,也是天边第二月。"②颂古举百丈野鸭、独坐大雄峰公案与此并列,虽然公案中皆谈百丈怀海了悟之事,但在杨无为居士看来,这些不过是文字禅,并非真正的悟道体验。

九、机锋语

机锋是指公案中敏捷而深刻的思辨性语句,主要表现为一些不合逻辑的反常语。禅师在与学人的交流中突然出现一句不合逻辑的话,十有八九是机锋语。禅师示机,学人就应该及时应机。因为对学人来说,师徒间的机锋问答是一件很重要的事。如果学人应机得体,就有可能得到禅师的印可,从而进入悟者的行列,否则就只能留下来继续参学。机锋语是禅宗公案的精华所在,是引导学人进入悟境的路标。机锋语有好坏之分。好的机锋语能让学人当下即悟;反之即使应机得体,也未必得悟。机锋语有隐、显之分。显露的机锋语一眼即能认出,读来较为生硬,但却易于参透;隐藏的机锋语往往借用双关、歇后等表达方法,不易被察觉,读来较为自然,但却不易被参透。例如"石头路滑"一语,既指路上的石头滑,又指石头禅师之机锋高峻。公案中往往用鹞子、子湖狗、电光石火等词语来隐喻禅机的迅捷,稍纵即逝,不容犹豫思索。《碧岩录》引云门文偃语曰:"(机锋)如击石火,似闪电光。这个些子,不落心机意识情想,等尔开口,堪作什么,计较生时,鹞子过新罗。"③

(一) 全放(放)、全收(收)、主(宾)、对一说(倒一说)

把别人的话或某种情景全部设为机锋,不做任何解说,即为全放,依据

---

① 瞿汝稷集:《指月录》,《卍新纂续藏》第83册,第502a页。
② 释正受编:《嘉泰普灯录》,《卍新纂续藏》第79册,第472b页。
③ 释重显颂古,克勤评唱:《佛果圆悟禅师碧岩录》,《大正藏》第48册,第141a页。

对方反应来勘验悟道与否,即为收或全收。《袁州仰山慧寂禅师语录》卷一:

> 师(仰山)住东平时,沩山令僧送书并镜与师。师上堂提起示众,云:"且道是沩山镜,东平镜?若道是东平镜,又是沩山送来;若道是沩山镜,又在东平手里。道得则留取,道不得则扑破去也。"众无语,师遂扑破。[1]

仰山上堂直接问话,让学僧做非此即彼的判断,于悄无声息中设置了机锋。学僧若果真拘泥于此,就是不识机锋,不管回答沩山镜还是东平镜,都违背了万物如如平等的不二法门。佛印智清颂曰:"全放全收意亦优,沩山送至仰山头。可怜一片如秋水,三问无人扑破休。"[2]颂古中描述的一片美好可爱的秋水正是暗示如如平等。此公案中,学僧只要跳出是非判断的窘境,问题即可解决。

公案、颂古中常有主、宾或主、客之说,主是指设置机锋者,是提出问题的一方;宾或客是指应对机锋者,是回答问题的一方。黄龙慧南常问僧曰:"人人尽有生缘,上座生缘在何处?"正当问答交锋,却复伸手曰"我手何似佛手?"又问诸方参请宗师所得,却复垂脚曰"我脚何似驴脚?"[3]人称"黄龙三关"。佛国惟白颂曰:"主宾相见展家风,问答分明箭拄锋。伸手问君如佛手,铁关金锁万千重。"[4]这里的主就是黄龙慧南,宾是学僧。分清主宾是僧人谈禅论道的首要步骤,只有这样才能更好地进行机锋问答。

"对一说"意思是正常地应对机锋。禅师设机,学人应机。问与答皆恰到好处。禅师机锋高峻,学人应机而悟。所谓"粉身碎骨未足酬,一句了然超百亿。"(永嘉玄觉《证道歌》)倒一说意为不容思量分别,不合正常逻辑,收回说出的话,什么也不说。《禅宗颂古联珠通集》卷三十三:

> 云门因僧问:"不是目前机,亦非目前事时如何?"师曰:"倒一说。"颂曰:"倒一说,清人骨。万里无片云,抛下一团雪。别、别,老大禅翁甘灭舌。"(正觉逸)"倒一说,这饶舌,无端都把天机泄。四海九州徒躁躁,飞出龙宫钻蚁穴。"(野轩遵)[5]

---

① 释圆信、郭凝之编:《袁州仰山慧寂禅师语录》,《大正藏》第47册,第586b页。
② 释道泰集:《禅林类聚》,《卍新纂续藏》第67册,第100a页。
③ 释净符汇集:《宗门拈古汇集》,《卍新纂续藏》第66册,第243b页。
④ 《禅宗颂古联珠通集》,第718a页。
⑤ 《禅宗颂古联珠通集》,第680b页。

机,能观之心,指主体;事,所观之境,指客体。禅僧所问,意为主客未分之时的境界如何。禅宗重视体验,悟道的体验不容拟议;主客未分时即是禅的至极境界,须由学僧亲自体验,而不是学僧发问,由老师回答,二人仅做思维层面的探讨。因为真正的悟境是反逻辑思维的。

(二) 机锋不可触、两条铁、没交涉、琉璃盘里走明珠(盘走明珠珠走盘)

这几个词都和应对机锋有关。"机锋不可触"意为不要就机锋话头展开理性讨论,应对机锋要迅捷。《嘉泰普灯录》卷二十三:

> (内翰苏轼居士)抵荆南,闻玉泉皓禅师机锋不可触,公拟抑之,即微服见皓。皓问:"尊官高姓?"公曰:"姓秤,乃秤天下长老底秤。"皓喝曰:"且道这一喝重多少?"公无对,于是尊师。①

面对机锋,不要以理性的思维逻辑去应答。要么顾左右而言他,要么答以不合逻辑的话。在禅宗看来,以正常逻辑思维去回答机锋之问,多被讥为门外汉。苏轼总想着声音怎么称重呢,就无法应对玉泉承皓禅师的机锋了。他若跳出这个逻辑思维氛围,做到顾左右而言他即算应机成功。

"两条铁"隐喻两种事物间没有关联。禅宗多用于暗示理性与非理性语言间的相互转换。《白云守端禅师语录》卷二:

> 龙济绍修禅师行脚时,同悟空、法眼到地藏。向火举话次,藏入来乃问:"山河大地与上座自己是同是别?"师曰:"不别。"藏竖两指云:"两个。"三人因此同参。地藏当机竖指头,诸老至今犹未瞥。天回地转却等闲,千古万古两条铁。②

面对地藏桂琛的问题,三人无论回答"不别"还是"别",都是一种理性的回答,也就是说两种回答都在逻辑上能够接续地藏之问。这说明三人仍处于理性状态,与悟境是"两个",并没有合而为一,即未达悟境,须继续参读。怎么样才算"一个"呢? 赵州从谂禅师有良好示范。请看下例:

> 僧问赵州:"万法归一,一归何处?"州云:"我在青州做领布衫,重

---

① 释正受编:《嘉泰普灯录》,《卍新纂续藏》第 79 册,第 428b 页。
② 《白云守端禅师语录》,第 302a 页。

七斤。"①

赵州与学僧之间的问答相悖而不相应,犹如问越而答楚。这在禅宗,叫做没交涉,即所问非所答。回答与问题之间不存在逻辑联系,二者没有交集。这种非理性的状态才是对悟境的真实体验,即自身与悟境合而为一了。

琉璃盘里走明珠(盘走明珠珠走盘)隐喻机锋迅捷。琉璃盘里走明珠意为珍珠在盘子里游走,婉转流动,不稍停留。机锋应对必须迅捷,拟议即乖,不容思考。故公案、颂古中常有禅师把住学僧命令他"道道""速道,速道"的情形。要及时应对机锋是很不容易的,需要禅师有较强的思辨能力,且反应迅速。选佛如选官,僧人的悟道比例并不高,优秀的禅师更是少之又少。从下例我们可以看出赵州从谂禅师反应之迅速。

> 赵州因秀才问曰:"佛不违众生愿,是否?"师曰"是。"曰:"某甲欲觅和尚手中拄杖得否?"师曰:"君子不夺人所好。"曰:"某甲非君子。"师曰:"我亦不是佛。"颂曰:"当机转处不踌躇,琉璃盘里走明珠。赵州老子村校书,一条拄杖两人舁。"(石庵珝)②

石庵知珝颂古在于强调赵州面对秀才提问时的迅捷反应,能自由无碍地应对。松源崇岳有偈曰:"铁山崩倒压银山,盘走珠兮珠走盘。密把鸳鸯闲绣出,金针终不与人看。"③铁山压银山指滑动迅速,无有碍滞。佛性自由无碍,成就万物,而又无形无相。

(三) 干戈(太平)、浪淘天(无风起浪)、第一机(第二机、第三机)

禅宗之了悟是一种对涅槃之境的自我体验,这毕竟是一种个人行为,要想在僧团中获得承认,并得到相应的尊重与地位,就必须获得禅师的印可及同修者的勘验,所以在僧团内部,互相斗机锋的"法战"是较为日常的行为,随时随地都有可能发生。所谓干戈与太平,就是针对法战来说的。若无法战,禅僧间就没有相互勘验的机会,究竟谁得道了,谁未得道,就难以确定。有时法战泛化成一般性的谈禅论道,同样也有干戈与太平之称。

> 沩山问仰山:"什么处来?"曰:"田中来。"师曰:"田中多少人?"仰插

---

① 释净善重集:《禅林宝训》,《大正藏》第 48 册,第 1022b 页。
② 《禅宗颂古联珠通集》,第 583b 页。
③ 释善开等录:《松源崇岳禅师语录》,《卍新纂续藏》第 70 册,第 90b 页。

锹子叉手而立。师曰："南山大有人刈茅。"仰拔锹子便行。玄沙云："当时便踏倒锹子。"①

黄龙道震颂曰："尽道沩山父子和,插锹犹自带干戈。至今一井明如镜,时有无风匝匝波。"②仰山插锹子叉手而立,明显是以悟道成佛者自居,无有理性,故不知田中有多少人。沩山说南山有很多人在刈茅,实际是说南山有许多人在修行呢,茅草隐喻烦恼。仰既已悟道,故不以为然,掉头就走。然既已成佛,还拿锹子做啥? 故玄沙要踏倒仰山的锹子。这其实是一幅师徒相见,随机斗法的场景,正如黄龙道震禅师所说,沩山仰山虽然父子相和,但也免不了有些法战情景,就像平静的水面上,也会偶有涟漪一样。

　　无风起浪隐喻日常平静的生活中,忽然有人谈及悟道之事,从而引起了机锋应对;浪淘天指机锋应对较为激烈。《联灯会要》卷一:

　　　　舍利弗因入城,遥见月上女出城。舍利弗心口思惟,此姊见佛不知得忍不,我试问之。才近前便问："甚么处去?"女曰："如舍利弗与么去。"弗云："我方入城,汝当出城,云何言如舍利弗与么去?"女云："诸佛弟子当依何住?"舍利弗云："诸佛弟子当依大涅槃而住。"女云："诸佛弟子既依大涅槃而住,我如舍利弗与么去。"③

佛性法泰颂曰："重城晓入冒轻烟,闹市相逢岂偶然。一句等闲相借问,平田忽尔浪滔天。月上女,实堪怜。云髻高梳何处去,借婆裙子拜婆年。"④受他人之侮辱、刁难或自身遇苦而不生嗔怪之心,心安于真理而不动摇,是为得忍。舍利弗本想找机会刁难一下维摩诘之女月上,谁知刚一开口就被对方带入机锋问答当中,所以法泰禅师颂古曰"一句等闲相借问,平田忽尔浪滔天"。

　　第一机隐喻向上之平等境界,指真实绝对之悟境;第二机隐喻向下之差别境界,即相对于第一机,方便权巧、假借名言而设立之教义法门,或随顺世情以教化众生之菩萨行。第三机隐喻没有悟道指引作用之境界。《禅宗颂古联珠通集》卷二十一:

① 《禅宗颂古联珠通集》,第566c页。
② 释祖琇撰:《僧宝正续传》《卍新纂续藏》第79册,第579c页。
③ 释悟明集:《联灯会要》,《卍新纂续藏》第79册,第17a页。
④ 《禅宗颂古联珠通集》,第490a页。

> 临济升堂,有僧出,师便喝。僧亦喝,便礼拜,师便打。又有僧来,举起拂子,僧礼拜,师便打。又有僧来,师亦举拂子,僧不顾,师亦打。又有僧来参,师举拂子。僧曰:"谢和尚指示。"师亦打。云门代云:"只宜老汉。"大觉云:"得即得,犹未见临济机在。"①

只要有求学之心,临济就打。云门代语指出,学僧只有到了没有求学之心的境地,方才不会挨打。临济此教法在于截断学僧的求学之心。然而,此教法很难真正有效,正如大觉禅师所说,临济并没有设置机锋的环节,而是上来就打,学僧往往蒙在鼓里,不知所措。鼓山士珪颂曰:"主宾都落第三机,阵阵开旗不展旗。石火光中分胜负,倒骑铁马上须弥。"②主宾都在机锋之外,未设置明显的机锋,所以教学效果不理想,即所谓"阵阵开旗不展旗"。这种教法,不能说不好,只是机锋太过高峻了些,也许只有极少数的学僧能够恰当应对。因为只有整体跳出眼前的理性思维圈子,才符合临济之旨而免遭挨打。

十、不可说与不必说

禅宗世代相传之"心印"实际就是悟境,世尊传迦叶,迦叶辗转传至达磨,达磨传至中土。《镇州临济慧照禅师语录》卷一:"薄伽梵正法眼藏,涅槃妙心付摩诃迦叶,是为第一祖。逮二十八祖菩提达磨提十方三世诸佛密印而来震旦,是时中国始知佛法有教外别传、不立文字、直指人心、见性成佛。"③它本身是超越语言的、非理性的、无差别的,也是看不见的,所以无法用语言进行描述。那么这个心印是不是像一件物品一样由老师传给弟子呢?答案是否定的。这个心本来就在弟子身体里,人人都有自心。只不过弟子的心境全是世俗的知识、见解、物象等,即全部的精神世界。禅师怎么把自世尊以来传至自己的悟境再次传给弟子呢?没有其他方法,大脑之间不可能有什么物理的联系,不能像注水一样由一个容器注入另一个容器,只有让弟子自悟,就是把已有的知识、见解、物象等全部清除出去,一旦清除干净,就算达到了悟境。在这个过程中,禅师的作用只是想方设法设置一些场景或者用非常规思维的语言等来引导、启发弟子自悟。弟子了悟之后,需要获得禅师的承认,那就要通过自己的一些异于常人的行为或语言来暗示禅

---

① 《禅宗颂古联珠通集》,第 605a 页。

② 《禅宗颂古联珠通集》,第 605b 页。

③ 释慧然集:《镇州临济慧照禅师语录》,《大正藏》第 47 册,第 495a 页。

师。公案、颂古中有"贼能识贼"之类的话,就是一个悟道者更容易辨认出另一个悟道者。师徒之间的机锋问答,就是这个辨认过程的反映。一般经过多次确认,禅师方才真正承认弟子已经悟道。这个承认就是"印可"。禅师印可弟子之后,传法过程就算完成了。弟子可以把自己的这种悟境再传给下一代。传法过程中有一个关键环节就是让弟子自悟,人人有自心,改变自心当然得靠自己。别人无论如何对悟境进行描述,对自己来说都是无济于事的,而且一旦进行描述,就流于人与人之间的正常语言交流,就不具有引导作用了,最终别人也就无法真正自己去体验了。这种南辕北辙、揠苗助长的事情禅师在传法时当然是严格禁止的。这就是"不可说"的情况,禅师只能用隐喻性语言或动作来引导代替。"不必说"则是暗示在禅宗传法这件事情上一切言语都是多余的这个事实。禅师与弟子之间之所以仍有言语交流,是为了达到启发引导弟子自悟之目的不得已而为之,弟子切不可拘泥于言语本身。

(一) 馊饭残羹、脚注(注脚)、葛藤、弄精魂

这些词都强调的是"不必说"。"馊饭残羹"隐喻禅师说出的对悟道没有益处的话。《禅宗颂古联珠通集》卷二十六:

> 三圣到德山,才展坐具,山曰:"莫展炊巾,这里无残羹馊饭。"师曰:"纵有也无著处。"山便打。师接住棒,推向禅床上。山大笑。师哭苍天,便下参堂。"①

三圣慧然到德山宣鉴处参学,才展开坐具,德山说:"不要展开布巾了,这里没有残羹剩饭给你吃。"这实际上已经是在呈露机锋了,就看三圣怎么应答了。如果是悟道者,就能应答的很好。三圣说即使有残羹剩饭,您往哪儿放呢? 显然是以法身示人,暗示自己无口,不会吃饭,也不会说话。回答很恰当,一听就是悟者。德山棒打,三圣并没有像其他学僧那样任其打,而是接过棒将其推到禅床上。两个回会的交锋之后,德山已确知三圣是悟者,故大笑,不以为三圣之举触忤了自己。三圣哭苍天暗示自己非尘缘之人,此时仍在应机中,出了参堂,乃恢复为日常。

"脚注"意为注释、解说,但在公案、颂古中往往隐喻"不必要的解说",与常用义正好相反。《虚堂和尚语录》卷六:

---

① 《禅宗颂古联珠通集》,第 639a 页。

梁武帝请傅大士讲经。士才升座，以尺拊案一下，便下座。帝愕然。志公乃问："陛下还会么？"帝云："不会。"志公云："大士讲经竟。"①

佛鉴慧懃颂曰："案上一声鸣嘈嘈，已是重重添注脚。梁王何事不回头，志公将错还就错。"②傅大士讲经虽然一言不发，但毕竟有了一个以尺挥案的动作。为了强调禅宗以心传心，强调一切解说都是多余的，慧懃禅师就说连这个动作也是多余的，宝志禅师再加以语言提示，就更是错上加错了。

"葛藤"隐喻不必要的语言文字，即于佛法之真谛实属多余之言教。它们就像葛藤一样相互蔓延交错，本来意在解释真相，然千说万说总不达目的，就像遭到葛藤的缠绕束缚一样。《黄龙慧南禅师语录》卷一：

天台山德韶国师示众曰："青萝夤缘，直上寒松之顶。白云淡伫，出没太虚之中。万法本闲，唯人自闹。"③

竹屋简颂曰："等是垂慈为你来，舌头拖地语如雷。葛藤满地无人剪，狼藉春风又一回。"④万法本如如不动，而禅宗学人却千说万说，譬喻之言，层出不穷，这些对于理解佛法之真谛并无益处，反而受其束缚。

"弄精魂"本意为使精神劳累、费精力。禅宗常用来比喻启人悟道而不得要领，徒费口舌、浪费精力。《圆悟佛果禅师语录》卷十八：

玄沙问僧："近离甚处？"僧云："瑞岩。"沙云："瑞岩有何言句？"僧云："长唤主人公。自云：喏喏，惺惺着，他日莫受人谩。"沙云："一等是弄精魂，也甚奇怪？"复云："何不且在彼中住？"僧云："瑞岩迁化了也。"沙云："如今还唤得应么？"僧无语。⑤

玄沙师备视瑞岩师彦唤主人公并自言自语的行为为弄精魂，认为瑞岩所说所做与大多数人一样，都是在徒费精力。一等意为一样、平等。玄沙又说：你为啥不继续在瑞岩处参学呢？（听闻禅师言句时间久了，你也许就能受到启发而开悟）听到瑞岩既已迁化，学僧来奔于此，玄沙还是不失时机地设机

---

① 释妙源编：《虚堂和尚语录》，《大正藏》第47册，第1024b页。
② 《禅林类聚》，第3a页。
③ 释惠泉集：《黄龙慧南禅师语录》，《大正藏》第47册，第637c页。
④ 《禅宗颂古联珠通集》，第711c页。
⑤ 释绍隆等编：《圆悟佛果禅师语录》，《大正藏》第47册，第797a页。

锋启悟学僧:瑞岩迁化了,再唤他的主人公,还能得到回应吗? 佛性既是恒久不变的,所以不管瑞岩涅槃与否都不会影响佛性对外界呼唤的回应,可是现在你还能听得到回应吗? 可见瑞岩之前自言佛性之答语"喏喏,惺惺着,他日莫受人谩"是多少的荒唐。玄沙启发学僧:自心之佛只能靠体悟,是不可言说、不能言说的。

(二)漏泄家风、家丑、扣齿、无孔笛、没弦琴、倒刹竿

这些词语都强调的是"不可说",真的说出来了就是泄密、是祸事、是丑事,不但起不到帮助学人的作用,反而是害了学人,引他们朝偏执于理解语言文字的错误方向上去了,使他们更加迷惑了,会害他们在学禅之路上走更远的路,吃更大的苦。《宗镜录》卷九十七:

> 九祖伏驮蜜多尊者问佛驮难提尊者偈云:"父母非我亲,谁为最亲者? 诸佛非我道,谁为最道者?"偈答云:"汝言与心亲,父母非可比。汝行与道合,诸佛心即是。外求有相佛,与汝不相似。欲识汝本心,非合亦非离。"[①]

佛慧法泉《九祖伏驮蜜多尊者颂》曰:"闵却年光半百春,可怜嫌富不嫌贫。祖佛非道求何道,父母不亲谁更亲。七步岂劳莲捧足,无言须信鉴生尘。禅门自古牢关钥,漏泄家风是此人。"[②]西天九祖老婆心切,把即心即佛说的太过直露,所以佛慧法泉禅师认为是泄漏了禅宗"不立文字,以心传心"的宗旨,反而起不到启示学僧的作用。当然佛慧法泉仍然是在以颂古来启发人。

"家丑"一词本义为自己家内的丑事,而在公案、颂古里却是用来隐喻自己的悟境。直接说出悟境是禅宗的大忌,因为悟境只可意会,不可言传,说的越明白,越被视为扬家丑。因为直接的言说会使正在修行路上的人体悟不到真正的悟境,而只拘泥于语言描述的字面意义。慧照庆预禅师"拈花微笑"颂曰:"饮光当日笑无言,家丑从来不外传。不拨韶弦成一曲,至今清韵出人天。"[③]佛之悟境传与饮光(即大迦叶)。因不能言说,故饮光笑而不言。

"扣齿"暗示口不能言,无法说出。《禅宗颂古联珠通集》卷十五:

> 潮州灵山大颠宝通禅师。韩文公一日相访,问师春秋多少。师提

① 释延寿集:《宗镜录》,《大正藏》第 48 册,第 938a 页。
② 释惟白集:《建中靖国续灯录》,《卍新纂续藏》第 78 册,第 815b 页。
③ 《禅宗颂古联珠通集》,第 504c 页。

起数珠曰:"会么?"曰:"不会。"师曰:"昼夜一百八。"公不晓,遂回。次
日再来,至门前见首座,举前话问意旨如何。座扣齿三下。及见师,理
前问。师亦扣齿三下。公曰:"元来佛法无两般。"师曰:"是何道理?"
曰:"适来问首座亦如是。"师乃召首座:"是汝如此对否?"曰:"是。"师便
打趁出院。①

佛寿无量,韩愈问大颠春秋多少,大颠以机锋应之,即以佛自居,年寿就像数
念珠一样,尽管一周一百零八颗,但循环下去,是怎么也数不清的。韩愈第
二次又问同一问题,大颠扣齿三下,暗示无法说出自己之寿数。至于首座被
赶出院是因为首座只知道模仿老师,只学得皮毛,不配继续做首座了。

"无孔笛"本指无孔之笛,无法吹奏出声音;"没弦琴"本指没有弦的琴,
自然也无法弹奏出声音。在禅宗语言中,两词基本都是用来隐喻悟境无法
以心思或言语来表达的。《禅宗颂古联珠通集》卷十七:

> 道吾因赵州来,着豹皮裩,把吉撩棒,在三门前等候。才见州来,便
> 高声唱喏而立。州曰:"小心祇候着。"师又唱喏一声而去。②

赵州一句"小心祇候着"是让道吾恭敬地护持佛,然自心即佛,故道吾不必候在
三门外,自由自在即可。这些交流都是暗自进行的,是悟者之间的心领神会,
是无法说出口的。潜庵慧光颂曰:"一吹无孔笛,一抚没弦琴。一曲两曲无人
会,雨过夜塘秋水深"③,暗示的正是这种禅师间于无言中互斗机锋的情形。

"倒刹竿"暗示什么也不能说、不传法或传法已毕。印度寺院传统,放倒
门前刹竿暗示佛事活动已经结束;反之,若有重要活动,则立刹竿于前。《法
演禅师语录》卷二:

> 阿难问迦叶:"世尊传金襕外,别传何物?"迦叶召阿难,阿难应诺。
> 迦叶云:"倒却门前刹竿着。"④

迦叶让放倒门前刹竿,是在暗示阿难传法已毕,法不在言说,而在自心,是以
机锋的方式回答阿难"别传何物"之问,启发其自证自悟。禅宗西天二祖即

---

① 《禅宗颂古联珠通集》,第560c页。
② 《禅宗颂古联珠通集》,第576b页。
③ 《禅宗颂古联珠通集》,第576c页。
④ 释才良等编:《法演禅师语录》,《大正藏》第47册,第657c页。

是阿难。

十一、接引与方便

禅师对学人的接引与方便，其表达方式许多情况下也是隐喻性的。因为第一义谛是不可言说的，只能用间接的方式引学人自悟。禅师对悟境的直接描述会把学僧引入理性思维的歧途，反而与对学僧进行启发引导的初衷背道而驰，即所谓"一句合头语，万劫系驴橛"。悟境切忌道着，道着即受语言的思维约束，就难以到达真正的悟境了，隐喻学人不要执着于一字一句之玄机，否则便会受其束缚，导致不能真正开悟。

（一）垂一足（垂左足、垂右足）、翘一足、竖拂子、举起手、垂手（不垂手）

垂一足、垂左足、垂右足、翘一足皆是示现接引之意，是悟道禅僧以真佛自居并现身说法的场景。为何现身只现出脚呢？这与印度的古老触脚礼有关。印度人触摸父亲、母亲、老师和长者的脚表示对他们的尊敬。具体动作是行礼者屈身用右手摸长者的脚尖，然后再用同一只手摸一下自己的头，对方用手摸一下行礼者的头顶，以示还礼。有事相求者甚至跪在地上，用双手摸对方的脚，用头的前额去触对方的脚尖。有僧问文殊应真禅师曰："古人垂一足意旨如何？"师曰："坐久成劳。"投子义青颂曰："驰书才去返匆匆，一足垂酬继后踪。坐久成劳谁委悉，红炉点雪自相通。"①据投子义青禅师颂古，垂一足所指之内涵与红炉点雪相通。火炉中一点儿雪，雪立即消失不见，隐喻的是学僧突然开悟的过程，由俗境入悟境，由有形化无形，由俗身化佛身。所以反过来，垂一足等词隐喻禅师由佛身化俗身，以此启发学僧，接引学僧。这个"古人"指的是石头希迁，而义青禅师颂古针对的也是石头希迁的公案故事。《禅宗颂古联珠通集》卷九：

> 清源令石头持书与南岳让和尚曰："汝达书了速回，吾有钁斧子与汝住山。"头至彼，未呈书便问："不慕诸圣，不重己灵时如何？"岳曰："子问太高生，何不向下问？"曰："宁可永劫沉沦，不慕诸圣解脱。"岳便休。头回至静居。师问曰："子去未久，送书达否？"曰："信亦不通，书亦不达。"师曰："作么生？"头举前话了却曰："发时蒙和尚许斧子，便请取。"师垂一足。头礼拜，寻辞往南岳。②

---

① 释义青颂古、从伦评唱：《林泉老人评唱投子青和尚颂古空谷集》，《卍新纂续藏》第 67 册，第 303b 页。

② 《禅宗颂古联珠通集》，第 523b 页。

清源让石头去南岳让和尚处送书,实际是想让怀让禅师帮助自己勘验一下石头希迁开悟与否。石头明白此意,故至南岳即呈机锋,所问皆悟境之事。南岳默认其开悟了,没有继续勘验。石头把过程说与清源,清源亦表示肯定,垂一足示现,石头以礼拜应对,获得印可。

"竖拂子"隐喻禅师开始说法,接引学人。《大光明藏》卷二:

> (仰山)后参岩头,头举起拂子。师展坐具,头拈起拂子置背后,师将坐具搭肩上而出。头云:"我不肯汝放,只肯汝收。"①

人人自有佛性,不需听人说法,故收坐具不听,是悟道的举动,这是收。为什么岩头全豁禅师不认可仰山之"放"呢? 因为仰山虽然识得举拂子即是说法,并进行了动作配合,但这个过程也暴露出仰山期望岩头给自己说法的心思,是有思议的表现,不合乎悟道者的行为。

举起手的动作也常隐喻说法,尽管手中没有拂子。《雪庵从瑾禅师颂古》卷一:

> 云门上堂:"闻声悟道,见色明心。"遂举起手曰:"观世音菩萨将钱买鹕饼。"放下手曰:"元来只是馒头。"②

举起手表示云门此时是处于说法状态。观世音是成佛之后甘愿降身为菩萨普度众生的,怎么可能像俗人一样拿钱去买胡饼? 再者,举手所说的胡饼,放下手却变成馒头了,真不可思议呀。这句话意在暗示学僧不要从理性方面理解,要抛弃理性思维,方能悟道。

"垂手"一词字面上无甚深义,然在公案、颂古中常隐喻禅师斟酌学人根机之高下,特以权巧方便接引之情形。与垂手相对者称为不垂手,谓心中仅有上求菩提之意,而无下化众生之愿。故垂手、不垂手也是禅师出世、不出世的代用语。《禅宗颂古联珠通集》卷十三:

> 潭州华林善觉禅师。裴相国访师,问曰:"师还有侍者否?"师曰:"有,只是不可见客。"曰:"何妨!"师乃唤曰:"大空、小空。"唯二虎自庵后出。裴见之惊悚。师语二虎:"有客,且去。"二虎于是哮吼而去。曰:

---

① 释宝昙述:《大光明藏》,《卍新纂续藏》第79册,第700b页。
② 释从瑾撰:《雪庵从瑾禅师颂古》,《卍新纂续藏》第69册,第273c页。

"师作何行业,感得如斯?"师提起数珠曰:"会么?"曰:"不会。"师曰:"老僧常念观世音。"颂曰:"常念观音,力伏猛兽。道眼通明,万缘何有。良哉大士,时时垂手。念兹在兹,安乐长寿。"(龙门远)①

观音大士能力伏猛兽,时时化身接引学人,学人只要念"观世音",观世音即化身为自己,故华林善觉禅师能以二虎为侍者,且安乐长寿。

(二)"竿木随身,逢场作戏"、白拈贼、无孔铁锤、老婆心

"竿木随身,逢场作戏"系双关语,本指古代艺人在其随身携带的长竿上表演各种技艺动作,禅宗藉以隐喻禅师接引学僧时视机缘及对方根机成熟程度而灵活使用各种手段。例如圆悟克勤升座云:"火不待日而热,风不待月而凉。鹤胫自长,凫胫自短。松直棘曲,鹄白乌玄。头头露现,若委悉得。随处作主,遇缘即宗。竿木随身,逢场作戏。"②禅师的悟心就好比艺人随身的竿木。艺人可依观众的需求凭借竿木表演各种动作;禅师可视学人的根机不同设置种种启示引导方法。

"白拈贼"原指徒手盗物而不留形迹者,禅宗借以指打消学人妄想于无形之中的高僧,亦隐喻禅师接引学人时机巧之迅捷。《禅宗颂古联珠通集》卷二十:

> 赵州问新到:"曾到此间么?"曰:"曾到。"师曰:"吃茶去。"又问僧,僧曰:"不曾到。"师曰:"吃茶去。"后院主问曰:"为甚么曾到也云吃茶去,不曾到也云吃茶去?"师召院主,主应喏。师曰:"吃茶去。"③

死心悟新禅师颂曰:"赵州吃茶,宗门奇特。到与不到,正白拈贼。"④"此间"一语双关,字面意思是指赵州所在的这间僧房,实际是隐喻悟境。赵州所问既是日常语,也是机锋,没有一个多余的字。赵州问僧开悟与否,僧回答曾到,则视为已经开悟;回答不曾到,则视为没有开悟;若没有应机,而只是回答到赵州所在僧房与否,则仍是门外汉呢。然僧若真已开悟,当然不能简单的回答"曾到",而是要用一些特别的言行让赵州明白才行,回答"曾到"并不是恰当的应机方式。因为这样合乎逻辑的应答,并没有跳出理性思维的范围,实是未悟之表征;只有跳出理性思维的应答,才能表明自己已达悟境。

---

① 《禅宗颂古联珠通集》,第 550a 页。
② 《圆悟佛果禅师语录》,第 714c 页。
③ 《禅宗颂古联珠通集》,第 594b 页。
④ 《禅宗颂古联珠通集》,第 594c 页。

面对此种情况，赵州不动声色，一句"吃茶去"意在截断学僧的理性思维，暗示学僧向非理性方向参学，不必做出合乎逻辑的应答，即搁置问题，且去吃茶。僧回答"不曾到"或只是门外汉，则需要继续参学，既来之，则安之，故且去吃茶。院主拘泥于问题本身，陷于曾到、不曾到的二元对立之中不能自拔，赵州一句"吃茶去"，如当头棒喝，目的在于使其放弃理性思维。赵州的这一系列机锋，环环相扣，又隐藏于日常问话当中，可谓打消学人妄想于无形之中，故死心悟新禅师称其为白拈贼。

"无孔铁锤（槌）"原指无柄之铁锤，公案、颂古中常用以隐喻禅师欲引导众生却缺乏引导之方法，犹如无孔不得加柄之铁槌，全无着手处；也用以隐喻拘泥于言教而失去开悟机缘之学僧。《碧岩录》第十四则曰："对一说，太孤绝，无孔铁锤重下楔。"①学人执着于祖师或前人之言句而不知变通是为"孤绝"，因此而错过开悟之机缘即为无孔铁锤。再如《禅宗颂古联珠通集》卷八：

> 南阳慧忠国师一日唤侍者。侍者应诺。如是三召，皆应诺。师曰："将谓吾孤负汝，却是汝孤负吾。"②

圆通法秀颂曰："国师三唤，侍者三应。两个无孔铁槌，傍观也须气闷。彼此无便宜，今古谁相信。"③忠国师三次唤侍者，就是想找一个启发侍者的机缘，可是侍者三唤三应，像个无孔铁槌一般，国师一时找不到接引他的机缘，所以国师对侍者说"不要说我没有给你受接引的机会，是你自己没有理解我的用心，没有给我接引你的机会呀"。圆通法秀禅师给出两个评价，一是国师没有找到接引方法，侍者也没有明白国师想接引他的意思，所以说是"两个无孔铁锤"，二是国师与侍者不会真的没有"便宜"之事，说二者之间没有接引，谁相信呀。答案也许只有他们两个知道了，因为这个问答既可以看作两个未悟道者的平常对话，也可以看作两个悟道者之间以平常心进行机锋应对，况且忠国师的话本身也具有启发性。

"老婆心"谓禅师反复叮咛，急切诲人之心。《大慧普觉禅师语录》卷三：

> 金峰示众云："老僧二十年前有老婆心，二十年后无老婆心。"时有

---

① 《佛果圆悟禅师碧岩录》，第154c页。
② 《禅宗颂古联珠通集》，第519b页。
③ 《禅宗颂古联珠通集》，第519c页。

僧出问："如何是二十年前有老婆心?"峰云："问凡答凡,问圣答圣。"僧云："如何是二十年后无老婆心?"峰云："问凡不答凡,问圣不答圣。"①

金峰从志禅师二十年前急切诲人,问啥答啥,实际是没有多少启发作用,这也是老婆心切的隐含之义,即急切诲人但效果并不理想。二十年后问啥不答啥,方是超出理性思维的正途,这样的回答才对学僧真正有启示作用。所以,相对于开悟来说,老婆心切往往意味着因教法背道而驰而使学僧不能真正开悟。

(三) 推倒、扶起、打碎精灵窟

推倒与扶起是两种相反的接引方法,推倒指禅师接引学人时所采用的方法较为急切猛烈,学人常因应对不及或应对错误而受到禅师否定;扶起指禅师态度和缓,对学人的应对也往往是肯定的。《大慧普觉禅师语录》卷七:"放倒扶起,有宾有主。"②时而扶起,时而放倒,称为扶起放倒,隐喻禅师接化学人时采取灵活自由之机法。《宗门统要正续集》卷七:

> 师(仰山)因见雪师子乃指云："还有过得此色者么?"众无对。云门偃云："当时好便与推倒。"雪窦显云："云门只解推倒,不解扶起。"琅琊觉云："即今问汝诸人,推倒扶起相去多少?"③

悟境无色,无差别,故云门以为仰山此语引导方向有误,而雪窦以为仰山以悟境看此色与万物之色平等纯一,无有差别,具有引导启发之义,应该肯定。琅琊慧觉则谓否定仰山此问与肯定仰山之间对于启发学僧来说意义是一样的,关键在于不要执着于肯定与否定,要透过现象看本质。

"打碎精灵窟"隐喻消除理性思维。精灵即精神。松源崇岳"女子出定"颂曰："出得出不得,攞落精灵窟。何处不风流,祖师无妙诀。"④文殊不能使女子出定是因为他有明确的目的在先,自身有思维活动,进不得女子悟境;无明菩萨能使女子出定,是因为他心中无有"云何此女得近佛坐"这样的问题,无有思虑,故能使女子出定。《禅宗颂古联珠通集》卷九杨无为居士"日面佛,月面佛"颂曰："日面佛,月面佛,夜夜朝朝好风物。马驹踏杀天下人,

---

① 《大慧普觉禅师语录》,第 824a 页。
② 《大慧普觉禅师语录》,第 838b 页。
③ 释宗永集,释清茂续集:《宗门统要正续集》,赵朴初等《永乐北藏》第 154 册,北京:线装书局,2000 年版,第 713a 页。
④ 《禅宗颂古联珠通集》,第 488c 页。

轩辕照破精灵窟。"①据《佛名经》卷七所载,日面佛寿长一千八百岁,月面佛寿仅一日夜。马祖道一禅师借"日面佛,月面佛"之语断绝人们对寿命长短之偏执,就像轩辕宝镜照破精灵窟一样,去除理性认识之执念,使人人本具之佛性得以显现。

(四)泥水句、毒药、醍醐、铁船无底

"泥水句"隐喻平常的句子中隐藏着悟道的玄机。禅师回答学人比较直露的问题时,一般用泥水句。例如有僧问石霜楚圆:"如何是佛?"师曰:"水出高原。"师自颂曰:"水出高原也大奇,禅人不会眼麻弥。若也未明泥水句,灯笼露柱笑哈哈。"②佛是什么,不好回答,关键用语言回答了也是白回答了,反而会引学人入歧途。因为佛是超语言的存在,无法直接描述,只能靠自悟自证。怎么自悟自证呢,那就需要破除学僧的理性思维,引导其进入非理性的状态。楚圆禅师在自颂中提出了两个非理性的说法,一是"水出高原",二是"灯笼露柱笑嘻嘻"。常识是水出自幽谷,灯笼露柱是无情识的东西,不可能会笑,所以要悟泥水句,就必须消除理性思维,不能被泥水相混的平常外表弄花眼了。

"毒药"喻引人入歧途的解说或动作;"醍醐"喻能令人开悟的解说或动作。圆悟克勤《示材知庄》曰:"俱胝凡见僧来及答问,唯竖一指,盖通上彻下,契证无疑,差病不假驴驼药也。后代不谙来脉,随例竖个指头,谩人不分皂白,大似将醍醐作毒药。"③俱胝得天龙一指头弹,如醍醐灌顶,一生用不尽,然未悟学人仿照俱胝亦以一指示人,不能亲证悟境,醍醐就变成了毒药。石庵知珍"黄龙三关"颂曰:"我脚何似驴脚,拟议知君大错。进前欲饮醍醐,已似遭他毒药。"④一旦有了分别意识,用来分别我脚何似驴脚,即坠入俗境,那么黄龙慧南的这句问话就是令参读者丧身失命的毒药,若能从中悟得,此话即是醍醐。

"铁船无底"本是一句平常语,然在禅宗看来,船,乘也,能渡苦海、达彼岸者也。坚固的铁船实际隐喻着人人自有佛性,有得度成佛的条件;铁船无底隐喻虽有成佛的条件,但仍需要别人给予善巧方便,需要被点拨才能真正开悟成佛。《赵州录》卷中:

赵州因学人问:"乍入丛林,乞师指示。"师曰:"吃粥了也未?"曰:

---

① 《禅宗颂古联珠通集》,第526b页。
② 释慧南重编:《石霜楚圆禅师语录》,《卍新纂续藏》第69册,第196b页。
③ 《圆悟佛果禅师语录》,第780b页。
④ 《禅宗颂古联珠通集》,第719a页。

"吃粥了也。"师曰:"洗钵盂去。"其僧忽然省悟。①

学人有求学之心,可在禅宗,学佛可不是学知识,事实上恰与学知识相反,是要不断去除知识。赵州问此僧"吃粥了也未",接着又让他去洗钵盂,正是为了截断其求学之情识,暗示他要换个思维方式,不要天天停留在世俗之念。密庵咸杰颂曰:"粥了令教洗钵盂,铁船无底要人扶。片帆高挂乘风便,截海须还大丈夫。"②吃粥已了,令洗钵盂,正是对学僧的一种点拨。"截海"意为截断学人的俗识。

(五) 杀(活)、露、孤绝、啐啄

杀、活即死与生,禅宗隐喻应对与勘验机锋的两种方式。伤锋犯手为死,为杀;应对恰当,不犯锋芒者为生,为活。禅师接引学人,一般都能做到杀活自在。禅僧间的问答言语亦有活句、死句之别。活句系超越分别、意路不通的无义味句;反之,是为死句。《禅宗颂古联珠通集》卷三:

> 文殊师利令善财童子采药。云:"是药者采将来。"善财遍采,无不是药。却来白云:"无不是者。"殊云:"是药者,采将来。"善财拈一枝草度与殊。殊接得,示众云:"此药能杀人,亦能活人。"③

善财童子以悟境采药,万物无有差别,故无不是药。文殊拈一枝草示众,众说是药者,即能活,意为证得了悟境;说不是药而是草者,即被杀,意为未证得悟境。

"露"为显露之意,公案、颂古中指诸法全体现前之相状,亦为禅宗惯用的举喝之语,表示目前分明显然之事理。哪吒太子析肉还母,析骨还父。北磵居简拈云:"肉还父,骨还母。日西沉,水东注。(良久云)露。"④哪吒之肉身是四大和合而成,本来就是虚幻的,骨肉还归父母以后,哪吒之真身方才显露。

"孤绝"一词隐喻学人徒然执着于祖师或前人之语句而僵化不知变通之情形;若用来指称禅师,则指禅师所设机锋过于高峻,难以参透,起不到开导学人的作用。懒庵鼎需"兴化打克宾"颂曰:"赫日轰迅雷,六月飘霜雪。兴

---

① 释文远记录:《赵州录》,张子开点校,郑州:中州古籍出版社,2001年版,第70页。
② 释崇岳等编:《密庵和尚语录》,《大正藏》第47册,第976c页。
③ 《禅宗颂古联珠通集》,第489a页。
④ 释大观编:《北磵居简禅师语录》,《卍新纂续藏》第69册,第667c页。

化老古锥,不妨太孤绝。金毛哮吼乱峰前,百兽闻之皆脑裂。"①此颂是说禅师太孤绝。赫日迅雷、六月飘雪、金毛哮吼、百兽脑裂皆是形容兴化禅师机锋高峻。

啐啄一词,《禅林宝训音义》解释为"啐啄,如鸡抱卵,小鸡欲出,以嘴吮声,名为啐;母鸡欲小鸡出,以嘴啮壳,名为啄。"②此词所描述之情形正与禅师接引学僧时相同,所以禅宗拿来隐喻禅师与学僧之间的机宜投合。学人请求禅师启发,譬之如啐;禅师启发学人,譬之如啄。《明觉禅师语录》曰:"大凡出众,切磋也须是本分。禅客若未具啐啄同时眼,卒摸索不着。"③啐与啄必须是同时,不然小鸡就出不来。禅师与学人之间也必须是一方设机开导,并根据学人根机掌握好所设机锋的难易程度;另一方能识得机锋,并能恰当地应对机锋,不然学人也难以开悟。这与《礼记·学记》所讲师生间的问答关系是一致的,即"善待问者如撞钟,叩之以小者则小鸣,叩之以大者则大鸣。"④

(六) 草里行(入草、落草)、出草、向异类中行、又怎么去也

悟者在未悟之境即俗境中接引学人即为草里行。草,比喻世间、俗众。超出世俗,探究向上之究竟义,称为出草;进入俗世,接引、化度学人,是为入草或落草。《禅宗颂古联珠通集》卷十五张无尽"沩山水牯牛"颂曰:"野径蹄涔赚杀人,早曾耕遍大田春。有时落草无寻处,显现沩山老汉身。"⑤沩山灵祐百年后向山下作一头水牯牛,是由悟境入俗境,故无尽居士称其为落草。《明觉禅师语录》卷三雪窦重显禅师"三召三应"颂曰:"师资会遇意非轻,无事相将草里行。负汝负吾人莫问,任从天下竞头争。"⑥南阳慧忠国师入俗境接化学人,三次呼唤侍者,侍者三次响应。不管三次呼应是否对侍者有启发,国师与侍者究竟谁辜负了谁,对国师来说,这就叫入草。《宏智禅师广录》卷三:

> 仰山问僧:"近离甚处?"僧云:"庐山。"仰云:"曾到五老峰么?"僧云:"不曾到。"仰云:"阇黎不曾游山。"云门云:"此语皆为慈悲之故,有

---

① 《禅宗颂古联珠通集》,第 636c 页。
② 释大建校:《禅林宝训音义》,《卍新纂续藏》第 64 册,第 465c 页。
③ 惟盖竺编:《明觉禅师语录》,《大正藏》第 47 册,第 676a 页。
④ 《十三经注疏》整理委员会:《礼记正义》,龚抗云整理,北京:北京大学出版社,2000 年版,第 1244 页。
⑤ 《禅宗颂古联珠通集》,第 565a 页。
⑥ 《明觉禅师语录》,687b 页。

落草之谭。"①

游庐山没有游五老峰是很正常的事情,仰山却说这是不可能的,进而推出了不曾游山的结论。这是在赤裸裸地否定理性思维,暗示学僧向非理性处思考呀。所以云门说这是慈悲接化之故。本觉守一颂曰:"出草何如入草时,全身入草为慈悲。仰山垂手随他去,直至如今在路岐。"②入草是由悟境入俗境,是悟者以慈悲之心下化众生;而出草则是由俗境入悟境,不是容易做到之事,故"直至如今在路岐"。

"向异类中行"本指发愿利生之菩萨于悟道后,为救度众生,不住涅槃菩提之本城,而出入生死之迷界,自愿处于六道众生之中,以济度一切有情。但是在公案、颂古中,向异类中行隐喻的是朝非理性、无情识的方向修行。《禅宗颂古联珠通集》卷十:

> 池州南泉普愿禅师示众曰:"唤作如如,早是变了也。今时师僧须向异类中行。"归宗闻曰:"虽行畜生行,不得畜生报。"师曰:"孟八郎又怎么去也。"③

"如如"是对悟境的描述,即平等不二,可是一旦将"如如"两字说出口,非理性的悟境就变成理性的语言文字了,就不是真正的悟境了。南泉普愿号召广大师僧向异类中行,就是要绝情识,去理性,抛弃语言文字。归宗智常解释说"虽然在畜生道修行,但我们不会一直是畜生,必将涅槃成佛"。南泉指出归宗把自己的话理解错了,理解成在畜生之道修行了。"又怎么去也"意为朝错误的方向走了,即朝迷途、不悟之途去了。

十二、烦恼与贪欲

由于语言习惯及历史原因,公案、颂古中"烦恼"与"贪欲"这层并不需要讳言的意思也往往采取了隐喻式的表达。

(一) 家贼、荆棘、知有(不知有)

佛教以声、色、香、味、触、法等"六尘"为外六贼,以眼、耳、鼻、舌、身、意等"六根"为内六贼。家贼是就"内六贼"而言的,指"六根"的贪欲。六根以

---

① 释集成等编:《宏智禅师广录》,《大正藏》第48册,第32a页。
② 《禅宗颂古联珠通集》,第632a页。
③ 《禅宗颂古联珠通集》,第533a页。

其内在的贪欲,追逐色、声、香、味等尘染,败坏人本性中的善法,故曰"家贼"难防。《断桥妙伦禅师语录》卷一:

> 僧问赵州:"如何是祖师西来意?"州云:"庭前柏树子。"僧云:"和尚莫将境示人。"州云:"我不将境示人。"僧云:"如何是祖师西来意?"州云:"庭前柏树子。"①

僧问西来祖师传何心印,心印非语言能够表达,所以赵州故意岔开话题,回答"庭前柏树子",以不让学僧执着于理性追寻,越是理性就越是体验不到悟境。可是学僧仍执着于理性,要求赵州不要将境示人,认真回答他的问题。赵州再次回答"庭前柏树子",以启发学僧放弃理性思维。浮山法远颂曰:"庭前柏树赵州道,庐陵米价吉阳敷。三岁儿童皆念得,八十翁翁会也无。"②石霜楚圆颂曰:"赵州庭前柏,天下走禅客。养子莫教大,大了作家贼。"③法远禅师认为,三岁儿童尚无有理性思维,故能参透"柏树子"与"庐陵米价"两个话头。楚圆禅师颂与此颂有异曲同工之妙,都是说的人长大有了心识及理性思维,就有了贪欲,也就更难悟道成佛了。

荆棘隐喻烦恼或困难。保宁仁勇"风动幡动"颂曰:"荡荡一条官驿路,晨昏曾不禁人行。浑家不是不进步,无奈当门荆棘生。"④颂古之大意为:禅宗修行的大道对任何人来说都是畅通的,只不过修行人要到达目的地,还需要克服自己内心的烦恼以及各种困难才行。

"知有""不知有"中的"有"字意为有身,即有自己的肉身。有了肉身就有生死之烦恼,所以"有"隐喻烦恼。只有涅槃成佛,才能彻底解除烦恼。赵州从谂禅师一日问南泉曰:"知有底人向甚么处去?"泉曰:"山前檀越家作一头水牯牛去。"⑤此处"知有底人"即是指有烦恼、求解脱之人。变成水牯牛,无有情识,无有理性思维,等同于涅槃之境,确是解脱了。

(二)头上角、头角

头上长角隐喻烦恼或多余。《碧岩录》第九十五则曰:"垂示云:'有佛处不得住,住着头角生;无佛处急走过,不走过,草深一丈。'"⑥有佛处之烦恼是

① 释文宝、善靖编:《断桥妙伦禅师语录》,《卍新纂续藏》第70册,第555a页。
② 《禅宗颂古联珠通集》卷十九,第587b页。
③ 释慧南重编:《石霜楚圆禅师语录》卷一,《卍新纂续藏》第69册,第196a页。
④ 释昭如、希陵等编:《雪岩祖钦禅师语录》卷三,《卍新纂续藏》第70册,第617c页。
⑤ (宋)释正觉颂古、(元)行秀评唱:《万松老人评唱天童觉和尚颂古从容庵录》,《大正藏》第48册,第270b页。
⑥ 《佛果圆悟禅师碧岩录》,第218a页。

指有了执着之心，执着于"佛"，反而不能成佛；已知"无佛"也是一种执念，一种理性思维，所以要急走过，不要停留在理性思维的层面，否则烦恼顿生。《横川行珙禅师语录》卷二：

> 南泉因两堂首座争猫儿。师遇之，泉乃提起云："大众，道得即救取，道不得即斩却。"众无对，泉遂斩之。至晚赵州自外归，泉举似赵州，州脱草履安头上而出。泉云："汝若在，即救得猫儿。"①

保宁仁勇颂曰："狸奴头上角重生，王老门前独夜行。天晓不知何处去，楚山无限谩峥嵘。"②颂的后两句描写的是无有差别的了悟之境。因为一只猫儿产生了争执，起了烦恼，惟有无视差别，跳出理性思维，方能消除烦恼。赵州把本来在脚上穿的鞋子放在头上行走，正是跳出理性思维的举动，所以能救出猫儿。《禅宗颂古联珠通集》卷十七：

> 道吾宗智见南泉。泉问："阇黎名甚么？"师曰："宗智。"泉曰："智不到处，作么生宗？"师曰："切忌道着。"泉曰："灼然道着即头角生。"③

在此则公案中，"智不到处"指悟境，是无烦恼的境地，是不可言说的。一旦用言语道着，即堕入有情之境，烦恼也就随之而来了。

十三、其他隐喻性表达

公案、颂古中一些数字组合亦具有隐喻意，如七九六十三、五五二十五、六六三十六、九九八十一等。这四个词语结构一样，在公案、颂古中皆是"本来如此"之义。《禅宗颂古联珠通集》卷十九：

> 赵州因僧问："狗子还有佛性也无？"师曰："无。"曰："上至诸佛，下至蝼蚁，皆有佛性。狗子为甚么却无？"师曰："为伊有业识性在。"又问："狗子还有佛性也无？"师曰："有。"曰："既有，为什么入这皮袋里来？"师曰："知而故犯。"④

---

① 释本光等编：《横川行珙禅师语录》，《卍新纂续藏》第 71 册，第 200a 页。
② 释道胜、圆净录：《保宁仁勇禅师语录》，《卍新纂续藏》第 69 册，第 291b 页。
③ 《禅宗颂古联珠通集》，第 576a 页。
④ 《禅宗颂古联珠通集》，第 592b 页。

因为这僧有业识在,赵州为了破除他的业识,即固有之见,故意一会儿说成狗子有佛性,一会儿说成狗子无佛性。因为对这僧来说,无论狗子有佛性还是无佛性,都是其"业识",都是其逻辑思维范围内的问题而已。赵州故意反着这僧的思维来回答,正是为了破除他的理性思维,引其体验无逻辑的非理性思维。夷庵鉴禅师颂曰:"狗子无佛性,打破大圆镜。七九六十三,一切智清净。"①大圆镜指可如实映现一切法之佛智。依唯识宗所说,成佛以后,烦恼即转变为智慧。此种智慧可分为四种,其第四种转变为清净智,即此大圆镜智。在究竟义上说,狗子有无佛性是不存在的问题,在本来面目上是不存在有无之分的,乃是如如一体,无有差别的样子。《禅宗颂古联珠通集》卷十二:

> 池州杉山智坚禅师与归宗、南泉路次逢虎。各从边过了。泉问归宗:"适来见虎,似个甚么?"宗曰:"似个猫儿。"复问师。师曰:"似个狗子。"师却问泉。泉曰:"似个大虫。"大沩智曰:"三个老汉,聚头寐语。若要彻一时,参取这大虫始得。"复颂曰:"一虎三人见不同,高低各自立宗风。为伊途路不得力,空过浮生一梦中。"②

老虎像猫、像狗、像老虎,三种说法,只有像老虎是无意味儿话,是活句,余两个是死句。大沩智之颂主张参南泉的一句,认为三条路中,如果选了另外两条错误的路,即参死句,就会终生不得悟。佛鉴慧懃颂曰:"五五二十五,大虫元是虎。狗子与猫儿,岂可同时语。夜闭门,早开户,须信利牙爪可怖。家家门首透长安,尽是举子朝天路。"③强调的也是"像大虫"这一句,因为此句强调无有差别,可引人入无差别之悟境。"透长安""朝天路"就是指的上求开悟之路。归宗智常回答猫儿、杉山智坚回答狗子,都是明知是虎为了斗机锋而故意为之,相对于南泉普愿老虎是大虫的本色回答,是动了思议的,故在斗机中处于下风,南泉是优胜者,所以大沩智说要彻悟一时,就参南泉的这个回答。《禅宗颂古联珠通集》卷二十九:

> 云居上堂曰:"如人将三贯钱买个猎狗,只解寻得有踪迹底。忽遇羚羊挂角,莫道踪迹,气息也无。"僧问:"羚羊挂角时如何?"师曰:"六六三十六。"曰:"挂角后如何?"师曰:"六六三十六。"僧礼拜。师曰:"会

---

① 《禅宗颂古联珠通集》,第593b页。
② 《禅宗颂古联珠通集》,第546c页。
③ 《禅宗颂古联珠通集》,第546c页。

么?"曰:"不会。"师曰:"不见道,无踪迹。"其僧举似赵州。州曰:"云居师兄犹在。"僧便问:"羚羊挂角时如何?"州曰:"九九八十一。"曰:"挂后如何?"州曰:"九九八十一。"曰:"得恁么难会?"州曰:"有甚么难会?"曰:"请和尚指示。"州曰:"新罗,新罗。"又问长庆:"羚羊挂角时如何?"庆曰:"草里汉。"曰:"挂后如何?"庆曰:"乱叫唤。"曰:"毕竟如何?"庆曰:"驴事未去,马事到来。"①

学僧一味儿强调"羚羊挂角时"与"挂角后"的区别,云居道膺、赵州从谂、长庆大安三位禅师都告诉他不要有区别之心,方能证得悟境。云居的解答强调"无踪迹",意为无有差别。赵州的解答强调分别即差,拟议即乖。"新罗"是"鹞子过新罗"的简称,意为不容分说,不容分别,有分别之欲时即已时过景迁了。僧问长庆毕竟如何? 长庆说驴事未去,马事到来,实为贬义,指斥学僧想事太多,区别心太重,实际仍然强调的是无差别,想引学僧自证无差别之境界。禅师两次回答六六三十六、九九八十一,强调的是本来就如此,还能怎么变化呢,故无有差别。

除了语句的隐喻性表达之外,公案、颂古中还采用了动作、图画等间接表达方式。动作包括手势、腿势、身体姿势等;图画则主要包括圆相、十牛图等。动作在上文中已有涉及,下面谈谈圆相与十牛图。

圆相始于南阳慧忠国师,传于侍者耽源,耽源传于仰山。据耽源所述,共九十七个(一说九十六个),然皆深密,不可得见。仅从公案中知其一二。《禅宗颂古联珠通集》卷八:

> 杭州径山国一道钦禅师(嗣鹤林素)。因马祖遣人送书到,书中作一圆相,师发缄见,遂于圆相中著一画,却封回。忠国师闻得乃曰:"钦师犹被马祖惑。"颂曰:马祖当时见径山,同风微露密机关。无端却被南阳老,平地坑人似等闲。(佛印元)被惑之言事有由,神交千里芥针投。谁知解使云通信,我不然兮石点头。(照觉总)②

国一道钦禅师见到马祖寄来的圆相时,借鉴了提婆见龙树菩萨时"钵水投针"的做法,在圆相中著一画,以暗示在盛满水的钵中放入了一根针。这是把圆相看成了盛满水的钵。《大唐西域记》卷十:

---

① 《禅宗颂古联珠通集》,第 655c 页。
② 《禅宗颂古联珠通集》,第 516c 页。

时提婆菩萨自执师子国来求论义,谓门者曰:"幸为通谒!"时门者遂为白。龙猛雅知其名,盛满钵水,命弟子曰:"汝持是水,示彼提婆。"提婆见水,默而投针。弟子持钵,怀疑而返。龙猛曰:"彼何辞乎?"对曰:"默无所说,但投针于水而已。"龙猛曰:"智矣哉,若人也! 知几其神,察微亚圣,盛德若此,宜速命入。"对曰:"何谓也? 无言妙辩,斯之是欤?"曰:"夫水也者,随器方圆,逐物清浊,弥漫无间,澄湛莫测。满而示之,比我学之智周也。彼乃投针,遂穷其极。此非常人,宜速召进。"①

龙树菩萨说提婆是有大智慧的人,能周知一切事物,如有神助,明察秋毫,近于圣人。为什么这样称赞提婆呢? 龙树菩萨解释说:水会随着容器的方圆而跟着改变形状,也会随着所容纳的物品而显现清澈或污浊;水遍满一切,没有任何的空隙;水极为澄净,令人难以测量。我以满钵的水向他暗示我的学识才智渊博周密、无所不知,他却把一根细针投入钵水中,表示他能够穷尽我的智识。南阳慧忠国师是圆相的传授者,在忠国师看来,"满钵之水"与"圆相"所暗指的对象是不一样的,前者指智识的圆满周全,后者指真如、法性、实相,或众生本具之佛性。真如之佛境整体无差别,圆满、绝对,是无法再添一画的,所以忠国师说道钦禅师虽然给马祖回了信,但对于圆相之涵义仍有误解呀。然而,若抛开圆相之传法体系,道钦这样回信亦是未尝不可的,这是照觉常总禅师颂古之意。"谁知解使云通信,我不然兮石点头"意为谁能让云传递消息给龙树大士,大士定会认可道钦禅师的做法的。《禅宗颂古联珠通集》卷十三:

本溪和尚一日坐次。庞居士至。师才顾视。公以拄杖画一圆相。师近前踏却。士曰:"与么? 不与么?"师亦画一圆相。士亦近前踏却。师曰:"与么? 不与么?"士抛下拄杖而立。师曰:"来时有杖,去时无杖。"曰:"幸自圆成,徒劳侧目。"师抚掌曰:"奇哉,奇哉,一无所得。"士拈杖便行。师曰:"看路,看路。"②

圆相隐喻真如法性,实相无相,即众生本具之佛性。庞居士画一圆相,本溪和尚踩坏了它,居士就问"你是同意我对悟道成佛的见解,还是不同意? 为

① (唐)玄奘、辩机著,季羡林等校注:《大唐西域记校注》,北京:中华书局,1985 年版,第 824~825 页。
② 《禅宗颂古联珠通集》,第 550c 页。

什么给我踩坏呀?"本溪和尚同样以画圆相之法示之,表示同意庞居士以圆相隐喻佛性。之所以二人都选择踩坏圆相,是因为圆相本身并不是佛性,它只是引导观看者证得自心佛性而已,如果不踩坏,就有执着于这个图画之嫌,是未悟的表现。居士抛下拄杖而立,是以成佛自居,顶天立地,故不以拄仗为依凭。本溪则说"你来时未悟,走时已悟,一定是看了我画的圆相吧?"居士回答"我自具佛性,早就修行圆满,成佛了,并不是因为看了圆相。"本溪亦以所证悟境应之,说自己"一无所得"。

《十牛图》为宋代廓庵师远禅师改作清居禅师《八牛图》而成,意在隐喻禅者由初修、证悟、保任到接化学人的过程。牛隐喻自心,牧牛童隐喻修禅者。公案、颂古中关于《十牛图》的偈颂很多,大约可分为两类:一类是廓庵师远禅师主张的寻牛、见迹、见牛、得牛、牧牛、骑牛归家、忘牛存人、人牛俱忘、返本还源、入鄽垂手等十个过程,和者有石鼓夷禅师与坏衲琏禅师;另一类是普明禅师主张的未牧、初调、受制、回首、驯伏、无碍、任运、相忘、独照、双泯等十个过程,与廓庵之颂名异而实同,和者主要有云庵、闻谷、天隐、破山、万如、浮石、玉林、箬庵、山茨、玄微、巨彻等禅师,以及香幢法主、鞔辂居士、跛道人如念、无依道人、牧公道人等共十余人。

这十个阶段并不是每位学人都一定经历,但大体隐喻了修禅的整个过程。学人先是对开悟境界充满向往与追求(寻牛),渐渐地获得了一些不甚明确的见性体验(见迹),终于有一天,自己有了短暂的悟境产生(见牛),接着这种体验变得更加清晰、全面(得牛),但是由于长久以来沾染的习气未除,因此这一体验有衰退的可能,必须努力保持(牧牛),久而久之,发现自己真正地开悟了(骑牛归家)。当证悟完全稳定时,人与牛就合而为一,心中就不再有牛了(忘牛存人),最后连自我情识也没有了(人牛俱忘),回到了佛性的本来面目(返本还源),见山还是山,见水还是水。小乘的修行功夫大抵到此即止,而禅宗的大乘精神则要求悟道者转而渡化众生。证悟者不应只存在于自我满足层面,还应该到人间渡化众生(入鄽垂手)。

公案、颂古,乃至整个禅宗语录中,包含大量的隐喻性表达,这是禅宗语录文献较难读懂的一个重要原因。之所以采用隐喻性表达,与禅宗第一义谛的不可言说性、"以心传心"的传法方式,以及禅宗内部长期的语言习惯有关。《禅宗颂古联珠通集》中的隐喻性词句按内容大体可分为佛、禅僧、师徒关系、成佛之事、肉身与法身、佛性、开悟与未悟、悟境与俗境、机锋语、不可说与不必说、接引与方便、烦恼与贪欲、数字组合、圆相、十牛图等十五个大类三十余个小类。

第八章　公案、颂古中的禅宗思想与悟道境界

颂古对公案的阐释不是针对公案的字词,而是针对公案所反映的悟道境界。相对于禅悟境界来说,颂古与公案是殊途同归。然而,需要特别指出的是,公案与颂古都是手段,而不是目的。二者都是修行之路上的明灯,照示着目的地,但其本身并不是目的地。修行的目的是禅悟。对于禅僧及其他参禅者来说,其日常生活中的一切坐卧经行、言语态势全是为了达到最终的禅悟境界。然而禅师教导学僧的方式是"随机利物",并没有专门的课程与步骤。小沙弥服侍禅师三年五年、十年八年或更多时间,自认为仍未学到什么东西的情况在禅籍中屡见不鲜。在《禅宗颂古联珠通集》所载的众多公案中也有一些涉及学僧服勤老师多年,每天忙于劳作而不知学到了什么,最后决定离开时,老师才举示机锋并加以点拨的例子,如"布毛示法""洛浦坐书"等。所以禅悟本身也需要一定的基础,学僧平时进行的所谓"修行打坐"、服勤劳作都是为未来某一时刻的开悟做准备。由于禅宗各派对禅悟的描述方式与强调重点不同而导致不同的禅思想。所以,我们理解禅宗公案、颂古的前提是熟悉有关的禅宗思想与最终的禅宗悟道境界。

第一节　公案、颂古中的禅宗思想

在中国禅宗正式形成之前,禅只是一种修行方法。参禅者或独处山林,或静坐一室,把自己与尘世的喧扰隔离起来,以清静自心的方式脱离各种压力与痛苦,获得精神愉悦与升华。修禅达到一定境界后,参禅者身体及精神上可以获得许多意想不到的效果,与印度的瑜伽有点类似。随着大乘般若学与玄学的发展,参禅行为逐渐由身心兼修转向专意修心,重视心证而废弃形式。禅宗不依赖于典籍——"不立文字""以心传心",亦不依附于寺庙——隐居山林草泽,以下层民众为传教对象的做法使其在

"会昌法难"①中受到较小的戕害。法难之后,禅宗获得快速发展,于佛教诸宗之中一枝独秀。

禅宗修证的最终目的是"开悟"。在此情况下,参禅者原先十分重视的坐禅行为就渐渐变为一种手段,是可有可无的了,甚至有些禅师明确反对坐禅。"开悟"不同于涅槃。涅槃是身心俱寂,而开悟只是证得智慧,断除烦恼,实际是一种精神的解脱。古人往往以心代替主观精神,"心恼故众生恼,心静故众生静。"②虽然禅宗以修心并最终开悟为目的,但是在不同时期、不同派别,甚至不同人物之间,修心的方式并不相同。这主要是因为他们的禅学思想不同。《禅宗颂古联珠通集》涉及自佛世尊以来至元代中期近 800 位僧人及居士,涉及禅宗早期及五家七宗分流时期的禅思想。

一、从达磨到慧能

禅宗思想从初祖菩提达磨到六祖慧能一直朝"当下"发展,渐渐远离经典之教法与祖师之规矩,走上当下即是、随缘任运、超佛越祖的道路。

(一)"二入四行"论,强调修心

禅宗以菩提达磨为中土初祖,虽然出于追记,但达磨确有其人。杨衒之的《洛阳伽蓝记》卷一记载:

> 北魏熙平元年(516 年),孝明帝的母亲灵太后建永宁寺,"时有西域沙门菩提达磨者,波斯国胡人也,起自荒裔,来游中土,见金盘铉日,光照云表,宝铎含风,响出天外,歌咏赞叹,实是神功。自云年一百五十岁,历涉诸国,靡不周遍,而此寺精丽,阎浮所无也,极佛境界,亦未有

---

① 唐武宗李炎素信道教,会昌元年(841 年)九月,召道士赵归真等八十一人入宫,于三殿修金箓道修。十月,帝幸临三殿,登九仙玄坛,亲受法箓。二年六月,召衡山道士刘元静入内,任银青光禄大夫、崇玄馆学士,与赵归真共居宫中修法箓。三年三月,任命赵归真为左右街道门教授先生。时帝有废佛之志,敕令两街查录有佛以来兴废之际,有何征应事以进之,又令僧、道于麟德殿对论。沙门知玄登论座,陈理道教之根本,极辩贬道,帝色不悦。五年正月,帝于南郊建望仙楼,召集道士咨禀仙事。时赵归真特蒙殊宠,昵近于帝,谏官数度上疏论之。归真既知涉物论,乃荐罗浮山道士邓元超,迎入宫中。于是,邓元超、刘元静等共图毁释,频进拆寺之议,丞相李德裕亦怂惠之。四月有诏,祠部检括天下之寺院和僧尼。寺凡四万四千六百所,僧共二十六万五千余人。五月下诏,上都、东都各留寺四所,僧各三十人。又天下之州郡寺各留一所,上寺住二十人,中寺住十人,下寺住五人,余者悉令还俗。又毁天下诸寺,其钟、磬、铜像悉委盐铁使铸钱,铁像委本州铸农具,金、银、鍮石等像销付度支,士庶所有之金、银等像限一月纳官。八月又下诏,以昭废佛之意。六年三月,帝因病崩,宣宗即位,捕归真、元静、元超等十二人。大中元年(847 年)三月,复天下之佛寺。据《宋高僧传》卷六、卷十二、《大宋僧史略》卷中、《旧唐书》卷十八、《唐书·武宗本纪第八》。

② (刘宋)求那跋陀罗译:《杂阿含经》,《大正藏》第 2 册,第 69c 页。

此。口唱南无,合掌连日。"①

这是关于达磨来华的最早、也是最可靠的记载。然中土禅学并非始于达磨,据梁释慧皎《高僧传》、唐释道宣《续高僧传》之"习禅篇"与"译经篇"所列,在达磨之前或与达磨同时,从事禅经翻译或传授禅法者,就有70余人。

达磨之禅法主要反映在其"二入四行"论中。"二入"指理入与行入;"四行"指报怨行、随缘行、无所求行、称法行。理入指"藉教悟宗",凭借教法及语言文字了悟宗旨。《少室六门》卷一:"深信含生同一真性,俱为客尘妄想所覆,不能显了。若也舍妄归真,凝住壁观,无自无他,凡圣等一,坚住不移,更不随于文教,此即与理冥符,无有分别,寂然无为。"②强调人人含有同一真性(即佛性)。"报怨行"谓"修道行人,若受苦时,当自念言:我从往昔无数劫中,弃本逐末,流浪诸有,多报怨憎,违害无限。今虽无犯,是我宿殃,恶业果熟,非天非人,所能见与,甘心忍受,都无怨诉。"③自己受苦时,不要报怨。"随缘行"谓"众生无我,并缘业所传,苦乐齐受,皆从缘生。若得胜报,荣誉等事,是我过去宿因所感。今方得之,缘尽还无,何喜之有?得失从缘,心无增减,喜风不动,冥顺于通。"④苦乐随缘而来,苦不悲,乐亦不喜。"无所求行"谓"世人长迷,处处贪著,名之为求。智者悟真,理将俗反,安心无为,形随运转,万有斯空,无所愿乐。功德黑闇,常相随逐,三界久居,犹如火宅,有身皆苦,谁得而安,了达此处,故于诸有,息想无求。"⑤欲求不满,徒增烦恼,不如无欲无求。"称法行"谓性净之理也,"信解此理,众相斯空,无染无著,无此无彼。"⑥四行大体以佛教果报思想为基础,让人安于现状,把握当下,不以外物之得失为喜悲;世间一切皆是空幻,拥有的一切最后都要归于失去;要断欲,不要对外界有什么要求,一切境遇由自我解决。可见达磨之禅法已经偏向理论,向修心转移,不再注重以往强调的静坐与调息。

达磨禅法的实质就是通过强调人人具有佛性,即自己的清静本心,让人息止对外界欲望的追逐,因为它们是蒙在心佛上的尘垢,若能去除妄想,破除"我执""法执",凡圣等一,坚住不移,即成佛道。《禅宗颂古联珠通集》卷六:

---

① (北魏)杨衒之撰,周祖谟校释:《洛阳伽蓝记校释》,北京:中华书局,2010年版,第11—12页。

② 菩提达磨撰:《少室六门》,《大正藏》第48册,第369c页。

③ 菩提达磨撰:《少室六门》,《大正藏》第48册,第369c页。

④ 菩提达磨撰:《少室六门》,《大正藏》第48册,第369c页。

⑤ (唐)释净觉集:《楞伽师资记》卷一,《大正藏》第85册,第1285a页。

⑥ 菩提达磨撰:《少室六门》,《大正藏》第48册,第369c

　　达磨大师将返西天,谓门人曰:"时将至矣,盍各言所得乎?"时门人道副曰:"如我所见,不执文字,不离文字,而为道用。"祖曰:"汝得吾皮。"尼总持曰:"我今所解,如庆喜见阿閦佛国,一见更不再见。"祖曰:"汝得吾肉。"道育曰:"四大本空,五阴非有,而我见处无一法可得。"祖曰:"汝得吾骨。"最后慧可出礼三拜,依位而立。祖曰:"汝得吾髓。"乃传法付衣。(509a)

　　保宁仁勇颂曰:"门前诸子列成行,各逞英雄越霸王。如何独有无言者,坐断毗卢不可当。"(509a)坐断,是占据之义。为什么只有无言的慧可能证得佛道呢? 毗卢遮那佛是释迦牟尼的法身佛,证得即为悟道。祖印明禅师颂曰:"谁透少林关,三拜仍依位。立雪要心安,忘形甘断臂。"(509b)雪窦嗣宗颂曰:"弟昆各自逞功能,独有家兄彻骨贫。三拜起来无一语,鼻孔累垂盖口唇。"(509b)懒庵道枢颂曰:"镜凹照人瘦,镜凸照人肥。不如打破镜,还我旧面皮。"(509b)上引颂古中说到"无言""心安""忘形""彻骨贫""旧面皮",就是让自心不受外界言语、事物蒙蔽,也没有自我之念,从而回归到自己的本来面目。本来面目即是清净佛性,回归本来面目即是悟道。

　　(二) 万法皆如,身佛不二
　　关于慧可的禅法较可靠的材料是唐释道宣《续高僧传》卷十六《齐邺中释僧可传》,传中有曰:"初,达磨禅师以四卷《楞伽》授可曰:'我观汉地,惟有此经。仁者依行,自得度世。'可专附玄理。"[1]又载慧可《答向居士书》曰:

　　说此真法皆如实,与真幽理竟不殊。本迷摩尼谓瓦砾,豁然自觉是真珠。无明智慧等无异,当知万法即皆如。愍此二见之徒辈,伸词措笔作斯书。观身与佛不差别,何须更觅彼无余。[2]

　　慧可以七言十句偈颂的形式强调万物如如平等,自心即佛,不必外求。这一方面说明慧可禅法是继承达磨禅而来,以四卷本《楞伽经》为传授基础,另一方面说明慧可对于经典是不执著于言句的,而重在所谓"玄理"(相当于"心法")。达磨禅的最高境界是"与道冥符",即本净真性与真如实相冥然相符。"真性"与"真如"是分开的。慧可则进一步提出了"万法皆如、身佛不二"的

① (唐)释道宣撰:《续高僧传》,《大正藏》第 50 册,第 551c 页。
② (唐)释道宣撰:《续高僧传》,《大正藏》第 50 册,第 551c 页。

思想,强调"真性"(心)与"真如"(佛)的合一。《禅宗颂古联珠通集》卷七:

> 二祖慧可大师初至少林,参承达磨,立雪断臂,悲泪求法。磨知是法器,乃曰:"诸佛最初求道,为法忘形,汝今断臂求亦可在。"祖曰:"诸佛法印可得闻乎?"磨曰:"诸佛法印不从人得。"祖曰:"我心未宁,乞师安心。"磨曰:"将心来,与汝安。"祖曰:"觅心了不可得。"曰:"与汝安心竟。"祖于此悟入。(510a)

法印要靠自证自悟,不是靠别人传教。慧可心不安,是因为他心里有牵挂,受妄想妄识所蒙蔽。心里什么都放下了,回归其清净本然之面目,自然也就心安了。汾阳善昭颂曰:"九年面壁待当机,立雪齐腰未展眉。恭敬愿安心地法,觅心无得始无疑。"(510b)草堂善清颂曰:"断臂觅心心不得,觅心无得始安心。心安后夜雪庭际,满目瑶花无处寻。"(510b)龙门清远颂曰:"若有丝毫付与人,可师何得更全身。人间天上迷逢处,八两元来是半斤。"(510b)觅心无得,实际是强调什么也没有,心若虚空,视万物如如等一,方为佛道,外物好比"瑶花",心安之后就消失得无影无踪了。万物本来如此,人对万物的任何感觉都是妄识妄念,去除这些妄识妄念,就能证入如如等一之佛境。

(三)泯灭差别,无识无欲

僧璨长期隐居于皖公山,传教活动并不显著,以致道宣《续高僧传》中未出现其名,更不见其传记材料。然从《南宗顿教最上大乘摩诃般若波罗蜜经六祖慧能大师于韶州大梵寺施法坛经》(下简称敦煌本《坛经》)《北山录》《法苑珠林》《传法宝纪》等禅宗典籍来看,僧璨为禅宗三祖,其所作《信心铭》亦被唐释澄观《大方广佛华严经随疏演义钞》卷三十七引用过。可见僧璨的事迹虽简略,但仍是可信的。《信心铭》曰:"至道无难,唯嫌拣择。但莫憎爱,洞然明白。毫厘有差,天地悬隔。欲得现前,莫存顺逆。违顺相争,是为心病。……眼若不眠,诸梦自除。心若不异,万法一如。一如体玄,兀尔忘缘,万法齐观,归复自然。"①可见僧璨是在慧可"万法皆如,身佛不二"思想的基础上进一步强调了放弃拣择、泯灭差别、无识无欲、任运自然等方面,把佛教的"万法一如,即心即佛"与老庄玄学的人生哲学巧妙地结合在一起,开了后代慧能禅风的先声。毫厘有差,天地悬隔,有一点儿分别意识,就会离悟道如天地之隔。《禅宗颂古联珠通集》卷七:

---

① (隋)僧璨撰:《信心铭》,《大正藏》第 48 册,第 377a 页。

　　三祖僧璨大师,不知何许人,不言名氏,为居士谒二祖曰:"弟子身缠风恙,请和尚忏罪。"祖曰:"将罪来,与汝忏。"居士良久曰:"觅罪不可得。"祖曰:"我与汝忏罪竟,宜依佛法僧住。"曰:"今见和尚,已知是僧,未审何名佛法?"祖曰:"是心是佛,是心是法,法佛无二,僧宝亦然。"曰:"今日始知罪性不在内,不在外,不在中间,如其心然,佛法无二也。"(511a)

自心即佛,身佛不二,与物冥符,乃为佛境。水庵师一颂曰:"浑身燥痒倩人搔,入骨搔来身已劳。一下被伊搔着了,平生痒处一时消。"(511b)平生痒处一时消,心里没有任何挂碍,如如等一,无有差别。

(四)强调当下,任心自运

　　四祖道信的禅法主要体现在其所作的《入道安心要方便法门》中。虽仍不离四卷《楞伽》的基本思想,但亦有很大发展。他把禅宗较为抽象的说教,转向实实在在的现实行为。道信通过引入"一行三昧"的念佛法门而发展了达磨以来的"凡圣等一""身佛不二"思想,沿着僧璨《信心铭》中清净本心、圆满自足、任运自然的思路进一步提出了"当下念佛之心即与佛不二"的思想。大大简化了禅宗的修心方法。禅宗修行的"当下"性初步得到了提倡与重视。这对于一般民众来说,更容易实现。所以道信之后,中国禅宗在下层民众中的基础不断被加强,信徒规模逐渐扩大。《楞伽师资记》引《入道安心要方便法门》曰:

　　亦不念佛、亦不捉心、亦不看心、亦不计心、亦不思惟、亦不观行、亦不散乱,直任运。亦不令去,亦不令住,独一清净。究竟处心自明净,或可谛看,心即得明净。心如明镜,或可一年,心更明净。或可三五年,心更明净。或可因人为说,即悟解,或可永不须说得解。经道:"众生心性,譬如宝珠没水。水浊珠隐,水清珠显。"①

这种强调当下、任心自运的修行方式,显然对慧能的顿悟禅法很有启发。敦煌本《坛经》曰:"坐禅元不著心,亦不著净,亦不言不动,……净无形相,……看心看净,却是障道因缘。"②(《坛经》第十八节)实是对道信此种禅法的发

---

① (唐)释净觉集:《楞伽师资记》,《大正藏》第85册,第1287c页。
② (唐)释慧能述,法海编记:《坛经》,蓝吉富主编《禅宗全书》第37册,台北:文殊文化有限公司,1990年版,第295页。

挥。不专注于自心,亦不专注于清净,亦不专注于静止,无形无相,方是悟道之境,执于自心,执于清净,反是不能悟道。《禅宗颂古联珠通集》卷七:

> 四祖道信大师初为沙弥。年始十四,礼三祖曰:"愿和尚慈悲,乞与解脱法门。"祖曰:"谁缚汝?"曰:"无人缚。"祖曰:"何更求解脱乎?"师于言下大悟。(511b)

没人"缚汝",不要自寻烦恼,无忧无虑地生活,自然得到解脱。石田法熏颂曰:"谁缚无人缚,何更求解脱。未必右军鹅,便是支郎鹤。"(511c)《世说新语·言语》:"支公好鹤,住剡东岇山。有人遗其双鹤,少时翅长欲飞,支意惜之,乃铩其翮。鹤轩翥不复能飞,乃反顾翅垂头,视之如有懊丧意。林曰:'既有凌霄之姿,何肯为人作耳目近玩!'养令翮成,置使飞去。"①支道林放鹤飞走,使鹤的自性得以伸展,而不考虑自己对鹤的喜爱。石田法熏禅师颂古意在强调任心自运,勿为烦恼所缚,即是佛境。

(五)识心自度,不假外求

中国禅宗可以说是初创于四祖道信,基本完成于五祖弘忍,而由南能北秀进一步发展。弘忍禅法更进一步向现实生活靠拢。至少表现在三个方面:一是聚徒定居,生产自给,把修禅与日常劳动生活相结合;二是强调识心自度,反观自心,不假外求;三是由藉教悟宗转向直契心性。禅僧聚居于山林野泽;共同劳动,共同生活,而且修行方法十分简化,比如不用坐禅、不用读经等,如同未出家以前的世俗社会生活一样,这对于下层贫苦大众有很大的吸引力。有人问道:"学道何故不向城邑聚落,要在山居?"弘忍答曰:"大厦之材,本出幽谷,不向人间有也。以远离人故,不被刀斧损斫,一一长成大物,后乃堪为栋梁之用。故知栖神幽谷,远避嚣尘,养性山中,长辞俗事,目前无物,心自安宁。从此道树花开,禅林果出也。"②可见弘忍是有意对独自苦修的传统修禅方式进行改革,并使达磨以来随缘自在的修行观具体落实在禅修者的日常生活之中,确立了中国禅宗的基本组织形式与生活态度。弘忍特别强调"识心自度",认为佛不能度众生,众生要自识本心即佛,不必向外求人。弘忍自述,后人记录之《最上乘论》曰:"夫修道之本体须识,当身心本来清净,不生不灭,无有分别。自性圆满清净之心,此是本师,乃胜念十

---

① (刘宋)刘义庆著,徐震堮校笺:《世说新语校笺》,北京:中华书局,1984年版,第75页。
② (唐)释净觉集:《楞伽师资记》,《大正藏》第85册,第1289b页。

方诸佛。"①《禅宗颂古联珠通集》卷七：

> 五祖弘忍大师前身在蕲州西山栽松遇四祖,告曰:"吾欲传法与汝,汝已年迈,汝若再来,吾尚迟汝。"师诺,遂往周氏家女托生。因抛浊巷中,神物护持至七岁,为童子。四祖一日往黄梅县逢一小儿骨相奇秀,乃问曰:"子何姓?"曰:"姓即有,非常姓。"祖曰:"是何姓?"曰:"是佛性。"祖曰:"汝无性耶?"曰:"性空故。"祖默识其法器,即俾侍者后令出家。后付衣法,居黄梅东山。(511c)

自心即佛,佛性空,童子识得自性,故回答"性空"。笑翁妙堪颂曰:"青松未种鼻辽天,种了青松失半边。玷辱周家犹自可,再来不直半文钱。"(512b)因性空故,无有一切妄想妄识,自然也没有了价值观念。

从达磨的"壁观"到弘忍的"守心",达磨系禅法由"万法一如"到"万法唯心"。洪修平《禅宗思想的形成与发展》亦认为:"达磨以下,真如法性与佛性、人心逐渐合而为一,对佛道的证悟也就转趋为对自心自性的证悟,即心即佛,明心见性具有了新的内涵。"②弘忍以后,中国禅宗正式确立了"以心传心"的传法基本方式。弘忍"即心即佛,以心传心"的基本禅法虽然得以确立,然其弟子对证悟自心的方式却存在不同的理解。以神秀为代表的北宗更多地禀承了东山法门的"观心""守心"的渐修禅法;而以慧能为代表的南宗则倡导直了心性、顿悟成佛的简便法门。特别是南宗保持了道信以来山林佛教的禅风,受王室政治影响较小。武宗灭法以后,对寺院经济与佛教经籍有很大依赖性的佛教各宗派相继式微。慧能禅在下层民众中得到了继续发展。"舍身法者,即假想身横看,心境明地,即用神明推策。"③遗弃"小我"的修法,而专于"大我"。修禅修到出入息不起,而身超象外,真我独存的境界。初修时,从"假想身横看"下手,是假想自己从身中超出。"东山法门"有这类修法,但"出神"只是初学方便而已。《楞伽师资记》曰:"坐时,平面端身正坐。宽放身心,尽空际远看一字。……证后,坐时状若旷野泽中,迥处独一高山,山上露地坐。四顾远看,无有边畔。坐时满世界,宽放身心,住佛境界。清净法身无有边畔,其状亦如是。"④此时的我即为"大我"。《传法宝纪》曰:"若非得无上乘,传乎心地,其孰能入真境界哉! ……师资开道,皆善以

---

① (唐)弘忍述:《最上乘论》,《大正藏》第48册,第377a页。
② 洪修平:《禅宗思想的形成与发展》(修订本),南京:江苏古籍出版社,2000年版,第139页。
③ (唐)释净觉集:《楞伽师资记》,《大正藏》第85册,第1288页。
④ (唐)释净觉集:《楞伽师资记》,《大正藏》第85册,第1289页。

方便,取证于心。——若夫超悟相承者,既得之于心,则无所容声矣,何言语文字措其间哉!"①这种"教外别传"——不立文字、顿入法界、以心传心的达摩禅,被弘忍明确地提出来了。

(六)无念无相无住,顿悟成佛

六祖慧能禅思想主要反映在以下四个方面:第一,定慧不二,戒禅一致。将定慧看作一个整体,定是慧之体,慧是定之用。他对坐禅重新作了解释:"外于一切境界上念不起为坐,见本性不乱为禅。何名为禅定?外离相曰禅,内不乱曰定。"②(敦煌本《坛经》第十九节)慧能不仅主张定慧不二,而且提倡戒禅一致。他把这两者融会贯通,使原始佛教以来戒、定、慧三学分离的理论和实践得到统一。统一的结果,使三学之分别失去了意义,而顿悟成为现实的问题。第二,"一行三昧"。虽然一行三昧也是东山法门和北宗神秀的主张,但它们与慧能的禅法在实际内容上有很大的差异。东山法门的一行三昧重视念佛实践,慧能则认为:"一行三昧者,于一切时中,行住坐卧,常行直心是。《净名经》云:'直心是道场,直心是净土。'莫心行谄曲,口说法直,口说一行三昧,不行直心,非佛弟子。但行直心,于一切法,无有执著,名一行三昧。"③直心指质直而无谄曲之心,乃一切行为之根本。可见,慧能"一行三昧"之一行是指"直心",与东山法门和北宗神秀的念佛不同。第三,无念、无相、无住。它们是慧能禅思想的另一重要内容。无念即无妄念,谓一切诸法唯依妄念而有差别,若舍离心念,则无一切境界之相。无念又称真如,由于妄念,遂有世俗世界之形成,故无妄念即为真如;无相即无形相,谓一切诸法本性为空,无形相可得。无住即无所住处,指心不执著于一定之对象,不失其自由无碍之作用。第四,顿悟成佛。慧能认为,人们无须经历长期的修习,只要刹那间领悟自心等同佛性,便是成佛之时,并且进而认为,顿悟是成佛的唯一途径。慧能把人的解脱归结为心的解脱,把自心的迷悟看作能否成佛的唯一标准。慧能以非有非无的不二之性来释佛性,认为佛性并不是一个外在于主体的客体,也不是理论思维可以把握的对象。它是凡圣、内外一切法的基础,只有在具体的修行实践中才能体悟或把握它。慧能从不说佛性是什么,而只是说佛性怎么样,或如何。识心见性并不是一个理论问题,而是一个实践问题。慧能顿悟说的立论之基础是人们当下的现实

---

① (唐)杜朏:《传法宝记》,《大正藏》第85册,第1291页。

② (唐)释慧能述,法海编记:《坛经》,蓝吉富主编《禅宗全书》第37册,台北:文殊文化有限公司,1990年版,第296页。

③ (唐)释慧能述,法海编记:《坛经》,蓝吉富主编《禅宗全书》第37册,台北:文殊文化有限公司,1990年版,第293页。

之心,所谓悟就是自心任运,念念不起执著,自心本性自然显现。这就决定了"悟"必为顿悟。它就在人们当下一念之中得以实现。顿悟的关键在于自心不起妄念,读不读经是无所谓的。《禅宗颂古联珠通集》卷七:

> 六祖受法辞五祖,令隐于怀集四会之间。届南海,遇印宗法师于法性寺。暮夜风扬刹幡,闻二僧对论,一云幡动,一云风动,往复酬答,曾未契理。祖曰:"可容俗流辄预高论否?直以风幡非动,动自心耳。"印宗闻语,竦然异之,遂问其由,祖实告之。印宗于是集众,请开东山法门,祖遂落发披衣受戒,即广州天宁寺也。(513b)

风动、幡动之争只是普通人的不同看法而已,然在慧能看来,既不是风动,也不是幡动,而是自心在动。外界事物的任何差别都是妄念引起的,若没有妄念,也就没有外界事物了,而是如如虚空之境。慧能主张之"无念"即是无妄念,不起妄念,二僧也就没有风动、幡动之争论了。保宁仁勇颂曰:"荡荡一条官驿路,晨昏曾不禁人行。浑家不是不进步,无奈当门荆棘生。"(513b)门前生荆棘,人不能出门,隐喻的是成佛之路在自心,莫向外求。佛心本才颂古曰:"指出风幡俱不是,直言心动亦还非。夜来一片寒溪月,照破侬家旧翠微。"(513c)为何"直言心动"也是错误的回答呢?慧能之禅法认为无念为宗,无相为体,无住为本,心不能执着于任何对象,而"直言心动"即为"有住",有执念。开福道宁颂曰:"非风幡动唯心动,犹涉廉纤强指陈。大地未曾添寸土,不知谁是点头人。"(514a)慧能指出"仁者心动",有执于自心、老婆心切之嫌,一切本来如此,不但风动幡动之争论无有意义,慧能强行指出心动,也是多余之举。无门慧开颂曰:"风幡心动,一状领过。只知开口,不觉话堕。"(514c)在机锋对答中落入第二义谛,即为话堕。慧能露泄禅机,有了妄念,故被认为话堕。

据《景德传灯录》所载,慧能当时的问答机缘也还是重在说明——"直说"的。然传说中的神会、玄觉等禅师的机缘,已有反诘的、启发的,甚或用棒打让学人自己去领悟的特色,这姑且称之为"巧说"。所谓应机说法,是相对于"普说"而言的。普说可以对众人说法,不考虑根机问题,也不考虑法门。慧能不用"齐念佛名,令净心"的一般方法,而是采用"净心,念摩诃般若波罗蜜",就是渊源于黄梅的直捷的法门。从此,曹溪门下的传法,不再一味念佛了。继承这一精神而发展起来的保唐、石头、洪州门下,传播"直指人心,见性成佛"的思想。作为僧伽制度的出家律仪,在禅宗,特别是石头希迁门下,真的是名存实亡了。然而数百千僧众聚居在一起生活,不能没有规矩与基本的行为约束,于是洪州门下率先制定了"丛林清规"。不是小乘律,也不是大乘律,而是禅宗自家的规矩。

关于如何对待经教,禅宗的理论就是不立经教,亦不离经教。尊教与慢教,就是立言说与不立言说。达磨以四卷《楞伽经》授慧可,道信制《入道安心要方便》法门,神秀为"方便通经"而广引大乘经论,都表示了禅宗是不离开经教的。然《唐中岳沙门释法如禅师行状》说"天竺相承,本无文字。入此门者,唯意相传",^①张说《荆州玉泉寺大通禅师碑》、杜朏《传法宝纪》都说到不立文字,唯意相传,表达了远离经教的立场。神会主张教禅一致。保唐无住主"破言说",如《历代法宝记》说:"和上所引诸经了义,直指心地法门,并破言说。和上所说,说不可说。今愿同学但依义修行,莫著言说。若著言说,即自失修行分。"^②这种不重教与离教的倾向,大致与洪州、石头门下相近。南方禅师们的经验,"从门入者非宝",从缘悟入才能永无退失。这与荷泽宗的立"无住之知"为悟入的门户显然不同。这样发展下去,就变成了超佛越祖;从教意(佛法大意)到祖意(祖师西来意),进而连祖意也不立,专在日常生活、当前事物、一般语言方面,用反诘、暗示、警觉等手段去诱发学人的自悟,终于形成了别有一格的禅语禅偈。《禅宗颂古联珠通集》卷七:

> 六祖因僧问:"黄梅衣钵是何人得?"祖云:"会佛法者得。"僧曰:"和尚还得不?"祖曰:"不得。"僧曰:"因甚不得?"祖曰:"我不会佛法。"(514c)

雪庵从瑾颂曰:"不会黄梅佛法,梦中合眼惺惺。此地无金二两,俗人酤酒三升。"(515a)佛法既然"唯意相传",就不是语言文字所能说明的,佛法是什么,自然也要靠意会。慧能不说自己会佛法,是为了避免学僧执于佛法,住于佛法。禅宗代代相传之佛法不是一个概念,也不是一个物,而是"意",是实际的体悟,是一种境界,不是会与不会能回答的,愈是执于佛法,就愈不能悟道。

"即心即佛"为慧能及门下一致的、南宗的核心问题。总之,洪州、石头门下,对一般参学者是不许读经看教、不许求觅知解的,与荷泽门下恰好对立。所以,洪州、石头所驻丛林,其生活意味颇浓厚,数百人共同生活,就像深山里的一个小村子一样,悠闲而安静。慧能不偏于坐,不偏于静,只要于一切法上无有执著,活泼泼的一切无碍,行住坐卧都是禅。这一原则,曹溪

---

① (清)陆耀遹编纂,陆增祥校订:《金石续编》,《续修四库全书》第893册,第531页。
② 佚名:《历代法宝记》,《大正藏》第51册,第190页。

门下可说是一致的,特别批评以坐为坐禅的偏执。曹溪所传是定慧不二的禅,无所执著的禅,对入定出定、内照外照、住心看净等持否定的立场。

（七）道遍无情,无情有性

不管是有情众生,还是无情众生,皆有佛性,皆能成佛,是牛头禅的思想。“道无所不遍”,而且是没有情识、没有差别的,也没有有罪与无罪的差别。凡夫俗子终生为有情之事所困,所以说有罪业,有生死。“道遍无情”“无情成佛”是牛头禅的特色,这正是在南朝的社会及学术氛围下形成的对于佛法的见解。而在曹溪门下,禅师们是不赞同这一见解的。“青青翠竹,尽是法身;郁郁黄花,无非般若”是牛头禅的说法。《禅宗颂古联珠通集》卷八:

> 杭州鸟窠道林禅师(嗣国一)初诣长安西明寺学华严。唐代宗诏国一禅师至阙,乃谒之得法,归于西湖秦望山。有长松枝叶繁茂,盘屈如盖,遂栖止其上,故以为名。有侍者会通,乃唐德宗六宫使,弃官从师落发,伏勤数年未蒙印授。一日告辞,师曰:“往甚处?”通曰:“往诸方学佛法去。”师曰:“若是佛法,老僧亦有少许。”曰:“如何是和尚佛法?”师拈起布毛吹一吹,通于言下大悟,更不复他游。乃居左右,后开法为的嗣,或号布毛侍者。(517a)

鸟窠道林禅师拈起麻布上的绒毛轻轻一吹,绒毛就飘荡在空中,言下之意为:这就是我说的佛法。无情有性,布毛亦有佛性,亦可成佛,一根布毛就是一尊佛。石门元易禅师颂曰:“鸟窠拈起布毛吹,一道寒光对落晖。虽是老婆心意切,悟来由在半途归。”(517a)鸟窠此举过于直接,故有老婆心切之嫌。真净克文颂曰:“鸟窠吹布毛,红日午方高。赵王因好剑,合国人带刀。”(517b)合国人带刀隐喻道遍无情,众生皆有佛性。佛鉴慧懃颂曰:“眼中难著透金尘,悟了今人即古人。大地撮来如粟米,一毛头上现全身。”(517b)佛境如如等一,无有分别,故能芥纳须弥。佛法遍大千,故能于一毛头上呈现。克符道者颂曰:“白凤烟霞控鸟窠,骊龙珠耀祖山河。当初捻起布毛意,体用毗卢些子多。”(517b)佛法体用合一,万物皆有佛性,拈起布毛也是佛法。

牛头禅的这种佛道观念,为曹溪下的荷泽神会、百丈怀海、大珠慧海等禅师所反对。唯一例外的是传说为慧能弟子的南阳慧忠。道本虚空,是不可以言说,不可以思虑的。那么,这样的道,要怎样才能悟入呢?宗密称之为“泯绝无寄”,心无芥蒂。体道的法要是“本无事而忘情”。[①] 本来空寂,迷

---

① （唐）宗密:《圆觉经大疏》,《卍新纂大日本续藏经》第 9 册,第 334 页。

执了就有这有那,就如幻、梦、镜像一样。这样的本来无一物,要怎样才能与道契合呢?牛头宗以"丧我忘情"为修,以"无心用功"为方便,也就是"无心合道"的。发展出一种无方便的方便。就是任运自在,想干嘛就干嘛,修行和生活是一致的,正常生活的同时也是在修禅。这其实是受了庄子思想的影响。庄子说:"黄帝游乎赤水之北,登乎昆仑之丘而南望,还归遗其玄珠焉。使知索之而不得,使离朱索之而不得,使喫诟索之而不得也。乃使象罔,象罔得之。黄帝曰:异哉!象罔乃可以得之乎?"①玄珠在这里比喻道体,知识与能力所不能得,却为无智、无视、无闻的罔象所得。罔象,一曰象罔,似有象而实无,盖无心之谓。玄学化的牛头禅,以"丧我忘情为修"。如释印顺《中国禅宗史》引达磨《绝观论》说:

> 高卧放任,不作一个物,名为行(合)道;不见一个物,名为见道;不知一个物,名为修道;不行一个物,名为行道。②

南岳、青原下的中国禅宗,与印度禅是不同的。印度禅,即使是达磨禅,还是以"安心"为方便,定慧为方便。中华禅的根源,中华禅的建立者是牛头禅。《景德传灯录》卷四:

> 问曰:"如何是祖师西来意?"师曰:"何不问自己意?"曰:"如何是自己意?"师曰:"当观密作用。"曰:"如何是密作用?"师以目开合示之。③

老安以目开合为密作用,正是曹溪门下所传的"性在作用"。《坛经》:"善知识!我此法门,从上已来,顿渐皆立无念为宗,无相为体,无住为本。……无念者,见一切法不著一切法,遍一切处不著一切处。常净自性,使六贼从六门走出,于六尘中不离不染,来去自由,即是般若三昧自在解脱,名无念行。"④曹溪禅风,不只是见性成佛,而且是直指、直示、顿入、直入的。洪州门下,从见闻觉知、动静语默中去悟入,神会(无住)门下,从现前心念,以无念而悟入。北宗神秀的传禅方便,是先念佛名,而后令净心。尽虚空看而一物不可得,就是看净。离念就是净心,净心就是佛。以净心为目标,以离念为方便的北宗禅,是法如、神秀所传禅法的根本。

---

① 曹础基:《庄子浅注》,北京:中华书局,2000 年版,第 163 页。
② 释印顺:《中国禅宗史》,北京:中华书局,2010 年版,第 122 页。
③ (宋)释道原纂:《景德传灯录》,《大正藏》第 51 册,第 231 页。
④ 丁福保:《六祖坛经笺注》,台北:新文丰出版公司,1984 年版,第 46 页。

二、南岳法系与青原法系

慧能之后,对禅思想有重要创新的是马祖道一。马祖禅之所以成为中唐后南宗禅正脉,并不仅仅在于他门下禅师众多,广布四方,还在于他的禅思想是对慧能、神会以来"以无念为宗""无相为体""无住为本"的进一步修正和对南宗禅自心证悟主张的进一步确认。

(一)即心即佛,非心非佛

马祖之禅可用"即心即佛"与"非心非佛"两个观点来概括。马祖之"即心即佛"主要包含三个意思:第一,"即心即佛"是对弘忍以来中国禅宗基本思想的准确把握与简洁表达。虽然弘忍与慧能都没有明确地把"即心即佛"之语加以强调,但他们的禅法中已经包含了"即心即佛"之精神。此意义之"即心即佛",一方面强调心佛不二,另一方面则强调"当下即是",为修行者省去了繁琐的持戒、诵律、析理、修心而渐入佛境的传统渐修过程。《禅宗颂古联珠通集》卷九:

马祖因僧问:"如何是佛?"祖云:"即心即佛。"(525b)

南堂道兴颂曰:"即心是佛,铁牛无骨。戏海狞龙,摩天俊鹘。西江吸尽未为奇,火里生莲香拂拂。"(525b)环溪惟一颂曰:"即心是佛,砒霜狼毒。起死回生,不消一服。"(525c)正因为当下即是佛,所以悟道者可以是无骨铁牛、戏海狞龙、摩天俊鹘,可以一口吸尽西江水,可以火里生莲,可以起死回生,无所不能。

大珠慧海初见马祖,欲求佛法,马祖对他说:"我这里一物也无,求什么佛法? 自家宝藏不顾,抛家散走作么?"慧海还不明白,问"阿那个是慧海宝藏?"马祖说:"即今问我者,是汝宝藏。一切具足,更无欠少,使用自在,何假外求?"慧海终于自识本心。[①] 第二,也是马祖具有创新意义的思想是他将"即心即佛"中"心"的涵义扩大至人的全体。慧能的禅思想主要还是"自心",他反复强调的"念念相续""念念无著""于自性上起正见"等,都是以"当下之心"为基础。马祖禅则由心到人,所谓"全心即佛,全佛即人,人佛无异"[②](《五灯会元》卷三《盘山宝积禅师》),强调从当下的一举一动,一言一行中去证悟自己本来是佛,全身是佛,己身就是佛身。大安未悟时问百丈:"学

---

① (宋)释普济著,苏渊雷点校:《五灯会元》,北京:中华书局,1984年版,第154页。
② (宋)释普济著,苏渊雷点校:《五灯会元》,北京:中华书局,1984年版,第149页。

人欲求识佛,何者即是?"丈曰:"大似骑牛觅牛。"大安又问:"识得后如何?"丈曰:"如人骑牛至家。"①(《五灯会元》卷四《长庆大安》)再如《五灯会元》卷三《紫玉道通》:"(于頔相公)又问:'如何是佛?'师唤:'相公!'公应诺。师曰:'更莫别求。'"②第三,既然自己本来就是佛,那就自然就可以按佛的境界行事,故马祖一再强调"平常心是道"。《五灯会元》卷三《大珠慧海》曰:"源律师问:'和尚修道,还用功否?'师曰:'用功。'曰:'如何用功?'师曰:'饥来吃饭,困来即眠。'曰:'一切人总是如是,同师用功否?'师曰:'不同。'曰:'何故不同?'师曰:'他吃饭时不肯吃饭,百种须索;睡时不肯睡,千般计较,所以不同也。'"③"吃饭时不肯吃饭,百种须索;睡时不肯睡,千般计较"与"饥来吃饭,困来即眠"正相反,一个任心,一个不任心。

然而就像灵云志勤的"桃花悟道诗"玄沙师备评价为"未彻在"一样,马祖的"即心即佛"也存在让人发觉未彻悟的漏洞。那就是在对"心"的理解上存在难以克服的矛盾。"心"究竟是指清净无垢、绝对空明的佛性,还是人人均具备的自然的人性。如果是佛性,那么如何解释人人心中存在的种种欲念与分别。假如是人性,那么为什么还要反复强调"不作意"的"无念"?作为悟道的智者,马祖当然知道问题所在,其采用"即心即佛"之说只不过是权宜之计。因为对于禅宗宗旨来说,"即心即佛"之说是很危险的表述,太过直白,很容易伤锋犯忌。这也许就是道信以来诸位大师为什么没有明说"即心即佛"的原因。"即心即佛"之说简单易行,对于吸引以下层民众为主的信徒起了很大作用。当有了稳固的信众基础后,接下来的任务就是如何在禅思想上进行完善。所以马祖在其生命的最后十几年中力倡"非心非佛",对之前提倡的容易使人产生执着之念的"即心即佛"之说进行修正。有僧问马祖:"和尚为什么说即心即佛?"师曰:"为止小儿啼。"曰:"啼止时如何?"师曰:"非心非佛。"④(《五灯会元》卷三《江西马祖道一禅师》)"非心非佛"是为破除人们对于"即心即佛"的执著。"止小儿啼"之语是说不要让人们向外寻求(向外求佛)。对于学道者来说,重要的是要从"即心即佛"之语里悟入自身等佛之境,而不是去探究字面上的意思。依禅师的说法,有心即被心所缚,有佛即被佛所缠,心灵中若有"心""佛"二字,即不可能自由无碍;口头上若有"心""佛"二字,就只是口头禅。然而"即心即佛"之表述却很容易使人产生这样的理解。真正的无分别境界,在《般若》思想中只有"空"。只有这

---

① (宋)释普济著,苏渊雷点校:《五灯会元》,北京:中华书局,1984 年版,第 191 页。
② (宋)释普济著,苏渊雷点校:《五灯会元》,北京:中华书局,1984 年版,第 169 页。
③ (宋)释普济著,苏渊雷点校:《五灯会元》,北京:中华书局,1984 年版,第 157 页。
④ (宋)释普济著,苏渊雷点校:《五灯会元》,北京:中华书局,1984 年版,第 129 页。

无形无影、不可闻见的虚空才是唯一的存在。所以马祖又曰："不是心、不是佛、不是物"（《景德传灯录》卷二十八）。[①]《禅宗颂古联珠通集》卷九：

> 马祖因僧问："如何是佛?"祖云："非心非佛。"（525c）

牧庵法忠颂曰："二月风光景气浮，少年公子御街游。银床锯坐倾杯乐，三个孩童打马球。"（525c）一切本然，不刻意为之。农历二月，春风和煦，景色优美，公子王孙纷纷在御街游玩，有喝酒听戏的，也有打马球的。即心即佛只是止小儿啼，就像孩童打马球一样；若执于心、佛，则不能悟道，就像少年公子不执于打马球，而有更适合自己的喜好一样。月林师观颂曰："分明与么无无无，释迦弥勒是他奴。茫茫宇宙人无数，几个男儿是丈夫。"（525c）真正的悟道之境什么也没有，要破除对佛的迷信与崇拜，超越障道之佛，也要破除妄想与妄识，无数人中，不辨男女，无有分别意识，认男儿为丈夫就是一种妄识。无门慧开颂曰："路逢剑客须呈，不遇诗人莫献。逢人且说三分，未可全抛一片。"（525c）最后一个字分别是剑、诗、话、心，但都没有说出来。正是不说出来，才真正是悟道之路，不说出来就没有执念，没有执念方能成佛。

（二）触目会道，万法归心

与南岳、马祖系的思想不同的是，青原、石头系的禅学思想比较注重从心与物、理与事的关系中去强调人的地位。印顺法师认为，石头的禅法受南方玄学的影响，称参禅为"参玄"，"石头的禅，当然受到曹溪南宗的启发，直说'即心即佛'。然在石头与弟子们的问答中，表现出道化的特色。"[②]石头的禅思想上承僧肇而又受到南方般若三论思想（包括牛头禅）的影响是很明显的。他以心源为本，齐同凡圣，标榜"触目会道""万法归于一心"。这其实是"即心即佛"的另一种表述。《景德传灯录》卷十四载石头希迁禅师语曰：

> 即心即佛，心佛众生，菩提烦恼，名异体一。汝等当知自己心灵，体离断常，性非垢净。湛然圆满，凡圣齐同，应用无方，离心意识。三界六道，唯自心观。水月镜像，岂有生灭? 汝能知之，无所不备。[③]

有人问他如何是禅，他说"碌砖"。又问如何是道，他回答"木头"，就是其"触

---

① （宋）释道原：《景德传灯录》，《大正藏》第51册，第445b页。
② 释印顺：《中国禅宗史》，北京：中华书局，2010年版，第385页。
③ （宋）释道原《景德传灯录》，《大正藏》第51册，309b页。

目会道"思想的反映。同时这种思想已透露出了道无所不在的思想倾向,后期禅宗的"青青翠竹,尽是真如;郁郁黄花,无非般若"①,正是这种思想的进一步发展。《禅宗颂古联珠通集》卷九:

> 吉州清源行思禅师(嗣六祖)初参六祖。问:"当何所务即不落阶级?"祖曰:"汝曾作什么来?"师曰:"圣谛亦不为。"祖曰:"落何阶级?"师曰:"圣谛尚不为,何阶级之有?"祖深器之。(522c)

没有差别就是触目会道,就是佛境,然而有阶级就有差别,怎么才能没有差别呢? 慧能的意思是差别在自心,只要自心没有差别之见,世界就没有差别。圣谛乃真实不虚之理,是一切寂静之境界,是佛教的根本大义,又称第一义、真谛。达此境界方能悟道成佛,然不能执于此境界。愈是执于此境界,愈是达不到此境界。佛国惟白颂曰:"无阶无级见何求,夺得曹溪第一筹。却向庐陵言米价,百行千市竞相酬。"(523a)若要达无阶级之平等无差别境界,就不要"言米价",讨价还价是世俗人之生活,而非佛境。枯木法成颂曰:"劫外相逢那畔行,灵苗丛里铁牛耕。东风吹散千岩雪,空界无云孤月明。"(523a)劫外那畔乃开悟之境,铁牛耕地与俗界不同,孤月无云、千岩无雪,一派本然自存的无有差别之境。雪岩祖钦颂曰:"一掬澄潭镜样磨,无风何必自生波。转身纵不离初际,子细看来较几何。"(523a)水面无风,不必自生波纹,本来是什么样,就是让它是什么样就好了。即使回到初始之时,仔细观察,也就是无风无波、无有差别的这个样子。

(三) 去理论化,重门庭施设

后期禅宗,在禅思想上并没有太大的建树。各宗派所做的主要是把慧能禅"直指人心""见性成佛""当下即是"的顿教禅法进一步去理论化,想办法与现实生活结合的更紧密一些。从人的自我实现、自我发现来谈人的自我解脱。所不同的只是在于"有的重寂知之性(荷泽系),有的重全体之用(南岳系),还有的则是从心与物、理与事的统一中去加以发挥(青原系)。"②由于后期禅宗主要以公案与颂古为教学手段,故对禅思想的表达也多以隐晦曲折的方式进行,这与慧能以前多从理论上直接阐发不同。从具体禅行实践来看,后期禅宗各派的主要区别是在接机、应机、示机、印证等传法方式上,即所谓的"门庭施设"。也就是说,后期禅宗各派主要在如何引导学僧开

---

① 《正法眼藏》,《卍新纂续藏经》第 67 册,第 611b 页。
② 洪修平:《禅宗思想的形成与发展》(修订本),南京:江苏古籍出版社,2000 年版,第 326 页。

悟、以什么样的方式开悟等方面存在差异,而其禅思想与禅境界基本是相同的。

1. 打破"三种生",截断外界一切烦恼

沩仰宗最早建立,由沩山灵祐(771—853)与仰山慧寂(815—891)初创。沩仰宗认为参禅者的心识与外在尘境都是必须摈弃的成佛之障碍。人生各种烦恼的产生正是由于心识与外界尘境的不断交流的结果。参禅者要获得解脱,必须打破"三种生",彻底否定主、客观世界及其微细流注——主、客观间的交流——之变化。所谓三种生,即想生、相生、流注生。"想生"指因尘境而生妄想;相生指因识情所思而生一切境界之相;流注生指识尘和合、念念相续而生一切之烦恼。沩山灵祐云:"凡圣情尽,体露真常,事理不二,即如如佛。"①总体来说,沩仰宗禅思想是对马祖和百丈"无取无舍""无为无事""人人圆满具足""自在解脱"等禅学思想的继承,并进一步突出了"理事不二""无心解脱"的禅法特点。《禅宗颂古联珠通集》卷十五:

> 沩山睡次,仰山问讯,师便面向壁。仰曰:"和尚何得如此?"师起曰:"我适来得一梦,汝试为我原看。"仰取一盆水与师洗面。少顷,香严亦来问讯。师曰:"我适来得一梦,寂子原了,汝更与我原看。"严乃点一椀茶来。师曰:"二子见解过于鹙子。"(564b)

沩山并未说出是什么梦,仰山即开始给老师原梦,显然这不是真正的原梦,而是截断老师的妄想。沩山让仰山原梦,对于仰山来说是一种因念念相续而生的烦恼,仰山当即立断,打破两人之间情识的微细流注,着眼于当下,着眼于现实生活。仰山取一盆水来让沩山洗脸,香严为沩山点一碗茶,都是为了截断妄想,体露真常,回归师徒各自的本来面目。本觉守一颂曰:"取水烹茶不失机,当时原梦善知时。如斯始谓仙陀客,鹙子神通岂及伊。"(564b)沩山让弟子原梦实际是呈露机锋让弟子应对,仰山、香严皆能不失时机,正确应对。南堂道兴颂曰:"拨草瞻风,孤峰独宿。鼓无弦琴,唱无生曲。沩仰香严,鼎之三足。临机不费纤毫力,任运分身千百亿。"(564b)万庵显禅师颂曰:"神机妙用,开眼作梦。非时现通,显异惑众。"(564b)沩山拨草瞻风,与弟子论道;仰山、香严孤峰独宿,鼓无弦琴,截断思绪,去除妄念,不说破禅机而能正确应对;师徒三人共唱无生曲,共入涅槃之境。佛境如如寂静,悟者可分身其中,而不可有情识。

---

① (明)郭凝之:《袁州仰山慧寂禅师语录》,《大正藏》第 47 册,585c 页。

此外,沩仰宗十分强调"自证自悟",因而在接引方便学僧时倡导"不说破"的原则。沩山曰:"我若说似汝,汝已后骂我去。我说底是我底,终不干汝事。"①著名的"香严上树"公案曰:"上堂。若论此事,如人上树。口衔树枝,脚不踏枝,手不攀枝。树下忽有人问:'如何是祖师西来意?'不对他又违他所问,若对他又丧身失命。当恁么时作么生即得? 时有虎头招上座出众云:'树上即不问,未上树时请和尚道。'师乃呵呵大笑。"②这则公案讲的也是"自证自悟"的道理。此外,沩仰宗还使用圆相来启悟学僧,遂成为一种特殊的门风。日本学者忽滑谷快天高度评价沩仰宗的圆相教法,称"沩山之家风所与他异,全在于此。"③

2. 无位真人,当下即是

中国禅宗流传时间最长、流传地域最广、影响也最大的宗派是临济宗。石霜楚圆之后,临济分为黄龙派与杨岐派,与沩仰、法眼、曹洞、云门等共同组成"五家七宗"的格局。南宋以后,黄龙派失传,杨岐派便代表着临济宗一直传至当代。

临济宗主要发挥了马祖关于"佛性全体之用"的思想。从"无位真人"公案中,可以清楚地看到他对马祖思想的继承。《古尊宿语录》卷四《镇州临济慧照禅师语录》曰:"心法无形,通贯十方,在眼曰见,在耳曰闻,在鼻嗅香,在口谈论,在手执捉,在足运奔。"④身心的一切自然活动,实际上亦即现实的自然生活的人,就是佛,人人圆满自足一切。《镇州临济慧照禅师语录》反复说明的就是"无佛可求,无道可成,无法可得",一切外在的东西都是"幻化空花,不劳把捉"。⑤ 这是说不必向外寻求,反观自心即可。临济又认为,唯有道流(在听法的人)才是真正的佛祖。这是强调"当下即是"。为了破除人们的"法执",临济喊出"向里向外,逢着便杀"的口号,要人"逢佛杀佛,逢祖杀祖,逢罗汉杀罗汉,逢父母杀父母,逢亲眷杀亲眷"⑥(《古尊宿语录》卷四《镇州临济慧照禅师语录》),认为只有这样才能真正得到解脱。临济的主要门庭施设为:一是"四料简":夺人不夺境(破除我执)、夺境不夺人(破除法执)、人境俱夺(破法我执)、人境俱不夺(法我执皆不须破);二是"四宾主":宾看主(学人的见识超过禅师,禅师有所执著还不懂装懂)、主看宾(禅师的见识

① (明)郭凝之:《袁州仰山慧寂禅师语录》,《大正藏》第 47 册,第 580b 页。
② (宋)释普济著,苏渊雷点校:《五灯会元》,北京:中华书局,1984 年版,第 538 页。
③ [日]忽滑谷快天:《中国禅学思想史》,朱谦之译,上海:上海古籍出版社,1994 年版,第 228 页。
④ (宋)赜藏主集:《古尊宿语录》,《卍新纂续藏经》第 68 册,第 24b 页。
⑤ (唐)释慧然集:《镇州临济慧照禅师语录》,《大正藏》第 47 册,第 501b,第 501c 页。
⑥ (宋)赜藏主集:《古尊宿语录》,《卍新纂续藏经》第 68 册,第 27a 页。

超过参学者，参学者不懂装懂）、主看主（禅师与学人皆掌握了禅理）、宾看宾（禅师与学人皆不懂禅理而又都自以为是，互相卖弄）；三是"三玄三要"：三玄为体中玄（用通常的语句显示真实的道理）、句中玄（用巧妙的语句来显示微妙玄意）、玄中玄（于体上又不住于体，于句中又不著于句，随机应用，得意忘言，无所执著），三要中第一要为言语中无分别造作，第二要为千圣直入玄奥，第三要为言语道断。临济宗禅风向以机锋峻烈著称，与曹洞宗绵密的宗风相对。自古有"临济将军，曹洞士民"之说。《禅宗颂古联珠通集》卷二十一：

> 临济问院主："甚处去来？"曰："州中粜黄米来。"师曰："粜得尽么？"曰："粜得尽。"师以拄杖划一划曰："还粜得这个么？"主便喝，师便打。典座至，师举前话，座曰："院主不会和尚意。"师曰："你又作么生？"座礼拜，师亦打。（604c）

"这个"指佛，但不能说出口，否则就是法执，执于佛终不能成佛。院主卖黄米，临济问自身之佛能卖吗，临济急喝，以截断这样的念想，不想陷入我、法之执，然于"佛性全体之用"（自身即佛）这一主张来说，喝也不是恰当的应机方法，故院主遭打。典座以临济为佛，加以礼拜，然这是有情识的表现，故亦遭打。临济此举，意在截断典座的情识。白云守端颂曰："宝剑持来刃似霜，几回临阵斩蛮王。有情有理俱三段，一道寒光射斗傍。"（604c）有情有理，是常人之性而非佛性。涂毒智策颂曰："吹毛在握逞全威，不许依门傍户窥。是圣是凡俱坐断，直教千古转光辉。"（605a）无禅立才颂曰："不问是谁俱截断，杀人须是上将军。棒头有眼明如日，要识真金火里看。"（605a）当下自身即佛，破除法执，无有任何疑心，无有凡圣之差别，截断任何情识，任运自适地生活即可。

3. 一切现成，无有取舍

法眼文益的禅学思想主要以"理事圆融"为基础，主张"一切现成"；无有取舍，是对石头"触目会道"禅法的继承。法眼的弟子天台德韶曰："心自本来心，本心非有法，有法有本心，非心非本法。"[①]强调的是心法一体，整齐万物。法眼宗还发挥了罗汉桂琛的禅法特色，常以山水自然、顺时变化来启发学人体悟"一切现成"，无可执著。文益上堂语曰："出家人但随时及节便得，

---

① （宋）释道原：《景德传灯录》，卷二十五，《大正藏》第51册，第409页下。

寒即寒,热即热。欲知佛性义,当观时节因缘,古今方便不少。"①法眼宗是五家禅中成立最晚的一个宗派,在它创立之时,禅宗其他四家均已形成,并显露出一些门户偏见。为此文益作《宗门十规论》,列禅门时弊十种,加以指摘。宋代中叶,永明延寿之后,法脉断绝。《禅宗颂古联珠通集》卷三十六:

> 法眼因僧问:"如何是曹源一滴水?"师曰:"是曹源一滴水。"(704b)

一切现成,一字不改。曹源一滴水,从六祖慧能那里传下来的一支法脉。佛灯守珣颂曰:"一滴曹源立问端,清凉答处在言前。众流截断穷源底,百川依旧势朝天。"(704b)针对学僧的提问,清凉法眼禅师一字不变的回答,截断了学僧一切可能的思考。一切现成,没留一点取舍的空间。《禅宗颂古联珠通集》卷三十六:

> 升州清凉院法眼文益禅师(嗣罗汉琛)行脚次,值天雨忽作,溪流暴涨,暂寓城西地藏院,因参琛和尚。琛问曰:"上座何往?"曰:"逦迤行脚去。"曰:"行脚事作么生?"师曰:"不知。"曰:"不知最亲切。"师豁然开悟。(703b)

一切不知,就不会有任何执着。一切现成,没有任何妄想。天童宏智正觉禅师颂曰:"而今饱学似当时,脱尽纤尘到不知。任短任长休剪缀,随高随下自平持。家门丰俭临时用,田地优游信步移。三十年前行脚事,分明孤负一双眉。"(703b)法眼文益行脚三十年,方悟不知之境地。一任事物的本来样子,没有任何执着与妄想。

4. 一切现成,无心解脱

从青原、石头下化出的另外两系,云门宗与曹洞宗也从不同的方面阐发了石头的禅学思想。云门宗强调"一切现成",无心解脱。文偃曾有上堂语曰:"诸和尚子莫妄想,天是天,地是地,山是山,水是水,僧是僧,俗是俗。"②"汝若实未有入头处,且独自参详,除却著衣吃饭,屙屎送尿,更有什么事?无端起得如许多般妄想作什么?"③一方面是万物现成,存在即合理,另一方面要求修禅者自己心念不起,不要为解脱而解脱。在此情况下,实际自己与

---

① (明)郭凝之编集:《金陵清凉院文益禅师语录》,《大正藏》第47册,第589b页。
② (宋)释守坚集:《云门匡真禅师广录》,《大正藏》第47册,第547c页。
③ (宋)释普济著,苏渊雷点校:《五灯会元》,北京:中华书局,1984年版,第927页。

万物泯然为一，应物而不累于物，即为开悟。文偃曰："若是得的人，道火不能烧口，终日说事，未尝挂著唇齿，未尝道着一字。终日著衣吃饭，未尝触著一粒米，挂一缕丝。虽然如此，犹是门庭之说也。须是实得怎么始得。"①开悟之人并不觉得外物的存在，所以才会出现上面的情况。关于门庭施设，云门宗有著名的"云门三句"。第一句为"函盖乾坤"句，意为宇宙万象，本真本空，事事物物，悉皆真现，故即事而真，一切现成；第二句为"截断众流"句，此为云门宗接引学人的重要方法，意谓截断情识心念，不要用语言文字去把握真如，而应于内心顿悟。第三句为"随波逐浪"句，意为对参学者应因机说法，应病与药，根据授法对象根机的纯熟程度而采取不同的教学方法。此三句是云门宗的传法纲领，因对学僧的启示性很强，开悟效果十分明显，故又被称作"云门剑"。此外，云门宗还常以只言片语的形式来应答学僧的问题，非上上根机者往往难以理解，故有"云门顾鉴咦""云门半句""云门一字关"等称呼。《禅宗颂古联珠通集》卷三十二：

> 云门每见僧必顾视曰："鉴。"僧拟议，乃曰："咦。"后德山圆明大师删去顾字，谓之抽顾。丛林目云门顾鉴咦。有《抽顾颂》。(678b)

"鉴"此处意为看到了，有肯定一切现成之意。既然认可一切现成，就没有论议的必要，故僧每拟议，云门必以咦声制止。北塔智门光祚颂曰："云门抽顾笑嘻嘻，拟议遭他顾鉴咦。任是张良多计策，到头于此也难施。"(678c)张良再是足智多谋，当面对一切现成的事物时，也是无计可施，无可奈何的。

5. 己身即佛，无心解脱

曹洞宗对青原、石头系禅法的继承主要表现在其五位君臣理论上。曹洞禅法重在从阐释心与物、理与事的关系中去说明"无心解脱""己身即佛"的道理。五位包括三种，即偏正五位、君臣五位、功勋五位。偏正五位指正中偏、偏中正、正中来、偏中至、兼中到；君臣五位指君位、臣位、臣向君、君视臣、君臣道合；功勋五位指向（求达佛果）、奉（为证佛性而修行）、功（见佛性）、共功（虽已达自由之觉位，尚有其作用）、功功（达自由自在之境界）。"正"代表君、代表理、代表阴、代表真如本体；"偏"代表臣、代表事、代表阳、代表现象世界；"兼"表示非正非偏的中道。"正中偏"指平等中存有差别。良价禅师颂云："三更初夜月明前，莫怪相逢不相识，隐隐犹怀昔日嫌。"（《人

---

① （宋）释普济著，苏渊雷点校：《五灯会元》，北京：中华书局，1984 年版，第 923—924 页。

天眼目》卷三《五位颂》）①意思是说，黑多白少，故相逢不相见，体用失度。此阶位的参禅者虽然隐约感知本体界，但并没有证入本体，仍然落在偏位，还没回到正位上来。此位相应于功勋五位中的"向"，指发初心；"偏中正"指差别即平等。良价禅师颂云："失晓老婆逢古镜，分明觌面更无他，休更迷头犹认影。"②意思是说，有用无体，虽然分明见面，却不见本来面目，迷头认影，真性迷失，执著妄相。此阶位的参禅者逐渐消除分别见解，舍弃具体事相，显现真如法性，但是却不懂得透过事相向上探求理体。此位相应于功勋五位的"奉"，返本还源，由贪执之趣向转为归心之承奉。基于此，作"静中之动"的修行工夫，则谓正中来。良价禅师颂云："无中有路出尘埃，但能不触当今讳，也胜前朝断舌才。"③意思是说，心相事相，都无迹可寻，而真如佛性，不可直接言说，因为说有说无皆不对，就像不能触犯当朝皇帝的名讳一样，开口便错，所以纵有雄辩滔滔之才，也无用武之地。只有不直接说破，才能通达清净本性。良价禅师虽然到处参学，但最终仍是临水睹影而开悟。此阶位的参禅者刚刚悟明本心，身心泯灭无余，随顺万象表现自在的妙用，虽证入圣境，却不居圣境；"动中之静"则为偏中至，又曰兼中至。良价禅师颂云："两刃交锋要回避，好手还同火里莲，宛然自有冲天志。"④意思是说，对于真正的修行有成者来说，凡圣、染净、生死涅槃如同两刃交锋，但意在相合而非相害，如火中生莲，水底扬尘，夜半正明，天晓不露，如此用中显体，体中显用，表现出一股冲天的豪迈气概。此阶位的禅修者，从事、相差别的妙用中，体悟事相与理体相互冥合，而达到无想、无念的境界。兼以上二者，达于自由自在之境界，即谓"兼中到"。良价禅师颂云："不落有无谁敢和，人人尽欲出常流，折合终归炭里坐。"⑤是说到此不落有无，不存两边，从容中道，非染非净，非正非偏，凡圣不能明，诸佛不得辨，故黑似炭，暗若漆，修行至此，方称究竟，出得常流，总归这里。此阶位的参禅者体悟到世间万象都由本体派生，而又空无自性，从而证得涅槃，无论行住坐卧，无论说与不说，都超越对待，理事无碍，虽然已经出世，却又随缘在世间度化众生。对于偏正五位之义，曹山本寂自己的回答是："正位即空界，本来无物；偏位即色界，有万象形；正中偏者，背理就事；偏中正者，舍事入理；兼带者，冥应众缘，不堕诸有，

① （宋）释智昭集：《人天眼目》，《大正藏》第 48 册，第 314c 页。
② （宋）释智昭集：《人天眼目》，《大正藏》第 48 册，第 316c 页。
③ （宋）释智昭集：《人天眼目》，《大正藏》第 48 册，第 314c 页。
④ （宋）释智昭集：《人天眼目》，《大正藏》第 48 册，第 314c 页。
⑤ （宋）释智昭集：《人天眼目》，《大正藏》第 48 册，第 314c 页。

非染非净,非正非偏,故曰虚玄大道,无著真宗。"①洞山良价亦云:"道无心合人,人无心合道","事理俱不涉,回照绝幽微。"②可见,其论证与说明皆不出理与事、心与佛之关系的范围。《五家宗旨纂要》卷二曰:"曹洞家风,君臣道合,正偏相资,鸟道玄途,金针玉线,内外回互,事理混融,不立一法,空劫以前自己为宗,良久处明之。"③(《四家语录》卷二)《禅宗颂古联珠通集》卷二十四:

> 洞山因过水睹影,大悟前旨,有偈曰:"切忌从他觅,迢迢与我疏。我今独自往,处处得逢渠。渠今正是我,我今不是渠。应须恁么会,方得契如如。"(620c)

如如之境即佛境,学人怎么修持才能证得如如之境呢? 回答是切忌向外寻求,自身即佛,愈是向外寻求,离佛愈远。向自我寻求,即可处处发见本心,证得如如之佛境。自身即佛,勿有我执;若有我执,则身佛为二,难以证得。本觉守一颂曰:"动静从来每与俱,回头蓦地始逢渠。直饶与么犹堪笑,唤作如如又却迂。"(620c)自身即佛,故动静与俱;当下之自身即是佛,故没必要再将佛唤作"如如"或者以"渠"相称了。圆悟克勤颂曰:"水中影子因身有,若实无身影亦无。百尺竿头才进步,一毫端上现毗卢。"(620c)水中有影,实是因为有肉身的存在;若无肉身,只现佛之法身,毫毛之端即可呈现。《禅宗颂古联珠通集》卷二十四:

> 洞山示众曰:"秋初夏末,兄弟或东去西去,直须向万里无寸草处去始得。"又云:"只如万里无寸草处且作么生去?"后有僧到浏阳举似石霜,霜云:"出门便是草。"僧回举似师,师曰:"大唐国里能有几人。"(621b)

万里无寸草处乃是佛境,洞山又提示说:万里无寸草处该如何去呢? 是在暗示学僧向自身寻求,勿向外求。石霜庆诸说出门便是草,也是在暗示学僧勿向外寻求,佛即自身。学僧回来转告洞山,洞山说,这是彻悟之语呀,大唐国里能有几个人能说出这样的话呢! 净因法成颂曰:"庭前黄叶乱纷纷,阶下

---

① [日]释慧印校:《抚州曹山元证禅师语录》,《大正藏》第47册,第527a页。
② (明)郭凝之编集:《瑞州洞山良价禅师语录》,《大正藏》第47册,第525a,第526a页。
③ (清)释性统编:《五家宗旨纂要》,《卍新纂续藏经》第65册,第266b页。

苔钱似锦纹。户外任教荒草绿,石人踏断海山云。"(621c)不出门而知天下事,不出门而行遍天下,只因了悟成佛了,以佛性而行,故有神异之能。圆悟克勤颂曰:"万里无寸草,出门便绊倒。争如不动尘,四山日杲杲。壁立万仞绝承当,天上人间无处讨。无处讨,忽然突出挂杖头,直趋宝山亲取宝。"(621c)向内寻求,自身即佛,佛性如如等一,不用出门可达五湖四海,万仞之壁无以承当,无上人间无处寻讨,却又忽然从挂杖头上现身,或亲自去宝山取宝。

6. 藉师自悟,超佛越祖

慧能及其以后的禅法以"藉师自悟"取代了达磨的"藉教悟宗"。随着对自性自悟的不断强调,百丈怀海提出了超师之见。他认为"见与师齐,减师半德;见过于师,方堪传授。"[1]德山宣鉴更是"呵佛骂祖"。故在五家分灯时期,禅思想的一个总倾向是"超佛越祖",突出当下的自己。五家虽门风各异,然其根本宗旨皆不离六祖的顿悟心性,自我解脱。宋释契嵩《传法正宗记》卷八曰:

> 正宗至大鉴传既广,而学者遂各务其师之说,天下于是异焉,竞自为家。故有沩仰云者,有曹洞云者,有临济云者,有云门云者,有法眼云者,若此不可悉数。而云门、临济、法眼三家之徒,于今尤盛。沩仰已熄,而曹洞者仅存,绵绵然犹大旱之引孤泉。然其盛衰者,岂法有强弱也,盖后世相承得人与不得人耳。[2]

最后需要指出的是,上文对禅宗思想的发展历程进行的略说已经超越了《禅宗颂古联珠通集》的内容范围。因为公案的形成比较晚,时间应在六祖以后;而禅宗颂古的大量出现则是在入宋以后。所以《禅宗颂古联珠通集》中所反映的禅思想主要以慧能禅思想为主,其所收公案中虽然也涉及慧能之前众多人物的事迹,但全部是出于追记。对于慧能前之公案人物如释迦牟尼、傅大士等,及佛教经典以《楞伽经》《维摩经》《圆觉经》《华严经》等,《禅宗颂古联珠通集》也多是收录其与慧能的顿悟禅法有关的内容。笔者之所以如此表述是为了对颂古中的禅思想进行整体把握,以更好地理解各宗派的禅学观点。有先才有后,有基础才有发展。

禅宗的自适精神,源于南方文化。中国南方距统治中心较远,人们往往

---

① 《四家语录·百丈怀海禅师语录》,《卍新纂续藏经》第69册,第6a页。
② (宋)释契嵩:《传法正宗记》,《大正藏》第51册,第763c页。

不太合乎章法,喜欢以超然的、简化的态度处理现实问题。禅宗不合小乘,又不合大乘,自成一套的禅寺制度,在道宣以前早就存在了。后来百丈别立"禅门规式",自称"非局大小乘,不离大小乘"①,自成一套丛林制度。语言文字是表意的工具,而禅宗的语言文字,其实意却不在语言文字中。从根本上说,这是一种不拘章句、不泥于句读、训诂的活泼思维。这种思维能引导禅僧们过着悠游自在的闲适生活,而不为世俗生活所累。三论宗以为,佛说八万四千法门是为了适应学僧不同的根机。既然每个学僧的根机不同,那么禅师在导引学僧开悟时就不能固执一边,而应随时随地随机施设方便,而这个是与禅宗师徒们的日常生活同步的,不必单设一个教学时间。所以,禅师说法或解说经论,既没有固定形式,也没有固定地点与固定时间。禅师对学僧的一切导引都是在他们的日常生活中完成的。在点拨学僧时,禅师多随自己的教育背景与文化知识而权宜说法,所谓"变文易体,方言甚多"②就是描述的这种情况。

《坛经》所说,可以用"见性成佛"和"无相为体""无住为本""无念为宗"几句话来说明。每人的真正自己,即真我,即性,与身心是对立的。同时,身心的生存与灭坏,是以性的存在与离去而决定的。性亦可称为法身,与色身是对立的。性是本来清净,本来空寂,是超载于现象界的。然而众生痴迷,虽然一切不离自性,却不能明见自性。在众生境界中,色身是舍宅,性或法身是主。自性成为生死中的自我(小我)。从返迷启悟,求成佛道来说,自性就是法身。众生迷而不见,向外求佛,这是完全错了。自性是以无相为体的。无住的意义为人之本性,念念不住。前念今念后念,念念相续,无有断绝。若一念断绝,法身即离色身。自性于一切法上无住,一念若住,念念即住,名系缚。于一切法上念念不住,即无缚也,是以"无住为本"。"无念为宗"是说于自念上离境,不于法上念生,也就是不依境起,不逐境转。无念是真如起用,不染万境。从此悟入自性,就是见性成佛。

随着修行方式的嬗变,禅宗逐渐成为慢教一流。老师对弟子喝打几下,没有什么稀奇,慧能也曾打过神会。但在禅门中,这一作风被证明了对于截断弟子的意识,引发学者的悟入,是非常有效的,于是普遍地应用起来。老师打弟子,同参互打,成为平常事。弟子打老师,如黄檗打百丈,百丈呵呵大笑。强化下去,如道一的弟子归宗杀蛇、南泉斩猫、道一再传弟子赵州的一再放火、子湖的夜喊捉贼、见人就用叉叉的、用棒把大家赶出去的、邓隐峰推

---

① （宋）释道原著,顾宏义译注:《景德传灯录译注》,上海:上海书店,2009 年版,第 428 页。

② （隋）吉藏:《中观论疏》,《大正藏》第 42 册,第 10 页。

着车子前进,硬是一直去,把老师道一的脚碾伤了。洪州与石头门下的一系列粗鲁做法,都是启发学人的手段。

第二节　公案、颂古中的悟道境界

参禅的目的在悟道。禅宗是"一个以拯救人类灵魂为宗旨的宗教,它所要关心的不是形而上学层面的哲学问题,不是法律制度层面的社会问题,不是衣食住行层面的生活问题,而是一个超越生命的终极意义问题。它悬置了一个充满光辉与永恒的终极境界,把这个境界称为佛的境界,无非是引导信仰者从现实的、短暂的、苦难的世界中解脱出来,因此它不能不始终围绕着成佛的可能(人心与佛性之距离如何)、成佛的路径(修行方式如何)、成佛的效应(终极境界如何)这三个彼此相关又彼此循环的问题展开讨论。"①那么,成佛的路径、成佛的效应究竟如何呢? 达磨祖师认为悟道有两种途径:理入法与行入法。理入就是由理解真理而达佛智,又称解悟、开悟;行入就是由实践而体得真理,又称证悟、悟入。《五灯会元》卷一:

> 世尊在灵山会上拈花示众,是时众皆默然,唯迦叶尊者破颜微笑。世尊曰:"吾有正法眼藏,涅槃妙心,实相无相,微妙法门,不立文字,教外别传,付嘱摩诃迦叶。"②

此所谓"正法眼藏"就是禅宗代代相传之心印,也即世尊的悟境。它就是参禅者要悟的道。然而早期禅宗以行入为主,不立文字。禅师的任务就是利用语言、动作、情境等方式引导学僧进入体验状态,也即参禅者常说的"得个入处"。

开悟者究竟悟到了什么,只有自己知道,并没有多少机会相互交流,如人饮水,冷暖自知。依据禅宗法则,参禅者悟道与否往往取决于老师依据当时的机锋问答而作出的印可。若老师的提问已露全机而学僧又应答妥当的话,老师即印其得道,并准其离开;若因老师的提问未露全机或自己参学尚浅等原因,学僧不能对老师的提问做出妥当的应答,老师则不予印可。学

---

① 葛兆光:《中国禅思想史——从6世纪到9世纪》,北京:北京大学出版社,1995年版,第29页。
② (宋)释普济:《五灯会元》,苏渊雷点校,北京:中华书局,第10页。

僧须留下来再行精进,以便随时接受老师的再次勘验。禅宗"以心传心"的传法方式、"便宜说法"的教学风格以及"绕路说禅"的阐释原则往往使这种机锋问答变得甚为私密、随意、充满暗示性。悟道学僧的真实境界究竟是怎样的,有时师兄弟之间尚不能知晓,更不要说外人了。

　　宋代之后,文字禅逐渐兴起。禅宗教学渐渐变为以公案为中心,以拈古、颂古、举古、代语、别语、评唱、语录等为主要形式。勿庸讳言,这些以文字为主要媒介的参禅活动自有它的弊端,但它却使僧俗内外对禅宗悟道境界的了解与探讨有了可靠基础。然而公案对参禅者来说只是个引子,禅僧的具体悟道境界因人而异。对于未达悟境者来说,公案如同天书。即使已达悟境者,对公案的理解也有深浅之别。所以,禅宗的悟道境界对大多数人来说仍具有神秘色彩。反过来,我们如若想正确的、快速的理解禅宗公案与颂古,除了对禅思想有准确的把握外,还需要对禅宗悟道境界有相当的了解才行。因为,有些禅宗颂古,并不是直接的对公案进行文字上、或思想上的解释,而是对公案能引导参读者所达到的境界进行一翻描述。也就是说,有相当一部分公案与颂古是在禅宗悟道境界上达到内在统一的。《禅宗颂古联珠通集》卷三:"傅大士颂云:'空手把锄头,步行骑水牛。人从桥上过,桥流水不流。'"[1]针对此公案的颂古共有三首,其一为"六月上伏,八月中秋。人平不语,水平不流。"(心闻贲)其二为"鱼行水浊,鸟飞毛落。大士横身,不受斧凿。"(木庵永)其三为"狗走抖擞口,猴愁搂搜头。瑞岩门外水,自古向西流。"(断桥伦)傅大士之偈描述的是他自己的悟境,而心闻昙贲、木庵安永、断桥妙伦三位禅师之颂古亦是描述的悟境。就此则公案与颂古来说,从字面来看,简直是风马牛不相及。它们之间唯一的联系就是各自所描写的悟境。如果参读者不了解禅宗悟道境界,就不能准确理解颂古,更不能理解公案。断桥妙伦颂古境界是不起思议的悟道之境;木庵安永颂古境界是悟道者之法身与万法为侣;心闻昙贲颂古境界为悟道者自性具足,不起思议;佛大士颂境界为悟道者法身广大无边,与万法为侣。此颂为傅大士悟道之后所作,三首颂古与傅大士之颂皆是说的悟道后之境界。

一、禅悟境界之一:澄明虚静

　　《禅宗颂古联珠通集》卷二"世尊初降生"公案曰:"世尊初降生,一手指天,一手指地,周行七步,目顾四方云:'天上天下唯吾独尊。'后云门云:'我当时若见,一棒打杀与狗子吃,贵图天下太平。'琅琊觉云:'可谓将此深心奉

---

①　《禅宗颂古联珠通集》,《卍新纂续藏经》第 65 册,第 493a 页。

尘刹,是则名为报佛恩.'"①作为最高智者,世尊具有"天上天下,唯吾独尊"之地位本没有错,错就错在他不该把此种情况说出来,使后世修行者乱了心境而在心中出现了仅为观念意义上的"障道之佛"。如若修禅者各守心中之佛,寂静安然,天下自然太平无事。针对此公案,懒庵鼎需禅师颂曰:"周行四顾独称尊,平地无风起浪痕。祸及私门犹自可,谁知千古累儿孙。"(482a)批评世尊犯了禅宗第一义不可言说之忌。育王法达禅师颂曰:"老胡种种空意气,一手指天兼指地。当时尽谓独称尊,今日翻思谁不是。人人尽在光明里,临文不用更加讳。"(482a)雪窦嗣宗禅师颂曰:"千年石虎产麒麟,一角通身五彩明。金锁玉关浑掣断,毗卢界内鼓烟尘。"(482a)从这些颂古可知,参禅者悟道成佛之后,即进入了一个澄明洁净、静寂无声的境界。在此境界中,无声、无物、无识、光明普照、透明无隔,亦无有远近。

《圆觉经》曰:"一时婆伽婆入于神通,大光明藏三昧正受,一切如来光严住持。是诸众生清净觉地,身心寂灭,平等本际,圆满十方。"②意为婆伽婆入于悟境之后,见诸佛在一片亮光中集会,其地清净无尘,遥远的十方世界就像出现于面前。《禅宗颂古联珠通集》卷四载善财童子诣那罗素国参毗目瞿沙仙人时亦有类似的证悟。该公案为:"善财诣那罗素国参毗目瞿沙仙人,无量仙人同音赞已,下床执手,佛刹现前。悟真净智,卷舒自在,得无胜幢法门,证童真住。"③那罗素国种果仙人毗目瞿沙,一说为如来所出之音声。佛国惟白颂曰:"毗目仙人下宝床,摩头执手看殊祥。十方佛境同时现,万象森罗忽顿彰。无胜妙床腾瑞色,遮那文藏显灵光。却还本座求端的,转觉平生见处长。"(495a)可见,此公案与颂古中所描写之佛境(悟境),也同样充满了光亮与澄明。《禅宗颂古联珠通集》卷四有公案曰:"《楞严经》。佛言富楼那:'如汝所言,清净本然云何忽生山河大地? 汝常不闻如来宣说。性觉妙明,本觉明妙(详在本经)。"④卍庵道颜、北磵居简禅师分别有颂古曰"清净本然遍法界,山河大地即皆现。性觉必明认影明,眼耳便随声色转。"(498a)"弥满清净,中不容他。山河大地,万象森罗"(498a)。可见悟境内一切有为、无为之法无不清净本然,山河大地如在眼前。再如《楞严经》曰:"(跋陀婆罗)于浴僧时随例入室,忽悟水因。"⑤潭州大圆智、涂毒智策禅师分别颂曰

---

① 《禅宗颂古联珠通集》,《卍新纂续藏经》第65册,第481b页。

② (唐)佛陀多罗译:《大方广圆觉修多罗了义经》,《大正藏》第17册,第913a页。

③ 《禅宗颂古联珠通集》,《卍新纂续藏经》第65册,第495a页。

④ 《禅宗颂古联珠通集》,《卍新纂续藏经》第65册,第498a页。

⑤ (唐)般剌蜜谛译:《大佛顶如来密因修证了义诸菩萨万行首楞严经》,《大正藏》第19册,第126a页。

"超诸现量,即悟水因。体明无垢,孰云洗尘。得无所有,了无相身。成佛子
住,妙触常存。"(498b)"洗尘触体两空寂,妙证密圆超见思。白璧无瑕空受
玷,圆通会里受涂糊"(498b)。两首颂古是说跋陀婆罗因入浴而进入悟境,
顿感感通体透明无垢,不染纤尘。

　　傅大士有偈云:"有物先天地,无形本寂寥。能为万象主,不逐四时
凋。"①此偈是傅大士对佛的具体描述。佛先天地而生,无形无体,涵养万物,
不生不灭,亘古不变。参禅者成道之后,就变成了佛,故亦必达此虚空静寂
之境。《楞严经》曰:"当知虚空生汝心内,犹如片云点太清里,况诸世界在虚
空耶? 汝等一人发真归元,此十方空皆悉消殒。"②一个人一旦回归了真寂本
元,也即进入了涅槃之境界。这时十方世界之虚空皆寂灭无存,一片静寂。
朴翁义铦禅师颂曰:"瞌睡茫茫困思来,吃碗浓茶眼便开。四海五湖王化里,
更无一物是尘埃。"③颂古也是描写的悟境。四海五湖皆是因缘和合而成,透
明而不尘埃,实是虚空之境。《联灯会要》卷一:

　　　　黑齿梵志运神力,以左右手擎合欢梧桐花两株来供养佛。佛召仙
人,志应诺。佛云:"放下著",志放下左手花。佛又召仙人放下著,志放
下右手花。佛又召仙人放下著。志云:"我今空手而立,更放下个甚
么?"佛云:"吾非教汝放舍其花。汝当放舍外六尘、内六识、中六根。一
时放舍,至无可舍处,是汝免生死处。"志放。言下悟无生法忍。④

在此公案中,世尊让黑齿梵志放下一切,达到心境全空,从而使其悟得无生
无灭之理。其实,这也是对悟境的一种描述。《禅宗颂古联珠通集》卷二载
"世尊涅槃"公案。皖山止凝禅师有颂曰:"老倒瞿昙不识羞,临行犹自逞风
流。摩胸示众归何处,啼鸟一声山更幽。"⑤颂古中"啼鸟一声山更幽"一句,
说明世尊住世说法四十九年,离世后复归虚空。其所谓离世也即是离开人
世间,到达佛境,和世俗的离世之说不同。《禅宗颂古联珠通集》卷三载公案
曰:"哪吒太子,析肉还母,析骨还父,然后现本身,运大神力,为父母说法。"⑥
少室光睦禅师颂曰:"析骨还父肉还母,不知那个是哪吒。夜深失脚千峰外,

---

① 《禅宗颂古联珠通集》,《卍新纂续藏经》第 65 册,第 493a 页。
② 《大佛顶如来密因修证了义诸菩萨万行首楞严经》,《大正藏》第 19 册,第 147b 页。
③ (宋)释法应、(元)释普会:《禅宗颂古联珠通集》,《卍新纂续藏经》第 65 册,第 498b 页。
④ (宋)释悟明:《联灯会要》,《卍新纂续藏经》第 79 册,第 14c 页。
⑤ 《禅宗颂古联珠通集》,《卍新纂续藏经》第 65 册,第 487a 页。
⑥ 《禅宗颂古联珠通集》,《卍新纂续藏经》第 65 册,第 491b 页。

万古长风片月斜。"(491b)很显然,哪吒之真身即是虚空。《金刚般若经》曰:"一切有为法,如梦幻泡影,如露亦如电。"①意为万事万物,因缘和合,虚无飘渺,短暂而不真实,终归虚空。冶父道川禅师颂曰:"水中捉月,镜里寻头。刻舟求剑,骑牛觅牛。空花阳焰,梦幻浮沤。一笔勾断,要休便休。巴歌杜酒村田乐,不风流处也风流。"②水里的月亮、镜里的人头、空中的花朵、地上的水汽、梦里的泡沫都是不存在的虚妄之境。具此大智,即是开悟。

二、禅悟境界之二:整体无差别

悟道者视万物为自然存在的一个整体,不起分别之心。《古尊宿语录》卷三十九《智门祚禅师语录》有公案曰:"问:'莲花未出水时如何?'师云:'莲华。'进云:'出水后如何?'师云:'荷叶。'"③在此公案中,莲花未出水时喻未悟道时,出水后喻悟道之后。悟道前视莲花为莲花,悟道后进入了一种无差别境界,视莲花也就不是莲花了。类似的公案还可再举两例:"问:'莲华未出水时如何?'师云:'馨香菡萏。'进云:'出水后如何?'师云:'绝消息。'"④(《天圣广灯录》卷二十七《永安道原禅师》)悟道之前,莲花是普通的莲花,所以能闻到其气味,莲花的清香沁人心脾。而所谓出水之后,就是暗指悟道之后,人就进入了一种无差别的境界了,莲花也就不是莲花了,所以闻不到它的清香。"问:'莲华未出水时如何?'曰:'一任摸索。'云:'出水后如何?'曰:'有眼如盲。'"⑤(《嘉泰普灯录》卷十五《此庵景元禅师》)悟道前,视莲花为实际的存在,是实物,所以想怎么摸索,就怎么摸索;而悟道后,视莲花就为一种虚无,莲花现前就像眼睛什么都没有看到一样。此两例皆是说明悟道前是普通禅者,悟道后进入无差别境界的。悟前六根、六识具存,闻莲花馨香扑鼻,悟道后六根、六识断绝,自然就什么也闻不到、"摸索"不到了。

再如,《联灯会要》卷一载:"世尊坐次,见二人舁猪子过。乃问:'这个是甚么?'其人云:'世尊具一切智,猪子也不识?'世尊云:'也要问过。'"⑥世尊既然洞察一切,为何还要问眼前看到的是什么呢?正是因为世尊方才在悟境内,视若无睹的结果。悟境内的一切了无差别,淡泊若忘,故世尊并不知道眼前是什么,需问询方知。再如傅大士偈云:"须弥芥子父,芥子须弥爷。

---

① (后秦)鸠摩罗什译:《金刚般若波罗蜜经》,《大正藏》第 8 册,第 752b 页。
② 《禅宗颂古联珠通集》,《卍新纂续藏经》第 65 册,第 503b 页。
③ (宋)赜藏主:《古尊宿语录》,《卍新纂续藏经》第 68 册,第 254b 页。
④ (宋)李遵勖:《天圣广灯录》,《卍新纂续藏经》第 78 册,第 559c 页。
⑤ (宋)释正受:《嘉泰普灯录》,《卍新纂续藏经》第 79 册,第 384b 页。
⑥ (宋)释悟明:《联灯会要》,《卍新纂续藏经》第 79 册,第 15a 页。

山水坦然平,敲冰来煮茶。"①说的都是在常理看来,极为奇怪的事情。正常情况下,根本不可能发生这样的现象。然而,既是佛偈,必然有其佛法道理在。圆悟克勤禅师颂曰:"须弥纳芥不容易,芥纳须弥匹似闲。长河搅着成酥酪,轻轻击透祖师关。"(493a)芥子至小,须弥至大,然各有自性,皆成佛道,故是平等无差别的,没有大小之别,二者的实质皆是虚空。山水相平、以冰代柴、水成酥酪,皆是这个道理。无差别即不识具体事物,因人的思维及认识为基础而产生的各事物之间的固有联系就会消失,所以就会出现很可笑荒谬的情况。

再如《禅宗颂古联珠通集》卷二载有一则公案曰:"世尊未离兜率,已降王宫,未出母胎,度人已毕。"②发生这样的事情,只能说明世尊之形体顶天立地,充塞于天上人间。圆悟克勤颂古曰:"大象本无形,至虚包万有。末后已太过,面南看北斗。王宫兜率度生出胎,始终一贯初无去来。扫踪灭迹除根蒂,火里莲华处处开。"(482c)意思是佛之法身充斥于天地间,无有间断,亘古长存,随物赋形。故能未离兜率,已降王宫;面向南方,而见北斗。所谓"末后已太过"是说早就过了末后句之牢关,已达悟境了。同卷又载:"世尊在忉利天为母说法。优填王思佛,命匠雕旃檀像。及至世尊下来,像亦出迎。"③正是由于悟境的整体连贯性,无处不在,才会发生这样的情况。旃檀像也才可以随时被赋于生命。这些例子都表明了佛法境界的整体连贯性。《禅宗颂古联珠通集》卷三亦有公案曰:

> 宾头卢尊者赴阿育王宫大会。王行香次,作礼问曰:"承闻尊者亲见佛来,是不?"者以手策起眉毛曰:"会么?"王曰:"不会。"者曰:"阿耨达池龙王请佛斋,吾是时亦预其数。"④

阿耨达池⑤距阿育王宫很远,宾头卢如此回答,至少说明了两个问题:一是他

---

① 《禅宗颂古联珠通集》,《卍新纂续藏经》第65册,第493a页。
② 《禅宗颂古联珠通集》,《卍新纂续藏经》第65册,第482b页。
③ 《禅宗颂古联珠通集》,《卍新纂续藏经》第65册,第485c页。
④ 《禅宗颂古联珠通集》,《卍新纂续藏经》第65册,第490b页。
⑤ 《大唐西域记》卷一载阿耨达池在赡部洲之中心,香山之南,大雪山之北。周八百里,金银琉璃、颇黎饰其岸,金沙弥漫,清波皎镜,八地菩萨以愿力之故,化为龙王,中有潜宅,出清泠水供给赡部洲。按,喜马拉亚山之佛母岭,高出海岸一万五千五百尺处,有一湖名玛那萨罗华,即阿耨达池也。此湖之水,自山谷间曲折流出,分为四大河。近时瑞典人海丁,游历西藏,言喀拉山之东南有玛拉萨罗瓦湖,即阿耨达池。其湖为淡水湖,无出口,潜流地中,为恒河之源。

本身已是佛;二是佛身广大无边,无处不在。同时,这也是为了说明佛境的整体性问题。佛照德光禅师颂曰:"尊者亲曾见佛来,双眉策起笑颜开。古今不隔丝毫许,天上人间孰可陪。"(490b)从公案和颂古可知,佛与宾头卢尊者皆分身两地,同赴阿耨达池龙王与阿育王之宴,只是佛没有在阿育王处现其应身而已。

再如《五灯会元》卷四《灵云志勤禅师》所载公案曰:"灵云因长庆问:'如何是佛法大意?'师曰:'驴事未去,马事到来。'"①蒙庵元聪禅师颂曰:"松阴行不尽,疏雨下无时。世事几兴废,山中人未知。"②不管是公案还是颂古,说的都是连贯始终之悟道境界。

三、禅悟境界之三:即而不离

万物皆有佛性,皆可成佛。古德常说的一句话就是:青青翠竹,尽是法身;郁郁黄花,无非般若。佛法与万物的关系是即而不离的关系。"即"字本为依附、附着之义,然此处却有合而为一,与生俱来的意思。《禅宗颂古联珠通集》卷二有公案曰:

> 僧问九峰虔云:"承闻和尚有言:'诸圣间出,只是传语人,是否?'"师曰:"是。"曰:"世尊一手指天一手指地云天上天下唯吾独尊,和尚为甚么却唤作传语人?"师曰:"只为一手指天一手指地,所以唤作传语人。"③

任何有形之物,皆不可能是真佛,故一手指天一手指地者,自然也不是真佛。认为佛法顶天立地,过于崇敬佛法,这是执于佛法,其实尚未达佛境。丹霞子淳禅师颂曰:"妙相圆明不可亲,奴儿婢子自殷勤。指天指地称尊大,也是传言送语人。"(482b)真佛妙相圆明,无有形相,故人们不可能亲见。然世间万物皆有佛性。佛与物合而为一,佛存于物中,物以佛性而成为自身。万物皆是佛性随物赋形的结果,故可称为佛之婢子。能亲称"尊大"者,自然不是佛本身,而是佛的婢子。再如大道谷泉禅师"世尊初降生"颂曰:"指天指地语琅琅,送语传言出画堂。使者尚能多意气,主人应是不寻常。"(《通集》卷二,481b)它们皆是为了说明人之肉身为"使者",真佛居于身内,身佛即而不

---

① (宋)释普济:《五灯会元》,苏渊雷点校,北京:中华书局,第240页。
② 《禅宗颂古联珠通集》,《卍新纂续藏经》第65册,第616a页。
③ 《禅宗颂古联珠通集》,《卍新纂续藏经》第65册,第482b页。

离的道理。

傅大士有偈曰:"空手把锄头,步行骑水牛。人从桥上过,桥流水不流。"(《通集》卷三,493a)心闻昙贲颂曰:"六月上伏,八月中秋。人平不语,水平不流。"(493a)"水平不流"暗喻自性具足,不假外求。此偈被看作是傅大士的法身偈,描写的是入悟境后的情形。我们的肉身躯壳等同于一座房子,而佛性才是住在里面的真人。众生迷于色相,错认色身肉体是真我,故对此偈感到迷惑不解。《大明高僧传》卷六《释仰安传》曰:"(佛眼远)问曰:'空手把锄头话意作么生?'安鞠躬曰:'所供并是诣实。'眼笑曰:'元来是屋里人。'"①"诣实"即指到达实际的悟境;"屋里人"乃真佛也,指已开悟之人。对内里真人来讲,其法身广大无边,与万物即而不离,故空手能把锄头,步行能骑水牛,水不流动(水即是桥),而桥在流动(桥即是水)。《禅宗颂古联珠通集》卷三载傅大士另一偈,也是说的身与佛即而不离的关系。此偈曰:"夜夜抱佛眠,朝朝还共起。起坐镇相随,如形影相似。欲识佛去处,只者语声是。"②与佛同住同起,形影不离,而佛又在哪里呢? 事实上,在傅大士看来,自身即是佛。

再如《景德传灯录》卷十二《临济义玄禅师》有公案曰:"汝等诸人,赤肉团上有一无位真人,常向诸人面门出入。"③其实,这里的"赤肉团"是说的"心";这里的"无位真人"是说的佛。禅籍中常出现的"大小世尊""大小德山""大小临济""大小南泉"等皆是指真佛与肉身。同书卷七《鹅湖大义禅师》载:"顺宗问尸利禅师:'大地众生如何得见性成佛?'尸利云:'佛性如水中月,可见不可取。'因谓帝曰:'佛性非见必见,水中月如何攫取?'帝乃问:'如何是佛性?'师曰:'不离陛下所问。'帝默契。"④人人心中有佛,然心中之佛可以证悟,没有具体的物质形象,不能眼睛见到。马祖曾说"即心即佛",佛不离心。虽是"止啼"之语,对初入道者来说,也是灵丹妙药。因为从此语可以悟入真佛与肉身"即而不离"的境界。

《禅宗颂古联珠通集》卷三十六"法眼文益禅师"有公案曰:"僧惠超问:'如何是佛?'师曰:'汝是惠超。'僧于是悟入。"⑤此答语的意思是说作为惠超的人一定不是佛。佛是居于身内,无形无相,无名无姓,不能说出,也不能看到。佛在哪儿呢? 佛在自心,不过要靠自悟,不是概念之佛。佛是当下的自

---

① (明)释如惺:《大明高僧传》,《大正藏》第50册,第924c页。
② 《禅宗颂古联珠通集》,《卍新纂续藏经》第65册,第492c页。
③ (宋)释道原:《景德传灯录》,《大正藏》第51册,第291a页。
④ (宋)释道原:《景德传灯录》,《大正藏》第51册,第253a页。
⑤ 《禅宗颂古联珠通集》,《卍新纂续藏经》第65册,第703c页。

己。白云守端禅师颂曰:"一文大光钱,买得个油糍。吃向肚里了,当下便不饥。"(704a)慈受怀深禅师颂曰:"一颗灵丹大似拳,服来平地便升仙。尘缘若有丝毫在,蹉过蓬莱路八千。"(704a)"当下不饥""平地便升仙"强调的正是"当下"。油糍吃到肚里、灵丹服到肚里之喻,皆是为了说明"即心即佛"。《禅宗颂古联珠通集》卷十九"赵州从谂"有公案曰:"僧问:'如何是佛?'师曰:'殿里底。'曰:'殿里者岂不是泥龛塑像?'师曰:'是。'曰:'如何是佛?'师曰:'殿里底。'"①万物皆有佛性,塑像与佛也是即而不离的关系;另外,赵州从谂禅师两次回答相同,其实是不动思议、不加区别的表现,亦是悟道之境界。《禅宗颂古联珠通集》卷三十六"洞山守初"有公案曰:"僧问:'如何是佛?'师曰:'麻三斤。'"②此公案在学术界有多种理解。有认为"麻三斤"之语是截断众流的,故意转移学僧的问话内容;有人说洞山禅师正在称麻,不假思索,随口说的;也有的人说是麻中有佛性,麻即是佛,万物皆是佛。不管哪种说法,能启人悟道即可。最后一种说法,即是从麻与佛是即而不离的角度来阐释的。

四、禅悟境界之四:自具自足

佛之本性自具自足,不假外求,悟道者也应具有此境界。对悟道者来说,一切外界的所知所感都是虚妄的、多余的。我们来再次审视《禅宗颂古联珠通集》卷二所载的"世尊初降生"公案的几则颂古:"一火铸成金弹子,团圞都不费钳锤。拈来万仞峰头放,打落天边白凤儿。"(慈受怀深,481c)"七步周行手指天,衲僧棒下命难全。母胎出后成何事,争似阎浮未降前?"(张无尽居士,481c)"混沌未分人未晓,乾坤才剖事全彰。天生伎俩能奇怪,末上鍮他弄一场。"(保宁仁勇,481c)"草本无端拈出来,更加注脚转痴呆。西天此土谁知己,夜半优昙火里开。"(应庵昙华,482a)"钳锤",禅宗用以比喻老师教导弟子之严格,师家接引僧众,使其器成。佛在出生前就已是自具自足,就好比那一火铸成的金弹子,圆满无缺。"天上天下唯我独尊"乃是其天生"伎俩",后天的所谓知识(注脚)其实只会使佛之智慧受到蒙蔽。所以禅宗修行要靠自证自悟,别人谁也代替不了自己。禅师的作用只是引导学僧进入悟境而已。

再如《禅宗颂古联珠通集》卷二"文殊白槌"公案后所附上方日益禅师颂

---

① 《禅宗颂古联珠通集》,《卍新纂续藏经》第65册,第591a页。
② 《禅宗颂古联珠通集》,《卍新纂续藏经》第65册,第700a页。

古曰:"月在波心彻底寒,澄澄应不许龙蟠。五湖多少未归客,却被傍人把钓竿。"[1]把未开悟的参禅者比喻为"未归客",并指出他们之所以未开悟就是因为让别人在把钓竿,过于依赖语言教导,殊不知真正的开悟,需是通过自己的自我证求。自身一切圆满具足,不需外求什么。《五灯会元》卷十五《南台勤禅师》有公案曰:"僧问:'如何是祖师西来意?'师曰:'一寸龟毛重七斤。'"[2]龟本无毛,重七斤更是无稽;西来无意,问意更是无端。参禅还是要靠自证自悟。人人本自具足,只是为尘缘所障,使自身之佛性未得彰显而已。下面的几则公案皆是讲的这个道理:

> 马祖一日升堂。百丈收却面前席。祖便下座。(《通集》卷九,524c)

百丈明白了参禅在自证自悟的道理后,就故意装出不听老师讲法的样子,老师刚一开口,他就卷席准备离开,以这种方式让马祖知道自己已经开悟。

> 襄州庞蕴居士初谒石头,乃问:"不与万法为侣者是甚么人?"头以手掩其口。豁然有省。后参马祖,问曰:"不与万法为侣者是甚么人?"祖曰:"待汝一口吸尽西江水即向汝道。"士于言下顿领玄旨。(《通集》卷十四,554a)

人一口不可能吸尽西江之水,马祖旨在让庞居士明白不可能只靠言说就能悟得佛法。同样,庞居士向石头问同样的问题后,石头的举动也说明了佛法不在多言,而在自证自悟的道理。面对这类问题,多数禅师事实上的做法是不予回答。

> 梁山因僧问:"如何是祖师西来意?"师曰:"莫乱道。"(《通集》卷三十七,706c)

"莫乱道"三字,可谓是一语双关。一是不要乱讲;二是不要破坏了禅法。此公案意为"祖师西来意"不是问就能问出来的,而要靠自己的证悟;祖师西来意之问属于"境",若执著于此,则不可能真正开悟。

---

① 《禅宗颂古联珠通集》,《卍新纂续藏经》第65册,第483c页。
② 释普济:《五灯会元》,苏渊雷点校,北京:中华书局,第969页。

> 洞山因龙牙问："如何是祖师西来意？"师曰："待洞水逆流即向汝道。"横川如珙颂曰："洞水无缘会逆流，见他苦切故相酬。西来祖意寔无意，妄想狂心歇便休。"（《通集》卷二十四，623a）

"关于祖师西来意"之问题，横川如珙禅师的颂古说的非常明白。笔者尝试做如下翻译：洞水永远也不会逆流，看到他迫切地想知道祖师西来之意，我才这样说的，以促使他反观自己，认识到自心即佛。西来的达磨祖师所传禅法不是用言语就能讲清楚的，参禅者只有停止了不断的追问，认真自我证悟，才有开悟的可能。

> 石头因僧问："如何是祖师西来意？"师曰："问取露柱。"曰："某甲不会。"师曰："我更不会。"（《通集》卷九，528a）

露柱即露在外面之柱，指法堂或佛殿外正面之圆柱，与瓦砾、墙壁、灯笼等俱属无生命之物，禅宗用以表示无情、非情等意。露柱不可能回答学僧的提问，石头却让问露柱，实是告诉学僧此问题不可回答，也不必回答。真正的佛法，要靠自己亲身体悟，自身具足，不假外求。

五、禅悟境界之五：自由无碍

宗宝本《坛经》"顿渐第八"曰："见性之人，立亦得，不立亦得，去来自由，无滞无碍，应用随作，应语随答，普见化身，不离自性，即得自在神通，游戏三昧，是名见性。"[1]据后秦佛陀耶舍共竺佛念译《长阿含经》卷九可知，悟道成佛者可得六神通：一者神足通、二者天耳通、三者他心通、四者宿命通、五者天眼通、六者漏尽通。[2] 神足通可自由无碍，随心所欲现身；天眼通能见六道众生生死苦乐之相及见世间一切种种形色；天耳通能闻六道众生苦乐忧喜之语言，及世间种种之音声；他心通能知六道众生心中所思之事；宿命通能知自身及六道众生之百千万世宿命及所作之事；漏尽通能断尽一切三界见思惑，不受三界生死，而得漏尽神通之力。入此六境界，可谓随心所欲，变化多端，上天入地，无所不能。而这也是开悟后之禅境界。下举几例：

《禅宗颂古联珠通集》卷三"殃崛摩罗"公案曰："既出家为沙门，因持钵

---

① （元）释宗宝编：《六祖大师法宝坛经》，《大正藏》第48册，第358c页。

② （后秦）佛陀耶舍共竺佛念译：《长阿含经》，《大正藏》第1册，第58a页。

入城至一长者家,值其妇产难,子母未分。长者云:'瞿昙弟子,汝为至圣,当有何法能免产难?'殃崛曰:'我乍入道,未知此法,当去问佛,却来相报。'遽返白佛,具陈上事。佛告曰:'汝速去,说我自从贤圣法来,未曾杀生。'殃崛往告。其妇人闻之,当时分娩。母子平安。"天目文礼颂曰:"贤圣中来不杀生,其家子母自团圆。阴阳造化初无迹,春在花枝特地妍。"鼓山士珪颂曰:"月里姮娥不画眉,只将云雾作罗衣。不知梦逐青鸾去,犹把花枝盖面归。"①从颂古可知,如来化身为妇人,与妇人同体,助其产子。同卷有舍利弗公案曰:"因维摩诘室有一天女散华次,问言:'汝何不转却女身?'曰:'我从十二年来求女人相,了不可得,当何所转?'实时天女以神通力变舍利弗作天女。天乃化身如舍利弗而问言:'何不转却女身?'弗以天女像而答:'我今不知何转而变为女身。'天曰:'舍利弗若能转此女身,则一切女人亦当能转。如舍利弗非女而现女身,一切女人亦复如是。虽现女身而非女也。'实时摄舍利弗身,还复如故。"正堂明辩颂曰:"鹙子已圆无漏种,换却身形总不知。通途一贯非他物,午夜胡僧步雪归。"②可知禅者在悟道后可自由变化身形,来去自由,可谓洒脱逍遥之至。

再如《五灯会元》卷二载:"天台智者大师在南岳诵《法华经》,至《药王品》曰:'是真精进,是名真法供养如来。'于是悟法华三昧,获旋陁罗尼,见灵山一会俨然未散。"可知禅悟之境界已超越时空,可纵横古今,自由往来。观古今于须臾,抚四海于一瞬。同卷《南阳慧忠国师》有一则关于"他心通"的公案:"时有西天大耳三藏至京,云得他心通。肃宗命国师试验。三藏才见师便礼拜,立于右边。师问曰:'汝得他心通邪?'对曰:'不敢。'师曰:'汝道老僧即今在什么处?'曰:'和尚是一国之师,何得却去西川看竞渡?'良久再问:'汝道老僧即今在什么处?'曰:'和尚是一国之师,何得却在天津桥上看弄猢狲?'师良久复问:'汝道老僧只今在甚么处?'藏罔测。师叱曰:'这野狐精,他心通在什么处?'藏无对。"③第三次国师去了大耳三藏的心里。大耳三藏虽知他心,却不知自心,故被斥为野狐禅。

此外,据禅籍所载,禅悟得道后还有自由分身之境界。《禅宗颂古联珠通集》卷四载善财童子诣妙峰山参德云比丘,顶礼闻法,入佛境界,得忆念诸佛,普见法门。延庆忠禅师颂曰:"妙高峰顶寻知识,南北东西望何极。德云遥自别山来,珍重分身千百亿。"④德云比丘分身成为诸佛,也是为了让善财

---

① 《禅宗颂古联珠通集》,第 491a,第 491b 页。
② 《禅宗颂古联珠通集》,第 490a—490b 页。
③ 释普济:《五灯会元》,苏渊雷点校,北京:中华书局,第 120 页、第 98—99 页。
④ 《禅宗颂古联珠通集》,第 494c 页。

体验悟境。《禅宗颂古联珠通集》卷三"文殊师利"公案曰:"在灵山会上诸佛集处,见一女子近佛坐,入于三昧。文殊白佛云:'何此女得近佛坐?'佛云:'汝但觉此女,令从三昧起,汝自问之。'文殊绕女子三匝,鸣指一下,乃至托上梵天,尽其神力而不能出。佛云:'假使百千文殊亦出此女定不得。下方过四十二恒沙国土有罔明菩萨,能出此女定。'须臾罔明至佛所。佛敕出此女定。罔明即于女子前鸣指一下。女子于是从定而出。有尊宿问僧曰:'文殊是七佛之师,为甚么出女子定不得?罔明为甚么却出得?'僧无对。翠岩芝和尚云:'僧投寺里宿,贼打不防家。'"①果位低于文殊菩萨的罔明菩萨,却能使女子出定的不合理处,为此一公案的关键所在。盖文殊未能免除男女之差别相,故欲令女子出定而不得;罔明则怀有廓然无别之心境,故能弹指一下即令女子出定。此女子其实是世尊之分身,并非罔明比文殊师利佛法高明。世尊此举意在强调修佛法者不能有意念,有意念就不能真正进入悟境。

禅宗之境界往往是禅宗公案与颂古内涵或意蕴的交汇点。这些其实都属于禅宗第一义,对于宗门内人来说,这些是不能明确说出的。事实上,即使说出来了,也是毫无用处,因为这此境界不是靠言说,而是靠修禅者的自我体认。只有身体力行,自我感悟,才能真正地体验到这种境界。

达磨之禅法主要反映在其"二入四行"论中,慧可则进一步提出了"万法皆如、身佛不二"的思想,僧璨在慧可思想的基础上强调了泯灭差别、无识无欲、任运自然等主张,道信则进一步提出了"心佛不二"的思想,弘忍禅法更加向现实生活靠拢,由藉教悟宗转向直契心性,慧能强调无念、无相、无住,并可顿悟成佛。牛头禅的特色是认为无情众生亦可成佛,与曹溪门下不同。马祖道一对慧能"无念为宗""无相为体""无住为本"思想进行了修正,进一步确认了禅宗的自心证悟主张。青原系禅法比较注重以心源为本,齐同凡圣,标榜"触目会道""万法归于一心"。这其实是"即心即佛"的另一种表述。后期禅宗各派主要在如何引导学僧开悟、以什么样的方式开悟等方面存在差异,而其禅思想与禅境界基本是相同的。沩仰宗的圆相、临济宗的棒喝、云门宗的一字关、曹洞宗的"四宾主"、法眼宗的禅净共修皆是其重要特色。为便于表述,禅宗的悟道境界可以概括为澄明虚静、整体无差别、即而不离、自具自足、自由无碍等五个方面,然而需要强调的是,禅境界是禅者修行实践中的真实体悟,而不是对理论知识的把握。

① 《禅宗颂古联珠通集》,第 487b 页。

第九章 《禅宗颂古联珠通集》语词研究

《禅宗颂古联珠通集》中的公案、颂古语言除具有隐喻性特点外，还具有口语化的特点。《禅宗颂古联珠通集》中包含了大量的口语词汇，主要涉及俗语词、方言词、行业词、禅宗新造词以及高度普及的译音词等。禅宗僧人多居于乡野之间，其传道对象也主要以下层人民为主，所以从这个意义上说，颂古可谓是一种通俗文学。

第一节 俗语词与方言词

公案、颂古、灯录约占禅宗典籍的三分之二，基本是用当时的口语写成，留存下来大量的口语词汇。其中俗语词、方言词占重要比例。尽管这些词语已经基本不在现代汉语中出现了，但为了批判继承传统文化，读懂古书，就必须搞清楚它们的含义。因为这些词语均不见于各类词典，故有必要对其进行简要释义。

一、俗语词及其释义

挨落：碰落，撞落。《通集》卷五："藕丝孔里骑大鹏，等闲挨落天边月。"（589b）①朱鉴《文公易说》卷八："芋叶尾每早亦含水珠，须日出曝干，则无害。若太阳未照，为物所挨落，则芋实焦枯无味，或生虫。此亦菖蒲潮水之类尔。"②

聱讹：错乱，理路不通。《通集》卷十九："大地是眼没处屙，衲僧到此便聱讹。须知别有安身诀，会得安身事更多。"（589b）《佛果圆悟禅师碧岩录》

---

① 由于本章所列词语皆出自《禅宗颂古联珠通集》，且每个语词的例证至少有一条出自此书，为避免脚注过多重复，凡引自此书的例证皆在正文中用括号注出页码，不再出现于脚注中。
② 纳兰性德辑：《通志堂经解》，第二册，扬州：江苏广陵古籍刻印社，1996 年版，第 289 页。

卷一:"雪窦著语云:勘破了也,是他下工夫,见透古人聱讹极则处,方能恁么,不妨奇特。"①《朱子语类》卷七十八:"某尝患《尚书》难读,后来先将文义分明者读之,聱讹者且未读。"②

阿剌剌:又作"阿喇喇",细语不休,或者模仿细语不休之意。《通集》卷三十三:"阿剌剌,对一说。谛当之言如截铁。"(680b)又有恐怖或惊骇之意。《古尊宿语录》卷四十四:"东西南北,土旷人稀,天上天下,唯我独尊。阿喇喇。"③《鉴诚录》卷十:"一钵和尚歌曰:阿剌剌,闹聒聒,总是悠悠造未挞。如饥吃盐加得渴,枉却一生头戛戛。"④

巴歌杜酒:俗歌薄酒。巴歌,鄙俗之作,多作谦词。本义为巴人之歌。《汉书》卷二十二《礼乐志》"巴俞鼓员三十六人"颜师古注:"巴,巴人也。俞,俞人也。当高祖初为汉王,得巴俞人,并趫捷善斗,与之定三秦灭楚,因存其武乐也。"⑤杜酒,家酿的薄酒。史传杜康造酒,故称。王楙《野客丛书·杜撰》:"杜默为诗多不合律,故言事不合格者为'杜撰'……然仆又观俗有杜田、杜园之说。杜之云者,犹言假耳。如言自酿薄酒,则曰杜酒。"⑥《通集》卷五:"巴歌杜酒村田乐,不风流处也风流。"(503b)

把将:持取。《通集》卷十四:"这个从汝浴,还浴得那个么? 曰:'把将那个来。'师乃休。"(558a)《通集》卷十六:"黄鹤楼前一首诗,把将扫帚画蛾眉。"(571a)

背踏:犹相逆,逆着。《通集》卷六:"提起须弥第一槌,玉门金锁击难开。重施背踏空劳力,应悔迢迢万里来。"(508b)《希叟绍昙禅师广录》卷六:"新生白额眼光摇,肯向南山恋旧巢。背踏西风行一转,人惊不过虎溪桥。"⑦

便重不便轻:习惯于持重而不习惯于持轻。便,习惯、适应。宋代俗谚。《无门关》卷一:"沩山一期之勇,争奈跳百丈圈圚不出。检点将来,便重不便轻。何故哩? 脱得盘头,担起铁枷。"⑧《通集》卷二十九:"石坠腰间春碓鸣,老卢便重不便轻。黄梅衣钵虽传得,犹去曹溪数十程。"(512c)洪迈《容斋随笔·续笔》卷十二:"又有用书语两句而证以俗谚者。如尧之子不肖,舜之子

① 《佛果圆悟禅师碧岩录》,第143b页。
② 朱熹:《朱子全书》(第十六册),上海:上海古籍出版社,合肥:安徽教育出版社,2002年版,第2631页。
③ 《古尊宿语录》,第296c页。
④ 何光远:《鉴诚录》,文渊阁四库全书,第1035册,第921页。
⑤ 班固:《汉书》,北京:中华书局,1962年版,第1074页。
⑥ 王楙:《野客丛书》,上海:上海古籍出版社,1991年版,第297页。
⑦ 《希叟绍昙禅师广录》,《卍新纂续藏经》第70册,第466a页。
⑧ 《无门关》,《大正藏》第48册,第298a页。

亦不肖,谚曰'外甥多似舅';吾力足以举百钧,而不足以举一羽,谚曰'便重不便轻'之类是也。"①

博饭:亦作"愽饭"。博,换取,赢得。博饭即换取饭食。《杨岐方会和尚语录》卷一:"杨岐无旨的,栽田博饭吃。说梦老瞿昙,何处觅踪迹。"②《宏智禅师广录》卷八《利禅人发心丐开海田》:"栽田博饭吾家事,一段风规得老琛。"③《通集》卷十四:"引水插田博饭,居山火种刀耕。雨散云收日出,信步东行西行。"(560c)

编揢:糊乱说话,随意。《弘觉忞禅师语录》卷十二:"佛法下衰无过今日,南来北去师僧,问着十人九个胡统乱统,编揢将来,茫无本据。"④《通集》卷二十:"编揢曾挨老古锥,七斤衫重几人知。而今抛向西湖里,下载清风付与谁。"(595b)

布单:泛指行李。有时和"衣单"同义,指袈裟和度牒。《通集》卷三十:"某甲三千里卖却布单,特为此事而来,何得相弄?"(660a)《虚堂和尚语录》卷六:"鹤林素禅师因僧敲门。林问:'是甚么人?'云:'是僧。'林云:'非但是僧,佛来亦不著。'僧云:'佛来为甚么不著?'林云:'无汝止泊处。'代云:'不枉卖却布单。'"⑤

贬剥:批评。《圆悟佛果禅师语录》卷三:"月圆月望,月旦月朔。斩钉截铁,堆山积岳。小乘钱贯,大乘井索。有漏笊篱,无漏木杓。定龙蛇句全杀活,散向诸方任贬剥。"⑥《景德传灯录》卷八:"僧问:'不历僧,只获法身,请师直指。'师云:'子承父业。'僧云:'如何领会?'师云:'贬剥不施。'"⑦《通集》卷二十二:"问若倾湫,答如倒岳,出草羚羊时挂角。明眼衲僧,如何卜度。尺短寸长,一任贬剥。"(609b)

比图对面:即比头对面,犹面对面。《通集》卷三十四:"养就黄龙变化材,蓦然平地一声雷。比图对面教人见,吞却乾坤吐出来。"(686c)

柴把:犹一把柴,把为量词,与"车辆"相似。《通集》卷七:"应无所住以生心,大地山河一发沉。从此别开穷世界,新州柴把贵如金。"(513a)《庐山天然禅师语录》卷三:"将谓学道究竟有者个时节,殊不知三家村卖柴汉瞎着

① 洪迈:《容斋随笔》,上海:上海古籍出版社,1978年版,第362页。
② 《杨岐方会和尚语录》,《大正藏》第47册,第640c页。
③ 《宏智禅师广录》,《大正藏》第48册,第94b页。
④ 释道忞:《弘觉忞禅师语录》,《乾隆大藏经》(新文丰版)第155册,第258a页。
⑤ 《虚堂和尚语录》,第1026b页。
⑥ 《圆悟佛果禅师语录》,第727a页。
⑦ 《景德传灯录》,第260c页。

两目,终日数柴把,看砰椎轻重。"①

吃嘹舌头:又作吉撩舌头。喋喋不休。《通集》卷二十:"常州有,苏州有,吃嘹舌头师子吼。寿山高兮,福海深,八十一兮九个九。若能直下便回光,千古万古名不朽。"(597b)《宗门拈古汇集》卷四十四:"吴公只向挥扇处弄精魂,有甚了期。只如道吉撩舌头三千里,是何意旨。"②

不唧嚼:有两义,一为不聪明、不敏捷。《佛果圆悟禅师碧岩录》卷六:"却较些子,罕逢穿耳客。多遇刻舟人似这般不唧嚼汉,入地狱如箭。"③《大慧普觉禅师语录》卷二十:"一棒一喝下求奇特,觅妙会,乃是不唧嚼中,又不唧嚼者。"④另一含义是指说话不停。《通集》卷三十四:"谁无谁有全机道,言下反身不唧嚼。直饶未举已先行,错认簸箕作熨斗。"(692a)《宋元戏文辑佚·张文举》:"烧香愿神魂,今夜三更后。梦到他处,说个不唧嚼。"⑤

差珍:奇珍,异珍。《通集》卷十:"天生个样铁昆仑,机智偏能入海门。无限差珍收拾了,却来空手叙寒温。"(533a)《法演禅师语录》卷三:"开堂黄梅,宰公度疏。师拈起示众云:'见么,差珍异宝尽在其中。'"⑥

大虫看水磨:两不相干,没交涉;不知起处,摸不着头脑。水磨运转,对老虎来说,没有任何概念,不会引起老虎的任何反应。《通集》卷十八:"勘破不勘破,婆子能招祸。直饶千眼补陀人,也是大虫看水磨。"(585b)《通集》卷三十九:"五祖演因僧问:'如何是临济下事?'师曰:'五逆闻雷。'"颂曰:"从前五逆怕闻雷,不似大虫看水磨。孤峰顶上要同行,十字街头还共坐。"(723c)《古尊宿语录》卷三十四:"问:'识情不到处如何?'代云:'大虫看水磨。'"⑦《嘉泰普灯录》卷二十四:"僧问:'如何是佛?'曰:'闻名不如见面。'云:'如何是祖师西来意?'曰:'闹市里弄胡狲。'云:'如何是道?'曰:'大虫看水磨。'"⑧

哆哆啰啰:喋喋不休,废话连篇。哆哆犹喋喋,说话没完没了;啰啰,啰嗦、废话或胡说。《通集》卷十五:"长髭李行婆,相见打破锅。彼此两无失,是非转更多。大圆若见伊,扫荡葛藤窠。奉劝参学者,休哆哆啰啰。"(562a)

搭痴:眼疾,视力模糊不清。《通集》卷二十七:"百千诸佛眉弯曲,无证

---

① (明)释函昰:《庐山天然禅师语录》,《嘉兴大藏经》(新文丰版)第38册,第141b页。
② 《宗门拈古汇集》,《卍新纂续藏经》第66册,第256c页。
③ 《佛果圆悟禅师碧岩录》,第189a页。
④ 《大慧普觉禅师语录》,《大正藏》第47册,第894b页。
⑤ 钱南扬:《宋元戏文辑佚》,上海:上海古典文献出版社,1956年版,第150页。
⑥ 《法演禅师语录》,《大正藏》第47册,第662b页。
⑦ 《古尊宿语录》,第224a页。
⑧ 《嘉泰普灯录》,《卍新纂续藏经》第79册,第438c页。

无修眼搭痴。踏着未消连底冻,一时认作碧琉璃。"(645a)《列祖提纲录》卷二十一:"一则三,三则七。牧羊堤畔女贞花,拒马河边望夫石。石击尺,赤土画簸箕,从教眼搭痴。"①

堆危:堆萎,身体瘫软,行动不灵活;瘫坐,蹲坐。《雪峰慧空禅师语录》卷一:"后生偷笑东山老,事无是非总曰好。布伽梨里老病身,山芋头煨红软火。日暖婆娑林下行,天寒堆危火边坐。人问祖室今安危,对道我此煨芋好。"②《通集》卷十三:"面壁堆危引客过,问谁那更问如何。道寻常已成多事,检点侬家事更多。"(547c)

抵待:抵消,对等,招待。《通集》卷十七:"师下禅床作女人拜,曰:'谢子远来,无可抵待。'"(576a)《吴山净端禅师语录》卷一:"人定亥,不是多懒怠。脱鞋上床眠,无可相抵待。"③

雕伪:矫饰,做作,浮华。《通集》卷十八:"泥佛不度水,神光照天地。立雪如未休,何人不雕伪。"(584a)《明觉禅师语录》卷六《送尚辞》:"浮屠之子,履道为贵。天兮地兮,何泰何否。动无饰非,静还雕伪。辞也云行,后生可畏。"④

敌胜:犹胜敌。有时写作敌圣。《通集》卷八:"三唤三应,更饶贴称。月逗寒窗,水归巨浸。负汝负吾,全锋敌胜。"(520a)《通集》卷十四:"猎人有神箭,射得麈中主。箭下便承当,跳出曹溪路。翻身踏着上头关,敌胜惊群瞥尔间。"(559a)

分拏:没完没了地解说。《建中靖国续灯录》卷二十九:"何须得得论心境,不用嗷嗷辨正邪。生死涅槃知梦幻,莫将梦幻强分拏。"⑤《通集》二十一:"两堂上座总作家,其中道理有分拏。宾主历然明似镜,宗师为点眼中花。"(605b)

负门:归于失败之门。与他人对论而归于失败者,谓之堕于负门,或曰堕于负处。《通集》卷三十八:"天衣举《金刚经》云:'若见诸相非相,即见如来。'法眼云:'若见诸相非相,即不见如来。'师曰:'若见诸相非相,眼在什么处?'此语有两负门。颂曰:'诸相非相孰能诸,见与不见要须参。两处负门如透彻,此时方得睹瞿昙。"(716c)《宗门拈古汇集》卷二十九:"若是妙喜则不然。古涧寒泉时如何? 到江扶橹棹,出岳济民田。饮者如何? 清凉肺腑。

---

① 《列祖提纲录》,《卍新纂续藏经》第 64 册,第 172c 页。
② 《雪峰慧空禅师语录》,《卍新纂续藏经》第 69 册,第 255c 页。
③ 《吴山净端禅师语录》,《卍新纂续藏经》第 73 册,第 77c 页。
④ 《明觉禅师语录》,《大正藏》第 47 册,第 710 页。
⑤ 《建中靖国续灯录》,《卍新纂续藏经》第 78 册,第 821b 页。

此语有两负门。若人辨得,许你有参学眼。"①

一法:又作一发,意为一起,一同。《通集》卷二十五:"放下身心如弊帚,拈来瓦砾是黄金。蓦然一下打得着,大地山河一法沉。"(633b)《通集》卷七:"应无所住以生心,大地山河一发沉。从此别开穷世界,新州柴把贵如金。"(513a)

鼓倒:摆弄,搬运,蛮干。《通集》卷二十四:"南阳师,肌骨好。洞山价,也难讨。沩山翁,云岩老。重注破,成鼓倒。分明行官路,不觉入荒草。葛藤因此到而今,业识茫茫何日了。"(621b)

鬼叫坑:荒无人烟的山地,有野兽、山鸡等出没。它们发出的叫声令人毛骨悚然,但人们并不知道这些声音是怎么来的。《通集》卷三:"古老相传鬼叫坑,看来人鬼不多争。早知鬼便是人作,夜半三更也可行。"(488c)

葛陂:指葛陂化龙故事。葛洪《神仙传·壶公》:"长房忧不得到家,公以竹杖与之曰:'但骑此到家耳。'长房辞去,骑杖忽然如睡,已到家,家人谓之鬼,具述前事,乃发视棺,中唯一竹杖,乃信之。长房以所骑竹杖投葛陂中,视之乃青龙耳。"②《通集》卷五:"岣嵝峰头神禹碑,字青石赤形模奇。无目仙人才一见,便应抚掌笑嘻嘻。云暗苍龙化葛陂。"(500a)《通集》卷二十八:"切磋琢磨,变态诡讹。葛陂化龙之杖,陶家居蛰之梭。同条生兮有数,同条死兮无多。末后句,只这是,风舟载月浮秋水。"(650a)

怪差:奇特,与众不同。《通集》卷五:"生铁铸牛头,牵犁还拽耙。智者笑忻忻,愚人惊怪差。古往今来几百年,更向鬼门重贴卦。"(499b)《宋高僧传》卷十八:"原夫圣人之应身也,或南或北,或汉或胡,或平常之形,或怪差之质,故令闻见,必也有殊。"③

桂毂:月亮。《通集》卷十一:"扇子破,索犀牛,圈㮮中字有来由。谁知桂毂千年魄,妙在通明一点秋。"(539c)《宗鉴法林》卷六:"万里天开一阵风,云推桂毂出烟笼。秋深秋浦那清影,露滴芙蓉两岸红。"④

管带:照看。《通集》卷十五:"蹄角分明触处周,不劳管带不劳收。但知不犯他苗稼,水草随缘得自由。"(565a)《通集》卷十五:"千群万群水牯牛,不出沩山这一只。无心管带常现前,作意追寻寻不得。"(564c)

灌噍:饮水,吃草。《通集》卷十五:"昔日沩山有水牯,而今老倒卧荒丘。形容卓荦虽无力,灌噍依前是好牛。"(564c)《万善同归集》卷二:"虽灌噍而

① 《宗门拈古汇集》,第168a页。
② (晋)葛洪撰,胡守为校释:《神仙传校释》,北京:中华书局,2010年版,第308页。
③ (宋)赞宁等撰:《宋高僧传》,《大正藏》第50册,第825b页。
④ 《宗鉴法林》,《卍新纂续藏经》第66册,第313b页。

反作冤雠,每将养而罔知恩报。"①

胡乱:指安史之乱。《通集》卷九:"老婆心切日忡忡,恐堕他家蕳瓮中。消息得来胡乱后,江西宗派好流通。"(522c)《通集》卷九:"自从胡乱后,更不少盐酱。开口便见胆,岂在语言上。"(522c)

鹘仑:又作浑仑、浑沦、浑瀹、戲圖,意为整个、整体。《通集》卷十六:"萝卜头禅聒噪人,霜刀累切了无痕。自古不通人咬嚼,只容衲子鹘仑吞。"(571c)《通集》卷十七:"持来送去样团团,覆荫儿孙义不寒。何似当时休擘破,浑仑留与后人看。"(575c)《通集》卷三十三:"云门一枚䭔饼,天下衲僧咬嚼。若非铁作牙关,往往戲圖吞却。吞时易,吐时难,莫道从来剃一般。踏着韶阳关捩子,方能平地起波澜。"(681c)

侯黑:虚构出来的人物,比侯白更胜者。侯白,隋魏郡人,字君素,好学有捷才,性滑稽,善巧辩,好为诽谐杂说,后因以为伶人善戏谑者之称。《通集》卷十六:"(陆亘大夫)问南泉:'弟子家中有一片石,有时或坐或卧。如今拟镌作一尊佛,还得么?'泉云:'得。'大夫云:'莫不得么?'泉云:'不得、不得。'颂曰:'问得也道得,不得还不得。侯白何曾白,侯黑未是黑。贵他王老师,天下贼中贼。"(573b)秦观《二侯说》:"闽有侯白,善阴中人以数,乡里甚憎而畏之,莫敢与较。一日,遇女子侯黑于路,据井旁,佯若有所失。白怪而问焉,黑曰:'不幸堕珥于井,其直百金,有能取之,当分半以谢。夫子独无意乎?'白良久计曰:'彼女子亡珥,得珥固可给而勿与。'因许之,脱衣井旁,缒而下。黑度白已至水,则尽取其衣亟去,莫知所途。故今闽人呼相卖曰:'我已侯白,伊更侯黑。'"②

决是:必然是,一定是,就是。《通集》卷一:"毗岚园里丧嘉声,分手徒劳布恶名。决是一文偷不得,至今虚作不良人。"(482a)《石田法薰禅师语录》卷三:"久在众中兄弟,不是攒眉,决是掩耳。"③

徣借:借出。"徣"同"措",筹措。《通集》卷二十九:"劳形苦骨不知春,得意忘言便出尘。不假胞胎不徣借,金乌出海月离云。"(657b)《敕修百丈清规》卷五:"受戒之法,应备三衣、钵具并新净衣物,如无新者浣染令净。入坛受戒,一心专注,慎勿异缘。像佛形仪,具佛戒律,得佛受用。此非小事,岂可轻心。若徣借衣钵,虽登坛受戒,并不得戒,若不曾受,一生为无戒

① (宋)释延寿:《万善同归集》,《大正藏》第48册,第972b页。
② 周义敢、程自信、周雷校注:《秦观集编年校注》,北京:人民文学出版社,2001年版,第524页。
③ 《石田法薰禅师语录》,《卍新纂续藏经》第70册,第346c页。

之人。"①

竞头：竞相。《通集》卷二十六："克宾兴化令双行，白发通身透顶生。穿过衲僧青白眼，尽教天下竞头争。"(636c)《通集》卷七："不是风兮不是幡，寥寥千古竞头看。彻见始知无处所，祖庭谁共夜堂寒。"(513c)

夹截：前后截，两边夹，犹围起来。《通集》卷四："明暗色空不可还，不可还者绝跻攀。夹截虚空成畔岸，一重水隔一重山。"(497b)《晦庵集》卷六十三："李丈云：'如不得已殡，勿于堂上，只于厅上，帷次夹截，勿令相通，庶稍可杜绝此弊。'"②

拘捡：拘束，检点之意。《通集》卷五："平生疏逸无拘捡，酒肆茶坊信意游。汉地不收秦不管，又骑驴子过杨州。"(500b)《续古尊宿语要》卷五："一身浪宕无拘捡，闹市门头恣意游。汉地不收秦不管，不风流处也风流。"③

间气：旧谓英雄豪杰上应星象，禀天地特殊之气，间世而出。《通集》卷三十："眼观东南，意在西北。拨转天关，掀翻地轴。法身向上法身边，间气英灵五百年。胶漆相投箭相拄，南山起云北山雨。"(662a)《佛祖历代通载》卷二十："横渠曰：'浮图必谓死生转流，非得道不免，谓之悟道。自其说炽传中国，虽英才间气，生则溺耳目恬习之事，长则师世儒崇尚之言，遂冥然被驱。谓圣人可不修而至，大道可不学而知。故未识圣人心，已谓不必求其迹。未见君子志，已谓不必事其文。'"④

将底：凭什么；用什么、拿什么。《通集》卷二十八："不知将底报君恩，风起江湖水皱痕。一片古帆乘兴去，与谁相逐过天门。"(653a)《通集》卷六："尽说拈花微笑是，不知将底辨宗风。若言心眼同时证，未免朦胧在梦中。"(504b)

将去(将来)：拿去(拿来)。《通集》卷十七："师(龙潭崇信)未出家时，为饼铺住在寺前。每日常供饼十枚上天皇。皇受已，却留一饼与之曰：'惠汝以荫子孙。'师曰：'是某将来，何以返曰惠汝？'皇曰：'是汝将来，复汝何咎？'师因有悟入，遂投出家。"(575b)颂曰："将去将来事不差，龙潭固问勿交加。后来多少争唇吻，春鸟喃喃骂落花。"(575c)

将谓胡须赤，更有赤须胡；又作"将谓赤须胡，更有胡须赤"。意为强中更有强中手，或更进一层。《通集》卷十四："西江一吸了无余，突出堂堂大丈夫。尽道世间胡须赤，谁知更有赤须胡。"(554c)《通集》卷十"古人错祗对

① 《敕修百丈清规》，《大正藏》第48册，第1138c页。
② (宋)朱熹：《晦庵集》，《文渊阁四库全书》，第1145册，第212页。
③ (宋)释师明集：《续古尊宿语要》，《卍新纂续藏经》第68册，第487a页。
④ (元)释念常集：《佛祖历代通载》，《大正藏》第49册，第696b页。

一转语,五百生堕野狐身。转转不错,合作个什么? 师曰:'近前来,与汝道。'蘖近前与师一掌,师拍手笑曰:'将谓胡须赤,更有赤须胡。'"(530c)

见利忘锥:眼见锥头之利,却忘了锥子本身,比喻因小失大。《通集》卷十五:"第一句,言不及。见利忘锥,何得何失。拈起放下,翘足而立。"(562a)《通集》卷十五:"长髭有僧为点茶。三巡后僧问:'不负从上诸圣,如何是长髭第一句?'师曰:'有口不能言。'曰:'为什么有口不能言?'师乃颂云:'石师子,木女儿。第一句,诸佛机。言不得,也大奇。直下是,莫狐疑。'(良久云)是第一句第二句? 曰:'不一不二。'师曰:'见利忘锥,犹自多在。'僧礼拜。"(562a)

急家:困难之家。《通集》卷二十:"赵州逢人吃茶,谁知事出急家。反手作云作雨,顺风撒土撒沙。引得洞山无意智,问佛也道三斤麻。"(595a)《无门关》卷一:"六祖可谓是事出急家,老婆心切,譬如新荔支剥了壳、去了核,送在尔口里,只要尔咽一咽。"①困难之家又出事了,办事不太周到,所以说是老婆心切,也就是接化学人太过急切,反而没有很好的设置方便手段,效果不理想,甚至适得其反。《虚堂和尚语录》卷三:"僧问:'沩山摘茶次,问仰山云:"终日只闻子声,不见子形。"仰山撼茶树,意旨如何?'师云:'钱出急家门。'"②

停囚:停囚长智,即在停顿中思出对策。禅家讲究顿悟,故忌讳思考。《通集》卷三十五:"堂上非常凛冽,众人谁敢当头。只见西风刮地,岂知一叶惊秋。暖处去极停囚,无人为与塞咽喉。须信高皇功业大,鸿沟两岸一时收。"(695b)《通集》卷二十二:"快人一言,快马一鞭。停囚长智,十万八千。"(609b)

鸡寒上树,鸭寒下水:比喻万物各有各的属性。《通集》卷三十五:"巴陵因僧问:'祖意教意是同是别?'师曰:'鸡寒上树,鸭寒下水。'"(698b)《通集》卷三十五:"鸡寒上树,鸭寒下水。时节不相饶,古今自然理。寒松十里吼清风,流水一溪声未已。"(698b)

竭斗:又作碣斗、磔斗、杰斗。比喻黠慧、狡猾之徒的争斗,也泛指僧人间的一般争斗。《净心戒观法》卷二:"夫晚出家者有十种罪过:一者健斗,世言竭斗,俗气成性,我心自在,意凌徒众,不受呵责。"③《通集》卷二十:"独坐独行真竭斗,无规无矩老禅和。四方八面鸡拘检,天下谁能奈你何。"(595b)

① 《无门关》,第296a 页。

② 《虚堂和尚语录》,第1005c 页。

③ (唐)释道宣撰:《净心戒观法》,《大正藏》第 45 册,第 829c 页。

《月林师观禅师语录》卷一："者村叟,能杰斗。踞胡床,一不守。临机拶着火星飞,惊起须弥颠倒走。"①

净倮倮:身体一丝不挂。《通集》卷三十:"龙牙因韶国师问:'天不能盖,地不能载时如何?'师曰:'道者合如是。'累经十七次问。师曰:'若为你说,恐尔后骂我去在。'韶后住通玄峰,因澡浴次,忽省前话。具威仪望龙牙礼拜曰:'当时若与我说破,我今日定骂他。'颂曰:'赤骨力寸丝不挂,净倮倮兮赤洒洒。浴出低头满面惭,为我说时定相骂。'"(659c)《通集》卷五:"《圆觉经》:'以大圆觉为我伽蓝。'颂曰:'毫发不留,纵横自由。阃外乾坤廓落,大方无外优游。明明祖师意,明明百草头。褫破狐疑网,截断爱河流。纵有回天力,争如直下休。四衢道中净倮倮,放出沩山水牯牛。"(499b)

九包之雏:九包,九胞胎。"凤引九雏"为天下太平、社会繁荣的吉兆。《晋书·穆帝纪》:"(升平四年)二月,凤凰将九雏见于丰城。"②《通集》卷二十一:"九包之雏,千里之驹。真风度钥,露机发枢。劈面来时飞电卷,迷云破处太阳孤。捋虎须,见也无,个是雄雄大丈夫。"(602c)《宏智禅师广录》卷八《与辅禅人》:"方游捋遍虎髭须,空劫壶中探有无。风月满头功未转,江山入骨病难扶。针投芥粒机非爽,弦续鸾胶道不枯。归去丛林看仪羽,丹山出处九包雏。"③

聚墨:墨聚集,用以譬喻物之黑。《通集》卷三十二:"黑,黑,无问东西与南北。厨库三门相对高,撑天挂地同聚墨。虽然好事不如无,敢保韶阳会不得。"(677c)《了庵清欲禅师语录》卷七《砚铭并序》:"火炎昆冈,玉石俱焚。其不坏者,粹然而温。斫而为砚,天葩吐芬。覆视其阴,有佛之文。匣而藏之,不见其迹。炳然金躯,隐于聚墨。善知众艺,四十字母。于以发之,以迪群有。"④

荃薤:薤,细切后用盐酱等浸渍的蔬果。如腌菜、酱菜、果酱之类。《通集》卷三十八:"大愚芝上堂曰:'大家相聚吃荃薤,若唤作一荃薤,入地狱如箭。'"(714c)《宗鉴法林》卷三十:"杀活全机觌面提,大家相聚吃荃薤。后人不省者个意,只管茫茫打野榸。"(463b)

靠倒:犹问倒。靠,承接他人话语,就势应对诘问,是禅家机语较量的一种方式。《通集》卷四:"咄这维摩老,悲生空懊恼。卧病毗耶城,全身太枯槁。七佛祖师来,一字俱屏扫。请问不二门,当时便靠倒。不靠倒,金毛师

---

① 《月林师观禅师语录》,《卍新纂续藏经》第69册,第351a页。
② (唐)房玄龄:《晋书》,北京:中华书局,1974年版,第204页。
③ 《宏智禅师广录》,《大正藏》第48册,第85页。
④ 《了庵清欲禅师语录》,《卍新纂续藏经》第71册,第384a页。

子无处讨。"(494b)《列祖提纲录》卷四:"者个是铜像,那个是法身。铜像有形,可以洗涤。法身无相,如何洗得。药山只知其一,不知其二,被遵公靠倒。"①《宏智禅师广录》卷五:"莫道天童无分疏,洎乎赵州,也被靠倒。"②

快俊:犹俊快,洒脱迅捷。《通集》卷十一:"归宗因泥壁次。白舍人来。师便问:'君子儒,小人儒?'白曰:'君子儒。'师乃打泥盘一下。白遂过泥与师。师接得便使。(良久云)'莫便是快俊底白侍郎否?'曰:'不敢。'师曰:'只有过泥分。'"(540b)《佛果圆悟禅师碧岩录》卷八:"如今禅和子,只向架下行,不能出他一头地。所以道,欲得亲切,莫将问来问。五峰答处,当头坐断,不妨快俊。"③

口爬爬地:又作"口吧吧地"。嘴里说个不停,指人很健谈。《通集》卷十一:"南泉因赵州问:'离四句,绝百非,请师道。'师下座归方丈。州曰:'这老和尚,每常口爬爬地,及其问着,一言不措。'侍者曰:'莫道和尚无语好。'州便打一掌云:'这一掌合是王老师吃。'"(539b)《法演禅师语录》卷三:"青萝黉缘,直上寒松之顶。白云淡泞,出没太虚之中。自十九至二十三日,万余人来此赴会,哄哄地。如今只见老汉独自口吧吧地。"④

口头肥:嘴上的满足。《通集》卷二十一:"棒头落节来反本,闪电光中立信旗。殃害丛林无雪处,几人错认口头肥。"(604c)《无异元来禅师广录》卷十二:"者汉无长,只肯认非。逢刚则柔,遇慈则威。挟带挟路,知显知微。肚里了无些子物,一生赢得口头肥。"⑤

可把:又作可八。有巴鼻可把捉。巴鼻,意为来由、根据。《大慧普觉禅师语录》卷二十八:"令情识不行,如土木偶人相似,觉得昏怛没巴鼻可把捉时,便是好消息也。"⑥《通集》卷十四:"净躶躶,赤洒洒。没可把,喏可知礼也。"(554c)《瞎堂慧远禅师广录》卷一:"四月上夏渐热,善疗也须调摄。文殊眼里抽筋,金刚脑后拔楔。须弥教跳上天,海底昆仑吐舌。几度长歌几度愁,一回饮水一回噎。所以道,入境问俗,君子可八。"⑦《通集》卷三十八:"(杨亿)首谒广慧。慧接见。公便问:'布鼓当轩击,谁是知音者?'慧曰:'来风深辨。'公曰:'恁么则禅客相逢只弹指也。'曰:'君子可八。'公应喏喏。曰:'草贼大败。'"(715c)

---

① 《列祖提纲录》,第24c页。

② 《宏智禅师广录》,第61c页。

③ 《佛果圆悟禅师碧岩录》,第200a页。

④ 《法演禅师语录》,第664b页。

⑤ 《无异元来禅师广录》,《卍新纂续藏经》第72册,第292b页。

⑥ 《大慧普觉禅师语录》,第931b页。

⑦ 《瞎堂慧远禅师广录》,《卍新纂续藏经》第69册,第565a页。

楻楒:粪壤。《通集》卷二十一:"相逢便喝,切切怛怛。十字街头,打并楻楒。"(603b)《续古尊宿语要》卷六:"凡有言说,无言说,皆是唤狗与食,向楻楒堆头埋却你。我而今忍不住把将从上佛佛祖祖、天下老和尚留下许多泼你底恶水。埋却你底楻楒,挈作一桶,泻放大目溪里,流出西峡门去也。更无一法盖得你,等得你。"①

魁师:即魁脍,刽子手,屠杀凶恶之人。《一切经音义》卷十三:"魁脍,魁师也。脍,割也。"②《通集》卷二十六:"(三角法遇)因荒乱,魁师入山执刃而问:'和尚有甚财宝?'师曰:'僧家之宝非君所宜。'魁曰:'是何宝?'师振威一喝。魁不悟,以刃加之。"(635a)

驴驼药:又作"驴驮药"。驴子运来的药,时间比较慢。驴驮,即驴,也作驴驼。《通集》卷七:"三祖以罪忏罪,二祖将错就错。一阵清风劈面来,罪花业果俱凋落。灵丹一粒有神功,瘥病不假驴驮药。"(511b)《通集》卷三:"大士讲经时,挥案成注脚。一丸消众病,不假驴驼药。"(492b)《圆悟佛果禅师语录》卷十六:"僧问投子:'一大藏教还有奇特事也无?'投子云:'演出一大藏教。'师云:'差病不假驴驮药。'"③

唠嘈:唠叨。《通集》卷十四:"唠嘈口嘴是丹霞,敛袂携蓝已答他。要得家私无漏泄,归来莫说与爷爷。"(560a)《石田法薰禅师语录》卷四:"多年立战,口嘴唠嘈。头头有路,步步升高。"④

零丁利帝:孤单。零丁,孤苦无依;零零利利,干干净净。《通集》卷五:"《华严经》:'菩萨以菩提心为家,以如理修行为家法。'颂曰:'浪宕楼头无藉在,零丁利帝可怜生。恶叉聚是此中入,佛子住非他处成。'"(503c)

临屈:屈尊莅临。《通集》卷四十:"昔有古德,一日不赴堂。侍者请赴堂,德曰:'我今日在庄上吃油糍饱。'者曰:'和尚不曾出入。'德曰:'汝去问庄主。'者方出门,忽见庄主归:'谢和尚到庄吃油糍'。颂曰:'和尚不赴堂,庄主谢临屈。一字入公门,九牛车不出。'"(729b)《云外云岫禅师语录》卷一《谢天童和尚相访》:"长者车来草舍荣,黄童白叟悉皆惊。一香未得谢临屈,廿里松云入梦青。"⑤

哩啰:又作啰哩哩啰哩、逻哩啰、哩来啰、啰啰哩哩、哩啰哩。歌曲衬字,无义。《通集》卷三:"要眠时便眠,要起时即起。水洗面皮光,啜茶湿却嘴。

---

① 《续古尊宿语要》,第510c页。
② (唐)释慧琳撰:《一切经音义》,《大正藏》第54册,第384a页。
③ 《圆悟佛果禅师语录》,第789c页。
④ 《石田法薰禅师语录》,第355a页。
⑤ 《云外云岫禅师语录》,《卍新纂续藏经》第72册,第176a页。

大海红尘生,平地波涛起。呵呵阿呵阿,啰哩哩啰哩。"(493a)《通集》卷四十:"百尺竿头曾进步,溪桥一踏没山河。从兹不出茶川上,吟啸无非逻哩啰。"(729a)《通集》卷九:"近日尊位复如何,日面月面哩来啰。自从舞得三台后,拍拍元来总是歌。"(526c)《通集》卷三十一:"相骂饶汝接嘴,相唾饶汝泼水。等闲摸着蛇头,拍手啰啰哩哩。"(667b)

啰哩哩啰:又作哩哩啰啰、啰里啰苏,形容说话啰唆,表达不清楚。哩啰,连续不停地讲。《通集》卷十二:"涅槃老子顺风吹,啰哩哩啰争得知。隔岭几多人错听,一时唤作鹧鸪词。"(546a)《鄮峰真隐漫录》卷四十八《粉蝶儿·劝酒》:"一盏阳和,分明至珍无价。解教人,啰哩哩啰。把胸中,些磊魂,一时镕化。悟从前,恁区区,总成虚假。何妨竟夕,交酬玉觞金斝。更休辞,醉眠花下。待明朝,红日上,三竿方罢。引笙歌,拥珠玑,笑扶归马。"①

猛略:勇猛,有谋略。《通集》卷三十五:"全锋敌胜铁牛机,电掣雷奔已是迟。等闲活捉卢陂老,纵饶猛略若为施。君不见,寰中意气,阃外威权,拟议冲前总灭门。"(693c)

蒙斗:犹蒙在鼓里,不名就里。《通集》卷三十九:"何故唤作手,衲僧难开口。拟议自颠顶,可怜太蒙斗。"(725a)《大般涅槃经》卷十二:"其后不久,有主兵臣,自然而出,勇健猛略,策谋第一,善知四兵。"②

名不浪传:名不虚传。《五灯全书》卷一百零二:"雄曰:'如何是亲见底事?'师曰:'偶得瞻礼,怎敢造次。'劈面便掌。师礼拜曰:'果然名不浪传。'"③《通集》卷三十九:"五逆闻雷慊慊然,寻常争敢与人宣。自从六十轻酬后,济北驴名不浪传。"(723c)

蓦札:突然到来。《通集》卷十四:"一重山了一重云,行尽天涯转苦辛。蓦札归来屋里坐,落花啼鸟一般春。"(557b)《通集》卷二十三:"蓦札相逢不再三,才开臭口见乡谈。纸灯灭处饶端的,不许苍龙卧碧潭。"(617c)

描邈:描绘,摹写。《通集》卷八:"国师塔样最尖新,觌面拈来不露文。却被躭源添一线,至今描邈乱纷纷。"(521a)《净土十要》卷八《西方乐渔家傲》十六首其一:"听说西方无量乐,三贤十圣同依托。稽首弥陀圆满觉,长参学,川流赴海尘成岳。佛性在躬如玉璞,须凭巧匠勤雕琢。凡圣皆由心所作,难描邈,华堂宝座珠璎珞。"④

芒童:牵着芒绳的儿童,即牧牛童。芒绳,缚牛的草绳。《通集》卷三十

---

① 史浩:《鄮峰真隐漫录》,《文渊阁四库全书》,第 1141 册,第 902 页。
② 《大般涅槃经》,《大正藏》第 1 册,第 438b 页。
③ (清)释超永编:《五灯全书》,《卍新纂续藏经》第 81 册,第 615a 页。
④ (明)释成时评:《净土十要》,《卍新纂续藏经》第 61 册,第 740b 页。

五:"瑞草丛中懒欲眠,徐行处处迥翛然。披毛戴角人难识,为报芒童不用鞭。"(697b)《丹霞子淳禅师语录》卷一《和无尽居士牧牛颂》:"头角峥嵘未兆前,乱云深处任安眠。不随芳草遥山去,何用芒童更着鞭。"①

明划划:明白清晰貌。《通集》卷二:"古皇前化超群㹀,无字印文明划划。今时衲子若当阳,往往半千成五百。"(483c)

抹粉涂坏:通过抹粉把不好的地方遮挡住。《通集》卷十四:"抹粉涂坏复裹头,尽由行主线牵抽。鼓皮打破曲吹彻,收拾大家归去休。"(558c)《通集》卷三:"抹粉涂坏恰我呆,神头鬼面舞三台。千千万万人窥看,子细不知谁见来。"(488b)

恁么:意谓这么,或如何,指示某种事情或肯定,或疑问时所用之词。在公案、颂古中甚为常见。其类似用语有:与么、什么、溜么、甚么、怎么、人么、作么等。《通集》卷二:"老胡不免出胞胎,也解人前恁么来。指地指天称第一,众生四十九年灾。"(481c)《通集》卷二:"出入分明报已知,更言何处有狐疑。但如鹞子恁么去,莫管傍人说是非。"(490a)

诤讹:争辩、争论。《通集》卷十一:"一刀两段绝诤讹,天下禅和不奈何。头戴草鞋重漏泄,知恩者少负恩多。"(536b)《通集》卷七:"掀翻解脱脱巢窠,从此缦天布网罗。落赚小儿犹自可,一枝横出转诤讹。"(511c)

捏目生花:制造假像,无中生有。《通集》卷六:"捏目生花立问端,得它皮髓被它瞒。这般瞎汉能多事,六月无霜也道寒。"(509b)《景德传灯录》卷三十:"今来事不获已,与汝诸人作颠倒知见,一似结巾为马,捏目生花。"②

囊藏:隐藏。《通集》卷十:"雄峰独坐不囊藏,捉败分明已见赃。设或更求奇特事,野狐涎唾浼诸方。"(530c)《圆悟佛果禅师语录》卷六:"拈时十日并照,举处千界光辉。九重天上降来,宰辅手中亲付。更不敢囊藏被盖,请僧正一为敷宣。"③

耐恨:隐忍,忍痛。《通集》卷十四:"岩头值沙汰,于鄂渚湖边作渡子。两岸各挂一板。有人过渡,打板一下。师曰:'阿谁?'或曰:'要过那边去。'师乃舞棹迎之。一日因一婆抱一孩儿来。乃曰:'呈桡舞棹即不问,且道婆手中儿甚处得来?'师便打。婆曰:'婆生七子,六个不遇知音,只这一个也不消得,便抛向水中。'"(648a)颂曰:"借路经过例程事,谁知祖祢累儿孙。婆婆耐恨江头弃,留得佳声四海闻。"(648b)

---

① 《丹霞子淳禅师语录》,《卍新纂续藏经》第71册,第760b页。
② (宋)释道原纂:《景德传灯录》,《大正藏》第51册,第464b页。
③ (宋)释绍隆等编:《圆悟佛果禅师语录》,《大正藏》第47册,第738c页。

那下:那里、那处。《通集》卷三十六:"得人一牛,还人一马。珍重曹源,可知礼也。雷奔汹涌海涛生,谁解截流那下行。那下行,通玄日午打三更。"(704b)《景德传灯录》卷二十一:"师曰:'因什么得到遮里?'曰:'遮里是什么处所?'师揖曰:'去那下吃茶去。'"①

平地起骨堆:无中生有,比喻平空发生意外事故或祸端。《大慧普觉禅师宗门武库》卷一:"慈照聪禅师,首山之子,咸平中住襄州石门。一日太守以私意笞辱之,暨归众僧迎于道左。首座趋前问讯曰:'太守无辜屈辱和尚如此。'慈照以手指地云:'平地起骨堆。'随指涌一堆土。太守闻之,令人削去。复涌如初。后太守全家死于襄州。"②《通集》卷三十八:"僧问:'如何是祖师西来意?'师曰:'平地起骨堆。'"(715b)《禅林僧宝传》卷二十:"虚空钉铁橛,平地起骨堆。莫将闲学解,安着佛阶梯。"③

瞥转:迅速移开。《拈八方珠玉集》卷一《资寿牧长老请》:"举步相随较易,临机瞥转较难。不独自谩非自谩,正是自谩方自谩,会相谩者试辨看。"④《偃溪广闻禅师语录》卷二:"铁牛去住之机,狮子反掷之诀。毫芒略露,崖崩石裂。无些子柔和,唯一味生灭。电光石火,瞥转玄关。千圣顶头,恣兴妖孽。"⑤《通集》卷十一:"芥纳须弥特地疑,琴书抛下扣禅扉。忽闻万卷难藏处,瞥转神机唯自知。唯自知,丹桂和根拔得归。"(541a)

并却:排除;屏弃。《通集》卷十:"百丈因沩山、五峰、云岩侍立次。师问沩山:'并却咽喉唇吻,作么生道?'沩曰:'却请和尚道。'师曰:'不辞向汝道,恐已后丧我儿孙。'又问五峰。峰曰:'和尚也须并却。'师曰:'无人处斫额望汝。'又问云岩。岩曰:'和尚有也未?'师曰:'丧我儿孙。'"(530b)《通集》卷十八:"并却泥佛金木佛,赵州放出辽天鹘。东西南北谩抬头,万里重云只一突。"(584a)

劈脊搂:劈脊,正对着脊背。搂,打的动作。《通集》卷十一:"三世诸佛不知有,一一面南看北斗。狸奴白牯却知有,戴角擎头师子吼。四棱塌地又团栾,八角磨盘空里走。拟推寻劈脊搂,拈得鼻孔失却口。为问普化一头驴,何似子湖一只狗。"(538a)《松源崇岳禅师语录》卷二:"灵隐开炉,火种全无。将无作有,孰辨精粗。拟议乌藤劈脊搂,从教个个嘴卢都。"⑥

① 《景德传灯录》,第373c页。
② (宋)释道谦编:《大慧普觉禅师宗门武库》,《大正藏》第47册,第945a页。
③ (宋)释惠洪撰:《禅林僧宝传》,《卍新纂续藏经》第79册,第531a页。
④ (宋)释祖庆重编:《拈八方珠玉集》,《卍新纂续藏经》第67册,第641c页。
⑤ 《偃溪广闻禅师语录》,《卍新纂续藏经》第69册,第751b页。
⑥ 《松源崇岳禅师语录》,《卍新纂续藏经》第70册,第95b页。

扑相:又名厮扑、撕扑,即摔跤。《通集》卷二十:"临济赵州,禅林宗匠。特地相逢,恰似扑相。撞见今时行脚僧,呼为两个闲和尚。"(598a)《通集》卷二十二:"朴实头禅无伎俩,一句分明如扑相。客来只是叫担板,不知的当谁担板。"(608a)

抛撒:丢弃散落,浪费。《通集》卷二十四:"潭州石霜山庆诸禅师抵沩山,为米头。一日筛米次。沩曰:'施主物,莫抛撒。'师曰:'不抛撒。'沩于地上拾得一粒曰:'汝道不抛撒,这个是甚么?'师无对。"(624b)《断桥妙伦禅师语录》卷一:"明珠璨璨对人倾,是甚多年鱼眼睛。抛撒满前收不上,粪箕扫帚乱纵横。"①

寔头:寔头即实头,实在,确实,真正。《五灯严统》卷二十二:"问:'如何是祖师西来意?'师曰:'草鞋无跟。'问:'如何是寔头一句?'师曰:'刀砍不入。'曰:'如何是虚头一句?'师曰:'火烧不着。'曰:'如何是不虚不寔一句?'师曰:'切忌从他觅,迢迢与我疏。'"②《杨岐方会和尚后录》卷一:"师拈起坐具云:'第二行脚僧,唤者个作什么?'僧云:'乍入丛林,不会。'师云:'寔头人难得,且坐吃茶。'"③

劈箭:劈物之箭。比喻事之迅疾曰劈箭急。《通集》卷三十四:"拨草瞻风客,机锋劈箭来。盘陀石上藕,一夜铁花开。"(690b)《通集》卷二十六:"(灌溪志闲)因僧问:'久向灌溪,到来只见沤麻池。'师曰:'汝只见沤麻池,且不见灌溪。'曰:'如何是灌溪。'师曰:'劈箭急。'"(639a)

滂弥:水广大貌。《通集》卷二十九:"透网金鳞掣电机,休云滞水与拖泥。雷霆一击青霄里,倾湫何处不滂弥。"(654b)

曲顺:枉曲顺遂。《宗门拈古汇集》卷三:"世尊因风吹火,尊者曲顺人情,其妇得产。多少人到者里分疏不下。噫!物类之起必有所始,荣辱之来必象其德。所由来尚矣。"④《通集》卷三:"傅大士颂云:'有物先天地,无形本寂寥。能为万象主,不逐四时凋。'五祖演云:'古人恁么道,可谓锦上铺花,不妨奇特,诸人且作么生会?白莲今日曲顺后机,不惜眉毛,亦为颂云:有中有,无中无。细中细,粗中粗。'"(493a)

秦不管,汉不收:谓自由自在,无有约束。《通集》卷五:"平生疏逸无拘捡,酒肆茶坊信意游。汉地不收秦不管,又骑驴子过扬州。"(500b)《通集》卷五:"养就家栏水牯牛,自归自去有来由。而今稳卧深云里,秦不管兮汉不

①《断桥妙伦禅师语录》,《卍新纂续藏经》第70册,第560a页。
②(明)释通容集:《五灯严统》,《卍新纂续藏经》第80册,第275c页。
③《杨岐方会和尚后录》,《大正藏》第47册,第648b页。
④《宗门拈古汇集》,第20b页。

收。"(500b)

俏措:又作俏醋。美好貌。赵叔向《肯綮录·俚俗字义》:"好儿曰俏醋。"①《通集》卷十九:"当门一脉透长安,游子空嗟行路难。不是人前夸俏措,金锤击碎万重关。"(590a)《万松老人评唱天童觉和尚颂古从容庵录》卷四:"首山答话不用缘饰,自然婆妇体段俏措,如西施心痛,捧心而颦,更益其美。丑女学颦,更益其丑。此责口耳之学不务妙悟者。一心也待做风流,四枝八脉傍不肯。"②

乾盖:天覆,或即指天。《通集》卷三十六:"没踪迹,断消息。白云无根,清风何色。散乾盖而非心,持坤舆而有力。洞千古之渊源,造万象之模则。刹尘逆会也处处普贤,楼阁门开也头头弥勒。"(704c)《林泉老人评唱投子青和尚颂古空谷集》卷三:"昔黄帝游于昆仑之丘,赤水之上,遗其玄珠,得逢罔象。任鼓滔天之浪,尽翻浴日之波。乾盖坤舆不无蒙润,林峦溪谷触处流通。"③

穷的的:很穷。的的,确实,实在。《通集》卷十七:"陌路相逢不相识,云水悠悠无定迹。饶君富贵百千般,争似侬家穷的的。"(580a)《大巍禅师竹室集》卷六《示郁上人》:"少年清质出家儿,大事须明及早时。不做一番穷的的,何能容易乐无为。"④

若也:如果。《通集》卷八:"鸂鶒鸟,宿空池。鱼从脚下过,鸂鶒总不知。若也知,碧潭深万丈,直下取鱼归。"(518c)《通集》卷十五:"野火连天,谁云不见。道吾有准,聊通一线。坐卧经行,风力所转。妙辩纵横,机轮掣电。还会么? 若也拟议,事久多变。"(567c)

声欬:说话声与咳嗽声,指所说的话以及说话的语气。《通集》卷一:"《禅宗颂古联珠》者,钱唐沙门普会演宝鉴师法应所编,从上古德直指之声欬也。"(475a)《雨山和尚语录》卷六:"若是个惯批龙鳞,善捋虎须的。一弹指,一声咳,无不具叱咤风云之势。何待披忍辱铠,操智慧刀,与生死魔军决战,方谓之祖域争衡之上将哉?"⑤

失头:没头没脑。《通集》卷十:"含血喷人,先污其口。百丈野狐,失头狂走。蓦地唤回,打个筋斗。"(532b)《永觉元贤禅师广录》卷二十五:"松云十里接柴扉,砍尽松云任鹤飞。捉月痴猴难自歇,失头狂子几时归。穷年废

---

① 赵叔向:《肯綮录》,《丛书集成初编》,第 285 册,上海:商务印书馆,1939 年版,第 2 页。
② 《万松老人评唱天童觉和尚颂古从容庵录》,《大正藏》第 48 册,第 268a 页。
③ 《林泉老人评唱投子青和尚颂古空谷集》,《卍新纂续藏经》第 67 册,第 295b 页。
④ 《大巍禅师竹室集》,《嘉兴大藏经》(新文丰版)第 25 册,第 292 页。
⑤ 《雨山和尚语录》,《嘉兴大藏经》(新文丰版)第 40 册,第 548b 页。

学缘多客,彻夜围炉为少衣。世上繁华谁敢拟,看来亦似暮林晖。"①

噬㘈:噬脐,亦作噬齐。自啮腹脐,喻后悔不及。《通集》卷二十六:"第二头边破悟迷,快须拨寺舍筌罤。成兮未尽成骈拇,智者难知觉噬㘈。兔老冰盘秋露泣,乌寒玉树晚风凄。时来大仰辨真假,痕玷浑无贵玉圭。"(634b)《湛然圆澄禅师语录》卷八:"譬如越城四兵围逼,危如累卵,急若噬㘈,顷刻之间,命成灰烬。"②

誓速:频频叹气。誓,悲声。《祖庭事苑》卷三:"誓,音西,声振也,一曰呻叹。誓速,谓何呻叹之频速也。"③《通集》卷四十:"昔有老宿,一夏并不为师僧说话。有僧自叹曰:'我只与么空过一夏,不敢望和尚说佛法,得闻正因两字也得。'老宿聊闻曰:'阇黎莫誓速,若论正因,一字也无。'道了乃扣齿曰:'适来无端与么道。'邻壁有老宿闻得乃曰:'好一釜羹,被两颗鼠粪污却。'"(728c)

三年留客住,莫待去时饥:谓待人接物,态度要始终如一。《通集》卷十四:"居士因辞药山,山命十禅客相送。至门首,士乃指空中雪曰:'好雪片片,不落别处。'有全禅客曰:'落在甚处?'士遂与一掌。全曰:'也不得草草。'士曰:'恁么称禅客,阎罗老子未放你在。'曰:'居士作么生?'士又掌曰:'眼见如盲,口说如哑。'雪窦显别云:'初问但握雪团打。'"(555b)颂曰:"全禅相送庞公,正值满天雪下。片片不落别处,可怜有口如哑。直饶握得成团。鹞过新罗去也。解道前路善为,免得东打西打。也大奇,三年留客住,莫待去时饥。"(555c)禅客送庞居士时故意与其互斗机锋,勘验悟道与否。

灼卜听虚声:意思是占卜无用,占卜不出来,占卜也解决不了问题。《古尊宿语录》卷四十六:"诸菩萨各各说不二法门,于是文殊曰:'如我意者,于一切法,无言无说,无示无识,离诸问答,是为入不二法门。'于是文殊师利问维摩诘:'我等各各自说已,仁者当说何法是菩萨入不二法门?'维摩默然。文殊赞言:'善哉,善哉,乃至无有文字语言,是为真入不二法门。'师拈云:'文殊与么赞叹,也是灼卜听虚声。维摩默然,切不得钻龟打瓦。'"④《通集》卷十:"马驹蹴踏非驴事,要使儿孙脚下行。三日耳聋犹可怪,谩劳灼卜听虚声。"(529b)

剩噇:没节制地吃喝。剩,尽;尽情。噇,吃喝。《通集》卷二十:"普化尝暮入临济院吃生菜。济曰:'这汉大似一头驴。'师便作驴鸣。济谓直岁曰:

---

① 《永觉元贤禅师广录》,《卍新纂续藏经》第 72 册,第 529b 页。

② 《湛然圆澄禅师语录》,《卍新纂续藏经》第 72 册,第 851c 页。

③ (宋)释善卿编正《祖庭事苑》,《卍新纂续藏经》第 64 册,第 351c 页。

④ 《古尊宿语录》,第 319c 页。

'细抹草料着。'师曰:'少室人不识,金陵又再来。临济一只眼,到处为人开。'颂曰:'剩噇生菜似头驴,临济堂前捉败渠。耸耳长鸣随踢踏,不知业债情谁除。'"(600b)

收燕手:能够收复燕国之大才。《续传灯录》卷十五:"将谓收燕破赵之才,元来只是贩私盐贼。"①《通集》卷二十六:"师煎茶次。僧问:'如何是祖师西来意?'师举起茶匙。僧曰:'莫只这便当否?'师掷匙向火中。颂曰:'煎茶未了人来问,拈起茶匙呈似他。当初若遇收燕手,性命难存争奈何。'"(639b)《山铎真在禅师语录》:"既是临济大师,为甚入拔舌犁耕?'师曰:'若无收燕手,流落在西秦。'"②

熟谩:蒙蔽。《五灯全书》卷三十一:"是汝诸人,尽是担钵囊,向外行脚,还识得性也未?若识得,试出来道看。若识不得,只是被人熟谩将去。"③《通集》卷三十四:"拈来匙箸普相呈,不供南僧供北僧。换却眼睛曾莫顾,熟谩都为不惺惺。"(688a)

同条:同生在一个枝条上,比喻有共同命运。《通集》卷十一:"同门曰朋,同志曰友。同门同志,始终相守。长大分离,得缘好丑。同条生也大家知,同条死也谁知有。一句分明播天下,无味之谈塞人口。"(538b)《圆悟佛果禅师语录》卷十九:"头云:'我虽与雪峰同条生,不与雪峰同条死。'"④

同坑无异土:比喻两者是同类。《通集》卷十三:"(乌白和尚)因玄、绍二上座参。师乃问:'二禅客发足甚处?'玄曰:'江西。'师便打。曰:'久知和尚有此机要。'师曰:'汝既不会,后面个师僧只对看。'绍拟近前,师便打曰:'信知同坑无异土,参堂去。'"(550a)《通集》卷十一:"同坑无异土,千古少人知。月下休相唤,还从旧路归。"(537a)

脱洒:心无挂碍,自由自在。《宏智禅师广录》卷一:"地水火风休假藉,一切不留还脱洒。家风廓落等虚空,田地虚明非昼夜。鸟道须知举足难,玄机不许丝头挂。同中有异异中同,彻底浑沦无缝罅。"⑤《通集》卷三十九:"放得下,好脱洒。放不下,牛拽耙。堪笑诸方老古锥,打鼓说禅无尾把。无尾把,不惊怕,可么讶。解踏毗卢顶上行,不言亦自传天下。好大哥。"(723b)

---

① (明)释居顶辑:《续传灯录》,《大正藏》第51册,第567c页。
② 《山铎真在禅师语录》,《嘉兴大藏经》(新文丰版)第38册,第428a页。
③ 《五灯全书》,第695c页。
④ 《圆悟佛果禅师语录》,第803b页。
⑤ 《宏智禅师广录》,第17b页。

脱略:不受拘束。《通集》卷二十二:"脱略情尘老睦州,虎头虎尾一时收。芳草渡头韩干马,绿杨堤畔戴嵩牛。"(609b)《圆悟佛果禅师语录》卷十三:"尔且道如何是大丈夫事?直须是不取人处分,不受人罗笼,不听人系缀,脱略窠臼,独一无侣,巍巍堂堂,独步三界,通明透脱,无欲无依,得大自在,都无丝毫佛法情解,如愚如痴,如木如石,不分南北,不辨寒温,昏昏默默,似个百不能百不解底相似,然而肚里直是峭措,动着则眼目卓朔,无有不明底事,乃至千差万别古人言句,一时透彻。"①

脱然:超脱无累貌。《通集》卷三十八:"夜语次。慧曰:'秘监曾与甚人道话来?'公曰:'某曾问云岩谅监寺,两个大虫相咬时如何?'谅曰:'一合相。'某曰:'我只管看,未审怎么道还得么?'曰:'这里即不然。'公曰:'请和尚别一转语。'慧以手作拽鼻势曰:'这畜生更蹦跳在。'公于言下脱然无疑。"(715c)《通集》卷四:"初学卖华日,娇羞掩齿牙。及至容颜老,脱然无可遮。却笑白云它自散,不知明月落谁家。"(496c)

脱白:摆脱普通百姓身份。禅宗谓脱去白衣,穿上衲衣,指出家;亦指进入仕途。《通集》卷十七:"脱白投师贵苦辛,擎茶问讯尽躬亲。无端再叙三年事,笑倒街头卖饼人。"(575c)《列祖提纲录》卷二十:"山僧昔为童子时,一念知道出家好。却因脱白此伽蓝,今日重来称长老。兵戈之后亡者多,现前耆宿喜无恼。以尊就卑离我人,咸请举扬无上道。后生当发猛勇心,四海求师宜拨草。径山奉劝语不虚,辨口维摩须靠倒。"②

涂糊:蒙蔽。《通集》卷七:"二祖当年不丈夫,分皮分髓被涂糊。可怜要乞安心法,直至而今一臂无。"(511a)《通集》卷十八:"泥佛金佛木佛,度水度火度炉。妙体本来无处所,莫将真佛强涂糊。"(584b)

贴称:称好之后,额外又多给。《通集》卷八:"三唤三应,更饶贴称。月逗寒窗,水归巨浸。负汝负吾,全锋敌胜。"(520a)《法演禅师语录》卷三:"贱卖担板汉,贴称麻三斤。百千年滞货,何处着浑身。"③

突圞:团字的反切,后因以指圆或团状物。《通集》卷三十六:"觌面相呈见不难,髑髅鉴觉尚颠顸。巨灵抬手擘不破,始信从前踢突圞。"(704a)《石门文字禅》卷十五《上李大卿三首》:"临济三玄劈不开,近来金锁转生苔。喜公袖手通关捩,同在灵山见佛来。与人实法土难消,道火何曾口被烧。抛出秦时轹轹钻,突圞如斗两头摇。不犯锋芒平正偏,分明有语是无言。寻思绝

① 《圆悟佛果禅师语录》,第773a页。
② 《列祖提纲录》,第167b页。
③ 《法演禅师语录》,第665b页。

处一句好,咬破方知百味全。"①

颟农:即颟胧。詈词,傻瓜,脓包。颟,恶劣。禅籍中往往用以指神情颟废、无精打采的僧人。《通集》卷二十五:"无外而容,无碍而冲。门墙岸岸,关锁重重。酒常酣而卧客,饭虽饱而颟农。突出虚空兮凤搏妙翅,踏翻沧海兮雷送游龙。"(631c)《万松老人评唱天童觉和尚颂古从容庵录》卷二:"赵州一饱忘百饥,合受人天妙供。这僧饭饱颟农,滴水难消。明眼人辨取。"②

挑筶:拣择、挑选。筶,采、摘取。《通集》卷二十七:"台州涌泉景欣禅师因僧问:'如何是相传底事?'师曰:'龙吐长生水,鱼吞无尽沤。'曰:'请师挑筶。'师曰:'撺鼓转船头,棹穿波底月。'"(643c)

轩知:人人都知道,明白地知道。《通集》卷六:"半生足不履地,轩知蹋遍天涯。得个冬瓜印子,至今目瞪口呿。"(506b)《佛果圆悟禅师碧岩录》卷七:"正令当行,十方坐断。出头天外看,谁是个中人,其实当时元不斩。此话亦不在斩与不斩处。此事轩知,如此分明,不在情尘意见上讨。"③

香陌陌:香气暗飘。《通集》卷九:"湘灵二女神仙格,笑倚朱门香陌陌。一抹胭脂透脸红,更加十分天真色。"(527b)

可惜许:又作"可惜乎"。可惜,非常可惜。《虚堂和尚语录》卷三:"当山国一禅师因马祖遣僧驰书至,书中作一圆相。国师启缄见之,遂于圆相中着一点封回。师云:'可惜许。'当时只好留在案上,一任日炙风吹。非唯坐断马祖舌头,亦使天下衲僧无摸索处。事既往矣,还有为国师拔本底么?"④《通集》卷三十二:"福州长庆慧棱禅师与保福游山。福问:'古人道,妙峰山顶莫即遮个,便是也无?'师曰:'是即是。可惜许。'僧问鼓山:'只如棱和尚怎么道,意作么生?'山曰:'孙公若无此语,可谓髑髅遍野,白骨连山。'颂曰:'因上高严到顶头,僧人致问已圆周。是即便是可惜许,只恐同音别处游。'"(672c)

细抹:细切,切碎。《通集》卷三十七:"成都帅请就衙升座,有乐营将出礼拜。起回顾下马台曰:'一口吸尽西江水即不问,请师(云顶德敷)吞却阶前下马台。'师展两手唱曰:'细抹将来。'营将猛省。"(706c)《博山禅警语》0762a13卷二:"道人之心合当如是,但将此段细抹,将来自然省力,沾连些

---

① (宋)释惠洪撰,周裕锴校注:《石门文字禅校注》,上海:上海古籍出版社,2022年版,第2388页。

② 《万松老人评唱天童觉和尚颂古从容庵录》,第249a页。

③ 《佛果圆悟禅师碧岩录》,第194c页。

④ 《虚堂和尚语录》,第1010b页。

儿不得。"①

邹馊:又作邹搜。凶狼,勇猛。《通集》卷二十二:"椰楝杖头光闪烁,锡罗卷裹面邹馊。肩担背负出门去,好是无人敢驻留。"(612c)《大慧普觉禅师语录》卷十二:"邹搜敛似天烝枣,轻轻触着便烦恼。身着如来三事衣,口中谤佛法僧宝。"②《钱塘遗事》卷三:"安子文与杨巨源、李好义合谋诛逆。曦旋杀巨源,而专其功久之。朝廷疑其跋扈,俾帅长沙。子文尽室出蜀,尝自赞云:'面目邹搜,行步蘦苴。人言托住半周天,我道一场真戏耍。今日到湖南,又成一话靶。'"③

也大奇:有什么奇怪的。也,何。《通集》卷四:"适我昔所愿,今者已满足。是玉也大奇,只恐不是玉。"(497b)《通集》卷十五:"石师子,木女儿。第一句,诸佛机。言不得,也大奇。直下是,莫狐疑。"(562a)《通集》卷六:"君王宝剑不虚施,尊者遭逢也大奇。从此清风遍寰宇,太平消息几人知。"(507a)《通集》卷九:"卷席因缘也大奇,诸方闻举尽攒眉。台盘趯倒人星散,直汉从来不受欺。"(525b)

也么:也表示肯定判断;么,表示疑问。如见也么,意为见到了吗? 会也么,意为明白了吗?《通集》卷十四:"铺席宏开见也么,买人何似看人多。十成好个吹毛剑,只作陶家壁上梭。"(558a)《通集》卷十:"一尺水,一丈波,五百生前不奈何。不落不昧商量也,依前撞入葛藤窠。阿呵呵,会也么。若是你洒洒落落,不妨我哆哆和和。神歌社舞自成曲,拍手其间唱哩啰。"(532a)

也无:也表示肯定判断;无,表示否定。如会也无,意为明白不明白;知也无,意为知道不知道。《通集》卷十三:"池阳何处得扪摸,后代商量涉异途。古人刚地成多事,试问如今会也无。"(549a)《通集》卷三十九:"释迦弥勒是他奴,今古禅流知也无。酒好不须悬望子,醋酸何必挂葫芦。"(724a)

元底:本来,根本,彻底。《楞严经疏解蒙钞》卷九:"根本者,求根寻本,究物之元底也。"④《通集》卷二十:"赵州有语吃茶去,天下衲僧总到来。不是石桥元底滑,唤他多少衲僧回。"(594b)

影略:犹承别处而省略。说明二种有关之事件时,此方所略之事由他方显发,他方所略之事由此方说明。如是相互补充,成完全之说明方式,称为影略互显。如言慈父悲母。父非无悲,母亦非无慈。各举一,各略一。上句所略,以下句所举影显之;下句所略,以上句所举影显之。《金刚经纂要刊定

① 《博山禅警语》,《卍新纂续藏经》第63册,第762a页。
② 《大慧普觉禅师语录》,第862c页。
③ 刘一清:《钱塘遗事》,《文渊阁四库全书》第408册,第980页。
④ (明)钱谦益抄:《楞严经疏解蒙钞》,《卍新纂续藏经》第13册,第787a页。

记》卷二：“今疏影略不载问辞，但书答语也。”①《金刚经纂要刊定记》卷四：“魏云下引魏本会文，魏经有之，此经阙者，罗什巧译，妙在影略耳。”②《通集》卷六：“迦叶因阿难问：‘世尊传金襕外，别传何物？’迦叶召阿难。难应诺。迦叶曰：‘倒却门前刹竿着。’颂曰：‘影略门前倒刹竿，个中消息授传难。玲珑侍者能相委，盘走明珠珠走盘。’”(505b)

扬下：丢下、抛下。《通集》卷二：“广额屠儿日杀千羊。一日至世尊前，扬下屠刀云：‘我是千佛一数。’世尊云：‘如是，如是。’”(486b)《通集》卷六：“扬下一只履，明明不覆藏。儿孙才着脚，遍地是刀枪。”(509c)

眼如羊：眼如望羊。望羊亦作“望洋”“望佯”“望阳”，仰视貌、远视貌。《通集》卷三十七：“僧问：‘如何是祖师西来意？’师曰：‘青绢扇子足风凉。’颂曰：‘青绢扇子足风凉，亲得摇来始息狂。只爱团团无缝者，人前空自眼如羊。’”(708b)《百痴禅师语录》：“举拄杖云：‘不因这个木上座，人前几尽眼如羊。’复卓一卓，下座。”③

遗逼：即贵逼。富贵找上门来时，就是你不想要也得要。《通集》卷二十七：“无人接得渠，遗逼马相如。果来桥上也，记得柱头书。”(644a)《全唐诗》卷八三七贯休《献钱尚父》：“贵逼人来不自由，龙骧凤翥势难收。满堂花醉三千客，一剑霜寒十四州。鼓角揭天嘉气冷，风涛动地海山秋。东南永作金天柱，谁羡当时万户侯。”④

阳艳：明媚鲜艳；阳光明媚。《通集》卷二十五：“禾黍不阳艳，竞栽桃李春。翻令力耕者，半作卖花人。”(628a)《了庵清欲禅师语录》卷六：“少林之曲琴无弦，一鸣一息三千个。诸方欲和和不全，翻腔转调徒喧阗。东山后来下水船，逸韵绝出玄中玄。节拍于今落谁边，知音未遇还堪怜。和风吹衣阳艳天，浩兴突兀三台连。石桥飞雪喷长川，丰干一笑寒拾颠。”⑤

样时：时样。当时流行的式样。《通集》卷三十六：“门前火把宝山回，玄学之徒遍九垓。南海岸头波浪起，西番毡帽样时裁。”(702b)《无明慧经禅师语录》卷三：“误入禅园见作家，新翻时样破袈裟。有时包裹三千界，不许时人乱撒沙。”⑥

咤哩：吆喝。《通集》卷二：“一声哇地便咤哩，突出如斯大阐提。此土西

① （宋）释子璿录：《金刚经纂要刊定记》，《大正藏》第33册，第185b页。
② 《金刚经纂要刊定记》，第202b页。
③ 《百痴禅师语录》，《嘉兴大藏经》（新文丰版）第28册，第21a页。
④ 中华书局编辑部点校：《全唐诗》增订本，北京：中华书局，1999年版，第9512页。
⑤ 《了庵清欲禅师语录》，《卍新纂续藏经》第71册，第363c页。
⑥ 《无明慧经禅师语录》，《卍新纂续藏经》第72册，第200b页。

天起殃害,堂堂洗土不成泥。"(482b)

凿头方,锥头利:顾此失彼,不能兼顾。《通集》卷七:"一翳在眼,空华乱坠。神会沙弥,失钱遭罪。只见凿头方,不见锥头利。大丈夫,小释迦,铁鞭一击珊瑚碎。"(515a)《密庵和尚语录》卷一:"昔行脚时,入一尊宿室。乃问:'香严上树如何?'对云:'只见锥头利,不见凿头方。'"①

作么生:又作怎么生。相当于如何了、怎么样。禅宗多用于公案之感叹或疑问之词。作么,即何;生,为接尾词。《通集》卷八:"国师因耽源问:'百年后有人问极则事作么生?'师曰:'幸自可怜生,刚要个护身符子作么?'"(520b)《景德传灯录》卷十三:"问:'四众围绕,师说何法?'师曰:'打草蛇惊。'僧曰:'未审怎么生下手?'师曰:'适来几合丧身失命。'"②

卓下:以所执之物竖向叩击。《通集》卷二:"昨日定,今日不定,正令已行皆逐正。卓下灵山皂纛旗,百万魔军皆乞命。"(485a)《古尊宿语录》卷九:"我有一条拄杖,亘日横按膝上。大小节目分明,头尾无非一样。卓下大地豁开,竖起擎抬万象。闹市若遇知音,回头擗脊便棒。"③

赚举:错举。赚,被诳。《通集》卷二十:"赵州有语吃茶去,明眼衲僧皆赚举。不赚举,未相许,堪笑禾山解打鼓。"(594b)《联灯会要》卷二十三:"师问僧:'甚处来?'云:'德山来。'师云:'近日有何言句?'云:'和尚一日大众集定,拈拄杖甚向面前,便归方丈,闭却门。'师云:'赚举了也。'云:'甚么处是赚举处?'师云:'更举看。'僧又举。师云:'不违种草。'"④

厮趿:又名磔索、厮朔、卓朔。奋张。《通集》卷十七:"厮趿金毛师子子,旃檀林下青莎里。置也置也威自全,一出六出眉趯起。非拟拟,知几几,星流不啻三千里。天外风清哮吼时,为君吸尽西江水。"(577b)《宗鉴法林》卷四十五:"瑞岩虽则威狞厮趿,争奈夹山水清不容。"⑤《古尊宿语录》卷七:"师云:'瘦眼生盲,茎毛磔索。'僧云:'如何医治?'师云:'气针抉舌上,雷电震云间。'"⑥《建中靖国续灯录》卷二十五:"达磨西来,雷声中说法。一华五叶,甚处得来。迩后缘空凿隙,逐恶随邪。便有德山、临济、沩仰先曹,平地上撒起葛藤,宝器里停储馊饭,使南来北往者牵手绊脚,倚门傍户者咽唾吞精。且饶有一个半个眼厮朔地跳得出来,若到衲僧门下,不消一札。"⑦《通集》卷十:

---

① 《密庵和尚语录》,《大正藏》第47册,第975c页。
② 《景德传灯录》,第304a页。
③ 《古尊宿语录》,第58a页。
④ (宋)释悟明集:《联灯会要》,《卍新纂续藏经》第79册,第205c页。
⑤ 《宗鉴法林》,第550c页。
⑥ 《古尊宿语录》,第42b页。
⑦ 《建中靖国续灯录》,第793c页。

"百丈野狐,两耳卓朔。脱兮不昧,堕兮不落。不昧不落,何是何错。若于当处不留情,万里晴空步廖廓。"(532a)

闹蓝:热闹的寺院。蓝,伽蓝。两宋时期常以寺院为中心,广开乐棚、竞陈灯烛,遂成"闹市"之相。《通集》卷十九:"钻头闹蓝远侍者,刺脑胶盆老赵州。两个人前夸好手,面皮三寸不知羞。"(590c)《圆悟佛果禅师语录》卷二十:"本无个面目,突出六十七。今汝强图貌,顶门欠三只。七处入闹蓝,近来稍宁谧。"①

斫额:手放置额前,遥望远处。《通集》卷三十四:"吾问汝作么生是初生月?僧乃斫额作望月势。"(687a)《通集》卷三十五:"眉间一道白毫光,历劫知将甚处藏。永夜寥寥天未晓,更须斫额望扶桑。"(694c)

二、方言词及其释义

波楂:即波查,赣方言,意为波折、磨难、折磨。高则诚《琵琶记》第三十四出:"你原来为我吃折挫,为我受波查。"②《通集》卷四十:"卖扇老婆手遮日,一种风流出当家。说与途中未归客,何须向外吃波楂。"(726b)

查梨:即山楂。古方言。苏轼《浣溪沙》:"几共查梨到雪霜。一经题品便生光。木奴何处避雌黄。"③《通集》卷三十五:"截铁之机安可测,顿开千眼莫能窥。禅人到此徒名邈,错认查梨作乳梨。"(694c)乳梨,即雪梨,原产安徽宣城。

打野榾:榾,枯木之根。打野榾,即叩枯木根之意。原作打野堆,意指聚集众人,成堆打哄,系福州之谚语。《碧岩录》卷五:"朗上座吃却招庆饭了,却去江外打野榾。"④《联灯会要》卷二十一:"福州谚曰:'打野榾'者,成堆打哄也。今《明招录》中作'打野榾。'后来《圆悟碧岩集》中解云:'野榾,乃山上烧不过底火柴头。'"⑤《通集》卷三十八:"杀活全机觌面提,大家相聚吃茎齑。后生不省这个意,只管茫茫打野榾。"(714c)

捉斋:啜斋,即吃饭。江淮方言。《通集》卷三:"宾头卢尊者赴阿育王宫大会。王行香次,作礼问曰:'承闻尊者亲见佛来是不?'者以手策起眉毛曰:'会么?'王曰不会。者曰:'阿耨达池龙王请佛斋,吾是时亦预其数。'颂曰:'庬眉策起貌棱层,见佛元来却不曾。南岳天台相撞着,被人唤作捉斋僧。'"

---

① 《圆悟佛果禅师语录》,第809a页。
② (明)高明:《琵琶记》,钱南扬校注,上海:上海古籍出版社,1980年版,第199页。
③ 邹同庆、王宗堂:《苏轼词编年校注》,北京:中华书局,2002年版,第743页。
④ 《佛果圆悟禅师碧岩录》,第183c页。
⑤ 《联灯会要》,第188b页。

（490c）

讶郎当:痴呆,无精打采。福建方言。讶,发呆状;郎当,衰惫状。一般用作讶郎当汉。《通集》卷二十九:"全死中全活,全活中全死。一个讶郎当,一个福建子。"（654b）《宗门拈古汇集》卷七:"婆子不知庵主受用处,庵主不知婆子作用处。一对讶郎当,各与二十棒。"[①]《建中靖国续灯录》卷十九:"这老汉,我也识得你病,休讶郎当。"[②]

三、其他方俗词

《通集》中有很多以"子"字结尾的词语,涉及当时社会生活的方方面面,除了帽子、狗子、驴子等词外,大多已退出了今天的语言环境,不再被使用了。在宋代社会中,这是一种非常口语化的词汇,直到今天其含义也十分明显,故这里仅作简释,书证也相应减少。

（一）日常生活用具

秤子:秤。《通集》卷二十:"无星秤子两头平,提起应须见得明。若向个中争分两,知渠错认定盘星。"（596b）

弹子:弹丸。《通集》卷四十:"五陵公子少年时,得意春风跃马蹄。不惜黄金为弹子,海棠花下打黄鹂。"（727b）

拂子:拂尘。《通集》卷二十:"赵州临顺世,令僧持拂子与赵王曰:'若问何处得来,便说此是老僧平生用不尽底。'"（599a）

锅子:锅。《通集》卷十:"张公移住向深村,被贼潜身入后门。锅子一时偷去了,更来敲碗玩儿孙。"（533a）

锁子:锁。《通集》卷九:"无须锁子,八面玲珑。不拨自转,南北西东。海神知贵不知价,留与人间光照夜。"（524c）

火把子:火把。《通集》卷三十六:"空手归时谁肯信,驴驮马载入门来。家家举起火把子,半夜天如白日开。"（702b）

鎌子:镰刀。《通集》卷十一:"南泉在山上刈茅次,有僧问:'南泉路向什么处去?'师拈起鎌子曰:'我这鎌子是三十文钱买。'曰:'我不问这个。南泉路向什么处去?'师曰:'我用得最快。'"（538a）

锹子:铁锹。《通集》卷十九:"南望雪峰由万里,北游未踏赵州关。赚他一只破锹子,二百余年去不还。"（589a）

枕子:枕头。《通集》卷十七:"潭州云岩昙晟禅师（嗣药山）因道吾问:

---

① 《宗门拈古汇集》,第43a页。

② 《建中靖国续灯录》,第763c页。

'大悲千手眼,那个是正眼?'师曰:'如人夜间背手摸枕子。'吾曰:'我会也。'师曰:'作么生会?'吾曰:'遍身是手眼。'师曰:'道也太煞道,只道得八成。'吾曰:'师兄作么生?'师曰:'通身是手眼。'"(576c)

杖子:杖。拐杖,拄杖。《通集》卷八:"古庙神灶,禅师法要。杖子敲来,业身勃跳。"(518b)

饭袋子:饭袋。《通集》卷三十六:"一镞三关破不难,如何犹在是非间。曲劳提起饭袋子,三顿方知彻骨寒。"(699c)

船子:船。《通集》卷十八:"言中辨的老禅和,蓦直台山路不蹉。勘破却回人莫问,岳阳船子洞庭波。"(585a)

橐子:托。茶托,茶台。《通集》卷十三:"崧山和尚(嗣马祖)因与庞居士吃茶。士举橐子曰:'人人尽有分,为甚么道不得?'师曰:'只为人人尽有,所以道不得。'曰:'阿兄为甚么却道得?'师曰:'不可无言也。'"(551c)

(二)动、植物

老鼠子:老鼠。《通集》卷三十二:"孚上座掌雪峰浴室。一日玄沙上问讯,雪峰曰:'此间有个老鼠子,今在浴室里。'"(677b)

马子:马。《通集》卷九:"嵩顶来来怎么来,不中一物早尘埃。便归南岳磨砖片,照得追风马子回。"(521c)

驼子:驼背人。《通集》卷二十九:"干木逢场探浅深,辨龙蛇眼决疏亲。两个驼子相逢着,世上思量无直人。"(657a)

猪子:猪。《通集》卷二:"世尊一日坐次,见二人异猪子过,乃问这个是甚么。其人云:'世尊具一切智,猪子也不识?'世尊曰:'也要问过。'"(485c)

貊子:貊。《通集》卷三十一:"僧问:'如何是伽蓝?'师曰:'荆棘丛林。'曰:'如何是伽蓝中人?'师曰:'貙儿貊子。'"(666c)

柏树子:柏树。《通集》卷十九:"庭前柏树子,分明向君举。大雪满长安,灯笼吞佛祖。"(588b)

果子:果。水果,干果,糕点。《通集》卷四:(布袋和尚)"或解布袋,百物俱有,撒下曰:'看看。'又一一将起问人曰:'这个唤作甚么?'或袋内探果子与僧,僧拟接,师乃缩手曰:'汝不是这个人。'"(493b)

(三)身体部位及其功能

口子:口。《通集》卷十四:"口子喃喃略不休,把却笊篱做火游。有个女儿不肯嫁,他年定作老丫头。"(556a)

眼子:眼。《通集》卷十:"彼此老来谁记得,人前各自强惺惺。一坑未免俱埋却,几个如今眼子青。"(534b)

滋味子：滋味。《通集》卷三十七："呷醋咬陈姜，波斯鼻孔长。得些滋味子，婆是阿爷娘。"(708c)

头子：头。《通集》卷三十四："木平因僧问：'如何是西来意？'师曰：'石羊头子向东看。'"(693a)

（三）自然之物

山子：山。《通集》卷三十三："因行不妨掉臂，求他不如求己。面前山子犹存，处处无风浪起。一声鸿雁忽闻，尽在愁人窠里。"(682c)

时节子：时节。《通集》卷三十九："人间鬼使符来取，天上花冠色正萎。好个转身时节子，莫教阎老等闲知。"(725a)

雪子：雪。《通集》卷五："雪子落纷纷，乌盆变白盆。忽然日头出，依旧是乌盆。"(499c)

（四）社会常见之物

毬子：毬。球。《通集》卷二十："赵州因僧问：'初生孩子还具六识也无？'师曰：'急水上打毬子。'僧却问投子：'急水上打毬子意旨如何？'子曰：'念念不停留。'"(597a)

望子：招帘。招牌、幌子。《通集》卷三十九："释迦弥勒是他奴，今古禅流知也无。酒好不须悬望子，醋酸何必挂葫芦。"(724a)

墼子：土坯。《通集》卷十八："赵州因大众晚参，师曰：'今夜答话去也，有解问者出来。'时有一僧便出礼拜，师曰：'比来抛砖引玉，却引得个墼子。'"(583c)

剑子：剑。《通集》卷二十三："殊不知，德山握阃外之威权，有当断不断不招其乱底剑子。"(618c)

钱子：钱。《通集》卷四：(布袋和尚)"或见僧行过，乃拊背一下，僧回首，师曰：'把一钱子来。'"(493b)

石塔子：石塔。《通集》卷三十九："五祖演因僧问：'如何是为人一句？'师曰：'门前石塔子。'"(724c)

（五）对人的称呼

奴子：奴。《通集》卷三十八："慈明问显英上座：'近离甚处？'曰：'金銮。'师曰：'夏在甚处？'曰：'金銮。'师曰：'去夏在甚处？'曰：'金銮。'师曰：'前夏在甚处？'曰：'金銮。'师曰：'先前夏在甚处？'曰：'何不领话。'师曰：'我也不能勘得你，教库下奴子勘你，且点一盏茶与你湿嘴。'"(713c)

梢郎子：梢郎。艄工，划船的人。禅师传法就像艄工渡人一样，由此岸到彼岸，由烦恼之俗世界到解脱之极乐世界。大乘为大船，可渡（度）多人；小乘为小船，仅渡（度）自己。《通集》卷三十四："僧问：'情生智隔，想变体殊,只如情未生时如何?'师曰:'隔。'曰:'情未生时隔个甚么?'师曰:'这个梢郎子,未遇人在。'"(692b)《绝岸可湘禅师语录》卷一:"端午上堂。今朝五月五,及时道一句。无山可采药,有水堪竞渡。江心如许大龙舟,聚集梢郎同驾御。彼岸不着,此岸不居。只个中流,住无所住。机先夺得锦标归,石女木人争起舞。"①

鬼子:鬼。《通集》卷九:"鬼子挂起哪吒面,赤脚跨定须弥卢。铁牛鞭起黄河岸,大洋海底食珊瑚。"(525b)

老子:老。老年人。《通集》卷三十一:"玄沙三种病人,有理不在高声。引得香严老子,却来树上悬身。"(669b)

(六) 表示程度和词

无多子:无多。不多。《通集》卷十七:"狸奴白牯念摩诃,争似南泉打破锅。虽然佛法无多子,天下丛林不奈何。"(575a)

些子:些。一些。《通集》卷四:"一钱为本万钱利,富不足而贫有余。换骨夺胎些子药,输他潘阆倒骑驴。"(497c)

关捩子:关捩。比喻事物的紧要处。《通集》卷三十三:"云门一枚餬饼,天下衲僧咬嚼。若非铁作牙关,往往虥圞吞却。吞时易,吐时难,莫道从来面一般。踏着韶阳关捩子,方能平地起波澜。"(681c)

第二节 行业词、专有词及新造词

所谓行业词,一般指特定人群使用的专门词语,但随着某些词语在一定时间内出现比较频繁,也会渐渐为全社会使用。这里的专有词主要是指一些业已在全社会成为常识的佛教一般词语及禅宗专门词语。新造词主要是指一些本在禅宗内部出现与使用,渐渐为全社会所熟知的词语。

一、行业词

《禅宗颂古联珠通集》中有不少行业词语,能够被使用在公案或颂古作品中,说明这些词语在当时社会生活中十分常见。

案山:案,机案之意。案山就是主山前面的小山。我国古代营造宫室时以北方之山为主山,南方之山为案山。寺院则以后山为主山,前山为案山。公案、颂古中常以主山、案山代表主、客关系。《通集》卷三十九"堂堂白日上

---

① 《绝岸可湘禅师语录》,《卍新纂续藏经》第 70 册,第 286a 页。

刀梯,任是昆仑眼亦迷。多谢门前案山子,春来秋去泄天机。"(724c)《江南通志》卷八十八:"嘉靖六年,知县张凤翀凿渠,导湖水遶学宫,南累土为案山。"①此词在古代属于考工类词语。

白泽图:书名。作者不详,一卷。为神仙精怪之书。《隋书·经籍志》《新唐书·艺文志》都录有此书,原书已佚,今日所见此书大抵是根据黄帝登桓山,于海滨得白泽兽之神话而作。清洪颐煊《经典集林》、马国翰《玉函山房辑佚书》均有辑本,敦煌遗书有《白泽精怪图》残卷。《通集》卷五:"国有定乱剑,家无白泽图。神仙张果老,踏碎药葫芦。"(500c)《法苑珠林》卷六十四:"诸葛恪为丹阳太守,出猎两山之间。有物如小儿,申手欲引人。恪令申去故地,去故地则死。既参位,问其故,以为神明。恪曰:'此事在白泽图。曰:两山之间,其精如小儿,见人则申手欲引人。名曰俟引。去则死。'"②

把柂:即把舵。《通集》卷二十:"顺水张帆,逆风把柂。钓尽江波,不出者个。"(596c)《通集》卷二十九:"顺风将欲到扬州,风转船头水逆流。把柂全凭三老力,瞥然到岸不须忧。"(655b)船为古代的交通工具,所以此词也渐渐通俗化。

春人律:"春入律"之讹。古代以律管候气。节候至,则律管中的葭灰飞动。"入律"犹言节气已到。《海内十洲记》:"臣国去此三十万里,国有常占:东风入律,百旬不休;青云千吕,连月不散。"③《通集》卷十七:"一窍虚通,八面玲珑。无象无私春人律,不留不碍月行空。"(576c)

从来十字难更改:不识字的人在契约或文书上画个"十"字代替签字,画完之后就具有了法律效力,不能更改了。《通集》卷十:"老人当日曾祗对,五百生来由自悔。一言才出马难追,累他百丈成群队。落不落,昧不昧,逃得须弥赴沧海。寄语修行大彻人,从来十字难更改。"(531a)

断贯:即断贯索,看似断开,实际连贯之绳索。《通集》卷四:"根尘缚脱本同源,一处休复六用捐。手把一条红断贯,娘生鼻孔一时穿。"(497c)《通集》卷三十六:"莫,莫,拈出一条断贯索。任从我佛及众生,撩天鼻孔都穿却。"(701b)此词与古代的木偶等杂耍技艺有关。

大光钱:宋代对圆形方孔钱的称呼。《通集》卷三十二:"云门抽顾颂,衲僧眼皮重。眼皮重,七八量雷车打不动。打不动,抽顾颂,时念弥陀三两声。追荐东村李胡子生西天,山里孟八郎强健。福田院里,贫儿叫唤,乞与我一

---

① 黄之隽等:《江南通志》,文渊阁四库全书,第 509 册,第 474 页。

② (唐)释道世撰:《法苑珠林》,《大正藏》第 53 册,第 771c 页。

③ 《海内十洲记》,《文渊阁四库全书》第 1042 册,第 277 页。

文大光钱。"(678c)《通集》卷三十六："江南三月鹧鸪天,雨过诸峰景物鲜。行尽天涯谙世事,买鞋须是大光钱。"(700c)

寒谷生洪律:寒谷因吹律管而升温。刘向《七略别录·诸子略》："邹衍在燕,燕有谷,地美而寒,不生五谷。邹子居之,吹律而温气至而黍生,今名黍谷。"①王充《论衡·定贤》:"夫和阴阳,当以道德至诚。然而邹衍吹律,寒谷更温,黍谷育生。推此以况诸有成功之类,有若邹衍吹律之法。故得其术也,不肖无不能;失其数也,贤圣有不治。"②《通集》卷二十七:"寒谷生洪律,全超拯济功。园林变花柳,何必待春风。"(643b)

律筒:制作乐器的竹筒。唐高郢有《律筒赋》。《通集》卷十二:"冻眠雪屋夜摧颓,窈窕篱门夜不开。寒槁园林看变态,春风吹起律筒灰。"(547b)《佛国禅师语录》卷一:"霜风凛凛,律筒未知。寒岩那畔,石笋抽枝。卓丈。赵州婆子偷眼窥。"③

六幺花十八:《六幺》曲中的一逸,名《花十八》,又名《幺花十八》,前后十八拍。白朴《梧桐雨》第三折:"止不过风箫羯鼓间琵琶,忽剌剌板撒红牙,假若更添个《幺花十八》,那些儿是败国亡家。"④欧阳修《玉楼春》词:"杯深不觉瑠璃滑,贪看《六幺花十八》。"⑤按,此亦舞曲名,故云"看"。《通集》卷三十六:"楚王城畔水东流,独脚山魈踢气球。贪着六幺花十八,断头船子下扬州。"(702c)《通集》卷二十五:"口朝鼻孔无空过,眼盖胡须有古风。信采骨头花十八,等闲掷出满盆红。"(633a)

支移拆变:即支移与折变,宋代赋税的两种缴纳方式。支移,送纳赋税有固定处所,以有馀补不足,移此输彼,移近输远。王安石《乞制置三司条制》:"又忧年计之不足,则多为支移、折变以取之,民纳租税数至或倍其本数。"折变,所征实物以等价改征他物。《通集》卷三十一:"多添减少休那兑,支移拆变加三倍。平生有子不须教,一回落赚自然会。"(667c)那兑,即挪兑。

曲录:又作曲禄、曲木。指椅子、坐床,为胡床之俗称,又称圆椅、交椅、参椅。禅宗"坐曲录床"隐喻住持一山一寺或弘扬佛法。《通集》卷二十:"踟跌迎上客,曲录对旌幢。不是家风别,他居礼乐乡。"(596a)《五家正宗赞》卷

① (汉)刘向、刘歆:《七略别录佚文　七略佚文》,姚振宗辑录,邓骏捷校补,澳门:澳门大学出版中心,2007年版,第49页。
② (汉)王充著,杨宝忠校笺:《论衡校笺》,石家庄:河北教育出版社,1999年版,第852页。
③ 《佛国禅师语录》,《国家图书馆善本佛典》第51册,第8b页。
④ (元)白朴著,王文才校注:《白朴戏曲集校注》,北京:人民文学出版社,1984年版,第29页。
⑤ (宋)欧阳修著,黄畲笺注:《欧阳修词笺注》,北京:中华书局,1986年版,第70页。

二:"二十年来坐曲录木,悬羊头,卖狗肉,知他有甚凭据。虽然,一年一度烧香日,千古令人恨转深。"①

当的帝都丁,伊忧乙噎嘤:守温三十六字母的舌头音及牙音中选出的简单易记的部分代表字。《通集》卷三十三:"云门问僧:'光明寂照遍河沙,岂不是张拙秀才语?'僧曰:'是。'师曰:'话堕也。'颂曰:'当的帝都丁,伊忧乙噎嘤。若教呼吸正,误杀世间人。"(685a)《通集》卷三十九:"唇上必并班豹剥,舌头当的帝都丁。(且道是什么字)自古上贤犹不识,造次凡流岂可明。"(723b)

黄番绰:又作黄旛绰、黄幡绰。凉州人,唐朝宫廷乐师,擅长"参军戏",入宫三十多年,侍奉唐玄宗。他性格幽默,善于口才,曾经用滑稽风趣的语言,谏劝玄宗不要轻信安禄山,应该疼爱自己的儿子(唐肃宗);提醒他注意安全,不要在马上打球摔坏了身子,得到了玄宗的赏识和信任。当时人说,唐玄宗一日不见黄幡绰,龙颜为之不悦。宋代陕西同州《霓裳羽衣曲》石刻传系根据其手书翻刻。《通集》卷七:"无孔笛子毡拍板,五音六律皆普遍。时人不识黄番绰,笑道侬家登宝殿。"(511b)《宗门拈古汇集》卷二十四:"吞却与吐却,算来无处着。要见滑稽人,便是黄番绰。"②

二、佛教及禅宗专有词

随着禅宗在宋代的繁荣,其宗教神秘性不断受到消解,有不少佛教一般性词语或禅宗内部词语在社会上也渐渐被广泛认知。

东弗:梵语弗于逮,亦云弗婆提,汉语意思为"胜身",以其身胜南瞻部洲故也。又译为"初",谓日从此出也。在须弥山东。其土东狭西广,形如半月,纵广九千由旬;人面亦如半月之形,人身长八肘,人寿二百五十岁。《大唐西域记》卷一:"海中可居者,大略有四焉。东毗提诃洲,旧曰弗婆提,又曰弗于逮,讹也。"③《通集》卷三十:"须弥头倒卓,大海起清风。东弗已摇落,西瞿花正红。"(663b)《普曜经》卷八:"迦叶适去,佛以神足上忉利天,取昼度果;神足至东弗于逮界上数千万里,取阎逼果。"④

法尔:又作法然、自然、天然、自尔、法尔自然、自然法尔,是指万事万物(诸法)自然而然而非经由任何造作之状态,也即是事物本来之相状。《通

---

① (宋)释绍昙记:《五家正宗赞》,《卍新纂续藏经》第78册,第598a页。

② 《宗门拈古汇集》,第139b页。

③ (唐)玄奘、辩机著,季羡林等校注:《大唐西域记校注》,北京:中华书局,1985年版,第35页。

④ (西晋)竺法护译:《普曜经》,《大正藏》第3册,第531b页。

集》卷三十四:"僧问:'孤峰独宿时如何?'师曰:'闲着七间僧堂不宿,阿谁教你孤峰独宿?'颂曰:'法尔非修本十成,平常酬答最分明。端然指出长安道,无奈游人不肯行。"(690b)《通集》卷二十:"普化一日同临济赴施主家斋。济问:'毛吞巨海,芥纳须弥,为复是神通妙用,为复法尔如然?'师遂踢倒饭床。济云:'太粗生?'师云:'这里什么所在,说粗说细。'"(600c)

高传:指宋释赞宁撰的《宋高僧传》。《大宋僧史略》卷一:"赞宁姓高氏,其先渤海人,出家杭之祥符,习南山律,著述毗尼,时谓律虎。赐号'明义宗文'。太平兴国三年,太宗闻其名,召对滋福殿,延问弥日,更赐'通慧',勅住右街天寿寺,命修僧史。又诏修《大宋高传》三十卷。"①《通集》卷十五:"插锹叉手异何同,要显全机立大功。虽然有数通呈了,留得高传振祖风。"(567a)

和罗饭:钵和罗饭之简称。钵和罗意为自恣、随意事。即满足、喜悦之义,谓比丘于七月十五日安居结束之日,自己陈举于安居期间所犯之罪过,以发露忏悔,得清净而生喜悦。安居结束之日,称为自恣日。于此日供养三宝之饭食,称为钵和罗饭,意译作自恣食。《通集》卷二十三:"驴事未了马事来,钟声才断鼓声催。祖师爱吃和罗饭,北有文殊在五台。"(615c)《开福道宁禅师语录》卷一:"日高一盏和罗饭,禅道是非都不知。"②

黑暗女:佛教女神,为吉祥天女功德天之妹,能令人衰损。此二人常同行不离。《通集》卷二十一:"功德天,黑暗女,有智主人俱不取。后代儿孙浑莽卤,宏纲委地凭谁举。"(604c)《联灯会要》卷十六:"功德天,黑暗女。有智主人,二俱不受。"③

劫壶:众缘和合之世界。劫,成住坏空;壶,犹世界。《通集》卷三十五:"僧问:'色身败坏,如何是坚固法身?'师曰:'山花开似锦,涧水湛如蓝。'"(696a)颂曰:"大龙景物最幽妍,涧水山花照眼鲜。坚固法身何必问,风光长在劫壶先。"(696b)《通集》卷二十四:"不入世,未循缘,劫壶空处有家传。白苹风细秋江暮,古岸船归一带烟。"(622b)

逻斋:又作罗斋、啰斋。次第乞食或就食。《无异元来禅师广录》卷十七:"痴痴呆呆,好去逻斋。昨日南岳,今朝天台。两瓢热水,一束干柴。梅子熟也,还我核来。若将持呪为禅要,天下禅人尽活埋。"④《通集》卷二十:"以此振铃伸召请,旋风连架打将来。大悲院里逻斋去,肘露皮穿可怪哉。"(600a)

① (宋)释赞宁撰:《大宋僧史略》,《大正藏》第 54 册,第 234a 页。
② 《开福道宁禅师语录》,《卍新纂续藏经》第 69 册,第 332c 页。
③ 《联灯会要》,第 142a 页。
④ 《无异元来禅师广录》,《卍新纂续藏经》第 72 册,第 300b 页。

六户：又作六门，即眼、耳、鼻、舌、身、意之六根。《通集》卷二十九："云居因僧问：'六户不明时如何？'师曰：'不涉缘。'曰：'向上事如何？'师曰：'慎者不护。'"（656b）《通集》卷二十九："六门晓夜任开张，家贼难防事可伤。识得家亲恩爱断，更无一物献尊堂。"（658b）

离微：指法性之体用。法性之体，离诸相而寂灭无余，谓之离；法性之用，微妙不可思议，谓之微。《通集》卷三十五："风穴因僧问：'语默涉离微，如何通不犯？'师曰：'常忆江南三月里，鹧鸪啼处百花香。'"（694a）《通集》卷二十五："是即全是，非即全非。大用现前，携手同归。不知犹自涉离微。"（631a）

敛钟：敛，收之意。敛钟，谓撞钟终了之收音。《禅林象器笺》卷二十七："堂前七下钟。此名敛钟。斋粥二时，住持将自外堂入僧堂，稍到明楼边时，正鸣之（及入堂少紧打），与库前下钵鼓同时交鸣。其实九下，起尽二下送鸣。此触钟而不与数，故言七下。敛，收也，以其紧撞之也。"①《通集》卷三十："台州幽栖道幽禅师一日敛钟上堂。大众才集，师乃问：'甚么人打钟？'僧曰：'维那。'"（664c）

木蛇：木头雕刻成之蛇形竹篦，为禅宗法具之一。《通集》卷三十："疏山手握木蛇。有僧问：'手中是什么？'师提起曰：'曹家女。'"（662b）《列祖提纲录》卷五："恕中愠禅师上堂：'今朝二月十五，令人做尽肠肚。疏山手中木蛇，咬杀南山猛虎。翻身触破虚空，好手应难修补。搥胸只合哭苍天，发机须是千钧弩。'"②

不审：不察，不知。禅宗指僧人相见之问候语。《大宋僧史略》卷一："比丘相见，曲躬合掌口云不审者何。此三业归仰也（曲躬合掌身也，发言不审口也，心若不生崇重，岂能动身口乎），谓之问讯。其或卑问尊，则不审少病少恼，起居轻利不。上慰下则不审无病恼，乞食易得，住处无恶伴，水陆无细虫不。后人省其辞，止云不审也，大如歇后语乎。"③《通集》卷八："二六时中合返常，经行坐卧好参详。相逢不审人人会，问着依前未厮当。"（521a）

沤和：梵音为"沤和俱舍罗"，意为善巧方便。《通集》卷四："以字不是八不成，森罗万象此中明。直饶巧说千般妙，不是沤和不是经。"（496a）《通集》卷二十二："乌石老古锥，门风能峭绝。有问毗卢师，开口端的别。齿有啮镞机，天无第二月。软语若金刚，沤和是生灭。"（609c）

---

① ［日］无著道忠：《禅林象器笺》，蓝吉富主编：《大藏经补编》第19册，台北：华宇出版社，1986年版，第723b页。

② 《列祖提纲录》，第34a页。

③ 《大宋僧史略》，第238c页。

帝钟：又作"地钟"，佛教法器。本是道教法器，用于道士作法。又名三清铃、法钟、法铃、铃书。《通集》卷二十："苦苦向谁语，发机要是千钧弩。三十三天扑帝钟，大地山河俱作舞。"(598b)《汾阳无德禅师语录》卷三："皎洁分明不在勋，宝光明殿绝纤尘。波澄水动元知湿，岳耸云开皂白分。师子嚬呻千兽伏，象王蹴蹋一池浑。帝钟日打那吒手，揍破乾坤独出伦。"①

权实：权，权谋、权宜之义，指为一时之需所设之方便；实，真实不虚之义，系指永久不变之究极真实。权，又作善权、权方便、善权方便、假、权假；实，又作真、真实。两者合称权实、真假等。《汾阳无德禅师语录》卷一："昔者白象降生，教兴于权实。青莲视瞬，义着于师承。"②《通集》卷二十五："顿渐偏圆，权实空有。钉嘴铁舌，河目海口。一道清虚亘古今，八角磨盘空里走。"(629a)《沩山警策句释记》卷二："方便者，权方宜便，即权乘之教。教有权实。权则蹑事，实乃穷理。"③

捺落：梵音为那落、那落迦、那罗柯、奈落。译作苦器、苦具，即指地狱，含有闇冥、非行、不可乐之意。《通集》卷二："好笑提婆达多，入捺落十小劫波。然得三禅妙乐，吹布毛须还鸟窠。"(485a)《缁门警训》卷二："裂裳下失却人身，实为苦也。捺落里受诸异报，可谓屈焉。"④

实际理地：真如无相之境界也。《通集》卷三十五："僧问：'实际理地如何进步？'师曰：'鸟道无前。'僧曰：'幽谷白云藏白雀，拟心栖处隔山迷。'"(697a)《白云守端禅师广录》卷一："未透者，且教伊识。已透者，须共伊行。尽大地是沙门一只眼，教阿谁识？实际理地不受一尘，向什处处行？"⑤

四事：指僧人的四种生活必需品，即饮食、衣服、卧具、汤药。《通集》卷三："七贤圣女姊妹同游尸陀林。一姊指尸曰：'尸在此，人在甚处？'诸姊妹谛观，皆悉悟道。乃感帝释雨华，赞曰：'我是帝释，见诸姊悟道，故来供养，但诸姊有何所须，我能给施。'女曰：'我家四事七珍，悉皆具足。'"(491c)《指月录》卷六："四事供养敢辞劳，万两黄金亦销得。粉骨碎身未足酬，一句了然超百亿。"⑥

四山：生老病死。佛教认为人身无常，常为生、老、病、死四苦所逼迫，而无所逃逸。《通集》卷二十四："洞山有一僧在延寿堂不安，要见师。师至僧

---

① （宋）释楚圆集：《汾阳无德禅师语录》，《大正藏》第 47 册，第 627b 页。
② 《汾阳无德禅师语录》，第 595a 页。
③ 《沩山警策句释记》，《卍新纂续藏经》第 63 册，第 249c 页。
④ （明）释如卺续集《缁门警训》，《大正藏》第 48 册，第 1050a 页。
⑤ 《白云守端禅师广录》，第 312a 页。
⑥ （明）瞿汝稷：《指月录》，《卍新纂续藏经》第 83 册，第 466c 页。

所。僧便问:'和尚何不救取人家男女?'师曰:'你是什么人家男女?'曰:'某甲是大阐提人家男女。'师良久。僧曰:'四山相逼时如何?'师曰:'老僧亦从人家屋檐下过。'曰:'回互不回互?'师曰:'不回互。'曰:'教某甲向什么处去?'师曰:'粟畬里去。'僧嘘一声曰:'珍重。'便坐脱。师以拄杖扣头三下曰:'只解与么去,不解与么来。'"(622c)《宗鉴法林》卷十九:"赵州因僧问:'四山相逼时如何?'师曰:'无路是赵州。'"①

锡罗:即緆罗。指以黑色丝织品所作之僧衣。緆,细布;罗,僧衣,即罗皂衣。《通集》卷二十二:"椰椋杖头光闪烁,锡罗卷裹面邹馊。肩担背负出门去,好是无人敢驻留。"(612c)

展单:展开眠单。又写作"开单"。眠单,卧息时所敷之物,僧人卧具之一。若无晚参时,则鸣放参钟三下,其时寺众必展眠单坐禅。禅院中,朝参、晚参等为日常行事,若临时休止,即称放参,后转而特指休止晚参为放参。《通集》卷十九:"吃粥了,洗钵盂,何曾指示曹溪路。谩言随众三十年,记得展单忘却筯。"(591b)《通集》卷三十二:"晨朝有粥斋时饭,展钵开单饱便休。筑着磕着如荐得,不风流处也风流。"(674b)

窦八:五代时高僧。《宋高僧传》卷二十五《后唐凤翔府道贤传》:"窦八郎者,岐人也,家且富焉。自荷器鬻水,言语不常,唯散发披衣狂走,与李顺兴相类,或遇牛驴车必抚掌而笑。迨死焚之,火聚中尽化金色胡蝶而飞去。或手掬衣扇行之,归家供养焉。"②《通集》卷十九:"庭前柏树子,一二三四五。窦八布衫穿,禾山解打鼓。"(588c)《通集》卷三十五:"腊月火烧山,苦口是黄连。相将岁除夜,窦八布衫穿。大可怜,把手入黄泉。"(699a)

三、禅宗新造词

(一) 俗语词被赋以新义

有些俗语词一方面具有世俗意义,另一方面也具有适用于禅籍语言环境的隐喻义。当它们在禅籍中出现时,如果读者用其世俗含义去理解,上下文往往是解释不通的。这些俗语词实际上在新的语言环境中已经被赋予了新的内涵。

啐啄:《禅林宝训笔说》卷三:"啐啄者,如鸡抱卵。子将欲出,以嘴吮曰啐;母知欲出,以嘴啄曰啄。谓人之机缘相投亦如之也。若使啐啄同时,元不要人着力。有缘即任缘而住,无缘则拽杖便行。若使稗贩之辈,欲要贪恋

---

① 《宗鉴法林》,第401a 页。
② 《宋高僧传》,第870c 页。

此地巧用心机,乃造地狱业也。"①《沩山灵祐禅师语录》卷一:"父子相投,意气相合。机锋互换,啐啄同时。"②《通集》卷三十:"不将佛法当人情,验尽诸方鬼眼睛。纵使作家不啐啄,依然错认定盘星。"(665a)

刺脑胶盆:把头埋进盛满粘胶的盆子中,禅宗隐喻学僧埋入文字葛藤之中。刺脑,犹埋头。胶盆,盛胶的盆子,喻文字葛藤。《通集》卷三十六:"辩龙蛇眼定乾坤,粲粲一天星斗分。拈起竹篦言背触,明明刺脑入胶盆。"(703a)《大慧普觉禅师语录》卷二十九:"示谕欲妙喜因书指示径要处。只这求指示径要底一念。早是刺头入胶盆了也。不可更向雪上加霜。"③

超方:超出方外,即开悟。方外指僧与道。《通集》卷二十六:"发足超方,地头亲到。遇着崄峻道途,杀活杖子变豹。米仓大路平如砥,未免漆桶里着到。不搽红粉也风流,大抵还他肌骨好。"(639c)《圆悟佛果禅师语录》卷六:"只如今凛凛孤危,澄澄绝照。若是具超方眼,有格外机。未彰文彩已前,已是十分勘破。"④

错认定盘星:看错了秤上的起始刻度,比喻不明白事物之基准。于禅宗,转指执着于有心或无心等任何一方,并以之为一定之标准,而不得自在之情况。定盘为秤,星是秤衡上的刻度,刻度之基点即定盘星,又作"定盘子"。《无门关》卷一:"着佛衣、吃佛饭、说佛话、行佛行,即是佛也。然虽如是,大梅引多少人错认定盘星,争知道说个佛字三日漱口。若是个汉,见说即心是佛,掩耳便走。"⑤《通集》卷二十:"无星秤子两头平,提起应须见得明。若向个中争分两,知渠错认定盘星。"(596b)

打刀须是并州铁:打刀需要用并州产的铁。禅宗隐喻有一定根机的学人方能更快开悟。《通集》卷三十二:"南无观世音菩萨,补陀岩上红莲舌。不知成佛是何时,打刀须是并州铁。"(678b)《北磵居简禅师语录》卷一:"无愧于心对圣僧,不图人爱爱人憎。打刀不是并州铁,谁与诸方剪葛藤。"⑥

掉棒打月:持棒欲打月,如同隔靴搔痒,无论如何亦达不到目的。禅宗指以言语文字来捕捉佛法之真义,其间之差距不可以道里计,往往是徒劳无功而已。《碧岩录》卷九:"此事若向言语上觅,一如掉棒打月,且得没交涉。古人分明道:'欲得亲切,莫将问来问。'何故问在答处,答在问处。"⑦《无门

---

① (清)释智祥:《禅林宝训笔说》,《卍新纂续藏经》第64册,第721b页。

② (明)释圆信、郭凝之编集:《潭州沩山灵祐禅师语录》,《大正藏》第47册,第578b页。

③ 《大慧普觉禅师语录》,第935a页。

④ 《圆悟佛果禅师语录》,第738a页。

⑤ 《无门关》,第296c页。

⑥ 《北磵居简禅师语录》,《卍新纂续藏经》第69册,第663a页。

⑦ 《佛果圆悟禅师碧岩录》,第208b页。

关》卷一："佛语心为宗,无门为法门。既是无门,且作么生透。岂不见道,从门入者,不是家珍,从缘得者,始终成坏。怎么说话,大似无风起浪,好肉剜疮。何况滞言句,觅解会,掉棒打月,隔靴爬痒,有甚交涉?"①《通集》卷五:"燕坐道场经十劫,一一从头俱漏泄。世间多少守株人,掉棒拟打天边月。"(500b)

道泰不传天子令,时清休唱太平歌:天下太平,百姓安居乐业,不受官府的干忧,既然已经太平,就不要再唱盼望太平的歌了。禅宗隐喻各人守护自家佛性,已经了悟,就不要再关注了悟的过程了。《通集》卷十:"古佛场中不展戈,后人刚地起讹讹。道泰不传天子令,时清休唱太平歌。"(534a)《通集》卷十一:"草鞋头戴有讹讹,诸老机锋会得么。道泰不传天子令,时清休唱太平歌。"(536a)《万松老人评唱天童觉和尚颂古从容庵录》卷一:"后唐庄宗皇帝请华严休静禅师入内斋。大师大德总看经,唯师一众默然。帝问何不看经。静曰:'道泰不传天子令,时清休唱太平歌。'帝曰:'师一人不看即得,徒众何亦不看?'静曰:'狮子窟中无异兽,象王行处绝狐踪。'帝曰:'大师大德为甚么总看?'静曰:'水母元无眼,求食须赖鰕。'帝大悦。"②

度体裁衣,量水打碓:根据测量身体的尺度来裁剪衣服,根据水量的大小来设置舂米碓负载量之大小。碓,舂米的工具。最早是用手执杵舂米,后不断改进,使用范围亦扩大,如舂捣纸浆等。禅宗隐喻准确的逻辑思维,而这正是开悟之大忌。《通集》卷十八:"度体裁衣,量水打碓。毫发不差,且居门外。"(582a)《诸佛世尊如来菩萨尊者名称歌曲》卷二十八:"休道它那时摇着头,摆着尾,披着毛,戴着角,眼中见惯,量水打碓,度体裁衣。"③

得人一马,还人一牛:马的价值,远比牛高。比喻受人的恩惠远远大于回报。禅宗隐喻答非所问,不照对方的思路来回答。这正是引导学人开悟的一种手段,即让学人通过体悟非逻辑的存在而进入悟境。《通集》卷二十:"者僧问赵州,赵州答赵州。得人一马,还人一牛。人平不语,水平不流。受恩深处先宜退,得意浓时正好休。"(597a)《雪岩祖钦禅师语录》卷三:"箭锋相拄,机栝相投。得人一马,还人一牛,更看靴里轻轻动指头。"④

踩跟:一作堕根、埵根,踩踏根部,使幼苗不能发芽。踩,踩踏。踩根汉,禅宗指临机懈怠者,不是不能参透机锋,而是根本就不去参读机锋。《续传灯录》卷三十四:"僧问投子:'国师三唤侍者,意指如何?'投子云:'抑逼人作

---

① 《无门关》,第292b页。
② 《万松老人评唱天童觉和尚颂古从容庵录》,第229b页。
③ 《诸佛世尊如来菩萨尊者名称歌曲》,《永乐北藏》第180册,第251页。
④ 《雪岩祖钦禅师语录》,《卍新纂续藏经》第70册,第622b页。

么?'(乱叫唤)雪窦云:'跺跟汉。'"①《通集》卷十七:"投子进前接礼问曰:'西来密旨,和尚如何示人?'师驻步少时。子曰:'乞师垂示。'师曰:'更要第二杓恶水耶?'子便礼谢。师曰:'莫跺根。'曰:'时至根苗自生。'"(580b)

冻脓:又作"老冻脓""冻齈"。齈,鼻疾,多涕。禅宗指对老禅师的詈称。《通集》卷三十二:"孚上座因鼓山赴大王请。雪峰门送。回至法堂,乃曰:'一只圣箭直射九重城里去了。'师曰:'是伊未在。'峰曰:'渠是彻底人。'师曰:'若不信,待某甲去勘过。'遂趁至中路便问:'师兄向甚么处去?'山曰:'九重城里去。'山曰:'忽遇三军围绕时如何?'山曰:'他家自有通霄路。'师曰:'怎么则离宫失殿去也。'山曰:'何处不称尊。'师拂袖便回。峰问如何。师曰:'好只圣箭,中路折却了也。'遂举前话。峰乃曰:'奴渠语在。'师曰:'这老冻脓,却有乡情在。'"(677b)。《林泉老人评唱投子青和尚颂古空谷集》卷五:"林泉领此一队老冻脓,东语西话,开发后学,还有知恩报恩者么?"②《古林清茂禅师语录》卷五《赠宣藏主》:"金刚圈,栗棘蓬,三脚驴子弄蹄行,踏杀湖南冻脓。"③

恶人无奈恶人何:一个坏人奈何不了另一个坏人。禅宗用以说明悟者之间的没交涉。《通集》卷三:"觉城东际老婆婆,白发毿毿意气多。与佛同生嫌见佛,恶人无奈恶人何。"(492a)《通集卷》十一:"斩猫机用未为过,犹胜厨中打粥锅。才有此心招此报,恶人无奈恶人何。"(537c)

屋里贩扬州:唐宋时期扬州为货物集散中心。坐于室内,却能做成像扬州那样繁荣的商业买卖,比喻禅僧人人本具佛性之自在妙用。《通集》卷十一:"克己堂前开饭店,股肱屋里贩扬州。头戴草鞋呈丑拙,凑成一段好风流。"(536a)《宗门拈古汇集》卷九:"国清英云:'赵州、南泉,大似屋里贩扬州。'"④

竿木随身,逢场作戏:系双关语,本指古代艺人在其随身携带的长竿上表演各种技艺动作,禅宗藉以隐喻禅师接引学僧时视机缘及对方根机成熟程度而灵活使用各种手段。《通集》卷四:"三蛇九鼠,一亩之地。竿木随身,逢场作戏。"(498a)《通集》卷十一:"难兄难弟,一二三四。同母而生,个个相似。竿木随身,逢场作戏。莫言碍塞不得,一句播天播地。"(538b)

富嫌千口少,贫恨一身多:富家有一千口人仍嫌少,贫家只有自身仍嫌多余。禅宗隐喻悟与不悟两种状态。贫恨一身多隐喻未悟之状态。《通集》

① 《续传灯录》,第242b页。
② 《林泉老人评唱投子青和尚颂古空谷集》,第313b页。
③ 《古林清茂禅师语录》,《卍新纂续藏经》第71册,第259b页。
④ 《宗门拈古汇集》,第55a页。

卷三："二菩萨出定,笑杀老禅和。富嫌千口少,贫恨一身多。"(488a)《通集》卷四："一个病维摩,无风自起波。富嫌千口少,贫恨一身多。"(494b)

乐行不如苦住,富客不如贫主:行路之客人再快乐,也不如居家之主人快乐;宁做贫穷的主人,不做富有的客人。禅宗隐喻以佛性为自家主人公。《通集》卷十三："则川一日在方丈内坐。居士来见乃曰。只知端居丈室。不觉僧到参。时师垂下一足。士便出行两三步却回。师乃收足。士曰。可谓自由自在。师曰。我是主。士曰。阿师只知有主。不知有客。师唤侍者点茶。士作舞而出。"(552b)颂曰:"则川善唱,居士能舞。云既从龙,风亦从虎。师子嚬呻,象王回顾。北斗藏身,月宫趁兔。踏破草鞋,不移寸步。乐行不如苦住,富客不如贫主。趁前退后说来端,舞袖高歌却回去。"(552c)

国清才子贵,家富小儿娇:国家清明,才子方被人看得尊贵;家庭富有,小孩子才被人百般娇惯。禅宗往往反其意而用之,隐喻在正常思维下,仅停留于这样的认识,是不能使自己了悟的,要想开悟,必须跳出这种理性思维。《通集》卷二十八:"雪峰与玄沙行次,师指面前地曰:'这一片田地,好造一个无缝塔。'沙曰:'高多少?'师上下顾视。沙曰:'人天福报即不无,和尚灵山受记未梦见在。'师曰:'你作么生?'沙曰:'七尺八尺。'琅琊觉云:'国清才子贵,家富小儿娇。'"(651b)《通集》卷九:"马祖与百丈西堂南泉玩月次,祖曰:'正与么时如何?'丈曰:'正好修行。'堂曰:'正好供养。'泉拂袖便行。祖曰:'经入藏,禅归海,唯有普愿独超物外。'(525c)颂曰:'国清才子贵,家富小儿娇。大家出只手,彼此不相饶。'"(526a)

与贼过梯:递给贼一把梯子,意为帮坏人的忙。禅宗隐喻接引学人时太过急切,不顾机缘成熟与否,反而起到相反的效果。《通集》卷十八:"一按牛吃草,一与贼过梯。早知灯是火,饭熟也多时。"(586b)《密庵和尚语录》卷一:"梁山老贼,慈悲太杀。与贼过梯,引入屋里,劫尽家财。"[1]

骨挝:鼓槌。禅宗也指善于方便学人的高僧。禅宗以钳槌形容对学人的教化,谓剃落头发,锤打身体。《通集》卷二十一:"黄檗高安老骨挝,端居寰海定龙蛇。尿床鬼子无巴鼻,一个葫芦贩两家。"(603a)《石田法熏禅师语录》卷三:"前辈行脚,自家先具眼目。若是小庵小院,有气息处,也须验过。便是三百五百众处,禅床上老骨挝,口里水漉漉地,掩鼻便行。"[2]

官不容针,私通车马:官不容针,谓于公而言,必得森严整肃,即连细针一般之差错,亦丝毫不予宽宥。禅宗转指佛法第一义谛之究竟透彻,不允许

① 《密庵和尚语录》,第959b页。
② 《石田法熏禅师语录》,第346c页。

以丝毫偏差之言说诠解。私通车马,相对于"官不容针"而言,谓原本细针般之差错皆不予宽宥之情形,于私而言则全面改观,连车马一般庞大之偏差亦可通融而行。禅宗指第二义谛之权巧方便,师家为指导学人,往往采取权宜放行之法,故以此语形容师家接引学人时自在方便之机法。《通集》卷二十九:"曹山因镜清问:'清虚之理毕竟无身时如何?'师曰:'理即如此,事作么生?'曰:'如理如事。'师曰:'谩曹山一人即得,争奈诸圣眼何?'曰:'若无诸圣眼,争鉴得个不恁么?'师曰:'官不容针,私通车马。'"(657a)《虚堂和尚语录》卷九:"临济道:'石火莫及,电光罔追,从上诸圣以何法示人?'仰山云:'和尚作么生?'沩云:'凡有言说,皆非实义。'仰云:'官不容针,私通车马。'沩云:'如是如是。'"①

回机:回转机用。禅宗指已悟道之僧人复返回俗世间接引学人之行为。《通集》卷二十四:"不出漫漫草路遮,出门犹更隔天涯。回机踏着通霄路,何处青山不是家。"(621c)《续传灯录》卷十七:"须明转位回机,方解入廛垂手。"②

和罗槌:旧时乞丐唱《莲花落》等时打拍用的板子。比喻简单的谋生手段。禅宗隐喻为方便手段,与钳槌之槌的作用相同。和罗,声迭荡相应。《通集》卷六:"口念木瓜医脚气,纸画钟馗驱鬼祟。一生若解和罗槌,日日吃酒日日醉。"(507a)

胡来汉现:胡人来,却现汉人面。指矛盾的、非逻辑的事实。禅宗用以引导学人进入非理性的了悟之境。《南龙慧南禅师语录》卷一:"顺挼虎须应自顾,倒拈蛇尾任他猜。胡来汉现寻常事,勿将明镜挂高台。"③《通集》卷九:"日面月面,胡来汉现。一点灵光,万化千变。"(526c)

画虎成狸:本来要画老虎却不自觉地画成了猫。禅宗用来隐喻理性思维的不可靠,强调开悟是一种非理性、超意识的状态,不可直接表达。《通集》卷四十载杜顺和尚《法身颂》曰:怀州牛吃禾(慈明著语云:河沙世界),益州马腹胀(慈明云:蚁衔椀走)。天下觅医人(慈明云:驴生马角),灸猪左膊上(慈明云:画虎成狸)。(728b)《正源略集》卷十四:"天空云净,九皋之鹤高飞;浪静波恬,四海之龙稳睡。今日来,昔日去。善知识之脚跟,本无固必。用则行,舍则藏。大丈夫之肝膈,自有权衡。况乃灵山之旨,迥绝思惟。少室真传,不拘文字。思惟迥绝也,且悬河之辩,启口无由。文字不拘也,纵饶

---

① 《虚堂和尚语录》,第1054b页。
② 《续传灯录》,第581a页。
③ (宋)释惠泉集:《黄龙慧南禅师语录》,《大正藏》第47册,第632a页。

夺锦之才,缩手有分。拈花示众,已是画虎成狸。立雪安心,何异指鹿为马。"①

金不博金,水不洗水:用金子去交换金子,用污水去洗净污水,都是徒劳的。禅宗隐喻真如佛性即悟境。博,交换。《通集》卷三十六:"法眼问觉上座:'船来陆来?'曰:'船来。'师曰:'船在甚么处?'曰:'船在河里。'觉退。师却问傍僧曰:'你道适来这僧具眼不具眼?'颂曰:'水不洗水,金不博金。昧毛色而得马,靡丝弦而乐琴。结绳画卦有许事,丧尽真淳盘古心。'"(704c)《通集》卷三:"金不博金,水不洗水。两既不成,一何有尔。罔明文殊,靴里动指。"(488b)

金屑虽贵,落眼成翳:金屑入眼会损坏眼睛,比喻可贵的事物也会产生害处。禅宗谓学人习禅只懂片言只语,一知半解,反而对修行有害。《通集》卷二十六:"王常侍与临济至僧堂,乃问:'这一堂僧还看经也无?'济云:'不看经。'公曰:'还习禅也无?'济云:'不习禅。'公曰:'经又不看,禅又不习,究竟作什么?'济云:'总教成佛作祖去。'公曰:'金屑虽贵,落眼成翳,又作么生?'济曰:'我将谓你是个俗汉。'"(634c)《法演禅师语录》卷二:"僧请益琅琊:'清净本然,云何忽生山河大地?'琅琊云:'清净本然,云何忽生山河大地?'其僧有省。师云:'金屑虽贵,落眼成翳。'"②

锦包特石,铁里泥团:谓锦中包有大石,比喻外柔内坚。禅宗指禅师引导学人之机法,方便善巧虽万别千差,然目的只有一个,就是引导学人开悟。《通集》卷三十五:"石门彻因僧问:'如何是三乘教外别传一句?'师曰:'东村王老夜烧钱。'"(697a)颂曰:"王老烧钱,言端语端。锦包特石,铁里泥团。"(697b)《无准师范禅师语录》卷一:"锦包特石,铁里泥团。现成活计,格外乡谈。明眼衲僧会不得,月移梅影上栏干。"③

嫁鸡逐鸡飞,嫁狗逐狗走:又作"嫁鸡随鸡,嫁狗随狗",比喻女子出嫁后,不管丈夫如何,都要随从一辈子。禅宗隐喻没有自我意识的悟境状态。《通集》卷三:"大地绝纤尘,面南看北斗。嫁鸡逐鸡飞,嫁狗逐狗走。"(490a)《五灯会元续略》卷二:"安吉州沈道婆问:'是非关有几句?'士曰:'有四句。'婆曰:'四句作么举?'士曰:'第一句,有是有非则不可。第二句,无是无非又不可。第三句,是是非非也不可。第四句,非是是非亦不可。'若离得此四句,始见本地风光。曰:'我离得否?'士曰:'汝离不得。'曰:'人人有分,我何

---

① 《正源略集》,《卍新纂续藏经》第85册,第89b页。

② 《法演禅师语录》,第658b页。

③ 《无准师范禅师语录》,《卍新纂续藏经》第70册,第234b页。

离不得?'士曰:'嫁鸡逐鸡飞,嫁狗逐狗走。'曰:'如何是本地风光?'士曰:
'月子湾湾照几洲,几人欢喜几人愁。'"①

家家有路透长安:家家门前都有路通向长安城。禅宗隐喻人人具有佛
性,人人皆可成佛,不假外求。《通集》卷十四:"烧木佛老,有甚心肝。卖笊
篱翁,家破人残。相追相逐,相激相欢。难,难,倚天长剑兮射斗光寒,搅海
苍龙兮不触波澜。看,看,家家有路透长安。"(555b)《嘉泰普灯录》卷七:
"问:'向上一路,千圣不传,未审如何云向上一路?'曰:'行到水穷处,坐看云
起时。'云:'为甚么不传?'曰:'家家有路透长安。'"②

将军自有嘉声在,不得封侯也是闲:用"李广难封"事。罗隐《韦公子》:
"击柱狂歌惨别颜,百年人事梦魂间。李将军自嘉声在,不得封侯亦自闲。"③
禅宗隐喻人人本具真如佛性,不假外求。《通集》卷二十一:"无位真人赤肉
团,兴来摆手出长安。将军自有嘉声在,不得封侯也是闲。"(604b)《联灯会
要》卷十六:"示众云:'只宜说一句。有人会得去,犹较些子。或若无人会
得,山僧却成妄语。思量来,不如且休。各自大家堂中吃茶,自由自在,免见
异日他时被人觑破。何也? 将军自有嘉声在,不得封侯也是闲。'"④

较些子:减轻点,差一点,差不多。些子,意为些少、些细、仅有。禅宗常
用于以一方面贬低之逆说方式,来作肯定或赞叹之评语。《通集》卷十四:
"居士坐次,问灵照曰:'古人道:明明百草头,明明祖师意,如何会?'照曰:
'老老大大,作这个语话。'士曰:'你作么生?'照曰:'明明百草头,明明祖师
意。'士乃笑。颂曰:庞老家声千古在,说难说易互相酬。就中灵照较些子,
祖意分明百草头。"(556b)《法演禅师语录》卷二:"上堂云:'是法不可示,言
词相寂灭。这两句犹较些子。忽遇羚羊挂角时如何?'直上指云:'天天
久立。'"⑤

焦砖打着连底冻,赤眼撞着火柴头:比喻旗鼓相当。赤眼,病眼。病眼
之人就是面对火把也看不到火。禅宗指得道高僧遇另一得道高僧之情形,
各守自家本分,没交涉。《通集》卷二十:"赵州见僧米,便曲壁书梵字。僧展
坐具礼三拜。师转身。僧收坐具出去。师曰:'苦,苦。'僧呵呵大笑。颂曰:
不昧当阳第一筹,临机拳趯不轻酬。焦砖打着连底冻,赤眼撞着火柴头。"
(598b)《通集》卷二十九:"张瓮李瓮,各有病痛。赤眼撞着火柴头,焦砖打着

① (明)释净柱辑:《五灯会元续略》,《卍新纂续藏经》第80册,第482b页。
② 《嘉泰普灯录》,第331c页。
③ (唐)罗隐著,潘慧惠校注:《罗隐集校注》,杭州:浙江古籍出版社,1995年版,第312页。
④ 《联灯会要》,第141a页。
⑤ 《法演禅师语录》,第660a页。

连底冻。"(656c)

　　桊挐：又作圈挐、卷挐，原指卷绞钩绳之辘轳。或以"圈"为豢养禽兽之槛，"挐"指用绳绑物或垂钓之具。禅宗指禅师接引伶俐衲僧时，用以钓引、把持之饵。禅师接引根机高禅徒时所使用的特别机法，以为钓引、把持之用，犹如垂钓者以善饵钓引大鱼，又如猎户以坚实之槛豢养猛兽，都是为了防范禅徒习性狷狂、飘忽无定而错失良才。《通集》卷三十一："团团珠遶玉珊珊，马载驴驮上铁船。分付海山无事客，钓鳌时下一桊挐。"(667a)《万松老人评唱天童觉和尚颂古从容庵录》卷二："扇子破，索犀牛（一不做二不休），桊挐中字有来由（强如说道理）。谁知桂毂千年魄（埋根千丈），妙作通明一点秋（现世生苗）。"①

　　就篱缚鐉：随手把鐉椎系在篱笆上。禅宗指就对方之话头说下去，从而阐明自己的道理。鐉，指鐉椎，亦作鐉槌，梵语的音译，意为"声鸣"，指寺院中的木鱼、钟、磬之类。《通集》卷三十二："孚上座参雪峰。峰闻乃集众。师到法堂上顾视雪峰，便下看知事。明日却上礼拜曰：'某甲昨日触忤和尚。'峰曰：'知是般事'。便休。"(676c)颂曰："壮气如虹上法堂，就篱缚鐉恰相当。若言触忤老和尚，雪上无端又着霜。"(677a)

　　结抄：结案。抄，供词。禅宗指参透公案。《通集》卷三十七："（北禅智贤）岁夜小参曰：'年穷岁尽，无可与诸人分岁。老僧烹一头露地白牛，炊黍米饭，煮野菜羹，烧榾拙火。大家吃了，唱村田乐。何故？免见倚他门户傍他墙，刚被时人唤作郎。'下座归方丈。至夜深，维那入方丈问讯曰：'县里有公人到勾和尚。'师曰：'作甚么？'曰：'道和尚宰牛不纳皮角。'师遂将下头帽，掷在地上。那便拾去。师下禅床，拦胸擒住叫曰：'贼、贼。'那将帽子覆师顶曰：'天寒，且还和尚。'师呵呵大笑。那便出去。时法昌遇为侍者。师顾昌曰：'这公案怎么生？'昌曰：'潭州纸贵，一状领过。'颂曰：纳它皮角要输机，放下寻时结抄归。一任这回黄雪落，满家围火掩柴扉。"(709c)

　　借婆衫子拜婆年：又作"借婆裙子拜婆年"。刘克庄《乙丑元日口号十首》其一曰："著婆衫子拜婆年"。②看似不可能，实则能做到。禅宗隐喻不要执着于有形之事及合乎逻辑之理，佛性是超出于理性思维之外的。《通集》卷三十七："一回醉倒玉楼前，鬓乱钗横语笑颠。最是恼人肠断处，借婆衫子拜婆年。"(712b)《了庵清欲禅师语录》卷二："今朝进退两序，恰值上元佳节，况是大朴师兄到来，毕竟如何施设？教中道：'譬如暗中宝，无灯不能见。佛

---

①　《万松老人评唱天童觉和尚颂古从容庵录》，第243b页。

②　(宋)刘克庄著，辛更儒笺校：《刘克庄集笺校》，北京：中华书局，2011年版，第1901页。

法无人说,虽慧莫能了。'寿山不免,倒用太湖三万六千顷渺弥之口,洞庭七十一二朵峭巍之舌,已说、见说、当说。圆融不碍行布,行布不碍圆融。借婆衫子拜婆年,井底虾蟆吞却月。"①

丙丁童子来求火:自身是火反求火。古代以十干配五行。丙丁属火,因称火为"丙丁"。禅宗隐喻自心即佛,不假外求。《通集》卷三十七:"(报恩玄则)初问青峰:'如何是学人自己?'峰曰:'丙丁童子来求火。'后谒法眼。眼问甚处来。师曰青峰。眼曰:'青峰有何言句?'师举前话。眼曰:'上座怎么生会?'师曰:'丙丁属火,而更求火,如将自己求自己。'眼曰:'与么会又争得?'师曰:'某甲只与么,未审和尚如何?'眼曰:'你问我,我与你道。'师问:'如何是学人自己?'眼曰:'丙丁童子来求火。'师于言下顿悟。"(712b)《通集》卷三十七:"丙丁童子来求火,再问炎炎燎面门。过现未来三世佛,不离其中转法轮。"(712b)

困鱼止泺,病鸟栖芦:泺,沼泽。困鱼止于沼泽,病鸟栖息芦丛,比喻半途而废。禅宗指学人参禅不彻底,或无有禅师接引,尚处于痴迷状态。《古尊宿语录》卷四十六:"若据教乘,自有科判。琅琊者里即不然,只者弹指也不消得。然虽如是,且莫困鱼止泺,病鸟栖芦。"②《通集》卷十五:"莫分彼我,彼我无殊。困鱼止泺,病鸟栖芦。逡巡不进泥中履,争得先生一卷书。"(567b)《雪峰义存禅师语录》卷一:"问:'悄然无依时如何?'师云:'困鱼止泺,病鸟栖芦。'"③

辽天鹘:辽天,犹摩天,在天空中飞。禅宗隐喻迅捷之机锋。《通集》卷二十二:"骨里皮兮皮里骨,大随放出辽天鹘。东西南北谩抬眸,不知已过新罗国。"(612b)《证道歌注》卷一:"了了见,无一物,当阳放出辽天鹘。三千刹海绝遮拦,万里虚空只一突。"④

料掉没交涉:没有关联,差距很大。"料掉"为"辽鸢"之借音,意为远远、辽远。禅宗指远远不合禅法。《通集》卷三十一:"玄沙南游,莆田县排百戏迎接。来日,师问小塘长老:'昨日许多喧闹,向什么处去也?'塘提起衲衣角。师曰:'料掉没交涉。'法眼别云:'昨日有多少喧闹?'法灯别云:'今日更好笑。'"(670c)《法演禅师语录》卷三:"僧问投子:'大藏教中还有奇特事也无?'投子云:'演出大藏教。'师云:'投子被人一问,直得料掉没交涉。'"⑤

---

① 《了庵清欲禅师语录》,第312b页。

② 《古尊宿语录》,第319b页。

③ (明)林弘衍编:《雪峰义存禅师语录》,《卍新纂续藏经》第69册,第75b页。

④ (宋)释彦琪:《证道歌注》,《卍新纂续藏经》第63册,第467a页。

⑤ 《法演禅师语录》,第664a页。

落赚:欺骗,或者指事事欺诳之狡猾人。禅宗指禅师机锋高峻,学僧难以会得,而只能错会其字面意义,这时候称禅师的行为为落赚。《通集》卷七:"掀翻解脱脱巢窠,从此缦天布网罗。落赚小儿犹自可,一枝横出转诮讹。"(511c)《恕中无愠禅师语录》卷六:"杳杳柴门尽日开,游人多是半途回。赵州脚踏四天下,千古输他落赚来。"①《了庵清欲禅师语录》卷七:"睦州担板志弥敦,接得韶阳嗣老存。多少后生遭落赚,一时埋没向宗门。"②

利刃有蜜不须舐,蛊毒之家水莫尝:锋利的刀刃上虽然有蜜,但不要去舐食;虽然口渴,但不要去喝蛊毒之家的水。禅宗隐喻不犯正令,即不违背禅宗以心传心、不立文字、教外别传之旨。《通集》卷一:"世尊未离兜率,已降王宫。未出母胎,度人已毕。"(482b)颂曰:"利刃有蜜不须舐,蛊毒之家水莫尝。不舐不尝俱不犯,端然衣锦自还乡。"(482c)《自闲觉禅师语录》卷五:"利刃有蜜不须舐,蛊毒之家水莫尝。黄檗只因贪一滴,儿孙遗害祸非常。"③《松源崇岳禅师语录》卷二:"二老汉同床打睡,各自做梦。忽有人问灵隐:'如何是和尚家风?'只向它道:'蛊毒之家水莫尝。'如何是蛊毒之家水莫尝?只云:'波斯入闹市。'"④

龙生龙,凤生凤:禅宗隐喻佛教及禅宗各宗派间禅法及传法方式的迥然不同。《景德传灯录》卷二十四:"问:'师(梁山缘观)唱谁家曲,宗风嗣阿谁?'师曰:'龙生龙子,凤生凤儿。'"⑤《通集》卷七:"非风旛动唯心动,龙生龙兮凤生凤。老卢直下示全机,底事今人见如梦。"(514a)

面南看北斗:面朝南方能看到北斗。禅宗隐喻不要执着于理性思维。《通集》卷三十三:"诸佛出身处,东山水上行。面南看北斗,日午打三更。"(682a)《通集》卷三十六:"新妇快骑驴,阿家引鞭走。石笋夜抽条,面南看北斗。"(702a)

买帽相头:看着头的大小来决定买适合的帽子。禅宗隐喻禅师根据实际情况调整接引学人的策略。《通集》卷三十:"买帽相头,量才补职。明眼衲僧,面前不识。"(660a)《虚堂和尚语录》卷一:"诸方逼生蚕作茧,特牛产儿。我者里买帽相头,随家丰俭,不觉也过了一夏。"⑥《虚堂和尚语录》卷三:"莫有生而知之者么?入来我者里,买帽相头,不比盲枷瞎棒,靠主丈。"⑦

------

① 《恕中无愠禅师语录》,《卍新纂续藏经》第71册,第441b页。

② 《了庵清欲禅师语录》,第381a页。

③ 《自闲觉禅师语录》,《嘉兴大藏经》(新文丰版)第33册,第551c页。

④ 《松源崇岳禅师语录》,第97b页。

⑤ 《景德传灯录》,第406c页。

⑥ 《虚堂和尚语录》,第988a页。

⑦ 《虚堂和尚语录》,第1003c页。

　　泥中洗土：在泥水里洗土，越洗越混浊。禅宗隐喻陷入言语纠缠而不能进入悟境。《通集》卷二十："苦中乐，乐中苦，赵州这僧俱欠悟。直饶顿彻根源，也是泥中洗土。"(598b)《密庵和尚语录》卷一："祖师心印，不涉言诠。问讯烧香，早成多事。行棒行喝，开眼尿床。举古举今，泥中洗土。别有向上一路，千圣不传。"①

　　鲇鱼上竹竿：禅宗以此暗示学人不要执于理性思维，而不得解脱。《通集》卷十二："麻谷问临济：'大悲千手眼，那个是正眼？'济曰：'大悲千手眼，那个是正眼？速道速道。'师近前拽临济下禅床却坐。济近前曰：'不审。'师拟议。济便喝，拽下禅床却坐。师便出去。颂曰：'大悲正眼问来端，互换之机仔细看。会得不得亦瞒顸，也似鲇鱼上竹竿。'"(544b)《续传灯录》卷三十三："云门问僧：'光明寂照遍河沙，岂不是张拙秀才语？'僧云：'是。'门云：'话堕也。'未审那里是这僧话堕处？师曰：'鲇鱼上竹竿。'"②

　　年老心孤：禅宗指禅师对公案话头解说的少，机锋高峻，学人难以从中受到启发的情况。《宏智禅师广录》卷二："饵云钩月钓清津，年老心孤未得鳞。一曲离骚归去后，汨罗江上独醒人。"③《通集》卷八："国师三唤侍者，侍者三应无余。只知身强力壮，不觉年老心孤。"(519c)《列祖提纲录》卷二十八："月江印禅师七月旦行道上堂：'三十年来住子胡，二时粥饭气力粗。无事下山行一转，借问时人会也无。子胡大似年老心孤，云峰则不然。三四年来住道场，二时粥饭气力强。普请下山行一转，万顷田畴耙稏香。'"④

　　赤土涂牛奶：把红色的土涂抹到牛的乳房上。禅宗隐喻悟境中万法一如，难以区分之情形。《通集》卷十四："丹霞一日访庞公，见女子取菜次。师曰：'居士在否？'女放下菜蓝敛手立。师又问：'居士在否？'女便提蓝去。师回。须臾公归，女举前话。公曰：'丹霞在么？'曰：'去也。'公曰：'赤土涂牛奶。'(559c)颂曰：'爷顽赖，儿还债。彻底老婆心，赤土涂牛奶。'"(560a)《通集》卷十四："丹霞一问，女子敛手。拟议之间，乌飞兔走。何人证明，庵中野叟。赤土涂牛，不谈子丑。"(559c)《禅宗杂毒海》卷一《灵照》："手握肩挑入市中，笊篱谁买去捞风。不如赤土涂牛奶，转步回家哄阿翁。"⑤

　　潘阆倒骑驴：逍遥自在，向往出世之生活。倒骑驴意为不为眼前物所累，心无挂碍。禅宗用以隐喻了悟之境。《通集》卷四："《楞严经》：'妙性圆

---

①　《密庵和尚语录》，第972b页。

②　《续传灯录》，第698c页。

③　《宏智禅师广录》，第22a页。

④　《列祖提纲录》，第219b页。

⑤　(清)释性音重编：《禅宗杂毒海》，《卍新纂续藏经》第65册，第60b页。

明,离诸名相。'颂曰:'一钱为本万钱利,富不足而贫有余。换骨夺胎些子药,输他潘阆倒骑驴。'"(497c)《通集》卷十四:"药山用处少人扶,堪笑云岩与道吾。犹向荣枯生解会,岂知潘阆倒骑驴。"(559a)

溥请:犹普请,普遍延请。用为佛教语,意为"集众"。普请之义后来发展成怀海禅师所倡立的集合僧众集体劳作的农禅制度。《通集》卷三十七:"僧问(叶县归省):'如何是学人密用心处?'师曰:'闹市辊球子。'曰:'意旨如何?'师曰:'溥请众人看。'"(709b)《金陵清凉院文益禅师语录》卷一:"南泉问维那:'今日普请作甚么?'对云:'拽磨。'"①

如人饮水,冷暖自知:这是一个富有哲理性的比喻,是说通过直接的亲身体验,才能理解得明白亲切。禅宗隐喻修禅要自证自悟。《通集》卷八:"某甲虽在黄梅随众,实未省自己面目。今蒙指授入处,如人饮水,冷暖自知。"(517c)《宏智禅师广录》卷五:"历代祖师传持不得,天下老和尚横说竖说说不着,唯是自己深证始得,如人饮水,冷暖自知。"②

人平不语,水平不流:谓人心平气和就不必诉说,犹如水平了就不流动。禅宗暗示不必求求,但修自心,即可成佛。《五灯会元》卷十八:"问:'佛未出世时如何?'师曰:'绝毫绝厘。'曰:'出世后如何?'师曰:'填沟填壑。'曰:'出与未出,相去几何?'师曰:'人平不语,水平不流。'"③《通集》卷二十六:"动弦别曲,落叶知秋。人平不语,水平不流。只因脚底无羁绊,去住纵横得自由。"(637c)

日午打三更:中午时间,却打三更天的鼓。禅宗用以暗示非理性思维。《通集》卷三十三:"诸佛出身处,东山水上行。面南看北斗,日午打三更。"(682a)《通集》卷五:"《维摩经》:'观身实相,观佛亦然。'颂曰:'眼空四海恣纵横,鼻孔辽天信脚行。掌得电光为火把,却来日午打三更。'"(501c)

僧投寺里宿,贼打不防家:僧人到寺里投宿,贼到没有防备的人家行窃。禅宗指无有执着之念方能开悟。《通集》卷三:"文殊师利在灵山会上诸佛集处见一女子近佛坐,入于三昧。文殊白佛云:'何此女得近佛坐?'佛云:'汝但觉此女,令从三昧起,汝自问之。'文殊绕女子三匝,鸣指一下,乃至托上梵天,尽其神力而不能出。佛云:'假使百千文殊,亦出此女定不得。下方过四十二恒沙国土有罔明菩萨,能出此女定。'须臾罔明至佛所。佛敕出此女定。罔明即于女子前鸣指一下,女子于是从定而出。有尊宿问僧曰:'文殊是七

---

① (明)语风圆信,郭凝之编:《金陵清凉院文益禅师语录》,《大正藏》第47册,第593a页。
② 《宏智禅师广录》,第67b页。
③ 《五灯会元》,第375a页。

佛之师,为甚么出女子定不得? 罔明为甚么却出得?'僧无对。翠岩芝和尚
云:'僧投寺里宿,贼打不防家。'"(487b)《五灯全书》卷七十七:"徽州吴氏
子,幼丧母,随父出家,初参夹山豫。豫问:'山中兴造,可荷担得起么?'师作
荷担势。豫曰:'杜撰。'师曰:'情知有此一机。'豫打曰:'好个有此一机。'次
参报恩贤,举马祖一喝百丈三日耳聋话。师曰:'贼打不防家。'贤曰:'意旨
如何?'师曰:'土旷人稀,相逢者少。'"①

师子窟中无异兽,象王行处绝狐踪:狮子窟中都是狮子,象王所到之处
狐狸不见影踪。禅宗隐喻万法一如的了悟之境,超理性,超语言,亦指了悟
者对学人了悟与否的勘别。《通集》卷十五:"宗师一等展家风,尽情施设为
韩公。师子窟中无异兽,象王行处绝狐踪。"(561a)《开福道宁禅师语录》卷
二:"万里无云,长天一色。不落古今,那该彼此。要津把断,风骨旋生。设
使灵山密付,谩说拈华。少室亲传,徒夸得髓。总不恁么,毕竟如何。要会
么? 师子窟中无异兽,象王行处绝狐踪。"②

山高不碍白云飞,竹密不妨流水过:又作"竹密不妨流水过,山高岂碍白
云飞"。禅宗隐喻佛性广大无边,自性具足,自证自悟,不假外求。《通集》卷
五:"白日街头独自行,夜间屋里独自卧。山高不碍白云飞,竹密不妨流水
过。"(501a)《净慈慧晖禅师语录》卷四:"万里长天无生无心,浮云消散太虚
朗晴。还见得耶? 若能见得,许汝报佛恩。此个消息,三世诸佛、历代祖师
也全提不起。为什么恁么,还会么? 山僧也说不得。何故? 山高不碍白云
飞,竹密不妨流水过。且道问诸人端的也未? 何不闻取? 至这里,达磨不
会,大难大难。"③

杀人刀,活人剑:又作"活人刀,杀人剑"。禅宗指杀活自在之方法,即以
刀剑比喻禅师指导学人之自由权巧运作之方法。禅师接化学人时,用强夺、
不许之方式,喻为杀人刀;给与、允容之方式,则喻为活人剑。《通集》卷二十
一:"临济全机格调高,棒头有眼察秋毫。扫除狐兔家风峻,变化鱼龙雷火
烧。活人剑,杀人刀,倚天照雪利吹毛。一等令行滋味别,十分痛处是谁
遭。"(604c)《大慧普觉禅师语录》卷七:"杀人自有杀人刀,活人自有活人剑。
有杀人刀无活人剑,一切死人活不得。有活人剑无杀人刀,一切活人死不
得。死得活人,活得死人,便能刮龟毛于铁牛背上,截兔角于石女腰边。不
作奇特商量,不作玄妙解会。"④

---

① 《五灯全书》,第403c页。
② 《开福道宁禅师语录》,第341a页。
③ 《净慈慧晖禅师语录》,《卍新纂续藏经》第72册,第145c页。
④ 《大慧普觉禅师语录》,第837b页。

三人证龟成鳖：又作"三人证龟作个鳖"。禅宗用来隐喻理空事空，理性思维的不可靠。《通集》卷三十五："香林因僧问：'如何是室内一椀灯？'师曰：'三人证龟成鳖。'颂曰：'皎皎清光，遍界莫藏。声抛不出，色岂能彰。直下斩钉截铁，划却古今途辙。高出临济德山，三人证龟成鳖。别，别，一回吃水一回噎。'"（699b）《通集》卷二十四："三人证龟唤作鳖，哑子得梦向谁说。电光影里浪驱驰，踏破澄潭一轮月。"（622b）

三亩之地，三蛇九鼠：又作"一亩之地，三蛇九鼠"。比喻为害庄稼的东西很多，在禅籍中指除"以心传心"之外的传法手段及一切妄识从根本上说于禅悟都是有害的。《通集》卷三十八："慈明因僧问：'如何是佛法大意？'师曰：'一亩之地，三蛇九鼠。'颂曰：'一亩之地，三蛇九鼠。物是定价，钱是足数。'"（714a）《无准师范禅师语录》卷一："灵云见桃花，便道更不疑。玄沙又道：'未彻在。'后来五祖又道：'说什么未彻，更参三十年始得。'山僧尝闻说一亩之地，三蛇九鼠。初未为然，今日以此看来，前言信之矣。"①

撒沙：无意义的说教。禅宗崇尚以心传心，视一切说教为无意义的存在。有时也用撒沙一词暗示师徒关系，因为只有老师才对徒弟进行说教。《通集》卷九："有消息，太沉屈。无消息，转埋没。大藏小藏从兹出，撒沙撒土无终极。甜如蜜，苦如檗。明如日，黑如漆。击碎千年野狐窟，填沟塞壑无人识。"（528a）《通集》卷二："百万灵山似苇麻，风行云集已周遮。当时不是文殊老，往往瞿昙更撒沙。"（483b）

水中盐味，色里胶清：水中有盐，但看不到；色里有胶，也看不到。禅宗以此隐喻佛性。《通集》卷二十二："水中盐味，色里胶清。若人辨得，天下横行。"（609c）《心赋注》卷二："傅大士《心王铭》云：'无形无相，有大神力。能灭千灾，成就万德。体性虽空，能施法则。观之无形，呼之有声。为大法将，持戒传经。水中盐味，色里胶青。决定是有，不见其形。心王亦尔，身内居停。面门出入，应物随情。自在无碍，所作皆成。'"②

涂毒鼓：谓涂有毒料，使人闻其声即死之鼓。禅宗以此比喻禅师令学人丧失思虑或灭尽贪嗔痴之一言一句之机言。《通集》卷十："顶门一击涂毒鼓，生杀全机振古今。雪后始知松柏操，事难方见丈夫心。"（529b）《通集》卷二十八："岩头示众曰：'吾教意如涂毒鼓，击一声，远近闻者悉皆丧身失命。'时有小严上座出问云：'如何是涂毒鼓。'师两手按膝亚身云：'韩信临朝底。'"（647a）

---

① 《无准师范禅师语录》，第 225c 页。
② （宋）释延寿《心赋注》，《卍新纂续藏经》第 63 册，第 115b 页。

甜瓜彻蒂甜,苦瓜连根苦:甜瓜通体皆甜,苦瓜通体皆苦。禅宗隐喻事物始终不变其性,亦常隐喻佛性长存,永久不变。《通集》卷十六:"荆南白马昙照禅师常曰:'快活、快活。'及临终叫苦。又曰:'阎罗王来取我也。'院主问:'和尚当时被节度使抛向水中,神色不动,如今何得恁么地?'师举枕子曰:'汝道当时是,如今是?'主无对。法眼代云:'当时但掩耳出去。'颂曰:'甜瓜彻蒂甜,苦瓠连根苦。拈起枕子时,新罗夜打鼓。'"(572c)"一生叫快活,临终没依怙。甜瓜彻蒂甜,苦瓠连根苦。"(573a)

謟曲:犹曲意奉迎。禅宗指为了隐瞒他人而曲顺时宜,矫设方便。謟,隐讳。《通集》卷二十三:"正十忠臣气最英,一言佐国死犹轻。不同謟曲偷安者,冒宠贪荣过一生。"(619a)《通集》卷十四:"药山因僧问:'如何是道中至宝?'师曰:'莫謟曲。'曰:'不謟曲时如何?'师曰:'倾国不换。'颂曰:'道中有至宝,济世无伦匹。药峤发深藏,唯云不謟曲。不謟曲,倾国相酬未相直。壁立万仞此心真,不必当来问弥勒。'"(557c)

铜公塘,铁奉化:公塘人坚如铜,奉化人坚如铁。禅宗常用形容学人根机顽劣,难以接引。无著道忠《葛藤语笺》引义堂周信《日工集》曰:"东陵和尚尝说奉化县人坚如铁,公塘坊人稍坚如铜,故俗有'铜公塘,铁奉化'之称。"①《通集》卷二十九:"铜公塘,铁奉化。得人憎,得人怕。不是明州人,定说苏州话。"(657a)《偃溪广闻禅师语录》卷一:"古释迦出世,点胸点肋,傍若无人。老云门令行,眼亲手办,泥里撅桩。用底是铜公塘,使底是铁奉化。佛法那时早是与么了也,入乡随俗,又争怪得今日。"②《大川普济禅师语录》卷一:"铜公塘,铁奉化。本色钳锤炉鞲,且不零敲碎打。雷奔火迸,迥脱规模。把住放行,难觑缝罅。一千五百善知识,杓头舀来。"③《希叟绍昙禅师广录》卷七《布袋》:"内院不肯安居,长汀分甘落泊。主丈不解拈提,布袋徒然倚托。肚中计较百般,要睡何曾睡着。睡得着,铁奉化人须软脚。"④

太平本是将军建,不许将军见太平:将军征战沙场是为了天下太平,然而真正天下太平了将军却被处死了。禅宗用来隐喻自己"不立文字"而又"不离文字"的传法特点。在禅宗看来,禅师接引学人,不管是文字解说,还是动作提示,都算是起了干戈,就算不太平,因为这些都和禅宗以心传心、不立文字的宗旨不符;然而离开文字解说与动作启发,禅师就无法有效地接引学人了。这是一对矛盾,正与将军建太平却大多逃不出被杀的命运一样。

①　禅文化研究所编:《禅语辞书类聚二》,京都:禅文化研究所,1992年版,第208页。
②　《偃溪广闻禅师语录》,第732c页。
③　(宋)释元恺编:《大川普济禅师语录》,《卍新纂续藏经》第69册,第759a页。
④　《希叟绍昙禅师广录》,第476a页。

《通集》卷三十一："探马飞来棒下宁,瞎人翻满镇州城。太平本是将军建,不许将军见太平。"(666a)《通集》卷十一："捕鼠有功人竞爱,霜刀挥处罢相争。太平本是将军致,不许将军见太平。"(535c)

舞三台:跳三台舞。禅宗表示无拘无束之悟境。三台,曲调名。《乐府诗集·杂曲歌辞十五·三台词序》:"《后汉书》曰:'蔡邕为侍御史,又转持书侍御史,迁尚书。三日之间,周历三台。'冯鉴《续事始》曰:'乐府以邕晓音律,制《三台曲》以悦邕,希其厚遗。'刘禹锡《嘉话录》曰:'三台送酒,盖因北齐高洋毁铜雀台,筑三个台,宫人拍手呼上台送酒,因名其曲为《三台》。'李氏《资暇》曰:'《三台》,三十拍促曲名。昔邺中有三台,石季龙常为宴游之所。乐工造此曲以促饮。'未知孰是。"①《宗鉴法林》卷六十一:"草盘托出已成乖,头上安拳更苦哉。不是观音妙智力,争能随拍舞三台。"②《通集》卷十三:"襕衫席帽积尘埃,柳巷花衢去复来。拈得旧时毡拍板,逢人偏爱舞三台。"(551c)

相席打令:即兴表达。朱熹认为唐人俗舞谓之"打令",则似为以演唱来行酒令时所做的类似舞蹈的动作。禅宗指根据学人根机而采用恰当的引导其悟道的手段。《宗门拈古汇集》卷二十九:"如今众中随言定旨,乱作褒贬,深屈古人,然则相席打令,自有知音。镂骨铭心,罕逢明鉴。"③《通集》卷九:"磨砖作镜,相席打令。一切鱼龙,知水为命。"(522b)《佛果击节录》卷一:"古人举一机一境,皆明此事,且世尊未举花以前是个什么道理。后来所以买帽相头,相席打令。如今只管记忆,千端万端,打葛藤有什么了期。多知多解,转生烦恼。"④

相骂饶汝接嘴,相唾饶汝泼水:相骂时任凭你骂,相唾时任凭你唾。禅宗隐喻佛性或悟境。学人只有不执着于理性思维,方能到达悟境。《古尊宿语录》卷十三:"问:'万物中何物最坚?'师云:'相骂饶汝接嘴,相唾饶汝泼水。'"⑤《通集》卷四十:"尽力道不得底句,不在天台,定在南岳。颂曰:'相骂饶汝接嘴,相唾饶汝泼水。蓦然摸着蛇头,拍手啰啰哩哩。'"(726c)

闲言长语:犹闲言碎语。禅宗指无用的话,即言语葛藤。《大慧普觉禅师语录》卷十六:"临济当时不知那里得许多闲言长语。"⑥《通集》卷十四:"秤

① (宋)郭茂倩编:《乐府诗集》,北京:中华书局,1979年版,第1057页。
② 《宗鉴法林》,第653c页。
③ 《宗门拈古汇集》,第168a页。
④ 《佛果击节录》,《卍新纂续藏经》第67册,第227a页。
⑤ 《古尊宿语录》,第77c页。
⑥ 《大慧普觉禅师语录》,第880a页。

锤搠出油,闲言长语休。腰缠十万贯,骑鹤上扬州。"(554c)《通集》卷七:"痴意贪他破钵盂,闲言长语倩人书。只知半夜潜身去,祖意还曾梦见无。"(513a)

虾跳不出斗:比喻弱者难以摆脱强者控制。禅宗隐喻尽管学人根机不同,但禅师总有接引学人的方法。《通集》卷四:"《楞严经》:'八还辨见。'颂曰:'八还之教垂来久,自古宗师各分剖。直饶还得不还时,也是虾跳不出斗。'"(497b)《通集》卷十七:"昼复夜,初中后。金乌飞,玉兔走。于此茫然与悄然,总是虾跳不出斗。"(580b)《宗门拈古汇集》卷四十四:"釜中点沸,不如灶里抽薪,惟善识者能之。妙喜老人固是其手。子韶便尔知归,不妨伶俐捡点将来,大似虾跳不出斗。"①

靴里动指:明里一切正常,暗里在搞另一套活动。禅宗指暗地里的思维活动。《通集》卷二十六:"兴化谓克宾维那曰:'汝不久为唱导之师。'宾曰:'不入这保社。'师曰:'会了不入? 不会了不入?'曰:'总不与么。'师便打曰:'克宾维那法战不胜,罚钱五贯,设馔饭一堂。'次日师自白槌曰:'克宾维那法战不胜,不得吃饭,即便出院。'"(636b)颂曰:"'兴化逐克宾,观音戴鬼面。靴里动指头,未免傍人见。'"(637a)《大慧普觉禅师语录》卷十七:"礼侍者断七,请普说。僧问:'和尚室中道,唤作竹篦则触,不唤作竹篦则背。不得下语,不得无语。'遂以坐具打地一下云:'学人为蛇画足,却请和尚头上安头。'师云:'自起自倒得人憎。'进云:'也要和尚相委悉。'师云:'切忌靴里动指头。'"②

腰缠十万贯,骑鹤上扬州:禅宗隐喻假想悟道后自由自在的状态。《通集》卷三十五:"风穴因僧问:'语默涉离微,如何通不犯。'师曰:'常忆江南三月里,鹧鸪啼处百花香。'颂曰:'快骑骏马上高楼,南北东西得自由。最好腰缠十万贯,更来乘鹤上扬州。'"(694a)《通集》卷二十三:"俱胝一指头,吃饭饱方休。腰缠十万贯,骑鹤上扬州。"(616b)

探竿影草:略称探草。探竿、影草皆渔者聚鱼之方法。探竿,系束鹚羽于竿头,探于水中,诱聚群鱼于一处,然后以网漉之。影草,系刈草浸水中,则群鱼潜影,然后以网漉之。禅宗隐喻禅师探测学人,以试其根性器量。《通集》卷十八:"赵州因大众晚参。师曰:'今夜答话去也,有解问者出来。'时有一僧便出礼拜。师曰:'比来抛砖引玉,却引得个墼子。'法眼问觉铁嘴:'先师意作么生?'觉云:'如国家拜将相似。乃问甚人去得? 时有人出云:

---

① 《宗门拈古汇集》,第 256b 页。
② 《大慧普觉禅师语录》,第 881c 页。

"某甲去得。"云:'尔去不得。'法眼云:'我会也。'颂曰:'探竿影草几人知,正似将军一面旗。斩将安营都在我,倒骑铁马上须弥。'"(583c)《通集》卷三十一:"夜壑藏舟,澄源着棹。鱼龙未知水为命,折箭不妨聊一搅。玄沙师,小塘老。函盖箭锋,探竿影草。潜缩也老龟巢莲,游戏也华鳞弄藻。"(670c)

鹞子过新罗:鹞子已过新罗国。隐喻禅机迅捷,稍纵即逝。《通集》卷二十六:"宝寿因胡钉铰参。师问:'汝莫是胡钉铰么?'曰:'不敢。'师曰:'还钉得虚空么?'曰:'请和尚打破。'师便打。曰:'和尚莫错打某甲。'师曰:'向后有多口阿师与你点破在。'胡后到赵州,举前话。州曰:'汝因甚么被他打?'曰:'不知过在甚么处?'州曰:'只这一缝,尚无奈何。'胡于此有省。州曰:'且钉这一缝。'颂曰:'现出虚空眼便花,更教打破事如麻。直饶指出当堂缝,分明鹞子过新罗。'"(638a)《佛果圆悟禅师碧岩录》卷一:"如击石火,似闪电光。这个些子,不落心机意识情想,等尔开口堪作什么。计较生时,鹞子过新罗。"[1]

依样画猫儿:谓依照画本临摹虎之形相,然所画出之形相不似虎,却似猫。虎与猫虽外形相似,然二者实有极大之差距。禅宗隐喻学人于修学之际,若仅一味模仿,而不知用心体悟,则所习得者必与当初所欲修学者不同,即永远无法参透宗门法要。《通集》卷三十六:"法眼因僧问:'如何是曹源一滴水?'(704b)师曰:'是曹源一滴水。'颂曰:'应口曹源一滴时,谁知依样画猫儿。袖中三尺龙泉剑,落尽髑髅人不知。'"(704c)《百丈清规证义记》卷五:"入室之事。学者须真实请益,师家须婆心指点,方为不负。若学者参学不实,师家道眼不明,纵然依样画猫儿,实应酬故事而已。"[2]《五灯会元》卷十八:"小锅煮菜上蒸饭,菜熟饭香人正饥。一补饥疮了无事,明朝依样画猫儿。"[3]

一彩两赛:两个骰子之面同时出现相同数字。禅宗常用以比喻两者之间无优劣之分。彩,博戏中掷骰子的胜色;赛,竞技。《通集》卷六:"闻琴作舞,见华破颜。一彩两赛,天上人间。"(504b)《林野奇禅师语录》卷一:"林和尚最初一日,于天台通玄付二隐谶、自闲觉两法嗣。先后胜因,一彩两赛,若合符节。"[4]《雪岩祖钦禅师语录》卷一:"佛法世法,一彩两赛。行住坐卧,折旋俯仰。着衣吃饭,坐禅打眠。总是现前三昧,还信得及么。"[5]

---

① 《佛果圆悟禅师碧岩录》,第141a页。
② (清)释义润:《百丈清规证义记》,《卍新纂续藏经》第63册,第414b页。
③ (宋)释普济:《五灯会元》,《卍新纂续藏经》第80册,第377a页。
④ 《林野奇禅师语录》,《嘉兴大藏经》(新文丰版)第26册,第625b页。
⑤ 《雪岩祖钦禅师语录》,第602c页。

一钱为本,万钱为利:一钱之本,可得万钱之利。禅宗指佛性既明,可与天地同寿,万物同体。本,佛性。《通集》卷四:"《楞严经》:'妙性圆明,离诸名相。'颂曰:'一钱为本万钱利,富不足而贫有余。换骨夺胎些子药,输他潘阆倒骑驴。'"(497c)《参同一揆禅师语录》卷一:"问:'一钱为本,万钱为利。早晚时价不定,为甚滞货不脱?'答:'甜瓜彻蒂甜,苦葫连根苦。'"①

一二三四五:简单的枚举。禅宗隐喻司空见惯、理所当然之事。不是一件两件事情如此,而是很多事情都是如此。有时为"一二三四五六七"的省略。《通集》卷十九:"庭前柏树子,一二三四五。窦八布衫穿,禾山解打鼓。"(588c)《拈八方珠玉集》卷二:"赵州一日在楼上打水,南泉从楼下过。州以手攀栏,悬脚云:'相救,相救。'泉敲胡梯云:'一二三四五。'州便下楼,至晚却入方丈云:'早来谢师相救。'佛鉴拈云:'一人将错就错,一人看楼打楼。然虽如是,子为父隐,直在其中。'"②《法演禅师语录》卷一:"僧问:'白云山下,祖令当行,如何是祖令?'师云:'一二三四五。'"③《景德传灯录》卷八:"僧问:'祖祖相传合传何事?'师云:'一二三四五。'"④

圆墒墒:又作圆陁、圆陁陁、圆陀陀地、圆陀陀。圆形,圆满,美好。禅宗以此形容佛性之圆满无际,自性具足。《通集》卷十九:"大地是眼何处屙,天下不奈雪老何。赵州寄个锹子去,方得此语圆墒墒。"(589b)《通集》卷二十:"一趯方令地轴反,一吹还又转天关。讲师不识圆陁义,空舍前山过后山。"(597c)《希叟绍昙禅师广录》卷四:"无阴阳地,长恶根株。枝梃不萌,花开无影。结团团果,非青黄赤白形其色,非甜酸苦涩充其滋。春阳昫妪,不足以育生。霜雪凭陵,岂赖其成熟。原其用,非杨岐栗蓬之可拟。杂其真,非黄蘖蜜果之可侔。圆陁陁,独露于万像之中。赤洒洒,孤标于八纮之表。"⑤《宏智禅师广录》卷一:"无量劫中,本来具足。圆陀陀地,曾无一毫头许欠少,曾无一毫头许盈余。"⑥

药贴:药方;处方。药方并非是药,真正能治好病痛的是药。该词在禅籍中被赋以新义,指各种以悟道为名义的解说。解说本身并不能直接令学人悟道,而只能对学人起到启发开导作用,引导学人自证自悟。《通集》卷十七:"船子嘱夹山曰:'汝向去,直须藏身处没踪迹,没踪迹处莫藏身。吾二十

---

① 《参同一揆禅师语录》,《嘉兴大藏经》(新文丰版)第 39 册,第 13c 页。
② 《拈八方珠玉集》,第 668a 页。
③ 《法演禅师语录》,第 653c 页。
④ 《景德传灯录》,第 258c 页。
⑤ 《希叟绍昙禅师广录》,第 438a 页。
⑥ 《宏智禅师广录》,第 17c 页。

年在药山,只明斯事。汝今既得,他后莫住城隍聚落,但向深山里、镢头边觅取一个半个接续,毋令断绝。'山乃辞行,频频回顾。师遂唤阇黎,山乃回首。师竖起桡曰:'汝将谓别有。'乃覆船入水而逝。颂曰:'药贴分明说得亲,不知里面伪和真。谆谆教诫痴儿女,莫把方书误后人。'"(579b)

哑子吃生姜:比喻被辣到却说不出口。禅宗比喻悟境无法用语言说出。《通集》卷十九:"从来柔弱胜刚强,捉贼分明已见赃。当下被他挥一掌,犹如哑子吃生姜。"(593c)《通集》卷三:"涅槃一路同来往,寸步宁亏达本乡。鹙子黠儿轻借便,由如哑子吃生姜。月上女,太无良,不涂红粉自风光。金锁玄关留不住,百尺竿头信脚行。"(490a)

丫角女子白头丝:人还是小女孩,头发却白了。禅宗隐喻不合逻辑,不可思议。《通集》卷二十五:"投子因僧问:'和尚住此山,有何境界?'师曰:'丫角女子白头丝。'"(628c)《通集》卷二十五:"丫角女子白头丝,猛焰堆中雪片飞。一等住山谁可拟,闲云流水不同归。"(628c)

注破:点拨,解释。禅宗多指助人参透机锋。《通集》卷十六:"黄檗云:'汝等尽是噇酒糟汉,还知大唐国内无禅师么?'时有僧问:'诸方聚众,为甚么却道无禅师?'师曰:'不道无禅,只是无师。'颂曰:'身上着衣方免寒,口边说食终不饱。大唐国里老婆禅,今日为君注破了。'"(569a)《通集》卷二十八:"雪老别鳌山,卓庵闽中坐。一日见僧来,探头道什么。末后句,少人和,却得岩头重注破。同条生,同条死。末后句,莫错举。"(650a)

子不嫌母丑,犬不厌家贫:禅宗隐喻自心具足,不假外求。《通集》卷三:"子不嫌母丑,犬不厌家贫。举头天外看,谁是我般人。"(488c)《率庵梵琮禅师语录》卷一:"三世诸佛不知有,颠狂普化翻筋斗。狸奴白牯却知有,寒拾相逢开笑口。野干鸣,师子吼。八两半斤,十升一斗。不从他觅,须还自有。如何是自有底消息?犬不择家贫,子不嫌母丑。"①

纵横十字:又作十字纵横。禅宗指佛法之用。悟道者之机用,纵横无限。《通集》卷三:"文死罔明休卜度,瞿昙女子谩针锥。推倒铁山归去也,纵横十字更由谁。"(488c)《圆悟佛果禅师语录》卷十一:"言发非声,和言击碎。色前不物,与物俱融。声色翳障全消,闻见之源亦脱。直得净裸裸,赤洒洒,清寥寥,白滴滴,一片本地风光。一着本来面目,神通妙用底纵横十字。"②

针锥:锥子。禅宗指禅师对学人的接引与方便。《通集》卷九:"金毛师子,生铁称槌。浑仑无缝,切忌针锥。"(524c)《通集》卷二十二:"大随庵侧有

---

① 《率庵梵琮禅师语录》,《卍新纂续藏经》第69册,第654b页。
② 《圆悟佛果禅师语录》,第766a页。

一龟。僧问：'一切众生皮裹骨,这个众生为甚骨裹皮?'师拈草履覆龟背上。僧无语。颂曰：'皮裹骨兮骨裹皮,吉凶徒自乱针锥。草鞋覆了独归去,千古何人识大随。'"(612a)

早知灯是火,饭熟也多时：禅宗隐喻不思量,不思议,不执着于理性思维。《通集》卷十九："赵州因学人问：'乍入丛林,乞师指示。'师曰：'吃粥了也未?'曰：'吃粥了也。'师曰：'洗钵盂去。'其僧忽然省悟。"(591a)颂曰："只为分明极,反令所得迟。早知灯是火,饭熟也多时。"(592a)《古尊宿语录》卷二十五："玄沙示众云：'诸方老宿尽道接物利生,忽遇三种病人,作么生接?患盲者,拈椎竖拂他又不见。患聋者,语言三昧他又不闻。患痖者,教伊说又说不得。且道作么生接?若接此人不得,佛法无灵验。'师云：'早知灯是火,饭熟也多时。'"①

张公吃酒李公醉：禅宗隐喻悟境的非理性、无逻辑性。《通集》卷三十二："僧问明教宽：'新年头还有佛法也无?'师曰：'无。'曰：'日日是好日,年年是好年,为甚却无?'师曰：'张公吃酒李公醉。'曰：'老老大大,龙头蛇尾。'师曰：'明教今日失利。'"(675c)《通集》卷十九："无直路,却萦纡。赵州东壁上,依旧挂葫芦。有张公吃村酒,李公醉不醒,面南看北斗。"(592c)

贼不打贫儿家：盗贼不打劫贫困人家。禅宗用以强调悟境的万法一如,了然无物。《通集》卷二十一："湖南祇林和尚每叱文殊、普贤皆为精魅。手持木剑自谓降魔,才见僧来参便曰：'魔来也,魔来也。'以剑乱挥归方丈,如是十二年。后置剑无言。僧问：'十二年前为甚么降魔?'师曰：'贼不打贫儿家。'曰：'十二年后为甚么不降魔?'师曰：'贼不打贫儿家。'"(601c)降伏心魔,自心空无一物,自然也就无贼了；自心既已空无一物,贼也就不来了。《了堂惟一禅师语录》："僧问：'如何是向上关榀?'师云：'贼不打贫儿家。'进云：'青山隐白云,行人游未到。'师云：'马瘦毛长。'"②

滞货：即滞货。销售不出的货物。禅宗指世代祖师相传之悟境。《通集》卷四十："应庵问(密庵咸杰)：'如何是正法眼?'师遽答曰：'破沙盆。'庵颔之。颂曰：'白玉琢成泥弹子,黄金铸就铁昆仑。千年滞货无人买,未免如今累子孙。'"(727b)《宗鉴法林》卷六："破头峰顶紫云飞,三却天书老翠微。滞货虽然无用处,不应分付小孩儿。"(314a)

真鍮不博金：黄铜不能换取黄金。禅宗比喻禅师接引学人方法不当,不能真正使学人开悟。《通集》卷二十三："棒下真鍮不博金,德山彻底老婆心。

---

① 《古尊宿语录》,第166a页。
② 《了堂惟一禅师语录》,《卍新纂续藏经》第71册,第459c页。

后人只见波涛涌,不见龙王宫殿深。"(618b)《通集》卷八:"三唤三应意已深,南阳曲尽老婆心。傍人莫谓扬家丑,到底真鍮不博金。"(519c)

(二)禅宗内部创设新词

在长期的宗教生活中,禅宗内部由于表达、交流需要产生了不少新词语。这些词语在禅籍中使用较多,而在世俗文献中则很少出现。

三八九:指佛或佛境。《通集》卷三十三:"云门因僧问:'如何是透法身句?'师曰:'北斗里藏身。'"(679b) 天目文礼颂曰:"天地广无边,何云藏北斗。跛脚老云门,未明三八九。"(680a)《无异元来禅师语录》卷六:"且道作么生说个三八九底道理? 卓拄杖云:'黄河水溢黄河水,云雾山连云雾山,珍重。'"①《五灯全书》卷一百零一:"脱却贴肉衫,透过祖师关。未明三八九,依旧被人瞒。且道作么生是三八九? 以拄杖画一画曰:'东西十万,南北八千。过去已过去,未来犹未来。百草头边诸圣眼,三十三人入虎穴。'"②

断际(际断):截断前际与后际。前际指过去,后际指未来,禅宗谓截断过去与未来相对立之见解。《通集》卷二十一:"断际全机继后踪,持来何必在从容。巨灵抬手无多子,分破华山千万重。"(605c)《通集》卷三十七:"青绢扇子足风凉,断际全机善举扬。月明三峡猿啼夜,何处人闻不断肠。"(708b)《通集》卷四十:"师(大慧宗杲)至天宁,一日闻悟升堂,举:僧问云门:'如何是诸佛出身处?'门曰:'东山水上行'。若是天宁即不然,忽有人问如何是诸佛出身处,只向他道:'熏风自南来,殿阁生微凉。'师于言下忽然前后际断。"(726b)

单提:犹言单独传授,单独启发,适用于禅宗直指人心之教法。《通集》卷五:"独弄单提,单提独弄。剑刃上行,寂然不动。"(501b)《通集》卷三十六:"见兔放鹰,因行掉臂。赤骨律穷,方圆富贵。放三顿棒尚迟疑,再挨方识锥头利。单提独脚机关外,明眼衲僧犹不会。"(700a)

话行:具有启发学人开悟性质的对话能够流传开来,被学人当成公案、话头来参学。《通集》卷二十六:"法战从来许克宾,掣旗夺鼓两分明。直须尽法方知愧,老汉当年要话行。"(636c)《虚堂和尚语录》卷六:"廓云:'尔著甚来由劝者老汉? 我未问前,早要棒吃,得我话行。如今不打我,搌却我。者话不行。'穴云:'此话已行也。'"③

话堕:应对机锋不契。《通集》卷三十三:"云门问僧:'光明寂照遍河沙,

---

① 《无异元来禅师语录》,第265b页。
② 《五灯全书》,第590a页。
③ 《虚堂和尚语录》,第1029b页。

岂不是张拙秀才语?'僧曰:'是。'师曰:'话堕也。'"(685a)《云门匡真禅师广录》卷一:"问:'百不会底人来,师如何接?'师云:'话堕也。'进云:'什么处是话堕?'师云:'七棒对十三。'"①

话主:公案话头之主动一方,即设置机锋者。《联灯会要》卷二十四:"卧龙举了。师云:'我虽不见曹山,敢与曹山作个话主。'"②《通集》卷三十二:"长庆因僧问:'如何得不疑不惑去?'师乃展两手。僧不进语。师曰:'汝更问,我与汝道。'僧再问。师露膊而坐。僧礼拜。师曰:'汝作么生会?'曰:'今日风起。'师曰:'恁么道,未定人见解。汝于古今中有甚么节要齐得长庆? 若举得,许汝作话主。其僧但立而已。"(673a)

假银城:空中说空,假中有假。传说霍光卖银城与匈奴,但仅是传说,并无实事。《祖庭事苑》卷七:"书传(《汉书·霍光传》)无卖城易角之说,盖出于委巷之剧谈。禅人往往资以为口实,不亦谬乎。"③禅宗用以说明理性思维的不可靠,因为所谓的理性其实是不实在的,虚空的,以此为基础再讲什么道理,就更是毫无意义了。《通集》卷十六:"子湖因僧问:'自古上贤还达真正理否?'师曰:'达。'僧曰:'真正理作么生达?'师曰:'霍光当时卖银城与单于契书,是什么人作?'其僧无语。"(572b)《通集》卷五:"晃晃在心目,昭昭居色尘。莫将银世界,唤作假银城。"(503c)

六不收:六,指六根、六境、六大、六合等佛教用以概括诸法实相之基本概念;收,收摄、包含。法身为真如之体,广如太虚,纵极三际,横涉十方,乃一绝对之本体,故非六根等相对世界所能收摄、包含。《通集》卷三十三:"云门因僧问:'如何是法身?'师曰:'六不收。'圆悟云:'一不立。'"(681b)《通集》卷三十一:"十字街中六不收,本来面目绝踪由。纵饶悟得分明去,已落侬家第二头。"(666b)

拈提:又作拈古、拈则。举出古则公案,以启发学人。《密庵和尚语录》卷一:"这个公案,丛林中少有拈提者。"④《通集》卷一:"机缘公案,五灯烨如,诸祖相继。有拈古焉,有颂古焉。"(475b)

权方:善权方便。佛菩萨一时济度众生之权谋为权,其方法,能适于便宜,为方便。《通集》卷七:"在圣权方世莫评,双峰密付岂虚称。前身已老难传钵,托阴重来始继灯。昔日栽松名尚振,千灵报母愿何增。如今海内宗风遍,只为春中择得能。"(512a)《禅林僧宝传》卷二十三:"从上以来,但有言

① 《云门匡真禅师广录》,第550a页。
② 《联灯会要》,第210c页。
③ 《祖庭事苑》,第419c页。
④ 《密庵和尚语录》,第959a页。

说,乃至随病设药。纵有烦恼习气,但以如来知见治之,皆是善权方便,诱引之说。"①

生蛇:指学人。禅宗借生蛇化活龙比喻学人悟道。《通集》卷二:"黄面瞿昙不丈夫,明星现处自涂糊。如今好觅生蛇弄,免使儿孙在半途。"(482c)《无门慧开禅师语录》卷二:"欲把生蛇化活龙,先将毒药灌喉咙。常教满腹如针刺,抛向洪波大浪中。敢问诸人,唤什么作毒药。二六时中你肚里常如针刺么?"②

四七二三:指禅宗西天二十八祖与中土六祖。《通集》卷十四:"尽机不成睨,按牛头吃草。四七二三诸祖师,宝器持来成过咎。过咎深,无处寻,天上人间同陆沉。"(560b)《释氏稽古略》卷四:"自达磨西来,实为初祖。其传四七二三,而至于曹溪。"③

提唱:又作提倡、提纲、提要,提纲唱要之意。禅师向学徒拈提宗门之纲要。一般多就古德之语要而唱说之,故又称为拈古、拈弄。禅宗之宗旨为教外别传,不立文字,故虽讲说语录,亦只是提示宗门之纲要。学人要探究明白,仍须勤学励参。其他宗派则称为讲释、讲义。《通集》卷二十三:"自此凡学者参问,师(俱胝和尚)惟举一指,无别提唱。将顺世,谓众曰:'吾得天龙一指头禅,一生用不尽。'言讫示灭。"(616a)《通集》卷十五:"沩山坐次。仰山、香严侍立。师举手曰:'如今恁么者少,不恁么者多。'严从东过西立,仰从西过东立。师曰:'这个因缘三十年后如金掷地相似。'仰曰:'亦须是和尚提唱始得。'"(566a)

椀脱丘:又名椀跶丘。指人人具有佛性,尚未能证悟之禅僧。椀脱,制碗的模子,谓僧人如出于同一模型之碗,个个如此。《松源崇岳禅师语录》卷二:"问:'何物同一质?'答云:'椀脱丘。'"④《通集》卷十五:"凤翔府法门寺佛陀禅师寻常持一串数珠,念三种名号曰:'一释迦,二元和,三佛陀。自余是甚么椀跶丘?'乃过一珠,终而复始。事迹异常,时人莫测。"(562b)

小根魔子:禅宗指根性浅的禅僧。小根,只能接受小法的根性。魔子,犹魔,指破坏佛法的人。《通集》卷三十八:"夺得骊珠即便回,小根魔子尽疑猜。拈来抛向洪波里,撒手大家归去来。"(715a)《了庵清欲禅师语录》卷六:"识自本心,见自本性。明来暗来,头正尾正。大乘菩萨信无疑,小根魔子安

---

① 《禅林僧宝传》,第 537 页。
② 《无门慧开禅师语录》,《卍新纂续藏经》第 69 册,第 364b 页。
③ (元)释觉岸编:《释氏稽古略》,《大正藏》第 49 册,第 880a 页。
④ 《松源崇岳禅师语录》,第 99c 页。

能知。"①

形山:肉身。《通集》卷三十二:"乾坤之内,宇宙之间。中有一宝,秘在形山。拈灯笼向佛殿里,将三门来灯笼上。作么生? 自代云:'逐物意移。'又曰:'云起雷兴。'"(677c)《禅林类聚》卷十五:"帝网交罗几万般,形山消殒影团团。拈来不是无心处,只在乾坤宇宙间。"②

好大哥:又作"大哥"。相当于"好,大哥。"插入语。禅宗常用作机锋语之插入语。源于一个宗门典故。《景德传灯录》卷二十:"襄州凤凰山石门寺献禅师,京兆人也。自青林受记,两处开法。凡对机,多云'好好,大哥',时谓大哥和尚。初居衡岳,宴坐岩室。属夹山和尚归寂,众请师住持。师遂至潭州,时楚王马氏出城延接。王问:'如何是祖师西来大道?'师曰:'好好大哥。御驾六龙千古秀,玉阶排仗出金门。'王仰重,延入天册府供养数日方至夹山。"③《法演禅师语录》卷三:"上堂云:'门外有大路,不肯大开口。腊月三十日,胡乱外边走。好大哥。'"④《通集》卷三十九:"放得下,好脱洒。放不下,牛拽耙。堪笑诸方老古锥,打鼓说禅无尾把。无尾把,不惊怕,可么讶。解踏毗卢顶上行,不言亦自传天下。好大哥。"(723b)《续传灯录》卷三十三:"上堂:'宗乘一唱殊途绝,万别千差俱泯灭。通身是口难分雪,金刚脑后三斤铁。好大哥。'"⑤《续古尊宿语要》卷四:"八月过去又九月,时节相催不暂停。拈拄杖云:'云门大师来也。札。久雨不晴,唯有衲僧鼻孔依前搭在上唇。好大哥。'卓拄杖一下云:'扑落非他物。'划一划云:'纵横不是尘,叵耐临济贼汉,唤作无位真人。'喝一喝。"⑥

一句合头语,万劫系驴橛:说出一句契合佛法本来面目的话,就会堕入不悟之迷境,万劫不复,所谓佛法切忌道着。《通集》卷十七:"吾(道吾)后到京口,遇夹山上堂。僧问:'如何是法身?'曰:'法身无相。'曰:'如何是法眼?'曰:'法眼无瑕。'吾失笑。山下座请问:'某甲抵对这僧话必有不是,致令失笑,望不吝慈悲。'吾曰:'和尚一等是出世,未有师在。'山曰:'甚处不是?'曰:'某甲终不说,请往华亭船子处去。'山曰:'此人如何?'曰:'此人上无片瓦,下无卓锥,若去须易服而往。'山乃散众,直造华亭。船子才见便问:'大德住甚么寺?'山曰:'寺即不住,住即不似。'师曰:'不似似个甚么?'山

---

① 《了庵清欲禅师语录》,第 358c 页。
② (元)释道泰集:《禅林类聚》,《卍新纂续藏经》第 67 册,第 92c 页。
③ 《景德传灯录》,第 366a 页。
④ 《法演禅师语录》,第 663b 页。
⑤ 《续传灯录》,第 698b 页。
⑥ 《续古尊宿语要》,第 452c 页。

《禅宗颂古联珠通集》研究

曰:'不是目前法。'师曰:'甚处学得来?'山曰:'非耳目之所到。'师曰:'一句合头语,万劫系驴橛。'师又问:'垂丝千尺,意在深潭。离钩三寸,子何不道?'山拟开口,被师一桡打落水中。山才上船,师又曰:'道,道。'山拟开口,师便打。山豁然大悟,乃点头三下。师曰:'竿头丝线从君弄,不犯清波意自殊。'山遂问:'抛纶掷钓,师意如何?'师曰:'丝悬渌水,浮定有无之意。'山曰:'语带玄而无路,舌头谈而不谈。'师曰:'钓尽江波,锦鳞始遇。'山乃掩耳。师曰:'如是如是。'"(578a)《圆悟佛果禅师语录》卷十四:"达磨游梁入魏,落草寻人,向少林冷坐九年,深雪之中觅得一个。及至最后问得个什么?却只礼三拜依位而立,遂有得髓之言。至令守株待兔之流,竞以无言礼拜依位为得髓深致。殊不知,剑去久矣尔方刻舟,岂曾梦见祖师?若是本色真正道流,要须超情离见,别有生涯,终不向死水里作活计,方承绍得他家基业。到此须知有向上事,所谓善学柳下惠,终不师其迹。是故古人道:'一句合头语,万劫系驴橛',诚哉。"①

药峤:山锐而高也,实指药山或药山惟严禅师。《通集》卷十四:"道中有至宝,济世无伦匹。药峤发深藏,唯云不韶曲。不韶曲,倾国相酬未相直。壁立万仞此心真,不必当来问弥勒。"(557c)《通集》卷十七:"陇西贤相登药峤,云在青霄水在瓶。风静云消空独露,天门玉女不曾扃。"(580a)

曾郎:唐代雪峰义存禅师,俗姓曾氏,人称曾郎。《通集》卷十四:"兀兀地思量,无可得思量。无可思量处,真个好思量。大庾岭头逢六祖,鳌山店上见曾郎。"(558a)《通集》卷二十二:"乌石因雪峰一日伺便扣门。师开门,峰蓦胸搊住曰:'是凡是圣?'师唾曰:'这野狐精。'便推出闭却门。峰曰:'也只要识老兄。'颂曰:'峻硬门庭古莫俦,曾郎欲入竟无由。为渠八字打开着,娇绿覆田秧满畴。'"(610a)

赤脚波斯:赤脚的波斯人,一般指痴憨,与众不同,无牵挂,无思虑等。禅宗语境中常用来暗示了悟之状态。《恕中无愠禅师语录》卷一:"赤脚波斯入大唐,一对眼睛乌律律。"②《无异元来禅师广录》卷二十:"赤脚波斯入大唐,突出衣中无价宝,者回不做探花郎。"③《通集》卷三十八:"洞庭湖里失却船,赤脚波斯水底眠。尽大地人呼不起,春风吹入杏花村。"(715a)

黄金铸子期:用黄金铸一个钟子期。比喻知音难寻。《通集》卷三十三:"云门一曲,从来无谱。韵出五音,调高千古。就中妙旨许谁知,几拟黄金铸

---

① 《圆悟佛果禅师语录》,第777c页。
② 《恕中无愠禅师语录》,第411a页。
③ 《无异元来禅师广录》,第314a页。

424

子期。"(681b)《通集》卷十五："普济把定,被庞公痛处一锥,直得左转右侧,前依后随。笊篱提起处,相呼作舞时。若言依样画猫儿,定把黄金铸子期。"(562c)

谢家人:泛指得道禅僧。谢郎、谢三郎系禅林中对唐代青原法系玄沙师备禅师之称号。师备俗姓谢,人依谢家三男之意而称谢三郎。《通集》卷二十九："曹山因镜清问:'心径苔生时如何?'师曰:'难得道。'者曰:'未审此人向什么处去?'师曰:'只知心径苔生,不知向什么处去。'颂曰:'心径苔生何处去,谢家人不在渔船。芦花万顷水天阔,白鸟深沉任转旋。'"(657c)《通集》卷三十五："风穴因僧问:'语默涉离微,如何通不犯?'师曰:'常忆江南三月里,鹧鸪啼处百花香。'颂曰:'鹧鸪啼处百花鲜,江国从来路坦然。为报途中未归客,谢家人不在渔船。'"(694a)

闹市里虎:意为何曾见到,是指一种无知无识的境界或状态。《法昌倚遇禅师语录》卷一:"次日兴化到北禅,师乃问讯。化指阶前松树云:'者个是什么人栽?'师云:'龙牙。'化云:'何似赵州柏树?'师云:'尊宿眼在什么处?'化云:'闹市里虎。'"①《通集》卷二十六:"虎溪庵主(嗣临济)因僧问:'庵主在这里多少年也?'师曰:'只见冬凋夏长,年代总不记得。'曰:'大好不记得。'师曰:'汝道我在这里得多少年也?'曰:'冬凋夏长聻。'师曰:'闹市里虎。'"(639b)

禅籍语词研究,八十年代以来已经引起了学界的高度重视,不但《汉语大词典》注意收录了这部分禅籍词汇,而且出现了多部研究、阐释禅籍疑难语词的著作,如江蓝生、曹广顺《唐五代语言词典》、雷汉卿《禅籍方俗词研究》、袁宾《禅宗大词典》、何小宛《禅宗语录词语研究》等。然而,仍有大量禅籍语词未被以上著作涉及,亦未被《佛光大辞典》《佛学大辞典》等佛教辞典收录。此处所阐释的 330 余例皆出自《禅宗颂古联珠通集》,且未被以往任何词典及禅籍语言研究著作收录。可以想见,在我国现存的五六百种禅籍中,还有大量的疑难词语有待我们去不断发现与研究,禅宗语词研究可谓任重而道远。

---

① 《法昌倚遇禅师语录》,《卍新纂续藏经》第 73 册,第 68a 页。

附录:颂古作者基本情况表

宗师	法名全称	简介	朝代	籍贯	师承	材料来源	颂古首数
佛堂仁 拗堂仁	临安府中天竺佛堂中仁禅师;温州雁山灵峰佛堂中仁禅师	名守仁(？—1179),一为拗堂仁,号佛堂。	宋	洛阳	圆悟克勤	1	6
芭蕉彻	郢州芭蕉山继彻禅师;汝州芭蕉继彻禅师	初参风穴,次谒郢州芭蕉山慧清得法。	后唐		芭蕉慧清	2	1
白鹿先	岳州白鹿太希先①	名法太,字希先。	宋	临川	云盖守智	11	1
白杨顺	抚州白杨仙林禅寺法顺禅师	1076—1139,俗姓文氏。	宋	绵州	龙门清远	7	17
白云端	舒州白云山海会院守端禅师	1025—1072,俗姓葛氏。	宋	衡阳	杨岐方会	7	116
柏堂雅	温州龙翔柏堂南雅禅师	名南雅,号柏堂。	宋	闽人	懒庵鼎需	5	1
柏庭永	圆通永建上人;龟峰柏庭永和尚	号柏庭,住长干天禧。	宋	蒋山	密庵咸杰	3	2
百丈政	洪州百丈山惟政	有"政布衲"之名。	宋	建阳	石霜楚圆	7	1
百拙登	衢州光孝百拙善登禅师	俗姓闵氏,性绝雕饰,机语质直,故有百拙之号。	宋	和州乌江	应庵昙华	9	1
宝峰淳	南昌宝峰景淳知藏	宝峰景淳,一作警淳。	宋	梅州	宝峰景祥	7	1

---

① 周裕锴:《宋僧惠洪行履著述编年总案》,北京:高等教育出版社,2010年版,第52页。

宗师	法名全称	简介	朝代	籍贯	师承	材料来源	颂古首数
宝峰明	隆兴府泐潭择明禅师	南昌府泐潭择明禅师。	宋		佛鉴慧懃	1、7	5
宝峰乾	洪州泐潭宝峰应乾禅师	1034—1096，俗姓彭氏。	宋	袁州萍乡	照觉常总	5、7	1
宝峰祥	泐潭宝峰景祥禅师	1062—1132，俗姓傅氏，号"祥叉手"。	宋	建昌南城	真如慕喆	5、7	10
宝峰照阐提照阐提点	洪州宝峰阐提惟照禅师	1084—1128，俗姓李氏，字阐提。	宋	简州阳安	芙蓉道楷	7、10	10
宝华鉴	平江府宝华佛慈普鉴禅师	?—1144，俗姓周氏，号佛慈。	宋	湖南平江	真净克文	8	2
宝相元	台州天台山宝相元禅师	住台州宝相寺。	宋		云居元祐	12	1
宝叶源	越州定水宝叶妙源禅师	1207—1281，俗姓陈氏，字晋之，号宝叶。	宋	越州象山	虚堂智愚	7	28
保宁勇	金陵保宁仁勇禅师	俗姓竺氏。	宋	四明	杨岐方会	7	117
报恩演	汀州报恩法演禅师	汀州府。	宋	果州	卍庵道颜	7	1
北海心	湖州道场北海悟心禅师	俗姓杨氏，号北海。	宋		松源崇岳	13	7
北磵简	杭州府净慈北磵居简禅师	1164—1246，俗姓龙氏，名居简，字敬叟，号北磵。	宋	潼川府	佛照德光	7、14	34
北山隆	福州神光北山绍隆禅师	与虎丘绍隆非同一人。	宋		痴绝道冲	15	1
北塔祚智门祚	隋州智门光祚禅师	928—998，初住复州北塔，后移随州智门。	宋	浙江	香林澄远	12、17	17
本寂观	温州本寂灵光文观禅师	1083—1178，俗姓叶氏。	宋	瑞安	长灵守卓	1、7	2
本觉一	秀州本觉法真守一禅师	俗姓沈氏，名守一，字不二，号法真。	宋	江阴	圆照宗本	16	83

宗师	法名全称	简介	朝代	籍贯	师承	材料来源	颂古首数
别峰印	临安府径山别峰宝印禅师	1109—1190，俗姓李氏，字恒寂，号禅惠，又号别峰。	宋	嘉州龙游	华藏安民	1	23
别峰云	兴化府华严别峰云禅师	淳熙间住福州支提。迁莆阳福泉华严。别峰，径山凌霄峰西北。	宋		此庵守净	3、13、18	2
别山智	明州天童别山祖智禅师	1200—1260，俗姓杨氏，法名祖智，字别山。	宋	顺庆	无准师范	5、19	8
弁山阡	明州天童弁山阡禅师	名阡，世称阡禅师。	宋		浙翁如琰	9、13、20	1
冰谷衍	嘉兴府天宁冰谷衍禅师	名衍，衍禅师，一号水谷。	宋		天目文礼	13	1
般若柔江陵柔	南岳般若启柔禅师	初住南岳般若寺，后住荆南延寿，京兆广教。	宋		云门文偃	6、21、22	13
曹山寂	抚州曹山本寂耽章禅师	840—901，谥号元澄，字耽章，俗姓黄氏。	唐	泉州莆田	洞山良价	23	1
曹源生	信州龟峰曹源道生禅师	住荐福逾月示寂，故又称饶州荐福曹源道生禅师。	宋	南剑州	密庵咸杰	9、13	2
草堂清	隆兴府泐潭草堂善清禅师	1057—1142，俗姓何氏，结茅寺侧，自号草堂。	宋	南雄保昌	黄龙祖心	1	37
常庵崇	饶州荐福常庵择崇禅师	号常庵。	宋	宁国府	通照德逢	1	2
长灵卓	东京天宁长灵守卓禅师	1065—1123，俗姓庄氏，人称"铁面"，尝居太平长灵。	宋	泉州南	灵源惟清	1	42
长沙岑	湖南长沙景岑招贤禅师	？—868，号招贤。	唐		南泉普愿	5、14	2
成首座			元			26	1

宗师	法名全称	简介	朝代	籍贯	师承	材料来源	颂古首数
承天宗			宋		大阳警玄	7、27	1
痴禅妙	临安府中竺痴禅元妙禅师	1111—1164，俗姓王氏。	宋	婺州双溪东阳	寂室慧光	1、5、7	2
痴钝颖	明州天童痴钝智颖禅师	号痴钝	宋		或庵师体	13、20	1
痴绝冲	临安府径山痴绝道冲禅师	1169—1250，俗姓荀氏，字痴绝，讳道冲。	宋	武信长江	曹源道生	24	6
崇觉空宗觉空	临安府崇觉法空禅师	出世崇觉，竟终于本山。	宋	姑孰	死心悟新	13	9
崇胜珙	袁州崇胜院珙禅师		宋		白云守端	5	2
稠岩赟	婺州义乌稠岩了赟禅师	世称稠岩和尚。	宋		佛灯守珣	5、7	1
楚安方	潭州楚安慧方禅师	俗姓许氏，崇宁五年受具足戒。	宋	醴陵	文殊心道	1、7	40
淳庵净	华藏纯庵善净禅师	号纯庵，住金陵蒋山。	宋		息庵达观	13	3
慈航朴	庆元府天童慈航了朴禅师	号慈航，一作慧航。	宋	福州	无示介谌	5	1
慈明圆	潭州石霜楚圆慈明禅师	987—1040，俗姓李氏，号河西师子。景祐末，仁宗赐紫，号慈明。	宋	全州清湘	汾阳善昭	5	11
慈受深	东京慧林慈受怀深禅师	1077—1132，夏氏子，号普照。隆兴二年三月追号"慈受禅师"。	宋	寿春六安	长芦崇信	1	77
慈元庵	婺州智者元庵真慈禅师	俗姓李氏，号符庵。		潼州	卍庵道颜	5	1
慈云照	处州慈云院修慧圆照禅师		宋		云居晓舜	5	1
此庵净西禅净	福州西禅此庵守净禅师	号此庵。	宋	福州	大慧宗杲	5、28	2

宗师	法名全称	简介	朝代	籍贯	师承	材料来源	颂古首数
此庵元 护国元	台州护国此庵景元禅师	1094—1146，俗姓张，号此庵、元布袋、元布衲。	宋	永嘉楠溪	圆悟克勤	5	4
此山应	高台此山应禅师	居南岳妙高台。	宋		痴绝道冲	9	7
翠岩真	洪州翠岩广化可真禅师	？—1064，诸方目为"真点胸"。	宋	福州	石霜楚圆	1	22
大禅明 明大禅	径山大禅了明禅师	？—1165，俗姓陆氏，人呼"明大禅师""布袋和尚再出"。后继席径山。	宋	秀州	大慧宗杲	9、14、29	3
大川济	临安府灵隐大川普济禅师	1179—1253，俗姓张氏，自号大川，字时翁。	宋	四明奉化	浙翁如琰	9、13	2
大洪恩	随州大洪报恩禅师	1058—1111，俗名刘钦宪。	宋	卫之黎阳	投子义青	5、8	15
大洪遂 大洪邃	随州大洪守遂禅师	1072—1147，号净严，一作净慈，俗姓章氏。冯楫为撰塔铭。	宋	遂宁逢溪	大洪报恩	5	28
大洪预 慧照预 雪峰预	随州大洪慧照庆预禅师	1078—1140，一作庆誉，俗姓胡氏，高宗赐"慧照大师"之号。	宋	世居郢之京山	丹霞子淳	1、7	8
大歇谦	庆元府雪窦大歇仲谦禅师	俗姓应氏。初参息庵。庵器而抑之，曰："汝儒者习气不除，焉能学道？要到大休大歇田地，如木偶人去。"遂以大歇自名。	宋	金华义乌	松源崇岳	25	4
大沩行	潭州大沩山行禅师	长沙府大沩山行禅师。	宋		月庵善果	1、7	1
大沩智 大圆智	潭州大沩大圆智禅师	名智，号大圆叟，居秀州青锁之西庵。有《三关颂》并拈古盛行丛林。	宋	四明	道林了一	1、31	35

宗师	法名全称	简介	朝代	籍贯	师承	材料来源	颂古首数
大庾岭圆雪峰圆	大庾岭云峰寺道圆禅师	云峰寺,一作雪峰寺。	宋	南雄州	黄龙慧南	7	2
大愚芝翠岩芝	筠州大愚守芝禅师	俗姓王氏,嘉祐(一作景祐元年)初示寂。	宋	太原	汾阳善昭	1、6	2
大中隆	福州大中德隆海印禅师	号海印。	宋		智海本逸	5、12	3
呆堂定	福州府鳌峰定禅师	住鳌峰。	宋		无际了派	9、24	13
戴无为					不详		3
丹霞淳	邓州丹霞子淳禅师	1065—1118,一作德淳,俗姓贾氏。	宋	剑州梓潼	芙蓉道楷	1	87
道场林	安吉州道场慧林禅师	一作慧琳、惠琳,号普明。	宋	福清	长灵守卓	2、5	1
道场融					不详		1
道场如	安吉州①道场法如禅师	俗姓徐氏,号无明,悟汾阳"十智同真"话,故丛林号为"如十同"。	宋	衢州江山	云盖守智	5、7	10
道吾真	潭州道吾悟真禅师		宋		石霜楚圆	6	12
德山清	常德府德山子涓禅师	一说澧州德山涓,住常德府德山。	宋	潼川	大沩行	5、7	1
德岩佑			元		虚舟普度	9	1
地藏恩	福州地藏守恩禅师	俗姓丘,提刑程遵彦请主太平禅刹。	宋	福州福清	圆照宗本	1、2、5	34
典牛游	隆兴府云岩典牛天游禅师	俗姓郑氏,自号典牛。	宋	成都	湛堂文準	1、7	18

——————

① 安吉州存在时间为1225—1276。

宗师	法名全称	简介	朝代	籍贯	师承	材料来源	颂古首数
东谷光	杭州灵隐东谷妙光禅师	？—1253，初住嘉禾本觉，迁灵岩常州华藏，而居万寿最久。	宋	无锡	华藏慧祚	9	5
东京净因佛日	东京净因佛日惟岳禅师	俗姓陈氏，建中靖国元年，赐"法雨"师名。	宋	福州长磎	圆照宗本	1、7	1
东山空	福州雪峰东山慧空禅师	1096—1158，一作惠空，号东山，俗姓陈氏。	宋	福州	草堂善清	1、7	8
东山源	虎丘东山道源禅师	1191—1249，俗姓黄氏。	宋	福建连江	浙翁如琰	9、13	7
东叟颖	净慈东叟仲颖禅师	号东叟。	宋		妙峰之善	24、28	4
东野敷	邓州香严慧照洞敷禅师	俗姓范氏。东野，福州地名。	宋	福州玉田	净因道臻	7	1
洞山聪	瑞州①洞山晓聪禅师	？—1030，俗姓杜氏，自称"栽松比丘"。	宋	韶州曲江	文殊应真	5、7	21
兜率悦	隆兴府兜率从悦禅师	1044—1091，俗姓熊氏。	宋	赣州	真净克文	5、6	4
毒庵常					不详		3
独木林	苏州穹窿独木林禅师	字独木。	宋		石林行巩	9	1
断桥伦	杭州净慈断桥妙伦禅师	1201—1261，俗姓徐氏，字断桥，号松山子。	宋	黄岩松山	无准师范	2、13	13
遯庵演	常州华藏遯庵宗演禅师	俗姓郑氏，存《遯庵语》一卷。	宋	福州	大慧宗杲	2、5	21
遯庵珠	荆南府公安遯庵祖珠禅师	号遯庵，乾道间，道行湖湘。	宋	南平	卍庵道颜	1、7	1
法昌遇	洪州法昌倚遇禅师	1005—1081，俗姓林氏。	宋	漳州	北禅智贤	7	3

---

① 宝庆元年(1225)改理州为瑞州。

宗师	法名全称	简介	朝代	籍贯	师承	材料来源	颂古首数
法灯钦	金陵清凉法灯泰钦禅师	?—974,字法灯,一说谥号法灯。	宋	魏府	法眼文益	22、27	1
法华举	舒州法华全举禅师	号举道者,嘉祐初示寂。	宋		汾阳善昭	1、6	3
法眼益	金陵清凉大法眼文益禅师	885—958,俗姓鲁氏,存《宗门十规论》。	五代	余杭	罗汉桂琛	22	2
法云秀褚衲秀褚衲秀圆通秀	汴梁法云寺圆通法秀禅师	1027—1090,秦州辛氏,号圆通,性刚直,时号"秀铁面"。神宗赐紫、百衲衣。	宋	陇城	天衣义怀	6、14	16
方庵显正觉显	成都府信相正觉宗显禅师	号方庵,又号正觉,俗姓王氏,晚年见五祖演和尚于海会。	宋	潼川飞乌	昭觉纯白	1、13	24
汾阳昭	汾州太子院汾阳善昭禅师	947—1024,俗姓俞氏,谥无德禅师。	宋	太原	首山省念	14、32	87
佛灯珣	安吉州何山佛灯守珣禅师	1079—1134,俗姓施氏,号佛灯,又号骂天。	宋	湖州安吉	佛鉴慧懃	1、7	59
佛国白	东京法云佛国惟白禅师	号佛国。	宋	靖江	法云法秀	1、7	45
佛慧泉	建康府蒋山佛慧法泉禅师	世号泉万卷,又号佛慧。	宋		云居晓舜	1	55
佛迹昱	佛迹道昱禅师	住泉州府佛迹寺。	宋		黄龙慧南	8	5
佛鉴懃	舒州太平佛鉴慧懃禅师	1059—1117,亦作惠懃,字佛鉴,俗姓江氏,一说佛鉴为赐号。	宋	舒州桐城	五祖法演	5、7	127
佛日才	临安府佛日智才禅师	俗姓金氏。	宋	台州	天衣义怀	5、7	2
佛陀逊	东京慧林佛陀德逊禅师	俗姓杨氏,哲宗皇帝百日入内,赐号"佛陀禅师",大观间卒。	宋	福州侯官	黄龙慧南	7、13	6

宗师	法名全称	简介	朝代	籍贯	师承	材料来源	颂古首数
佛心才 才佛心	潭州上封佛心本才禅师	？—1150，俗姓姚氏，号佛心。	宋	福州长溪	灵源惟清	13	54
佛性泰	潭州大沩佛性法泰禅师	俗姓李氏，住鼎州德山、邵州西湖、潭州大沩。	宋	汉州	圆悟克勤	1、7	60
佛印元	南康军云居佛印了元禅师	1032—1098，字觉老，号佛印，俗姓林氏。	宋	饶州浮梁	开先善暹	14、17	54
佛照光 拙庵光 佛县光	庆元府育王佛照德光禅师	1121—1203，俗姓彭氏，号拙庵，赐号佛照。寂谥"普慧宗觉禅师"。	宋	临江	大慧宗杲	5、7、14	19
佛智裕	明州育王佛智端裕禅师	1085—1150，俗姓钱氏，号蓬庵，吴越王之后。初赐谥"佛智禅师"，后谥"大悟禅师"。	宋	绍兴	圆悟克勤	5、14	10
福严雅	潭州福严良雅禅师	洞山第一座。	宋		洞山守初	1、5	1
福州宝寿乐	福州宝寿最乐禅师		宋	古田	云盖守智	1、7	1
福州清凉坦	福州清凉坦禅师	1085—1150。	宋		佛智端裕	5、7	1
浮山远	舒州浮山法远圆鉴禅师	991—1067，俗姓王氏，一作沈氏。自称"柴石野人"。赐号圆鉴。	宋	郑州	叶县归省	6、7	9
傅大士	傅翕（傅弘），号善慧大士、鱼行大士、双林大士、东阳大士、乌伤居士。	497—569，字玄风。禅宗尊宿，义乌双林寺始祖，中国维摩禅祖师，与达磨、志公为梁代三大士。	南朝梁	婺州义乌双林乡	不详	38、42	1
复庵封	常州宜兴保安复庵可封禅师	俗姓林氏，号复庵。淳熙末卒。	宋	福州	月庵善果	1、5	4

宗师	法名全称	简介	朝代	籍贯	师承	材料来源	颂古首数
甘露天		疑为"甘露灭",即惠洪。			不详		1
高庵悟 高安悟 云居悟	南康军云居高庵善悟禅师	1074—1132,云居善悟,号高庵,俗姓李氏。	宋	洋州兴道	龙门清远	1、5	11
高峰妙	杭州西天目高峰原妙禅师	1238—1295,俗姓徐氏,号高峰。	宋	苏州吴江	雪岩祖钦	9、13	13
高原泉	杭州灵隐高原祖泉禅师	号高原,嘉定间奉命住四明梨州。	宋	蜀人	退庵道奇	9、13	5
葛庐覃		开法葛庐,一说嗣法容庵海。	元		虚堂智愚	7、9、13	11
孤峰深	福州雪峰慧深首座	?—1204,一作惠深,号孤峰,俗姓冯氏。住福州雪峰。	宋	闽县	慧照庆预	1、5、13	6
孤峰源		疑为"孤峰深"。			不详		1
孤云权	庆元府育王孤云权禅师		宋		佛照德光	13	2
鼓山珪	福州鼓山士珪禅师	1083—1146,字竹庵,号老禅,俗姓史氏。	宋	成都	龙门清远	6	100
古岩璧	杭州净慈古岩坚璧禅师	石窗法恭 1102—1181	宋		石窗法恭	35	1
谷源道	临安府净慈谷源道禅师		宋		松源崇岳	9、13	1
广德光孝憨	广德军光孝果憨禅师		宋	德安桃源	戏鱼咸静	1、5	1
圭堂居士		撰《大明录》	南宋		不详		6
国清绍	台州国清垂慈普绍禅师	号垂慈。	宋		慈受怀深	1、5	1
海印信 苏州定慧信	苏州定慧海印超信禅师	字海印。	宋	桂府	广照慧觉	1	83

宗师	法名全称	简介	朝代	籍贯	师承	材料来源	颂古首数
禾山方	吉州禾山超宗惠方禅师	1073—1129，一作慧方。道号超宗。俗姓龚氏。	宋	临江	死心悟新	1、5	14
喝堂一			宋		佛堂中仁		1
横川珙横川洪	育王横川如珙禅师	1222—1289，俗姓林氏，字横川，又作子璞。	宋	永嘉	天目文礼	13	36
洪觉范觉范洪	筠州清凉寂音慧洪禅师	1071—1128，俗姓彭氏，一作俞氏、喻氏。一作德洪，字觉范，号冷斋。	宋	筠州新昌	真净克文	5	5
胡文定公安国	文定公胡安国草庵居士	1074—1138，字康侯。号草庵。	宋	建州崇安	上封祖秀	1、5	1
湖隐济胡隐济	杭州净慈济颠道济禅师	1137—1209，人称"济颠""济公"，俗姓李氏，字湖隐，号方圆叟。宋高宗李驸马之后。父茂春，母王氏。	宋	天台	瞎堂慧远	13、28	4
虎丘隆	平江府虎丘绍隆禅师	1077—1136，俗姓汪氏。	宋	和州含山	圆悟克勤	1、7	3
虎头上座	虎头招上座		五代		香严智闲	5、13	1
护国钦	温州护国钦禅师		宋		天衣法聪	5	3
环溪一	福州雪峰环溪惟一禅师	1202—1281，号环溪，俗姓贾氏。	宋	资州墨池	无准师范	35	3
幻庵觉					不详		2
黄龙南	洪州黄龙慧南禅师	1002—1069，一作惠南，俗姓章氏，大观四年春敕谥"普觉"。	宋	信州玉山	石霜楚圆	6	24
黄龙震	隆兴黄龙道震禅师	1079—1161，字山堂，俗姓赵氏。	宋	金陵	草堂善清	5、32	10

宗师	法名全称	简介	朝代	籍贯	师承	材料来源	颂古首数
黄檗胜	瑞州黄檗惟胜真觉禅师	俗姓罗氏,号真觉。	宋	潼川中江	黄龙慧南	5	7
怀玉宣首座	信州怀玉用宣首座	字怀玉,俗姓彭氏。	宋	四明	宝峰景祥	1	1
慧海仪	东京慧海仪禅师	佛照杲 1061—1115	宋		佛照杲	1、5	1
惠通旦 慧通旦	潭州慧通清旦禅师	俗姓严氏,字明及。	宋	蓬州仪陇	大沩法泰	1、5	4
惠因净					不详		1
晦室明	鼓山晦室师明禅师		宋			36	1
晦叟光					不详		2
晦堂心	洪州黄龙晦堂宝觉祖心	1025—1100,俗姓邬氏,号晦堂,赐号宝觉大师。	宋	南雄州始兴县	黄龙慧南	1	6
或庵体	镇江府焦山或庵师体禅师	1108—1179,俗姓罗氏,字或庵。	宋	丹丘黄岩	此庵景元	1、5	47
混源密	临安府净慈混源昙密禅师	1120—1188,俗姓卢氏。	宋	天台	晦庵弥光	1、5	1
即庵觉	云居即庵慈觉禅师	号即庵。	宋	蜀人	破庵祖先	9、25	5
即庵然					不详		1
寂窗照	育王寂窗有照禅师	俗姓邓氏,字寂窗。	宋	福建闽县	枯禅自镜	28	1
寂岩中					不详		2
棘田心					不详		3
简庵清	袁州仰山简庵嗣清禅师	自号简庵。	宋		水庵师一	9、28	1
简堂机	台州国清简堂行机禅师	1113—1180,俗姓杨氏,字简堂。	宋	天台	此庵景元	1、5	8
简翁敬	庆元天童简翁居敬禅师		宋		痴绝道冲	13、20	10
建隆原	扬州建隆原禅师	俗姓夏氏。	宋	姑苏洞庭	佛国惟白	1、7	1

宗师	法名全称	简介	朝代	籍贯	师承	材料来源	颂古首数
剑门分	南剑州剑门安分庵主	俗姓林氏，号分禅。	宋	福州永福	懒庵鼎需	7	3
姜山爱					不详		1
解空观	解空法师可观；竹庵解空尊者可观	1091—1182，字宜翁，俗姓戚氏。僧腊七十八夏。天台宗四明法智下四世。	宋	秀州华亭当湖	车溪择卿	37、38	1
介石朋	婺州双林介石智朋禅师	字介石，绍定二年住温州雁山罗汉禅寺，晚年寓居杭之冷泉，匾其室曰："青山外人"。	宋	福清	浙翁如琰	35	3
金陵俞道婆			宋	金陵	琅琊永起	1、5	2
荆叟珏	径山荆叟如珏禅师	字荆叟，号佛心，端平中，诏主径山。	宋	婺州	痴钝智颖	25	1
京兆府天宁琏	长安天宁大用齐琏禅师	1073—1145，字大用，俗姓牟氏。	宋	潼川中江	芙蓉道楷	1、13	14
景福顺	洪州上蓝顺禅师①	约 1013—1093，住景福香城双峰，寿八十余，坐脱于香城山。	宋	西蜀	黄龙慧南	7、27	4
竟陵海首座					不详		1
径山杲大慧杲	临安府径山妙喜大慧宗杲禅师	1089—1163，字昙晦，俗姓奚氏。无尽居士名其庵曰"妙喜"。赐紫衣及"佛日"之号。孝宗赐号"大慧"，寂后谥曰"普觉"。	宋	宁国	圆悟克勤	5、6、7	128

---

① 参考周裕锴《宋僧惠洪行履著述编年总案》，北京：高等教育出版社，2010 年版，第 21 页。

宗师	法名全称	简介	朝代	籍贯	师承	材料来源	颂古首数
净照臻	东京净因道臻净照禅师	俗姓戴氏,字伯祥。	宋	福州古田	浮山法远	7、14	6
九峰升					不详		1
绝岸湘	福州雪峰绝岸可湘禅师	1206—1290,俗姓葛氏,号绝岸。	宋	台州宁海	无准师范	13	5
绝象鉴绝像鉴	四明隆教绝象鉴禅师		宋		断桥妙伦	25	9
觉庵真	平江府承天觉庵梦真禅师	号觉庵,世称真禅师。至元间有华严宗讲主奏请江南二浙名刹易为华严教寺,奉旨南来抵承天,闻觉庵升堂博引《华严》讲说,遂回奏寝息前旨。	元	宣州	大歇仲谦	28	2
觉报清	平江府觉报清禅师		宋		正堂明辩	1、5	1
觉海元	金陵蒋山觉海赞元禅师	?—1086,俗姓傅氏,傅大士之裔。字万宗,一作普宗,号觉海。	宋	婺州义乌	石霜楚圆	1、12、40	10
觉铁觜	觉铁嘴。扬州光孝慧觉禅师。	赵州从谂(778—897)侍者,号称明眼。	唐		赵州从谂	14	1、64
觉圆明					不详		
开福宁门福宁	潭州开福道宁禅师	1053—1113,俗姓汪氏。	宋	歙州婺源	五祖法演	1、5	11
开善谦	建宁府开善道谦禅师	俗姓游氏,号密庵。	宋	建宁	大慧宗杲	5、13	6
开善祖					不详		2
开先瑛广鉴英	庐山开先广鉴行瑛禅师	一作瑛,俗姓毛氏,号广鉴,与黄庭坚友善。	宋	桂州永福	照觉常总	7	3
克符道者	涿州克符道者	唐末五代初僧,又名纸衣和尚。	唐		临济义玄	5、6	7

宗师	法名全称	简介	朝代	籍贯	师承	材料来源	颂古首数
肯堂充	净慈肯堂彦充禅师	俗姓盛氏，字肯堂，一作号肯堂。	宋	杭之于潜	卍庵道颜	5、7、14	29
空叟印印空叟	庆元府育王空叟宗印禅师	字空叟。	宋	西蜀	佛照德光	24、28	7
枯禅镜	天童枯禅自镜禅师	俗姓高氏，号枯禅，绍定二年，住真州北山。	宋	福州长溪	密庵咸杰	7、9	11
枯木成古木成成枯木净因成	东京净因枯木法成禅师	1071—1128，俗姓潘氏，号普证，又号枯木。	宋	秀州崇德	芙蓉道楷	1、5	43
廓庵远梁山远	常德府梁山廓庵师远禅师	俗姓鲁氏，号廓庵。有《十牛图并颂》行世。	宋	合川	大随元静	1、5	2
懒庵枢懒庵怄	临安府灵隐懒庵道枢禅师	？—1176，俗姓徐氏，号懒庵。	宋	吴兴四安	道场居惠	5、7	39
懒庵需	福州西禅懒庵鼎需禅师	1092—1153，俗姓林氏，号懒庵。一作福州人。	宋	嘉兴崇德	大慧宗杲	1、5	27
琅琊觉	滁州琅琊山慧觉广照禅师	字广照。	宋	西洛	汾阳善昭	5、7	11
老衲证	随州大洪老衲祖证禅师	一作祖灯，字老衲，俗姓潘氏。因妻杀鸭不死，投身月庵为僧。	宋	潭州浏阳	月庵善果	1、5、7	1
梁山冀	鼎州梁山善冀禅师		宋		梁山岩	5	1
灵岩安	岳州府澧州灵岩仲安禅师	谒圆悟于蒋山。	宋	蜀人	佛性法泰	1、5	3
灵岩日	抚州灵岩圆日禅师	隆兴初，主抚州灵岩。	宋	嘉兴崇德	圆觉昙	1、5	1
灵岩因		疑为"灵岩日"之误			不详		1
灵隐本	杭州灵隐玄本禅师		宋		支提辩隆	5、8	1

宗师	法名全称	简介	朝代	籍贯	师承	材料来源	颂古首数
灵源清	隆兴府黄龙灵源惟清禅师	？—1117,俗姓陈氏,字觉天,号灵源叟,赐号"佛寿"。	宋	隆兴武宁	黄龙祖心	1、5	12
灵竹通	鄂州建福智同禅师	一说鄂州建福智通禅师。	宋		智门师宽	5、6	1
刘兴朝居士		名经臣,字兴朝。	宋		智海本逸	34	8
龙华本	杭州府龙华无住本禅师	名本。无示介谌(1080—1148)	宋	广德	无示介谌	5、7	1
龙济修	抚州龙济绍修禅师		宋		罗汉桂琛	5、22	1
龙门远佛眼远	舒州龙门清远佛眼禅师	1067—1120,俗姓李氏,号佛眼。	宋	临卭	五祖法演	5、6	80
龙牙才	潭州龙牙寺智才禅师	1067—1138,俗姓施氏。	宋	舒州	佛鉴慧懃	5	2
龙牙言	潭州龙牙梵言禅师	又名"洞山梵言",开法抚州曹山净众寺。	宋	太平州	真净克文	1、5	7
卢舟度	杭州径山虚舟普度禅师	1199—1280,俗姓史,字虚舟。	宋	维扬江都	无得觉通	18、35	2
罗汉南	庐山罗汉院系南禅师	1050—1094,俗姓张氏。	宋	汀洲长江	云居元佑	5、7	9
萝月莹	中竺寺沙门萝月昙莹禅师	号萝月,善言《易》,住临安退居庵。	宋	嘉兴		37	2
瞒庵成瞒庵戍	东京净因蹒庵继成禅师	？—1143,俗姓刘氏,号"佛慈蹒庵"。	宋	袁州宜春	普融道平	1	5
蒙庵聪	径山蒙庵元聪禅师	1136—1209,字蒙叟,号蒙庵,俗姓朱氏。	宋	福州长乐	晦庵弥光	9、28	9
蒙庵岳	福州东禅蒙庵思岳禅师	号蒙庵。	宋	江州	大慧宗杲	5、13	10
梦庵信	涟水军万寿梦庵普信禅师	后住蒋山。	宋		戏鱼咸静	1、5	9

宗师	法名全称	简介	朝代	籍贯	师承	材料来源	颂古首数
密庵杰密庵桀	庆元府天童密庵咸杰禅师	1118—1186，俗姓郑氏。	宋	福州	应庵昙华	1、5	15
妙峰善	灵隐妙峰之善禅师	1152—1235，俗姓刘氏。	宋	湖州	佛照德光	9、13	10
妙高台主					不详		1
妙慧尼净智	东京妙慧尼净智大师慧光	号净智，俗姓范氏。范祖禹侄女。韩驹为作塔铭。	宋	成都	枯木法成	1	1
妙湛慧	福州雪峰妙湛思慧禅师	1071—1145，俗姓俞氏，号妙湛。	宋	钱塘	法云善本	1	1
旻古佛	庐山圆通道旻古佛；江州圆通道旻圆机禅师	1055—1122，俗姓蔡氏，名道旻。政和中，赐号圆机，俗称圆机古佛。	宋	兴化仙游	宝峰应乾	5	25
明极祚	常州华藏明极慧祚禅师	一作法祚，字明极。俗姓宋氏。	宋		自得慧晖	13	1
明招谦	婺州明招德谦禅师	开法明招院。	宋		罗山道闲	5、42	3
末宗本	南华永宗达本禅师		元		断桥妙伦	13、43	1
木庵琼首座	建宁府开善木庵道琼首座	？—1140，一作唱琼，号木庵。	宋	信州上饶	宝峰景祥	1、44	1
木庵永	福州鼓山木庵安永禅师	？—1173，俗姓吴氏，号木庵。	宋	闽县	懒庵鼎需	5	32
牧庵忠	隆兴府黄龙牧庵法忠禅师	1090—1149，俗姓姚氏，号牧庵，曾补寒山诗三百篇。	宋	四明鄞县	龙门清远	1、5	6
讷堂思堂堂思	衢州天宁讷堂梵思禅师	俗姓朱氏，号讷堂。	宋	苏台	圆悟克勤	1、5	10
南华昺	韶州南华知昺禅师	一作知炳。	宋	蜀之永康	佛鉴慧懃	1、5	25

宗师	法名全称	简介	朝代	籍贯	师承	材料来源	颂古首数
南山省堂主	杭州南山省堂主	俗姓杨氏。云居道齐(929—997)	宋	谢池	云居道齐	45	1
南书记		绍兴末,寂于归宗。	宋	福州三山	应庵昙华	1、5	1
南叟茂南叟茂	清凉南叟茂禅师		宋		石溪心月	8、9	10
南堂兴南堂与	彭州大随南堂元静禅师	1065—1135,蜀中大儒赵公约仲之子,后名道兴。十岁试经得度。	宋	阆之玉山	五祖法演	1、5	78
南岩胜	成都府简州南岩胜		宋		南堂元静	7	30
尼闲林英					不详		5
尼无著总	平江府资寿尼无著妙总禅师	1095—1170,一作妙聪,号无着道人。丞相苏颂之孙女。	宋		大慧宗杲	1、5	45
诺庵肇	甘露诺庵若肇禅师	号诺庵。	宋		松源崇岳	13	2
蓬庵会	南康军云居蓬庵德会禅师	俗姓何氏,号蓬庵。	宋	重庆府	石头自回	5、28	2
披云寂	韶州披云智寂禅师		宋		云门文偃	5、22	1
破庵先	夔州卧龙山破庵祖先禅师	1136—1211,俗姓王氏,号破庵。	宋	广安新明	密庵咸杰	2、9	8
朴翁铦	上方朴翁义铦禅师	字朴翁,俗姓葛氏,号无怀,后还俗。	宋	会稽	佛照德光	9、28	31
普庵玉		疑为"嘉兴府华亭性空妙普庵主",嗣法死新悟新。				1、5、7、10	5
普融平	东京智海普融道平禅师	号普融,俗姓许氏。?—1127	宋	处州仙都	真如慕喆	1、5	20

宗师	法名全称	简介	朝代	籍贯	师承	材料来源	颂古首数
普融藏主			宋	福州	五祖法演	5、7	1
普云圆	南康军云居普云自圆禅师	俗姓雍氏，字普云。绍兴七年住荐福。	宋	绵州	高庵善悟	1、5	1
千峰琬		雪窦千峰琬西堂。与普会同时。	宋		不详	41	3
乾明慧觉	岳州乾明慧觉禅师		宋		圆照宗本	5、12	1
潜庵光	净慈潜庵慧光禅师	继如璧主持净慈。	宋		密庵咸杰	9、46	5
且庵仁	真州长芦且庵守仁禅师	？—1183，字且庵，俗姓庄氏。	宋	上虞	雪堂道行	1、5	6
清溪彻					不详		1
穷谷琎玉泉琎	荆门军玉泉穷谷宗琎禅师	1097—1160，号穷谷，俗姓董氏。	宋	合州云门	月庵善果	1、5	3
泉大道泉太道	南岳芭蕉庵大道谷泉禅师	号大道，世呼为"泉大道"。嘉祐中卒。	宋	泉州	石霜楚圆	5、7	7
全庵己	庆元东山全庵齐己禅师	？—1186，俗姓谢氏，号全庵。	宋	卭州蒲江	瞎堂慧远	1、5	1
如庵用					不详		3
瑞鹿先	雁山瑞鹿本先禅师	942—1008，俗姓郑氏，有《竹林集》十卷。	宋	温州永嘉	天台德韶	5、6	1
三峰印	婺州三峰印禅师		宋	婺州	双林德用	3、28	1
三圣昌	汉州三圣继昌禅师	俗姓黎氏。	宋	彭州九陇	黄龙祖心	1、5	2
三祖宗	舒州三祖法宗禅师		宋		黄龙慧南	1、8	15
杀六岩辉							5
山堂淳	隆兴府泐潭山堂德淳禅师	字山堂，俗姓赵氏。	宋	信之上饶	月庵善果	1、5	2

宗师	法名全称	简介	朝代	籍贯	师承	材料来源	颂古首数
善权智	常州善权法智禅师	俗姓柏氏。	宋	陕府	宏智正觉	1、5	1
上方益	安吉州上方日益禅师		宋		保宁仁勇	5、12	49
上方遇安	温州瑞鹿寺上方遇安禅师	924—995,时号"安楞严"。	宋	福州	天台德韶	5、22	1
上方岳	安吉州上方齐岳禅师	妙于医,以术济人,人称"慈济"。绍兴中主院事。	宋		福昌重善	5、12	2
少林通					不详		1
少室睦	瑞岩少室光睦禅师	号少室,住台州。	宋		松源崇岳	2、7	9
韶禅师					不详		1
神鼎諲	潭州神鼎洪諲禅师	俗姓扈氏。	宋	襄水	首山省念	1、5	3
石庵珝	鼓山石庵知珝		宋		蒙庵思岳	9、28	31
石窗恭	庆元府瑞岩石窗法恭禅师	1102—1181,俗姓林氏,自号石窗叟。	宋	明州奉化	宏智正觉	5、7	3
石帆衍	杭州净慈石帆衍禅师	名衍,号石帆。	元		运庵普岩	2、9	3
石碧明	抚州石巩戒明禅师	哲宗朝抚州宜黄县石巩义泉禅院主持。	宋		云居元祐	7、12	15
石鼓夷	临安府灵隐石鼓希夷禅师	号石鼓。高似孙铭其塔。	宋		无用净全	2、9	3
石林巩	净慈石林行巩禅师	1220—1280,字石林,俗姓叶氏。	宋	婺州永康	天目文礼	2、9	10
石门聪	襄州石门蕴聪禅师	965—1032,俗姓张氏,号慈照禅师。	宋	广州南海	首山省念	47	6
石门易	襄州石门元易	1053—1137,俗姓税氏。	宋	潼川铜山	芙蓉道楷	1、5	5

宗师	法名全称	简介	朝代	籍贯	师承	材料来源	颂古首数
石门珝	襄州石门慧昭山主		宋		首山省念	6	1
石室辉	绍兴府光孝石室辉禅师		宋		无准师范	9、15	5
石田薰	临安府灵隐石田法薰禅师	1171—1245，俗姓彭氏，号石田。	宋	眉山	破庵祖先	2、9	15
石头回	合州钓鱼台石头自回禅师	世为石工，因有石头之号。绍兴间出世，	宋	临海	南堂元静	1、5	2
石溪月	临安府径山石溪心月禅师	？—1254，号石溪，俗姓王氏。	宋	西蜀眉州	掩室善开	2、9	38
石岩瑢	江心石岩希瑢禅师	俗姓马氏，住温州。	宋	潮州	松源崇岳	2、9	2
首山念	汝州首山省念禅师	926—993，俗姓狄氏。	宋	莱州	风穴延沼	5	2
疏山常	抚州府疏山了常禅师	元祐六年为抚州疏山永安禅院主持	宋		兜率从悦	1、5、8	8
疏山如	抚州疏山了如禅师	绍兴五年住持抚州疏山白云禅院。	宋		草堂善清	7、8	31
双泉琼	隋州双泉山琼禅师		宋		智门师宽	12、45	3
双杉元	苏州府虎丘双杉元禅师	一曰双山元。	宋		万庵致柔	2、13、15	2
谁庵演	临安府灵隐谁庵了演禅师	号谁庵，乾道中主杭州灵隐寺。	宋	福州	大慧宗杲	1、5、28	11
水庵一	临安府净慈水庵师一禅师	1107—1176，俗姓马氏，号水庵。	宋	婺州东阳	佛智端裕	1、5	24
死心新黄龙新	洪州修水黄龙死心悟新禅师	1043—1114，俗姓黄氏，一作王氏。	宋	韶州曲江	黄龙祖心	1、5	9
巳庵深巳庵深	温州光孝巳庵深禅师	痴禅元妙 1111—1164	宋		痴禅元妙	3、28	8

宗师	法名全称	简介	朝代	籍贯	师承	材料来源	颂古首数
松源岳 汾源岳 太源岳	杭州灵隐松源崇岳禅师①	1132—1202，吴氏，号松源。	宋	处州龙泉松源	密庵咸杰	9、48	53
苏台辩	苏州万寿讷堂辩禅师	亦作辨禅师，字讷堂。	宋		云巢岩	9、15	1
率庵琮	江州云居率庵梵琮禅师	号率庵，绍定元年住南康军云居山真如禅院。	宋		佛照德光	9、28	10
随庵缘	汉州无为随庵守缘禅师	号随庵，俗姓史氏。郡守邵溥挽师，开法栖禅。	宋	汉州	宝峰择明	1、5	1
台州鸿福文	台州鸿福子文禅师	天禧中，住杭州兴教寺。	宋		圆悟克勤	1、5	1
太平古					不详		4
坦堂圆					不详		1
唐景遵	唐僧景遵		唐		不详	50、51	1
天目礼	宁波府天童天目文礼禅师	1167—1250，人称天童礼、灭翁。阮氏子，家天目之麓，故号天目。	宋	临安	松源崇岳	9、13	55
天童净	明州天童如净禅师	字长翁，嘉定三年住建康府清凉寺。	宋		足庵智鉴	8、19、28	10
天童觉	庆元府天童宏智正觉禅师	1091—1157，俗姓李氏。	宋	隰州	丹霞子淳	1、5	110
天衣怀 天衣懹	越州天衣义怀禅师	993—1064，俗姓陈氏。崇宁中谥"振宗禅师"。	宋	永嘉乐清	雪窦重显	1、5	18

① 《禅宗颂古联珠通集》卷三十七曰："出水何如未出水，莲花荷叶有来由。定光金地遥招手，智者江陵点暗头。"(太源岳)载《卍新纂续藏经》第65册第707页。《禅宗颂古联珠通集》诸版本皆作"太源岳"，《洪武南藏》本也不例外。然《全宋诗》第45册第27827页《颂古二十五首·其二〇》亦录此诗曰"出水何如未出水，莲花荷叶有来由。定光金地遥招手，智者江陵暗点头"，惟"点暗"变成"暗点"。《全宋诗》录此颂古为释崇岳作品。小传曰：释崇岳号松源，俗姓吴，处州龙泉人。《全宋诗》所据底本为《松源崇岳禅师语录》卷下《颂古》，较为可信，故据改。

宗师	法名全称	简介	朝代	籍贯	师承	材料来源	颂古首数
天衣哲	越州天衣如哲禅师	？—1160。	宋		长芦崇信	1、5	1
通照逢	隆兴府黄龙通照德逢禅师	1073—1130，号通照，俗姓胡氏。	宋	豫章靖安	灵源惟清	1、13	6
铁牛印	灵隐铁牛宗印禅师	号铁牛，俗姓陈氏。宁宗时主灵隐。	宋	盐官	佛照德光	48	2
铁山仁					不详		14
投子青	舒州投子义青禅师	1032—1083，俗姓李氏，谥"慈济"。	宋	青社	大阳警玄	1、5	79
投子舒					不详		8
涂毒策涂毒药	临安府径山涂毒智策禅师	1117—1192，俗姓陈氏，自号涂毒。	宋	天台	典牛天游	2、7	27
退庵奇	镇江金山退庵道奇禅师	号退庵。	宋		别峰宝印	9、28	11
退庵休	饶州荐福退庵休禅师		宋		雪堂道行	1、5	3
退庵演					不详		1
退耕宁	杭州灵隐退耕宁禅师	名宁。	宋		无准师范	2、9、13	6
退谷云	临安府净慈退谷义云禅师	1149—1206，俗姓黄氏，号退谷。学者集其语为《七会录》行于世。	宋	福州闽清	佛照德光	2、13	4
顽石空					不详		4
皖山凝	福州鼓山皖山止凝禅师	1191—1274，俗姓李氏，一作正凝。其号皖山者。因生缘密迩三祖道场故也。	宋	龙舒太湖	孤峰德秀	9	9
万庵柔	太平州隐静万庵致柔禅师	俗姓陈氏，号万庵。	宋	潮州	密庵咸杰	9、28	4

宗师	法名全称	简介	朝代	籍贯	师承	材料来源	颂古首数
万庵如					不详		1
万庵显					不详		1
卍庵颜 止庵颜	江州东林卍庵道颜禅师	1094—1164，字卍庵，俗姓鲜于，讳道颜。一曰俗姓东川鲍氏，世为名儒。	宋	潼川飞乌	大慧宗杲	1、5	27
万年闲	台州万年无著道闲禅师	？—1147，俗姓洪氏，字无住。	宋	黄岩	高庵善悟	1、5	2
沩山秀 大沩秀	潭州大沩山怀秀禅师	俗姓应氏，丛林称师为小秀，法秀为大秀。	宋	信州贵溪	黄龙慧南	5、12	16
文殊道	常德府文殊寺沙门释心道	1058—1129，徐氏子，一作正导。	宋	眉州丹棱	佛鉴慧勤	1、5	28
文殊能	德安府文殊宣能禅师		宋		真净克文	1、5	2
文殊业	常德府文殊思业禅师	一作净业，俗姓文氏。有羊方乳二羔，将杀之，羔衔其刀，跪伏于门，若乞母命，感叹弃家为僧。	宋	石照	文殊心道	1、5	1
无庵全	安吉州道场无庵法全禅师	1114—1169，俗姓陈氏，号无庵。	宋	姑苏昆山	佛智端裕	1、5	19
无禅才	中济无禅立才禅师	号无禅，住福州。	宋		此庵守净	7、13、28	7
无得慈					不详		1
无机惠	苏州虎丘无机慧禅师		宋		石溪心月	9	1
无际派	天童无际了派禅师	号无际，俗姓张氏，嘉定间示寂。	宋	建安	佛照德光	9、13	16
无境彻	明州天宁无境彻禅师	字无镜，一说无境。	宋		无际了派	9、25	1

宗师	法名全称	简介	朝代	籍贯	师承	材料来源	颂古首数
无量寿	庆元府瑞岩无量崇寿禅师	一作宗寿，号无量。	宋	抚州	秀岩师瑞	8、13	6
无门开	杭州黄龙无门慧开禅师	1183—1260，梁氏子，字无门。	宋	杭州梁渚	月林师观	2、13	33
无用全	庆元府天童无用净全禅师	1137—1207，又称天童全、俗姓翁氏，自号无用。	宋	越州诸暨	大慧宗杲	5、7	3
无相范	明州雪窦无相范禅师		宋		松源崇岳	9、15	6
无隐鉴					不详		2
无准范	临安府径山无准师范禅师	1178—1249，俗姓雍氏，号无准。	宋	剑州梓潼	破庵祖先	9、48	44
吴元昭	提刑吴伟明居士	名伟明，字符昭。南宋初官学士、徽州太守。	宋	邵武	大慧宗杲	5、7、31	1
五祖戒	蕲州五祖师戒禅师		宋		智门师宽	5、6	4
五祖演	蕲州五祖法演禅师	？—1104，俗姓邓氏。	宋	绵州巴西	白云守端	1、5	16
西禅寂					不详		1
西山亮	西山亮禅师①，西山和尚	嘉定四年(1211)住建康府清真禅院，俗姓税氏。	宋	西蜀梓人	逊庵宗演	15、52	1
西蜀广道者	出世住无心禅寺、筠阳九峰。		宋	梓州	真净克文	31、53	1

---

① 禅籍所见共有三个西山亮。一为西山亮座主，蜀人。《禅宗颂古联珠通集》中西山亮颂古仅有一首，是针对南院慧颙的机缘的。南院慧颙为六祖下第七世，而此西山亮为马祖道一法嗣，为六祖下第三世。故不是此人。二为西山亮禅师，蜀人，性方雅，不喜与俗流交，常州华藏寺逊庵宗演法嗣，出世金陵清真，为六祖下第十八世。其《寄天童痴绝》云："潦倒西山百不能，随身赖有一枝藤。东撑西拄消闲日，甘作荒山小院僧。"住四明小灵隐而终西山。三为福州人，仍称西山亮禅师。枯硬俭约，尝蓄纸被一张，补粘殆遍，寒暑不易，由鼓山首座寮赴云门请，及迁黄檗，未尝比换。侍僧一夜潜以绢衾易之。亮惊叫责曰："我鲜福，平生未尝敢服缣素，况此被相随三十年矣，其可弃乎？"闻者谓其住山有古人风。后退席入永阳雁湖山中，与道者刀耕火种，莫知所终。见宋释圆悟《枯崖漫录》卷二、卷三（《卍新纂续藏经》第87册第34页、第44页）。

宗师	法名全称	简介	朝代	籍贯	师承	材料来源	颂古首数
西塔□	婺州西塔显殊①		宋		泐潭怀澄	5、7	1
西岩惠	明州天童西岩了慧禅师	1198—1262，俗姓罗氏。	宋	蓬州	无准师范	9、28	16
西余端	安吉州西余师子净端禅师	1030—1103，俗姓丘氏。一作法端，字明表（一作明义）。丛林号为端师子，后自号"安闲和尚"。	宋	吴兴归安	龙华齐岳	1、5、31	2
希叟昙	明州雪窦希叟绍昙禅师	？—1297，号西叟。	宋	西蜀	无准师范	9、13	1
息庵观夏庵观	天童息庵达观禅师	1138—1212，俗姓赵氏，号息庵。	宋	婺之义乌	水庵师一	7、9、28	6
戏鱼静	楚州胜因戏鱼咸静禅师	俗姓高氏。住胜因日尝临池为堂以燕息，名戏鱼。	宋	楚州山阳	宝峰应乾	1、5	3
瞎驴见	温州华藏瞎驴无见禅师	号瞎驴。	宋		无门慧开	2、13	1
瞎堂远	临安府灵隐寺瞎堂慧远禅师	1103—1176，俗姓彭氏，称"铁舌远"，赐号"佛海禅师"，号瞎堂。	宋	眉山金流镇	圆悟克勤	13、48	40
闲极云	虎丘闲极法云禅师	字闲极。	宋		虚堂智愚	9、25	20
象潭泳	慧岩象潭泳禅师	一说惠岩、惠严。	元		大歇仲谦	9、13	2
象田卿象田乡	绍兴府象田梵卿禅师	？—1116，俗姓钱氏。	宋	嘉兴华亭	照觉常总	1、5	6
象外超					不详		1

① 《洪武南藏》本《禅宗颂古联珠通集》为缺文，仅有"西塔"两字，故此后诸本皆作"西塔□"。该颂古为："黄梅席上数如麻，句里呈机事可嗟。直是本来无一物，青天白日被云遮。"该颂古亦见于《全宋诗》第6册，第3820页，题名为"偈"，内容一字不差："黄梅席上数如麻，句里呈机事可嗟。直是本来无一物，青天白日被云遮。"作者为释显殊，出处为《五灯会元》卷十五。作者小传为："释显殊，住婺州西塔，乃青原下十世，泐潭澄禅师法嗣。"故可知此处的"西塔□"即释显殊，或称为"西塔殊"。

宗师	法名全称	简介	朝代	籍贯	师承	材料来源	颂古首数
笑庵悟	灵隐笑庵了悟禅师	号笑庵。	宋	姑苏	密庵咸杰	9、28	2
笑翁堪	育王笑翁妙堪禅师	1177—1248，俗姓毛氏，字笑翁，一作号笑翁。	宋	四明慈溪	无用净全	13	21
啸岩蔚蔚啸岩	越州天衣啸岩文蔚禅师	绍定间住绍兴天衣寺。	宋		息庵达观	9、13	2
心闻贲	台州万年心闻昙贲禅师	一作昙贲，字心闻。	宋	永嘉	无示介谌	1、5	28
信相修	成都府信相戒修禅师		宋		牧庵法忠	1、5	1
辛庵俦辛庵寿	辛庵俦				不详	47	6
兴教寿	杭州兴教洪寿禅师	天禧中，住杭州兴教寺，又称"小寿"。	宋		天台德韶	5、6	1
虚堂愚	径山虚堂智愚禅师	1186—1270。	宋	四明	运庵普岩	18、54	87
宣秘礼	扬州石塔宣秘礼禅师		宋		法镜文慧	5、8	1
雪庵瑾雪庵谨	天童雪庵从瑾禅师	1117—1200，俗姓郑氏。一作惟谨，号雪庵。	宋	永嘉楠溪	心闻昙贲	13、28	43
雪巢一	台州万年雪巢法一禅师	1084—1158，太师襄阳郡王李公遵勖之玄孙，字贯道，一字雪巢。	宋	开封祥符县	草堂善清	1、5	2
雪窦显	明州雪窦重显明觉禅师	980—1052，俗姓李氏，字隐之。	宋	遂州	智门光祚	5	112
雪窦宗	明州雪窦嗣宗禅师	1085—1153，俗姓陈氏，号闻庵，时称宗白头。	宋	徽州歙县	宏智正觉	5、7	32
雪矶纲	光孝雪矶纲禅师				断桥妙伦	9	2
雪堂行	衢州乌巨雪堂道行禅师	1089—1151，俗姓叶氏，号雪堂。	宋	处州	龙门清远	1、5、7	24

宗师	法名全称	简介	朝代	籍贯	师承	材料来源	颂古首数
雪屋珂	杭州中竺雪屋珂禅师		宋		石田法薰	2、9	1
雪溪戒					不详		1
雪岩钦	仰山雪岩祖钦禅师	?—1287,号雪岩。	宋	婺州	无准师范	2、13	21
秀岩瑞	育王秀岩师瑞禅师	?—1223,俗姓谢氏,自号秀岩。	宋	九江	佛照德光	2、13	5
颜如如	颜如如居士	颜丙,字守中,号如如居士。宋末领乡荐,后弃儒入释,逝于邵武清凉寺。	宋		雪峰慧然	13、34	2
延庆忠	扶宗继忠,延庆继忠	俗姓邱氏。	宋	永嘉	广智尚贤	14、49、55	2
延寿慧	兴国军延寿院延寿慧禅师		宋		祖印行林	5、7、45	7
掩室开	镇江金山掩室善开禅师	字掩室,嘉泰元年主庐山云居,未几敕补金山。	宋	成都	松源崇岳	2、13	17
偃溪闻	临安府净慈偃溪广闻禅师	俗姓林氏,号佛智。	宋	侯官	浙翁如琰	13、56	2
雁山元	温州雁山能仁枯木祖元禅师	俗姓林氏,号枯木。风骨清癯,危坐终日。	宋	七闽长乐	大慧宗杲	1、5、7	1
杨岐会	袁州杨岐方会禅师	992—1049,俗姓冷氏。	宋	袁州宜春	石霜楚圆	1、5	1
杨无为扬无为	侍郎杨无为居士	杨杰,字次公,自号无为子。	宋	无为军	天衣义怀	1、16、33	36
药山昱	澧州药山利昱禅师		宋		梁山缘观	5、45	1
一关溥			宋		大歇仲谦	9、13	1
一衲戒	婺州双林一衲戒禅师	名介,一作戒,世称戒禅师。	宋		孤峰德秀	9	1
一翁如	蒋山一翁庆如禅师	俗姓范氏,一说姓汜氏,号一翁。	宋	福州长乐	密庵咸杰	9、13	1

宗师	法名全称	简介	朝代	籍贯	师承	材料来源	颂古首数
伊庵权	常州华藏伊庵有权禅师	？—1180，俗姓祁氏，号伊庵。	宋	临安昌化	无庵法全	1、5	12
咦庵鉴 夷庵鉴	潭州大沩咦庵鉴禅师	住长沙府大沩咦庵。	宋	会稽	心闻昙贲	1	6
冶父川	无为军冶父实际道川禅师	俗姓狄氏，号实际。旧名狄三。隆兴改元住冶父。	宋	昆山	蹒庵继成	5、7、10	29
野庵璇	隆兴府石亭野庵祖璇禅师	一作祖璇，号野庵。	宋		大慧宗杲	5、57	8
野牛平					不详		4
野轩遵	福州中际野轩可遵禅师	字至，号野轩，俗姓梁氏。	宋	福州	报本有兰	56、58	19
野云南	雪窦野云处南禅师	号野云。	宋		无用净全	9、28	8
隐静俨	太平州隐静守俨禅师		宋		圆照宗本	7、13	2
隐山璨	漳州净众寺佛真了璨禅师	俗姓罗氏。字佛真。丞相李纲尝访师于栖云寺。	宋	泉南	佛鉴慧懃	15、59	1
应庵华	明州天童应庵昙华禅师	1103—1163，俗姓汪氏，一作江氏。	宋	蕲州黄梅	虎丘绍隆	1、5	19
永明寿	杭州慧日永明延寿智觉禅师	904—975，俗姓王氏，字冲元，一作冲玄，号抱一子。	宋	钱塘余杭	天台德韶	5	4
愚谷困		疑为"愚谷困"之误。见《指月录》卷九。			不详	10	1
玉涧林					不详		1
育王崇	庆元府育王野堂普崇禅师	号野堂。	宋	庆元府	草堂善清	1、5	1
育王达	明州育王宝鉴法达禅师	俗姓余氏，号宝鉴。	宋	饶州浮梁	福严慈感	5、7	2

宗师	法名全称	简介	朝代	籍贯	师承	材料来源	颂古首数
圆极岑 圆极岑	太平州隐静圆极彦岑禅师	字圆极。有《语录》二十卷行世。	宋	抚州台城仙居	云居法如	1、5、7	7
圆觉演	福州雪峰圆觉宗演禅师	俗姓崔氏，号圆觉。政和八年，诏住上都天宁寺。	宋	河北恩州	慧圆清满	1	4
圆通仙	庐山圆通可仙禅师	一作可迁，号法镜，俗姓陈氏。	宋	严陵	照觉常总	5、13	17
圆悟勤	成都府昭觉圆悟克勤禅师	1063—1135，俗姓骆氏。	宋	彭州	五祖法演	32	106
圆照本	东京慧林圆照宗本禅师	1020—1099，俗姓管氏。	宋	无锡	天衣义怀	1	3
月庵果	潭州大沩月庵善果禅师	1079—1152，俗姓余氏，自号月庵。	宋	信州铅山	开福道宁	1、5	13
月窟清	湖州何山月窟慧清禅师	号月窟。	宋	福州福清	遯庵宗演	9、13	1
月林观	苏州府万寿月林师观禅师	1143—1217，俗姓黄氏。	宋	福州侯官	老衲祖证	13、28	46
月坡明	明州天童月坡普明禅师	名普明。	宋	鄞人	无准师范	2、13、20	8
月堂昌	临安府净慈佛行月堂道昌禅师	1090—1171，俗姓吴氏，字月堂，赐号佛行大师。曹励为铭其塔。	宋	湖州雪之宝溪	妙湛思慧	1、5	63
月庭忠	金陵蒋山月庭忠禅师		元	潭州	无学元	9、28	4
越州天章和尚	越州天章元善禅师		宋		天衣义怀	5、12、60	1
云岩因	潭州云岩因禅师		宋		草堂善清	1	12
云巢严	台州瑞岩佛日云巢岩禅师		宋		松源崇岳	7、28	2
云峰悦	南岳云峰文悦禅师	997—1062，俗姓徐氏。	宋	南昌	大愚守芝	6、13	12

宗师	法名全称	简介	朝代	籍贯	师承	材料来源	颂古首数
云盖昌					不详		6
云盖智	潭州云盖守智禅师	1025—1115，俗姓陈氏。	宋	剑州龙津	黄龙慧南	1、5、7	7
云耕静					不详		3
云居佑	南康军云居元佑禅师	1030—1095，俗姓王氏。	宋	信州上饶	黄龙慧南	6、7	9
云衲庆 云纳庆 径山云庵庆	杭州径山云庵祖庆禅师	字云庵，淳熙间住钟山，存《拈八方珠玉集》三卷。	宋		大慧宗杲	9	10
云溪恭 云汉恭 云溪庵	朗州药山云溪恭禅师		宋		雪窦重显	7、13	19
运庵严	湖州道场运庵普岩禅师	1156—1226，人称道场岩，字少瞻。俗姓杜氏。	宋	四明	松源崇岳	2、7	4
在庵贤	温州龙鸣在庵贤禅师		宋		心闻昙贲	1、5	4
湛堂深	常州华藏湛堂智深禅师	号湛堂。	宋	武林	此庵景元	5、7	11
湛堂准	洪州泐潭湛堂文准禅师	1061—1115，号湛堂，俗姓梁氏。	宋	兴元府	真净克文	1、5	18
张无垢	侍郎无垢居士张九成	1092—1159，字子韶，号无垢居士，适南安后号横浦居士。	宋	杭州盐官	大慧宗杲	5	4
张无尽	丞相张商英	1043—1121，字天觉，号无尽。	宋	蜀州新津	兜率从悦	58、61	42
赵善期通判	通判赵善期居士	字成父，太宗七世孙，孝宗淳熙六年为巴州化城丞。	宋			1、62	1
照觉总 东林总	庐山东林照觉常总禅师	1025—1091，俗姓施氏。赐紫伽黎，号广惠大师。	宋	延平尤溪	黄龙慧南	14	39

续 表

宗师	法名全称	简介	朝代	籍贯	师承	材料来源	颂古首数
照堂一	临安府径山照堂了一禅师	1092—1155，号照堂，俗姓李氏。	宋	明州奉化	妙湛思慧	7、13	21
浙翁琰浙翁琰	临安府径山浙翁如琰禅师	1151—1225，俗姓周氏，一作国氏，号浙翁。	宋	台州宁海	佛照德光	2、24	6
真净文	洪州泐潭真净克文禅师	1025—1102，俗姓郑氏，号云庵。	宋	陕府阌乡	黄龙慧南	6、7	45
真觉添	泉州开元真觉志添禅师	俗姓陈氏。元祐初赐磨衲袈裟，哲宗御笔题"真觉道者"，赐号真觉大师。	宋	泉州	照觉常总	7、13	1
真如喆大沩喆真如诘	潭州大沩真如慕喆禅师	?—1095，俗姓闻氏，一作慕哲，存《大沩山语录》，黄庭坚为序。	宋	抚州临川	翠岩可真	1、57	19
真歇了	真州长芦真歇清了禅师	1090—1151，俗姓雍氏，自号真歇。谥曰"悟空禅师"。	宋	西蜀左绵	丹霞子淳	1、5	2
正法灏	成都府正法灏禅师		宋		佛性法泰	1、5	1
正觉逸	东京大相国寺智海正觉本逸禅师	俗姓彭氏，讳本逸。神宗诏住智海，赐号正觉。	宋	福州	开先善暹	1、5、7	65
正堂辩正堂辨	安吉州道场正堂明辩禅师	1085—1157，俗姓俞氏，号正堂。	宋	湖州	龙门清远	1、5	50
止泓鉴	明州天童止泓鉴禅师		宋		偃溪广闻	9、13	1
智海清	东京智海佛印智清禅师	?—1110，俗姓叶氏。哲宗赐"佛印禅师"号。	宋	泉州同安	云居元祐	7、13	11
智门宽	隋州智门师宽禅师	890—955，号明教。	宋		云门文偃	6	1
中庵空	泉州法石中庵慧空禅师	1106—1174，俗姓蔡氏，号中庵。	宋	赣州赣县	晦庵弥光	1、5	11

宗师	法名全称	简介	朝代	籍贯	师承	材料来源	颂古首数
中际能	福州中际善能禅师	绍兴十四年出住福州中际。	宋	严陵	高庵善悟	5、7	2
竹屋简	庐山归宗竹屋简禅师				断桥妙伦	2、9、25	17
自得晖	杭州净慈自得慧晖禅师	1097—1183，俗姓张氏，字自得。	宋	会稽上虞	宏智正觉	1、5、7	20
自默恭					不详		1
梓岩玉秭岩玉	梓岩玉禅师	横川如珙禅师（1222—1289）有《寄梓岩西堂和尚》诗一首。	元			30、41	2
足庵鉴	庆元府雪窦足庵智鉴禅师	1105—1192，俗姓吴氏。自号足庵。	宋	滁之全椒	大休宗珏	1、28	11
祖印明							16
最庵印	临安府灵隐最庵道印禅师	号最庵。	宋	汉州	大慧宗杲	5	8
樵李崟	龙眠李崟德素，李倅崟	居士，李公麟堂弟。黄庭坚有《秘书省冬夜宿直寄怀李德素》诗。	宋	舒城		1、63	1
□□□□□纯□□坚石□□	阙名（此处为总称，包括名字不完整者），共27处。	其中阙名8处，□□□16处，□□纯1处，□□坚1处，石□□1处。			不详		25
共457人（不含阙名24处）						共计5736首（含重出34首）	

表格材料来源：1.《嘉泰普灯录》，2.《五灯严统》，3.《丛林盛事》，4.《宗门拈古汇集》，5.《五灯会元》，6.《联灯会要》，7.《续传灯录》，8.《禅灯世谱》，9.《增集续灯录》，10.《指月录》，11.《宋僧惠洪行履著述编年总案》，12.《建中靖国续灯录》，13.《五灯全书》，14.《佛祖历代通载》，15.《枯崖漫录》，16.《角虎集》，17.《佛祖纲目》，18.《径山志》，19.《南宋元明禅林僧宝传》，20.《天童寺志》，21.《禅林象器笺》，22.《景德传灯录》，23.《宋高僧传》，24.《续灯存稿》，25.《五灯会元续略》，26.《月江正印禅师语录》，27.《林间录》，28.《续指月录》，29.《吴都法乘》，30.《了堂惟一禅师语录》，31.《罗湖野录》，32.《教外别传》，33.《居士分灯录》，34.《居士传》，35.《中华大藏经目录》，36.《续古尊宿语要》，37.《乐邦文类》，38.《释氏稽古略》，39.《元叟行端禅师语录》，40.《禅林僧宝传》，41.《横川如珙禅师语录》，42.《祖庭事苑》，43.《径石滴乳集》，44.《建州弘释录》，45.《天圣广灯录》，46.《新续高僧传》，47.《宗鉴法林》，48.《武林灵隐寺志》，49.《佛祖统纪》，50.《碧岩录》，51.《从容庵录》，52.《西山亮禅师语录》，53.《锦江禅灯》，54.《虚堂和尚语录》，55.《释门正统》，56.《历朝释氏资鉴》，57.《禅林宝训音义》，58.《云卧纪谭》，59.《禅林宝训笔说》，60.《禅林类聚》，61.《名公法喜志》，62.《宋史·宗室世系表》，63.《乐邦遗稿》。

参考文献

一、基本典籍

（一）经部

《十三经注疏·尚书注疏》，嘉靖中福建刊本。

《十三经注疏》整理委员会整理，李学勤主编：《十三经注疏·周易正义》，北京：北京大学出版社，2000年版。

《十三经注疏》整理委员会整理，李学勤主编：《毛诗正义》，北京：北京大学出版社，2000年版。

《十三经注疏》整理委员会整理，李学勤主编：《礼记正义》，北京：北京大学出版社，2000年版。

《十三经注疏》整理委员会整理，李学勤主编：《十三经注疏·礼记正义（上、中、下）》，北京：北京大学出版社，1999年版。

《十三经注疏》整理委员会整理，李学勤主编：《十三经注疏孟子注疏》，北京：北京大学出版社，1999年版。

《十三经注疏》整理委员会整理，李学勤主编：《十三经注疏·孟子注疏》，北京：北京大学出版社，2000年版。

（汉）许慎撰，（清）段玉裁注：《说文解字注》，上海：上海古籍出版社，1981年版。

（汉）许慎撰，（清）段玉裁注，许惟贤整理：《说文解字注》，南京：凤凰出版社，2007年版。

（唐）释元（玄）应撰，（清）庄炘、钱坫、孙星衍校：《一切经音义》，王云五主编《丛书集成初编》本。

（清）阮元校刻：《十三经注疏·论语注疏》，北京：中华书局，1980年版。

（二）史部

（汉）刘向、刘歆：《七略别录佚文　七略佚文》，姚振宗辑录，邓骏捷校补，澳

459

门：澳门大学出版中心，2007 年版。

（汉）班固撰，（唐）颜师古注：《汉书》，北京：中华书局，1962 年版。

（刘宋）范晔：《后汉书》，北京：中华书局，1965 年版。

（北魏）杨衒之撰，周祖谟校释：《洛阳伽蓝记校释》，北京：中华书局，2010
年版。

（北齐）魏收撰：《魏书》，北京：中华书局，1974 年版。

（唐）魏征、令狐德棻撰：《隋书》，北京：中华书局，1973 年版。

（唐）姚思廉撰：《梁书》，北京：中华书局，1973 年版。

（唐）房玄龄等：《晋书》，北京：中华书局，1974 年版。

（后晋）刘昫撰：《旧唐书》，北京：中华书局，1975 年版。

（宋）陈振孙撰，徐小蛮、顾美华点校：《直斋书录解题》，上海：上海古籍出版
社，1987 年版。

（宋）欧阳修、宋祁撰：《新唐书》，北京：中华书局，1975 年版。

（宋）乐史：《太平寰宇记》，《续修四库全书》本。

（元）马端临：《文献通考》，北京：中华书局，1986 年版。

（元）刘一清：《钱塘遗事》，《文渊阁四库全书》，第 408 册。

（元）脱脱等纂：《宋史》，北京：中华书局，1977 年版。

（明）黄虞稷：《千顷堂书目》，《景印文渊阁四库全书》本。

（明）晁瑮、徐燉：《晁氏宝文堂书目·徐氏红寸楼书目》，上海：古典文学出版
社，1957 年版。

（明）葛寅亮：《金陵梵刹志》，杜洁祥主编《中国佛寺史志汇刊》（第一辑），第
3—6 册，台北：明文书局，1980 年版。

（明）宋濂等：《元史》，北京：中华书局，1999 年版。

（明）陈邦瞻：《元史纪事本末》，北京：中华书局，1979 年版。

（明）李烨然、宋奎光等辑：《径山志》，《中国佛寺史志汇刊》本。

（明）张客卿等：《天童寺志》，《中国佛寺史志汇刊》本。

（明）薛纲等：《嘉靖湖广通志》，扬州：广陵古籍刻印社，1991 年影印本。

（明）王重：《寰宇通志》，郑振铎辑：《玄览堂丛书续集》第 59 册，民国 36 年
（1947）国立中央图书馆影印本。

（清）张照、梁诗正、励宗万、张若霭等：《秘殿珠林》，《景印文渊阁四库全
书》本。

（清）觉罗石麟等监修，储大文等编纂：《山西通志》，《景印文渊阁四库全书》
第 547 册，台北：台湾商务印书馆，1986 年版。

（清）释德铠：《灵谷禅林志》，《中国佛寺史志汇刊》本。

（清）孙治、徐增等：《武林灵隐寺志》，《中国佛寺史志汇刊》本。

（清）朱大猷：《嘉兴藏目录》，早稻田大学风陵文库本。

（清）徐松：《宋会要辑稿》，北京：中华书局，1958年版。

（清）赵襄、万在衡纂修，王元凯、严鸣奇续纂修：《同治攸县志》，同治十年
　　（1871）尊经阁刻本。

（清）齐德五纂：《同治湘乡县志》，同治十三年（1874）刻本。

（清）张廷玉等撰：《明史》，北京：中华书局，1974年版。

（清）刘履泰等纂：《康熙湘乡县志》，康熙十三年（1674）刻本。

（清）陈宏谋、范咸纂：《乾隆湖南通志》，乾隆二十二年（1757）刻本。

（清）吕肃高、张雄图等纂：《乾隆长沙府志》，乾隆十二年（1747）刊本。

（清）迈柱等监修，夏力恕等编纂：《雍正湖广通志》，清雍正十一年（1733）
　　刻本。

（清）张金吾：《爱日精庐藏书志三十六卷续志四卷》，光绪十三年（1887）吴县
　　灵芬阁徐氏用集字版校印。

（清）陈运溶：《湘城访古录》，扬州：广陵书社，1991年据光绪刻本影印。

（清）纪昀：《四库全书总目》，台北：艺文印书馆，1969年版。

（唐）王溥：《唐会要》，北京：中华书局，1955年版。

（清）徐松：《登科记考》，北京：中华书局，1984年版。

（清）永瑢、纪昀：《钦定四库全书总目》，《景印文渊阁四库全书》本。

（清）陆延龄修，桂迓衡等纂：《光绪贵池县志》，《中国地方志集成·安徽府县
　　志辑》，南京：江苏古籍出版社，1998年版。

（清）黄之隽等：《江南通志》，文渊阁四库全书，第509册。

（清）陆心源：《皕宋楼藏书志》，光绪八年十万卷楼藏版。

（清）浦起龙《史通通释》，上海：上海古籍出版社，1978年版。

（三）子部

（汉）东方朔：《海内十洲记》，《文渊阁四库全书》，第1042册。

（汉）王充著，杨宝忠校笺：《论衡校笺》，石家庄：河北教育出版社，1999
　　年版。

（汉）安世高译：《佛说婆罗门避死经》，《大正藏》第2册。

（晋）葛洪撰，胡守为校释：《神仙传校释》，北京：中华书局，2010年版。

（晋）竺法护译：《正法华经》，《大正藏》第9册。

（晋）竺法护译：《普曜经》，《大正藏》第 3 册。

（晋）佛驮跋陀罗译：《大方广佛华严经》，《大正藏》第 9 册。

（北凉）昙无谶译：《佛所行赞》，《大正藏》第 4 册。

（北凉）昙无谶译：《大般涅槃经》，《大正藏》第 12 册。

（后秦）鸠摩罗什译：《金刚般若波罗蜜经》，《大正藏》第 8 册。

（后秦）鸠摩罗什译：《佛说放牛经》，《大正藏》第 2 册。

（后秦）佛陀耶舍共竺佛念译：《长阿含经》，《大正藏》第 1 册。

（刘宋）刘敬叔：《异苑》，清乾隆敕辑《文渊阁四库全书》，第 1042 册，台北：台湾商务印书馆，1986 年版。

（刘宋）求那跋陀罗译：《杂阿含经》，《大正藏》第 2 册。

（刘宋）刘义庆著，徐震堮校笺：《世说新语校笺》，北京：中华书局，1984 年版。

（北魏）菩提达磨撰：《少室六门》，《大正藏》第 48 册。

（梁）释真谛译，马鸣菩萨造：《大乘起信论》，《大正藏》第 32 册。

（梁）释僧祐撰，苏晋仁、萧炼子点校：《出三藏记集》，北京：中华书局，1995 年版。

（梁）释僧祐撰：《弘明集》，四部丛刊初编本。

（梁）释慧皎著，朱恒夫、王学钧、赵益注译：《高僧传》，西安：陕西人民出版社，2009 年版。

（梁）释慧皎著，汤用彤校注，汤一玄整理：《高僧传》，北京：中华书局，1992 年版。

（隋）释智顗：《妙法莲华经玄义》，《大正藏》第 33 册。

（隋）释吉藏：《中观论疏》，《大正藏》第 42 册。

（隋）僧璨撰：《信心铭》，《大正藏》第 48 册。

（唐）弘忍述：《最上乘论》，《大正藏》第 48 册。

（唐）地婆诃罗奉诏译：《方广大庄严经》，《大正藏》第 3 册。

（唐）释净觉集：《楞伽师资记》，《大正藏》第 85 册。

（唐）释道宣撰：《续高僧传》，《大正藏》第 50 册。

（唐）释道宣撰：《净心戒观法》，《大正藏》第 45 册。

（唐）佛陀多罗译：《大方广圆觉修多罗了义经》，《大正藏》第 17 册。

（唐）般刺蜜谛译：《大佛顶如来密因修证了义诸菩萨万行首楞严经》，《大正藏》第 19 册。

（唐）裴休编：《黄檗断际禅师宛陵录》，《大正藏》第 48 册。

（唐）释从谂说，门人文远记：《赵州和尚语录》，《嘉兴藏》第 24 册。

（唐）释文远记录：《赵州录》卷中，张子开点校，郑州：中州古籍出版社，2001 年版。

（唐）释道世撰：《法苑珠林》，《大正藏》第 53 册。

（唐）释湛然述：《止观辅行传弘决》，《大正藏》第 46 册。

（唐）释怀海集，（清）释仪润证义：《百丈丛林清规证义记》，《卍新纂续藏》第 63 册。

（唐）释遁伦集撰：《瑜伽论记》，《大正藏》第 42 册。

（唐）释道宣撰，（宋）释元照述：《四分律含注戒本疏行宗记》，《卍新纂续藏》第 39 册。

（唐）释慧然集，（明）郭凝之重订：《五家语录》，《嘉兴藏》第 23 册。

（唐）释慧然集：《镇州临济慧照禅师语录》，《大正藏》第 47 册。

（唐）释玄奘奉诏译：《大宝积经》，《大正藏》第 11 册。

（唐）释玄奘译：《大乘大集地藏十轮经》，《大正藏》第 13 册。

（唐）释良价著，（明）郭凝之编集：《瑞州洞山良价禅师语录》，《大正藏》第 47 册。

（唐）释道一：《江西马祖道一禅师语录》，日本驹泽大学图书馆藏宋刊《四家语录》本。

（唐）释希运：《筠州黄檗山断际禅师传心法要》，日本驹泽大学图书馆藏宋刊《四家语录》本。

（唐）释慧能述，法海编记：《坛经》，《禅宗全书》本。

（唐）释慧然集、杨增文编校：《临济录》，郑州：中州古籍出版社，2001 年版。

（唐）玄奘、辩机著，季羡林等校注：《大唐西域记校注》，北京：中华书局，1985 年版。

（唐）李复言：《续玄怪录》，林宪亮译注：《玄怪录　续玄怪录》，北京：中华书局，2019 年版。

（后蜀）何光远：《鉴诫录》，《文渊阁四库全书》，第 1035 册。

（南唐）静、筠禅师编纂，孙昌武、[日]衣川贤次、[日]西口芳男点校：《祖堂集》，北京：中华书局，2007 年版。

（五代）释守坚集：《云门匡真禅师广录》，《大正藏》第 47 册。

（宋）释道胜等集：《保宁仁勇禅师语录》，《卍新纂续藏》第 69 册。

（宋）释慧洪撰：《智证传》卷一，《卍新纂续藏》第 63 册。

（宋）释善开等录：《松源崇岳禅师语录》卷一，《卍新纂续藏》第 70 册。

（宋）释正觉著，释集成等编：《宏智禅师广录》，《大正藏》第 48 册。

（宋）释佛鉴等著，释祖庆编：《拈八方珠玉集》，《卍新纂续藏》第 67 册。

（宋）释子淳颂古，（元）释从伦评唱：《林泉老人评唱丹霞淳禅师颂古虚堂集》，《卍新纂续藏》第 67 册。

（宋）释处凝编：《白云守端禅师广录》，《卍新纂续藏》第 69 册。

（宋）释宗会等编：《无准师范禅师语录》卷五，《卍新纂续藏》第 70 册。

（宋）释元恺编：《大川普济禅师语录》，《卍新纂续藏》第 69 册。

（宋）释重显颂古、释克勤评唱：《佛果圆悟禅师碧岩录》，《大正藏》第 48 册。

（宋）释法应集，（元）释普会续集：《禅宗颂古联珠序》，《卍新纂续藏经》第 65 册。

（宋）释宗晓编：《乐邦文类》，《大正藏》第 47 册。

（宋）释圆悟：《枯崖漫录》，《卍新纂续藏》第 87 册。

（宋）释正受编：《嘉泰普灯录》，《卍新纂续藏》第 79 册。

（宋）释悟明集：《联灯会要》，《卍新纂续藏》第 79 册。

（宋）才良等编：《法演禅师语录》，《大正藏》第 47 册。

（宋）释宗永集、（元）清茂续集：《宗门统要正续集》，《永乐北藏》，第 155 册。

（宋）释师明集：《续古尊宿语要》，《卍新纂续藏》第 68 册。

（宋）释妙源编：《虚堂和尚语录》，《大正藏》第 47 册。

（宋）颐藏主集：《古尊宿语录》，《卍新纂续藏》第 68 册。

（宋）释楚圆集：《汾阳无德禅师语录》，《大正藏》第 47 册。

（宋）释智愚著，释妙源编：《虚堂智愚和尚语录》，《大正藏》第 47 册。

（宋）释正觉颂古，（元）释行秀评唱：《万松老人评唱天童觉和尚颂古从容庵录》，《大正藏》第 48 册。

（宋）释文宝编：《断桥妙伦禅师语录》，《卍新纂续藏》第 70 册。

（宋）释重显拈古，释克勤击节：《佛果击节录》，《卍新纂续藏》第 67 册。

（宋）释惠洪撰：《石门文字禅》，《嘉兴藏》第 23 册。

（宋）释惠洪撰，周裕锴校注：《石门文字禅校注》，上海：上海古籍出版社，2022 年版。

（宋）释惠洪撰：《禅林僧宝传》，《卍新纂续藏》第 79 册。

（宋）释集成等编：《宏智禅师广录》，《大正藏》第 48 册。

（宋）释净善：《禅林宝训》，《大正藏》第 48 册。

（宋）释道原著：《景德传灯录》，《大正藏》第 51 册。

（宋）释守坚集：《云门匡真禅师广录》，《大正藏》第 47 册。

（宋）释介谌集：《长灵守卓禅师语录》，《卍新纂续藏》第 69 册。

（宋）释绍隆：《圆悟佛果禅师语录》，《大正藏》第 47 册。

（宋）释蕴闻：《大慧普觉禅师语录》，《大正藏》第 47 册。

（宋）释宗杲、释可遵纂，（明）释大建校：《禅林宝训音义》，《卍新纂续藏》第 64 册。

（宋）释宗杲：《正法眼藏》，《卍新纂续藏》第 67 册。

（宋）释绍昙记：《五家正宗赞》，《卍新纂续藏》第 78 册。

（宋）释宗晓编：《乐邦遗稿》，《大正藏》第 47 册。

（宋）释惠洪：《林间录》，《卍新纂续藏》第 87 册。

（宋）释义青颂古，（元）释从伦评唱：《林泉老人评唱投子青和尚颂古空谷集》，《卍新纂续藏》第 67 册。

（宋）《希叟绍昙禅师广录》，卍新纂大日本续藏经第 70 册。

（宋）释本光等编：《横川行珙禅师语录》卷二，《卍新纂续藏》第 71 册。

（宋）释崇岳等编：《密庵和尚语录》卷一，《大正藏》第 47 册。

（宋）释师明集：《续古尊宿语要》，《卍新纂续藏》第 68 册。

（宋）释道融撰：《丛林盛事》，卷下，《卍新纂续藏》第 86 册。

（宋）释惟白集：《建中靖国续灯录》，《卍新纂续藏》第 78 册。

（宋）李遵勖敕编：《天圣广灯录》，《卍新纂续藏》第 78 册。

（宋）释延寿集：《宗镜录》，《大正藏》第 48 册。

（宋）释祖咏编：《大慧普觉禅师年谱》，《嘉兴藏》第 1 册。

（宋）释普济：《五灯会元》，《卍新纂续藏》第 80 册。

（宋）释子昇、释如祐：《禅门诸祖师偈颂》，《卍新纂续藏》第 66 册。

（宋）释延寿集：《宗镜录》，《大正藏》第 48 册。

（宋）释赞宁撰：《大宋僧史略》，《大正藏》第 54 册。

（宋）释本觉编集：《释氏通鉴》，《卍新纂续藏》第 76 册。

（宋）释宗会等编：《无准师范禅师语录》，《卍新纂续藏》第 70 册。

（宋）颐藏主集：《古尊宿语录》，《卍新纂续藏》第 68 册。

（宋）释从瑾撰：《雪庵从瑾禅师颂古》，《卍新纂续藏》第 69 册。

（宋）释慧南重编：《石霜楚圆禅师语录》卷一，《卍新纂续藏》第 69 册。

（宋）释仁勇等编：《杨岐方会和尚语录》，《大正藏》第 47 册。

（宋）释慧弼编：《雪峰慧空禅师语录》，《卍新纂续藏》第 69 册。

（宋）释法宝等编：《月林师观禅师语录》，《卍新纂续藏》第 69 册。

（宋）释善果集：《开福道宁禅师语录》，《卍新纂续藏》第 69 册。

（宋）释道谦编：《大慧普觉禅师宗门武库》，《大正藏》第 47 册。

（宋）释师皎重编：《吴山净端禅师语录》，《卍新纂续藏》第 73 册。

（宋）释了觉等编：《石田法薰禅师语录》，《卍新纂续藏》第 70 册。

（宋）释庆预校：《丹霞子淳禅师语录》,，《卍新纂续藏》第 71 册。

（宋）释延寿述：《万善同归集》，《大正藏》第 48 册。

（宋）释惠洪撰：《禅林僧宝传》，《卍新纂续藏》第 79 册。

（宋）杨岐方会述：《杨岐方会和尚后录》，《大正藏》第 47 册。

（宋）释元清等编：《偃溪广闻禅师语录》，《卍新纂续藏》第 69 册。

（宋）释善卿编：《祖庭事苑》，《卍新纂续藏》第 64 册。

（宋）释子璿录：《金刚经纂要刊定记》，《大正藏》第 33 册。

（宋）释大观编：《北磵居简禅师语录》，《卍新纂续藏》第 69 册。

（宋）释惠泉集：《黄龙慧南禅师语录》，《大正藏》第 47 册。

（宋）释法澄等编：《希叟绍昙禅师广录》，《卍新纂续藏》第 70 册。

（宋）释了见等编：《率庵梵琮禅师语录》，《卍新纂续藏》第 69 册。

（宋）释晓莹撰：《罗湖野录》，《卍新纂续藏》第 83 册。

（宋）释晓莹录：《云卧纪谭》，《卍新纂续藏》第 86 册。

（宋）释觉心，释志清编：《西山亮禅师语录》，《卍新纂续藏》第 69 册。

（宋）释宗鉴集：《释门正统》，《卍新纂续藏》第 75 册。

（宋）释契嵩：《传法正宗记》，《大正藏》第 51 册。

（宋）释宝昙述：《大光明藏》卷二，《卍新纂续藏》第 79 册。

（宋）释智昭集：《人天眼目》，《大正藏》第 48 册。

（宋）释祖琇撰：《僧宝正续传》卷六，《卍新纂续藏》第 79 册。

（宋）释惠泉集：《黄龙慧南禅师语录》卷一，《大正藏》第 47 册。

（宋）释庆预校：《丹霞子淳禅师语录》卷二，《卍新纂续藏》第 71 册。

（宋）惟盖竺编：《明觉禅师语录》卷三，《大正藏》第 47 册。

（宋）释宗绍：《无门关》，《大正藏》第 48 册。

（宋）释崇岳等编：《密庵和尚语录》，《大正藏》第 47 册。

（宋）释守端：《白云守端禅师语录》，《卍新纂续藏》第 69 册。

（宋）释齐己等编：《瞎堂慧远禅师广录》，《卍新纂续藏》第 69 册。

（宋）释延寿述：《心赋注》，《卍新纂续藏》第 63 册。

（宋）释正觉拈古、（元）释行秀评唱：《万松老人评唱天童觉和尚拈古请益录》，《卍新纂续藏》第 67 册。

（宋）释普济著，苏渊雷点校：《五灯会元》，北京：中华书局，1984 年版。

（宋）王观国撰,田瑞娟点校:《学林》,北京:中华书局,1988 年版。

（宋）罗大经著,王瑞来点校:《鹤林玉露》,北京:中华书局,1983 年版。

（宋）释道原:《景德传灯录译注》卷十七,顾宏义译注,上海:上海书店出版
　　社,2010 年版。

（宋）王楙:《野客丛书》,上海:上海古籍出版社,1991 年版。

（宋）释惠洪:《冷斋夜话》,《景印文渊阁四库全书》本。

（宋）释赞宁撰:《宋高僧传》,北京:中华书局,1987 年版。

（宋）王钦若、杨亿等编:《册府元龟》,北京:中华书局,1989 年影印本。

（宋）张端义:《贵耳集》,《景印文渊阁四库全书》本。

（宋）释宗赜:《禅苑清规》,《禅宗全书》本。

（宋）赵彦卫:《云麓漫抄》,《景印文渊阁四库全书》本。

（宋）张抡:《绍兴内府古器评》,四库全书存目丛书编纂委员会编:《四库存目
　　丛书》,子部第 77 册,济南:齐鲁书社,1995 年版。

（宋）王应麟:《玉海》,《景印文渊阁四库全书》本。

（宋）苏易简:《文房四谱》,朱学博校点《文房四谱:外十七种》,上海:上海书
　　店出版社,2015 年版。

（宋）洪迈:《容斋随笔》,上海:上海古籍出版社,1978 年版。

（宋）赵叔向:《肯綮录》,《丛书集成初编》,第 285 册,上海:商务印书馆,1939
　　年版。

（元）释大訢撰:《蒲室集》,《禅门逸书初编》(第六册),台北:明文书局,1981
　　年版。

（元）释昭如、（元）释希陵编:《雪岩祖钦禅师语录》,《卍新纂续藏》第 70 册。

（元）释无学撰,（元）释妙环等编:《佛国禅师语录》,《国家图书馆善本佛典》
　　第 51 册。

（元）释宗宝编:《六祖大师法宝坛经》,《大正藏》第 48 册。

（元）释念常撰:《佛祖历代通载》,《大正藏》第 49 册。

（元）释道泰集:《禅林类聚》,《卍新纂续藏》第 67 册。

（元）释宗宝编:《六祖大师法宝坛经》,《大正藏》第 48 册。

（元）释普度编:《庐山莲宗宝鉴》,《大正藏》第 47 册。

（元）释念常:《佛祖历代通载》,《大正藏》第 49 册。

（元）释元浩等编:《古林清茂禅师语录》卷一,《卍新纂续藏》第 71 册。

（元）释元皓等编:《了庵清欲禅师语录》,《卍新纂续藏》第 71 册。

（元）释士惨编:《云外云岫禅师语录》,《卍新纂续藏》第 72 册。

（元）释宗义等编：《了堂惟一禅师语录》，《卍新纂续藏》第 71 册。

（元）释法林等编：《元叟行端禅师语录》，《卍新纂续藏》第 71 册。

（元）释觉岸编：《释氏稽古略》，《大正藏》第 49 册。

（元）释熙仲集：《历朝释氏资鉴》，《卍新纂续藏》第 76 册。

（元）释居简等编：《月江正印禅师语录》，《卍新纂续藏》第 71 册。

（元）释德煇重编：《敕修百丈清规》，《大正藏》第 48 册。

（元）释永盛述，（元）释德弘编：《证道歌注》，《卍新纂续藏》第 65 册。

（明）释寂晓：《大明释教汇目义门》，《四库未收书辑刊》第 3 辑第 20 册，北京：北京出版社，1997 年版。

（明）释智旭：《阅藏知津》，康熙三年夏之鼎刻、四十八年朱岸登补修本。

（明）释居顶：《续传灯录》，蓝吉福：《禅宗全书》第 16 册，台北：文殊出版社，1988 年版。

（明）周永年编：《吴都法乘》，大藏经补编第 34 册。

（明）释居顶编：《续传灯录》，《大正藏》第 51 册。

（明）释道忞编：《禅灯世谱》，《卍新纂续藏》第 86 册。

（明）释文琇：《增集续传灯录》，《卍新纂续藏》第 83 册。

（明）释德清语，侍者福善录，门人通炯编：《憨山老人梦游集》，《卍新纂续藏》第 73 册。

（明）释成时评点节略：《净土十要》，《卍新纂续藏》第 61 册。

（明）释通容集：《五灯严统》，《卍新纂续藏》第 80 册。

（明）释净伦撰：《大巍禅师竹室集》，《嘉兴大藏经》（新文丰版），第 25 册。

（明）钱谦益钞：《楞严经疏解蒙钞》，《卍新纂续藏》第 13 册。

（明）释元贤重编：《无明慧经禅师语录》，《卍新纂续藏》第 72 册。

（明）太宗朱棣制：《诸佛世尊如来菩萨尊者名称歌曲》，《永乐北藏》第 180 册。

（明）释宗䆛等编：《恕中无愠禅师语录》，《卍新纂续藏》第 71 册。

（明）释黎眉等编：《教外别传》，《卍新纂续藏》第 84 册。

（明）释通问编定，（明）释施沛集：《续灯存稿》，《卍新纂续藏》第 84 册。

（明）瞿汝稷集：《指月录》卷九，《卍新纂续藏》第 83 册。

（明）圆悟著，如莹、通云等编：《密云禅师语录》，《嘉兴藏》第 10 册。

（明）释圆悟著，释真启编：《辟妄救略说》，《卍新纂续藏经》第 65 册。

（明）永乐皇帝敕编：《三藏法数》，《大藏经补编》第 22 册。

（明）圆修著，门人通问等编：《天隐和尚语录》，《嘉兴藏》第 25 册。

(明)释道霈编:《永觉元贤禅师广录》,《卍新纂续藏》第 72 册。

(明)释弘瀚等编:《无异元来禅师广录》,《卍新纂续藏》第 72 册。

(明)朱时恩:《佛祖纲目》,《卍新纂续藏》第 85 册。

(明)朱时恩辑:《居士分灯录》,《卍新纂续藏》第 86 册。

(明)释本瑞直注,释道霖等编:《凳绝老人天奇直注雪窦显和尚颂古》,《卍新纂续藏》第 67 册。

(明)释智旭著,释成时辑:《灵峰蕅益大师宗论》,《嘉兴藏》第 36 册。

(明)释真可著,释德清校:《紫柏尊者全集》,《卍新纂续藏》第 73 册。

(明)郭凝之编集:《瑞州洞山良价禅师语录》,《大正藏》第 47 册。

(明)释弘瀚编:《无异禅师广录》,《卍新纂续藏》第 72 册。

(明)释明凡等编:《湛然圆澄禅师语录》,《卍新纂续藏》第 72 册。

(明)释圆信、郭凝之编:《潭州沩山灵祐禅师语录》,《大正藏》第 47 册。

(明)郭凝之编集:《瑞州洞山良价禅师语录》,《大正藏》第 47 册。

(明)郭凝之编集:《金陵清凉院文益禅师语录》,《大正藏》第 47 册。

(明)释函昰说,今辩重编:《庐山天然禅师语录》,《嘉兴藏》第 38 册。

(明)释开诇编:《雪关禅师语录》,《嘉兴藏》(新文丰版)第 27 册。

(明)释弘赞注,释开诇记:《沩山警策句释记》,《卍新纂续藏》第 63 册。

(明)释如卺续集:《缁门警训》,《大正藏》第 48 册。

(明)林弘衍编:《雪峰义存禅师语录》,《卍新纂续藏》第 69 册。

(明)释净柱辑:《五灯会元续略》,《卍新纂续藏》第 80 册。

(明)释了广编:《净慈慧晖禅师语录》,《卍新纂续藏》第 72 册。

(明)释通奇说,(明)释行谧等编:《林野奇禅师语录》,《嘉兴藏》(新文丰版)第 26 册。

(明)释元贤集:《建州弘释录》,《卍新纂续藏》第 86 册。

(明)夏树芳辑:《名公法喜志》,《卍新纂续藏》第 88 册。

(明)释如惺:《大明高僧传》,《大正藏》第 50 册。

(明)释智旭,释成时辑:《灵峰蕅益大师宗论》,《嘉兴藏》第 36 册。

(明)郭凝之:《袁州仰山慧寂禅师语录》,《大正藏》第 47 册。

(明)释一如等纂:《大明三藏法数》,《永乐北藏》第 182 册,北京:线装书局,2000 年影印本。

(明)释成正集:《博山禅警语》,《卍新纂续藏》第 63 册。

(清)释超永辑:《五灯全书》,《卍新纂续藏》第 82 册。

(清)释行悦集:《列祖提纲录》,《卍新纂续藏》第 64 册。

(清)爱新觉罗·胤禛：《御选语录》，《卍新纂续藏》第 68 册。

(清)释净挺著，智淙等编：《云溪俍亭挺禅师语录》，《嘉兴藏》第 33 册。

(清)释超源著，门人性深等编：《莲峰禅师语录》，《嘉兴藏》第 38 册。

(清)释性音重编：《禅宗杂毒海》，《卍新纂续藏》第 65 册。

(清)集云堂编：《宗鉴法林》卷十，《卍新纂续藏》第 66 册。

(清)释净符汇集：《宗门拈古汇集》卷四十二，《卍新纂续藏》第 66 册。

(清)释性统编：《五家宗旨纂要》，《卍新纂续藏》第 65 册。

(清)释道忞撰述，释显权等编：《弘觉忞禅师语录》，《乾隆大藏经》（新文丰版)第 155 册。

(清)释上思说：《雨山和尚语录》，《嘉兴藏》(新文丰版)第 40 册。

(清)释机云等录：《山铎真在禅师语录》，《嘉兴大藏经》(新文丰版)第 38 册。

(清)释超宣等编：《百痴禅师语录》，《嘉兴藏》(新文丰版)第 28 册。

(清)释智祥述：《禅林宝训笔说》，《卍新纂续藏》第 64 册。

(清)释际源等辑：《正源略集》，《卍新纂续藏》第 85 册。

(清)释觉说,(清)释洪遟等编：《自闲觉禅师语录》，《嘉兴藏》(新文丰版)第 33 册。

(清)释仪润：《百丈清规证义记》，《卍新纂续藏》第 63 册。

(清)释济能纂辑：《角虎集》，《卍新纂续藏》第 62 册。

(清)清自融撰，释性磊补辑：《南宋元明禅林僧宝传》，《卍新纂续藏》第 79 册。

(清)释聂先编辑：《续指月录》，《卍新纂续藏》第 84 册。

(清)彭际清述：《居士传》，《卍新纂续藏》第 88 册。

(清)释真在编，释机云续：《径石滴乳集》，《卍新纂续藏》第 67 册。

(清)释通醉辑：《锦江禅灯》，《卍新纂续藏》第 85 册。

(清)尼超琛说,(清)释普明编：《参同一揆禅师语录》，《嘉兴藏》(新文丰版)第 39 册。

(清)陈梦雷、蒋廷锡等编：《古今图书集成》，上海：中华书局,1934 年影印本。

(清)顾炎武著、黄汝成集释：《日知录》(外七种)，上海：上海古籍出版社，1985 年据道光十四年仲冬嘉定黄氏西谿草庐重刊定本影印。

(清)黄德溥等：《同治赣县志》，清同治 11 年(1872)版。

(清)郭庆藩：《庄子集释》，王孝鱼点校，北京：中华书局,2013 年版。

[日]释慧印校订：《筠州洞山悟本禅师语录》，《大正藏》第 47 册。

〔日〕释慧印校:《抚州曹山元证禅师语录》,《大正藏》第 47 册。

〔日〕释玄契,《抚州曹山本寂禅师语录》,《大正藏》第 47 册。

〔日〕无著道忠:《禅林象器笺》,《大藏经补编》第 19 册。

〔日〕无著道忠:《葛藤语笺》,《禅语辞书类聚》本,京都:禅文化研究所,1992
年版。

(四) 集部

(汉)蔡邕:《蔡中郎集》,(明)张溥辑:《汉魏六朝百三名家集》,光绪己卯
(1879 年)彭氏信述堂重刻本。

(魏)曹植:《曹子建集》,《四部丛刊》本。

(魏)曹植著,赵幼文校注:《曹植集校注》,北京:中华书局,2016 年版。

(梁)萧统编,(唐)李善注:《文选》,北京:中华书局,1977 年版。

(晋)谢灵运:《谢康乐集》,(明)张溥辑:《汉魏六朝百三家集》,光绪五年己卯
(1897)彭氏信述堂刻本。

(唐)释皎然:《杼山集》,《禅门逸书初编》,台北:明文书局,1981 年版。

(唐)白居易著,朱金城笺校:《白居易集笺校》,上海:上海古籍出版社,1988
年版。

(唐)王维撰,(清)赵殿成笺注:《王右丞集笺注》,上海:上海古籍出版社,
1984 年新一版。

(唐)刘禹锡著,《刘禹锡集》整理组点校,卞孝萱校订:《刘禹锡集》,北京:中
华书局,1990 年版。

(唐)韩愈著,屈守元,常思春主编:《韩愈全集校注》,成都:四川大学出版社,
1996 年版。

(唐)柳宗元:《柳宗元集》,北京:中华书局,1979 年版。

(唐)罗隐著,潘慧惠校注《罗隐集校注》,杭州:浙江古籍出版社,1995 年版。

(后蜀)赵崇祚辑,李一氓校:《花间集校》,北京:人民文学出版社,1981
年版。

(宋)苏轼著,(清)王文诰辑注,孔凡礼校:《苏轼诗集》,北京:中华书局,1982
年版。

(宋)黄庭坚:《山谷琴趣外篇》,《四部丛刊三编》本。

(宋)释惠洪:《石门文字禅》,《四库全书》本。

(宋)秦观著,周义敢、程自信、周雷校注:《秦观集编年校注》,北京:人民文学
出版社,2001 年版。

(宋)史浩:《鄮峰真隐漫录》,《文渊阁四库全书》,第 1141 册。

(宋)朱熹撰:《朱子全书》,上海:上海古籍出版社,合肥:安徽教育出版社,
    2002 年版。

(宋)朱熹:《晦庵集》,《文渊阁四库全书》,第 1145 册。

(宋)魏庆之:《诗人玉屑》,《景印文渊阁四库全书》本。

(宋)李之仪:《姑溪居士前集》,《景印文渊阁四库全书》本。

(宋)刘克庄著,辛更儒笺校:《刘克庄集笺校》,北京:中华书局,2011 年版。

(宋)郭茂倩编:《乐府诗集》,北京:中华书局,1979 年版。

(宋)阮阅:《诗话总龟·前集》,北京:人民文学出版社,1987 年版。

(元)朱德润:《存复斋文集》,《续修四库全书》第 1324 册,上海:上海古籍出
    版社,2002 年版。

(元)钟嗣成、贾仲名著,浦汉明校:《新校录鬼簿正续编》,成都:巴蜀书社,
    1996 年版。

(元)高明:《琵琶记》,钱南扬校注,上海:上海古籍出版社,1980 年版。

(明)钱穀编:《吴都文粹续集》,《景印文渊阁四库全书》本。

(明)宋濂:《文宪集》,《景印文渊阁四库全书》本。

(明)张燮辑:《七十二家集·庾开府集》,《续修四库全书》本。

(清)邓显鹤:《沅湘耆旧集》,《续修四库全书》本。

(清)王夫之:《船山遗书》,同治四年湘乡曾氏刊于金陵节署本。

(清)钱大昕:《十驾斋养新录》,钱大昕著,孙显军、陈文和点校:《嘉定钱大昕
    全集》第七册《十驾斋养新录附余录》,南京:江苏古籍出版社,1997 年版。

(清)阮元著,邓经元点校:《揅经室集》,北京:中华书局,1993 年版。

(清)曹雪芹、高鹗:《红楼梦》,北京:人民文学出版社,1982 年版。

(清)姚华撰:《弗堂类稿》,上海:中华书局,民国十九年(1930 年)版。

(清)彭定求等编:《全唐诗》,北京:中华书局,1960 年版。

(清)朱彝尊纂:《明诗综》,《景印文渊阁四库全书》本。

(清)梦舒兰撰:《白香词谱》,上海:上海古籍出版社,2001 年版。

(清)袁枚著,王英志主编:《袁枚全集》,南京:江苏古籍出版社,1993 年版。

二、今人著作

赖永海、杨维中译注:《楞严经》,赖永海主编《佛教十三经》,北京:中华书局,
    2010 年版。

赖永海、高永旺译注:《维摩诘经》卷中,赖永海主编《佛教十三经》,北京:中

华书局,2010 年版。

李修生:《全元文》,南京:江苏古籍出版社,2001 年版。

北京大学古文献研究所编:《全宋诗》,北京:北京大学出版社,1986—1998
年版。

唐圭璋:《全宋词》,北京:中华书局,1965 年版。

逯钦立辑校:《先秦汉魏晋南北朝诗》,北京:中华书局,1983 年 9 月版。

黄灵庚:《楚辞章句疏证》,北京:中华书局,2007 年版。

曾昭岷、王兆鹏等编纂:《全唐五代词》,北京:中华书局,1999 年版。

中华书局编辑部点校:《全唐诗》(增订本),北京:中华书局,1999 年版。

陈鼓应:《老子注译及评介》,北京:中华书局,1984 年版。

蔡运辰:《二十五种藏经目录对照考释》,台北:中华佛教文化馆,新文丰出版
公司,1983 年版。

蔡念生编:《中华大藏经总目录》,《大藏经补编》第 35 册。

钱南扬:《宋元戏文辑佚》,上海:上海古典文献出版社,1956 年版。

欧阳修著,黄畬笺注:《欧阳修词笺注》,北京:中华书局,1986 年版。

白朴著,王文才校注:《白朴戏曲集校注》,北京:人民文学出版社,1984
年版。

邹同庆、王宗堂:《苏轼词编年校注》,北京:中华书局,2002 年版。

孙殿起:《贩书偶记续编》,上海:上海古籍出版社,1980 年版。

冯惠民等选编:《明代书目题跋丛刊》,北京:书目文献出版社,1993 年版。

萧涤非主编:《杜甫全集校注》,北京:人民文学出版社,2014 年版。

唐王维撰,陈铁民校注:《王维集校注》,北京:中华书局,1997 年版。

张志烈等校注:《苏轼全集校注》,石家庄:河北人民出版社,2010 年版。

仓修良主编:《文史通义新编新注》,杭州:浙江古籍出版社,2005 年版。

曹旭:《诗品集注》,上海:上海古籍出版社,1994 年版。

陈白夜:《禅宗公案的现代阐释》,杭州:杭州出版社,1998 年版。

陈耳东:《公案百则》,北京:中华书局,2008 年版。

陈继生:《禅宗公案》,天津:天津古籍出版社,2008 年版。

陈明源:《常用词牌详介》,北京:人民日报出版社,1987 年版。

陈尚君:《全唐诗补编》,北京:《中华书局》,1992 年版。

陈寅恪:《陈寅恪先生全集》,台北:里仁书局,1979 年版。

喻谦纂辑:《新续高僧传四集》,北洋印刷局,1923 年铅印本。

弘学等整理:《圆悟克勤禅师——碧岩录·心要·语录》,成都:巴蜀书社,

2006 年版。

方广锠主编:《藏外佛教文献》,北京:宗教文化出版社,2003 年版。

丁福保:《佛学大辞典》,上海:上海书店,1991 年版。

杜松柏:《智慧的禅公案》,海口:海南出版社,2008 年版。

范文澜:《文心雕龙注》,北京:人民文学出版社,1962 年版。

冯学成:《明月藏鹭:千首禅诗品析》,成都:四川文艺出版社,1996 年版。

魏道儒:《坛经译注》,北京:中华书局,2010 年版。

葛兆光:《中国禅思想史——从 6 世纪到 9 世纪》,北京:北京大学出版社,
     1995 年版。

洪修平:《禅宗思想的形成与发展》(修订本),南京:江苏古籍出版社,2000
     年版。

湖南省双峰县志编纂委员会编:《双峰县志》,北京:中国文史出版社,1993
     年版。

黄河涛:《禅宗公案妙语录》,季羡林主编:《中国禅学》丛书,北京:中国言实
     出版社,2006 年版。

黄君:《智者的思路——禅门公案精解百则》,北京:中国社会科学出版社,
     2008 年版。

季羡林:《比较文学与民间文学》,北京:北京大学出版社,1991 年版。

季羡林:《季羡林文集》,南昌:江西教育出版社,1996 年版。

梁启超:《佛学研究十八篇》,长沙:岳麓书社,2009 年版。

雷汉卿:《禅籍方俗词研究》(繁体版),成都:四川出版集团,巴蜀书社,2010
     年版。

刘长久:《中国禅门公案》,上海:知识出版社,1993 年版。

罗竹风主编:《汉语大词典》,上海:上海辞书出版社,1986 年版。

吕澂:《吕澂集》,黄夏年主编:《近现代著名学者佛学文集》,北京:中国科学
     技术出版社,1995 年版。

欧阳竟无:《欧阳大师遗集》,台北:台湾新文丰出版公司,1976 年版。

钱钟书:《谈艺录》(补订本),北京:中华书局,1984 年版。

释印顺:《中国禅宗史》,北京:中华书局,2010 年版。

汤用彤:《汤用彤选集》,长春:吉林人民出版社,2005 年版。

王晴慧:《六朝汉译佛典偈颂与诗歌之研究》(上),台北:花木兰文化出版社,
     2006 年版。

王双启编:《陆游词新释辑评》,北京:中国书店,2001 年版。

王毅：《海粟集辑存》，长沙：岳麓书社，1990 年版。

吴言生：《禅宗诗歌境界》，北京：中华书局，2001 年版。

吴言生：《禅宗思想渊源》，北京：中华书局，2001 年版。

吴言生：《禅宗哲学象征》，北京：中华书局，2001 年版。

项楚：《寒山诗注》（附拾得诗注），北京：中华书局，2000 年版。

项楚等：《唐代白话诗派研究》，成都：巴蜀书社，2005 年版。

项楚：《王梵志诗校注》，上海：上海古籍出版社，1991 年版。

释星云、释慈怡等编：《佛光大辞典》，台北县：佛光文化事业有限公司，1988
年版。

熊述隆：《禅典今品》，台湾新潮社文化事业有限公司授权，合肥：黄山书社，
2004 年版。

杨敏如：《南唐二主词新释辑评》，北京：中国书店，2003 年版。

杨曾文：《宋元禅宗史》，北京：中国社会科学出版社，2006 年版。

张伯伟：《禅与诗学》，北京：人民文学出版社，2008 年版。

张隆溪：《道与逻各斯》，成都：四川人民出版社，1997 年版。

赵景深、张增元：《方志著录元明清曲家传略》，北京：中华书局，1987 年版。

朱立元编：《当代西方文艺理论》，上海：华东师范大学出版社，1997 年版。

中国大百科全书总编辑委员会：《中国大百科全书·宗教卷》，北京：中国大
百科全书出版社，1988 年版。

周叔迦：《法苑谈丛》，《周叔迦佛学论著全集》（第三册），北京：中华书局，
2006 年版。

周裕锴：《禅宗语言》，杭州：浙江人民出版社，1999 年版。

周裕锴：《宋僧惠洪行履著述编年总案》，北京：高等教育出版社，2010 年版。

周裕锴：《文字禅与宋代诗学》，北京：高等教育出版社，1998 年版。

安平秋等：《日本宫内厅书陵部藏宋元版汉籍影印丛书影印说明（第一辑）》，
《中国典籍与文化》2003 年第 1 期。

陈坚：《"干屎橛"、"柏树子"——禅宗"公案"与"参公案"探赜》，《宗教学研
究》2002 年 1 期。

桂栖鹏：《冯子振生平三考》，《浙江师大学报》（社会科学版）2001 年第 4 期。

何梅：《明朝第一部官版大藏经的雕印》，《法音》2001 年第 4 期。

何梅：《明〈初刻南藏〉研究》，《闽南佛学院学报》2001 年第 1 期。

何梅：《四川上古寺南藏的雕板年代及收经问题》，杨曾文、方广锠编：《佛教
与历史文化》，北京：宗教文化出版社，2001 年版。

胡适:《〈孔雀东南飞〉的年代》,《现代评论》1928 年第 6 期。

黄卓越:《经典的设置与消解——论重显颂古的历史意义及文本策略》,《佛学研究》1995 年第 00 期。

具熙卿:《唐宋五种禅宗语录助词研究》,中国文化大学中国文学研究所博士专著。

吕澂:《南藏初刻考》,黄夏年主编《近现代著名学者佛学文集》,北京:中国科学技术出版社,1995 年版。

宁俊伟:《道元禅师与〈永平元和尚颂古〉》,《五台山研究》2003 年第 3 期。

孙楷第:《元曲家考略稿摘钞》,《文学遗产》1983 年第 4 期。

王毅:《冯子振年谱》,《中国文学研究》1990 年第 1 期。

王毅:《冯子振与湖湘文化》,《湖湘论坛》2001 年第 6 期。

吴言生:《禅宗公案颂古象征体系》,《陕西师范大学学报》(哲学社会科学版)2002 年第 4 期。

易小斌:《冯子振籍贯与生平新证》,《北方论丛》2006 年第 5 期。

张文澍:《东瀛所藏元代冯子振〈居庸赋〉述略》,《文献》2008 年第 3 期。

钟振振:《〈全宋词〉张抡小传辑补》,《汉语言文学研究》2010 年第 1 卷第 1 期。

周裕锴:《禅籍俗谚管窥》,《江西社会科学》2004 年第 2 期。

周裕锴:《禅宗偈颂与宋诗翻案法》,《四川大学学报》(哲学社会科学版)1999 年第 2 期。

周裕锴:《绕路说禅:从禅的诠释到诗的表达》,《文艺研究》2000 年第 3 期。

周裕锴:《宋代禅宗渔父词》,项楚主编:《中国俗文化研究》(第一辑),成都:巴蜀书社,2003 年版。

周裕锴:《谈名道字——中国古人名字中的语言文化现象考察》,《四川大学学报》(哲学社会科学版)2008 年第 1 期。

杨忠:《读日本国宫内厅书陵部藏宋元本汉籍杞记》,《北京大学中国古文献研究中心集刊》第 3 辑第 96—97 页,北京:北京大学出版社,2002 年 10 月版。

[美]弗洛姆(Frich Fromm)、[日]铃木大拙(D. T. Suzuki)、[美]马蒂诺(Richard De Martina)著,王雷泉、冯川译,冯川校:《禅宗与精神分析》,贵阳:贵州人民出版社,1998 年版。

[德]霍甫曼博士(Dr. Yoe Hoffmann)著,徐进夫译:《禅门公案秘传》,新潮文库 286,台北市:台湾志文出版社,1983 年 2 月出版。

［德］海德格尔(Martin Heidegger)：《存在与时间》，陈嘉映、王庆节译，北京：生活·读书·新知三联书店，2006 年版。

［日］忽滑谷快天：《中国禅学思想史》，朱谦之译，上海：上海古籍出版社，1994 年版。

［日］土屋太佑：《北宋禅宗思想及其渊源》，成都：巴蜀书社，2008 年版。

［日］宇井伯寿：《第二禅宗史研究》(日文版)，京都：岩波书店，1941 年版。

［日］野泽佳美：《明初的两部南藏——再论从〈洪武南藏〉到〈永乐南藏〉》，方广锠主编：《藏外佛教文献》(第二编，总第十辑)，北京：中国人民大学出版社，2008 年版。

词语索引

公案索引

图书在版编目(CIP)数据

《禅宗颂古联珠通集》研究/张昌红著.—上海:上海三联书
店,2024.4
ISBN 978-7-5426-8217-8

Ⅰ.①禅…　Ⅱ.①张…　Ⅲ.①宋诗－诗歌研究
Ⅳ.①I207.227.44

中国国家版本馆 CIP 数据核字(2023)第 161790 号

《禅宗颂古联珠通集》研究

著　　者 / 张昌红

责任编辑 / 郑秀艳
装帧设计 / 一本好书
监　　制 / 姚　军
责任校对 / 王凌霄

出版发行 / 上海三联书店
　　　　　(200041)中国上海市静安区威海路 755 号 30 楼
邮　　箱 / sdxsanlian@sina.com
联系电话 / 编辑部:021-22895517
　　　　　发行部:021-22895559
印　　刷 / 上海惠敦印务科技有限公司

版　　次 / 2024 年 4 月第 1 版
印　　次 / 2024 年 4 月第 1 次印刷
开　　本 / 710 mm×1000 mm　1/16
字　　数 / 500 千字
印　　张 / 31.5
书　　号 / ISBN 978-7-5426-8217-8/I·1830
定　　价 / 128.00 元

敬启读者,如发现本书有印装质量问题,请与印刷厂联系 021-63779028